Criminal

Criminal

Karin Slaughter

Traducción de
Juan Castilla Plaza

Rocaeditorial

Título original: *Criminal*

© Karin Slaugther, 2012

www.karinslaugther.com

Primera edición: mayo de 2015

© de la traducción: Juan Castilla Plaza
© de esta edición: Roca Editorial de Libros, S. L.
Av. Marquès de l'Argentera 17, pral.
08003 Barcelona
info@rocaeditorial.com
www.rocaeditorial.com

Impreso por LIBERDÚPLEX, s.l.u.
Crta. BV-2249, km 7,4, Pol. Ind. Torrentfondo
Sant Llorenç d'Hortons (Barcelona)

ISBN: 978-84-9918-935-2
Depósito legal: B-9.525-2015
Código IBIC: FF; FH

RE89352

Capítulo uno

Lucy Bennett

15 de agosto de 1974

𝒰n Oldsmobile Cutlass de color marrón canela ascendió por Edgewood Avenue, con las ventanillas bajadas y el conductor encorvado en su asiento. Las luces de la consola dejaban ver unos ojos pequeños y redondos que miraban la hilera de chicas paradas debajo de la placa de la calle: Jane, Mary, Lydia. El coche se detuvo. Como era de esperar, el hombre le hizo un gesto con el mentón a Kitty. Ella se acercó deprisa, ajustándose la minifalda mientras caminaba sobre sus tacones de aguja sobre aquel desnivelado asfalto. Dos semanas antes, cuando Juice puso por primera vez a Kitty a trabajar en la calle, les dijo a las otras chicas que tenía dieciséis años, lo que significaba que puede que tuviera quince, aunque parecía que no pasaba de los doce.

Todas la odiaron nada más verla.

Kitty se apoyó sobre la ventanilla abierta. Su rígida falda de vinilo se levantó como la parte inferior de una campana. Siempre la escogían a ella la primera; se estaba convirtiendo en un problema del que todo el mundo, salvo Juice, se daba cuenta. Kitty recibía un trato especial. Podía convencer a los hombres de cualquier cosa. Era una chica nueva, de aspecto infantil, aunque, como todas ellas, llevaba un cuchillo de cocina en el bolso y sabía cómo utilizarlo. A ninguna les gustaba lo que hacían, pero tener otra chica —una chica más joven— haciéndoles la competencia las fastidiaba; se sentían como quinceañeras a las que nadie sacaba en un baile.

La negociación en el interior del Oldsmobile fue rápida, sin regateos; lo que se ofertaba valía su precio. Kitty le hizo una señal a Juice, esperó a que este asintiera y luego se subió al coche. El tubo de escape escupió una nube de humo cuando el Olds giró para adentrarse en un callejón estrecho. El coche se sacudió al reducir para meterse en un aparcamiento. El conductor levantó una mano, cogió la nuca de Kitty y ella desapareció.

Lucy Bennett se apartó, mirando la oscura y desértica avenida. No se veía ningún faro, nada de tráfico, ningún cliente. Atlanta no era una ciudad nocturna. La última persona en salir del edificio Equitable solía apagar las luces, pero vio las lámparas del Flatiron iluminar el Central City Park. Si observaba con atención, veía el familiar letrero C&S de color verde anclado en el distrito comercial. El New South. El progreso a través del comercio. Una ciudad demasiado ocupada para odiar.

Si había algún hombre paseando aquella noche por las calles, no tenía buenas intenciones.

Jane encendió un cigarrillo y luego metió el paquete en su bolso. No era el tipo de persona a la que le gustase compartir, sino más bien recibir. Su mirada se cruzó con la de Lucy. Costaba trabajo soportar aquella frialdad. Jane debió sentir lo mismo, porque apartó la mirada rápidamente.

Lucy se estremeció, a pesar de estar a mediados de agosto y de que la acera desprendía un calor tan intenso como el fuego. Le dolían los pies y la espalda, la cabeza le retumbaba como un metrónomo, sentía el estómago tan pesado como si se hubiera tragado un camión de cemento, la boca pastosa y un hormigueo constante en las manos. Aquella mañana, un mechón de pelo rubio se le había caído en el lavabo. Dos días antes, había cumplido los diecinueve, pero se sentía vieja.

El Olds color marrón se sacudió de nuevo en el callejón. Kitty asomó la cabeza. Se limpió la boca al salir del coche. No se entretuvo. No quería darle tiempo a aquel tipejo para reconsiderar su compra. El coche se alejó antes de que ella pudiese cerrar la puerta. Kitty se tambaleó durante unos instantes sobre sus tacones, como desorientada, asustada y enfadada. Todas lo estaban. La rabia era su refugio, su zona de confort, lo único que podían considerar como algo propio.

Lucy observó que Kitty regresaba a la esquina. Le dio el dinero a Juice e intentó continuar avanzando, pero él la cogió del brazo para que se estuviera quieta. Kitty escupió en la acera, tratando de aparentar que no estaba asustada. Mientras tanto, Juice desdoblaba el fajo de billetes y los contaba uno a uno. Kitty se detuvo, a la espera. Todas lo estaban.

Finalmente, Juice levantó el mentón. Todo en orden. Kitty volvió a colocarse en su sitio. No miró al resto de las chicas. Se limitó a observar la calle con la expresión vacía, esperando a que apareciese el próximo coche, aguardando que el próximo hombre le hiciese un gesto o pasara de largo. Había tardado dos días, como mucho, en adquirir la misma mirada vacía que el resto de las chicas. ¿Qué estaba pensando? Probablemente, lo mismo que Lucy, en esa cantinela tan familiar que resonaba en sus oídos antes de dormirse cada noche: «¿Cuándo acabará todo esto? ¿Cuándo acabará todo esto? ¿Cuándo acabará todo esto?».

Lucy tuvo quince años una vez. Ahora apenas podía recordar a aquella chica que pasaba notitas en clase, que se reía tontamente de los chicos, que corría a su casa al terminar la escuela para ver su serie favorita, que bailaba en su habitación las canciones de los Jackson Five con su mejor amiga, Jill Henderson. Entonces tenía quince años, pero luego la vida se abrió como un abismo y la pequeña Lucy empezó a caer en aquella interminable oscuridad.

Había empezado a tomar anfetaminas para adelgazar. Al principio, solo pastillas. La bencedrina que su amiga Jill había encontrado en el botiquín de su madre. Las tomaban de vez en cuando, con precaución, hasta que los federales se mosquearon y prohibieron las pastillas. El botiquín se quedó vacío un día y, al siguiente —o al menos eso creía—, empezó a engordar de nuevo: llegó a pesar casi setenta kilos. Era la única chica gorda de la escuela, aparte de George, *el Gordo*, el chico que se hurgaba la nariz y se sentaba solo durante el almuerzo. Lucy lo odiaba tanto como se odiaba a sí misma, tanto como detestaba su imagen en el espejo.

Fue la madre de Jill la que le enseñó a inyectarse. La señora Henderson no era estúpida; había notado que le faltaban pastillas y se alegró de ver que hacía algo por librarse de sus michelines. Ella había utilizado el medicamento por la misma razón. Era enfermera en el hospital General Clayton. Salía de la sala de urgencias con frascos de vidrio de metedrina castañeteando como dientes en el bolsillo de su uniforme blanco. Anfetamina inyectable, le dijo a Lucy. Lo mismo que las pastillas, pero más rápido.

Lucy tenía quince años la primera vez que la aguja le atravesó la piel.

—Poco a poco —le enseñó la señora Henderson, extrayendo un poco de sangre roja con la jeringa y presionando lentamente el

9

émbolo de nuevo—. Tú eres la que controlas. No dejes que ella te controle a ti.

No notó un verdadero subidón, tan solo un mareo y, luego, obviamente, la agradable sensación de perder el apetito. La señora Henderson tenía razón. El líquido era más rápido que las pastillas, más fácil. Dos kilos y medio, luego cinco, siete y, después…, nada. Por eso Lucy tuvo que redefinir eso de un «poco cada vez» y empezó a inyectarse no cinco centímetros cúbicos, sino diez, y luego quince, hasta que su cabeza explotó y se sintió capaz de cualquier cosa.

¿Qué podía importarle después de aquello?

Nada.

¿Los chicos? No, eran demasiado estúpidos. ¿Jill Henderson? Vaya coñazo. ¿Su peso? Por supuesto que no.

A los dieciséis pesaba menos de cuarenta y cinco kilos. Las costillas, las caderas y los codos le sobresalían como mármol recién pulido. Por primera vez en su vida tenía pómulos. Usaba delineador negro estilo Cleopatra, sombra de ojos color azul y se planchaba su largo cabello rubio para que le golpease con rigidez su delgadísimo trasero. La chica a la que en quinto curso su profesora de gimnasia había apodado, para deleite del resto de la clase, la Apisonadora, estaba tan delgada como una modelo, se mostraba despreocupada y, de repente, se había convertido en alguien muy popular.

No popular con sus antiguas amigas, esas que la conocían desde la guardería. No, esas la consideraban una basura, una marginada, una perdedora. Sin embargo, por una vez en su vida, no le importaba. ¿Quién quería estar con personas que te despreciaban por divertirte un poco? Para ellas solo había sido un mero objeto simbólico: la chica gorda con la que se salía para que la otra resaltase más y fuese la guapa, la encantadora, la que flirteaba con todos los chicos.

Sus nuevas amigas pensaban que Lucy era perfecta. Les encantaba cuando hacía un comentario sarcástico sobre alguien de su pasado. Acogían de buen grado sus rarezas. La invitaban a sus fiestas. Los chicos le pedían que saliera con ellos. La trataban como a una igual. Al final, había encajado en un grupo y no resaltaba entre las demás por ser demasiado… Era una más. Era, sencillamente, Lucy.

¿Y qué pasaba con su anterior vida? Lucy no sentía nada, salvo desprecio, por todos los que le habían pertenecido, sobre todo por la señora Henderson, que dejó de hablarle bruscamente y decía que Lucy necesitaba sentar la cabeza. Pero su cabeza estaba más lúcida que nunca, y no tenía la más mínima intención de renunciar a su nueva vida.

Todas sus antiguas amigas eran unas aburridas, estaban obsesionadas con su preparación para entrar en la universidad, que consistía principalmente en debatir en qué residencia vivirían. Los aspectos más delicados de esas residencias, cuyas mansiones victorianas y de estilo griego salpicaban Milledge Avenue y South Lumpkin Street en la Universidad de Georgia, habían formado parte de la jerga de Lucy desde que tenía diez años, pero la seducción de la anfetamina redujo su griego a una lengua olvidada. Ya no necesitaba la mirada de desaprobación de sus antiguas amigas, ni tampoco a la señora Henderson. Tenía muchos amigos nuevos que podían suministrarle lo que necesitaba; además, los padres de Lucy eran muy generosos con su paga. Cuando esta no le llegaba hasta final de semana, le cogía dinero a su madre del bolso, ya que ella jamás se daba cuenta de nada.

Que fácil era verlo ahora, pero, en aquella época, el descenso vertiginoso de su vida pareció suceder en cuestión de segundos, no en los dos años completos que había tardado en caer. Cuando estaba en casa se mostraba huraña y malhumorada. Empezó a escaparse por las noches y a engañar a sus padres por las cosas más estúpidas y mundanas, cosas que podían ser fácilmente refutadas. En la escuela faltaba a las lecciones y terminó en la clase de inglés rudimentario con George, *el Gordo*, sentado delante, y sus nuevos amigos en la fila de atrás, haciendo el tonto y perdiendo el tiempo hasta que pudiese regresar con su verdadero amor.

La aguja.

Esa delgada y afilada pieza de acero quirúrgico, aquel instrumento que parecía de lo más inocuo, dominaba cada momento de su vida. Soñaba con chutarse, con ese primer pinchazo en la carne, con la sensación que le producía la punta al atravesarle la vena, con aquel calor lento que le recorría el cuerpo cuando se inyectaba el líquido, con aquella euforia inmediata que le producía la droga al entrar en el organismo. Aquello merecía cualquier cosa. Merecía cualquier sacrificio, cualquier pérdida, cualquier cosa que tuviera que hacer con tal de conseguirla. Todas esas cosas que hacía, pero que olvidaba un segundo después de que la droga entrase en su sangre.

11

Luego, repentinamente, venía la cresta de la última colina, la colina más alta, pero luego empezaba a descender por aquella montaña rusa.

Bobby Fields. Casi veinte años mayor que Lucy. Más listo. Más fuerte. Era mecánico en una de las gasolineras de su padre. Bobby jamás se había fijado en ella. Para él, Lucy era la mujer invisible, una niña regordeta con las coletas lacias. Pero aquello cambió después de que la aguja comenzara a formar parte de su vida. Un día entró en el garaje, con los vaqueros por debajo de sus delgadas caderas y las campanas del pantalón deshilachadas de tanto rozar el suelo. Bobby le dijo que se quedase a charlar un rato.

Él la escuchó. Nadie antes lo había hecho. Luego Bobby se acercó hasta donde estaba, con sus dedos manchados de grasa, y le apartó un mechón de pelo que le colgaba delante del rostro. Después, sin saber cómo, estaban en la parte trasera del edificio; él le puso la mano en el pecho y ella se sintió viva al sentir que acaparaba toda su atención.

Lucy jamás había estado con un hombre. Aunque estuviera colgada sabía que debía decir que no. Sabía que debía guardarse, que a nadie le gustaban las mercancías deterioradas. Por muy increíble que ahora pudiese parecer, en aquella época había una parte de ella que le decía que, a pesar de sus escarceos, terminaría en la Universidad de Georgia, se compraría la casa que quisiera y se casaría con un joven serio cuyo brillante porvenir merecería la aprobación de su padre.

Lucy tendría hijos. Formaría parte de la Asociación de Padres. Prepararía galletas y llevaría a sus hijos a la escuela en una camioneta, y se sentaría en la cocina con las demás madres para quejarse de sus aburridas vidas. Y puede que, mientras que las demás mujeres hablasen de sus disputas maritales o de los cólicos de sus hijos, ella sonriera recordando su alocada juventud, su salvaje aventura con la aguja.

O puede que algún día estuviese en la esquina de una calle del centro de Atlanta y sintiera un sobresalto al pensar que podía perder aquella acogedora cocina y a sus amigas más íntimas.

La Lucy de dieciséis años jamás había estado con un hombre, pero Bobby Fields había estado con muchas mujeres. Muchas mujeres jóvenes. Por eso sabía cómo hablarles, cómo hacer que se sintieran especiales. Y, lo más importante, sabía cómo pasar sus manos del pecho a los muslos, de los muslos a la entrepierna, y de allí a otros lugares que hacían que ella jadease tanto que su padre la llamó desde la oficina para ver si se encontraba bien.

—Estoy bien, papá —dijo.

Bobby tenía unas manos que le habían dado tanto placer que habría engañado al mismo Dios.

Al principio, su relación fue un secreto, lo cual hacía que resultase aún más excitante. Tenían un vínculo, un secreto prohibido que compartían ellos dos. Durante casi todo un año, siguieron con su aventura clandestina. Lucy evitaba las miradas de Bobby cuando ella hacía su visita semanal al garaje para ayudar a su padre con la contabilidad. Simulaba que Bobby no existía hasta que no podía resistirse más. Entonces se dirigía a los sucios aseos que había detrás del edificio, y él le cogía el trasero con tanta fuerza con sus grasientas manos que luego le dolía cuando se sentaba de nuevo al lado de su padre.

El deseo que Bobby sentía por ella era tan intenso como el suyo por la aguja. La chica hacía novillos en la escuela. Aceptó un trabajo a media jornada y les decía a sus padres que iba a quedarse a dormir en casa de una amiga, algo que ellos jamás se molestaban en comprobar. Bobby tenía su propia casa. Conducía un Mustang Fastback, como Steve McQueen. Bebía cerveza, fumaba hierba, buscaba anfetas para Lucy, y ella aprendió a chupársela sin sentir náuseas.

Todo era perfecto hasta que se dio cuenta de que no podía continuar con aquella farsa. O puede que no quisiese. Dejó la escuela superior dos meses antes de graduarse. La gota que colmó el vaso fue el fin de semana en que sus padres se marcharon de viaje para visitar a su hermano en la universidad. Lucy pasó todo el tiempo en casa de Bobby. Cocinó para él, le limpió la casa, hizo el amor con él toda la noche y se pasó el día mirando el reloj y contando los minutos hasta que se atrevió a decirle que le amaba. Y Lucy le amaba «de verdad», especialmente cuando regresaba a casa por la noche con una enorme sonrisa en el rostro y un pequeño frasco de polvo mágico en el bolsillo.

Bobby era muy generoso con la aguja. Quizá demasiado. Le inyectaba tanta droga que le castañeteaban los dientes, y aún seguía colgada a la mañana siguiente, cuando regresaba dando tumbos a su casa.

Domingo.

Se suponía que sus padres habían ido a la iglesia con su hermano antes de regresar, pero allí estaban, sentados a la mesa de la

13

cocina, vestidos aún con sus trajes. Su madre ni siquiera se había quitado el sombrero. La habían esperado toda la noche. Habían telefoneado a su amiga, su coartada; se suponía que la chica les diría que había pasado toda la noche en su casa. Al principio, les había mentido, pero, después de presionarla un poco, les dijo dónde estaba exactamente y dónde había estado los últimos meses.

Lucy tenía entonces diecisiete años, pero seguían considerándola una niña. Sus padres quisieron que visitase un psicólogo. Intentaron que la policía arrestase a Bobby, que no lo contratasen en ningún otro garaje, pero él se trasladó a Atlanta, donde a nadie le interesaba quién le arreglase el coche mientras fuese barato.

Transcurrieron dos meses infernales; luego, de repente, Lucy tenía dieciocho años. En un santiamén, su vida cambió. Era lo bastante mayor como para dejar la escuela, para beber, para abandonar a su familia sin que los cerdos de los polis la obligasen a regresar. Pasó de ser la niña de papa a la niña de Bobby. Vivía en un apartamento en Stewart Avenue, donde se pasaba el día durmiendo, esperando que regresase Bobby por la noche, para darle su chute, para que se la follase y luego la dejase dormir un poco más.

En aquella época, Lucy solo lo sentía por su hermano, Henry. Estudiaba en la Facultad de Derecho, en la Universidad de Atlanta. Era seis años mayor que ella, pero parecían más amigos que hermanos. Cuando estaban juntos, compartían largos momentos de silencio, pero, desde que se había ido a la universidad, se escribían cartas dos o tres veces al mes.

A Lucy le encantaba escribirle cartas, ya que se mostraba como la chica de siempre: un poco ridícula cuando hablaba de chicos, ansiosa con su graduación, deseosa de aprender a conducir. No hablaba de su adicción a las drogas, ni de sus nuevos amigos, que estaban tan al margen de la sociedad que temía llevarlos a su casa por miedo a que le robasen la cubertería de plata de su madre, si es que ella los dejaba entrar, claro.

Henry siempre le respondía con cartas muy breves; sin embargo, aunque estuviese agobiado con los exámenes, se las apañaba para enviarle a Lucy una línea o dos para decirle cómo iban las cosas. Le entusiasmaba la idea de que ella pudiera estar en la universidad con él, de poder presentarle a sus amigos. Hasta que dejó de estarlo cuando sus padres le dijeron que su querida hermana se había trasladado a Atlanta para convertirse en la puta de un viejo *hippie* de treinta y ocho años que se dedicaba a vender drogas.

Después de eso, a Lucy le devolvían las cartas sin abrir. Henry garabateaba en ellas: «Devolver al remitente». Sin darle ninguna explicación, la tiró como si fuese basura.

Y puede que estuviese en lo cierto, que mereciese que la abandonasen, ya que, cuando se le pasaba el colocón, cuando ya no eran tan intensos y los bajones resultaban insoportables, ¿qué era Lucy Bennett, salvo una mujer de la calle?

Dos meses después de que Bobby se trasladase a Atlanta, la echó de casa. ¿Quién podía culparle por eso? Su joven y ardiente zorrita se había convertido en una yonqui que le esperaba todas las noches en la puerta pidiéndole una dosis. Y cuando Bobby dejó de proporcionársela, se buscó a otro hombre del bloque de apartamentos dispuesto a darle lo que quisiera. ¿Qué importaba si tenía que abrirse de piernas para eso? Le daba lo que Bobby ya no quería darle, le proporcionaba lo que necesitaba.

Se llamaba Fred. Limpiaba aviones en el aeropuerto. Disfrutaba haciéndola llorar, luego le daba su dosis y todo volvía de nuevo a la normalidad. Fred se consideraba especial, mejor que Bobby. Cuando se percató de que a ella le brillaban los ojos por la droga y no por él, empezó a maltratarla y no dejó de hacerlo hasta que terminó en un hospital. Cuando cogió un taxi para regresar al apartamento, el gerente le dijo que Fred se había marchado sin dejar ninguna dirección. Fue entonces cuando le dijo que podía quedarse con él.

Lo que vino después fue como una nube borrosa, o quizá tan clara que no podía verla, pero el caso es que tenía la misma sensación que se tiene cuando uno se pone las gafas de otra persona. Durante casi un año, Lucy pasó de un hombre a otro, de un camello a otro. Hizo cosas —cosas horribles— con tal de conseguir su dosis. Si había un poste totémico en el mundo de las anfetas, ella había empezado por arriba... y tocó fondo con suma rapidez. Día tras día, vio cómo su vertiginosa vida se iba por el sumidero. No podía evitarlo. El dolor era más fuerte que ella. La necesidad, las ansias, el deseo que ardía como ácido hirviendo en sus entrañas.

Luego, finalmente, tocó fondo. A Lucy la aterrorizaban los motoristas que vendían anfetas, pero su deseo terminó por vencerla. Se la pasaban entre sí como si fuese una pelota, la maltrataban. Todos habían estado en Vietnam y estaban furiosos con el

15

mundo, con el sistema, incluso con Lucy. Por su parte, nunca antes se había pasado con la dosis, al menos no tanto como para terminar en un hospital. Ahora, en varias ocasiones, la bajaron del asiento trasero de una Harley para dejarla en la sala de urgencias del Grady. Aquello no les gustaba nada a los motoristas. Los hospitales llamaban a la policía, y la policía siempre resultaba difícil de sobornar. Una noche le dio un subidón tan fuerte que uno de ellos le inyectó una dosis de heroína para que se le pasase, un truco que había aprendido luchando con los vietnamitas.

La heroína fue el último paso hacia su destrucción. Al igual que le sucedió con las anfetas, se enganchó rápidamente. Esa sensación de alivio, esa indescriptible felicidad, esa pérdida de la conciencia del tiempo y el espacio. Era la inconsciencia absoluta.

Lucy jamás había cobrado por practicar sexo. Hasta entonces había sido más una cuestión de trueque. Sexo a cambio de anfetas. Sexo a cambio de heroína. Nunca sexo por dinero.

Sin embargo, necesitaba urgentemente el dinero.

Los motoristas vendían anfetas, no heroína. La heroína era cosa de los negros. Incluso la Mafia pasaba de eso. La heroína era una droga de los guetos. Era demasiado fuerte, demasiado adictiva y demasiado peligrosa para los blancos. Especialmente, para las mujeres blancas.

Así fue como Lucy terminó trabajando para un negro con un tatuaje de Jesucristo en el pecho.

La cucharilla, la llama, el olor a caucho quemado, el torniquete, el filtro de un cigarrillo roto, todo aquello tenía un aire romántico, un proceso largo y dilatado que hizo que su anterior aventura con la aguja le pareciese muy poco sofisticada. Ahora incluso podía sentir cómo se emocionaba nada más pensar en la cucharilla. Cerró los ojos, imaginando esa pieza de cubertería doblada, cómo el cuello se parecía a un cisne descoyuntado. Un cisne negro, una oveja negra, la puta de un negro.

De repente, Juice se puso a su lado. Las demás chicas se apartaron disimuladamente. Aquel chulo tenía un don especial para percibir la debilidad. Ese era su método para captarlas.

—¿Qué pasa, guapita?

—Nada —murmuró ella—. Todo va cojonudo.

Él se sacó el palillo de dientes de la boca.

—No juegues conmigo, muñeca.

Lucy agachó la cabeza. Vio sus zapatos de charol blanco, la forma en que la campana de sus pantalones verdes hechos a medida se plegaba a lo ancho de sus puntas de ala. ¿Cuántos extraños tenía que follarse Lucy para que él le diera brillo a esos zapatos? ¿En cuántos asientos traseros se había echado para que él pudiera ir al sastre en Five Points a medirse la entrepierna?

—Lo siento —respondió ella, atreviéndose a mirarle a la cara e intentando evaluar su temperamento.

Juice se sacó el pañuelo y se secó el sudor de la frente. Sus patillas eran tan largas que se unían a su bigote y su perilla. Tenía una mancha de nacimiento en la mejilla a la que Lucy miraba cuando necesitaba concentrarse en otras cosas.

—Vamos, muñeca —dijo él—. Si no me dices lo que pasa por tu cabeza, no puedo hacer nada.

Le dio un empujón en el hombro. Al ver que ella no hablaba, la empujó con más fuerza. No pensaba rendirse. Juice odiaba que tuvieran secretos con él.

—Pensaba en mi madre —respondió Lucy. Era la primera vez que decía la verdad desde hacía mucho tiempo.

Juice se echó a reír y utilizó el palillo de dientes para dirigirse a las demás chicas.

—¿No es una dulzura? Ha estado pensando en su mamaíta. —Levantó la voz—. ¿De cuántas de vosotras se preocupan vuestras mamás ahora?

Se oyeron algunas risas ahogadas. Kitty, la más pelota de todas, dijo:

—Solo te tenemos a ti, Juice. Solamente a ti.

—Lucy —susurró Mary.

La palabra casi se le quedó atragantada en la garganta. Si Juice se cabreaba, ninguna conseguiría lo que deseaban, y lo que deseaban en ese momento, lo que necesitaban era la cucharilla y la heroína que él guardaba en el bolsillo.

—No pasa nada —dijo Juice haciendo un gesto para que Mary se callase—. Deja que hable. Vamos, chica, habla.

Tal vez fuera porque le dijo lo mismo que le diría a un perro —«habla», como si obtuviese un premio si ladraba cuando él se lo mandaba—, o puede que se debiera a que estaba acostumbrada a hacer justo lo que Juice le ordenaba, pero el caso es que Lucy empezó a mover la boca por voluntad propia.

—Estaba pensando en aquella época en que mi madre me llevaba a la ciudad. —Lucy cerró los ojos. Podía verse sentada en el asiento trasero del coche, el salpicadero metálico del Chrysler de su madre brillando bajo la luz del sol. Hacía un día caluroso, de gran bochorno, uno de esos días de agosto en que deseas tener aire acondicionado en el coche—. Me iba a dejar en la biblioteca mientras ella hacía sus recados.

Juice se rio de sus recuerdos.

—Qué bonito, chica. Tu mamá llevándote a la biblioteca para que pudieses leer.

—No pudo llegar —replicó Lucy abriendo los ojos y mirándole tan fijamente como jamás había hecho antes—. El Klan tenía una reunión.

Juice se aclaró la voz. Miró a las demás chicas y luego volvió a mirar a Lucy.

—Sigue —dijo con un tono tan brusco que un escalofrío le corrió por la espalda.

—Las calles estaban bloqueadas. Paraban a todos los coches para registrarlos.

—Cállate ya —susurró Mary.

Pero ya no podía dejarlo. Su dueño le había ordenado que hablase.

—Era sábado. Mi madre siempre me llevaba los sábados a la biblioteca.

—¿De verdad? —preguntó Juice.

—Sí.

Incluso con los ojos abiertos, Lucy aún podía ver en su mente aquella escena. Estaba en el coche de su madre, segura, contenta. Fue antes de empezar a tomar pastillas, antes de inyectarse, antes de la heroína y antes de conocer a Juice. Y antes de que se perdiese aquella pequeña Lucy que se sentaba en el coche de su madre, angustiada porque no llegaría a tiempo a la biblioteca para su grupo de lectura.

La pequeña Lucy era una lectora voraz. Llevaba su pila de libros en el regazo mientras miraba a los hombres que bloqueaban las calles. Todos iban vestidos con una túnica blanca. La mayoría de ellos se habían quitado la capucha porque hacía demasiado calor. Conocía a algunos de la iglesia, y a un par de ellos de la escuela. Saludó al señor Sheffield, el dueño de la ferretería. Él le guiñó un ojo y le devolvió el saludo.

—Estábamos en una colina cerca del juzgado y había un hombre negro delante de nosotras, parado en una señal de stop. Conducía uno de esos coches extranjeros. El señor Peterson se acercó a él; el señor Laramie se puso al otro lado.

—¿De verdad? —repitió Juice.

—Sí, de verdad. El hombre estaba aterrorizado. Su coche empezó a moverse hacia atrás. Debía de tener el embrague pisado, pero el pie se le escurría de lo asustado que estaba. Recuerdo a mi madre mirándole como si estuviésemos viendo *Reino animal* o algo parecido. Ella se reía sin parar y dijo: «Mira lo asustado que está ese mapache».

—Dios santo —exclamó Mary.

Lucy sonrió a Juice y repitió:

—Mira lo asustado que está ese mapache.

Juice se sacó el palillo de dientes de la boca.

—Ten cuidado con lo que dices, muñeca.

—Mira lo asustado que está ese mapache —murmuró Lucy—. Mira lo asustado… —Su voz se fue apagando, pero era como un motor en ralentí antes de salir disparado. Sin razón alguna, la historia le pareció de lo más graciosa. Luego levantó tanto la voz que hizo eco en los edificios—. ¡Mira lo asustado que está ese mapache! ¡Mira lo asustado que está ese mapache!

Juice le propinó una bofetada con la mano abierta, lo bastante fuerte como para hacer que se diese la vuelta. Lucy notó que la sangre le corría por la garganta.

No era la primera vez que le pegaban, ni la última, pero ya nada podía detenerla.

—¡Mira lo asustado que está ese mapache! ¡Mira lo asustado que está ese mapache!

—¡Cállate! —gritó Juice dándole un puñetazo en la cara.

Lucy oyó el chasquido de un diente al romperse. Su mentón giró como si fuese un *hula hoop*, pero continuó:

—Mira lo asustado…

Le pateó el estómago. Llevaba los pantalones tan ajustados que no podía levantar mucho el pie, pero notó la planta del zapato presionándole la pelvis. Lucy gritó de dolor, tan espantoso como liberador. ¿Cuántos años llevaba sin sentir nada, salvo un entumecimiento? ¿Cuántos años llevaba sin levantarle la voz a un hombre para decirle que no?

Sentía tal presión en la garganta que no podía respirar. Apenas podía soportarlo.

—Mira lo asustado que…

Juice volvió a propinarle un puñetazo en la cara. Notó que el puente de la nariz se le rompía. Lucy se tambaleó, con los brazos abiertos. Vio, literalmente, las estrellas. Se le cayó el bolso. Uno de los tacones se le rompió.

19

—¡Fuera de mi vista! —exclamó Juice blandiendo el puño en el aire—. ¡Lárgate de aquí antes de que te mate, zorra!

Lucy chocó con Jane, que la apartó como a un perro sarnoso.

—¡Márchate! —siseó Mary—. Por favor.

Lucy tragó un poco de sangre y la escupió tosiendo. Trocitos de color blanco cayeron al suelo. Eran sus dientes.

—¡Largo, zorra! —la advirtió Juice—. Fuera de mi vista.

Lucy consiguió darse la vuelta. Miró la oscura calle. No había luz alguna. O bien los proxenetas las apagaban, o bien la ciudad no se molestaba en encenderlas. Lucy se tambaleó de nuevo, pero logró mantenerse derecha. El tacón roto de su zapato era un problema. Se quitó ambos zapatos. Las plantas de sus pies notaron el intenso calor del asfalto, una sensación tan ardiente que le subió hasta el cuero cabelludo. Era como caminar por encima de un montón de brasas. Lo había visto una vez en televisión; el truco consistía en caminar lo bastante rápido como para que el oxígeno no entrase en las llamas, así no te ardía la piel.

Aceleró el paso. Se irguió mientras caminaba. Mantuvo la cabeza bien alta, a pesar del dolor tan intenso que sentía en las costillas. No importaba. La oscuridad tampoco. Ni el calor en la planta de sus pies. Nada importaba.

Se dio la vuelta y gritó:

—¡Mira lo asustado que está ese mapache!

Juice fingió salir detrás de ella, que empezó a correr por la calle. Las plantas de sus pies chocaban contra el asfalto. Sus brazos se movían con fuerza. Sus pulmones parecían sacudirse cuando dio la vuelta a la esquina. La adrenalina le recorría todo el cuerpo. Lucy se acordó de las clases de gimnasia, cuando, por su mala actitud, la profesora la obligaba a dar cinco, diez, veinte vueltas a la pista. Había sido tan rápida en aquella época, tan joven y libre. Todo eso se había acabado. Las piernas empezaron a dolerle, las rodillas se le doblaban. Se atrevió a mirar atrás, pero no vio a Juice. No vio a nadie. Se tambaleó para detenerse.

Juice ni se había molestado en perseguirla.

Lucy se inclinó, apoyando una mano sobre una cabina telefónica, escupiendo sangre por la boca. Utilizó la lengua para ver de dónde le salía. Tenía dos dientes rotos, aunque gracias a Dios eran de la parte de atrás.

Entró en la cabina. La luz la cegó al cerrar la puerta. La abrió de nuevo y se apoyó contra el cristal. Aún jadeaba. Parecía que hubiese corrido diez millas, no unas cuantas manzanas.

Miró el teléfono, el auricular negro colgado de su gancho, la ranura para las monedas. Lucy pasó los dedos por encima del símbolo del timbre, grabado en la placa; luego dejó que su mano buscase el cuatro, el siete, el ocho. El número de teléfono de sus padres. Aún se lo sabía de memoria, como se sabía el número de la calle donde vivían, la fecha del cumpleaños de su madre y la de la próxima graduación de su hermano. Aquella Lucy de antes aún no estaba completamente perdida. Su vida seguía existiendo en números.

Podía llamar, pero, aunque respondiesen, nadie tendría nada que decir.

Lucy se obligó a salir de la cabina. Subió la calle caminando lentamente, sin dirección alguna. Su estómago se retorció cuando notó la primera sensación del mono. Debería ir al hospital para que la curasen y rogarle a la enfermera que le diese algo de metadona antes de que empeorase aún más. El Grady estaba doce manzanas más abajo, y luego otras tres hacia arriba. Aún no sentía calambres en las piernas. Podía llegar hasta allí caminando. Aquellas vueltas a la pista nunca habían sido un castigo. A Lucy solía gustarle correr. Le encantaba hacer *jogging* los fines de semana con su hermano Henry. Él siempre se paraba antes que ella. Lucy tenía una carta suya en el bolso. Se la dio el mes pasado el hombre de la Union Mission, donde las chicas solían pasar el rato cuando Juice estaba cabreado con ellas.

Lucy había guardado la carta sin abrir durante tres días, por miedo a que le diese malas noticias. Su padre había muerto. Su madre se había escapado con el hombre de las Charles Chips. Ahora todo el mundo se estaba divorciando. Hogares destruidos. Hijos destrozados. Aunque Lucy llevaba perdida mucho tiempo, aquello era algo más que abrir y leer una sencilla carta.

La apretujada y pequeña escritura de Henry le resultó tan familiar que sintió como si una suave mano le acariciase las mejillas. Los ojos se le llenaron de lágrimas. Leyó la carta entera una vez, luego otra y después otra más. Una página. No le hablaba de ningún cotilleo, ni le daba noticias de su familia, porque Henry no era así. Era preciso, lógico, nada dramático. Estaba en el último curso de la Facultad de Derecho. Estaba buscando un trabajo porque había oído que las cosas estaban difíciles. Echaría de menos ser estudiante, estar con sus amigos. Y echaba de menos a Lucy.

Echaba de menos a Lucy.

Esa fue la parte que leyó cuatro, cinco veces, y después tantas

21

que perdió la cuenta. Henry echaba de menos a Lucy. Su hermano echaba de menos a su hermana.

Lucy también se echaba de menos a sí misma.

Pero se le había caído el bolso en la esquina. Ahora quizá lo tenía Juice. Probablemente habría tirado todas sus cosas a la acera y las habría registrado como si fuesen suyas. Eso significaba que tendría la carta de Henry, y su cuchillo de cocina, lo bastante afilado como para cortar la piel de su pierna, algo que había hecho la semana pasada para asegurarse de que seguía sangrando.

Lucy giró en la siguiente esquina. Se dio la vuelta para mirar la luna. Señalaba el cielo oscuro con el borde curvado de su uña. El esqueleto del inacabado hotel Peachtree Plaza apareció a lo lejos; el hotel más alto del mundo. Toda la ciudad estaba en obras. Al cabo de un año o dos, habría miles de habitaciones nuevas de hotel en el centro. Los negocios estaban en pleno auge, especialmente en las calles.

Dudó que viviese para verlo.

Lucy tropezó de nuevo. Un dolor le recorrió la espalda. Las lesiones que le había causado Juice empezaban a reclamar su atención. Debía de tener una costilla fracturada. Sabía que tenía la nariz rota. Los retortijones del estómago empezaban a ser más intensos. Necesitaría una dosis pronto o acabaría sufriendo un *delirium tremens*.

Se esforzó por seguir caminando.

—Por favor —dijo rogando al dios del hospital Grady—. Espero que me den metadona, que me den una cama, que sean amables, que…

Se detuvo. ¿Qué pasaba con ella? ¿Por qué dejaba que su destino estuviera en manos de una puta enfermera que la miraría de arriba abajo y sabría lo que era? Debía regresar por donde había venido, arreglar las cosas con Juice, arrodillarse ante él y pedirle que la perdonase. Por piedad. Por una dosis. Por la salvación.

—Buenas noches, hermana.

Lucy se dio la vuelta, esperando ver a Henry, aunque él jamás la había saludado de esa forma. Había un hombre a unos metros detrás de ella. Era blanco, alto, y se ocultaba en la oscuridad. Lucy se llevó la mano al pecho. El corazón le latía con fuerza. Sabía que no debía dejar que nadie se le acercase de esa forma. Buscó su bolso, el cuchillo que guardaba dentro, pero recordó tardíamente que lo había perdido todo.

—¿Te encuentras bien? —preguntó el hombre.

Era un tipo con buen aspecto, algo que Lucy llevaba mucho tiempo sin ver, salvo en algún poli. Llevaba el pelo cortado al rape, las patillas cortas y no tenía ni un asomo de barba, a pesar de lo tarde que era. Un militar, pensó. Muchos hombres estaban regresando de Vietnam. Dentro de seis meses, ese capullo sería como los demás veteranos de guerra que conocía, llevaría el pelo sucio recogido en una trenza, pegaría a las mujeres y se pasaría el rato echando pestes del Gobierno.

Lucy trató de hablar con voz firme.

—Lo siento, guapetón, pero he acabado por esta noche. —Sus palabras resonaron entre los altos edificios. Se percató de que le costaba hablar y se irguió para que no pensase que iba a ser un objetivo fácil—. Ya hemos cerrado el negocio.

—No me interesa el negocio —respondió dando un paso hacia delante. Llevaba un libro en las manos: la Biblia.

—Joder —murmuró Lucy. Esos tipos estaban por todos lados. Mormones, testigos de Jehová, incluso algunos de la Iglesia católica de la localidad—. Escucha, no necesito que me salven.

—Odio discutir, hermana, pero yo creo que sí.

—No soy tu hermana. Yo tengo un hermano, y no eres tú.

Lucy se dio la vuelta y empezó a caminar. No podía regresar con Juice en ese momento, porque no se sentía capaz de soportar otra paliza. Iría al hospital y armaría tal alboroto que la tendrían que sedar. Eso, al menos, bastaría para pasar la noche.

—Apuesto a que está preocupado por ti.

Lucy se detuvo.

—Me refiero a tu hermano. Estoy seguro de que estará preocupado por ti. Yo lo estaría.

Lucy juntó las manos, pero no se dio la vuelta. Continuó caminando. El hombre la siguió. Lucy no aceleró el paso. No podía. El dolor en el estómago era tan intenso que parecía tener un cuchillo clavado en las vísceras. El hospital sería una solución para esa noche, pero luego vendría mañana, y el día siguiente, y el otro. Tenía que buscar la forma de ganarse de nuevo la simpatía de Juice. No había sido una buena noche. Ni siquiera Kitty había ganado mucho dinero. A Juice solo le interesaba el dinero contante y sonante, y Lucy estaba segura de que ese seguidor de Jesús tendría al menos diez dólares encima. Juice le pegaría de nuevo, pero el dinero suavizaría los golpes.

—Me gustaría llamarle —dijo Lucy aminorando el paso. Podía sentir cómo la seguía, manteniendo la distancia—. Me refiero a mi hermano. Vendrá a recogerme. Dijo que lo haría. —Estaba mintiendo, pero su voz sonaba firme—. No tengo nada de dinero. Solo quiero un poco para llamarle. Con eso me basta.

—Si lo que quieres es dinero, yo puedo dártelo.

Lucy se detuvo de nuevo. Se giró lentamente. El hombre estaba bajo el haz de luz que procedía del vestíbulo de algún edificio de oficinas cercano. Lucy era demasiado alta, 1,78 sin zapatos. Estaba acostumbrada a tener que mirar hacia abajo para hablar con la gente. Sin embargo, aquel hombre medía más de 1,80. Las manos que sostenían la Biblia eran enormes. Tenía la espalda ancha. Las piernas eran largas, pero no delgadas. Lucy era rápida, especialmente cuando estaba asustada. En cuanto sacase la cartera, se la quitaría y echaría a correr.

—¿Eres marine o algo parecido?

—Del 4-F[1] —respondió el hombre dando un paso para acercarse—. Discapacidad médica.

A ella le pareció más que capacitado. Probablemente, tenía un papá que le ayudó a librarse, lo mismo que había hecho su padre con Henry.

—Por favor, dame algo de dinero para llamar a mi hermano.

—¿Dónde está?

—En Atenas.

—¿En Grecia?

Lucy soltó una carcajada.

—En Georgia. Está en la universidad. En la Facultad de Derecho. Está a punto de casarse. Me gustaría llamarle. Felicitarle. Pedirle que venga a por mí y que me lleve a casa, con mi familia.

El hombre volvió a acercarse. La luz iluminó los rasgos de su rostro, que eran de lo más normales, incluso demasiado normales. Ojos azules, una bonita boca, la nariz afilada, la mandíbula cuadrada.

—¿Por qué no estás en la universidad?

Lucy notó un hormigueo en la nuca. No sabía cómo describirlo. Una parte de ella tenía miedo de aquel hombre; otra pensaba que no había hablado con un tipo así desde hacía muchos años. No la miraba como si fuese una puta. No le estaba proponiendo ningún negocio. No veía ninguna amenaza en sus ojos.

1. 4-F. Clasificación militar para los discapacitados militarmente. (*Todas las notas del libro son del traductor*).

Sin embargo, eran las dos de la madrugada y allí estaba, en una calle vacía de una ciudad cuyas puertas se cerraban a las seis de la tarde, cuando todos los blancos regresaban a sus zonas residenciales.

La verdad es que ninguno de los dos formaba parte de aquel lugar.

—Hermana —dijo acercándose un poco más. Lucy se sorprendió al ver en su mirada tanto interés—. No quiero que tengas miedo de mí. El Señor me guía.

Ella tardó en responder. Llevaba muchos años desde que alguien, por última vez, la había mirado con algo cercano a la compasión.

—¿Por qué crees que tengo miedo?

—Creo que llevas mucho tiempo viviendo asustada, Lucy.

—Tú no sabes cómo he... —Se detuvo—. ¿Cómo sabes mi nombre?

—Tú me lo has dicho —respondió el hombre un tanto confuso.

—No. Yo no te lo he dicho.

—Me dijiste que te llamabas Lucy hace unos minutos. —Levantó la Biblia para enfatizar—. Te lo juro.

Lucy tenía la boca seca. Su nombre era un secreto. Jamás se lo decía a un extraño.

—Yo no te he dicho mi nombre.

—Lucy...

El hombre estaba muy cerca de ella. Tenía la misma mirada de preocupación en sus ojos, pero con solo dar un paso podía cogerla por la garganta antes de que ella pudiera impedirlo.

Pero no lo hizo. Continuó con la Biblia pegada al pecho.

—Por favor, no tengas miedo de mí. No tienes motivos para ello.

—¿Qué haces aquí?

—Quiero ayudarte. Quiero salvarte.

—No necesito que me salven. Necesito dinero.

—Ya te he dicho que te daré todo el dinero que quieras.

Se puso la Biblia debajo del brazo y sacó la cartera. Vio los billetes doblados cuidadosamente en el billetero. Cientos. Los abrió en abanico.

—Quiero cuidar de ti. Es lo que he querido siempre.

A Lucy le tembló la voz. Miró el dinero. Había al menos quinientos dólares, puede que incluso más.

25

—No te conozco de nada.

—No, aún no.

Lucy retrocedió, aunque necesitaba acercarse, coger el fajo de billetes y echar a correr. Si el hombre se percató de sus intenciones, no lo demostró. Se quedó allí, sosteniendo los billetes como si fuesen sellos de correos en sus grandes manos, sin moverse, sin decir nada. Había mucho dinero. Quinientos dólares. Con esa cantidad podría alquilar la habitación de un hotel, apartarse de las calles durante meses, puede que incluso por un año.

Notó que el corazón le chocaba contra la costilla astillada. Dudaba entre coger la pasta y echar a correr o, sencillamente, correr y ponerse a salvo. El pelo de la nuca se le erizó. Le temblaban las manos. Notó una fuente de calor dándole en la espalda. Durante unos instantes, pensó que el sol estaba saliendo en Peachtree Plaza, recorría la calle y calentaba su cuello y sus hombros. ¿Era una señal del Cielo? ¿Había llegado por fin su momento de salvación?

No. Ninguna salvación. Solo dinero.

Dio un paso adelante, luego otro.

—Quiero conocerte —le dijo al hombre.

El miedo le impedía hablar con claridad.

—Eso está bien, hermana —respondió el hombre con una sonrisa.

Lucy fingió devolverle la sonrisa. Encorvó los hombros para parecer más joven, más dulce e inocente. Luego cogió el fajo de billetes y se dio la vuelta para echar a correr, pero su cuerpo retrocedió como una honda.

—No opongas resistencia. —Sus dedos le aferraban la muñeca. Su enorme mano ocupaba medio brazo de ella—. Ya no puedes escapar.

Lucy dejó de forcejear. No podía hacer nada. El dolor le llegaba hasta la nuca. La cabeza le palpitaba. El cuello le crujió. A pesar de eso, aún aferraba el dinero. Notó que los rígidos billetes le arañaban la palma de la mano.

—Hermana, ¿por qué llevas una vida pecaminosa?

—No lo sé.

Lucy negó con la cabeza. Miró el suelo. Sorbió la sangre que le brotaba de la nariz. Luego notó que él empezaba a soltarla.

—Hermana…

Lucy apartó la mano, rasgándose la piel como si fuese un guante. Corrió tan rápido como pudo, los pies golpeando contra el asfalto, balanceando los brazos. Una manzana, dos. Abrió la boca, jadeando con tanta fuerza que notaba un dolor punzante en el pecho. Tenía las costillas rotas, la nariz fracturada, los dientes hechos añicos. El dinero en la mano. Quinientos dólares. Una habitación de hotel. Un billete de autobús. Toda la heroína que quisiera. Era libre. Por fin era libre.

Hasta que su cabeza retrocedió. Su cuero cabelludo parecía los dientes de una cremallera abriéndose, mientras notaba que le arrancaban de raíz los mechones de pelo. No se detuvo de inmediato. Vio cómo sus piernas se levantaban por delante, sus pies llegaban a la altura de su mentón y luego caía de espaldas contra el suelo.

—No te resistas —repitió el hombre echándose sobre ella, aferrándole el cuello con las manos.

Lucy le arañó los dedos, pero él apretaba, implacable. La sangre le brotaba del cuero cabelludo y le caía en los ojos, en la nariz, en la boca.

No podía gritar. Sin poder ver nada, intentó clavarle las uñas en los ojos. Palpó su mejilla, su piel áspera, pero luego dejó caer las manos porque ya no podía levantar los brazos por más tiempo. Su respiración se aceleró mientras su cuerpo daba espasmos. Noto la tibia orina correrle por la pierna. Podía sentir su excitación, a pesar de que una sensación de impotencia se iba apoderando de ella. ¿Por quién estaba luchando? ¿A quién le importaría que estuviese viva o muerta? Puede que Henry se entristeciera cuando lo supiese, pero sus padres, sus viejos amigos, incluso la señora Henderson se sentirían aliviados.

Finalmente, llegó lo inevitable.

Notó que la lengua se le hinchaba, que su visión se volvía borrosa. Era inútil. Sus pulmones ya no tenían aire. No le llegaba oxígeno al cerebro. Notó que empezaba a rendirse, que sus músculos se relajaban. La nuca golpeó contra la acera. Miró hacia arriba. El cielo era de un oscuro intenso, las estrellas eran tan pequeñas que apenas podía distinguirlas. El hombre la miró fijamente, con la misma mirada de preocupación en los ojos.

Solo que ahora estaba sonriendo.

27

Capítulo dos

En la actualidad. Lunes

Will Trent jamás había estado solo en casa de otra persona, a no ser que esa persona estuviese muerta. Al igual que sucedía con otros muchos aspectos de su vida, era consciente de que eso era una característica que compartía con muchos asesinos en serie. Afortunadamente, él era un agente de la Oficina de Investigación de Georgia, por eso los cuartos de baño vacíos en los que buscó y los dormitorios desérticos que registró estaban enmarcados dentro de la categoría de las intrusiones por el bien común.

Esa revelación no le tranquilizó mientras recorría el apartamento de Sara Linton. No paraba de repetirse que tenía una razón legítima para estar allí. Sara le había pedido que le pusiese de comer a los perros y que los sacase a pasear porque ella tenía que hacer un turno extra en el hospital. Sin embargo, ellos no eran unos extraños. Se habían estado conociendo durante un año antes de empezar a estar juntos, algo que sucedió dos semanas atrás. Desde entonces se había quedado en su apartamento todas las noches. Antes incluso de que eso sucediese, había conocido a sus padres, había cenado en casa de su familia. Teniendo en consideración toda esa familiaridad, esa sensación de estar invadiendo una propiedad ajena carecía por completo de sentido.

Pero eso no impedía que se sintiera como un acosador.

Probablemente, se debía a que era la primera vez que se encontraba allí solo. Estaba seguro de que estaba obsesionado con Sara Linton. Quería saberlo todo de ella. Y aunque no sentía la necesidad de sacar sus trajes y revolcarse desnudo con ellos en su cama —al menos no sin Sara allí con él—, había algo que le impulsaba a mirar todas las cosas que tenía en los estantes y en los cajones. Deseaba mirar los álbumes de fotos que guardaba en una caja dentro del armario del dormitorio. Quería estudiar sus libros y examinar su colección de iTunes.

No es que actuase llevado por esos impulsos. A diferencia de los asesinos en serie, trataba de que ninguna de sus obsesiones se convirtiese en algo siniestro, pero el deseo le hacía sentir un tanto inquieto.

Enganchó la correa de los perros en la percha que había dentro del armario de la entrada. Los dos galgos estaban tumbados sobre el sofá del salón. Un rayo de sol blanqueaba su pelo color beis. El loft era un ático de lujo, lo cual era uno de los extras de ser una pediatra en lugar de un funcionario. Las ventanas en forma de L ofrecían una vista panorámica del centro de Atlanta. El Banco de America Plaza, cuyos constructores parecían haberse olvidado de quitar los andamios de la parte superior. La torre Georgia Pacific en forma de peldaños, que se construyó sobre el cine cuando se estaba estrenando *Lo que el viento se llevó*. El diminuto edificio Equitable, apostado como un pisapapeles de granito negro al lado del cubilete para lápices del Westin Peachtree Plaza.

Atlanta era una ciudad pequeña en muchos aspectos; la población dentro de los límites de la ciudad pasaba ligeramente de los quinientos mil. Sin embargo, fuera de la zona metropolitana, llegaba casi a los seis millones. La ciudad era una Meca en el Piedmont, el centro empresarial del Southeast. Se hablaban más de sesenta idiomas. Había más habitaciones de hotel que residentes, más oficinas que habitantes. Trescientos asesinatos al año. Mil cien violaciones denunciadas. Casi trece mil cargos de agresiones con agravantes.

Una ciudad pequeña, pero siempre enfadada.

Fue a la cocina y cogió los recipientes de agua del suelo. Pensar en regresar a su pequeña casa le hizo sentirse solo, lo cual resultaba extraño, teniendo en cuenta que había crecido deseando estar solo, por encima de cualquier otra cosa. En su vida había algo más que Sara Linton. Era un hombre adulto. Tenía un trabajo. Su propio perro. Su casa. Incluso había estado casado antes. Técnicamente, aún seguía casado, aunque eso no le había importado gran cosa hasta hace poco.

Will tenía ocho años cuando los polis dejaron a Angie Polaski en el orfanato de Atlanta. Ella tenía once años, era una chica, lo que significaba que contaba con muchas oportunidades de ser adoptada, pero era rebelde y respondona, por eso nadie la quería. A Will tampoco lo quería nadie. Había pasado la mayor parte de su infancia entrando y saliendo de los orfanatos como un libro manoseado de una biblioteca. Angie, de alguna manera, había conseguido que todo aquello fuese más llevadero, salvo en los momentos en que ella lo convertía en algo insoportable.

Se habían casado dos años antes. Lo habían hecho como si fuese una especie de reto entre los dos, lo que, de alguna forma, explicaba que ninguno se lo tomase muy en serio. Angie había durado menos de una semana. Dos días después de la ceremonia civil, Will se despertó y vio que se había llevado su ropa, que la casa estaba vacía. No le sorprendió ni le dolió. De hecho, se sintió muy aliviado al ver que no había tardado mucho en hacerlo. Angie desaparecía constantemente, aunque él sabía que volvería. Siempre lo hacía.

Pero, en esta ocasión, por primera vez, había ocurrido algo mientras ella estaba fuera. Se había enamorado de Sara, de su forma de respirarle en el oído, de su forma de pasarle los dedos por la espalda, de su sabor, de su olor, de todas esas cosas que jamás había sentido con Angie.

Chasqueó la lengua mientras ponía los recipientes de agua en el suelo, pero los perros permanecieron en el sofá, sin prestarle atención.

La Glock de Will estaba sobre la encimera, al lado de su chaqueta. Se colocó la pistolera en el cinturón. Miró la hora en la cocina mientras se ponía la chaqueta. El turno de Sara terminaba dentro de cinco minutos, lo que significaba que aún le quedaban diez minutos para marcharse. Probablemente, ella le llamaría al llegar a casa, y él diría que había estado ocupado con el papeleo o corriendo en la cinta, cualquier mentira que dejase claro que no había estado esperando su llamada, pero luego vendría a toda prisa, baloteando como hacía Julie Andrews en *Sonrisas y lágrimas*.

Camino de la puerta principal vibró su móvil. Reconoció el número de su jefa. Durante un segundo, pensó en desviar la llamada al buzón de voz, pero sabía por experiencia que Amanda no se rendiría fácilmente.

—Trent —respondió.

—¿Dónde estás?

Por alguna razón, esa pregunta le resultó un tanto intrusiva.

—¿Por qué?

Amanda soltó un suspiro de cansancio. Will podía oír ruidos al otro extremo, el débil murmullo de la multitud, un sonido seco y constante.

—Respóndeme, Will.

—Estoy en casa de Sara.

Ella no respondió.

—¿Me necesitas?

—Por supuesto que no. Seguirás en el aeropuerto hasta nuevo aviso. ¿Me comprendes? Nada más.

Will miró el teléfono durante unos instantes, luego se lo puso de nuevo en la oreja.

—De acuerdo.

Su jefa terminó la llamada bruscamente. Tenía la sensación de que habría colgado de un golpetazo si eso fuese posible con un móvil.

En lugar de marcharse, se quedó en el vestíbulo, intentando imaginar qué habría sucedido. Rebobinó la conversación mentalmente. No le había dado ninguna explicación. Estaba acostumbrado al secretismo de su jefa. La rabia no era una emoción nueva. Sin embargo, aunque le había dejado de lado en otras ocasiones, no podía entender por qué le había preguntado dónde estaba en ese momento. De hecho, le sorprendía que le hubiese hablado. No le había dirigido la palabra en las dos últimas semanas.

La directora adjunta, Amanda Wagner, era una veterana que pertenecía a ese grupo de policías que ignoraban las reglas para defender un caso, pero seguía el manual cuando se trataba del código de la vestimenta. El GBI exigía que todos los agentes que no fuesen secretos llevasen el pelo cortado dos centímetros por encima del cuello. Dos semanas antes, Amanda le había puesto una regla en la nuca; al ver que no le hizo caso cortándose el pelo, lo trasladó al servicio del aeropuerto, lo que le obligaba a merodear por los servicios de caballeros esperando que alguien le hiciera una proposición.

El error de Will había sido hablarle de la regla a Sara. Le había contado la historia como si fuese una especie de broma, como para darle una explicación de por qué tenía que ir a la peluquería antes de salir a cenar. Sara no le había dicho que no se cortase el pelo. Era más lista que todo eso. Le había dicho que le gustaba el pelo tal como lo tenía, que le sentaba bien. Le había acariciado la nuca mientras se lo decía. Y luego le sugirió que, en lugar de ir a la peluquería, se fuesen al dormitorio, donde hicieron algo tan obsceno que durante unos segundos experimentó una especie de ceguera histérica.

Por eso pensaba que podía pasarse el resto de su carrera mi-

31

rando por debajo de los compartimentos de los aseos de hombres en el aeropuerto más transitado del mundo.

Sin embargo, nada de eso explicaba por qué Amanda había necesitado localizarle ese día y a esa hora en particular. Ni el sonido de la gente reunida que oyó de fondo. Ni ese sonido seco tan familiar.

Entró de nuevo en el salón. Los perros se movieron en el sofá, pero no se sentó. Cogió el mando y encendió el televisor. Un partido de baloncesto. Cambió al canal local. Monica Pearson, la presentadora del Canal 2, estaba sentada detrás de su mesa. Estaba emitiendo un programa sobre el Beltline, el nuevo sistema de transporte que todos los habitantes de Atlanta odiaban, salvo los políticos. Will tenía el dedo sobre el botón de encendido cuando el programa cambió. Últimas noticias. Apareció la imagen de una mujer joven por encima de los hombros de Pearson. Will subió el volumen mientras conectaban con una conferencia de prensa en directo.

Se sentó.

Amanda estaba de pie, en un podio de madera. Tenía varios micrófonos colocados delante de ella. Esperaba a que todo el mundo guardase silencio. Will oyó esos ruidos tan familiares: las cámaras chasqueando por encima del murmullo de la multitud.

Había visto a su jefa dar cientos de conferencias de prensa. Normalmente, él se quedaba en la parte trasera de la sala, tratando de no aparecer en las cámaras, mientras Amanda aceptaba de buen grado ser el centro de atención. Le encantaba estar al mando y controlar el pequeño reguero de información que alimentaba los medios de comunicación. Salvo en ese momento. Will observó su rostro cuando la cámara la enfocó. Parecía cansada. Más que eso: preocupada.

Dijo: «La Oficina de Investigación de Georgia ha emitido un boletín de Alerta sobre Ashleigh Renee Snyder. La chica de diecinueve años desapareció aproximadamente a las tres y cuarto de esta tarde». Se detuvo para darles tiempo a los periodistas a tomar nota de su descripción. «Ashleigh vive en la zona de Techwood y es estudiante de segundo curso en el Instituto de Tecnología de Georgia», añadió.

Amanda dijo más cosas, pero Will bajó el volumen. Observó cómo movía la boca, cómo señalaba a distintos periodistas. Sus preguntas eran largas, pero sus respuestas eran escuetas. Estaba claro que no lo soportaba. De hecho, no utilizó esas bromas tan habituales en ella. Finalmente, abandonó el podio y volvió a aparecer Monica Pearson. La foto de la chica desaparecida surgió de nuevo a su espalda. Era rubia, bonita y delgada.

Le resultó familiar.

Will sacó el móvil del bolsillo. Le dio al botón de llamada rápida buscando el número de Amanda, pero no lo presionó.

Según la ley estatal, la policía local tenía que pedirle al GBI que se encargase del caso. Una de las raras excepciones eran los secuestros, ya que el tiempo era un factor crucial y los secuestradores podían cruzar la frontera del estado rápidamente. Un boletín de alerta movilizaría a todas las oficinas de campo del GBI. Llamarían a todos los agentes. Cualquier prueba que se encontrase tendría prioridad en el laboratorio. Todos los recursos de la agencia se destinarían a ese caso.

Todos, salvo Will.

Probablemente, no debía darle demasiada importancia. Era otra forma de castigarle. Aún seguía molesta con su pelo. Era capaz de mantenerle fuera del caso. Eso era todo. Will había trabajado en secuestros antes. Eran algo horrible. No solían acabar bien. Aun así, todos los policías querían trabajar en alguno. El tic-tac del reloj, la tensión, la búsqueda, el subidón de adrenalina los seducía a todos.

Y Amanda lo estaba castigando manteniéndole al margen del caso.

Techwood.

Una estudiante.

Apagó la televisión. Notó que una gota de sudor le corría por la espalda. No podía concentrarse en nada en particular. Finalmente, sacudió la cabeza para aclararse las ideas. Fue entonces cuando vio la hora en el decodificador. El turno de Sara había terminado hacía doce minutos.

—Joder.

Tuvo que mover a los perros antes de levantarse. Fue a la puerta principal. Abel Conford, el vecino de Sara, estaba en el pasillo esperando el ascensor.

—Buenas tar...

Will bajó por las escaleras. De dos en dos. Tenía que salir del edificio para que Sara no pensase que la había estado echando de menos. Vivía a pocas manzanas del hospital. Estaría al llegar.

De hecho, ya estaba allí.

La vio sentada en su BMW nada más abrir la puerta de la en-

33

trada. Durante un estúpido segundo, pensó en ocultarse entre los árboles. Luego se percató de que Sara habría visto su coche. Su Porsche del 79 estaba aparcado al lado de su nuevo SUV. Will no podía abrir la puerta sin darle un golpe al de Sara.

Masculló algo en voz baja mientras esbozaba una sonrisa. Sara no se la devolvió. Estaba sentada en su asiento, con las manos aferradas al volante, mirando hacia delante. Will se acercó hasta el coche. El sol brillaba lo bastante como para convertir el parabrisas en un espejo, por eso no notó que estaba llorando hasta que estuvo a su lado.

De repente, sus problemas con Amanda perdieron toda su importancia. Will tiró de la manilla de la puerta. Sara abrió desde fuera.

—¿Te encuentras bien?

—Sí —respondió ella, que se dio la vuelta para mirarle, apoyando los pies en los estribos—. Un mal día en el trabajo.

—¿Quieres que hablemos de eso?

—La verdad es que no, pero gracias.

Ella le pasó los dedos por la mejilla y le echó el pelo detrás de la oreja.

Will se acercó. Lo único que podía hacer era mirarla. Tenía su pelo rojizo recogido en una coleta. La luz del sol resaltó el verde intenso de sus ojos. Llevaba puesta la bata de hospital. Se veían algunas manchas de sangre seca en la manga. Tenía varios números escritos en la palma de la mano: tinta azul sobre una piel blanca como la leche. Todas las historias clínicas de los pacientes del Grady estaban en tabletas digitales. Sara usaba el dorso de la mano para calcular las dosis que debía darles a los pacientes. Si lo hubiera sabido la semana anterior, se habría ahorrado dos noches de insomnio por unos celos insanos, pero no quería estropearlo todo con nimiedades.

—¿Están bien los perros? —preguntó Sara.

—Han hecho todo lo que se supone que deben hacer.

—Gracias por cuidar de ellos.

Apoyó las manos en sus hombros. Will notó un escalofrío familiar. Era como si existiese un cordón invisible entre ellos. El más ligero tirón lo dejaba incapacitado.

Sara le acarició la nuca.

—Cuéntame cómo ha sido tu día.

—Aburrido y triste —respondió, lo cual, en parte, era cierto—. Un viejecito me dijo que tenía un buen paquete.

Ella esbozó una sonrisa pícara.

—No le puedes arrestar por ser sincero.

—Se estaba regodeando cuando lo dijo.

—Bueno, a mí no me importaría hacer lo mismo.

Will notó que el cordón se tensaba. La besó. Tenía unos labios suaves. Sabían a la menta de su bálsamo de labios. Sus uñas le arañaron el pelo. Él se acercó aún más. Luego todo se detuvo cuando la puerta principal del edificio se abrió de golpe. Abel Conford los miró con el ceño fruncido mientras se dirigía a grandes zancadas hasta su Mercedes.

Will tuvo que aclararse la voz antes de poder preguntarle a Sara:

—¿Estás segura de que no te apetece estar sola?

Ella le ajustó el nudo de la corbata.

—Quiero dar un paseo contigo, y después quiero comerme una pizza entera contigo, y luego quiero pasar el resto de la noche contigo.

Will miró su reloj.

—Creo que podré arreglarlo.

Sara salió del coche y cerró la puerta. Will se guardó el llavero en el bolsillo. El plástico golpeó el frío metal de su anillo de bodas. Se lo había quitado dos semanas antes, pero, por alguna razón que no sabía explicar, eso era lo más lejos que había podido llegar.

Sara le cogió de la mano mientras bajaban por la acera. Atlanta estaba en su momento más espectacular de finales de marzo, y ese día no era una excepción. Una ligera brisa refrescaba el ambiente. Todos los jardines estaban llenos de flores. El sofocante calor de los meses de verano parecía un cuento de viejas. El sol se colaba por entre los ondulantes árboles, iluminando el rostro de Sara. Había dejado de llorar, pero Will sabía que aún seguía afectada por lo sucedido en el hospital.

—¿Seguro que estás bien? —preguntó.

En lugar de responder, Sara cogió su brazo y se lo pasó por encima de los hombros. Era unos cuantos centímetros más baja que él, lo que significaba que encajaba como una pieza de un rompecabezas bajo su brazo. Will notó su mano escurrirse por debajo de la chaqueta. Colgó su pulgar sobre la parte superior del cinturón, muy cerca de su Glock. Contemplaron el incesante tráfico peatonal del vecindario: corredores, parejas ocasionales, hombres empujando los cochecitos de bebé, mujeres paseando a sus perros. La mayoría de ellos hablaban por el móvil, incluso los corredores.

—Te he mentido —dijo finalmente Sara.

Él la miró.

—¿En qué?

—No tuve un turno extra en el hospital. Me quedé allí porque... —Su voz se apagó. Miró la calle—. No había nadie más.

Will no supo decir otra cosa, salvo:

—De acuerdo.

Sara irguió los hombros al respirar profundamente.

—Trajeron a un niño de ocho años casi a la hora de la comida. —Sara era la pediatra que atendía el servicio de urgencias del Grady. Veía a muchos niños en muy mal estado—. Se había tomado una sobredosis de medicamentos para la presión arterial. Eran de su abuela. Había ingerido la mitad de su dosis para noventa días. No pude hacer nada.

Will guardó silencio para darle tiempo.

—Tenía menos de cuarenta pulsaciones cuando llegó al hospital. Le hicimos un lavado de estómago. Le dimos glucagón, maximizamos la dopamina, la epinefrina. —Su voz se entrecortaba a cada palabra—. No pude hacer nada más. Llamé al cardiólogo para ponerle un marcapasos, pero... —Volvió a sacudir la cabeza—. Tuvimos que dejarle ir y, finalmente, lo trasladamos a la unidad de cuidados intensivos.

Will vio un Monte Carlo negro bajando por la calle. Tenía las ventanillas bajadas. La música rap sacudió el ambiente.

—No podía dejarle solo —dijo Sara.

Will dejó de prestarle atención al coche.

—¿No había enfermeras?

—La sala estaba llena. —Volvió a sacudir la cabeza—. Su abuela no vino al hospital. Su madre está en la cárcel. Su padre anda desaparecido. No tenía más parientes. Estaba inconsciente. Ni siquiera se podía dar cuenta de que yo estaba allí. —Se detuvo por un instante—. Tardó cuatro horas en morir. Sus manos ya estaban frías cuando lo subimos a la planta de arriba. —Miró la acera—. Jacob. Se llamaba Jacob.

Will se mordió el interior de la boca. Cuando era un crío, había ingresado en el Grady unas cuantas veces. El hospital era la única institución financiada públicamente que quedaba en Atlanta.

—Tuvo suerte de tenerte a su lado —dijo.

Ella le abrazó con más fuerza. Aún seguía cabizbaja, como si las grietas de la acera necesitasen de un examen más exhaustivo.

Pasearon en silencio. Will permaneció a la espera. Sabía que ella estaba pensando en su infancia, en la posibilidad de que su vida hubiese acabado de la misma forma que la de Jacob. Will sintió la necesidad de decírselo, de recordarle que el sistema se había comportado con él mejor que con muchos, pero no encontró las palabras adecuadas.

Sara tiró de la parte de atrás de su camisa.

—Vamos. Deberíamos volver.

Tenía razón. El tráfico peatonal había disminuido. Se estaban acercando al Boulevard, que no era el lugar más adecuado para estar a esas horas del día. Will levantó la mirada y parpadeó a causa de la intensa luz del sol. No había edificios altos ni rascacielos bloqueando el sol, solo hileras e hileras de viviendas subvencionadas por el Gobierno.

Techwood había sido como aquel lugar hasta mediados de los noventa, cuando los Juegos Olímpicos lo cambiaron todo. La ciudad había acabado con los suburbios. Los habitantes habían sido trasladados más al sur, y los estudiantes vivían en edificios de apartamentos de lujo.

Estudiantes como Ashleigh Snyder.

Will habló antes de poder evitarlo.

—¿Por qué no subimos por este lado?

Ella le miró con curiosidad. Will señalaba los guetos.

—Quiero enseñarte algo.

—¿Aquí?

—Está solo a unas manzanas.

Will la tiró del hombro para hacer que se moviese. Cruzaron otra calle, pasando por encima de un montón de escombros. Había grafitis por todos lados. Notó que a Sara se le erizaba el vello de la nuca.

—¿Estás seguro de lo que haces?

—Confía en mí —dijo él, aunque, como era de esperar, se encontraron con un sórdido grupo de adolescentes descamisados.

Todos tenían un aspecto desaliñado y llevaban los vaqueros semicaídos. Formaban un grupo muy variado de adictos a las anfetas; casi todos representaban los grupos étnicos que habitaban en Atlanta. Uno de ellos tenía una pequeña esvástica tatuada en su blanca barriga. Otro, una bandera de Puerto Rico en el pecho. Las gorras de béisbol las llevaban del revés. Les faltaban dientes o los tenían empastados de oro. Todos sostenían bolsas de papel color marrón.

Sara se acercó aún más a Will. Él les devolvió la mirada a los muchachos. Will era un tipo fuerte, pero optó por echarse la chaqueta hacia atrás para que se dieran cuenta de con quién estaban tratando. Nada desanima más que una Glock modelo 23 de la policía, capaz de disparar catorce balas.

Sin decir palabra, el grupo se dio la vuelta y se fue en la dirección opuesta. Will los siguió con la mirada para cerciorarse de que se marchaban.

—¿Adónde vamos? —preguntó Sara.

Obviamente no había pensado que su paseo vespertino acabase en una visita a una de las zonas con más índice de criminalidad de la ciudad. El sol caía sobre ellos de lleno. No había sombras en esa parte de Atlanta. Nadie plantaba flores en sus jardines delanteros. A diferencia de las calles alineadas de cornejos de las zonas más habitadas, allí solo había luces de xenón y descampados para que los helicópteros de la policía pudiesen localizar los coches robados o perseguir a los delincuentes que huían.

—Solo un poco más —respondió Will frotándole el hombro para tratar de tranquilizarla.

Caminaron unas cuantas manzanas más en silencio. Podía notar cómo Sara se iba poniendo cada vez más tensa, a medida que se alejaban.

—¿Sabes cómo se llama esta zona? —preguntó Will.

Sara miró a su alrededor buscando alguna placa de calle.

—¿SoNo? ¿Old Fourth Ward?

—Solía llamarse Buttermilk Bottom.

Sara sonrió al escuchar el nombre.

—¿Por qué?

—Era un suburbio. No tenía calles pavimentadas ni electricidad. ¿Ves lo empinada que es la cuesta?

Ella asintió.

—El alcantarillado solía desembocar aquí. Decían que olía como el suero.

Will observó que había dejado de sonreír. Bajó el brazo hasta su cintura cuando torcieron en Carver Street. Señaló una cafetería clausurada que había en la esquina.

—Eso era una tienda de comestibles.

Ella le miró.

—La señora Flannigan me hacía venir todos los días después de la escuela a comprarle su paquete de Kool y su botella de Tab.

—¿La señora Flannigan?

—La directora del orfanato.

Sara no cambió de expresión, pero asintió.

Will notó una extraña sensación en el estómago, como si se hubiese tragado un puñado de avispas. No sabía por qué había llevado a Sara hasta aquel lugar. Normalmente, no era muy impulsivo, y jamás había dado detalles de su vida, al menos no de forma voluntaria. Sara sabía que se había educado en un orfanato, que su madre había muerto poco después de que él naciera. Will asumió que había deducido el resto ella sola. No era una simple pediatra. Había sido forense en su pequeña ciudad natal. Sabía lo que eran los abusos, e imaginaba lo que habían hecho con él. Teniendo en cuenta sus antecedentes médicos, no resultaba difícil encajar todas las piezas.

—La tienda de discos —dijo Will señalando otro edificio abandonado.

Mantuvo el brazo alrededor de su cintura para llevarla a donde quería. El hormigueo en el estómago empeoró. No se quitaba de la cabeza a Ashleigh Snyder. La foto que mostraron en la televisión debía de ser la de su carné de estudiante. Tenía el pelo rubio echado hacia atrás. Sus labios esbozaban una sonrisa amplia, como si el fotógrafo hubiera dicho algo gracioso.

—¿Dónde vivías? —preguntó Sara.

Will se detuvo. Casi habían pasado el orfanato. El edificio estaba tan cambiado que apenas se reconocía. Su estructura de ladrillos estilo español estaba irreconocible. Las ventanas delanteras estaban ocultas por grandes toldos de metal. Habían pintado de amarillo los ladrillos de color rojizo. Le faltaban trozos de fachada. La enorme puerta de madera que, según recordaba, era de color negro brillante ahora tenía un tono rojizo. El cristal estaba lleno de mugre. En el jardín, los neumáticos pintados de blanco de la señora Flannigan ya no enmarcaban sus tulipanes y narcisos. De hecho, ya no eran ni de color blanco. Will temía descubrir lo que había en su interior en ese momento. Mejor no aproximarse. Vieron un cartel pegado en uno de los lados del edificio.

—Próxima apertura: Luxury Condos —leyó Sara—. Me parece que no será tan pronto como dicen.

Will observó el edificio.

—No solía estar en este estado.

A pesar de que no las tenía todas consigo, Sara preguntó:

—¿Quieres que miremos dentro?

Will deseaba irse de allí lo antes posible, pero se armó de va-

39

lor y se acercó hasta los escalones delanteros. De niño, siempre había sentido pavor cada vez que entraba en el orfanato. Siempre había críos nuevos entrando y saliendo, y todos tenían algo que demostrar, a menudo con los puños. En esa ocasión, no fue la violencia física la que le hizo mostrarse cauteloso, sino Ashleigh Snyder. No sabía por qué, pero no podía evitar pensar en que la chica desaparecida se parecía mucho a su madre.

Acercó la cara a la ventana, pero no pudo ver nada, salvo el reflejo de sus propios ojos. La puerta principal estaba cerrada con un buen candado. La madera estaba tan podrida que con un simple tirón del picaporte sacó los tornillos.

Dudó mientras apoyaba la palma de la mano en la puerta. Notó que Sara estaba a su espalda, esperando. Se preguntó cómo reaccionaría si él cambiaba de opinión y bajaba de nuevo las escaleras.

Sara pareció leerle el pensamiento y dijo:

—Podemos entrar. —Luego, sin rodeos, añadió—: ¿Por qué no entramos?

Will empujó la puerta. Las bisagras no crujieron, pero la puerta se quedó atascada en el suelo combado de madera y tuvo que empujar con más fuerza. Comprobó los listones al entrar. Aunque todavía había luz en el exterior, la casa estaba a oscuras a causa de los pesados toldos y la suciedad de las ventanas. Notó un olor a almizcle que no se parecía en nada al aroma de bienvenida del Pine-Sol y los cigarrillos Kool que recordaba de su infancia. Intentó encender las luces, pero fue inútil.

—Quizá deberíamos... —dijo Sara.

—Parece como si lo hubiesen transformado en un hotel —respondió Will señalando el mostrador. Las llaves aún colgaban de sus ganchos en la pared trasera—. O en un centro de reinserción social.

Will miró lo que dedujo que sería el vestíbulo. Había pipas de cristal rotas y papel de estaño tirado por el suelo. Los adictos al crac habían destrozado el sofá y las sillas. Había condones usados aplastados en la moqueta.

—Dios santo —susurró Sara.

Will reaccionó un tanto a la defensiva.

—Imagínatelo con las paredes pintadas de blanco, y ese sofá grande tapizado de pana amarilla. —Miró al suelo—. Tenía esta misma moqueta, pero estaba mucho más limpia.

Sara asintió. Will fue hasta la parte trasera del edificio antes de que ella pudiera salir corriendo por delante. Las amplias estancias de su infancia habían sido divididas en apartamentos de una sola habitación, pero aún recordaba el aspecto que tenía en sus mejores tiempos.

—Este era el comedor. Había doce mesas, con bancos como de pícnic, pero con manteles y bonitas servilletas. Los chicos nos sentábamos a un lado; las chicas, al otro. La señora Flannigan procuraba que no nos mezclásemos mucho. Decía que no necesitaba más niños de los que ya tenía.

Sara no se rio con la broma.

—Por aquí.

Will se detuvo delante de una puerta abierta. La habitación era un agujero oscuro. La recordaba muy bien: el papel estampado de las paredes, la mesa metálica y la silla de madera.

—Esto era la oficina de la señora Flannigan.

—¿Qué ha sido de ella?

—Sufrió un ataque al corazón. Murió antes de que llegase la ambulancia. —Recorrió el pasillo y abrió una puerta de vaivén que le resultaba muy familiar. Continuó—: La cocina, obviamente. —Aquel espacio al menos no había cambiado—. Tiene la misma hornilla que cuando yo era niño.

Abrió la puerta de la despensa. Aún había comida apilada en las estanterías. El moho había transformado una barra de pan en un ladrillo negro. Había pinturas de grafiti en el reverso de la puerta y en la madera habían grabado: «¡Que te jodan! ¡Que te jodan! ¡Que te jodan!».

—Parece que ha sido redecorada por los drogadictos —dijo Sara.

—No, siempre estuvo así —admitió Will—. Aquí es donde te metían si te portabas mal.

Sara apretó los labios mientras observaba el cerrojo de la puerta.

—Créeme, que te encerrasen en la despensa no era lo peor que te podía pasar.

Vio que Sara le miraba de forma inquisitiva y añadió:

—A mí jamás me encerraron aquí.

Ella esbozó una sonrisa forzada.

—Menos mal.

—No era tan malo como crees. Teníamos comida, un techo, televisión en color. Ya sabes lo mucho que me gusta la televisión.

Ella asintió. La condujo de nuevo por el pasillo hasta las esca-

41

leras delanteras. Le dio un golpe a una puerta cerrada mientras pasaban.

—El sótano.

—¿La señora Flannigan encerraba a los niños ahí?

—No, estaba prohibido entrar ahí —respondió Will, aunque sabía que Angie había pasado mucho tiempo allí con los chicos más mayores.

Con cautela, subió las escaleras, tanteando cada peldaño antes de que lo pisara Sara. Los escalones gastados estaban en el mismo lugar que recordaba, pero tuvo que agacharse en el rellano para no golpearse con la viga.

—Por aquí detrás.

Recorrió el pasillo a grandes zancadas, comportándose como si aquello fuese lo que había planeado hacer aquella tarde. Al igual que la planta baja, habían dividido la estancia en habitaciones que satisfacían las necesidades de las prostitutas, los drogadictos y los alcohólicos que querían alquilarlas por horas. La mayoría de las puertas estaban abiertas o colgaban de las bisagras. Las ratas habían roído la escayola alrededor de los zócalos. Las paredes estaban plagadas de crías, o de cucarachas, o de ambas cosas.

Will se detuvo en la última puerta y la empujó con el pie. Solo contenía un catre de hierro y una mesa de madera desvencijada. La moqueta era de color marrón fecal. La única ventana estaba partida por la mitad, ya que la compartía con la habitación de al lado.

—Mi cama estaba pegada contra esa pared. Una litera. Yo dormía en la de arriba.

Sara no respondió. Will se dio la vuelta para mirarla. Se estaba mordiendo el labio con tanta fuerza que pensó que el dolor era lo único que le impedía echarse a llorar.

—Ya sé que parece horrible, pero no estaba así cuando yo era un niño. Te lo prometo. Estaba limpio y ordenado.

—Era un orfanato.

La palabra retumbó en su cabeza como si ella la hubiera gritado debajo de una campana. La diferencia entre ellos dos era indiscutible. Sara se había criado con dos padres cariñosos, una hermana que la adoraba; había llevado una vida estable en una familia de clase media.

Will, sin embargo, había crecido allí.

—¿Will? —preguntó Sara—. ¿Qué pasa?

Él se frotó el mentón. ¿Por qué había sido tan estúpido? ¿Por qué continuaba cometiendo errores con ella que no había cometido con otras personas? Tenía muchas razones para no hablar de su infancia, y una de ellas es que la gente sentía lástima cuando debían sentirse aliviados.

—¿Will?

—Vamos, te llevo a casa. Lo siento mucho.

—No seas así. Esta es tu casa. Fue tu casa. Aquí creciste.

—Un hotel de mala muerte en medio de un suburbio. Probablemente, un yonqui nos pinchará con una navaja cuando salgamos.

Sara se rio.

—No tiene gracia. Es peligroso estar aquí. La mitad de los crímenes de la ciudad se cometen…

—Sé dónde estamos —respondió ella poniéndole las manos en ambos lados de su cara—. Gracias.

—¿Por qué? ¿Por hacer que te tengas que poner una inyección contra el tétanos?

—Por compartir parte de tu vida conmigo. —Le besó delicadamente en los labios—. Gracias.

Will la miró a los ojos, deseando poder leer sus pensamientos. No comprendía a Sara Linton. Era amable y sincera. No estaba recopilando información para luego utilizarla en su contra. No era de las personas que luego ponía el dedo en la llaga. No se parecía en nada a ninguna mujer que hubiera conocido.

Sara volvió a besarle. Le pasó el pelo por detrás de la oreja.

—Cariño, conozco esa mirada, y eso no va a ocurrir.

Will abrió la boca para responder, pero se detuvo al oír cerrarse la puerta de un coche.

Sara dio un respingo y le clavó los dedos en el brazo.

—Es una calle concurrida —dijo él, pero, aun así, se acercó a la parte delantera de la casa para investigar.

A través de la ventana rota que había al final del pasillo, vio un Suburban negro aparcado en la acera. Tenía los cristales tintados. La parte externa, al estar recién lavada, brillaba bajo el sol. La parte trasera estaba más baja que la delantera por culpa del armero metálico que llevaba en el maletero.

—Es un coche camuflado de la policía.

Amanda conducía uno exactamente igual, por eso no se sorprendió al verla salir del vehículo.

Hablaba por su BlackBerry. Llevaba un martillo en la otra

43

mano. El sacaclavos era largo y desagradable. Lo balanceaba en un costado mientras caminaba hacia la puerta delantera.

—¿Qué hace aquí? —preguntó Sara. Intentó mirar por la ventana, pero él se lo impidió—. ¿Por qué lleva un martillo?

Él no respondió, no sabía qué decir. No había razón alguna para que Amanda estuviese allí, ni para que lo llamase y le preguntase dónde estaba, ni para decirle que se quedase en el aeropuerto como si fuese un niño al que había castigado en un rincón.

La voz de Amanda penetró por la ventana cerrada mientras hablaba por teléfono.

—Eso es inaceptable. Quiero a todo el equipo a mi servicio. Sin excepción alguna.

La puerta principal se abrió. Un crujido. Will y Sara oyeron pasos.

Amanda soltó un sonido de disgusto.

—Este es mi caso, Mike. Lo llevaré como considere oportuno.

—¿Qué está...? —susurró Sara.

La expresión de Will la hizo callar. Tenía las mandíbulas desencajadas. Le invadía una repentina e inexplicable furia. Levantó la mano para indicarle que se quedase donde estaba. Antes de que pudiese discutir, Will bajó las escaleras con sumo cuidado para que no crujieran los listones. Estaba sudando otra vez. El hormigueo le había subido hasta el pecho. Contuvo la respiración.

Amanda se guardó la BlackBerry en el bolsillo trasero. Aferró el martillo con fuerza mientras bajaba las escaleras del sótano.

—Amanda —dijo Will.

Ella se dio la vuelta y se sujetó al pasamanos. Vio por su mirada que estaba completamente consternada.

—¿Qué haces aquí?

—¿La chica todavía sigue desaparecida?

Ella no se movió del escalón superior. Aún estaba perpleja. Will repitió la pregunta.

—¿Sigue la chica...?

—Sí.

—Entonces, ¿qué haces aquí?

—Vete a casa, Will.

Jamás había notado miedo en su voz, pero ahora estaba terriblemente asustada; no de Will, sino de otra cosa.

—Deja que yo me encargue de esto —añadió.

—¿Encargarte de qué?

Amanda apoyó la mano en el picaporte, como si lo que más desease en el mundo fuese librarse de él.

—Vete a casa.

—No hasta que me digas qué haces sola en un edificio abandonado cuando hay un caso en marcha.

Ella enarcó una ceja.

—No estoy sola, por si no te has dado cuenta.

—Dime qué sucede.

—No pienso...

Un estridente crujido la interrumpió. El pánico se apoderó de ella. Se oyó otro crujido parecido al disparo de una escopeta. Amanda empezó a caerse. Se aferró al picaporte. Will se lanzó para ayudarla, pero era demasiado tarde. La puerta se cerró de golpe cuando las escaleras se derrumbaron. El ruido recorrió el edificio como un tren de mercancías.

Luego... nada.

Will abrió la puerta de inmediato. El picaporte traqueteó en el suelo. Inútilmente, le dio a los interruptores para encender la luz.

—¿Amanda? —dijo. Su voz retumbó—. ¿Amanda?

—¿Will?

Sara estaba en el rellano. No tardó nada en percatarse de lo sucedido.

—Dame tu teléfono.

Will se lo dio. Luego se quitó la chaqueta y la pistolera, y se agachó en el suelo.

—No se te ocurra bajar ahí —dijo Sara.

Él se quedó paralizado, sorprendido por la orden, por el tono imperante de su voz.

—Estamos en una casa de drogadictos. Puede haber jeringuillas, cristales rotos. Es demasiado peligroso.

Levantó el dedo al ver que le respondían al otro lado de la línea.

—Soy la doctora Linton, del servicio de emergencias. Necesito que envíen una ambulancia y una unidad de rescate a Carver Street. Se ha caído una agente de policía.

—El número 316 —añadió Will. Estaba de rodillas, con la cabeza metida en el sótano mientras Sara daba los detalles—. ¿Amanda? —Esperó, pero no obtuvo ninguna respuesta—. ¿Me oyes?

Sara terminó la llamada.

—Ya vienen. Quédate aquí hasta...

—¿Amanda?

Will miró a su alrededor, tratando de elaborar un plan. Finalmente, se dio la vuelta y se echó sobre su vientre.

—Will, por favor, no lo hagas.

Se apoyó sobre los codos hasta que los pies le colgaron dentro del sótano.

—Te vas a caer.

Se acercó un poco más al borde, esperando tocar suelo firme en cualquier momento.

—Hay trozos de madera rotos allí abajo. Te puedes romper un tobillo. Puedes caer sobre Amanda.

Will agarró el borde de las jambas de la puerta con los dedos, rezando para que sus manos no cedieran, algo que sucedió. Cayó como la hoja de una guillotina.

—¿Will? —Sara estaba en el umbral de la puerta. Se arrodilló—. ¿Estás bien?

Algunos trozos de madera se le habían clavado en la espalda, como dedos afilados. El aire estaba lleno de serrín. Se había golpeado en la nariz contra su propia rodilla, con tal fuerza que vio las estrellas. Se tocó el lateral del tobillo. Un clavo le había perforado el hueso. Los dientes le rechinaron de dolor.

—¿Will? —gritó alarmada Sara—. ¿Will?

—Estoy bien. —Notó que su tobillo se quejaba cuando se movió. La sangre le corría por el interior del zapato. Trató de restarle importancia—. Me parece que tenías razón sobre la inyección del tétanos.

Sara soltó una palabrota.

Él trató de levantarse, pero sus pies no encontraban un punto de apoyo. Palpó a ciegas a su alrededor, pensando que Amanda estaría a su lado. Se apoyó sobre las rodillas y siguió avanzando, hasta que finalmente tocó un pie. Le faltaba el zapato. La media estaba desgarrada.

—¿Amanda?

Cuidadosamente, Will avanzó por entre las astillas de madera y los clavos rotos. Le puso la mano en la espinilla, luego en el muslo. Palpó con suavidad su cuerpo hasta que encontró su brazo doblado por encima del estómago.

Amanda gimió.

A Will se le revolvió el estómago cuando sus dedos palparon la forma antinatural de sus caderas.

—¿Amanda? —repitió.

Ella volvió a gemir. Sabía que Amanda llevaría una linterna

en el coche, por eso miró en sus bolsillos para encontrar las llaves. Sara podría ir al coche y cogerla. Le diría que estaba en la guantera o en uno de los cajones cerrados. Tardaría varios minutos en encontrarla, justo el tiempo que necesitaba.

—¿Amanda?

Miró en sus bolsillos traseros. Con la punta de los dedos tocó la funda rota de plástico de su BlackBerry.

De repente, la mano de Amanda le cogió por la muñeca.

—¿Dónde está Mykel? —preguntó.

Will dejó de buscar las llaves.

—Amanda, soy Will. Will Trent.

Ella respondió de forma escueta.

—Ya sé quién eres, Wilbur.

Will se puso rígido. Solo Angie le llamaba de esa forma. Era el nombre que aparecía en su certificado de nacimiento.

—¿Se encuentra bien? —preguntó Sara.

Tuvo que tragar antes de hablar.

—Creo que tiene la muñeca rota.

—¿Respira bien?

Will trató de escuchar la cadencia de su respiración, pero lo único que pudo oír fue su propia sangre golpeándole los oídos. ¿Qué hacía Amanda allí? Debería estar buscando a la chica desaparecida. Tendría que estar dirigiendo el equipo. No debía estar allí, en aquel sótano, con un martillo en las manos.

—¿Will?

Sara habló con un tono más suave. Estaba preocupada por él.

—¿Cuánto va a tardar la ambulancia en llegar hasta aquí? —preguntó él.

—No mucho. ¿Seguro que estás bien?

—Sí.

Will puso de nuevo la mano en el pie de Amanda. Pudo notar su pulso estable en el tobillo. Había trabajado para esa mujer la mayor parte de su carrera, pero seguía sin saber mucho de ella. Vivía en un condominio en el centro de Buckhead. Llevaba en ese trabajo más años de los que él tenía, lo que le hizo pensar que andaría por los sesenta y tantos. Llevaba su pelo grisáceo peinado de tal forma que parecía un casco de rugby. Tenía una lengua afilada, más licenciaturas que un profesor de universidad y sabía que él se llamaba Wilbur, a pesar de que se había cambiado el nombre legalmente cuando entró en la universidad, por lo que en todos los papeles del GBI aparecía como William Trent.

47

Se aclaró la garganta de nuevo antes de preguntarle a Sara:

—¿Hay algo que pueda hacer?

—No, solo quedarte donde estás. —Sara utilizó un tono alto y claro, el típico de una médica—. Amanda, soy la doctora Linton. ¿Me puede decir qué fecha es hoy?

Ella soltó un gemido de dolor.

—Le dije a Edna mil veces que reforzara esos escalones.

Will se sentó en cuclillas. Algo afilado le presionaba la rodilla. Notó que la sangre le corría por el tobillo y le empapaba el calcetín. El corazón le latía con tanta fuerza que estaba seguro de que Sara podía oírlo.

—Will —murmuró Amanda—. ¿Qué hora es?

Will no pudo responder. Tenía la boca cosida.

Sara respondió por él.

—Las cinco y media.

—De la tarde —añadió Amanda. No era una pregunta—. Estamos en el orfanato de niños. Me he caído por las escaleras del sótano. Doctora Linton, ¿voy a vivir?

Estaba tendida, respirando profundamente aquel aire ardiente.

—Me sorprendería que no lo hiciera.

—Bueno, imagino que de momento debo conformarme con eso. ¿He perdido la conciencia?

—Sí —respondió Sara—. Durante unos minutos.

Amanda continuó hablando.

—No sé qué estás haciendo ¿Me estás tocando el pie?

Will apartó la mano.

—Puedo mover los dedos —dijo aliviada—. Tengo la cabeza que parece que me la hubiese roto.

Will oyó un movimiento, el ruido de la ropa. Amanda continuó:

—No sobresale nada. No tengo sangre ni partes blandas. Dios, cómo me duele el hombro.

Will notó el sabor de la sangre. Le salía de la nariz. Utilizó el reverso de la mano para limpiársela.

Amanda soltó otro largo suspiro.

—Te diré algo, Will. A cierta edad, un hueso roto o una lesión en la cabeza no es cosa de broma. Te durará toda la vida. Lo que te queda de vida.

Guardó silencio durante unos segundos. Parecía intentar tranquilizar su respiración. A sabiendas de que él no le respondería, dijo:

—Cuando ingresé en el Departamento de Policía de Atlanta, había toda una división completa dedicada a comprobar nuestro aspecto. La División de Inspección. Seis agentes dedicados por completo a eso. No me lo estoy inventando.

Will levantó la vista para mirar a Sara. Ella se encogió de hombros.

—Se presentaban mientras pasaban lista; si no cumplías con el reglamento, te suspendían sin paga.

Will puso la mano en su reloj, deseando que pudiese notar la manecilla marcando los segundos. El hospital Grady estaba a unas cuantas manzanas de allí. Sabían que Amanda era una agente de policía, que precisaba ayuda.

—Recuerdo la primera vez que recibí una llamada diciendo que había un código 45. A un gilipollas le habían robado la radio del coche. Siempre estábamos recibiendo llamadas de ese estilo. Tenían aquellas antenas tan grandes saliendo como flechas de sus maleteros.

Will miró de nuevo a Sara. Ella le hizo un gesto circular con la mano, indicándole que la hiciera hablar.

Él tenía la garganta agarrotada. No podía pronunciar ni una palabra, ni simular que solo eran un grupo de amigos que habían tenido un mal día.

Amanda no parecía necesitar que la animase. Se rio para sus adentros.

—Se rieron de mí. Todos se rieron de mí cuando llegué allí. Se rieron cuando le tomé declaración. Se rieron cuando me marché. Ninguno creía que las mujeres pudieran llevar uniforme. La central recibía llamadas todas las semanas, personas que denunciaban que una mujer había robado un coche patrulla. Nadie creía que pudiésemos estar desempeñando este trabajo.

—Ya están aquí —anunció Sara, justo en el momento en que Will oyó el sonido de una distante sirena—. Voy a hacerles una señal.

Will esperó hasta oír los pasos de Sara en el porche delantero. Tuvo que hacer un esfuerzo para no coger a Amanda de los hombros y sacudirla.

—¿Qué has venido a hacer aquí?

—¿Se ha ido Sara?

—¿Por qué has venido aquí?

Amanda adquirió un tono inusualmente amable.

—Tengo que decirte algo.

—No me importa —respondió él—. ¿Cómo sabías que...?

—Calla y escucha —ordenó ella—. ¿Me estás escuchando?

Will notó que el miedo se apoderaba de él nuevamente. Oyó la sirena acercarse. La ambulancia frenó de golpe delante de la casa.

—¿Me estás escuchando?

Will se quedó sin habla de nuevo.

—Es acerca de tu padre.

Dijo algo más, pero Will tenía los oídos amortiguados, como si oyese su voz debajo del agua. De niño, rompió el auricular de su transistor así, poniéndose el botón en la oreja y sumergiendo la cabeza en la bañera, pensando que aquello sería una nueva forma de escuchar música. Y lo había hecho en aquella misma casa. Dos plantas más arriba, en el baño de los chicos. Tuvo suerte de no electrocutarse.

Oyó un golpe seco en la planta de arriba cuando los paramédicos abrieron la puerta principal; luego sus pasos cruzaron la habitación. El rayo de luz de una linterna iluminó repentinamente el sótano. Will parpadeó. Se sintió mareado. Sus pulmones ansiaban un poco de aire.

Las palabras de Amanda resonaron en sus oídos de la misma forma que el sonido lo había hecho cuando se aferró al borde de la bañera y sacó la cabeza del agua.

—Escúchame —le ordenó.

Pero él no quiso hacerlo. No quería saber lo que tenía que decirle.

La junta de la condicional se había reunido. Habían dejado que su padre saliera de prisión.

50

Capítulo tres

Lucy Bennett

15 de octubre de 1974

Lucy perdió la noción del tiempo cuando los síntomas disminuyeron. Sabía que la heroína tardaba tres días en eliminarse por completo de la sangre, y que los sudores y el malestar duraban una semana o más, en función de lo enganchada que estuviese. Los calambres en el estómago, el intenso dolor en las piernas, el estreñimiento o la diarrea, la sangre color rojo brillante de los pulmones eliminando el veneno de rata, la leche en polvo o cualquier cosa que hubieran utilizado para cortar el caballo.

Muchas personas habían muerto intentando quitarse ellas solas de la heroína. La droga era rencorosa. Te poseía. Te clavaba las garras en la piel y no te dejaba marchar tan fácilmente. Lucy había visto a muchos parias muertos en las habitaciones traseras o en los aparcamientos vacíos, con la piel disecada y los dedos de los pies y de las manos agarrotados mientras sus uñas y su pelo seguían creciendo. Parecían brujas momificadas.

¿Semanas? ¿Meses? ¿Años?

El sofocante calor de agosto se había interrumpido por lo que solo podía ser la llegada del otoño. Mañanas agradables, pero noches frías. ¿Se estaba acercando el invierno? ¿Seguía siendo 1974 o se había perdido el día de Acción de Gracias, la Navidad, su cumpleaños?

Nadie podía detener el paso del tiempo.

¿Importaba eso acaso?

Todos los días, Lucy deseaba estar muerta. La heroína había desaparecido de su cuerpo, pero no pasaba ni un segundo sin pensar en el subidón, en la trascendencia, en la erradicación, en el adormecimiento de la mente, en el éxtasis que le producía la aguja al pincharle la vena, en ese brote de calor que le recorría los sentidos. Durante esos primeros días, aún podía notar el sabor de

51

la heroína en sus vómitos. Había intentado comérselos, pero el hombre se lo había impedido.

El hombre.

El monstruo.

¿Quién haría algo así? Iba contra toda lógica. No encontraba nada en su vida que explicara lo que estaba sucediendo. Por muy malos que fuesen los chulos con los que había tratado, siempre terminaban por dejarla marchar. Una vez que habían conseguido lo que querían, la tiraban de nuevo a la calle. No querían volver a verla nunca más. Odiaban su mera presencia. La pateaban si no se marchaba lo bastante rápido. La echaban de sus coches y salían pitando.

Pero él no. Ese hombre no. Ese diablo no.

Lucy quería que la violase, que le pegase, que le hiciera cualquier cosa, salvo someterla a aquella detestable rutina que tenía que soportar a diario. La forma en que le cepillaba el pelo y los dientes. El modo en que la lavaba. La manera tan pudorosa que tenía de quedarse mirando a la pared mientras le pasaba el trapo entre las piernas. Los cuidadosos golpecitos que le daba con la toalla cuando la secaba. La mirada de pena que ponía cada vez que ella abría o cerraba los ojos. Y los rezos. Los constantes rezos.

«Lava tus pecados. Lava tus pecados.» Ese era su mantra. Nunca le hablaba directamente. Solo le hablaba a Dios, como si él pudiese escuchar a una bestia como él. Lucy se preguntaba por qué la había escogido a ella, por qué le hacía todo aquello. Le gritaba, le suplicaba, le ofrecía cualquier cosa, pero él solo respondía: «Lava tus pecados».

Lucy se había educado en la religión. Durante años, había encontrado consuelo en ella. El olor de una vela encendida o el sabor del vino podían hacer que rememorase los momentos vividos en el banco de la iglesia, donde se había sentado felizmente entre sus padres. Su hermano, Henry, de lo aburrido que estaba, garabateaba dibujos vulgares en la hoja parroquial, pero a ella le encantaba escuchar al predicador hablando de las enormes recompensas que se obtenían si se llevaba una vida piadosa. Cuando estaba en las calles, la reconfortaba recordar aquellos sermones del pasado. Incluso cuando empezó a pecar, pensó que su alma no estaba perdida. La crucifixión no significaba nada si no se redimía el alma de Lucy Bennett.

Pero no de esa forma. Ni de esa manera. Y no con agua y jabón. Ni sangre y vino. Ni con aguja e hilo.

Primero venía la penitencia; luego, la tortura.

Capítulo cuatro

Lunes 7 de julio de 1975

Amanda Wagner soltó un prolongado suspiro de alivio cuando salió del vecindario de su padre, Ansley Park. Duke había estado de un humor muy extraño esa mañana. Desde que cruzó la puerta de la cocina, empezó con una letanía de quejas que no se terminaron hasta que ella le dijo adiós desde el volante de su automóvil. Le habló de los veteranos sin objetivos que pedían limosna, de que el precio de la gasolina estaba por las nubes, de que la ciudad de Nueva York esperaba que el resto del país la sacase del apuro. No había ninguna noticia en el periódico de la mañana de la cual no expresase su opinión. Cuando empezó a enumerar la lista interminable de defectos que tenía el recién inaugurado Departamento de Policía de Atlanta, Amanda ya apenas le escuchaba, pero asentía de vez en cuando para tratar de sosegar su temperamento.

Le preparó el desayuno. Procuró que su taza de café estuviese siempre llena. Vació los ceniceros. Le puso una camisa y una corbata sobre la cama. Le anotó lo que debía hacer para descongelar el asado, así no tendría que preocuparse de su cena después del trabajo. Lo único que la consolaba en aquel momento era pensar en su pequeño estudio en Peachtree Street.

El apartamento estaba a menos de cinco minutos de la casa de su padre, pero le habría dado igual que estuviera en la otra punta de la ciudad. Ubicado entre una biblioteca y un mercadillo *hippie* en Fourteenth Street, el apartamento era una de las seis unidades de una antigua mansión victoriana. Duke había visitado aquel lugar y, refunfuñando, le había dicho que había estado en lugares mejores en Midway durante la guerra. Ninguna ventana cerraba debidamente. La nevera no enfriaba lo bastante como para hacer cubitos de hielo. Había que mover la mesa de la cocina para poder

53

abrir el horno. La tapa de la taza del váter arañaba el lateral de la bañera.

Sin embargo, se enamoró de aquel sitio nada más verlo.

Amanda tenía veinticinco años. Iba a la universidad. Tenía un buen trabajo. Después de años de insistencia, milagrosamente había conseguido convencer a su padre para que dejara que se trasladase. No es que fuera Mary Richards, pero al menos ya no la confundirían nunca más con Edith Bunker.

Redujo la velocidad y giró a la derecha en Highland Avenue, y luego otra vez a la derecha en un pequeño centro comercial detrás de la farmacia. El calor del verano resultaba casi sofocante, aunque solo eran las ocho menos cuarto de la mañana. El vaho se levantaba del asfalto cuando aparcó el coche en el extremo más alejado del aparcamiento. Le sudaban tanto las manos que apenas podía coger el volante. Los pantys se le clavaban en la cintura, la camisa se le pegaba al asiento. Tenía un dolor agudo en la nuca que se le estaba subiendo a las sienes.

Aun así, se bajó las mangas de la camisa y se abrochó los puños. Cogió el bolso del asiento del pasajero, pensando que cada vez parecía pesar más. No obstante, era mejor que lo que le obligaron a llevar puesto el año pasado, durante esa misma época. Ropa interior. Medias. Calcetines negros. Pantalones de poliéster color azul marino. Una camisa de algodón de hombre tan grande que los bolsillos de delante le quedaban por debajo de la cintura. Cincha. Enganches de metal. Correa. La funda y la pistola. Radio. Un micrófono en el hombro. Linterna. Esposas. Porra. Llavero.

No era de extrañar que las mujeres del cuerpo de policía de Atlanta tuvieran la vejiga del tamaño de una sandía. Una tardaba diez minutos en quitarse todo aquel equipamiento de la cintura antes de poder ir al cuarto de baño, y eso asumiendo que pudieras sentarte sin que te diera un espasmo en la espalda. Solo la linterna, con sus cuatro pilas y su mango de cuarenta centímetros, pesaba casi cuatro kilos.

Amanda notó cada gramo de todo ese peso cuando se colgó el bolso del hombro y salió del coche. Llevaba el mismo equipo, solo que ahora lo tenía en su bolso de cuero en lugar de en la cintura. Eso se llamaba progreso.

Su padre había estado a cargo de la Zona 1 cuando ella ingresó en el cuerpo. Durante casi veinte años, el capitán Duke Wagner había dirigido la unidad con puño de hierro, hasta que llegó Reginald Eaves, el primer comisionado de seguridad pública negro; expulsó a la mayoría de los agentes veteranos blancos y los sustituyó por negros. La ira colectiva que eso había suscitado casi acaba con el cuerpo. El anterior jefe, John Inman, había hecho prácticamente lo mismo, aunque al revés, cosa que, al parecer, no recordaba nadie. Las camarillas estaban bien, siempre y cuando fueses uno de los seleccionados.

En consecuencia, Duke y sus colegas demandaron al Ayuntamiento para recuperar su puesto. Maynard Jackson, el primer alcalde negro de la ciudad, respaldaba a su hombre. Nadie sabía cómo terminaría el asunto, aunque, según Duke, era cuestión de tiempo que el Ayuntamiento capitulase. No importaba la raza, los políticos necesitaban votos, y los votantes querían sentirse seguros. Por esa razón, el cuerpo de policía cercó la ciudad como un pulpo hambriento que extendía sus tentáculos en todas las direcciones.

Seis áreas de patrulla se ampliaron del desfavorecido Southside hasta los vecindarios más pudientes del norte. Desde esas áreas se podía divisar lo que se denominaban las «Model Cities», es decir, precintos que servían a los sectores más violentos del eje central de la ciudad. Había pequeños focos de prosperidad dentro de Ansley Park, Piedmont Heights y Buckhead, pero una gran parte de los habitantes vivían en suburbios, desde Grady Homes hasta Techwood, incluido el gueto más notorio, Perry Homes. Ese vecindario del lado oeste era tan peligroso que merecía su propio cuerpo de policía. Era el tipo de trabajo que reclamaban los veteranos que habían regresado, pues se parecía más a una zona de guerra que a un barrio de viviendas.

Los policías de la secreta y las unidades de detectives estaban repartidos por las zonas. Había doce divisiones en total, desde la Brigada Antivicio hasta la de Investigaciones Especiales. La de Delitos Sexuales era una de las pocas divisiones que contaba con un gran número de mujeres. Amanda dudaba que su padre le hubiese permitido solicitar un puesto en la unidad si hubiera seguido en el cuerpo cuando presentó la solicitud. Se estremecía al pensar qué pasaría si ganaba el pleito y conseguía de nuevo su puesto. Lo más probable es que la obligase a vestirse de nuevo de uniforme y la pusiera de guardia de tráfico delante de la escuela Morningside Elementary.

Pero aquello era un problema a largo plazo, y el día de Amanda —como el de cualquier otra persona— estaba lleno de problemas a corto plazo. Su principal preocupación cada mañana era con quién la pondrían aquel día de acompañante.

La subvención federal de la Asociación de Asistencia de Aplicación de la Ley que había creado la división de Delitos Sexuales de la policía de Atlanta exigía que todos los equipos estuviesen compuestos de unidades de tres agentes que estuvieran racial y sexualmente integrados. Sin embargo, esas normas rara vez se cumplían, porque las mujeres blancas no querían patrullar solas con hombres negros, las mujeres negras —al menos las que querían conservar su reputación— no querían patrullar con hombres negros, y los negros no querían patrullar con ningún hombre blanco. Todos los días había peleas sobre quién iba a trabajar con quién, lo cual era ridículo, ya que la mayoría cambiaban de compañero cuando estaban en las calles.

Aun así, con frecuencia, se producían acaloradas discusiones sobre las asignaciones. Se ponían muchos inconvenientes. Se pasaba lista. De vez en cuando, se empleaban los puños. De hecho, la única cosa en la que estaban de acuerdo los hombres de la Unidad de Delitos Sexuales es que, en lo que se refería a las asignaciones, a ninguno le gustaba que lo emparejaran con una mujer.

A menos que fuese una mujer guapa.

El problema también se extendía a otras divisiones. Todas las mañanas, se leía el boletín diario del comisionado Reginald Eaves antes de pasar lista. Reggie siempre estaba trasladando personal con tal de cubrir la cuota federal que les obligaban a aceptar ese día. Ningún agente sabía adónde iría cuando llegaba al trabajo. Tanto podía ser al centro de Perry Homes como a aquel infierno viviente que era el aeropuerto de Atlanta. Un año antes, una mujer había sido asignada durante una semana al equipo SWAT, lo que habría sido desastroso si hubiera tenido que actuar en alguna situación conflictiva.

Amanda siempre había estado en el turno de día, probablemente porque su padre lo había querido así. Nadie parecía notar ni preocuparse de que continuase con ese turno, a pesar de que Duke lo había denunciado al Ayuntamiento. El turno de día, el más fácil, duraba desde las ocho hasta las cuatro. El de tarde desde las cuatro hasta la medianoche, y el de madrugada, el más peligroso, desde la medianoche hasta las ocho de la mañana.

Los agentes de patrulla trabajaban más o menos con los mismos horarios que las divisiones de detectives y de agentes de la secreta, menos una hora por cada lado, siguiendo el antiguo hora-

56

rio ferroviario. La idea era que cada uno informase al que venía después, lo que rara vez sucedía. En la mayoría de ocasiones, cuando Amanda llegaba al trabajo, se cruzaba con un par de sospechosos con los ojos morados o vendajes cubiertos de sangre en la cabeza. Normalmente, estaban esposados a los bancos al lado de la puerta principal, pero nadie sabía cómo habían llegado ni de qué se les acusaba. Dependiendo del número de arrestos que habían hecho los agentes uniformados aquel mes, a algunos se les ponía en libertad, y luego, de inmediato, los volvían a arrestar por vagabundear.

Como sucedía con la mayoría de las sedes, la Zona 1 estaba ubicada en un edificio vetusto que parecía el típico lugar donde la policía estaría practicando una redada, no pasando el rato bebiendo café o contándose historias sobre los arrestos del día anterior. Situada detrás de la plaza Pharmacy y un cine porno, habían reubicado allí la sede cuando se descubrió que el anterior cuartel estaba justo encima de un socavón. El *Atlanta Constitution* se había regodeado con la noticia.

El edificio solo tenía tres salas. La mayor era la de reuniones, donde estaba la oficina del sargento, separada por un panel de cristal. La oficina del capitán era mucho más agradable, lo que significaba que las ventanas se abrían y se cerraban. Antes del 4 de Julio, alguien había roto el cristal de la ventana de delante de la sala de reuniones para que entrase el aire. Nadie se había molestado en repararlo, probablemente porque sabían que lo romperían de nuevo.

En la tercera sala estaban los aseos; aunque se compartían, la gente se aseguraba de que ninguna mujer se pudiese sentar en la taza. La única vez que Amanda había entrado en ellos, terminó vomitando detrás del Plaza Theater mientras escuchaba los quejidos y maullidos de *Winnie Bango* que traspasaban el muro de hormigón.

—Buenos días, señora —dijo un agente de patrulla dándose un golpecito en el sombrero cuando la vio pasar.

Ella le devolvió el saludo, pasando entre un grupo de coches patrulla blancos de la policía de Atlanta, camino de la entrada. El olor de los borrachos impregnaba la atmósfera, aunque no había ninguno esposado en los bancos. Una nube de humo cubría el techo manchado. Todo estaba cubierto de polvo, incluso las largas mesas estilo cafetería alineadas irregularmente en la sala. El podio de delante estaba vacío. Amanda miró el reloj. Aún quedaban diez minutos para el recuento.

Vanessa Livingston estaba sentada en la parte trasera de la

57

sala de reuniones, ocupada con el papeleo. Llevaba pantalones grises, los mismos y feos zapatos de hombre que les obligaban a llevar cuando iban de uniforme, una camisa azul claro de manga corta y su cabello moreno cortado con decisión al estilo paje, curvado a los lados.

Amanda había patrullado con ella en varias ocasiones cuando ambas iban de uniforme. Era una compañera de fiar, pero podía ser algo simplona y se oían rumores de que era un tanto ligera de cascos, es decir, que estaba disponible sexualmente para los agentes de policía. Amanda no tuvo más opción que sentarse a su lado. Como de costumbre, la sala de reuniones estaba dividida en cuatro cuadrantes: los blancos y los negros en ambos lados, las mujeres en la parte de atrás, y los hombres delante.

Amanda mantuvo la mirada al frente mientras pasaba ante el grupo de hombres uniformados. Todos esperaron hasta el último instante para dejarla pasar. Un grupo en el rincón estaba entretenido en abrir candados. Todos los días había competiciones sobre quién podía abrir más rápido una cerradura. Unos cuantos agentes intercambiaban munición de alta expansión. Durante los últimos dos años, catorce policías de Atlanta habían muerto de un disparo. Una bala más rápida en tu pistola no era mala idea.

Amanda dejó el bolso sobre la mesa y se sentó.

—¿Cómo estás?

—Bien —respondió Vanesa con su voz alegre de costumbre—. Estuve de suerte con la División de Inspección esta mañana.

—¿Ya se han marchado?

Vanessa asintió. Amanda se desabrochó de inmediato los botones de los puños y se subió las mangas. El aire fresco que notó en los brazos casi hizo que se desvaneciera.

—¿No vino Geary? —preguntó Amanda.

El sargento Mike Geary no habría pasado por alto la indumentaria de Vanessa. Era la clase de hombre que pensaba que las mujeres no debían trabajar de policía, y hacía todo lo posible para ponerles cuantas dificultades podía. Por alguna razón, la tenía tomada con Amanda, y en más de una ocasión la había suspendido durante todo un día, por lo que no sabía cómo pagaría el alquiler si eso volvía a suceder.

Vanessa apiló los informes y dijo:

—Geary está fuera hoy. Ha venido Sandra Phillips, la chica negra que lleva la cabeza afeitada como los hombres.

—Me dio una clase —replicó Amanda.

Como casi todo el mundo que conocía, asistía a las clases nocturnas en Georgia State. El Gobierno Federal sufragaba las clases, y el Ayuntamiento estaba obligado a aumentarte el salario si obtenías una licenciatura. El próximo año, Amanda estaría ganando casi doce mil dólares.

—¿Lo has pasado bien el día 4?

—Hice algunos turnos extra —admitió Amanda.

Lo había hecho voluntariamente, ya que no podía soportar pasarse un día entero oyendo a su padre quejarse de todo lo que leía en el periódico. Gracias a Dios, solo recibía el periódico dos veces al día; de lo contrario, no dormiría jamás.

—¿Y tú?

—Bebí más de la cuenta y me estrellé contra un poste de teléfono.

—¿Cómo está el coche?

—El guardabarros aplastado, pero aún anda.

Vanessa bajó el tono de voz y añadió:

—¿Te has enterado de lo de Oglethorpe?

Lars Oglethorpe era uno de los amigos de Duke. A ambos los habían despedido el mismo día.

—¿Qué le ha pasado?

—El Tribunal Supremo ha dictaminado a su favor. Paga completa y beneficios. Vuelve a ocupar su cargo. Le han asignado a su antigua brigada. Imagino que Reggie se va a cabrear mucho cuando se entere.

Amanda no tuvo tiempo de responder. Se oyeron una serie de exclamaciones masculinas cuando Rick Landry y Butch Bonnie entraron en la sala. Como de costumbre, los detectives de Homicidios llegaban con el tiempo justo. El recuento iba a comenzar al cabo de dos minutos. Amanda cogió el bolso y sacó un montón de informes mecanografiados.

—Eres un encanto —dijo Butch cogiendo los informes y dejando su cuaderno en la mesa, delante de Amanda—. Espero que puedas entenderlo.

Miró su letra en la primera página y frunció el ceño.

—A veces creo que escribes de esa forma tan ilegible a propósito.

—Cariño, ya sabes que puedes llamarme a cualquier hora del día o de la noche. —Le guiñó un ojo mientras seguía a Landry hacia la parte delantera de la sala—. Preferiblemente de noche.

Se oyeron algunas risitas, pero Amanda simuló ignorarlas mientras revisaba las notas de Butch. La letra resultaba más fácil de entender a medida que pasaba las páginas. Butch y Rick trabajaban en la Brigada de Homicidios. No deseaba aquel trabajo. Al ser la que mecanografiaba los informes de Butch, no podía evitar conocer los detalles. Tenían que decirle a los familiares que uno de sus parientes había fallecido, ver a muchas personas muertas y observar cómo les hacían la autopsia. A ella se le revolvía el estómago con solo leer esas cosas. En realidad, había algunos trabajos que solo los hombres eran capaces de hacer.

—¿Sabes que tenemos un sargento nuevo? —preguntó Vanessa.

Amanda se quedó a la expectativa.

—Es uno de los muchachos de Reggie.

Amanda contuvo un gruñido de disgusto. Una de las que parecían mejores ideas de Reginald Eaves fue exigir un examen escrito para los ascensos. Amanda había sido lo bastante estúpida como para pensar que tenía alguna opción. Cuando ninguno de los agentes negros pasó el examen escrito, Eaves tiró los resultados e implantó un examen oral. Como era de esperar, muy pocos agentes blancos pudieron aprobarlo y, por supuesto, ninguno de ellos era una mujer.

—Me han dicho que es del norte. Suena como Bill Cosby.

Ambas se dieron la vuelta e intentaron mirar dentro de la oficina del sargento, pero había archivadores apilados contra el panel de cristal. La puerta estaba abierta, pero lo único que vio Amanda fue otro archivador y el borde de un escritorio de madera. Había un cenicero de cristal sobre el cartapacio de piel. Vio una mano negra extenderse y darle golpes al cigarrillo contra el cristal del cenicero. Tenía los dedos delgados, casi delicados, y las uñas cortadas en línea recta.

Amanda volvió a girarse. Simuló leer las notas de Butch, pero no podía concentrarse. Tal vez fuese por culpa del calor. O puede que fuera porque estaba sentada al lado de una cotorra.

—Me pregunto dónde está Evelyn —dijo Vanessa.

Amanda se encogió de hombros sin dejar de mirar los informes.

—No puedo creer que haya vuelto. Debe de estar mal de la cabeza.

A pesar de sus buenas intenciones, Amanda se sintió absorbida. «Han pasado casi dos años», se dijo. A su padre lo habían despedido hacía once meses. Evelyn se había dado de baja para tener un hijo, el año anterior. Acababa de ingresar en la Secreta. Todo el mundo pensó que era el fin de su carrera laboral.

—Si yo tuviera un marido y un hijo —dijo Vanessa—, no aparecería por este lugar nunca más. Le diría adiós para siempre.

—Puede que necesite el dinero.

Amanda habló en voz baja, para que nadie se diese cuenta de que estaba chismorreando.

—Su marido gana mucha pasta. Le ha vendido seguros a la mitad del cuerpo de policía —replicó Vanessa soltando una carcajada—. Probablemente, esa sea la única razón por la que ha vuelto, para ayudarle a vender pólizas. —Bajó el tono de mofa—. No estaría mal que hablases con él. Tiene mejores precios que Benowitz. Además, imagino que no te gustaría darle tu dinero a un judío.

—Le preguntaré a Evelyn —dijo Amanda, aunque a ella le gustaba Nathan Benowitz. Su Plymouth pertenecía al Ayuntamiento, pero todos tenían que pagarse el seguro del coche. Benowitz siempre había sido amable con ella.

—Shh —masculló Vanessa, aunque Amanda no decía nada—. Ya viene.

61

Los agentes reunidos guardaron silencio cuando entró el nuevo sargento en la sala. Vestía con la ropa de invierno: pantalones azul marino y una camisa de manga larga del mismo color. Era un hombre muy delgado. Llevaba el pelo cortado al estilo militar. A diferencia de todos los demás, parecía no sudar por la frente.

Amanda observó que no tocaba ninguna de las mesas mientras recorría la línea invisible que llegaba hasta el centro de la sala. Aparentaba unos treinta años. Era un hombre delgado que parecía estar en forma, y se diría que su cuerpo era más el de un adolescente que el de un hombre adulto, pero, aun así, tuvo que hacer algunos giros para pasar entre las mesas. Amanda observó que el pasillo era más estrecho de lo normal. Las nimiedades eran lo único que parecía unirlos a todos. Los policías negros odiarían al nuevo sargento porque era del norte, y los blancos porque era uno de los hombres de Reggie.

Dejó sus papeles sobre el atril, se aclaró la voz y, con un sorprendente tono de barítono, dijo:

—Soy el sargento Luther Hodge.

Miró a su alrededor como si esperase que alguien le desafiase. Al ver que nadie le respondía, prosiguió:

—Voy a leer el boletín informativo antes del recuento, pues hay una gran cantidad de traslados.

Se oyó un gruñido por toda la sala, pero a Amanda le resultó reconfortante que alguien se hubiera dado cuenta de que era mejor anunciar los traslados antes del recuento.

Hodge leyó los nombres. Vanessa tenía razón al decir que hablaba como Bill Cosby. Lo hacía cuidadosamente, aunque no con lentitud. Pronunciaba cada palabra. Los hombres uniformados que estaban en la fila de delante le miraban un tanto sorprendidos, como si estuvieran viendo un perro que caminara sobre sus patas traseras. Blancos o negros, todos procedían de las zonas rurales o acababan de librarse del servicio militar. La mayoría de ellos hablaban con ese acento tosco que utilizaban sus primos del campo. No pudo dejar de mirar atentamente a Hodge.

Dejó de leer la larga lista de traslados, luego se aclaró la voz de nuevo y dijo:

—El recuento se hará por equipos. Algunos tendréis que esperar a que vuestros compañeros vengan de otras divisiones. Por favor, comprobad conmigo que vuestro compañero queda registrado antes de que salgáis a la calle.

Como si se hubiesen puesto de acuerdo, Evelyn Mitchell entró apresuradamente en la sala, mirando a su alrededor con ojos casi asustados. Amanda aún llevaba uniforme cuando Evelyn ascendió a la Brigada de Delitos Sexuales pero, las pocas veces que la había visto, siempre vestía con mucha elegancia. Aquel día llevaba un bolso grande de gamuza con un estampado indio en la parte de delante y borlas colgando de los amplios pliegues. Vestía una chaqueta azul marino sobre una blusa amarilla. Su cabellera rubia le caía hasta los hombros; era un peinado que la favorecía mucho, ya que lo llevaba al estilo Angie Dickinson. Obviamente, Amanda no era la única que se había dado cuenta de eso. Butch Bonnie exclamó:

—Oye, Pepper Anderson,[2] me puedes arrestar cuando quieras.

Los hombres se rieron todos al mismo tiempo.

—Lamento llegar tarde —dijo Evelyn dirigiéndose al nuevo sargento—. No volverá a suceder.

Miró a Amanda y a Vanessa, y se dirigió a la parte trasera de la sala. Sus tacones retumbaron en la sala con un sonido seco.

2. Protagonista de la serie *La mujer policía*, cuya actriz principal era Angie Dickinson.

Hodge la detuvo.

—No me ha dicho su nombre, detective.

Aquellas palabras parecieron absorber todo el aire de la sala. Todos se giraron para mirar a Evelyn, que se había quedado paralizada al lado de Amanda. El miedo que emanaba de ella era tan palpable como el calor.

Hodge se aclaró la voz de nuevo.

—¿Me he perdido algo, agente? Imagino que es detective, ya que no va de uniforme.

Evelyn abrió la boca, pero fue Rick Landry quien respondió.

—Es una agente de paisano, no es detective.

Hodge insistió.

—No estoy seguro de saber cuál es la diferencia.

Landry señaló con el pulgar la parte de atrás de la sala. El cigarro que tenía en la boca se balanceó al hablar.

—¿No ve sus tetitas debajo de la camisa?

Todos soltaron una carcajada. Evelyn se puso el bolso contra el pecho, pero también se rio. Amanda hizo lo mismo. El sonido retumbó en su garganta como un sumidero.

Hodge esperó hasta que guardaron silencio.

—¿Cómo se llama, agente? —le preguntó a Evelyn.

—Mitchell —respondió dejándose caer en la silla al lado de Amanda—. Señora Evelyn Mitchell.

—Le sugiero que no vuelva a llegar tarde, señora Mitchell. —Miró la hoja de recuento y buscó su nombre—. Usted irá con la señorita Livingston hoy. La señorita Wagner irá con el detective Peterson, que vendrá de la… —alguien soltó un aullido de lobo, pero Hodge prosiguió—: Zona Dos.

Evelyn miró a Amanda y puso los ojos en blanco. Kyle Peterson era un incordio. Cuando no trataba de meterte la mano por debajo de la falda, estaba durmiendo en el asiento trasero del coche.

Vanessa se inclinó y le susurró a Evelyn:

—Me gusta tu nuevo corte de pelo. Es muy chic.

—Gracias —respondió. Se tiró del cabello hacia atrás, como si quisiera alargárselo. Luego le preguntó a Amanda—: ¿Sabes que Oglethorpe ha recuperado su puesto?

—Le han asignado su antigua brigada —añadió Vanessa—. Me pregunto qué supondrá eso para nosotras.

—Probablemente, nada —murmuró Evelyn.

Todos volvieron a prestar atención a la parte delantera de la sala. Había un hombre blanco en uno de los lados, justo debajo de la puerta abierta. Tenía aproximadamente la misma edad que Amanda y vestía un traje color azul claro de tres piezas. Su pelo rubio le caía por la nuca, y llevaba las patillas sin recortar. Tenía los brazos cruzados sobre el pecho, en señal de impaciencia. Su prominente estómago sobresalía por debajo.

—¿Un pez gordo? —preguntó Vanessa.

Evelyn negó con la cabeza.

—Demasiado trajeado.

—Seguro que es un abogado —respondió Amanda.

Había estado muchas veces en la oficina del abogado de su padre y sabía el aspecto que tenían. Su elegante traje le delataba, aunque a ella solo le bastaba ver la forma tan arrogante de levantar el mentón para darse cuenta de ello.

—Los detectives Landry y... —Luther Hodge se dio cuenta de que nadie le estaba escuchando y levantó la vista. Miró al visitante durante unos segundos antes de decir—: Señor Treadwell, podemos hablar en mi despacho. —Luego se dirigió a los miembros de la sala—. Vuelvo dentro de un minuto. ¿Alguien puede continuar con las asignaciones?

Butch se levantó:

—Yo me encargo.

—Gracias, detective.

Hodge no se percató de las miradas recelosas. Poner a Butch a cargo de las asignaciones era como poner a un zorro al cuidado de un gallinero. Para él eso de las asignaciones era como una versión del *Juego de las citas*.

Hodge fue a la habitación de atrás, pasando su delgado cuerpo por la estrecha línea divisoria. El abogado Treadwell siguió la pared exterior. Encendió un cigarrillo mientras entraba en la habitación y cerró la puerta.

—¿Sabéis de qué se trata? —preguntó Evelyn.

—No te preocupes de ellos —respondió Vanessa—. ¿Por qué narices has vuelto?

—Me gusta este trabajo.

Vanessa esbozó una expresión de incredulidad.

—Venga, vamos, dinos la verdad.

—La verdad es demasiado aburrida. Espera a ver qué dicen los rumores.

Evelyn sonrió, luego abrió el bolso y miró en el interior.

Vanessa observó a Amanda buscando una explicación, pero ella solo pudo mover la cabeza.

—Sí, señor —dijo alguien.

Amanda vio que un grupo de agentes de patrulla negros había empezado a describir los tejemanejes que estaban teniendo lugar en la oficina de Hodge. Amanda miró a Evelyn y luego a Vanessa. Todas se giraron, al mismo tiempo.

Detrás del panel de cristal, la boca de Treadwell se movía. Uno de los policías negros dijo con voz pomposa:

—Muchacho, tu salario se paga con mis impuestos.

Amanda reprimió una carcajada. Oía esa frase casi todos los días, como si los impuestos de Amanda no pagasen su salario tanto como el de otra persona.

Hodge tenía la mirada puesta en su escritorio. Había cierta mansedumbre en la postura de sus hombros mientras movía la boca.

—Sí, señor —dijo el primer policía—. Yo lo investigaré por usted, señor. No se preocupe.

Treadwell señalaba con un dedo a Hodge. El segundo policía refunfuñó:

—Esta ciudad es un desastre. ¿Adónde vamos a llegar? ¡La cosa se nos está yendo de las manos!

Hodge asintió, aún con la mirada gacha. El primer policía dijo:

—Tiene usted toda la razón. No puedo ni tomarme el almuerzo sin oír comentarios de mujeres blancas que han sido asaltadas por algún hombre negro.

Amanda se mordió el labio inferior. Se oyeron algunas risitas ahogadas.

Treadwell bajó la mano. El segundo policía dijo:

—¡Lo que digo es que tus malditos negros se comportan como si tú fueses el dueño de esta ciudad!

Nadie se rio de ese comentario, ni siquiera los agentes negros. La broma había llegado demasiado lejos.

Cuando Treadwell abrió de un golpetazo la puerta de la oficina y salió a toda prisa, la sala quedó en completo silencio.

Luther Hodge tuvo que contener su rabia cuando se dirigió hacia la puerta abierta. Señaló a Evelyn.

—Usted —dijo. Su dedo cambió de dirección para señalar a Amanda y Vanessa—. Y usted. A mi oficina.

Vanessa se quedó rígida en la silla. Amanda se llevó la mano al pecho.

—Yo o…

—¿Qué pasa? ¿Las mujeres no entienden las órdenes? A mi oficina. —Luego se dirigió a Butch y añadió—: Continúe con el recuento, detective Bonnie. Y que no tenga que decírselo dos veces.

Evelyn se llevó el bolso al pecho cuando se levantó. Las pantorrillas de Amanda sintieron un escalofrío cuando la siguió. Se dio la vuelta para mirar a Vanessa, que tenía aspecto de sentirse tan culpable como aliviada. Evelyn estaba de pie, delante de la mesa de Hodge, cuando Amanda se acercó. Él se sentó en su silla y empezó a escribir en una hoja de papel.

Amanda se giró para cerrar la puerta, pero Hodge dijo:

—Déjela abierta.

Si Amanda creía que antes hacía calor, no era nada comparado con el que sentía ahora. A Evelyn le sucedía otro tanto. Se echó el pelo hacia atrás nerviosamente. La delgada plata de su anillo de boda reflejó la luz de los fluorescentes. Se oía el tono monótono de Butch Bonnie distribuyendo las asignaciones en la otra sala. Amanda sabía que, a pesar de tener la puerta cerrada, Luther Hodge había podido oír las bromas que habían gastado los agentes negros mofándose de él.

Hodge dejó el lápiz. Se echó hacia atrás y miró primero a Evelyn y luego a Amanda.

—Ustedes dos están en la Unidad de Delitos Sexuales.

Ambas asintieron, aunque él no les había preguntado.

—Ha habido un código 49 en esta dirección.

Una violación. Hodge les tendió la hoja de papel. Hubo algo de incertidumbre antes de que Evelyn lo cogiese.

Miró el papel.

—Esto está en Techwood.

El gueto.

—Así es —respondió Hodge—. Tomen declaración. Determinen si se ha cometido un delito o no. Hagan algún arresto si lo consideran necesario.

Evelyn miró a Amanda. Ambas se estaban preguntando lo mismo: ¿qué tenía que ver aquello con el abogado que acababa de estar allí?

—¿Necesitan indicaciones? —preguntó Hodge, aunque una vez más no les estaba haciendo una pregunta—. Imagino que conocerán la ciudad. ¿Debo mandar a un coche patrulla que las escolte? ¿Es así como funcionan las cosas?

—No —respondió Evelyn. Hodge la miró fijamente hasta que ella añadió—: señor.

—Váyanse.

Hodge abrió una carpeta y empezó a leer.

Amanda miró a Evelyn, quien le hizo una señal indicándole la puerta. Ambas salieron, sin saber a qué venía todo aquello. El recuento había terminado. La sala de reuniones estaba vacía, salvo por algunos rezagados que estaban esperando a que llegasen sus nuevos compañeros. Vanessa también se había marchado, probablemente con Peterson. Seguro que ella disfrutaría más de esa asignación que Amanda.

—¿Podemos coger tu coche? —preguntó Evelyn—. Llevo la furgoneta y está llena de paquetes.

—Por supuesto.

Amanda la siguió hasta el aparcamiento. Evelyn decía la verdad. Su Ford Falcon estaba atestado de paquetes.

—La madre de Bill viene este fin de semana. Me va a ayudar con el niño mientras trabajo.

Amanda se subió al Plymouth. No quería inmiscuirse en la vida privada de Evelyn, pero su comentario le resultó un tanto extraño.

—No pienses mal de mí —dijo Evelyn, que se sentó en el asiento del copiloto—. Quiero mucho a Zeke, y ha sido fantástico pasar un año y medio con él, pero te juro por Dios que, si paso un día más encerrada en casa con el niño, me tomo un bote de Valium.

Amanda estaba a punto de meter la llave en el contacto, pero se detuvo. Miró a Evelyn. Casi todo lo que sabía de ella se lo había contado su padre. Era guapa, algo que Duke Wagner no consideraba un punto a su favor para alguien que llevase uniforme. «Obstinada» era el adjetivo que había utilizado con más frecuencia, seguido de «agresiva».

—¿Tu marido está de acuerdo en que trabajes de nuevo? —preguntó Amanda.

—Digamos que lo ha aceptado. —Abrió el bolso y sacó un mapa de la ciudad de Atlanta—. ¿Sabes dónde está Techwood?

—No. He estado en Grady Homes varias veces. —Amanda no le dijo que casi siempre cogía las llamadas de North Atlanta, donde las víctimas eran blancas y generalmente madres que le ofrecían té y le hablaban con suma rapidez sobre su terrible experiencia—. ¿Y tú?

—Más o menos. Tu padre me envió allí unas cuantas veces.

Amanda pisó el acelerador al mismo tiempo que giraba la llave. El motor arrancó al segundo intento. Guardó silencio mientras salían del aparcamiento. Evelyn había patrullado casi toda su carrera a las órdenes de Duke Wagner. A él no le gustó mucho

67

su ascenso a policía secreta, pero las cosas estaban cambiando y tuvo que resignarse. Amanda podía imaginar fácilmente a su padre enviándola a los suburbios para darle una lección.

—Veamos dónde está.

Evelyn desplegó el mapa y lo extendió sobre su regazo. Pasó el dedo sobre la zona cercana a Georgia Tech. Los suburbios de Techwood no parecían armonizar muy bien con la construcción de una de las mejores universidades tecnológicas del país, pero la ciudad se estaba quedando sin espacio para alojar a los pobres. Clark Howell Homes, University Homes, Bowen Homes, Grady Homes, Perry Homes, Bankhead Courts, Thomasville Heights, todas tenían largas listas de espera, a pesar de ser verdaderos suburbios.

Y no es que ninguno de ellos hubiese comenzado como tal. En los años treinta, el Ayuntamiento había construido los edificios de apartamentos Techwood sobre un antiguo barrio de chabolas llamado Tanyard Bottom. Era el primer proyecto de viviendas sociales en Estados Unidos. Todos los edificios tenían electricidad y agua corriente. Había una escuela, así como una biblioteca y una lavandería. El presidente Roosevelt había asistido a la ceremonia de inauguración. Sin embargo, tardó menos de diez años en volver a tener el aspecto de suburbio de antes. Duke Wagner decía con frecuencia que eliminar la segregación racial sería la gota que terminaría por colmar el vaso en Techwood. No importaba cuál era el caso, Georgia Tech gastaba miles de dólares al año contratando seguridad privada para que los vecinos no agrediesen a los estudiantes. Era una zona de guerra.

—Venga, vamos —dijo Evelyn plegando el mapa—. Vamos a Techwood Drive y ya te avisaré cuando lleguemos allí.

—Los edificios no tienen números.

Ese problema no se limitaba a los suburbios. Cuando Amanda era una agente de uniforme, perdía casi siempre media hora buscando la dirección correcta.

—No te preocupes —respondió Evelyn—. Entiendo su sistema.

Amanda fue hacia Ponce de León Avenue, pasó el antiguo Spiller Field, donde solían jugar los Cracker. El estadio había sido derribado para construir un centro comercial, pero el magnolio que crecía en el centro del campo aún estaba allí. Acortó por un callejón cerca del edificio Sears para llegar a North Avenue. Tanto Amanda como Evelyn subieron la ventanilla al acercarse a Buttermilk Bottom. Las chabolas habían sido demolidas una década antes, pero nadie se había molestado en solucionar el problema del alcantarillado. Un olor horrible penetró en las fosas nasales de Amanda. Tuvo que respirar por la boca durante las siguientes cinco manzanas. Luego bajaron las ventanillas de nuevo.

—¿Cómo va el caso de tu padre? —preguntó Evelyn.

Era la segunda vez que se lo preguntaba, cosa que le producía cierto recelo.

—No habla conmigo de eso.

—Lo de Oglethorpe es una buena noticia, ¿no te parece? Es una buena señal para él.

—Espero que sí.

Amanda se detuvo en un semáforo en rojo.

—¿Qué tendrá que ver este código cuarenta nueve con la aparición de Treadwell?

Amanda había estado demasiado abrumada para pensar en ello, pero dijo:

—Quizás estaba denunciando una violación en nombre de un cliente.

—Los abogados que llevan un traje de cien dólares no tienen clientes en Techwood —respondió Evelyn, que apoyó la cabeza sobre una de sus manos—. Treadwell se ha mostrado muy mandón con Hodge, y él con nosotras. Tiene que haber una conexión, ¿no te parece?

Amanda negó con la cabeza.

—No tengo ni idea.

—Parece joven. No hace mucho que habrá salido de la facultad. El bufete de su padre respaldó la candidatura del alcalde.

—¿De Maynard Jackson? —preguntó Amanda.

Jamás había pensado que las personas blancas apoyasen al primer alcalde negro de la ciudad, pero luego se dio cuenta de que los empresarios de Atlanta no dejarían que la raza se interpusiese en su camino para ganar dinero.

—El bufete Treadwell-Price estaba metido de lleno en la campaña. El padre de Treadwell se hizo una foto con Jackson el día que ganó las elecciones. Salieron en el periódico, abrazados como dos *vedettes*. ¿Cómo se llamaba? ¿Adam? ¿Allen? —Soltó un resoplido—. No, Andrew. Se llama Andrew Treadwell. Probablemente será un estudiante de tercer curso. Apuesto a que le llaman Andy.

Amanda movió lentamente la cabeza de un lado al otro. La política era asunto de su padre.

—Jamás he oído hablar de ninguno de ellos.

69

—Desde luego, Júnior se movía con mucho aplomo. Hodge estaba aterrorizado. Dejando las pantomimas al margen. ¿No es gracioso?

—Sí.

Amanda miró el semáforo rojo, preguntándose por qué tardaba tanto en cambiar.

—Sáltatelo —sugirió Evelyn. Vio la expresión de preocupación en el rostro de Amanda y añadió—: No te preocupes. No voy a arrestarte.

La otra chica miró a ambos lados un par de veces, luego una tercera, antes de iniciar la marcha.

—Cuidado —le advirtió Evelyn. Había un Corvette subiendo la colina en Spring Street. Saltaron chispas cuando el motor rozó contra el asfalto y cruzó la intersección—. ¿Dónde está la policía cuando se la necesita?

A Amanda le dolía la pantorrilla de tener pisado el freno.

—El seguro del coche lo tengo con Benowitz, por si estás intentando ganar algo de dinero para tu marido.

Evelyn se rio.

—Benowitz no está mal si pasas por alto los cuernos.

Amanda no sabía si se estaba riendo de ella o expresándole su opinión. Miró el semáforo. Aún en rojo. Avanzó un poco, estremeciéndose al pisar el acelerador. No pudo relajar los hombros hasta que pasaron el restaurante Varsity. Luego volvieron a subir.

El olor invadió el interior del coche en cuanto llegaron a la autopista de cuatro carriles. Esa vez no fue el alcantarillado, sino la pobreza, las personas viviendo aglomeradas como si fuesen animales enjaulados. El calor atenuaba el mal olor. Techwood Homes estaba hecho de hormigón con fachadas de ladrillo que transpiraban como las medias de Amanda.

A su lado, Evelyn cerró los ojos; jadeaba ostensiblemente.

—Sigue —dijo. Movió la cabeza y miró el mapa—. Tuerce a la izquierda en Techwood. Y luego a la derecha en Pine.

Amanda redujo la velocidad para recorrer aquellas calles estrechas. A lo lejos veía las casas de ladrillos y los apartamentos ajardinados de Techwood Homes. Las fachadas estaban cubiertas de grafiti y, donde no había nada pintado, había basura amontonada hasta la cintura. Un grupo de niños jugaba en un patio sucio. Estaban vestidos con harapos. Incluso desde la distancia vio las heridas que tenían en las piernas.

—Tuerce a la derecha —dijo Evelyn.

Amanda avanzó hasta que la carretera se convirtió en un lugar intransitable. Un coche quemado bloqueaba la calle. Tenía las puertas abiertas, el capó levantado y el motor a la vista como si fuese una lengua carbonizada. Amanda se subió al arcén y echó el freno de mano.

Evelyn so se movió. Miraba a los niños.

—Se me había olvidado lo penoso que es esto.

Amanda miró a los muchachos. Todos tenían la piel oscura y las rodillas protuberantes. Utilizaban los pies para patear un balón de baloncesto pinchado. No había hierba por ningún lado, solo la típica tierra seca y rojiza de Georgia.

Los niños dejaron de jugar. Uno de ellos señaló el Plymouth, comprado por el Ayuntamiento en lotes y reconocido por todos por ser el coche camuflado de la policía. Otro chico corrió hasta el edificio más cercano, levantando el polvo.

Evelyn se rio malhumorada.

—Ya va el angelito a avisar al comité de bienvenida.

Amanda tiró de la manecilla para abrir la puerta. Podía ver la torre de Coca-Cola a lo lejos, encajonando el suburbio de catorce manzanas con el Georgia Tech.

—Mi padre dice que Coca-Cola está intentando que el Ayuntamiento derribe este lugar y lo traslade a otro sitio.

—No puedo imaginar al alcalde echando a las personas que le votaron.

Amanda no la contradijo, pero sabía por experiencia que su padre siempre tenía razón sobre esas cosas.

—Podría solucionar el problema.

Evelyn empujó la puerta para abrirla y salió del coche. Abrió el bolso y sacó la radio, que era la mitad de grande que la linterna y casi igual de pesada. Amanda se aseguró de llevar el bolso cerrado mientras Evelyn informaba de su localización. La radio de Amanda casi nunca funcionaba, por mucho que le cambiase las pilas. Si no fuese por el sargento Geary, la dejaría en casa, pero el sargento obligaba a todas las mujeres a vaciar la bolsa para asegurarse de que llevaban todo el equipo.

—Por aquí.

Evelyn subió la colina para dirigirse al bloque de apartamentos. Amanda podía notar cientos de ojos observándolas. Dado el lugar donde se encontraban, era normal que muchas personas no estuviesen trabajando durante el día. Tenían tiempo de sobra para mirar por la ventana y esperar que algo horrible sucediera.

71

Cuanto más se alejaban del Plymouth, más enferma se sentía Amanda. Por eso, cuando Evelyn se detuvo delante del segundo edificio, estuvo a punto de vomitar.

—Aquí es —dijo Evelyn señalando la entrada y contando «tres, cuatro, cinco…».

Continuó en silencio mientras avanzaba. Amanda la siguió, preguntándose si Evelyn sabía lo que hacía o si solo intentaba alardear.

Finalmente, se detuvo de nuevo y señaló el piso superior del bloque que había en medio.

—Ya hemos llegado.

Ambas miraron la puerta abierta que conducía a las escaleras. Un solo rayo de sol iluminaba los escalones de abajo. Las ventanas que había delante del vestíbulo y en los rellanos estaban entablilladas, pero el tragaluz encastrado en metal dejaba pasar la suficiente luz. Al menos mientras fuese de día.

—Quinta planta —dijo Evelyn—. ¿Cómo te fue en el examen físico?

Era otra de las nuevas normas de Reggie.

—Hice el tiempo justo en correr la milla.

Tenían que hacerlo en ocho minutos y medio, y Amanda usó hasta el último segundo.

—De no ser porque me dieron un aprobado en el ejercicio de flexiones, estaría en casa viendo *Captain Kangoroo*. —Esbozo una sonrisa optimista—. Espero que tu vida no dependa de la fuerza que tengo en los brazos.

—Seguro que corres más que yo si es necesario.

Evelyn se rio.

—De eso no te quepa duda.

Cerró la cremallera de su bolsa y abrochó la solapa. Amanda comprobó una vez más que la suya estaba bien cerrada. Lo primero que se aprendía al ir a los suburbios era a no dejar la bolsa abierta ni apoyada en ningún lado, ya que nadie quería regresar a su casa con ella llena de piojos o cucarachas.

Evelyn respiró profundamente, como si fuese a sumergir la cabeza bajo el agua, y luego entró en el edificio. El olor fue como un bofetón en la cara. Se tapó la nariz con la mano mientras empezaba a subir las escaleras.

—Pensaba que pasarme el día cambiándole los pañales a un niño me había hecho inmune al olor de la orina, pero los hombres comen cosas distintas. Sé que los espárragos hacen que la mía tenga un olor fuerte. Una vez probé la cocaína. No recuerdo cómo me olía la orina, pero la verdad es que no me importó un carajo.

Amanda se quedó perpleja, allí, en la parte baja de las escaleras, mirando a Evelyn, que parecía no haberse dado cuenta de que había admitido haber consumido drogas.

—No se lo digas a Reggie. Yo pasaré por alto lo del semáforo en rojo.

Esbozó una sonrisa. Dio la vuelta al descansillo y desapareció.

Amanda agitó la cabeza mientras la seguía escaleras arriba. Ninguna de las dos se atrevía a tocar la barandilla. Las cucarachas corrían por sus pies. Los peldaños estaban pegajosos. Las paredes parecían acercarse cada vez más.

Amanda hizo un esfuerzo por respirar por la boca, al igual que tuvo que esforzarse por seguir avanzando. Era una locura. ¿Por qué no habían pedido refuerzos? La mitad de los códigos 49 en Atlanta procedían de mujeres que habían sido violadas en unas escaleras. Era algo tan común en los suburbios como la pobreza y las ratas.

Cuando Evelyn dio la vuelta al siguiente descansillo, se tiró del pelo. Amanda dedujo que era un tic nervioso. Ella sentía el mismo nerviosismo. Cuanto más subían, más retortijones sentía en el estómago. Catorce policías habían sido asesinados en los dos últimos años. La mayoría de ellos habían muerto de un disparo en la cabeza; otros, de uno en el estómago. Un agente había sobrevivido durante dos días antes de morir. Sufrió unos dolores tan fuertes que sus gritos se podían oír en la sala de urgencias del hospital Grady.

A Amanda le dio un vuelco el corazón cuando giraron en el siguiente rellano. Las manos empezaron a temblarle, y las rodillas parecían no responderle. Sentía unas ganas enormes de echarse a llorar.

Seguramente, alguna de las unidades había recibido la llamada de Evelyn informando de su localización. Los hombres raras veces esperaban que una agente solicitara apoyo. Sencillamente, se presentaban en la escena, se adueñaban del caso y las echaban como si fuesen niñas estúpidas. Amanda solía sentirse molesta por esa muestra de machismo, pero, en aquel momento, la recibiría encantada.

—Es una locura —murmuró girando en el siguiente descansillo—. Una completa locura.

—Solo un poco más —respondió alegremente Evelyn.

No eran dos policías secretas. Todo el mundo sabía que había dos agentes en el edificio. Dos agentes blancas. Dos mujeres. El murmullo de las televisiones y de las susurrantes conversaciones se podía oír por todos lados. El calor era tan abrumador como las sombras. Cada puerta cerrada representaba una oportunidad para que alguien se abalanzase sobre ellas y las hiriese.

—Venga, no te preocupes tanto —dijo Evelyn sin dirigirse a nadie en particular—. Según las estadísticas, en el último año, se denunciaron cuatrocientas cuarenta y tres violaciones. —Su voz repiqueteó por las escaleras como una campana—. Ciento trece eran mujeres blancas. ¿Qué significa eso? ¿Una de cada cuatro? —Miró a Amanda—. ¿El veinticinco por ciento?

Amanda movió la cabeza. La mujer hablaba inconscientemente.

Evelyn continuó subiendo las escaleras.

—Cuatrocientas trece... —Su voz se apagó—. Casi estaba en lo cierto. Tenemos un veintiséis por ciento de posibilidades de que hoy nos violen. No es un porcentaje muy alto. Hay un setenta y cuatro por ciento de que no nos suceda nada.

Las cifras, al menos, tenían su lógica. Amanda sintió que se quitaba un peso de encima.

—No es tanto.

—No, no lo es. Si tuviese el setenta y cuatro por ciento de posibilidades de ganar el Bug, iría corriendo a Auburn para apostar toda la paga del mes.

Amanda asintió. El Bug era un juego de lotería que se celebraba en Colored Town.

—¿Dónde te...?

Les llegó una conmoción del pasillo de abajo. Una puerta se cerró de golpe. Un niño gritó. Se oyó la voz de un hombre ordenando a todo el mundo que se callasen de una maldita vez.

El miedo volvió a apoderarse de ellas.

Evelyn se detuvo en las escaleras. Miraba directamente a Amanda.

—Desde un punto de vista estadístico, estamos de suerte.

Esperó hasta que Amanda asintiera para continuar subiendo, pero por su forma de andar se veía que no estaba tan segura. Respiraba con dificultad. Amanda se dio cuenta de que ella había tomado el mando. Si había algo malo esperándolas al final de las escaleras, Evelyn Mitchell sería la primera en enfrentarse a ello.

—¿De dónde has sacado esas cifras? —Jamás las había oído

y, honestamente, no le importaban lo más mínimo. Lo único que sabía es que hablar le impedía vomitar—. ¿De los informes de violaciones?

—De un proyecto de clase. Estoy estudiando estadística en la Tech.

—¿En la Tech? —repitió Amanda—. ¿No es muy difícil?

—Es una buena forma de conocer hombres.

Una vez más, Amanda no supo si estaba bromeando, pero tampoco le preocupó.

—¿Cuántos violadores eran blancos?

—¿Cómo dices?

—En Techwood, el noventa por ciento son negros. ¿Cuántos violadores eran...?

—Ya entiendo. —Evelyn se detuvo en la parte de arriba de las escaleras—. Ahora mismo no lo recuerdo, pero te lo diré después. Aquí es. —Señaló el fondo del pasillo. Todas las luces estaban apagadas. El tragaluz dibujaba sombras por todos lados—. Cuarta planta a la izquierda.

—¿Quieres mi linterna?

—No creo que sirva de mucho. ¿Estás preparada?

Amanda tragó con dificultad. El corazón de una manzana parecía estar moviéndose en el suelo. Estaba cubierto de hormigas.

—Aquí no huele tan mal —dijo Evelyn.

—No.

—Imagino que, si quieres orinar en el suelo, no hace falta que subas cinco plantas.

—No —repitió Amanda.

—¿Vamos?

Evelyn recorrió el pasillo armada de valor. Amanda se puso a su lado al llegar a la puerta principal. Vio una pegatina con la letra C clavada en la pared. Debajo de la mirilla, había pegada una tira de papel escrita con letras mayúsculas e infantiles.

—Kitty Treadwell —leyó Amanda.

—La cosa se complica —dijo Evelyn, que respiró profundamente por la nariz—. ¿Lo hueles?

Amanda tuvo que concentrarse para distinguir el nuevo olor.

—¿Vinagre?

—No. Así es como huele la heroína.

—¿También la has probado?

—Eso solo lo sabe mi peluquera.

Le indicó a Amanda que se pusiera a un lado de la puerta. Ella ocupó el lado contrario. En parte, eso garantizaba su seguridad si alguien estaba al otro lado de la puerta con una escopeta.

Evelyn levantó la mano y llamó a la puerta tan fuerte que crujieron las bisagras. Su voz cambió por completo —era más grave y masculina— cuando gritó: «¡Departamento de Policía de Atlanta!». Vio la expresión de Amanda y le guiñó un ojo antes de volver a llamar de nuevo: «¡Abran!».

Amanda podía oír los latidos de su corazón, su respiración jadeante. Transcurrieron unos segundos. Evelyn levantó la mano de nuevo, pero luego la bajó al oír la voz amortiguada de una mujer que, desde detrás de la puerta, exclamó: «Dios santo».

Se oyeron unos pasos arrastrándose en el interior del apartamento. Luego el sonido de una cadena al soltarse. Después una cerradura al girarse. Otra cerradura. Por último, el picaporte se movió cuando se desactivó el pestillo.

Parecía claro que la chica que había dentro era una prostituta, aunque llevaba unas enaguas finas de algodón más apropiadas para una niña de diez años. Su pelo rubio le llegaba hasta la cintura. Su piel era tan blanca que parecía azulada. Podía tener entre veinte y sesenta años. Tenía marcas de pinchazos por todo el cuerpo: en los brazos, el cuello, las piernas, agujeros abiertos como bocas rojas y húmedas en las venas de los pies descalzos. Los dientes que le faltaban le daban a su rostro un aspecto cóncavo. Amanda vio cómo la articulación de su hombro giraba cuando dobló sus brazos por encima de la cintura.

—¿Kitty Treadwell? —preguntó Evelyn.

—¿Qué coño queréis, zorras? —respondió ella con la voz ronca de fumador.

—Yo también me alegro de verla.

Evelyn se coló en el apartamento, que tenía el aspecto que Amanda había imaginado. El fregadero estaba atestado de platos llenos de moho. Había bolsas de comida por todos lados. La ropa estaba esparcida por el suelo. Había un sofá teñido de azul en medio de la habitación con una mesilla de café delante. Una jeringa y una cucharilla sobre una sucia toallita. Cerillas. Trozos de filtros de cigarrillo. Había una bolsa pequeña de polvo blanco al lado de dos cucarachas que, o bien estaban muertas, o bien estaban tan colgadas que no podían moverse. Alguien había movido el horno de la cocina hasta el centro de la habitación. La puerta del horno estaba abierta, con el borde apoyado en la mesita de café para sostener el televisor que había encima.

—¿Estás viendo a Dinah? —preguntó Evelyn. Subió el volumen. Jack Cassidy estaba cantando con Dinah Shore—. Me encanta su voz. ¿Viste a David Bowie la semana pasada?

La chica parpadeó varias veces.

Amanda comprobó que no hubiera cucarachas antes de encender la lámpara de pie. Una luz intensa iluminó la estancia. Las ventanas estaban cubiertas con papel amarillo, pero solo servían para filtrar el brillante sol de la mañana. Puede que por esa razón se sintiera más segura dentro del apartamento que en las escaleras. Su corazón empezaba a latir con normalidad. Ya solo sudaba por el calor que hacía.

—David Bowie —repitió Evelyn apagando el televisor—. Estuvo en el programa de Dinah la semana pasada.

Amanda afirmó lo que ya resultaba obvio.

—Está completamente colgada.

Soltó un profundo suspiro. ¿Habían arriesgado la vida por eso?

Evelyn le dio unas palmaditas a la chica en la mejilla. Su mano sonó fuerte al chocar contra la piel.

—¿Me oyes, cariño?

—Yo me lavaría luego con cloro —le aconsejó Amanda—. Vámonos de aquí. Si la han violado, probablemente se lo merecía.

—Hodge nos envió por algún motivo.

—Te envió a ti y a Vanessa —contraatacó Amanda—. Nos ha hecho perder toda la mañana.

—Fonzie —murmuró la chica—. Estaba hablando con Fonzie.

—Así es —dijo Evelyn mirando a Amanda como si hubiese ganado un premio—. Bowie salió en el programa de Dinah, con Fonzie de *Happy Days*.

—Los vi.

Kitty dio la vuelta al sofá y se dejó caer sobre los cojines. Amanda no sabía si era la droga o las circunstancias lo que hacía que resultase imposible entender lo que decía. No soltaba más que incongruencias.

—No recuerdo qué canción.

—Yo tampoco —respondió Evelyn. Luego le indicó a Amanda que registrase el resto del apartamento.

—¿Qué quieres que busque? ¿Ediciones antiguas de *Good Housekeeping*?

Evelyn sonrió con dulzura.

—¿No sería gracioso si encontrases alguna?

—Sí, para partirse de risa.

De mala gana, Amanda hizo lo que le pedía, intentando no tocar con las manos las paredes del estrecho pasillo mientras se dirigía a la parte de atrás. El apartamento era más grande que el suyo. Tenía una habitación separada del salón. Alguien había sacado la puerta del armario de sus bisagras. Había varias bolsas de basura de color negro llenas de ropa. Estaban rotas. La cama era un montón de sábanas manchadas y apiladas sobre la moqueta.

Aunque parecía imposible, el cuarto de baño era más repulsivo que el resto del apartamento. El moho negro se había apoderado de la lechada de los azulejos. El lavabo y la taza servían de ceniceros. El cubo de basura estaba atestado de compresas y de papel del váter. El suelo estaba manchado de algo que no quiso saber qué era.

Aprovechando los espacios disponibles, había diversos productos de belleza que para Amanda fueron la definición de la ironía. Vio dos botes de laca Sunsilk, cuatro botes de champú Breck (todos empezados), una caja abierta de Tampax, un frasco vacío de Cachet de Prince Matchabelly, dos botes abiertos de crema Pond (ambos cubiertos de una capa amarillenta), suficiente maquillaje para llenar el mostrador de Revlon del Rich's. Cepillos, lápices, delineador líquido, máscara, dos peines, ambos llenos de pelos. Tres cepillos de dientes muy usados saliendo de un vaso de Mayor McCheese.

La cortina de la ducha estaba descolgada, lo cual proporcionaba a las cucarachas de la bañera una amplia perspectiva de Amanda. La miraron fijamente mientras ella se estremecía casi sin control. Agarró el bolso, a sabiendas de que lo tendría que sacudir antes de meterse de nuevo en el coche.

Cuando regresó al salón, Evelyn había dejado de hablar de Arthur Fonzarelly[3] y comentaba la razón de su visita.

—¿Andy Treadwell es tu hermano o tu primo?

—Mi tío —dijo la chica. Amanda asumió que se refería a Andrew Treadwell—. ¿Qué hora es?

Amanda miró su reloj.

—Las nueve en punto. —Luego tuvo la necesidad de añadir—: De la mañana.

---

3 .Personaje ficticio de la serie *Happy Days* interpretado por Henry Winkler.

—Mierda.

La chica buscó entre los cojines del sofá y sacó un paquete de cigarrillos. Amanda observó cómo miraba, casi en trance, el paquete de Virginia Slims como si hubiesen caído como el maná del cielo. Con lentitud sacó un cigarrillo. Estaba doblado. Aun así, cogió las cerillas de la mesa y lo encendió con manos temblorosas. Soltó una bocanada de humo.

—He oído que eso mata —dijo Evelyn.

—Eso espero —respondió la chica.

—Hay formas más rápidas —contrarrestó Evelyn.

—Tú quédate por aquí y ya las verás.

Amanda detectó un tono amenazante en su voz.

—¿Por qué lo dices?

—Los chicos os han visto subir. Mi papaíto querrá saber por qué dos putas blancas vienen a hablar conmigo.

—Creo que tu tío Andy está preocupado por ti —dijo Evelyn.

—Querrá meterme la polla otra vez.

Amanda intercambió una mirada con Evelyn. La mayoría de esas chicas afirmaban que un tío o un padre habían abusado de ellas. En las unidades de delitos criminales las denominaban «Complejo de Edipo». No era correcto desde el punto de vista técnico, pero casi, y obviamente suponía una pérdida de tiempo para la policía.

—No me pueden arrestar. Yo no he hecho nada —dijo Kitty.

—No queremos arrestarte —replicó de nuevo Evelyn—. Nuestro sargento nos dijo que te habían violado.

—Cada uno tiene lo que se merece —concluyó Kitty. Soltó otra bocanada de humo, esta directamente a sus caras.

La buena disposición de Evelyn empezó a flaquear.

—Kitty, tenemos que hablar contigo y tomarte declaración.

—Ese no es mi problema.

—De acuerdo. Entonces nos vamos.

Evelyn cogió la bolsa de heroína de la mesilla de café y se giró sobre sus tacones.

Si Amanda no se hubiera sorprendido tanto de ver a Evelyn coger la droga, también se habría dirigido hacia la puerta. Al quedarse quieta, lo vio todo: vio la cara de consternación de la chica, la forma en que saltó del sofá, con las uñas abiertas como si fuese un gato.

Intencionadamente, Amanda levantó el pie. No le hizo una zancadilla, sino que la golpeó en las costillas, enviándola contra el horno. Fue un golpe duro. Kitty chocó contra el televisor y rompió la puerta del horno. El televisor cayó al suelo. Los tubos estallaron y la pantalla se hizo añicos.

Evelyn miró a Amanda totalmente perpleja.

—Estaba a punto de abalanzarse contra ti.

—Ya veo que la has parado.

Evelyn se arrodilló en el suelo, sacó un pañuelo del bolso y se lo dio a la chica.

—Putas —dijo Kitty arrastrando las palabras. Se llevó los dedos a la boca y se arrancó uno de los pocos dientes que le quedaban—. Putas de mierda.

Evelyn retrocedió: no parecía muy sensato estar arrodillada delante de una prostituta enfurecida. Luego dijo:

—Tienes que decirnos qué ha sucedido. Estamos aquí para ayudarte.

—Que os jodan —murmuró la chica palpándose con los dedos el interior de la boca. Amanda vio que tenía antiguas cicatrices en las muñecas de haber intentado cortarse las venas—. Largaos de aquí.

Evelyn habló con tono tajante.

—No hagas que te llevemos a la comisaría, Kitty. Me importa un comino quién sea tu tío.

Amanda pensó en su coche, y en el tiempo que tardaría en limpiar el asiento trasero.

—No estarás pensando seriamente en... —le dijo a Evelyn.

—¿Por qué no?

—Bajo ningún pretexto voy a dejar que...

—¡Cállate! —gritó la chica—. Yo ni siquiera soy Kitty. Me llamo Jane. Jane Delray.

—Por el amor de... —exclamó Amanda levantando las manos. Todo el miedo que había pasado en las escaleras se transformó en rabia—. Ni siquiera hemos encontrado a la chica correcta.

—Hodge no nos dio ningún nombre. Solo una dirección.

Amanda negó con la cabeza.

—No sé ni por qué le escuchamos. Lleva en la comisaría menos de un día. Igual que tú, por cierto.

—Yo llevé un uniforme durante tres años antes de que...

—¿Por qué has regresado? —instó Amanda—. ¿Has venido para trabajar o por algo más?

—Tú eres la que quiere salir pitando de aquí.

—Porque esta perra no nos va a decir nada.

—¡Oye! —gritó Jane—. ¿A quién estás llamando perra?

Evelyn miró a la chica. Su voz estaba impregnada de sarcasmo cuando dijo:

—¿De verdad, cariño? ¿Quieres que discutamos de eso ahora?

Jane se limpió la sangre de la boca.

—Vosotras no sois del Gobierno.

—Brillante deducción —dijo Evelyn—. Pero dime: ¿quién del Gobierno te está buscando?

La chica se encogió de hombros ligeramente.

—Fui al Five para sacar dinero de una cuenta.

Evelyn se llevó la mano a la cabeza. Con «el Five» se refería a la línea de autobús de Five Points Station que proporcionaba servicio a la oficina de asistencia social.

—Intentaste cobrar la paga de asistencia estatal de Kitty.

—¿No se la envían por correo?

Ambas miraron fijamente a Amanda.

—Los buzones de correos no son muy seguros en esta zona —explicó Evelyn.

—Kitty no la necesita —dijo Jane—. Nunca la ha necesitado. Es rica. Tiene una familia con muchos contactos. Por eso estáis aquí, zorras.

—¿Dónde está ahora?

—Se fue hace seis meses.

—¿Dónde?

—No lo sé. Desapareció. Igual que Lucy. Y que Mary. Todas desaparecieron.

—¿Son prostitutas? —preguntó Evelyn.

La chica asintió.

—¿Kitty también?

La chica volvió a asentir.

Amanda ya había escuchado bastante.

—¿Debo anotar eso para la prensa? Tres prostitutas se han marchado. Últimas noticias.

—No se han marchado —insistió la muchacha—. Se fueron para siempre. Desaparecieron. —Se limpió la sangre de los labios—. Todas viven aquí. Sus cosas están aquí. Se supone que viven aquí. Cobran sus pagas en el Five.

—Hasta que tú intentaste cobrar sus asignaciones —interrumpió Amanda.

—Veo que no me escuchas —insistió Jane—. Todas desapare-

81

cieron. Lucy lleva un año sin aparecer. Estuvo aquí, pero un minuto después... —chasqueó los dedos—. Puff.

Evelyn, muy seria, le dijo a Amanda:

—Debemos emitir un comunicado inmediatamente sobre un hombre que lleva una capa y un sombrero de mago. Espera un momento. Veamos si Doug Henning[4] está en la ciudad.

Amanda no pudo contenerse y se echó a reír.

Todas se sobresaltaron cuando la puerta se abrió de golpe. El pomo de la puerta se clavó en la pared, haciendo saltar trozos de escayola. El aire parecía temblar.

Un hombre negro y fornido apareció en la puerta. Estaba jadeando porque probablemente había subido corriendo las escaleras. Sus espesas patillas se unían con el bigote y la perilla que rodeaban su boca. Llevaba unos pantalones y una camisa color verde lima. No había duda de que era el proxeneta de Jane. No cabía duda de que estaba cabreado.

—¿Qué coño hacéis aquí, zorras?

Amanda no podía moverse. Parecía haberse quedado de piedra.

—Estamos buscando a Kitty —respondió Evelyn—. ¿Conoces a Kitty Treadwell? Su tío es un buen amigo del alcalde Jackson. —Tragó saliva—. Por eso hemos venido. Nos pidieron que lo hiciésemos. El amigo del alcalde. Están preocupados porque ha desaparecido.

El hombre la ignoró y cogió a Jane por el pelo. Ella gritó de dolor y le clavó las uñas para sujetarle la mano e impedir que se lo arrancase.

—¿Qué estabas haciendo? ¿Hablando con la poli, guarra?

—No les he dicho nada, te lo juro. —Jane apenas podía hablar del miedo—. Se presentaron aquí.

La empujó hasta el vestíbulo. Jane se tambaleó y chocó contra la pared, pero consiguió mantener el equilibrio.

—Ya nos vamos —dijo Evelyn con voz temblorosa. Fue hacia la puerta, indicándole a Amanda que la siguiese—. No queremos problemas.

El hombre cerró la puerta, produciendo un estruendo parecido al de una escopeta. Miró a Amanda durante unos segundos y luego a Evelyn. Sus ojos irradiaban ira.

---

4. Ilusionista canadiense.

—Nuestro sargento sabe que estamos aquí —dijo Evelyn.

El hombre se dio la vuelta y echó la cadena lentamente. Luego cerró uno de los pestillos de seguridad, después el otro.

—Hablamos por radio antes de que...

—Ya te he oído, cerda. Veamos si el alcalde puede llegar aquí antes de que yo termine con vosotras. —Cogió la llave de la cerradura y se la guardó en el bolsillo. Su voz adquirió un tono bajo—. Vaya, veo que estás muy buena.

No hablaba con Evelyn. Tenía la mirada puesta en Amanda. Se chupó los labios y empezó a mirarle los pechos. Ella intentó retroceder, pero él se acercó. Las piernas de Amanda chocaron con el brazo del sofá. El hombre le tocó la mejilla.

—Muñeca, estás muy rica.

Amanda intentó no marearse. Cogió el bolso y trató de buscar la cremallera para intentar abrirlo.

—Pediré refuerzos.

Evelyn ya tenía la radio en la mano. Le dio al interruptor.

La mano del hombre rodeó el cuello de Amanda, presionándolo con el pulgar debajo del mentón.

—La radio no funciona aquí. Estamos demasiado altos para las antenas.

Evelyn le dio al interruptor furiosamente, pero solo se oía la estática.

—Joder.

—Vamos a divertirnos un poco, ¿verdad que sí, putita?

Le apretó aún más la garganta. Amanda podía oler su colonia y su sudor. Tenía una marca de nacimiento en la mejilla. El pelo del pecho le salía por el cuello de la camisa. Llevaba una cadena de oro, y un tatuaje de Jesucristo con una corona de espinas.

—Ev... —masculló Amanda.

Podía palpar el borde de su revólver dentro del bolso. Intentó quitarle el seguro.

—Mmm-hmm —gemía el chulo. Se desabrochó la cremallera de los pantalones—. Estás para comerte.

—Eh-eh, Ev... —tartamudeó Amanda.

El hombre le había metido la mano por debajo de la falda; podía notar sus uñas arañándole la carne, presionándole el muslo contra él.

Evelyn metió la radio en su bolso y echó la cremallera como si estuviese dispuesta a marcharse. Amanda se quedó aterrorizada, pero luego soltó un grito ahogado al ver que Evelyn cogía el bolso

83

por la correa con ambas manos y le propinaba un golpe en la cabeza al hombre.

La pistola, la insignia, las esposas, la linterna, la radio, la porra, todo junto pesaba casi diez kilos. El chulo cayó al suelo como una muñeca de trapo. La sangre empezó a brotarle de la cabeza. Las borlas indias le habían abierto la piel y le habían provocado cortes profundos en la mejilla.

Amanda sacó su revólver del bolso, que cayó al suelo. Las manos le temblaban mientras intentaba agarrarlo. Tuvo que apoyarse en el brazo del sofá para no caerse.

—Dios santo.

Evelyn estaba de pie, al lado del hombre, boquiabierta. El chulo sangraba de verdad. Tenía los pantalones abiertos.

—Dios mío —susurró Amanda mientras se bajaba la falda. Las uñas del proxeneta le habían roto las medias y aún podía notar su mano aferrándole el cuello—. Dios mío.

—¿Estás bien? —preguntó Evelyn. Puso sus manos en los brazos de Amanda—. Estás bien, ¿verdad? —Poco a poco, cogió el revólver de Amanda—. Dame eso, ¿de acuerdo?

—¿Y tu pistola? —Amanda jadeaba con tanta fuerza que en cualquier momento iba a hiperventilar—. ¿Por qué no...? ¿Por qué no le disparaste?

Evelyn se mordió el labio inferior. Miró fijamente a Amanda por lo que pareció un minuto entero y luego admitió:

—Bill y yo acordamos que, por el niño, no debíamos tener un arma cargada en casa.

Las palabras se aturullaban en la garganta de Amanda.

—¡No llevas el arma cargada! —gritó.

—La verdad es que... —Evelyn se pasó los dedos por el pelo—. Bueno, el caso es que no ha pasado nada, ¿no? —Soltó una risa forzada—. No ha pasado nada. Las dos estamos bien. Las dos. —Miró al chulo de nuevo y añadió—: Me parece que no es cierto lo que dicen sobre...

—¡Ha estado a punto de violarme! ¡Nos iba a violar a las dos!

—Estadísticamente... —La voz de Evelyn se apagó antes de admitir—: Sí, es cierto. Es muy probable que sucediera. No te lo quise decir antes, pero... —Cogió el bolso de Amanda del suelo—. Sí.

Por primera vez en dos meses, Amanda no sentía calor. Su cuerpo estaba frío.

Evelyn continuaba balbuceando. Guardó el revólver de Amanda en su bolso y se lo colgó del hombro.

—Las dos estamos bien, ¿verdad? Yo estoy bien. Tú también. Las dos lo estamos.

Vio un teléfono en el suelo, al lado del sofá. La mano le temblaba tanto que se le cayó el auricular. Pulsó repetidamente la horquilla, haciendo sonar el timbre. Finalmente, consiguió coger el teléfono y llevárselo a la oreja.

—Llamaré a la central. Los muchachos vendrán corriendo. Nosotras nos iremos de aquí. No nos ha pasado nada, ¿no?

Amanda parpadeó para quitarse el sudor de los ojos.

Evelyn puso el dedo en el disco del teléfono.

—Lo siento. Me da por hablar cuando me pongo nerviosa. Mi marido se desespera con eso. —El disco giraba de un lado a otro—. ¿Qué me dices de las chicas que mencionó la puta esa? ¿Reconoces alguno de sus nombres?

Amanda volvió a parpadear para quitarse el sudor. Una serie de imágenes extrañas le pasaban por la cabeza. El repugnante cuarto de baño, los botes de champú, el montón de maquillaje.

—Lucy, Mary, Kitty Treadwell —dijo Evelyn—. Deberíamos apuntar sus nombres en algún lado. Seguro que se me olvidan en cuanto me tome una copa. O dos. O una botella entera. —Soltó un breve suspiro—. Me parece extraño que Jane estuviese preocupada por ellas. Esas chicas no se preocupan por nada más que contentar a su chulo.

Tres cepillos de dientes usados en un vaso. El pelo negro y largo enredado en uno de los peines.

—Jane es rubia —dijo Amanda.

—Yo no estaría tan segura —respondió Evelyn mirando al hombre inmóvil—. Lleva la cartera en el bolsillo. Te importaría…

—¡No! —gritó Amanda. El pánico se volvió a apoderar de ella.

—Tienes razón. No importa. Ya lo identificarán en la comisaría. Seguro que tiene antecedentes. Hola, Linda. —La voz de Evelyn flaqueó cuando habló por teléfono—. Estamos en el diez-dieciséis. Hodge nos envió por un código cuarenta y nueve, pero se ha convertido en un cincuenta y cinco. —Miró a Amanda y añadió—: ¿Algo más?

—Sí, diles que tú eres un veinticuatro.

Duke Wagner se había equivocado al decir que Evelyn Mitchell era agresiva y terca. En realidad, estaba completamente loca.

Capítulo cinco

Suzanna Ford

En la actualidad

Zanna se dejó caer de espaldas sobre la cama, con los pies aún en el suelo. Levantó su iPhone y miró los mensajes. No tenía ningún mensaje de texto, ni de voz, ni tampoco ningún correo electrónico. El muy gilipollas llevaba ya diez minutos de retraso, pero, si ella se presentaba en la planta de abajo sin nada de dinero, Terry le patearía el culo. Una vez más. Él parecía olvidar que su trabajo era proteger a esas perdedoras, pero jamás asumía la responsabilidad de nada.

Miró por la ventana al centro de la ciudad. Zanna había nacido y se había criado en Roswell, a media hora y a toda una vida de Atlanta. De no ser porque los edificios tenían nombres rotulados en ellos, no tendría ni la menor idea de lo que estaba mirando. El Equitable, el AT&T, el Georgia Power. Lo único que sabía es que lo pasaría realmente mal si su chulo no aparecía.

El televisor de plasma de la pared se encendió. Zanna había presionado el mando sin darse cuenta. Vio a Monica Pearson detrás de su mesa. Al parecer, una chica había desaparecido. Blanca, rubia, bonita. Si a ella le ocurriera eso, a ellos les importaría una mierda.

Cambió de canales, buscando algo más interesante, pero lo dejó cuando pasó a los tres dígitos. Soltó el mando sobre la mesita de noche. Le picaban los brazos. Quería un cigarrillo, aunque necesitaba algo más fuerte que eso.

Si pensaba en la metanfetamina, sentía su sabor en el fondo de su garganta. A pesar de que la nariz se le estaba pudriendo por dentro, no podía dejar de esnifar, ni de pensar en el pelotazo que le llegaba al cerebro, ni en la forma en que la droga le recorría el cuerpo, ni en cómo hacía que su vida resultase más llevadera.

Eso no iba a suceder hasta al menos dentro de una hora. Para consolarse, fue al minibar y cogió cuatro botellitas de vodka. Zanna se las bebió una tras otra, y luego llenó los envases vacíos en el lavabo. Estaba colocando de nuevo las botellas en el refrigerador cuando alguien llamó a la puerta.

—Menos mal —gruñó.

Se miró en el espejo. No tenía muy mal aspecto. Aún podía fingir que tenía dieciséis años si las luces no estaban encendidas del todo. Giró la varilla para cerrar las persianas y apagó una de las lámparas de la mesita de noche antes de abrir la puerta.

El hombre era enorme. Casi rozaba el dintel de la puerta con la cabeza. Su espalda era tan ancha como el marco. Zanna sintió una oleada de pánico, pero luego recordó que Terry estaba en la planta de abajo, que le habría dejado pasar, y que sucediese lo que sucediese no tendría la más mínima importancia cuando las anfetas le llegasen al cerebro.

—Hola, papaíto —dijo al ver que era un hombre mayor.

Esperaba que el pureta no utilizase el cheque de la seguridad social por los servicios. Le miró la cara, que no tenía demasiadas arrugas, teniendo en cuenta su edad. Tenía un cuello un tanto esquelético, Sin embargo, sus manos estaban cubiertas de manchas de la edad. El vello de sus brazos ya había encanecido, pero el cabello que le quedaba en la cabeza era de color castaño.

Zanna abrió la puerta de par en par.

—Entra, grandullón.

Intentó balancear las caderas al caminar, pero la moqueta y los nuevos zapatos de tacón no eran una buena combinación, por lo que terminó teniendo que apoyarse en la pared. Se dio la vuelta y esperó hasta que entró.

El hombre se tomó su tiempo. No parecía estar nervioso, y sabía que a esa edad no era la primera vez que iba de putas. Aun así, miró de arriba abajo el vestíbulo antes de cerrar la puerta. Parecía estar en buena forma, a pesar de la edad. Llevaba el pelo cortado al estilo militar. Tenía los hombros cuadrados. Pensó que habría estado en la Segunda Guerra Mundial, pero luego recordó sus clases de historia en la escuela secundaria y se dio cuenta de que no era lo bastante mayor para eso. Probablemente, en Vietnam. Muchos de sus nuevos clientes eran jóvenes que regresaban de Afganistán. No sabía qué era peor: los tristes que querían hacer el amor o los que estaban llenos de rabia y querían infligir daño.

Fue derecha al grano.

—¿Eres poli?

Él respondió de la forma acostumbrada.

—¿Tengo aspecto de eso?

Se desabrochó los pantalones sin preámbulos. Era el último vestigio de democracia. Incluso de paisano, un policía no podía sacarse la polla.

—¿Estás contenta?

Zanna asintió, reprimiendo un estremecimiento. El hombre la tenía enorme.

—Joder —dijo—. Eso sí es una polla.

El hombre volvió a abrocharse la cremallera.

—Siéntate —dijo indicándole una silla.

Zanna se sentó, con las piernas separadas, así tendría una buena perspectiva desde la cama, pero él continuó de pie. Su sombra se extendía por toda la habitación, llegando casi al borde de la puerta.

—¿Cómo te gusta? —preguntó ella, aunque tuvo el presentimiento de que le gustaba a lo bruto. Trató de encoger los hombros para parecer más pequeña de lo que realmente era—. Sé amable conmigo. Solo soy una niña.

El labio del hombre tembló, pero fue la única reacción que obtuvo por su parte.

—¿Cómo llegaste hasta aquí?

Ella pensó que se lo preguntaba literalmente, es decir, subiendo Peachtree y torciendo a la izquierda en Edgewood. Luego se percató de que se refería a su actual empleo.

Zanna se encogió de hombros.

—¿Qué quieres que te diga? Me encanta el sexo.

Eso es lo que los clientes querían oír. Eso es lo que ellos intentaban decirse a sí mismos cuando te apartaban de su lado y te tiraban el dinero a la cara: que te encantaba, que no podías vivir sin ello.

—No —respondió él—. Quiero que me cuentes la verdad.

—Bueno, ya sabes.

Resopló. Su historia era muy aburrida. No se podía ver la televisión sin toparte con una historia similar. A ella nadie la había obligado a trabajar en la calle, ni habían abusado de ella. Sus padres estaban divorciados, pero eran buenas personas. El problema era ella. Empezó a fumar hierba para que un chico pensase que era una tía guay. Luego se pasó a las pastillas porque estaba abu-

88

rrida. Había empezado a fumar anfetas para adelgazar. Luego fue demasiado tarde para hacer nada, salvo estar todo el día pendiente del próximo chute.

Su madre la dejó vivir en su casa hasta que se dio cuenta de que fumaba algo más que Marlboro. Su padre le permitió vivir en el sótano hasta que su nueva esposa encontró el papel tiznado que olía a malvavisco. Luego la encerraron en un apartamento. Después de ponerse duros con ella y de dos intentos fallidos de rehabilitación, se vio en la calle, ganándose el sueldo abriéndose de piernas.

—Dime la verdad —repitió el hombre—. ¿Cómo llegaste a esta situación?

Zanna intentó tragar, pero tenía la boca seca. No sabía si era por el mono o por el miedo que empezaba a darle aquel hombre. Le dijo lo que quería oír.

—Mi padre me pegaba.

—Lamento oír eso.

—No tuve otra elección.

Se sorbió la nariz y miró al suelo. Con el reverso de la mano se quitó las lágrimas de cocodrilo. Se le podía haber abierto la boca como a una boa de lo aburrida que era su historia.

—No tenía adónde ir. Dormía en las calles. Me gusta el sexo, y se me da bien, por eso...

El hombre se arrodilló para mirarla. Incluso de rodillas era más alto que ella. Zanna le miró, pero luego apartó rápidamente la mirada. Lo que ese hombre buscaba era vergüenza. Era de los que pertenecían a la vieja generación, de los que se regodeaban con eso. Pues bien, ella podía darle toda la vergüenza que quisiera. Valerie Bertinelli, Meredith Baxter, Tori Spelling. Zanna había reconocido esa mirada en todas las películas autobiográficas que había visto.

—Le echo de menos. Eso es lo más triste —dijo. Volvió a mirar al hombre y parpadeó unas cuantas veces—. Echo de menos a mi padre.

Él le cogió la mano y la colocó entre las suyas. Zanna no pudo ver nada, salvo su muñeca. Le acariciaba suavemente la piel, pero se sentía atrapada. Empezó a respirar con dificultad. El miedo era un instinto natural que creía saber controlar, pero había algo en aquel hombre que encendió todas las alarmas.

—No me engañes, Suzanna.

La bilis le llegó a la boca.

—Yo no me llamo así. —Intentó apartarse, pero el hombre le aferró la muñeca—. Yo no te he dicho mi nombre.

—¿No?

Deseaba matar a aquel maldito chulo. Estaba claro que era uno de esos tipos que vendería a su madre por un billete de veinte dólares.

—¿Qué te ha dicho Terry? Yo me llamo Trixie.

—No —insistió el hombre—. Tú me dijiste que te llamabas Suzanna.

Notó que el dolor le subía por el brazo. Bajó la mirada. Le tenía cogidas las dos muñecas con una sola mano. Se introdujo entre sus piernas, arrinconándola contra la silla.

—No te resistas —dijo cogiéndola con la otra mano por el cuello. La punta de los dedos le llegaba hasta la nuca—. Solo quiero ayudarte, Suzanna. Salvarte.

—Yo no me...

No pudo hablar. La estaba asfixiando. No podía respirar. El pánico le recorrió el cuerpo como si estuviera recibiendo una descarga eléctrica. Los ojos se le pusieron en blanco. Notó que la orina le caía por la pierna.

90

—Relájate, hermana.

Se echó sobre ella. Sus ojos la miraban de arriba abajo, como si no quisiera perderse un segundo de su miedo. Esbozó una sonrisa.

—El Señor guiará mi mano.

Capítulo seis

En la actualidad. Lunes

Sara recorrió la sala de urgencias del hospital Grady intentando no inmiscuirse en los casos. Sin embargo, aunque se tatuase en la frente «fuera de servicio», las enfermeras no la dejaban ni por un momento. El hospital andaba muy corto de plantilla y muy sobrecargado de trabajo. En sus ciento veinte años de historia, no había habido ni un solo momento en que la oferta pudiera satisfacer la demanda. Trabajar allí equivalía a no tener una vida propia, justo lo que ella necesitaba cuando aceptó el trabajo. En aquel entonces, la verdad es que no lo deseaba, pues acababa de enviudar, residía en una ciudad diferente y trataba de empezar una nueva vida. Sumergirse por completo en aquel trabajo tan exigente era la única forma de poder soportarlo.

Sin embargo, resultaba increíble lo rápido que habían cambiado sus necesidades en las dos últimas semanas.

O en la última hora, para ser más exactos. Sara no sabía lo que estaba sucediendo entre Will y Amanda. Su relación siempre la había desconcertado, pero la conversación que mantuvieron antes de que Amanda se cayese había sido de lo más extraña. Incluso después de caerse, cuando resultaba obvio que estaba gravemente herida, él parecía más interesado en interrogarla que en ayudarla. Sara aún estaba consternada por el tono de su voz. Jamás le había oído hablar tan fríamente. Parecía otra persona, alguien a quien no tenía el más mínimo deseo de conocer.

Sara al menos había podido intuir la causa de esa conversación, aunque no por deducción propia. El televisor del centro de enfermería siempre estaba encendido emitiendo las noticias. Los subtítulos se desplazaban de forma mecánica día y noche. La chica desaparecida del Georgia Tech se había convertido en una noticia nacional gracias a la CNN, cuya sede estaba a un paso de la uni-

91

versidad. El vídeo de Amanda dando una conferencia de prensa se reproducía de forma constante, junto con periodistas que proporcionaban datos estadísticos y ese tipo de información innecesaria para cubrir una programación de veinticuatro horas.

Lo último que se especulaba es que quizá Ashleigh Renee Snyder había simulado su propio secuestro. Los estudiantes que decían ser sus amigos íntimos se presentaban para dar detalles de su vida. Comentaban que sus notas habían empeorado considerablemente, y que cabía la posibilidad de que estuviese oculta en algún sitio. La teoría no carecía de cierto fundamento. Georgia tenía un breve historial de mujeres que habían fingido ser secuestradas, entre las que destacaba la denominada «la Fugitiva Prometida», una mujer estúpida que había hecho que la policía perdiese varios días de su valioso tiempo para buscarla, cuando se había ocultado de su novio.

—Sara —dijo una enfermera que llevaba un informe de laboratorio—. Te necesito para…

—Lo siento. No estoy de servicio.

—Entonces, ¿qué narices haces aquí?

La mujer no esperó a que le respondiese.

Sara miró el tablero para ver si a Will le habían asignado una habitación. Normalmente, un caso tan sencillo como una sutura tardaría horas en ser atendido, pero antes de que Sara se ocupase de Amanda se aseguró de que no dejasen a Will abandonado en la sala de espera. Le habían asignado uno de los compartimentos separados por cortinas, en la parte de atrás. Sara sintió que un escalofrío le recorría la espalda cuando vio el nombre de Bert Krakauer al lado del de Will.

Fue a la parte trasera, con un paso sorprendentemente decidido. La cortina estaba abierta. Will estaba sentado en la cama. Tenía una venda alrededor del pie, pero lo peor de todo es que Krakauer tenía un portaagujas en la mano.

—No, no —dijo ella acercándose a toda prisa a los dos hombres.

Krakauer le señaló el portaagujas.

—¿Qué sucede? ¿No te dejaron jugar con esto en la Facultad de Medicina?

Sara le respondió con una sonrisa tensa.

—Gracias. Pero a partir de ahora me ocupo yo.

Él captó el mensaje, dejó el instrumental en la bandeja y se marchó. Sara le lanzó una mirada fría a Will mientras corría las cortinas.

—¿Ibas a dejar que te cosiera Krakauer?

—¿Por qué no?

—Por la misma razón por la que no te has quedado pudriéndote en la sala de espera.

Sara se lavó las manos en el lavabo y añadió:

—Si alguien entrase en mi apartamento, ¿dejarías que otro policía investigase el caso?

—Yo normalmente no me dedico a los robos.

Sara se secó las manos con una toalla de papel. Will no solía ser tan obtuso.

—¿Qué sucede?

—Dijo que necesitaba unos puntos.

—No me refiero a eso —respondió ella sentándose en el borde de la cama—. Te has comportado de forma muy extraña desde que llegamos aquí. ¿Es por Amanda?

—¿Por qué lo dices? ¿Te ha dicho algo?

Sara tuvo la sensación de haber vivido esa situación antes. Había hablado brevemente con Amanda y ella le había hecho la misma pregunta sobre Will.

—¿Qué podría decirme Amanda?

—Nada importante. Estaba delirando.

—A mí me pareció muy despierta. —Sara se contuvo para no llevarse las manos a las caderas como una maestra enfadada—. He visto en las noticias lo que le ha pasado a Ashleigh Snyder.

—¿La han encontrado? —preguntó Will irguiéndose.

—No. Creen que podría haber fingido su secuestro. Una de sus amigas dijo que estaban a punto de echarla de la facultad.

Will asintió, pero no dijo qué pensaba al respecto.

—¿Estás trabajando en el caso?

—No —respondió con tono cortante—. Aún estoy a cargo de que los aseos del aeropuerto de Atlanta estén a salvo de los pervertidos viajeros.

—¿Por qué no te ocupas del secuestro?

—Eso tendrás que preguntárselo a Amanda.

Una vez más se cerraba el círculo.

—¿Se encuentra bien? —preguntó Will, aunque parecía que lo hacía por obligación—. Me refiero a Amanda.

A Sara nunca se le habían dado bien los concursos de miradas, especialmente con alguien tan terco y obstinado como el hombre con el que había estado durmiendo las dos últimas semanas.

—Tiene lo que se llama una fractura de Colles. El ortopedista

93

la está tratando en este momento. Tendrán que escayolarla, pero se pondrá bien. Normalmente, con eso basta y te dan el alta, pero ella perdió el conocimiento, así que es mejor que se quede esta noche.

—Bien.

Will la miró sin comprender. Sara tenía la sensación de estar hablando con una pared. La tensión entre los dos se podía palpar.

Ella le cogió la mano.

—Will…

—Gracias por decírmelo.

Sara esperó que añadiese algo. Luego se dio cuenta de que faltaban solo doce horas para que fuese demasiado tarde para suturarle el tobillo. Se puso un par de guantes quirúrgicos. Por el desastre que vio, se percató de que Krakauer ya le había limpiado la herida.

—¿Tienes el tobillo dormido?

Will asintió.

—Vamos a echarle un vistazo.

Le presionó con los dedos alrededor de la piel abierta. La laceración tenía al menos dos centímetros de largo y uno de profundidad. Cuando le apretó la piel, volvió a sangrarle.

—¿No pensabas decirme que te habías herido con un clavo en el tobillo?

—El otro médico dijo que solo necesitaba unos puntos.

—El otro médico no volverá a ver tu tobillo nunca más.

Utilizó el pie para acercarse el taburete y sentarse. Cogió el escalpelo y usó el borde para darle a la brecha mellada la forma de elipse.

—Me aseguraré de que no te quede cicatriz.

—Ya sabes que eso no me importa.

Sara le miró. Will tenía cicatrices peores en su cuerpo. Era algo de lo que no hablaban. Otra de las muchas cosas de las que no hablaban.

—¿Qué narices te pasa? —insistió ella.

Will sacudió la cabeza y apartó la mirada. Tenía la mandíbula desencajada. Era obvio que aún seguía enfadado, pero Sara no sabía por qué. No valía la pena preguntarle. Por muy dulce y amable que fuese, había descubierto que era tan hermético como un amnésico para el tétanos.

No sabía qué hacer, salvo empezar a suturarle la herida. Tenía las gafas en el bolso, que debía de estar en el coche. Se acercó e insertó la aguja en la carne, justo por debajo de la piel. El hilo de cromo entraba y salía mientras ella dibujaba una sola hilera de puntos interrumpidos. Tirar, anudar y cortar. Tirar, anudar y cortar. Había realizado tantas veces ese mismo acto durante años que ya se había convertido en algo mecánico, lo cual, por desgracia, le dejaba tiempo para pensar.

Volvió a hacerse la misma pregunta que se había hecho durante las dos últimas semanas: ¿qué estaba haciendo?

Le gustaba Will. Era el primer hombre con el que había estado desde que murió su marido. Disfrutaba de su compañía. Era divertido e inteligente, además de atractivo. Muy bueno en la cama. Él había conocido a su familia. Sus perros le adoraban, y ella al suyo. Durante las últimas semanas, prácticamente se había trasladado a su apartamento, pero, de alguna forma, seguía sintiéndole un extraño.

Lo poco que le había revelado de su pasado siempre había tratado de endulzarlo de alguna forma. Nada era demasiado malo. Nadie era tan horrible. Era como si hubiera vivido una vida de ensueño. No importaban las quemaduras eléctricas y de cigarrillos que tenía en el cuerpo, ni la cicatriz en el labio superior (donde la piel se le había partido por la mitad), ni la profunda hendidura que tenía en la mandíbula. Sara besaba esos rincones y los acariciaba como si no existiesen.

—Ya hemos hecho la mitad.

Sara lo observó de nuevo, pero él seguía apartando la mirada.

Cerró el último nudo y cogió una aguja nueva hilada con Prolene. Empezó a suturar la fila subcuticular, zigzagueando el hilo de un lado a otro mientras se reprochaba haber cedido ante el silencio de Will.

Cuando comenzaron su relación, esas cosas no importaban. Will podía hacer cosas más interesantes con su boca que hablar de sí mismo. Sin embargo, en los últimos días, su reticencia había empezado a molestarle. Sara empezó a preguntarse si era capaz de entregarse más, y si no lo hacía, si ella estaba dispuesta a conformarse con tan poco.

Además, aunque estuviese dispuesto a abrirle su corazón, aún estaba el enorme problema de su esposa. Si era sincera, temía a Angie Polaski, y no solo porque le dejase notas desagradables en el parabrisas del coche, sino porque siempre estaba rondando en la vida de Will como un veneno vaporoso. El júbilo que sintió Sara cuando Will la llevó a su antiguo vecindario se disipó rápida-

95

mente al percatarse de que todos sus recuerdos tenían algo que ver con Angie. Él no necesitaba pronunciar su nombre para que Sara supiera que estaba pensando en ella.

Eso le hacía preguntarse si había espacio para alguien más en su vida que Angie Polaski.

—Ya está. —Sara cerró la piel e hizo un nudo—. Tendrás que tenerlos así dos semanas. En casa tengo algunas tiritas resistentes al agua, así podrás ducharte. Te daré un poco de Tylenol para el dolor.

—Yo tengo en casa. —Se miró las manos mientras se bajaba la pernera de los pantalones—. Probablemente me quede allí esta noche—. Se subió el calcetín sin mirarla a los ojos—. Necesito lavar algunas camisas, hacer la colada, ver cómo está mi perra.

Sara le miró abiertamente. Will apretaba la mandíbula. Se veía que trataba por todos los medios de controlar la ira. Sara no estaba segura de que se debiera solo a Amanda.

—¿Estás enfadado conmigo?

—No.

Fue una respuesta concisa, rápida; obviamente, una mentira.

—Como quieras.

Sara le dio la espalda mientras se quitaba los guantes. Los tiró al cubo de basura, y luego empezó a limpiar el kit de sutura. Podía oír a Will moviéndose detrás de ella, buscando probablemente su zapato. Sara solía tener mucha paciencia, pero el mal día que llevaba hacía que se le estuviese agotando. Miró debajo de la cama y sacó el zapato de la canasta.

—Hazme un favor, cariño.

Will se tomó su tiempo para responder.

—¿Cuál?

—No hables de lo que pasó anoche, ¿de acuerdo? —Arrojó el zapato en su dirección, y él lo cogió con una sola mano, lo que la irritó aún más—. No me digas lo que piensas de Amanda, ni del martillo, ni lo que estaba haciendo en el sitio donde creciste cuando se suponía que debería estar investigando un caso, ni, por supuesto, de lo que te dijo en el sótano y que te ha dejado emocionalmente catatónico. Al menos, más de lo habitual. —Se detuvo para respirar—. Vamos a ignorarlo todo, ¿vale?

Will la miró durante unos segundos antes de decir:

—Me parece una idea magnífica. —Se puso el zapato—. Hasta luego.

—Más te vale.

Sara miró la tableta digital como si pudiese leer las palabras. Sus dedos presionaban las teclas al azar. Había notado que Will dudó por unos instantes, pero luego descorrió la cortina. Sus zapatos se posaron en el suelo. Sara permaneció cabizbaja, contando en silencio. Cuando llegó a sesenta, levantó la cabeza.

Se había ido.

—Gilipollas —dijo Sara entre dientes.

Dejó la tableta sobre el mostrador. Antes se había sentido cansada, pero ahora estaba demasiado irritada como para hacer cualquier cosa, salvo sentirse furiosa. Se lavó las manos. El agua estaba lo bastante caliente como para quemarle la piel, pero, aun así, se frotó con fuerza. Había un espejo encima del lavabo. Tenía el pelo hecho un desastre, y algunas manchas de sangre seca en la manga. Esa era la primera noche que había regresado a casa vestida con su ropa de trabajo. Durante las dos últimas semanas, se había duchado en el hospital y se había cambiado de traje o se había puesto algo más favorecedor antes de ver a Will.

¿Era eso parte del problema? Puede que el asunto de Amanda fuese otro problema. Mientras paseaban por la calle, Will la había mirado con cierto desdén. Ella se había percatado de que se fijaba en su uniforme, en su peinado, sin prestarle mucha atención. Will siempre iba impecablemente vestido. Puede que pensase que ella no merecía gran cosa. O puede que fuese por otra razón. Él la había visto llorando en el coche. ¿Fue eso lo que le hizo recordar? De ser así, ¿por qué la había llevado hasta el orfanato? El hecho de que compartiese algo tan personal con ella le había hecho pensar que su relación estaba avanzando finalmente.

Pero allí estaban de nuevo, tropezando, como si retrocedieran a pasos agigantados.

—Hola.

Faith estaba de pie, al lado de la cortina. La compañera de Will sostenía a su hija de cinco meses con una mano, y con la otra, una enorme bolsa de pañales.

—¿Qué sucede? —preguntó.

Sara fue derecha al grano.

—¿Tan mal estoy?

—Eres mucho más alta que yo y pesas cinco kilos menos. ¿De verdad quieres que te responda a esa pregunta?

—Con eso me conformo. —Sara extendió los brazos para coger a Emma—. ¿Me dejas?

Faith continuó con el bebé en brazos.

97

—No creo que quieras estar cerca de esta cosa. Voy a tener que pegarle una pegatina de peligro en su pañal.

El olor era repugnante, pero, aun así, Sara cogió a la niña. Resultaba muy agradable sostener a una niña sana en los brazos.

—Imagino que habrás venido para ver a Amanda. —El marido de Sara había sido policía y ella conocía muy bien las normas. Si uno de ellos estaba en el hospital, todos acudían a su lado—. Will acaba de marcharse.

—Me sorprende que haya venido. Odia este lugar. —Faith cogió un pañal y algunas toallitas del bolso—. ¿Sabes lo que le ha sucedido a Amanda?

—Se cayó sobre la muñeca. Tendrá que llevar una escayola durante un tiempo, pero se encuentra bien.

Sara puso a Emma en la cama. Faith probablemente pensaría que estaba trabajando. Ese era uno de los problemas que había con los secretos de Will: ella también tenía que guardarlos. No podía contarle lo que había sucedido sin revelarle por qué ella misma había estado en el mismo lugar.

—Ya están aquí.

Faith señaló a un grupo de mujeres mayores apiñadas en el centro de enfermería. Salvo una despampanante mujer afroamericana que llevaba un pañuelo rosa alrededor del cuello, las demás iban vestidas con pantalones monocromáticos, llevaban el mismo corte de pelo y andaban con la espalda erguida.

—Las abuelitas —explicó Faith—. Mi madre y Roz ya están con Amanda. Estoy segura de que estarán contando historias de guerra hasta que amanezca.

Sara limpió a Emma. La niña se movió. Ella le hizo cosquillas en el estómago.

—¿Cómo te va con tu madre en casa?

—¿Te refieres a que si he sentido deseos de estrangularla? —Faith se sentó en un taburete—. Tengo diez minutos para mí misma, como mucho, cada mañana antes de que Emma se levante. Luego le doy de comer, la visto, desayuno, me arreglo y empiezo mi jornada laboral donde no hago otra cosa que responder al teléfono y hablar con idiotas que no paran de contarme mentiras. Así todo el día, hasta la mañana siguiente.

Faith se detuvo y la miró.

—Mi madre se levanta a las cinco en punto de la mañana. La oigo hurgar en la planta de abajo, huelo el café y los huevos, y entonces bajo a la cocina. Ella es todo alegría y no para de hablar de lo que tiene pensado hacer durante el día, y de lo que vio en las noticias de la noche anterior, y de lo que quiero que me prepare de desayuno, y para la cena... Te juro por Dios, Sara, que acabaré por estrangularla.

—Yo también tengo madre y te comprendo. —Sara puso un pañal nuevo debajo de la niña. Emma levantó los pies para darse la vuelta—. ¿Qué haces mientras Will está en el aeropuerto?

—Pensaba que lo sabías.

—¿Que sabía qué?

—Amanda le asignó el servicio de los aseos para que yo tuviera los días libres y pudiese llevar a mi madre a su cita con el fisioterapeuta. —Faith se encogió de hombros—. No es la primera vez que mamá o Amanda se saltan las reglas para hacerse un favor.

—¿Amanda no lo está castigando por el pelo?

—¿Qué le pasa a su pelo? Le sienta muy bien.

Una vez más, la capacidad de Will para comprender a las mujeres era de lo más aguda.

—No comprendo esa relación.

—¿A cuál te refieres? ¿A la de Amanda y Will, o la de Will con el mundo?

—Ninguna de las dos.

Sara le abrochó el pañal a Emma. Le acarició con los dedos la cara; la niña sonrió, mostrando dos manchas blancas diminutas en las encías donde le empezaban a salir los dientes. Los ojos de Emma se posaron en sus dedos mientras ella la acariciaba de arriba abajo.

—Ya está empezando a ser una persona de verdad.

—En los últimos tiempos, se ríe mucho de mí. Intento no tomármelo personalmente.

Sara cogió en brazos a la niña y ella le rodeó el cuello con el brazo.

—¿Cuánto tiempo lleva Will trabajando con Amanda?

—Que yo sepa, toda su carrera. Negociación de rehenes, narcóticos, crímenes especiales.

—¿Es normal tener el mismo jefe toda tu carrera?

—La verdad es que no. Los policías son como los gatos. Prefieren cambiar de propietarios que de casa.

Sara no podía imaginar a Will solicitando que lo trasladaran con Amanda. Jamás la elogiaba, y ella parecía deleitarse torturándolo. Y, como siempre, él se negaba a cambiar, cosa que ella debía tomarse como una advertencia.

99

—Bueno, ahora me toca a mí preguntar —dijo Faith cruzando los brazos—. ¿Cuándo lo vas a coger por banda y decirle que pida el divorcio?

Sara esbozó una sonrisa.

—Es muy tentador.

—Entonces, ¿a qué esperas?

—Los ultimátum nunca funcionan. Y no quiero ser la razón de que deje a su esposa.

—Él quiere dejarla.

Sara no dijo lo que era obvio: si él quería el divorcio, pues que lo pidiera.

Faith resopló.

—Probablemente no deberías escuchar los consejos de una mujer que nunca se ha casado y que tiene un hijo en la universidad y otro con pañales.

Sara se rio.

—No te infravalores.

—Bueno, no parece que los hombres buenos hagan cola para salir con una agente de policía… Y la verdad sea dicha: no me atraen para nada los gilipollas inútiles que quieren casarse con una agente de policía.

Sara no podía discutir con ella. No había muchos hombres con el temperamento adecuado para salir con una mujer que podía arrestarlos.

—¿Ha hablado Will contigo? —dijo Faith cambiando de tema—. Me refiero a si te ha hablado de él. ¿Te ha dicho algo?

—Poca cosa. —De un modo irracional, Sara se sintió culpable, como si fuese culpa suya que Will fuese tan hermético—. Acabamos de empezar a salir.

—Tengo una larga lista de preguntas en la cabeza —admitió Faith—. ¿Qué pasó con sus padres? ¿Dónde estaba cuando sobrepasó la edad para estar en el sistema? ¿Cómo consiguió ir a la universidad? ¿Cómo ingresó en el GBI? —Observó a Sara, que se encogió de hombros. Luego prosiguió—: Estadísticamente, los niños que han estado bajo la protección del Estado tienen un ochenta por ciento de posibilidades de ser arrestados antes de cumplir los veintiuno. El sesenta por ciento terminan en prisión.

—Creo que tienes razón.

Sara se había topado muchas veces con casos así en la sala de urgencias. Un día los estaba tratando por un dolor de oídos, y al siguiente los veía esposados a una camilla esperando que los llevasen a prisión. El hecho de que Will hubiese roto ese patrón tan destructivo era una de las cosas que más admiraba. Había salido adelante a pesar de tenerlo todo en contra.

Estaba segura de que a él no le gustaría que hablase de eso con Faith, así que decidió cambiar de tema.

—¿Estás trabajando en el caso de Ashleigh Snyder?

—Ojalá. Pero no creo que haya muchas esperanzas. No ha salido aún en las noticias, pero lleva desaparecida un tiempo, y los que dicen llamarse sus amigos y que aparecen en la televisión no tienen ni idea de dónde se encuentra.

—¿Cuánto tiempo?

—Desde antes de la primavera.

—Eso fue la semana pasada. —En la sala de urgencias se había notado un incremento de casos de intoxicación etílica y de psicosis inducidas por las drogas—. ¿Nadie se dio cuenta de que había desaparecido?

—Sus padres creían que se había marchado a Redneck Riviera, y sus amigos pensaban que estaba con sus padres. Su compañera de habitación tardó dos días en denunciar su desaparición. Imaginó que había conocido a un chico y no quería tener problemas.

—Entonces, ¿no hay posibilidad alguna de que esté fingiendo el secuestro?

—Había mucha sangre en su dormitorio, en la almohada, en la moqueta.

—¿Y a su compañera de habitación no le resultó extraño?

—Mi hijo tiene la misma edad. Son profesionalmente obtusos. Dudo que le resultase extraño que una nave espacial aterrizase en su frente. —Faith volvió a la conversación anterior—. ¿Puedes mirar el historial médico de Will?

Sara se quedó un tanto perpleja por la pregunta.

—Sus archivos juveniles están sellados —añadió Faith—, pero tiene que haber algo en el Grady, de cuando era niño.

Un sentimiento de profunda vergüenza recorrió el pecho y el rostro de Sara. En cierta ocasión, ella también había pensado en mirar el historial, pero el sentido común se impuso.

—Es ilegal acceder sin permiso a los historiales de la gente. Por otro lado...

Sara dejó de hablar. No estaba siendo totalmente sincera. Ella había entrado en el Departamento de Historiales; una de las secretarias le había sacado su expediente como paciente. Sara no ha-

101

bía abierto la carpeta, aunque el nombre que aparecía en la etiqueta era el de Wilbur Trent. En su placa, sin embargo, decía que se llamaba William Trent. Sara la había visto la otra noche, cuando abrió la cartera para pagar la cena.

Entonces, ¿por qué Amanda le había llamado Wilbur?

—¿Hola? —Faith chasqueó los dedos—. ¿Estás ahí?

—Lo siento. Me he quedado embobada. —Sara sujetó a la niña con el otro brazo. Trató de recordar de lo que estaban hablando—. No pienso espiarle. —Eso, al menos, era cierto. Sara quería saber cosas de Will porque eran amantes y esperaba que él se las contase, no porque ella sintiera un deseo morboso—. Ya me lo dirá cuando esté preparado.

—Pues que tengas suerte. Mientras tanto, si averiguas algo que valga la pena, dímelo.

Sara se mordió el labio mientras miraba a Faith. El abrumador deseo de llegar a un acuerdo empezó a surgir en su interior. Amanda presentándose en el orfanato con un martillo, la rabia inexplicable de Will, su repentino deseo de quedarse solo.

Faith era muy lista. Había trabajado como detective de Homicidios en el cuerpo de policía de Atlanta antes de convertirse en agente especial del GBI. Llevaba dos años siendo la compañera de Will. Su madre era una de las viejas amigas de Amanda. Si Sara le contaba lo que había sucedido en el orfanato aquella noche, ella podría ayudarle a encajar las piezas.

Pero entonces perdería a Will para siempre.

—Faith. Me alegro de que seamos amigas. Me caes muy bien. Pero no puedo hablar a espaldas de Will. Quiero que sepa que yo estaré siempre a su lado.

Faith se lo tomó mejor de lo que esperaba.

—Eres demasiado sana para mantener una relación con un policía. Especialmente con Will.

Ella también había pensado que quizá fuera mejor no seguir manteniendo aquella relación, pero dijo:

—Gracias por comprenderlo.

Faith saludó a una mujer mayor que estaba en el puesto de enfermería. No llevaba traje pantalón, sino pantalones vaqueros y una blusa estampada, pero tenía el inconfundible aspecto de policía, algo que se percibía en su forma de mirar a su alrededor, descartando a los hombres buenos y fijándose en los malos. La mujer le devolvió el saludo, miró el tablero de pacientes y luego se dirigió a la habitación de Amanda.

—Se entrenó con el Mossad después del 11-S —dijo Faith—. Tiene dos hijos y tres nietos. Se ha divorciado cinco veces, dos del mismo hombre. Y consiguió todo eso sin ponerse un traje pantalón. Ella es mi modelo —dijo Faith con tono reverencial.

Sara acunó a Emma para verle la cara. Desprendía un aroma suave e intenso, una mezcla de pañales y sudor.

—Tu madre es también un buen ejemplo.

—Somos muy diferentes —dijo Faith encogiéndose de hombros—. Mi madre es tranquila, metódica, siempre parece tenerlo todo bajo control, y yo soy impredecible.

La evaluación era un tanto extraña viniendo de una mujer que siempre llevaba una escopeta cargada en el maletero del coche.

—Yo me siento segura sabiendo que estás con Will. —Faith nunca se daría cuenta del elogio que acababa de hacerle—. Creo que sabes reaccionar cuando te ves amenazada.

—Sí, cuando no pierdo los nervios. —Señaló la habitación de Amanda—. Si explotase una bomba en este momento, en cuanto se posase el polvo, verías que todas ellas permanecen en el mismo sitio, con la pistola en la mano y dispuestas a matar a los terroristas.

Sara había visto a Amanda en algunas situaciones peligrosas y lo que decía Faith era tal cual: no lo dudaba ni un instante.

103

—Mi madre me dijo que, cuando ingresaron en el cuerpo, la primera pregunta que le hacían en el polígrafo era sobre su vida sexual. ¿Eran vírgenes? Si no lo eran, ¿con cuántos hombres habían estado? ¿Más de uno o menos de tres?

—¿Eso es legal?

—Todo es legal si te sales con la tuya —dijo sonriendo de oreja a oreja—. A mi madre le preguntaron si ingresaba en el cuerpo para tener sexo con los policías, y ella les respondió que eso dependía de lo guapo que fuese el agente.

—¿Y qué me dices de Amanda? —Su caída en el sótano le había hecho recordar sus primeros tiempos en el cuerpo—. ¿Fue siempre policía?

—Que yo sepa, sí.

—¿Nunca trabajó en los servicios infantiles?

Faith aguzó la mirada. Sara pudo ver cómo algún resorte se encendía en su mente de policía.

—¿Adónde quieres ir a parar?

Sara mantuvo su atención en Emma.

—Solo es curiosidad. Will no me ha hablado mucho de ella.

—Ni lo hará —respondió Faith, como si ella necesitase que se lo recordara—. Crecí con Amanda. Estuvo saliendo con mi tío durante años, pero el muy idiota jamás le pidió que se casara con él.

—¿Nunca se ha casado? ¿No tiene hijos?

—No puede tenerlos. Sé que lo intentó, pero no pudo.

Sara tenía la vista fija en Emma. Eso era una cosa que compartía con Amanda Wagner, y no era algo de lo que le gustase presumir.

—¿Te la imaginas como madre? Mejor estarías con Casey Anthony.[5]

Emma hipó. Sara le acarició la barriga. Ella le sonrió a Faith. Deseó hablar con ella, pero no podía. Hacía mucho tiempo que Sara no se sentía tan aislada.

Siempre podía llamar a su madre, pero no estaba de humor para que le echase un sermón sobre el bien y el mal, sobre todo porque ella percibía claramente la diferencia, lo que la hacía sentirse menos la víctima de un amor apasionado y más alguien que se había resignado a ser una mujer sumisa. Eso fue justamente lo que Cathy Linton le dijo: ¿por qué se lo vas a dar todo a un hombre que no te dará nada a cambio?

—¿Has sido tú o Emma? —preguntó Faith.

Sara se dio cuenta de que había soltado un gruñido.

—Yo. Estaba pensando que mi madre tenía razón en algo.

—Yo odio cuando eso me sucede —respondió Faith irguiéndose—. Hablando de…

Evelyn Mitchell estaba de pie, al lado del centro de enfermería. Tenía el mismo estilo que sus amigas: traje pantalón, cuerpo esbelto y una postura perfecta, a pesar de necesitar muletas. Resultaba obvio que buscaba a su hija.

Faith se levantó de mala gana.

—El deber me llama.

Arrastró los pies mientras se dirigía hacia el mostrador de enfermería.

Sara levantó a Emma y le tocó la nariz. La niña le enseñó ambas encías, gimiendo de placer. Si alguien cuestionaba lo buena madre que era Faith Mitchell, solo tenía que mirar a su hija. Sara besó las mejillas de Emma, que sonrió. Unos cuantos besos más y soltó una risotada. Dio una serie de pataditas en el aire. Sara la besó de nuevo.

5. Casey Anthony fue acusada de asesinar a su hija de dos años.

—¿Su qué? —gritó Faith.

La voz retumbó en la sala de urgencias. Madre e hija miraron abiertamente a Sara. Desde la distancia, se podía decir que eran gemelas. Ambas tenían el mismo peso y la misma estatura, el mismo cabello rubio y los mismos hombros. Faith tenía una expresión preocupada, pero Evelyn se mostraba tan imperturbable como de costumbre. La mujer mayor dijo algo. Faith asintió antes de dirigirse a Sara.

—Lo siento —dijo cogiendo en brazos a Emma—. Tengo que marcharme.

—¿Va todo bien? —preguntó ella dándole a la niña.

—No lo sé.

—¿Se trata de Ashleigh Snyder?

—No. Bueno, sí.

Faith abrió la boca, pero luego la cerró. Era obvio de que pasaba algo malo, pues Faith no se sorprendía fácilmente, y Evelyn Mitchell no era el tipo de persona que proporcionaba información.

—Me estás asustando, Faith. ¿Le pasa algo a Will?

—No... —Se detuvo—. No puedo... —Hizo una pausa de nuevo. Apretó los labios hasta formar una delgada línea. Finalmente dijo—: Tenías razón, Sara. Tenemos que separar algunas cosas.

Por segunda vez aquella noche, le ocultaban un secreto y le daban la espalda.

Capítulo siete

Viernes 11 de julio de 1975

$\mathcal{A}$manda leyó el libro de texto sobre estudios de mujeres, señalando los párrafos que necesitaba saber para su clase nocturna. Estaba sentada en el asiento del copiloto del Plymouth Fury de Kyle Peterson. La radio de policía estaba encendida, pero hacía mucho tiempo que había aprendido a desconectarse y prestar atención a las llamadas pertinentes. Le dio la vuelta a la página y empezó a leer la sección siguiente.

> Para conocer los efectos de largo alcance del sistema de género/sexo, primero se debe desmantelar la hipótesis fálica en relación con el inconsciente.

—Vaya tela —suspiró. Cualquiera sabía lo que significaba aquello.

El coche se tambaleó cuando Peterson se dio la vuelta en el asiento trasero. Amanda miró por el retrovisor, deseando que no se despertase. Esa mañana ya había perdido casi una hora quitándose sus manos de encima, y luego otra media hora disculpándose para que dejara de refunfuñar. Gracias a Dios, la petaca que él llevaba en el bolsillo había bastado para dejarle noqueado, o no habría tenido tiempo para leer sus deberes.

Y no es que no entendiese lo que había escrito. Algunos de los párrafos eran claramente obscenos. Si esas mujeres tuvieran tantas ganas de saber cómo funcionaban sus vaginas, deberían empezar a depilarse las piernas y encontrar un marido.

La radio emitió un sonido seco. Amanda oyó la voz entrecortada de un hombre. En la ciudad había pocos sitios sin cobertura, pero ese no era el problema. Un agente negro estaba pidiendo refuerzos, cosa que significaba que los agentes blancos trataban de bloquear la transmisión presionando los botones de sus micrófonos. Una hora después, un agente blanco llamaría solicitando ayuda y los negros se comportarían igual.

Y luego alguien del *Atlanta Journal* o del *Constitution* escribiría un artículo preguntándose por qué recientemente habían repuntado los delitos.

Amanda miró a Peterson de nuevo. Había empezado a roncar. Tenía la boca abierta bajo su enmarañado y largo bigote.

Leyó el párrafo siguiente, pero nada más terminar se le olvidó lo que decía. Estaba tan cansada que se le nublaba la vista. O puede que fuese la irritación. Ojalá no volviese a leer las palabras «ginecocrático» y «patriarcado». Deberían enviar a Gloria Steinem[6] a Techwood Homes y ya veríamos si seguía pensando que las mujeres podían dirigir el mundo.

Techwood.

Amanda sintió que el miedo le subía como la bilis. Aún notaba las manos del chulo apretándole el cuello, su erección al estrecharla contra él, sus uñas cuando intentaba bajarle las medias.

Apretó los dientes, esperando que el corazón se calmara. Respiró profundamente. Inspiró y espiró, poco a poco. «Una..., dos..., tres...». Contó los segundos. Tardó algunos minutos en aflojar la mandíbula y respirar con normalidad.

Amanda no había visto a Evelyn Mitchell en los últimos cuatro días, desde que vivieron aquella horrible experiencia. No se había presentado al recuento y su nombre no aparecía en la lista. Ni siquiera Vanessa pudo encontrarla. Amanda esperaba que Evelyn hubiese recuperado la sensatez y hubiese regresado a su casa para cuidar de su familia. Para Amanda ya era bastante duro tener que levantarse de la cama todas las mañanas. No podía imaginar el miedo que habría sentido si tuviera que dejar a su familia, conociendo el mundo en el que se adentraba.

Sin embargo, Evelyn no fue la única agente que había desaparecido. Al nuevo sargento, Luther Hodge, también lo habían trasladado sumariamente. Lo sustituyó un hombre blanco llamado Hoyt Woody. Era del norte de Georgia; su acento campesino resultaba del todo ininteligible, en parte porque nunca se quitaba el palillo de dientes de la boca. Las tensiones en la brigada seguían

6. Periodista y activista estadounidense, considerada un icono del movimiento feminista.

allí, pero eran las habituales. Todo el mundo se sentía más cómodo con lo conocido.

Al menos la desaparición de Hodge no había sido total. Vanessa hizo algunas llamadas y averiguó que lo habían trasladado a uno de los distritos policiales de Model City. Eso no solo suponía un retroceso en su carrera, sino que además lo sacaba del círculo de Amanda. Por desgracia, no tenía el valor de visitarle en su nueva central y preguntarle por qué las había enviado a Techwood Homes para cumplir ese encargo tan estúpido.

Y no es que ella no pudiese hacer esos encargos tan inútiles. Los últimos días se había debatido entre sus ganas de olvidar todo lo que pasó en Techwood y su curiosidad, que no se lo permitía. Sus noches de insomnio no solo estaban llenas de temores, sino de preguntas.

Amanda quería relacionarlo con una curiosidad de policía, pero la verdad es que era más bien una cuestión de intuición femenina. La prostituta que había visto en el apartamento de Kitty Treadwell le había hecho ver que algo estaba sucediendo, que algo no iba bien. Lo podía sentir en sus entrañas.

Por eso había hecho algunas indagaciones que la exasperaron aún más. Estúpidas pesquisas que probablemente harían que volviese con su padre y se metiese en problemas, no con Duke, sino con los altos cargos del cuerpo de policía.

Cerró el libro de texto. No tenía estómago para leer la refutación de Phyllis Schlafly a la enmienda sobre la Igualdad de Derechos. Estaba cansada y harta de que mujeres que nunca tenían que pagar el alquiler de sus casas le dijesen cómo debía vivir su vida.

—¿Cómo te va?

Amanda se sobresaltó tanto que casi estrella el libro contra su cara. Primero mandó callar a Evelyn Mitchell, y luego se giró para mirar a Peterson.

—Lo siento —susurró Evelyn. Puso la mano en la manecilla de la puerta, pero Amanda bajó el seguro. Evelyn permaneció fuera del coche, inmóvil—. Sabes que la ventanilla está bajada, ¿verdad?

Vanessa Livingston, que estaba detrás de ella, soltó una risita.

Amanda, de mala gana, abrió la puerta y salió del coche.

—¿Qué quieres? —susurró.

—Estamos negociando. Tú por Nessa —respondió Evelyn también susurrando.

—De ninguna manera.

A los jefes no les importaría, pero Amanda no quería volver a tener nunca más de compañera a Evelyn Mitchell. Se giró para subirse de nuevo al coche, pero Evelyn la cogió del brazo y Vanessa se adelantó, ocupó el asiento y cerró cuidadosamente la puerta.

Amanda se quedó en el aparcamiento vacío, deseando darles una bofetada a las dos.

Evelyn se dirigió a Vanessa.

—Volveremos dentro de unas horas.

—Tarda lo que quieras —respondió Vanessa mirando a Peterson—. No creo que vaya a ningún sitio.

Evelyn utilizó el dedo para darse un golpecito en la nariz, al estilo de Robert Redford en *El golpe*. Vanessa hizo lo mismo.

—Esto es absurdo —masculló Amanda, que entró en el coche para coger el bolso y el libro.

—Vamos, anímate —dijo Evelyn—. Puede que encontremos algo divertido.

Evelyn condujo su Ford Falcon por North Avenue. La camioneta estaba vacía de cajas de embalar, pero tenía algunos artículos infantiles. Salvo por la radio que descansaba en el asiento entre ellas, no había nada que indicase que una agente de policía conducía aquel automóvil. Notó que el vinilo del asiento se le pegaba a las piernas, y, como era hija única, no tenía primos y apenas solía estar con niños, no pudo evitar pensar que Zeke Mitchell había segregado alguna sustancia repugnante en el asiento.

—Bonito día —dijo Evelyn.

Debía de estar de broma. El sol del mediodía era tan intenso que le lloraban los ojos y tuvo que protegérselos.

Evelyn cogió su bolso y se puso las gafas de sol.

—Creo que tengo otro par —dijo rebuscando en el bolso.

—No, gracias.

Amanda había visto el mismo tipo de gafas en Richway. Costaban al menos cinco dólares.

—Como quieras.

Evelyn cerró su bolso. Conducía como una anciana, parándose en los semáforos amarillos, dejando pasar a todo el mundo. Tenía un pie en el acelerador y el otro en el freno. Cuando llegaron a la entrada del Varsity, estaba a punto de coger el volante y echarla del coche.

—Tranquila.

Con gran concentración, metió el Falcon en un aparcamiento que estaba cerca de la entrada a North Avenue. Los frenos chirriaron cuando pisó el pedal, avanzando lentamente hasta que notó que las ruedas chocaban contra la barrera. Al final, echó el freno de mano. El motor traqueteó al apagar el contacto, y el coche se tambaleó.

Evelyn se giró y miró de frente a Amanda.

—¿Bien?

—¿Para qué me has traído aquí? Yo no tengo ganas de comer.

—Creo que prefiero que no me hables.

—Tus deseos son órdenes para mí —replicó Amanda. Pero no pudo contenerse—. Casi consigues que me violen.

Evelyn se apoyó contra la puerta.

—En mi defensa, diría que nos iban a violar a las dos.

Amanda sacudió la cabeza. Evelyn parecía incapaz de tomarse nada en serio.

—Pero salimos bien paradas —añadió.

—Ahórrate tu energía positiva.

Evelyn se quedó callada. Volvió a girarse. Tenía las manos en el regazo. Amanda observaba el tablero con los menús. Las palabras se entremezclaban sin sentido. Mentalmente, enumeró todas las cosas que tenía que hacer antes de acostarse. Cuanto más pensaba en ello, más trabajo le costaba. Estaba demasiado cansada para hacer nada. Incluso para estar allí.

—Joder, chica —dijo Evelyn con voz profunda, imitando el tono grave del chulo—. Estás muy buena.

Amanda apoyó el libro de texto en su regazo.

—Basta.

Evelyn, como era de esperar, hizo caso omiso.

—Estás para comerte.

Amanda apartó la vista y se llevó la mano a la barbilla.

—Por favor, cállate.

—Deja que te coja ese hermoso culo.

—Por el amor de Dios —farfulló de rabia Amanda—. ¡Él no dijo eso!

Le temblaban los labios, pero, por primera vez en cuatro días, no era porque estuviese conteniendo las lágrimas.

—Mmm-hmm —continuó Evelyn, provocándola y moviendo las caderas obscenamente en el asiento—. Estás muy buena.

Amanda no pudo evitar que sus labios se levantasen y, de pronto, se echó a reír. Por mucho que lo intentaba, no podía controlarse. Su boca se abrió de par en par. Notó que la presión disminuía, y no solo por el sonido, sino por el aire que había atrapado en sus pulmones como un veneno. Evelyn también se reía, lo que resultaba lo más gracioso de todo. No tardaron mucho en estar las dos dobladas sobre sus asientos con las lágrimas corriéndoles por las mejillas.

—Buenas tardes, señoritas. —El camarero apareció en la ventanilla de Evelyn. Tenía el gorro inclinado graciosamente a un lado. Colocó una tarjeta en el parabrisas y les sonrió como si participase de la broma—. ¿Qué van a tomar?

Amanda se secó las lágrimas de los ojos. Por primera vez desde hacía algunos días, tenía hambre.

—Tráeme un Glorified Steak y unos aros de cebolla. Y un batido.

—Yo tomaré lo mismo. Pero añade una empanadilla —dijo Evelyn.

—Espera. Tráeme a mí también otra.

Evelyn aún se estaba riendo cuando el camarero se fue.

—Dios santo. —Suspiró. Le dio un golpecito al espejo y utilizó la punta del meñique para arreglarse el delineador de ojos—. Dios santo. No he podido pensar en comer desde que... —No tuvo que terminar la frase. Ninguna de las dos tendría que terminar aquella frase nunca más.

—¿Qué te ha dicho tu marido? —preguntó Amanda.

—Hay cosas que no comparto con Bill. A él le gusta pensar que soy como la agente 99, siempre segura mientras Max Smart hace el verdadero trabajo. —Soltó una breve carcajada—. Y no anda desencaminado. En esa estúpida serie, ni siquiera dicen su nombre. Es solo un número.

Amanda no respondió. Parecía un capítulo de su libro sobre los estudios de las mujeres.

Evelyn esperó unos instantes.

—¿Y qué dijo tu padre?

—No estaría aquí si se lo hubiera contado. —Amanda cogió el borde del libro—. A Hodge lo han trasladado a Model City.

—¿Y dónde crees que he estado yo?

Amanda se quedó boquiabierta.

—¿Te han asignado a Model City?

—Hodge ni siquiera me dirige la palabra. Lo primero que

hago todas las mañanas es ir a su oficina, preguntarle qué pasó, a quién hemos cabreado, por qué nos envió a Techwood, y todos los días me echa de su oficina.

Amanda no pudo evitar sentirse impresionada por el desparpajo de Evelyn.

—¿Crees que te han castigado? —preguntó—. No lo creo. Los jefes no me trasladaron, y yo estaba allí contigo.

Evelyn parecía tener su propia opinión sobre el asunto, pero prefirió guardársela para sí.

—Los muchachos se encargaron del chulo ese.

Amanda sintió que el corazón le daba un vuelco.

—¿No se lo has dicho a nadie?

—Por supuesto que no, pero no hace falta ser Colombo para saberlo: un chulo sangrando en el suelo con la picha fuera y nosotras dos a punto de sufrir un ataque al corazón.

Tenía razón. Evelyn las había salvado, al dejarlo noqueado a la espera de la llegada de la caballería.

—Lo dejaron salir con tiempo suficiente para poderlo arrestar de nuevo. Al parecer, se resistió a la autoridad. Le dieron un paseo por Ashby Street y acabó en el hospital.

—Me parece muy bien. Así aprenderá.

—Es posible —dijo Evelyn dubitativa—. Dijo que yo me quedé con los brazos cruzados mientras él te violaba, esperando mi turno.

—Probablemente, le haya ocurrido cientos de veces. Ya viste a Jane. Estaba aterrorizada.

Evelyn asintió poco a poco.

—Dwayne Mathison. Ese es su verdadero nombre. Ha sido acusado un par de veces por maltratar a sus chicas. Normalmente, chicas blancas; mujeres altas, rubias, que solían ser atractivas. Se hace llamar Juice.

—¿Cómo el jugador de rugby?

—Sí, solo que uno ganó el trofeo Heisman y al otro le gusta pegar a las mujeres.

Evelyn le dio unos golpecitos al libro de texto de Amanda y añadió:

—Me sorprende.

—Ella tapó el libro con ambas manos, avergonzada.

—Es un curso obligatorio.

—Aun así, no está mal saber lo que sucede en otros sitios.

Amanda se encogió de hombros.

—Eso no cambiaría las cosas.

—¿No crees que sea inevitable? Mira lo que ha pasado con los negros —dijo señalando el restaurante—. Nipsey Russell solía pasarse las horas tirado en la acera y ahora se le ve en televisión a todas horas.

Era cierto. Amanda no sabía lo que más cabreaba a su padre, si ver a Russell en todos los concursos o toparse con Monica Kaufman, la nueva presentadora negra en el Canal 2 todas las noches.

—El alcalde Jackson no lo está haciendo tan mal. Se puede decir lo que se quiera sobre Reggie, pero la ciudad no se ha derrumbado. De momento.

El camarero regresó con la comida. Pasó la bandeja por la ventanilla de Evelyn. Amanda cogió su bolso.

—Deja, yo pago —dijo Evelyn.

—No necesito que...

—Considéralo una forma de comprar tu perdón.

—Vas a necesitar algo más que eso.

Evelyn contó los billetes y dejó una generosa propina.

—¿Qué vas a hacer mañana?

Si iba a ser un sábado como otro cualquiera, lo pasaría limpiando la casa de su padre, luego su apartamento y después dando una vuelta con Mary Tyler Moore, Bob Newhart y Carol Burnett.

—Aún no lo he pensado.

Evelyn le pasó su comida.

—¿Por qué no vienes a casa? Vamos a hacer una barbacoa.

—Tengo que mirar mi agenda —respondió Amanda, aunque sabía que su padre no lo aprobaría. De hecho, ya le preocupaba que se enterase de algo. Deliberadamente, todas las mañanas de esa semana la había estado advirtiendo de que se mantuviera alejada de Evelyn Mitchell—. Pero gracias por la invitación.

—Bueno, ya me dirás. Me encantaría que conocieras a Bill. Es tan... —Su voz adquirió un tono romántico—. Es el mejor. Estoy segura de que te gustará.

Amanda asintió, sin saber qué decir.

—¿Tú sales mucho?

—Todo el tiempo —respondió ella en broma—. A los hombres les encanta cuando descubren que eres policía. —Lo dijo en tono sarcástico, dando a entender que salían pitando por la puerta. Luego añadió—: De todas formas, ahora estoy muy ocupada para salir. Estoy intentando acabar mi carrera. Tengo muchas cosas que hacer.

113

Evelyn entendió lo que quería decir.

—Cuando trabajas con gilipollas como Peterson, se te olvida lo que es un hombre amable y normal —dijo—. También los hay buenos. No dejes que los neandertales te hundan.

—Mmmm —dijo Amanda llevándose una patata frita a la boca, y luego otra, hasta que Evelyn hizo lo mismo.

Comieron en silencio, dejando los vasos sobre el salpicadero mientras sujetaban los envases en el regazo. Eso era justo lo que Amanda necesitaba: una hamburguesa y unas grasientas patatas fritas. El batido de chocolate estaba tan dulce como un postre, pero se comió la empanadilla. Cuando terminó, volvió a sentir unas ligeras náuseas, pero, en esa ocasión, era más por indulgencia que por miedo.

Evelyn colocó los envases vacíos en la ventanilla del restaurante. Luego se llevó la mano al estómago y gruñó:

—*Mamma mia*, la carne estaba picante.

—Esta mañana he metido un bote nuevo de Alka-Seltzer en el bolso.

Evelyn le hizo un gesto al camarero y pidió dos vasos de agua.

—Empiezo a pensar que eres una mala influencia para mí..., y que yo lo soy para ti.

Amanda parpadeó prolongadamente.

—Es la primera vez que quisiera estar en el coche con Peterson, así me podría tender y echarme a dormir.

—Te despertarías con él encima —replicó Evelyn echándose el pelo hacia atrás. Luego guardó silencio durante unos segundos y preguntó—: ¿Por qué crees que Hodge nos envió a Techwood?

No era la primera vez que Amanda sentía el peligro que podía haber detrás de esa pregunta. Era obvio que algún jefazo estaba moviendo los hilos. Tanto Evelyn como Hodge habían sido trasladados, y ella no sabía lo que podría ocurrirle, especialmente si descubrían lo que había estado haciendo.

Evelyn le dio un codazo.

—Vamos, chica. Sé que has estado pensando en ello.

—Bueno —dijo. Luego consideró si debía callarse, pero continuó—: El hombre del traje azul me tiene intrigada. Y no porque sea abogado.

—Ya sé a qué te refieres. Entró en la comisaría como si fuese el jefe. Le gritó a Hodge. No se le puede hacer una cosa así a un policía, por mucho que seas blanco y luzcas un buen traje.

—Hodge le llamó por su apellido. Durante el recuento, le dijo: «Señor Treadwell, podemos hablar en mi oficina».

—Y luego se metieron en el despacho, y Treadwell empezó a darle órdenes nada más entrar.

—Evelyn, te estás olvidando de lo más importante. Piensa en lo que me has dicho antes. Andrew Treadwell, padre, tiene amigos en las altas esferas. Se hizo una foto con el alcalde Jackson. Trabajó en su campaña. ¿Por qué recurriría a un humilde sargento sin influencia alguna y que llevaba al mando menos de una hora?

—Tienes razón. Sigue.

—Treadwell-Price está especializada en derecho urbanístico. Treadwell Sénior está negociando todos esos contratos para la nueva línea de metro que nadie quiere.

—¿Cómo lo sabes?

—Fui al periódico y estuve mirando viejas ediciones.

—¿Te dejaron hacerlo?

—Mi padre estuvo trabajando el año pasado en ese caso de secuestro —dijo Amanda encogiéndose de hombros. Exigieron un rescate de un millón de dólares por un editor. Una de las últimas funciones oficiales de Duke fue llevar el dinero desde la cámara acorazada del C&S hasta el punto de intercambio—. Les dije quién era y me dejaron ver los archivos.

—¿Tu padre no sabe que estuviste allí?

—Por supuesto que no. —Duke se habría puesto furioso si supiera que no lo había consultado primero con él—. Me habría preguntado en qué estaba metida. No quise abrir esa caja de truenos.

—Vaya —exclamó Evelyn apoyando la cabeza en el respaldo—. Lo que has descubierto es muy interesante. ¿Algo más?

Amanda volvió a dudar.

—Vamos, cariño. No seas tan desconfiada.

Amanda suspiró para mostrar su reticencia. Sospechaba que estaba removiendo algo sucio.

—El hombre que estuvo hablando con Hodge no es Treadwell Júnior. Según el periódico, Treadwell Sénior solo tiene una hija.

Evelyn se irguió de nuevo.

—¿Se llama Kitty? ¿O Katherine? ¿O Kate?

—Eugenia Louise, y está en una escuela para chicas en Suiza.

—Entonces ¿no está metiéndose caballo en Techwood?

—¿Caballo?

—Así llaman los negros a la heroína. —El camarero regresó con los dos vasos de agua—. Gracias. —Amanda desenroscó el tapón del Alka-Seltzer y echó dos pastillas en cada vaso. El sonido del burbujeo resultó agradable.

—Entonces no hay Treadwell Júnior —dijo Evelyn—. Y, así pues, ¿quién era el hombre del traje azul? ¿Y por qué Hodge pensó que era Treadwell? —Sonrió—. Estoy segura de que piensa que todos los blancos somos iguales.

Amanda también sonrió.

—El del traje azul tiene que ser un abogado. Puede que trabaje en el bufete y que Hodge pensara que se llamaba Treadwell. Pero eso tampoco tiene mucho sentido. Ya hemos concluido que Andrew Treadwell no enviaría a un subalterno para hablar con un capitán de zona recién nombrado. Se habría dirigido directamente al alcalde. Cuanto más delicada es una situación, menos personas quieres que la conozcan.

Evelyn estableció la obvia conexión.

—Lo que significa que el hombre del traje azul tomó la iniciativa para ayudar a su jefe o intentaba causar problemas.

Amanda no estaba muy segura a ese respecto, pero dijo:

—En cualquier caso, Hodge no le dijo lo que quería oír. El del traje azul estaba muy enfadado cuando se fue. Le gritó y salió muy cabreado de comisaría.

Evelyn volvió a su teoría inicial.

—El del traje azul presionó a Hodge para que nos enviase a ver a Kitty Treadwell. Treadwell no es un nombre muy común. Tiene que estar relacionada de alguna forma con Andrew Treadwell.

—No pude encontrar una conexión en los periódicos, pero no guardan todas las ediciones antiguas, y no les gusta que hagas una búsqueda muy intensa.

—Treadwell-Price está en ese edificio de oficinas nuevo que hay en Forsyth Street. Podríamos sentarnos durante la hora de la comida. Esos tipos no compran comida para llevar. El del traje azul tendrá que salir tarde o temprano.

—¿Y luego qué?

—Le enseñamos nuestra placa y le hacemos algunas preguntas.

Amanda no creía que fuera a funcionar. Lo más probable es que se riera en su cara.

—¿Y qué pasa si Hodge se entera de que estás indagando?

—No creo que le importe siempre que no esté en su oficina haciéndole preguntas. ¿Qué me dices de tu nuevo sargento?

—Es uno de los guardias antiguos, pero apenas sabe cómo me llamo.

—Probablemente esté borracho antes de la hora de comer —dijo Evelyn. Estaba en lo cierto. Una vez que los sargentos veteranos repartían las tareas de la mañana, era difícil ver a uno en su escritorio—. Podemos vernos el lunes después del recuento. A ellos no les importa lo que hagamos siempre y cuando estemos en la calle. Nessa se lleva bien con Peterson.

A Amanda le preocupó un poco lo bien que podía llevarse Vanessa con Peterson, pero lo dejó pasar.

—Jane no era la única chica que vivía en el apartamento. Había al menos otras dos.

—¿Cómo lo sabes?

—Había tres cepillos de dientes usados en el cuarto de baño.

—No es que Jane tuviera muchos dientes.

Amanda miró el vaso burbujeante. Tenía el estómago demasiado lleno para reírse de las bromas de Evelyn.

—Una parte de mí me dice que estoy loca por perder el tiempo tratando de localizar a una prostituta yonqui.

—No eres la única que ha estado perdiendo su tiempo —añadió Evelyn en tono de disculpa.

Amanda la miró con los ojos entrecerrados.

—Lo imaginaba. ¿Qué has descubierto?

—Hablé con una amiga que conozco en el Five. Cindy Murray. Es una buena chica. Le describí a Jane. Cindy dijo que recordaba haberla visto la semana pasada. Muchas chicas tratan de cobrar vales que no les pertenecen. Tienen que enseñar dos identificaciones: un carné, una tarjeta de donante de sangre, una factura de electricidad o algo con la foto y la dirección. Si Jane es la chica que recordaba Cindy, intentó utilizar el carné de otra. Cuando Jane vio que la habían pillado, perdió los estribos y empezó a chillar y a lanzar amenazas. Los de seguridad tuvieron que echarla a la calle.

—¿Qué pasó con el carné?

—Lo guardaron en una caja para ver si alguien lo reclama. Cindy me dijo que tienen cientos de ellos. A final de año los cortan por la mitad y los tiran.

—¿Están las listas de asistencia social ordenadas por nombres o por direcciones?

117

—Por números, por desgracia. Muchas tienen el mismo apellido o viven en el mismo domicilio, por eso les asignan un número.

—¿El número de la seguridad social?

—Por desgracia, no.

—Tienen que estar en los ordenadores, ¿no es verdad?

—Están cambiando el sistema de las tarjetas perforadas por el de las cintas magnéticas. Cindy me dijo que era un caos. Ella está trabajando a destajo mientras los hombres intentan resolverlo. Lo que significa que, aunque pudiesen acceder a la información, probablemente no nos la darían. Tenemos que hacerlo a mano: conseguir el número de la lista de asistencia social y luego contrastar el número con el nombre, verificarlo con la dirección, y luego volver a contrastar ambas cosas con el registro de subvenciones que comprueba si las chicas han cobrado sus vales en los últimos seis meses, lo cual podríamos utilizar para compararlos con los nombres que aparecen en los carnés. —Evelyn se detuvo para tomar aliento y concluyó—: Cindy me dijo que necesitaríamos una plantilla de cincuenta personas y veinte años.

—¿Cuánto tardarán en actualizar los ordenadores?

—No creo que eso importe —respondió Evelyn, que se encogió de hombros—. Son ordenadores, no varitas mágicas. De todas formas, tendríamos que hacerlo todo a mano, y eso asumiendo que nos proporcionasen acceso. ¿Tu padre conoce a alguien en el Five?

Duke le prendería fuego al Five si le dejasen.

—Eso no importa. No podemos empezar el proceso hasta que no encontremos el número de la asistencia social de Kitty Treadwell. —Amanda se quedó pensativa—. Jane dijo que habían desaparecido tres mujeres: Kitty Treadwell, Lucy y Mary.

—Yo ya he comprobado las personas desaparecidas en la Zona Tres y Cuatro. No aparece ninguna Kitty Treadwell, ni Jane Delray, a la que pensé en investigar mientras estuve allí. Lo que sí encontré fue una docena de Lucys y casi cien Marys. Jamás vacían los archivos. Algunas de ellas habrán muerto de viejas. Han estado desaparecidas desde la época de la Depresión. Puedo ir a las otras zonas la semana que viene. ¿Conoces al doctor Hanson?

Amanda negó con la cabeza.

—Pete. Dirige el depósito de cadáveres. —Miró la expresión de Amanda—. No pongas esa cara, es un buen tío. Lo que se espera de un forense, pero muy amable. Conozco a una chica que trabaja con él, Deena Coolidge. Me dijo que a veces le deja hacer algunas cosas.

—¿Qué cosas?

Evelyn puso los ojos en blanco.

—No es lo que piensas. Cosas del laboratorio. A Deena le encanta su trabajo, le gusta la química. Pete le está enseñando cómo hacer las pruebas y a trabajar sola en el laboratorio. También va a las clases nocturnas del Tech.

Amanda podía imaginar por qué el doctor Hanson le estaba dejando hacer esas cosas, y seguro que no era por generosidad.

—¿Comprobaste el DNF?

—¿El qué?

Se refería al archivo de negros muertos. Duke le había hablado de la lista de homicidios de negros que no se habían resuelto.

—Lo comprobaré —se ofreció Amanda.

—¿Comprobar el qué?

Cambió de tema.

—¿Sabemos si el apartamento está a nombre de Kitty?

—¡Vaya! —Evelyn parecía impresionada—. Buena pregunta. —Cogió una servilleta del salpicadero y anotó algo—. Me pregunto si el número que te asignan por las viviendas de la Sección Ocho es el mismo que se utiliza para recoger los vales de la asistencia social. ¿Conoces a alguien en la Autoridad de la Vivienda Pública?

—Sí. A Pam Canale. —Amanda miró el reloj—. Tengo que estudiar para mi clase nocturna, pero puedo llamarla el lunes a primera hora.

—Me puedes decir lo que has averiguado cuando vigilemos al del traje azul. —Anotó algo en la servilleta—. Aquí tienes el número de mi casa, por si te apetece venir mañana a la barbacoa.

—Gracias.

Amanda dobló la servilleta por la mitad y la guardó en el bolso. Resultaba difícil encontrar una mentira que pudiese justificar ante Duke una ausencia tan prolongada. Se pasaba el día llamándola al apartamento para asegurarse de que estaba en casa. Si no lo cogía después de que sonara por segunda vez, colgaba y se presentaba allí.

—¿Sabes? —dijo Evelyn—, leí un artículo en el periódico sobre ese chico del West que ha estado asesinando a estudiantes universitarios.

—Estas chicas no son universitarias.

—De todas formas, hay tres desaparecidas.

—Esto no es Hollywood, Evelyn. No hay asesinos en serie en Atlanta. —Amanda cambió de tema y buscó algo más plausible—. He estado pensando en el apartamento de Kitty. Había tres bolsas de basura llenas de ropa en el dormitorio. Ninguna mujer se puede permitir tanta ropa, especialmente si vive en los suburbios. —Amanda notó que le sonaban las tripas. Se había olvidado del vaso de papel que tenía en la mano. Se bebió el Alka Seltzer de un trago y contuvo el eructo—. También había mucho maquillaje. Demasiado para una sola chica. Incluso para una prostituta.

—Jane no llevaba ningún maquillaje. Tampoco ninguna mascarilla debajo de los ojos. No me la puedo imaginar limpiándose con crema todas las noches.

—Había crema en el cuarto de baño —recordó Amanda—, pero no hace falta decir que estaba sin usar. Había compresas en el cubo de basura, pero una caja de Tampax en la estantería. Es obvio que había alguien allí que no se dedicaba a eso. Puede que una hermana pequeña. Puede que Kitty Treadwell.

Evelyn se llevó el vaso a los labios.

—¿Qué te hace pensar eso?

—No puedes ponerte un Tampax si eres virgen. Por eso...

Evelyn se atragantó. El agua le salió por la boca y la nariz. Cogió la servilleta del salpicadero y empezó a toser con tanta fuerza que parecía que se le iban a salir los pulmones por la boca.

Amanda le dio unos golpecitos en la espalda.

—¿Te encuentras bien?

Evelyn se llevó la mano a la boca y tosió de nuevo.

—Lo siento. Se me ha ido por el otro lado. —Tosió una tercera y una cuarta vez, y dijo—: ¿Qué pasa?

Amanda miró a la calle. Un coche de la policía de Atlanta pasó a toda velocidad, con las luces girando, pero sin la sirena. El siguiente pasó justo al revés: con la sirena sonando y las luces apagadas.

—¿Qué demonios...? —dijo Amanda.

Evelyn encendió la radio. Lo único que podía oír era el parloteo de costumbre, seguido de las interferencias de los micrófonos para que no se oyese a los que hablaban.

—Idiotas —murmuró Evelyn bajando el volumen.

Otro coche patrulla pasó con la sirena atronando.

Amanda estaba erguida en su asiento, tratando de ver qué sucedía. Luego se dio cuenta de que había una forma más sencilla. Tiró el vaso de papel por la ventana y abrió la puerta. Cuando llegó a la acera, otro coche pasó a toda velocidad; esta vez era un Plymouth Fury, como el suyo.

Evelyn llegó a su lado.

—Esos eran Rick y Butch, de Homicidios. Se dirigen a Techwood. Todos van hacia allí.

Ninguna de las dos dijo lo que pensaba. Regresaron a la camioneta. Amanda empujó a Evelyn para que se sentase en el asiento del acompañante.

—Yo conduzco.

Evelyn no protestó. Se acomodó en su asiento mientras Amanda daba marcha atrás, y luego subieron North Avenue. Giraron en Techwood Drive. Un coche patrulla les adelantó a toda velocidad por la izquierda cuando giraron en Pine.

Evelyn se agarró al salpicadero.

—Dios santo. ¿Por qué tienen tanta prisa?

—Lo sabremos muy pronto.

Amanda se subió a la acera. Había cinco coches patrulla y dos Plymouths sin distintivos. No había ningún niño jugando en el patio de Techwood Homes, aunque sus padres sí estaban. Hombres sin camiseta y vaqueros ajustados con una lata de cerveza en la mano. La mayoría de las mujeres también llevaban muy poca ropa, pero había algunas que parecían recién llegadas del trabajo. Amanda miró el reloj. Era la una en punto. Probablemente habían regresado a casa para comer.

—Amanda.

Evelyn habló con voz temblorosa. Amanda vio que miraba el segundo bloque de apartamentos situado a la izquierda. Había un grupo de agentes uniformados apiñados en la entrada. Butch Bonnie pasó a su lado cuando salió al patio. Se puso de rodillas y vomitó en el suelo.

—Vaya —dijo Amanda buscando un pañuelo en el bolso—. Le podemos dar un poco de agua de…

—Tú quédate quietecita —respondió Evelyn sujetándola con firmeza.

—Pero…

—Hablo en serio —dijo Evelyn con un tono desconocido para Amanda.

Rick Landry fue el siguiente en salir del edificio. Utilizó el pañuelo para limpiarse la boca, y luego se lo guardó en el bol-

121

sillo. De no haber sido porque su compañero aún estaba de rodillas y vomitando, probablemente no las habría visto. Se dirigió hacia ellas.

—¿Qué coño hacéis aquí?

Amanda abrió la boca, pero Evelyn fue quien respondió:

—Tuvimos un caso aquí esta semana. En la planta de arriba. Apartamento C. Una prostituta llamada Jane Delray.

Landry se pasó la lengua por las mejillas mientras miraba a Evelyn y Amanda.

—¿Y qué?

—Está claro que ha pasado algo.

—Estamos en Techwood, cariño. Aquí suceden cosas todos los días.

—¿En la planta de arriba? ¿En el apartamento C?

—Te equivocas —respondió Landry—. Ha ocurrido detrás del edificio. Ha sido un suicidio. Saltó desde el tejado y se aplastó contra el suelo.

—¡Joder!

Butch Bonnie dio una arcada que sonó como el gruñido de un jabalí. La mirada de Landry titubeó. No miraba a su compañero, pero tampoco a Amanda y Evelyn.

—Usted —dijo dirigiéndose a un agente uniformado—. Eche a estas personas de aquí. Ni que estuviéramos filmando una película de Tarzán.

El policía se apresuró a dispersar al grupo de curiosos, que respondieron con gritos y protestas.

—Puede que alguien viese... —dijo Evelyn.

—¿Qué viese el qué? —la interrumpió Landry—. Probablemente ni la conocían. Pero, si esperas un momento, verás cómo lloran, aúllan y dicen lo triste que ha sido. —Miró a Evelyn—. Ya deberías saberlo, Mitchell. No hay que dejarles que se agrupen o se pondrán muy emotivos y tendremos que llamar a un equipo de SWAT para echarlos.

Evelyn habló tan bajo que Amanda apenas pudo oírla.

—Queremos ver el cuerpo.

—¿Cómo dices? —exclamó Amanda.

—Parece que Ethel no está por la labor, Lucy[7] —dijo Landry sonriendo.

7. Hace referencia a la serie televisiva Yo quiero a Lucy.

Evelyn no estaba dispuesta a desistir. Se aclaró la voz.

—Estamos investigando un caso, Landry. Lo mismo que tú.

—¿Lo mismo que yo? —repitió él con incredulidad. Miró de nuevo a Butch, que estaba sentado en cuclillas y jadeaba.

Amanda vio el brillo del revólver que llevaba en el tobillo.

—Lo que tenéis que hacer es volveros por...

—Ella tiene razón.

Amanda oyó claramente las palabras. Las había pronunciado con su voz. Habían salido de su boca.

Evelyn parecía tan sorprendida como la propia Amanda.

—Estamos investigando un caso —dijo Amanda dirigiéndose a Landry.

Eso era justo lo que estaban haciendo. Habían pasado la última media hora hablando de eso en el coche. Algo estaba ocurriendo con esas mujeres: Kitty, Lucy, Mary y ahora, posiblemente, Jane Delray. En aquel momento, Evelyn y Amanda eran las dos únicas agentes del cuerpo que sabían, o parecían saber, que habían desaparecido.

Landry encendió un cigarrillo. Soltó una bocanada de humo.

—¿Lo mismo que yo? —repitió, aunque esta vez riéndose—. ¿Desde cuándo las mujeres trabajan en un caso de homicidio?

—Tú acabas decir que ha sido un suicidio —replicó Evelyn—. Si es así, ¿qué haces aquí?

A Landry no le gustó la respuesta.

—Mitchell, si te gusta tocar los cojones, puedes tocarme los míos.

Amanda bajó la mirada para que su expresión no le delatase.

—Tengo bastante con los de mi marido, pero gracias. —Evelyn cogió el bolso y sacó su linterna—. Cuando tú digas.

Landry la ignoró y se dirigió a Amanda.

—Vamos, chicas. Este no es lugar para vosotras. El cuerpo está hecho un asco. Hay tripas por todos lados. Es muy desagradable. Demasiado desagradable para unas señoritas. —Levantó el mentón señalando a Butch, sin expresar lo que era obvio—. Venga, coged el coche y marchaos. Nadie dirá nada.

Amanda sintió que el estómago se le dejaba de encoger. Les estaba ofreciendo una salida, una salida airosa. Nadie sabría que habían querido ver el cuerpo. Podrían marcharse con la cabeza alta. Amanda estaba a punto de aceptar la oferta, pero Landry añadió:

—Además, no quiero que tu padre me persiga con una escopeta por haber asustado a su niñita.

A Amanda le recorrió un extraño cosquilleo por la espalda. Parecía como si cada vértebra hubiera ocupado de golpe su lugar. Habló con increíble seguridad.

—¿Has dicho que la víctima está detrás del edificio?

Evelyn parecía tan sorprendida como Landry cuando Amanda empezó a dirigirse hacia el edificio. Se puso a su lado y susurró:

—¿Qué haces?

—Tú sigue andando —le rogó Amanda—. Por favor.

—¿Has visto alguna vez un cadáver?

—De cerca, no —admitió—. A menos que cuentes a mi abuelo.

Evelyn soltó una maldición. Habló con voz seca.

—Sea como sea, no te marees. Ni grites. Y, por lo que más quieras, no te eches a llorar.

Amanda estaba dispuesta a hacer las tres cosas, y aún no había visto el cuerpo. ¿Qué estaba haciendo? Landry tenía razón. Si Butch Bonnie no había sido capaz de soportarlo, ellas tampoco podrían.

—Escucha —ordenó Evelyn—: si te derrumbas, no volverán a confiar en ti nunca más. Acabarás mecanografiando informes o cortándote las venas.

—Estoy bien —dijo. Luego, viendo que Evelyn también necesitaba escucharlo, añadió—: Y tú también.

Los tacones de Evelyn levantaban el polvo mientras caminaba al lado de Amanda.

—Yo estoy bien —repitió—. Tienes razón. Estoy bien.

—Las dos lo estamos.

Le corría tanto sudor por la espalda que tenía la ropa interior empapada. Se alegró de llevar una falda negra, de haberse tomado un Alka-Seltzer y de no estar sola cuando entró en el oscuro edificio.

El vestíbulo era más sombrío de lo que Amanda recordaba. Miró hacia las escaleras. Uno de los paneles del tragaluz estaba roto y habían colocado un trozo de madera en su lugar. Ambas se detuvieron en la puerta metálica al final del vestíbulo, esperando a Landry.

Él puso la mano en la puerta, pero no abrió.

—Escuchadme un momento. El juego se ha acabado. Volved a vuestros informes de pobres fulanillas que se juntaron con el tipo equivocado y armaron un alboroto por nada.

—Estamos investigando un caso —dijo Evelyn—. Puede que tenga algo que ver con…

—La puta se tiró al vacío. ¿No ves este basurero? No me extraña que alguien quiera saltar desde el tejado.

—Aun así.

—Venga, dejadlo. Esto ya ha ido demasiado lejos.

—Yo...

—¡Basta! —exclamó Landry dándole un golpe a la puerta con el puño—. ¡Cierra la puñetera boca! Os he dicho que os marchéis y más vale que lo hagáis.

Evelyn estaba visiblemente asustada, pero insistió.

—Solo queremos...

—¿Quieres cabrearme? —Cogió la linterna de Evelyn y se la clavó en el pecho—. ¿Te gusta? —La empujó una y otra vez hasta que la arrinconó contra la pared—. A que ahora no hablas tanto, ¿verdad que no?

—Rick... —dijo Amanda.

—¡Cállate! —Se vio un destello de piel blanca cuando puso la linterna entre las piernas de Evelyn—. Si no quieres que te la meta de verdad, más vale que hagas lo que te he dicho. ¿Comprendes?

Evelyn no dijo nada, solo podía asentir. Levantó las manos en señal de rendición.

—A mí no me jodas —advirtió Landry—. ¿Lo entiendes?

—Lo siente mucho —intervino Amanda—. Las dos lo sentimos mucho. Rick, por favor.

Lentamente, Landry sacó la linterna de debajo de la falda de Evelyn. Con una mano, le dio la vuelta y se la dio a Amanda.

—Llévatela de aquí.

Amanda obedeció.

Capítulo ocho

En la actualidad. Lunes

El taxista miró dubitativamente a Will cuando se detuvo delante del número 316 de Carver Street.

—¿Está seguro de que es aquí?

—Sí.

Will miró el taxímetro y le dio un billete de diez.

—Quédese con el cambio.

El hombre se mostró reacio a coger el dinero.

—Sé que es policía, pero eso no importa gran cosa a estas horas de la noche.

Will abrió la puerta.

—Le agradezco la advertencia.

—¿Está seguro de que no quiere que le espere?

—No, gracias.

Will salió del coche. Aun así, el hombre se entretuvo. Hasta que no lo vio ir hacia el lateral del edificio no se puso en marcha.

Will vio las luces traseras desaparecer al bajar la calle. Luego se dio la vuelta y se abrió camino entre los hierbajos y las zarzas, mientras se dirigía a la parte trasera del orfanato. Gracias a la luz de la luna y a las farolas, podía ver claramente. Esquivó jeringuillas y condones, vasos rotos y montones de basura apilada.

Recordó la advertencia que le había hecho Sara aquella mañana sobre los peligros que había en el interior de la casa. Esa noche hizo muchos comentarios. No quedaba duda de que estaba muy cabreada. Will no podía culparla. Él también estaba cabreado consigo mismo. De hecho, estaba furioso.

Y seguía estándolo.

Apretó los puños cuando dio la vuelta a la casa. Sabía que se encontraba en un estado en que se negaba a aceptar lo que le perturbaba. Su padre había salido de prisión. Ese monstruo estaba gozando del aire libre. Trató de quitarse esa idea de la cabeza, tal como había hecho desde que se había enterado.

Durante todo el tiempo que Sara le había estado suturando el tobillo, lo único en que pensó era en entrar en la habitación de Amanda y sacarle la verdad. ¿Por qué la Junta de Libertad Condicional había dejado salir a su padre de la cárcel? ¿Por qué Amanda se enteró antes que él? ¿Qué más le ocultaba?

Tenía que estar escondiéndole algo. Siempre lo hacía.

Y moriría antes de revelárselo. Era más dura que cualquier hombre que hubiese conocido. No es que fuese exactamente una mentirosa, pero manipulaba la verdad de tal forma que te hacía pensar que te estabas volviendo loco. Will había renunciado hacía mucho tiempo a ser directo con ella. Quince años estudiando su personalidad no le habían revelado nada, salvo que vivía para las sutilezas y los enigmas. Se regodeaba engañándole. Por cada pregunta que le hacía, ella le respondía con otra, y al rato se encontraba en tal situación que hablaban de cosas que le hacían desear no haberse levantado esa mañana. O ese año. O nunca en la vida.

¿Por qué se había presentado en el orfanato aquella tarde? ¿Qué estaba buscando? ¿Qué sabía de su padre?

Will ya podía deducir sus respuestas. Había salido a dar una vuelta. A quién no le gustaba dar una vuelta por el gueto cuando se suponía que debía estar trabajando en un caso de secuestro. Vio a Will y a Sara en el interior de la casa y se preguntó qué hacían allí. ¿Es pecado sentir curiosidad? Por supuesto que sabía quién era su padre. Ella era su jefa. Tenía la obligación de saber todo lo que le concernía.

Excepto una cosa. La vieja viga le había golpeado tan fuerte en la cabeza que perdió su acostumbrado control.

«Le dije a Edna millones de veces que apuntalara estas escaleras», había dicho.

Edna. Se refería a la señora Edna Flannigan.

Amanda estaba en medio de un caso más importante. La prensa estaba pendiente de ella. Probablemente, tenía al director del GBI encima. Sin embargo, lo dejó todo, cogió un martillo y fue hasta aquel lugar. Solo había una forma de conseguir una respuesta sincera acerca de lo que hacía allí, y Will estaba dispuesto a echar abajo el orfanato con las manos con tal de averiguarla. Y luego se la restregaría por la cara.

Miró la parte trasera de la casa. En su momento, allí había una

127

terraza, pero ahora solo quedaba un enorme agujero donde solía estar la ventana del sótano. Los paramédicos no habían podido sacar a Amanda a través de la puerta interior y tuvieron que romper las tablas que cubrían una de las ventanas del sótano y quitar algunos ladrillos para agrandar la abertura.

Will miró las farolas de las calles. Las polillas revoloteaban alrededor, emitiendo una luz estroboscópica. Volvió a mirar el hueco de la ventana.

Visto en retrospectiva, había formas mejores de hacer aquello. Will podía haberle pedido al taxista que lo dejase en casa, que estaba a menos de una milla de distancia. Tenía muchas herramientas en el garaje. Dos mazas, una palanqueta, incluso un martillo mecánico que había comprado de segunda mano en el Habitat Store. Todos estaban muy gastados y usados. Había comprado su casa porque la habían ejecutado hipotecariamente, pero había dedicado tres años y mucho dinero en transformarla en un hogar.

Lo más difícil había sido convencer a los drogadictos de que la casa tenía un nuevo propietario. Los primeros seis meses tuvo que dormir con una escopeta al lado del saco de dormir. Cuando no estaba demoliendo paredes o soldando las tuberías de cobre, se encontraba en la puerta diciéndole a alguien que se fuese a otro sitio a buscar crac.

Y eso fue una buena preparación para lo que estaba a punto de hacer.

Se metió por la abertura. La luz estroboscópica iluminaba gran parte del sótano. Utilizó el móvil para ayudarse. Se abrió camino por entre las escaleras rotas. Amanda Wagner era la viva imagen de la meticulosidad, por eso no podía imaginarla adentrándose en el sótano oscuro sin una linterna. Vio la caja azul tan familiar sobre los estantes vacíos. Presionó el botón. La linterna era lo bastante pequeña como para guardársela en el bolsillo, pero alumbraba como los faros de un antiguo Chevy.

Will no había sido del todo sincero con Sara. Él también había pasado sus ratos con Angie en el sótano. Obviamente, no había estado allí tomando medidas, pero sus recuerdos del lugar lo habían dejado reducido a una caja de zapatos, a pesar de que era tan grande como la planta de arriba.

Pasó la mano por las paredes. La escayola lisa quedaba interrumpida cada medio metro por los agujeros de los clavos que había debajo. Una pared divisoria partía la habitación por la mitad. Esa construcción era nueva. La madera contrachapada tenía los bordes cubiertos de moho negro. Faltaban algunos trozos en la parte de abajo. Se veían vigas de pino amarillo de dos por cuatro en la base, que parecían piernas debajo de una enagua.

Había una habitación pequeña en la parte de atrás con un lavabo y una taza de váter, probablemente para casos de urgencia. Las paredes estaban recubiertas de tablas de pino. Miró detrás de las tuberías; luego le dio una patada al desagüe de debajo del lavabo, pero no encontró nada.

Quitó la tapa de la cisterna y vio que estaba vacía. La taza estaba llena de agua negra. Miró a su alrededor buscando algo con lo que poder ayudarse. La vieja instalación de electricidad colgaba lánguidamente de las viguetas. Arrancó un trozo de cable largo y lo dobló hasta que estuvo bastante rígido como para hurgar en el interior de la taza. Aparte de un olor repugnante, no percibió nada.

La linterna iluminó las telarañas y los daños que las termitas habían causado en las vigas del suelo mientras recorría la habitación. Los estantes de madera del almacén estaban vacíos. La tolva de carbón estaba cubierta de un polvo negro, junto con un par de jeringas y algunos condones usados. Utilizó la linterna para examinar el tiro. Había excrementos de pájaros y rasguños. Se podía observar que algún animal se había quedado allí atrapado en algún momento. Will cerró la puerta metálica y giró la manecilla para ponerla en su lugar.

Se quitó la chaqueta y la colgó de uno de los clavos de las viguetas. Llevaba su Glock en el cinturón, a mano. Encontró el martillo de Amanda al lado de las escaleras. Estaba nuevo; aún llevaba la etiqueta colgada. Ferretería Midtown. Cuarenta dólares.

Se guardó la linterna en el bolsillo trasero. Con las farolas de la calle tenía bastante. Observó el martillo. Era de acero azul, con la cara lisa y una funda de nailon. La empuñadura era de plástico, para reducir la vibración. Era la herramienta de un albañil, no la de una persona que enmarca cuadros. Will dedujo que Amanda lo había comprado por su forma, no por su función. O quizá lo había escogido porque el azul hacía juego con su linterna. En cualquier caso, era una herramienta bien equilibrada. El sacaclavos estaba muy afilado y se empotró limpiamente en la escayola cuando golpeó la pared exterior.

Desclavó el martillo y volvió a golpear de nuevo la pared para agrandar el agujero. Arrancó un trozo de escayola. Se desmenuzó entre sus dedos. Había pelo de caballo en la mezcla, tiras peque-

129

ñas y sedosas que habían servido para unir el yeso y la arena durante casi un siglo.

Arrancó un trozo lo bastante grande como para poder meter la mano por detrás del listón. La madera estaba podrida, húmeda aún por el agua que había penetrado en los cimientos. Debería llevar guantes, gafas o al menos una mascarilla, ya que sin duda había moho detrás del yeso, probablemente merulio. El olor en el interior de la pared era de humedal, el típico que desprenden las casas cuando se están muriendo. Will utilizó el martillo para arrancar otro pedazo de yeso, y luego otro.

Poco a poco, recorrió el perímetro del sótano, arrancando el yeso trozo a trozo. Luego quitaba los escombros y apartaba los trozos de periódico que habían utilizado para aislarlo, hasta que pasaba a la siguiente sección.

Sostenía la linterna de Amanda entre los dientes cuando la luz de las farolas no iluminaba lo bastante como para ver los rincones más oscuros. Un polvo blanco impregnaba la atmósfera y hacía que le lloraran los ojos. Empezó a moquear por el polvo y el moho. La tarea no era difícil, pero resultaba aburrida y repetitiva, y la temperatura del sótano parecía subir por momentos. Sudaba copiosamente cuando quitó el último trozo de yeso. Una vez más, se deshizo en su mano, como papel húmedo. Utilizó el martillo para arrancar la madera podrida. Como había hecho con cada sección, iluminó con la linterna el hueco desnudo.

Nada.

Presionó la mano contra la fría pared. Solo había una delgada capa de ladrillos obstaculizando la basura que había alrededor de los cimientos. Will había roto algunas secciones para echar un vistazo, pero luego se detuvo por miedo a provocar un derrumbe. Sacó el teléfono del bolsillo y miró la hora. Eran las doce y dos minutos de la noche. Llevaba trabajando tres horas.

Y todo para nada.

Se alejó de la pared. Tosió y escupió un pedazo de yeso.

Tres horas.

No había ninguna nota, ni pasadizos escondidos, ni manos cortadas, ni bolsas con habichuelas mágicas. Por lo que veía, nadie había tocado el interior de las paredes desde que construyeron la casa. La madera estaba tan vieja que podía ver las marcas que habían hecho con las hachas al cortar los árboles.

Volvió a toser. El aire era irrespirable. Con el reverso de la mano se enjugó el sudor de la frente. Le dolían los brazos de

130

tanto dar martillazos. Aun así, continuó con la pared divisoria que había en el centro de la habitación. En muchos aspectos, los paneles de madera contrachapada resultaban más difíciles de quitar que el yeso. El conglomerado estaba húmedo y el yeso empapado. La pared se desmenuzaba en trozos pequeños. La capa de aislante rosa estaba repleta de insectos que intentó que no se le metieran en la boca y en la nariz. Los clavos se estaban saliendo del suelo de arriba.

Transcurrieron otros cuarenta minutos, y seguía sin encontrar nada. Era hora de hacerse la molesta pregunta que le había rondado por la cabeza durante las dos últimas horas: ¿por qué no había empezado por el suelo?

Amanda había comprado un martillo de albañil. El suelo del sótano estaba hecho de losetas. Will reconoció el logotipo de la Chattahoochee Brick Company en algunos trozos. Eran muy parecidas a las de su casa; las había elaborado una fábrica de Atlanta que luego fue transformada en edificio de apartamentos durante el auge financiero.

Will cogió el martillo. Había pensado que Amanda lo había comprado por ser de color azul. Podía escuchar su irritante voz diciéndole: «Yo creía que eras detective».

131

No había sido muy cuidadoso a la hora de destruir el sótano. No había ni un centímetro limpio. Apoyó la espalda en la esquina y miró dentro de la habitación. Sin la pared del centro, resultaba más sencillo distribuir el trabajo. Cada loseta medía unos diez por veinte centímetros. Podía quitar hileras de cinco por nueve, lo que supondría una sección de un metro cuadrado. Si la habitación tenía cincuenta metros, tardaría toda una eternidad.

Apartó los escombros con el pie, luego se puso de rodillas y empezó con la primera sección. No sentía el más mínimo placer en saber que había elaborado un plan lógico para levantar el suelo. Will dibujaba arcos precisos con el martillo, utilizaba la punta para arrancar los trozos de loseta y cerraba los ojos para que no le entrase ninguna esquirla. Las losetas no salían con facilidad. La arcilla estaba vieja. La técnica de horneado que se empleaba en los años treinta no era muy científica. Los inmigrantes probablemente habrían trabajado de sol a sol, agachados, habrían rellenado los moldes de madera con arcilla que se secaba al sol y luego se metían en el horno.

La primera hilera de losetas se desmoronó al primer golpe del martillo. Los bordes estaban blandos, y no sostendrían el centro.

Will tuvo que utilizar las manos para sacar los trozos. Finalmente, cuando llegó a la tercera hilera, encontró un método más efectivo. Tenía que dar un golpe preciso para meter la cuña en las grietas. Las juntas estaban repletas de arena que se le metía en los ojos y en la boca. Apretó los dientes. Se imaginó a sí mismo como una máquina mientras recorría la habitación de un lado a otro, quitando loseta a loseta y cavando unos centímetros para ver qué había debajo.

Llevaba una tercera parte del trabajo hecho cuando un sentimiento de inutilidad se apoderó de él. Apartó los escombros que cubrían la sección siguiente, luego la otra. Utilizó la linterna de Amanda para mirar por cada ranura, por cada grieta. Las losetas estaban bien pegadas. Nadie las había movido, al menos desde la construcción del edificio.

Nada. Al igual que en las paredes, no encontró nada.

—¡Maldita sea!

Arrojó el martillo al otro lado de la habitación. Notó un tirón en el bíceps. El músculo se contrajo y tuvo que agarrarse el brazo. Miró el montón de escombros, el fruto inútil de su trabajo.

Pensó en sus fantasías de venganza en la sala de urgencias del Grady. Veía la imagen de Amanda, aterrorizada, dispuesta a responder cualquier pregunta que le hiciera. Se había peleado innumerables veces en su vida, pero jamás había utilizado los puños contra una mujer. Amanda probablemente estaría durmiendo como un bebé en la cama del hospital mientras él perseguía fantasmas que no estaba seguro de poder encontrar.

Apretó las manos. Tenía pequeños cortes en los dedos, como arañazos, pero más profundos. El tobillo suturado le ardía. Intentó levantarse, pero las rodillas se lo impidieron. Lo intentó de nuevo y se tambaleó tanto que tuvo que agarrarse a una de las vigas. Una astilla se le clavó en la palma de la mano. Gritó para mitigar el dolor. Le dolían todos los músculos del cuerpo.

Y todo para nada.

Sacó el pañuelo del bolsillo y se limpió la cara. Descolgó la chaqueta del clavo. Las farolas de la calle habían dejado de emitir esa luz estroboscópica cuando salió del sótano. El aire estaba tan frío que empezó a toser y escupió algunos trozos de escayola. Se dirigió al grifo que había en el centro del patio. Era el mismo que había utilizado de chico, durante los meses de verano, cuando la señora Flannigan los echaba de casa y les decía que no regresasen hasta la cena. La palanca de la bomba estaba muy oxidada.

Cuidadosamente, movió la palanca de arriba abajo hasta que salió un hilillo de agua de la espita. Acercó la boca y bebió hasta que tuvo el estómago lleno. Luego puso la cabeza debajo del chorro y se quitó la porquería. Los ojos le escocieron con el contacto del agua. Probablemente, contendría algunos agentes químicos, pero prefirió no pensar en ello. Cuando era pequeño, había una curtiduría al bajar la calle, por lo que tal vez había ingerido suficiente benceno para llenar un pabellón de cancerosos.

Otro recuerdo de su infancia.

Se irguió, apoyándose en la palanca para ayudarse. La manivela se rompió. Sacudió la cabeza, resignado. Tiró la manecilla al suelo y emprendió el largo camino de regreso a casa.

Se sentó a la mesa de la cocina, con una carpeta de color azul entre las manos. Apenas podía mantener los ojos abiertos de lo cansado que estaba. No se había molestado en irse a la cama. Cuando llegó a su casa, ya eran más de las tres de la madrugada. Tenía que marcharse a las cuatro para llegar al aeropuerto justo en el momento en que salían los hombres de negocios. Se había duchado. Había preparado un desayuno que no pudo tomar. Le había dado un paseo al perro alrededor de la manzana. Había limpiado sus zapatos. Se puso una chaqueta y una corbata. Untó de Bactine los innumerables cortes y escoriaciones que tenía en las manos. Y se había limpiado el fluido rosado y extraño que supuraba a través del vendaje del tobillo.

Ahora, sin embargo, apenas podía levantarse de la mesa.

Cogió el borde de la carpeta. El nombre de su madre aparecía mecanografiado en la etiqueta pegada en la cejilla. Había visto tantas veces las letras que le ardían las retinas. Tenía veintidós años cuando por fin había logrado tener acceso a esa información. Tuvo que rellenar muchos papeles, ir a los juzgados, resolver un montón de asuntos, la mayoría de los cuales implicaban recorrer el sistema de justicia juvenil. El mayor obstáculo era él mismo, pues antes tuvo que llegar a ese punto de su vida en que la perspectiva de presentarse ante un juez no le produjera un sudor frío.

Betty entró por la puerta para perros. Miró con curiosidad a Will. Era un perro adoptado, una vulgar mezcla de chihuahua diminuto que cayó en sus manos por motivos ajenos a su voluntad. Le puso las patas delanteras en el muslo. Pareció consternada cuando él no se agachó para cogerla y ponerla en su regazo. Des-

133

pués de un rato, cejó en su empeño y dio varias vueltas antes de sentarse delante de su recipiente para la comida.

Will volvió a mirar el archivo, el nombre de su madre. Las letras mecanografiadas en negro resaltaban en la etiqueta blanca, aunque ya no era tan blanca, pues había pasado tantas veces los dedos por encima que ya amarilleaba.

Abrió la carpeta. En la primera página aparecía lo que normalmente se encuentra en un informe policial. La fecha, seguida por el número de caso en la parte superior. Luego había un apartado dedicado a los detalles más importantes: nombre, dirección, peso, altura, causa de la muerte.

Homicidio.

Miró la fotografía de su madre, tomada con una Polaroid, años antes de su muerte. Tendría trece o catorce años. Al igual que la etiqueta, la foto estaba amarillenta de haberla tocado tanto, o puede que el tiempo hubiese descompuesto los agentes químicos. Estaba de pie, delante de un árbol de Navidad. A Will le habían dicho que la cámara fue un regalo de sus padres. Sostenía un par de calcetines, probablemente otro regalo. Tenía una sonrisa en el rostro.

Will no era el tipo de persona que se mirase mucho al espejo, pero había pasado mucho tiempo observando sus rasgos con detalle, intentando encontrar parecidos entre su madre y él. Tenían la misma forma almendrada de los ojos, y a pesar de que la foto estaba descolorida, vio que también tenían el mismo color azul. Su cabello rubio rojizo tendía más al color castaño que el de su madre, que tenía bucles amarillos. Uno de sus dientes inferiores estaba un poco torcido, como el de ella. En la foto aparecía con un aparato en la boca. Probablemente, cuando la asesinaron, el diente ya estuviera en su sitio.

Alineó la foto con el borde de la primera página, asegurándose de colocar el clip en el mismo lugar. Pasó a la segunda página. No podía concentrar la mirada; las palabras se entremezclaban. Parpadeó varias veces. Luego miró la primera palabra de la primera línea. Se la sabía de memoria, por eso no le resultó nada difícil: «Víctima».

Will tragó. Leyó las siguientes palabras: «... encontrada en Techwood Homes».

Cerró la carpeta. No hacía falta que leyera de nuevo los detalles; se los sabía de memoria, formaban parte de él.

Miró de nuevo el nombre de su madre. Las letras no aparecieron tan nítidas esa vez. Si su cerebro no hubiese rellenado los huecos, apenas habría sido capaz de descifrarlas.

Nunca había sido un gran lector. Las palabras se desplazaban por la página. Las letras se trasponían. Con el paso del tiempo, había desarrollado algunos trucos para parecer que leía con más fluidez. Colocar una regla debajo de la línea de texto impedía que saltase a la siguiente. Utilizaba los dedos para aislar las palabras difíciles; luego repetía la frase mentalmente para tratar de encontrarle el sentido. Aun así, tardaba el doble de tiempo que Faith en rellenar los informes que tenían que presentar a diario. Que una persona como Will hubiese escogido una profesión que requería tanto papeleo era algo de lo que podría haber escrito Dante.

Cuando supo que tenía dislexia, ya estaba en la universidad. O mejor dicho, cuando se lo dijeron. Era el quinceavo aniversario de la muerte de John Lennon. La profesora de apreciación musical comentó que John Lennon padecía dislexia. Con todo lujo de detalles, describió los síntomas de ese trastorno: parecía estar describiendo la vida de Will. De hecho, la mujer había pronunciado una suerte de soliloquio dirigido exclusivamente a Will sobre el don de ser diferente.

Él se marchó de la clase. No quería ser diferente. No quería integrarse. Quería ser normal. Durante toda su etapa escolar, le habían dicho que no encajaba en la estructura del curso. Los profesores le habían llamado estúpido, le habían ordenado que se sentase en la parte de atrás del aula y que dejase de hacer preguntas cuyas respuestas jamás comprendería. Durante el tercer año, tuvo que presentarse en el despacho del jefe de estudios, quien le dijo que haría bien en dejarlo.

De no ser por la señora Flannigan, probablemente lo habría hecho. Recordaba bien la mañana en que le encontró en la cama, en lugar de estar esperando el autobús de la escuela. Will la había visto abofetear a otros chicos en innumerables ocasiones. Nada del otro mundo, solo un bofetón en la cara o un golpe en el trasero. Jamás le había pegado antes, pero en esa ocasión sí lo hizo. Tuvo que ponerse de puntillas. «Deja de compadecerte. Y sube a ese autobús antes de que te encierre en la despensa», dijo.

Will no podía contarle esa anécdota a Sara. Era otra parte de su vida que jamás comprendería. Lo consideraría un abuso. Diría que había sido una crueldad. Pero fue justo lo que necesitaba: si la señora Flannigan no hubiese subido las escaleras y le hubiese empujado hasta la puerta, nadie se habría molestado en hacerlo.

135

Betty levantó las orejas. La placa identificativa tintineó cuando giró la cabeza. Soltó un gruñido grave. Will oyó que alguien abría la puerta principal. Durante un segundo pensó que podría ser Sara, y le invadió un sentimiento de ligereza. Luego recordó que Sara no tenía llave de la casa y la oscuridad se cernió de nuevo cuando recordó el porqué. Sara no necesitaba una llave. Ellos no pasaban mucho tiempo en su apartamento, porque siempre pendía la constante amenaza de que Angie se presentase.

—¿Willie? —gritó Angie mientras se dirigía al salón.

Se detuvo en la entrada de la cocina. Angie siempre le había sacado partido a su lado femenino. Utilizaba faldas ajustadas y camisas que mostraban su amplio canalillo. Aquel día, llevaba una camiseta negra y unos vaqueros por debajo de la cintura. Había adelgazado en las últimas tres semanas, que era el tiempo que había pasado desde la última vez que la había visto. Vio un cinturón negro asomando por encima de la cintura.

Betty empezó a gruñir de nuevo. Angie la mandó callar. Luego miró a Will, y después a la carpeta azul que tenía en la mano.

—¿Estabas leyendo, cariño?

Él no respondió.

Angie fue a la nevera y cogió una botella de agua. Desenroscó el tapón y le dio un buen sorbo mientras le miraba atentamente.

—Estás hecho un asco.

Así se sentía. Lo único que quería era apoyar la cabeza en la mesa y echarse a dormir.

—¿Qué quieres?

Ella se apoyó en el mostrador. Lo que dijo no debería haberle sorprendido, porque nada de lo que dijera Angie podía sorprenderle.

—¿Qué vamos a hacer con tu padre?

Will miró la carpeta. Reinaba el silencio en la cocina, y podía oír la respiración sibilante de Betty al respirar, el tintineo de la placa del collar cuando volvió a sentarse.

Angie nunca le había dado tiempo para pensar.

—¿Qué me dices?

Will no sabía qué responderle. Llevaba dieciocho horas pensando en ello y no había encontrado una solución.

—No pienso hacer nada.

Angie parecía decepcionada.

—Tienes que llamar a tu novia y pedirle que te devuelva los cojones.

Will la miró.

—¿Qué es lo que quieres, Angie?

—Tu padre lleva fuera de la cárcel seis semanas. ¿Lo sabías?

Will notó que el estómago le daba un vuelco. No se había molestado en mirar los detalles en la base de datos estatal, pero dedujo que había salido recientemente, en los últimos días, no casi dos meses antes.

—Tiene sesenta y cuatro años —dijo ella—. Diabético. Tuvo un ataque al corazón hace unos años. Cuesta mantener y cuidar a las personas mayores.

—¿Cómo sabes todo eso?

—Estuve en la audiencia de la libertad condicional. Esperaba verte allí, pero no. —Enarcó una ceja, esperando que le hiciese una pregunta obvia, pero, al ver que no lo hacía, se adelantó y añadió—: Tiene buen aspecto para su edad. Se mantiene en forma. Imagino que el ataque al corazón le asustó. —Sonrió—. Tú tienes su misma boca, la misma forma de sus labios.

—¿A qué viene eso?

—El caso es que recuerdo nuestra promesa.

Will se miró las manos. Se quitó una cutícula.

—Entonces éramos unos niños.

—Ponerle un cuchillo en el cuello. Meterle un gancho en la cabeza. Meterle un chute con heroína y hacer que pareciese un accidente. Ese era tu sueño favorito, ¿no es verdad? —Se inclinó, ocupando todo su campo de visión—. ¿Te estás echando atrás, Wilbur?—. Él se apartó—. ¿Necesito recordarte lo que le hizo a tu madre?

Will intentó aclararse la voz, pero tenía algo atragantado.

Angie cogió una silla y se sentó a escasos centímetros de él.

—Escucha, cariño, puedes divertirte todo lo que quieras con tu doctorcilla. Ya sabes que yo he tenido mi parte. Pero esto son negocios. Algo que pertenece a nuestro pasado, y una promesa que nos hicimos. —Esperó unos segundos y continuó—: Todo lo que le pasó a tu madre y a ti, y todo por culpa de ese cabrón. No podemos olvidarlo, Will. Tiene que pagar por ello.

La cutícula de Will empezó a sangrar, pero no pudo dejar de tirarse de la piel. Las palabras de Angie le produjeron una sensación familiar en su interior. La rabia, la cólera, la necesidad de venganza. Will había pasado los diez últimos años de su vida tra-

137

tando de borrar todo aquello, pero Angie lo estaba reavivando.

—No creo que tú seas la más adecuada para hablarme de promesas incumplidas —dijo Will.

—Ashleigh Snyder.

Will levantó la cabeza bruscamente, sorprendido.

Angie sonrió mientras daba golpecitos con el dedo en la carpeta.

—Te has olvidado de que lo sé todo. Todos los detalles. Hasta el último. ¿Crees que ha cambiado de método? ¿Crees que es demasiado viejo para hacer de las suyas? Te diré una cosa, cariño, ha estado muy ocupado en la cárcel. Puede correr más rápido que tú, saltar más que tú, matar antes que tú. Solo mirarle me da pavor, y ya sabes que no me asusto fácilmente.

Will miró el dedo de Angie. El esmalte de la uña estaba descascarillado.

—¿Me estás escuchando, Will?

Esperó a que dejara de tocar la carpeta de su madre.

Ella, lentamente, apartó la mano.

Angie le había ayudado a rellenar los papeles para obtener los documentos. Había sido la primera en enseñarle la foto de su madre. Le había leído el informe de la autopsia en voz alta cuando él, de lo enfadado que estaba, apenas podía encontrarle sentido a todo aquello. Laceraciones, abrasiones, arañazos, desgarrones, moratones, todo lo inimaginable descrito en el frío lenguaje de los médicos. Al igual que Will, Angie conocía cada detalle. Conocía todo lo horrible que le había hecho, el dolor y el daño que le había infligido, al igual que sabía que, cuando terminó de describirle lo que le había hecho a su madre, se sentía tan enfermo que empezó a escupir sangre.

—Se aloja en el Four Seasons, en Fourteenth Street. Creo que su dinero le ha proporcionado algunos intereses estos años.

—¿Has estado vigilándole?

—Tengo un amigo en seguridad que lo hace por mí —dijo apretando los labios—. No vive mal. Es un hotel de cinco estrellas. Va al gimnasio todas las mañanas. Pide que le lleven la comida a la habitación. Sale a pasear, y merodea por el bar.

Will visualizó cada acción. El hecho de que ese hombre viviera a todo lujo le revolvió las tripas.

—No pasa nada —dijo Angie tratando de sosegarlo. Will no podía dejar de mirar la carpeta. Sus manos aferraban el borde—. Soy yo, cariño. Conmigo no tienes que disimular.

Se sobresaltó cuando los dedos de Angie le acariciaron el cuello y la espalda. Le pasó las uñas por las cicatrices de su piel.

—Puedes hablar conmigo sobre eso. Yo estaba allí. Sé lo que pasó. No voy a juzgarte.

Will movió la cabeza, pero ella siguió acariciándole, deslizando la mano por su pecho, tocándole con la punta de los dedos los círculos perfectamente redondos donde le habían quemado con un cigarrillo. Ella acercó la boca a su oreja y dijo:

—¿Crees que todo eso te habría sucedido si hubieras tenido a tu madre? ¿Crees que ella habría permitido que maltrataran a su bebé?

De eso es de lo que habían hablado durante horas, días, semanas, años. De las cosas que les habían hecho. De las cosas que harían para que esa gente pagase por ello. Fantasías infantiles de venganza. Eso es lo que eran. Sin embargo, era tan agradable dejarse llevar por ellas, tan placentero pensar en hacerle a ese cabrón lo que el Estado se había negado a hacer.

—Deja que yo me encargue de eso —dijo Angie—. Deja que te facilite el camino.

Will estaba muy cansado. Se sentía incapaz. Le dolía cada centímetro de su cuerpo. La estática resonaba en su cerebro, sin cesar. Cuando Angie se acercó, lo único que pensó era lo agradable que era sentir cerca a otra persona. Eso es lo que Sara había hecho con él. Le había arrebatado su capacidad de estar solo. Se había adentrado en su soledad, lo había arrastrado a un mundo donde no solo quería cosas, sino que las necesitaba. Necesitaba que le acariciase, que sus brazos le rodeasen.

—Pobre pequeño —dijo Angie.

Le besó la oreja, el cuello. Will notó que una sensación familiar le recorría el cuerpo. Cuando le metió la mano por la camisa, no la detuvo. Cuando acercó su boca a la suya, tampoco. Le puso las manos en el pecho. Ella le estrechó entre sus brazos.

Pero no sabía a nada. Ni a menta, ni a miel, ni a aquellos caramelos amargos que tanto le gustaban a Sara. Angie apoyó las manos en sus hombros, con las palmas abiertas, pero no para cogerle por la nuca, ni para acercarle, sino para apartarlo.

Will intentó besarla de nuevo, pero ella se apartó de él, justo como esperaba. Así funcionaban las cosas entre ellos. En cuanto ella conseguía algo, ya no quería más.

Will soltó un suspiro prolongado.

—No te quiero —dijo. Luego corrigió—: Ya no estoy enamorado de ti.

139

Angie dobló los brazos y volvió a sentarse en la silla.

—¿Debería estar dolida por eso?

Will negó con la cabeza. No quería herirla, solo detenerla.

—Vuelve a la realidad, querido. Sara puede que esté ahora muy cariñosa, y te dirá que quiere saberlo todo de ti, pero dime: ¿has pensado qué hará cuando lo sepa?

Will no pudo responder a la pregunta, pero sabía una cosa con toda seguridad.

—No lo usará en mi contra.

—Vaya, qué dulce suena eso, pero dime: ¿cómo va a dormir sabiendo que el ADN de tu padre corre por tus venas? La naturaleza es más fuerte que la educación, cariño. Sara es doctora. Ya verás cómo empieza a preguntarse de lo que serías capaz. —Se acercó a él—. Piensa en el terror que verás en su mirada.

Will la miró fijamente. Tenía un gesto desagradable en la boca, una mirada vacía en los ojos. No solo estaba más delgada, sino demacrada. Desde que la conocía, siempre había llevado mucho maquillaje, no porque lo necesitase, sino porque le gustaba. Se ponía mucho delineador en los ojos, sombra marrón oscuro con un poco de brillo, carmín color rojo en los labios, colorete en sus pronunciados pómulos. Su pelo rizado color castaño colgando a los lados de la cara. Sus labios formaban una pajarita perfecta. Era alta, delgada, y tenía unos pechos que sobresalían de las camisas que utilizaba. Era el tipo de mujer que hacía que los hombres engañasen a sus esposas. Literalmente. A Angie le encantaba arrebatar cosas a la gente. Era una tentación, una sirena, una ladrona.

Además, estaba colgada del todo, y tenía las pupilas completamente dilatadas.

—¿Estás tomando pastillas otra vez? —preguntó Will. Trató de cogerle la mano, pero ella se apartó—. ¿Angie?

Ella se levantó de la mesa y fue hasta el fregadero.

Will volvió a sentarse en la silla.

—¿Qué estás haciendo, Angie?

No le respondió. En su lugar se quedó mirando por la ventana de la cocina. Se le veían las clavículas. El tatuaje de la carabela y los huesos que se había hecho cuando tenía dieciocho años habían adquirido un tono azul claro.

Will se llevó la mano al bolsillo. Palpó el frío metal de su anillo de bodas. Sara guardaba el anillo de su marido en una pequeña caja de madera sobre la repisa de la chimenea. El de ella también estaba allí. Ambos entrelazados con una cinta blanca, apoyados sobre un cojín de satén azul.

—¿Qué estás haciendo, Angie? —repitió.

Ella levantó los hombros.

—Supongo que es lo que me pasa cuando estoy sin ti.

—Has estado sin mí muchas veces.

—Sí, pero ambos sabemos que ahora es diferente.

Él no pudo refutar lo que era cierto.

—Deja de hacerte daño.

—Lo haré cuando dejes de follarte a tu novia.

Angie salió de la cocina. Cogió el bolso de donde lo había dejado y se dio la vuelta para dirigirse a la puerta principal. Le lanzó un beso y luego desapareció.

Will apoyó la frente en la mesa. Notó el frío linóleo en la piel. *Betty* le dio una vez más con las pezuñas en la pierna. La cogió y se la puso en el regazo. Tenía el pelo áspero. Le chupeteó los dedos.

La madre de Angie se había suicidado con drogas. Fue un suicidio que duró veintisiete años. Por eso entró en el orfanato. Deidre Polaski pasó más de la mitad de la vida de Angie en coma vegetativo en un hospital del estado. Hacía pocos meses que había muerto. Puede que eso fuese el motivo de que ella hubiera empezado a tomar pastillas de nuevo. Quizá necesitaba escapar.

O quizá fuera culpa de Will.

Tres semanas antes, en esa misma cocina, Angie se había puesto una pistola en la boca. Antes de eso, le había amenazado con matarse. Era su estrategia favorita cuando ya nada le funcionaba. Will pensó en el anillo de bodas que guardaba en el bolsillo. Quizá lo guardaba por la misma razón que Sara guardaba el de su marido. Él había añorado a Angie durante años. La única diferencia es que ella no había muerto.

Sonó el teléfono. No el móvil, que se estaba cargando sobre su escritorio, sino el fijo. Levantó la cabeza de la mesa, pero no pudo levantarse. Quizá fuera Sara, aunque sabía que era responsabilidad suya llamarla a ella, y no al revés. Se había marchado la noche anterior sin dar explicaciones. La había cabreado. Además, había besado a Angie.

Will se llevó la mano a la boca. Aún tenía manchados los labios de carmín. Dios santo, ¿qué había hecho? Sara se sentiría desolada. Ella... no quiso pensar en lo que haría. Sería el final de su historia, el final de todo.

141

El teléfono dejó de sonar. La casa estaba en completo silencio. Podía sentir el corazón martilleando en su pecho. Tenía la boca seca. Betty se movió en su regazo.

¿Qué narices había hecho?

Su móvil empezó a chirriar. Jamás se había considerado un cobarde, pero la atracción que le provocaba quedarse allí sentado sin hacer nada era más fuerte. Por desgracia, carecía de voluntad.

Puso a *Betty* en el suelo. Cuando recorrió el salón, le pareció andar sobre arenas movedizas. Cogió el móvil, esperando ver en la pantalla el número de Sara, pero era el de Amanda.

Por un instante, pensó en no responder, pero si había aprendido algo en las últimas veinticuatro horas es que Amanda sabía siempre cómo localizarle.

Cogió las llaves del coche y contestó:

—Ya voy para el aeropuerto.

—Quédate ahí —dijo ella con un tono muy serio—. Hemos encontrado un cadáver. Faith te recogerá.

Apoyó la mano sobre el escritorio. Su corazón empezó a latir apresuradamente.

—¿Dónde?

Amanda dudó, algo que Will jamás le había visto hacer.

—Faith te dará los detalles.

—¿Dónde?

—Ya sabes dónde. En Techwood.

Capítulo nueve

Mary Halston

15 de noviembre de 1974

A Mary le habían robado la noche anterior en la Union Mission, cosa que no era de extrañar, pero, a pesar de eso, le molestó. No fue dinero lo que le quitaron, ya que su chulo se quedaba con todo, sino un medallón que le había regalado Jerry, su novio durante la escuela secundaria. Se había marchado a Vietnam nada más terminar la escuela. Tenía sus propios motivos para estar en contra de los vietnamitas, pero se enganchó tanto a la heroína que no pudo pasar el test de drogas para regresar a Estados Unidos. Estuvo seis meses pudriéndose en la selva para poder desintoxicarse, pero, en cuanto aterrizó el avión, cogió a Mary y una bolsa de heroína. Seis meses más tarde, murió con la jeringa en el brazo, y Mary tuvo que resignarse y ponerse a trabajar en las calles rezando para que todo terminase de una vez.

Prefería no mirarles a la cara. Sus ojos redondos y brillantes, sus labios húmedos, su forma de apretar los dientes. Parecía como si sus imágenes se le hubiesen quedado grabadas en una parte de su cerebro a la que un día tendría acceso... y entonces... puff. Ardería como una vela y luego se apagaría para siempre.

En cierta ocasión había leído un libro estúpido en el que los científicos te cortaban las retinas y las introducían en un enorme televisor en el cual se podía ver todo lo que tú habías visto en toda tu vida. Aunque escalofriante, el libro la entretuvo, porque a ella no le gustaba pensar en su vida. Para empezar, resultaba extraño que lo hubiese leído, ya que su gusto tendía más a las novelas de misterio de Dana Girls y Nancy Drew. Sin embargo, le había dado por las cosas científicas después de ver *2001: Una odisea del espacio*. Bueno, la verdad es que mucho no la había visto, porque Jerry se pasó todo el rato metiéndole mano, pero captó la esencia

143

de la película: en el 2001, la especie humana estaría totalmente jodida.

Y no es que pensase que viviría para verlo, a pesar de tener solo diecinueve años. Cuando no estaba durmiendo en un catre de la Union Mission, paseaba por las calles en busca de algún cliente. Había perdido algunos dientes, y el cabello se le caía a mechones. No era lo bastante atractiva para tener su propia esquina, por eso tenía que deambular durante el día en busca de abogados y banqueros que la ponían de cara a la pared mientras hacían lo suyo. Eso le recordaba la forma en que se coge a un gatito. Lo coges por la parte de atrás del cuello y se queda inmóvil. Sin embargo, ninguno de esos gilipollas se quedaba inmóvil, de eso estaba segura.

Mary se adentró en un callejón y se sentó al lado de los contenedores. Le dolían los pies. Tenía ampollas en los talones porque los zapatos le apretaban. En realidad, no eran sus zapatos. Mary no solo era una víctima en la Union Mission, también cogía lo que necesitaba, y lo que necesitaba eran unos zapatos de charol blanco, con los tacones gruesos. Eran muy elegantes, del tipo que usaría Ann Marie en un rodaje de *Esa chica*.

144

Oyó acercarse unas fuertes pisadas. Alzó los ojos para mirar al hombre. Era como mirar una montaña. Era alto, de anchas espaldas y tenía unas manos que podrían romperle el cuello con suma facilidad.

—Buenos días, hermana —dijo.

Eso fue lo último que oyó.

Capítulo diez

Sábado 12 de julio de 1975

Amanda jamás había sido muy hábil a la hora de mentir, especialmente cuando se trataba de su padre. Desde muy pequeña, Duke conseguía mirarla de una forma muy especial que hacía que le contase la verdad sin importar las consecuencias. No podía imaginar lo enfadado que se pondría si se enteraba de que estaba pasando la tarde en casa de Evelyn Mitchell. Eso le recordaba todas las historias sobre el escándalo Nixon. La mentira siempre termina por salir a la luz.

Y esa era una de las grandes. Amanda no solo se había inventado una función en la iglesia, sino que había involucrado a Vanessa Livinston y le hizo prometer que respaldaría su historia hasta las últimas consecuencias. Amanda esperaba que Duke estuviese tan inmerso en su caso que no quisiera ahondar en su historia. Había estado hablando por teléfono con su abogado durante toda la mañana. La decisión del Tribunal Supremo en el caso de Lars Oglethorpe había cambiado las tornas en la comisaría de policía. Duke apenas se había dado cuenta de su presencia mientras limpiaba su casa y le planchaba las camisas.

Lo único que deseaba en ese momento era ver con sus propios ojos a Evelyn para asegurarse de que estaba bien. Después de marcharse el día anterior de Techwood, ninguna había intercambiado palabra. Evelyn la había dejado en comisaría y se había marchado sin ni siquiera despedirse. Lo que le había hecho Rick Landry en el pasillo parecía haberla dejado sin habla.

Amanda se dirigió a Monroe Drive. No frecuentaba esa parte de Piedmont Heights. Mentalmente, aún la consideraba una zona agrícola, aunque hacía tiempo que se había convertido en un área industrial. De pequeña, había visitado con su madre Monroe Gardens, donde habían observado durante horas los arriates mientras cogían pensamientos y rosas para plantarlos en el jardín trasero. Aquel lugar, sin embargo, ahora lo habían transformado en una serie de edificios de oficinas para la Cruz Roja, pero aún podía recordar las hileras de narcisos.

Torció a la izquierda en Montgomery Ferry. El Plaster's Bridge estrechaba la carretera y la convertía en una de un solo carril. Los neumáticos del Plymouth traqueteaban sobre el asfalto lleno de surcos. Le corrió un sudor frío al pasar por el Ansley Golf Club, aunque sabía que su padre no estaba jugando aquel día. Siguió la curva hacia Lionel Lane y luego giró a la derecha en Friar Truck, que llevaba directamente hasta Sherwood Forest.

La casa de Evelyn era una de esas de estilo ranchero que se habían construido a millares para albergar a los veteranos que habían regresado. Eran casas de una sola planta, con la cochera abierta a un lado, igual que la casa de al lado, que era una réplica exacta de la siguiente, y de la de más allá.

Aparcó en la calle, detrás de la camioneta de Evelyn y se miró en el retrovisor. El calor le había estropeado el maquillaje. Tenía el pelo aplastado y sin brillo. Había pensado en lavárselo aquel día, pero la idea de sentarse bajo el secador le resultaba nauseabunda y no podía dejar que se secara al aire libre porque le quedaba muy áspero.

Apagó el motor y oyó el zumbido de una sierra circular. La entrada estaba ocupada por un Trans Am color negro y un Ford Galaxie convertible como el que llevaba Perry Mason. Al aproximarse a la casa, vio que estaban construyendo un cobertizo en el lado abierto del garaje. Habían levantado los tabiques de la pared exterior y el techo, pero nada más. Vio a un hombre en el garaje inclinado sobre un trozo de madera contrachapada apoyada sobre un par de caballetes. Llevaba puestos unos vaqueros cortos e iba sin camisa. El logotipo de su visera color naranja era fácilmente visible, aunque no reconoció el emblema de los Aligátors de Florida hasta que estuvo cerca de la entrada.

—¡Hola! —dijo el hombre dejando la sierra.

Amanda dedujo que sería Bill Mitchell, aunque lo había imaginado más glamuroso. Era un tipo normal, de la misma altura que Evelyn, con el pelo color castaño y algo de barriga. Tenía la piel roja por el sol. Esbozaba una sonrisa agradable, aunque ella se sintió muy incómoda hablando con un hombre que estaba semidesnudo.

—Amanda —dijo tendiéndole la mano—. Soy Bill. Encantado de conocerte. Ev me ha hablado mucho de ti.

—Lo mismo te digo —respondió Amanda estrechándole su sudorosa mano. Tenía serrín pegado en los brazos y en el pecho.

—Vamos a la sombra. Hace un calor insoportable.

Le puso la mano en el codo mientras la conducía hacia la parte sombreada del garaje. Amanda vio una mesa de pícnic en el jardín trasero. La barbacoa ya estaba desprendiendo humo. De repente, sintió una oleada de culpabilidad. Había estado tan preocupada por el estado mental de Evelyn que se había olvidado de que era una fiesta y de que debería haberle llevado un regalo a la anfitriona.

—¿Bill?

Evelyn entró en el garaje con un bote de mayonesa en la mano. Iba descalza y llevaba un traje de tirantes de color amarillo. Tenía la melena perfecta. No llevaba maquillaje, pero no parecía necesitarlo.

—Hola, Amanda. Has venido. —Le dio el bote de mayonesa a su marido y añadió—: Cariño, ponte una camisa. Estás más colorado que un cangrejo.

Bill miró a Amanda. Abrió el bote de mayonesa antes de devolvérselo a su esposa.

Evelyn se dirigió a Amanda.

—¿Te ha presentado a Kenny? Bill, ¿dónde está Kenny? —No le dio tiempo a responder—. ¿Kenny?

—Estoy aquí debajo —dijo una voz grave procedente de debajo del cobertizo. Amanda vio un par de piernas velludas, luego unos vaqueros cortos y después el torso desnudo de un hombre que salió de debajo del suelo de madera contrachapada. Le sonrió a Amanda y dijo—: Hola. —Luego se dirigió a Bill y añadió—: Creo que necesitamos más puntales.

—Están construyendo un cobertizo —explicó Evelyn—, así puedo tener un lugar seguro donde guardar la pistola.

—Y abono —añadió Kenny. Le tendió la mano a Amanda—. Soy Kenny Mitchell. El hermano de Bill.

Amanda le estrechó la mano. Estaba caliente y áspera. Notó que se sonrojaba bajo el sol. Era el hombre más atractivo que había visto fuera de una película de Hollywood. Su pecho y su estómago eran puro músculo. Tenía el bigote recortado, mostrando unos labios muy sensuales.

—Ev, no me habías dicho que tu amiga fuese tan guapa.

147

Amanda se sonrojó de pies a cabeza.

—¡Kenny! —exclamó Evelyn reprendiéndolo—. La estás avergonzando.

—Lo siento, señorita —dijo.

Le hizo un guiño a Amanda mientras se metía la mano en el bolsillo y sacaba un paquete de cigarrillos. Amanda trató de no mirar la línea de vello que empezaba en el ombligo y continuaba bajando.

—Se parece al cachas ese que sale en los anuncios de Safeguard, ¿verdad que sí? —dijo Evelyn. Le hizo un gesto a Amanda para que la siguiera al interior de la casa—. Ven. Dejemos a los chicos con lo suyo.

Bill las detuvo y se dirigió a Amanda.

—Gracias por cuidar ayer de mi chica. Es una pésima conductora. Se mira más al espejo que a la carretera.

Evelyn se adelantó a Amanda.

—Le conté que estuvimos a punto de atropellar a un hombre en la calle. —Se llevó la mano al pecho, justo al mismo lugar donde Rick Landry le había clavado la linterna—. El volante me ha dejado un cardenal tremendo.

—Debes tener más cuidado —dijo Bill dándole una palmada en el trasero—. Y ahora entra antes de que te coma a besos.

Evelyn le besó en la mejilla.

—Bebe mucha Coca-Cola. No querrás deshidratarte con este calor.

Cogió el bote de mayonesa y lo apretó contra el estómago mientras recorría el garaje. Amanda la siguió. Quería preguntarle por qué le había mentido a su marido, pero la baja temperatura del interior de la casa la dejó sin habla. Por primera vez en muchos meses, no estaba sudando.

—¿Tienes aire acondicionado?

—Bill lo compró cuando me quedé embarazada y ya no podemos vivir sin él.

Puso el bote sobre la encimera, al lado de un enorme recipiente lleno de patatas cortadas, huevos y pimientos. Las mezcló con la mayonesa y dijo:

—Lo único que sé preparar es ensalada de patatas. A mí no me gusta mucho, pero a Bill le encanta. —Parecía embobada, con aquella sonrisa—. ¿No es maravilloso? Es un libra perfecto.

A juzgar por la casa de Evelyn, Bill debía de ser un libra muy feliz. La cocina era extremadamente moderna: encimeras laminadas de color blanco que hacían juego con unos electrodomésticos color verde aguacate. Los tiradores de cromo de los armarios brillaban con la luz del sol. El linóleo tenía un estampado sutil. Las cortinas de la ventana dejaban entrar una luz amarillenta. Había una habitación adosada a la cocina con una lavadora y una secadora. Unos vaqueros de niño colgaban del tendedor interior. Era el tipo de casa que Amanda creía que solo existía en las revistas.

Evelyn guardó la ensalada de patatas en la nevera.

—Gracias por no decirle nada a Bill —dijo poniéndose la mano en el pecho—. Solo serviría para que se preocupase.

—¿Te encuentras bien?

—Oh —respondió sin añadir nada más. Puso la mayonesa al lado de la ensalada, pero se detuvo cuando estaba a punto de cerrar la nevera—. ¿Quieres una cerveza?

Amanda jamás había probado la cerveza, pero estaba claro que Evelyn la necesitaba.

—Bueno.

Evelyn sacó dos latas de Miller de la puerta. Tiró de las anillas y las arrojó al cubo de basura. Le estaba dando la cerveza a Amanda cuando empezó a funcionar de nuevo la sierra circular.

—Ven por aquí.

Le hizo una señal mientras cruzaban el comedor y entraban en un enorme salón.

El comedor estaba un escalón más bajo. La temperatura era casi glacial, gracias al aparato de aire acondicionado que había encima de una de las ventanas. Amanda notó que el sudor de su espalda se enfriaba. Sus zapatos se hundieron en la suntuosa moqueta de color ocre. El techo tenía unos relieves muy bonitos. Había un sillón tapizado de chintz verde y un sofá amarillo. Unas butacas de orejeras que hacían juego enmarcaban las puertas correderas de cristal. Se oía música de McCartney en el equipo de alta fidelidad. Una de las paredes estaba repleta de libros. Un televisor consola del tamaño de un carrito para bebés servía de centro. La única cosa fuera de lugar era aquella enorme tienda de campaña en medio de la habitación.

—Dormimos aquí por el aire acondicionado —explicó Evelyn, que se sentó en el sofá. Amanda tomó asiento a su lado—. Tenemos un aparato en el dormitorio, pero no me pareció justo con Zeke, y su cuna es demasiado grande para que quepa en el dormitorio.

149

Dio un largo sorbo a la cerveza.

A Amanda se le daban bien las conversaciones, no las frases cortas.

—¿Cuántos años tiene?

—Casi dos —dijo gruñendo, lo que le hizo pensar a Amanda que era algo malo—. Cuando era pequeño, Bill lo metía en el cajón de la cómoda y lo dejaba allí cuando necesitábamos algo de intimidad. Pero ahora ya está empezando a caminar... —Señaló la tienda—. Gracias a Dios, duerme muy bien, aunque no esta mañana. Chillaba de lo lindo, por eso Bill se lo llevó con su madre antes de que me volviera loca del todo. Voy a cambiar el disco. —Se levantó y se dirigió al tocadiscos—. ¿Has visto lo que está haciendo John Lennon?

Hablaba como si hubiese metido un gato en un saco y le diese vueltas por una habitación pequeña, pero Amanda murmuró:

—Sí. Me parece muy interesante.

—Creo que Bill le ha prestado el disco a Kenny —dijo Evelyn hablando consigo misma mientras pasaba los discos. O puede que hablase con Amanda. Sin embargo, no parecía importarle que ella le respondiera—. ¿Simon y Garfunkel? —preguntó, aunque ya estaba poniendo el disco.

Amanda miró la mesa de centro, intentando encontrar una buena excusa para marcharse. Jamás se había sentido tan fuera de lugar. No estaba acostumbrada al trato social, especialmente con extraños. Para ella solo existían la iglesia, el trabajo, la escuela y su padre. Resultaba obvio que Evelyn se encontraba bien después de la experiencia del día anterior. Tenía a su marido y a su cuñado. Tenía la tienda de campaña para practicar sexo en el salón y una casa la mar de bonita. Tenía su ejemplar de *Cosmo* encima de la mesa, donde todo el mundo pudiera verlo.

Amanda notó que se volvía a sonrojar mientras miraba aquellos titulares tan morbosos. Sería desastroso si un rayo les caía a las dos y su padre la encontraba en casa de Evelyn con una lata de cerveza en la mano y la revista *Cosmopolitan* ante ella.

Evelyn se acomodó en el sofá.

—¿Te encuentras bien?

—Tengo que marcharme.

—Pero si acabas de llegar.

—Solo quería saber si te encontrabas bien después de que Rick...

—¿Fumas? —preguntó Evelyn cogiendo una caja de metal de la mesa.

—No, gracias.

—Yo lo dejé cuando me quedé embarazada de Zeke —admitió—. Por alguna razón, no podía soportar el sabor. Es curioso, porque antes me encantaba. —Dejó la caja en la mesa—. Por favor, no te vayas. Me alegra mucho que hayas venido.

Amanda se sintió avergonzada por el comentario. Y atrapada. Ahora no podía marcharse sin ser grosera. Volvió a hablar de su hijo porque parecía el único tema que no resultaba espinoso.

—¿Zeke es un nombre de familia?

—Su nombre es Ezekiel. He intentado que Bill no se lo abreviase, pero... —Se calló—. El único criterio que tiene Bill para escoger un nombre es imaginar cómo suena cuando lo digan por los altavoces del estadio de Florida.

En lugar de reírse de su chiste, se quedó callada. Observó a Amanda.

—¿Qué sucede? —preguntó Amanda.

—¿Vamos a seguir con nuestras cosas?

Amanda no tuvo que preguntar a qué cosas se refería. Iban a vigilar el edificio de oficinas para encontrar al señor del traje azul. Amanda pensaba llamar al Departamento de Viviendas. Evelyn revisaría los informes de personas desaparecidas en otras zonas. El día anterior les parecía un plan sólido, pero ahora, visto con cierta perspectiva, parecía poco profesional y muy peligroso.

—¿Crees que debemos seguir con eso?

—¿Y tú?

Amanda no supo responder. Después de lo sucedido con Rick Landry estaba asustada. También le preocupaban todas las indagaciones que ya habían hecho. Ambas habían llamado a personas con las que no debían haber hablado. Amanda había pasado toda una mañana leyendo ediciones pasadas del *Journal* y del *Constitution*. Si Duke tenía razón y recuperaba su trabajo, lo primero que haría sería averiguar qué había estado haciendo, y eso no le gustaría.

—Sabes, estaba pensando... —empezó Evelyn. Se puso la mano en el pecho. Sus dedos cogieron uno de los botones de nácar—. Lo que me hizo Landry. Lo que Juice intentó hacerte. Es curioso que, sean blancos o negros, lo primero que hagan es tirarse a por lo que tienes entre las piernas. Eso es lo único que valemos.

—O de lo que carecemos.

Amanda terminó su cerveza. Estaba un poco achispada.

—¿Por qué solicitaste ese trabajo? ¿Fue por tu padre?

—Sí —respondió ella, aunque solo era cierto en parte—. Quería ser una chica Kelly.[8] Trabajar en una oficina distinta cada día. Tener un bonito apartamento.

Amanda no terminó de contarle cuál era su fantasía, pues también imaginaba un marido, quizás un hijo, alguien a quien pudiese cuidar.

—Ya sé que suena un poco superficial.

—A mí me parece una razón mejor que la mía —respondió Evelyn acomodándose de nuevo en el sofá—. Yo solía ser una sirena.

—¿Cómo dices?

Evelyn se echó a reír. Parecía encantada con la expresión de sorpresa de Amanda.

—¿Nunca has oído hablar de Weeki Wachee Spring? Está a una hora de Tampa.

Negó con la cabeza. Ella solo había estado en Florida Panhandle.

—Me dieron el trabajo porque podía estar sin respirar durante noventa segundos. Y por esto. —Señaló sus pechos—. Me pasaba el día nadando. —Hizo un gesto con los brazos en el aire—. Y bebiendo toda la noche. —Bajó los brazos. Sonreía.

Lo único que pudo decir Amanda fue:

—¿Lo sabe Bill?

—¿Dónde crees que nos conocimos? Fue a visitar a Kenny a la base aérea McDill. Amor a primera vista. —Puso los ojos en blanco—. Me fui con él a Atlanta. Nos casamos. Me aburría de estar en casa, así que decidí buscar un trabajo cerca. —Sonrió, como si fuese a contar una historia graciosa—. Fui al centro, a los juzgados, a rellenar una solicitud. Había visto un anuncio en el periódico diciendo que el Comisionado de Impuestos necesitaba personal, pero me equivoqué de habitación. Entré y vi a un hombre vestido de uniforme. Un gilipollas. Me miró y me dijo: «Muchachita. Te has equivocado de sitio. Esta habitación es para la policía. Y, por el aspecto que tienes, te aseguro que no vas a entrar».

Amanda se rio. Evelyn lo imitaba muy bien.

---

8. La autora se refiere a una chica que realiza trabajos temporales.

—¿Qué hiciste?

—La verdad es que estaba furiosa —dijo enderezando la espalda—, así que le dije: «No, señor, el que se equivoca es usted. Yo he venido para ingresar en la policía, y tengo derecho a hacer la prueba». —Se echó hacia atrás—. Pensé que no aprobaría, pero una semana después me llamaron para una entrevista. No sabía si debía ir. No se lo había dicho ni a Bill. Pero me presenté y supe que había aprobado porque me dijeron que me presentase en la academia la semana siguiente.

Amanda no podía imaginar semejante descaro.

—¿Qué dijo Bill?

—«Diviértete, pero ten cuidado.» —Extendió los brazos y añadió—: Así me convertí en policía.

Amanda se quedó consternada al oír aquella historia, pero al menos era mejor que la de Vanessa, que había visto un letrero en el tablón de anuncios de la prisión cuando la estaban procesando por conducir en estado de embriaguez.

—No estaba segura de que pudiera regresar después de tener a Zeke —prosiguió Evelyn. Respiró profundamente—. Pero luego pensé en lo bien que me sentía cuando respondía a una llamada y una mujer veía que yo estaba al mando, y que su novio, su marido o quienquiera que fuese que la había estado maltratando tenía que responder a mis preguntas. Me hace sentir que estoy haciendo algo bueno. Imagino que los negros se sienten igual cuando ven aparecer un policía negro. Sienten que están hablando con alguien que los comprende.

Amanda jamás lo había visto de esa manera, pero supuso que tenía sentido.

—Quiero hacerlo. Realmente quiero hacerlo —dijo Evelyn cogiéndole la mano. Había cierto tono de urgencia en su voz—. Esas chicas. Kitty, Mary, Lucy, Jane, que descansen en paz. En realidad, no son muy diferentes de nosotras, ¿verdad que no? Alguien decidió que no importaban. Y es cierto. No importaban. No, dadas las circunstancias. No cuando tipos como Rick Landry se pueden permitir el lujo de decir que Jane Delray se suicidó y el único problema es quién va a limpiar sus restos.

Amanda no respondió, pero Evelyn parecía leerle el pensamiento.

—¿Qué sucede?

—No fue Jane.

—¿A qué te refieres? ¿Cómo lo sabes?

153

—Yo mecanografío todos los informes de Butch. No fue Jane quien saltó del edificio. La chica se llamaba Lucy Bennett.

Evelyn parecía confusa. Tardó unos instantes en procesar la información.

—No lo comprendo. ¿Alguien la ha identificado? ¿Su familia se ha presentado?

—Encontraron el bolso de Lucy en el apartamento C de la quinta planta.

—Ese es el apartamento de Jane.

—Las notas de Butch dicen que la víctima era la única persona que vivía en el apartamento. Su bolso estaba en el sofá. Encontraron su carné y la identificaron.

—¿Le tomaron las huellas digitales?

—Lucy no estaba fichada. No hay forma de comparar las huellas.

—Eso no cuadra. Es una prostituta. Todas están fichadas.

—No, no cuadra.

A menos que fuese nueva en el oficio, no había forma de que Lucy Bennett hubiera evitado un arresto. Algunas chicas incluso se dejaban arrestar a propósito para pasar una noche en comisaría cuando sus chulos estaban cabreados.

—Lucy Bennett. ¿Su carné estaba en el bolso? —Evelyn se quedó pensativa—. No creo que Jane tuviera un carné tirado por ahí. Ella nos dijo que esas chicas habían desaparecido hace meses, y Lucy hacía un año. Jane intentaba cobrar su ayuda gubernamental. O bien el carné de Lucy lo tenía Jane, o bien está en la caja de cartón del Five Points.

Amanda ya había pensado en eso.

—Butch siempre me da los recibos de las pruebas para que pueda anotarlos en el informe. —Habían llevado el bolso al depósito central, donde el sargento de guardia catalogaba cada artículo que se almacenaba—. Según el recibo, el bolso de Lucy no contenía ningún carné.

—El sargento de guardia no puede mentir a ese respecto. Perdería su trabajo si algo se pierde.

—Sí.

—¿Tenía dinero en la cartera?

Amanda se sintió aliviada al no ser la ingenua por una vez. Todos los bolsos y carteras encontrados en los casos de homicidio que se dejaban en el depósito, por obra de algún milagro, nunca contenían dinero.

—No importa —dijo Evelyn. Luego repitió el nombre de la chica—. Lucy Bennett. Y yo pensando todo este tiempo que era Jane.

—¿Significa algo su nombre? ¿Aparece en alguno de los informes de personas desaparecidas?

—No. —Evelyn se mordió el labio. Luego miró a Amanda y dijo—: ¿Te importa si te presento a alguien?

Amanda sintió un temor que le resultaba familiar.

—¿A quién?

—A mi vecina. —Se levantó del sofá. Cogió la lata de cerveza de Amanda y la puso en la mesa, al lado de la suya—. Ha trabajado en el Departamento de Policía de Atlanta. A su marido lo han trasladado al aeropuerto. Bebe mucho. Un buen elemento. —Fue hasta las puertas correderas. Amanda no pudo hacer otra cosa que seguirla. Evelyn continuó hablando mientras cruzaban el jardín trasero—. Roz es un poco gruñona, pero es una buena mujer. Ha visto muchos cadáveres en su vida. ¿Te importa que sea judía?

Amanda no supo a qué venía aquella pregunta.

—¿Por qué me iba a importar?

Evelyn dudó antes de continuar cruzando el patio.

—Bueno, el caso es que Roz es fotógrafa de escenas criminales. Revela todas las fotos en su casa. No quieren que lo haga en comisaría porque es una bocazas. Creo que lleva diez años con ese trabajo. ¿No te ha hablado tu padre de ella?

Amanda negó con la cabeza cuando Evelyn la miró.

—La vi esta mañana y estaba muy nerviosa.

Pasaron al lado de un Corvair aparcado en el garaje. La casa tenía la misma estructura que la de Evelyn, pero tenía un porche cubierto entre el garaje y la casa.

Evelyn bajó la voz.

—No digas nada de su cara. Como ya te he dicho, su marido es un buen elemento. —Abrió la puerta y dio unos golpecitos con los dedos en la ventana de la cocina—. ¿Hola? ¿Roz? Soy yo, Ev. —Después de unos segundos sin oír respuesta, se dirigió a Amanda y dijo—: Voy por delante.

—Yo me quedó aquí.

Amanda apoyó la mano en la lavadora que ocupaba casi la mitad del porche. La sensación de incomodidad aumentó al pensar en lo que estaba haciendo. Jamás había estado en casa de una judía, y no sabía lo que podía esperar.

155

Evelyn tenía razón; Amanda no salía mucho. Llevaba años sin ir a una fiesta. Tampoco visitaba a sus vecinos. No solía sentarse en un salón a escuchar música y beber alcohol. Había tenido muy pocas citas en su vida. Cualquier muchacho que quisiera salir con ella tenía que pedirle primero su consentimiento a Duke, y no muchos habían sobrevivido a su escrutinio. Solo un muchacho que había conocido en la escuela secundaria había conseguido convencerla de que se acostase con él. Tres veces, pero ella no pudo soportarlo más. La asustaba tanto quedarse embarazada que la experiencia le resultó tan desagradable como hacerse sacar una muela.

Evelyn regresó.

—Sé que está en casa —dijo llamando a la puerta de la cocina—. No sé por qué no responde.

Amanda miró su reloj, intentando encontrar una buena excusa para irse. Estar al lado de Evelyn Mitchell solo incrementaba su sentimiento de mortificación. Se sentía como una vieja sirvienta. La ropa que llevaba, la falda negra, la camisa blanca de manga corta, sus zapatos y sus medias marcaban la diferencia. Evelyn parecía una *hippie* desenfadada. A Kenny solo le habría bastado con mirarla a ella para calificarla de lo que era: una carroza.

—¿Hola? —dijo Evelyn llamando de nuevo a la puerta.

Se oyó una voz en el interior de la casa.

—Esperen un momento, por Dios.

Evelyn le sonrió a Amanda.

—No dejes que te amedrente. A veces puede ser muy desagradable.

La puerta se abrió. Una mujer mayor con bata y zapatillas las miró fijamente. Tenía la cara magullada: el labio partido, un ojo morado.

—¿Por qué has llamado a la puerta principal y luego te vas al otro lado?

Evelyn ignoró la pregunta.

—Roz Levy, esta es mi amiga Amanda Wagner. Amanda, te presento a Roz.

Roz la miró con los ojos entrecerrados.

—Eres la hija de Duke Wagner, ¿verdad?

Normalmente, la gente hacía ese comentario con respeto, pero de la voz de aquella mujer emanaba algo muy parecido al odio.

—Es una buena chica, Roz. Dale una oportunidad —dijo Evelyn.

Roz se quedó inmóvil. Luego le preguntó a Amanda:

—¿Sabes que te llaman *Wag*?[9] Siempre meneando la cola, intentando contentar a todo el mundo.

Amanda se sintió sorprendida. El estómago le dio un vuelco.

—Cállate de una vez, Roz —dijo Evelyn cogiendo a Amanda del brazo y metiéndola en la casa—. Quiero que mi amiga vea las fotos que me has enseñado.

—Dudo que pueda soportarlo.

—En eso te equivocas. Amanda puede aguantar más de lo que crees.

Evelyn le apretó el brazo mientras recorrían la cocina.

La casa no se parecía en absoluto a la de Evelyn. No tenía aire acondicionado. De hecho, parecía como si hubiesen extraído el aire. Unas cortinas marrones y gruesas cubrían todas las ventanas, impidiendo la entrada del sol. El comedor estaba tres escalones por debajo y decorado con tonos marrones oscuros. Evelyn la empujó para que pasara de largo ante un sofá que apestaba a sudor. Había latas de cerveza al lado de una mecedora, y colillas fuera del cenicero. Subieron tres escalones. Evelyn la tenía cogida mientras recorrían el pasillo y solo la soltó cuando entraron en el dormitorio de Roz.

Al igual que el resto de la casa, la habitación estaba a oscuras, y el ambiente, muy cargado. La puerta del armario estaba abierta. Una bombilla roja pendía de un cable sobre varias bandejas y agentes químicos. Había un diván viejo repleto de cámaras de todas las formas y tamaños. El escritorio estaba atestado de papeles. Había raquetas de tenis y patines apilados por toda la habitación.

—Organiza rastrillos —explicó Evelyn—. La primera vez que Bill la vio dijo que le recordaba al tipo que trabajaba para la baronesa Bomburst en *Chitty Chitty Bang Bang*. —Vio la expresión de Amanda y añadió—: Cariño, no te molestes. Ella dice cosas muy desagradables a veces. Es su forma de ser.

Amanda se cruzó de brazos, sintiéndose expuesta. *Wag*. Jamás había oído ese apodo. Sabía que en la comisaría la consideraban una chica muy formalita, y ella aceptaba esa reputación. Podían llamarla cosas peores. No era una belleza, pero hacía bien su trabajo, era amable y servicial.

9. *Wag*, mover el rabo en inglés.

La llamaban Wag porque siempre intentaba complacer a todo el mundo.

Tragó saliva, intentando contener las lágrimas. Ella intentaba complacer a la gente. Complacer a su padre haciendo todo lo que le decía. Complacer a Butch mecanografiando sus informes. Complacer a Rick Landry llevándose a Evelyn de Techwood. ¿Por qué lo había hecho? ¿Por qué no le había dicho que la dejase? La había agredido prácticamente con su propia linterna. Tenía un cardenal en el pecho, y Dios sabe en qué otras partes. Y su respuesta había sido cogerla y salir corriendo como un perrito con el rabo entre las patas.

Meneando la cola.

Al final, Roz Levy se dignó a unirse a ellas. Amanda vio la razón de su retraso al entrar en la habitación. Se había parado para coger un Tab. Tiró de la anilla y la arrojó dentro de un recipiente de cristal encima del escritorio.

—¿Qué pasa? ¿Hoy estáis jugando a policías y ladrones?

—Ya te he dicho que estamos investigando un caso —respondió Evelyn con un tono sorprendentemente seco.

—Mírala —dijo Roz dirigiéndose a Amanda—. Cree que algún día la dejarán trabajar en Homicidios.

—Puede que lo hagan —respondió Amanda.

—Ah. —En realidad, no se rio—. La liberación de la mujer, ¿verdad que sí? Podéis hacer lo que se os antoje siempre y cuando hagáis lo que os digan.

—Nosotras estamos en la calle todos los días, igual que ellos —replicó Evelyn.

—Os creéis muy guáis porque os han dejado ir a la academia y os han dado una placa y una pistola. Pero sabéis una cosa: solo os dejarán subir lo bastante alto como para que os rompáis el cuello al caer. —Le dio un sorbo al Tab. Luego se dirigió a Amanda—: ¿Crees que tu viejo ganará su caso?

—Si sientes curiosidad, pregúntale tú misma.

—Ya tengo un ojo morado, gracias. —Se puso el Tab en la frente. La lata estaba fría. El sudor le caía por las mejillas. Miró a Amanda—. ¿Tienes algún problema?

—No. Pero empiezo a entender por qué te pega tu marido.

Evelyn dio un grito ahogado. Roz la miró.

—¿De verdad?

Amanda se mordió la lengua para no disculparse por lo que había dicho. La miró fijamente a los ojos.

Roz soltó una carcajada seca.

—Eve tiene razón. Eres dura de pelar. —Bebió de la lata, esbozando un gesto de decepción al ver que el líquido se acababa. Tenía cardenales amarillentos en el cuello—. Siento lo de antes. He tenido sofocos toda la mañana. Me ponen de mala uva.

Amanda miró a Evelyn, que se encogió de hombros.

—El cambio. Pronto lo tendréis vosotras mismas. —Roz se metió en el armario y empezó a rebuscar entre un montón de fotos—. Joder. Las dejé en la cocina.

Amanda esperó hasta que salió de la habitación.

—¿De qué habla?

—Es algo que padecen todas las mujeres mayores que son judías.

—No me refiero a eso. ¿Tú has visto a alguien llamarme por ese apodo? ¿Wag?

Evelyn tuvo la delicadeza de no apartar la mirada. Fue Amanda quien no pudo aguantarla. Miró al interior del armario, a los montones de fotografías que mostraban escenas sangrientas.

—Fotos —murmuró Amanda. Ahora comprendía por qué Evelyn la había llevado allí—. Ayer Roz fotografió la escena en Techwood.

—Las fotos son muy desagradables. Realmente desagradables. Jane, o mejor dicho, Lucy, saltó desde la planta más alta.

—Desde el tejado —corrigió Amanda. Ella conocía todos los detalles por los informes de Butch—. Hay una escalera de acceso al fondo del pasillo. Subió hasta una trampilla que da al tejado. Consiguió romper el candado. Butch cree que utilizó un martillo. Encontraron uno en el suelo, en el fondo de la escalera. Lucy subió al tejado y saltó.

—¿De dónde sacó el martillo?

—No vi ninguna herramienta en el apartamento —señaló Amanda—. Puede que el técnico utilizase uno para reparar el tragaluz.

—Sí, supongo que se necesita un martillo para hacer ese trabajo —respondió Evelyn, poco convencida—. ¿Se puede romper un candado con un martillo?

—¿Un martillo? —Roz Levy entró en la habitación. Llevaba un sobre amarillo en la mano—. ¿Esos gilipollas creen que accedió al tejado utilizando un martillo? ¿Por qué no se tiró por la ventana? Vivía en la planta de arriba. ¿Creen que estaba tan colocada que no sabía lo que hacía? —Empezó a abrir el sobre, pero se detuvo. Miró fijamente a Amanda—. Si vomitas encima de la moqueta, la limpias hasta que quede reluciente. Y no me importa si tienes que usar un cepillo de dientes.

Amanda asintió, a pesar de sentir una oleada de náuseas. Ya tenía el estómago revuelto, y la cerveza le estaba repitiendo.

—¿Estás segura? —preguntó Roz—. Porque no pienso limpiar lo que ensucies. Ya tengo bastante con limpiar la mierda que deja ese gilipollas con el que me casé.

Amanda volvió a asentir, y la mujer sacó las fotografías. Estaban del revés.

—Si caes de pie desde una altura así, los intestinos te salen por el culo como la crema de una manga pastelera.

Amanda apretó los labios.

—Te sangran los oídos. La cara se te despega del cráneo como si fuese una máscara. La nariz, la boca y los ojos...

—Por el amor de Dios —exclamó Evelyn quitándole las fotos a Roz. Se las enseñó a Amanda una a una—. Respira por la boca —le aconsejó—. Inspira y espira. Lentamente.

Amanda siguió sus consejos y respiró a bocanadas aquel aire enrarecido. Esperaba desmayarse. Para ser sinceros, esperaba terminar la tarde de rodillas limpiando la vieja moqueta de Roz Levy con un cepillo de dientes. Pero no sucedió nada de eso. Las fotos no eran reales. Lo que le había sucedido a Lucy Bennett era tan horrible que su cerebro no podía aceptar que lo que estaba viendo era un ser humano de verdad.

Amanda cogió las fotos. Tenían mucha definición y la luz era tan intensa que se podían ver todos los detalles. La chica estaba vestida por completo. El tejido de su camisa de algodón rojo estaba rígido, pegado a la piel. La falda le colgaba, ya que tenía rota la cintura elástica. Amanda dedujo que fue por la caída, porque también le faltaba el zapato izquierdo.

Observó el rostro de Lucy Bennett. Roz tenía razón en gran parte de lo que había dicho, pero no en lo que se refería a la piel del cráneo. La carne de Lucy parecía colgar del hueso. Los ojos se le habían salido de las órbitas y la sangre le brotaba por todos los orificios.

Parecía una farsa, algo sacado de una película de terror.

—¿Te encuentras bien? —preguntó Evelyn.

—Ahora comprendo que creyeses que era Jane Delray.

Salvo por el pelo rubio, la máscara horripilante de su cara podía haber pertenecido a cualquier chica de la calle. Tenía las mismas marcas en los brazos, los mismos agujeros en los pies, idénticos pinchazos en la parte interna de los muslos.

—Me pregunto si tiene familia —dijo Evelyn.

—Todo el mundo tiene familia. Que lo admitan o no es otra cuestión —señaló Roz.

Amanda miró de nuevo las fotos. Solo había cinco. Tres del rostro de la chica: del lado izquierdo, del derecho y del centro. Otra mostraba un primer plano de su cuerpo destrozado, tomada probablemente desde una escalera. En la última se veía un plano más amplio de la escena, con el edificio de Coca-Cola en el horizonte.

—¿Tienes más fotos? —preguntó Amanda.

La anciana sonrió. Le faltaba uno de los dientes de arriba.

—Mírala. ¿Quién lo diría? Si le gusta la sangre.

—¿Tienes algún primer plano de sus muñecas? —concretó Amanda.

—No. ¿Por qué?

—¿Crees que eso es una cicatriz? —preguntó Amanda mostrándole la foto a Evelyn.

Esta miró fijamente, luego negó con la cabeza.

—No sabría decirte. ¿Adónde quieres llegar?

—Jane tenía cicatrices en las muñecas.

—Lo recuerdo —respondió Evelyn mirando con más atención la fotografía—. Si es Lucy Bennett, ¿por qué tiene cicatrices en las muñecas como Jane Delray?

—La prostitución no es precisamente una buena razón para vivir —señaló Roz,

No obstante, abrió uno de los cajones de su escritorio y sacó una lupa. Las dos mujeres se turnaron para mirar con más atención.

—No puedo asegurarlo. Parece una cicatriz, pero puede ser la luz —dijo Evelyn.

—Eso es culpa mía —señaló Roz, que, aunque resultase un tanto extraño, parecía estar pidiendo disculpas—. El *flash* me dio algunos problemas, y Landry me estaba metiendo prisa porque quería fichar en su otro trabajo.

—Butch no mencionó ninguna cicatriz en sus notas.

—Ese idiota no lo haría. —Roz parecía encantada de sus palabras—. De acuerdo, Wag. Es hora de ver de qué pasta estás hecha.

161

Amanda sintió otra oleada de miedo. Le daba la sensación de estar en una noria.

—No creo que sea necesario... —dijo Evelyn.

—Cierra el pico, muñeca —le soltó Roz riendo socarronamente, como una bruja—. Pete ya te dará gustito en el coño esta tarde. Si tenéis tantos cojones como decís, puedo hacer una llamada y os darán un asiento en primera fila para ver la autopsia.

Amanda sabía que algunos agentes utilizaban el depósito de cadáveres como escondrijo cuando estaban de servicio, especialmente en verano. Resultaba más cómodo echarse a dormir en un edificio con aire acondicionado, siempre y cuando no te molestara dormir al lado de un cadáver.

Había estado muchas veces en Decatur Street para recoger informes o dejar las pruebas, pero jamás había entrado en la parte de atrás. Solo pensar en lo que sucedía allí le producía repelús. No obstante, guardó silencio mientras Evelyn la conducía al interior del edificio, aunque a cada paso que daba le parecía que le estaban haciendo un nuevo agujero en el cinturón.

Las dos cervezas que se había tomado tampoco la ayudaban. En lugar de relajarse, se sentía a la vez mareada y muy concentrada. Fue un milagro que no estrellase su Plymouth contra un poste de teléfono.

—¿Conoces a Deena? —preguntó Evelyn, empujando la puerta de vaivén.

Estaban en un laboratorio pequeño. Había dos mesas arrinconadas en la parte trasera de la sala, con un microscopio en cada una de ellas, y algunos instrumentos médicos a su lado. Un enorme ventanal ocupaba la pared trasera. Las cortinas verdes de hospital estaban descorridas, mostrando lo que debía ser la sala de autopsias. Había azulejos amarillos desde el suelo al techo, dos lavabos de metal, y dos balanzas que parecían más apropiadas para un puesto de frutería.

Y un cuerpo. Una figura cubierta por una tela verde. Y una enorme lámpara, como la que utilizan los dentistas. Una mano colgaba al lado de la mesa. Las uñas estaban pintadas de rojo. La mano estaba bocabajo, y no se veía la muñeca.

—Odio las autopsias —dijo Evelyn.

—¿Cuántas has visto?

—La verdad es que no las he visto —confesó—. ¿Sabes que se puede nublar la vista a propósito?

Amanda asintió.

—Eso es lo que hago. Nublo la vista y digo «mm» y «sí» cuando me hacen una pregunta o señalan algo interesante. Luego voy al cuarto de baño y vomito.

Parecía un plan tan bueno como cualquier otro. Oyeron pasos en la entrada.

—Deena tiene una cicatriz muy fea en el cuello. Intenta no mirarla —dijo Evelyn.

—¿Una qué?

Las palabras de Evelyn se entremezclaron en el cerebro de Amanda y no adquirieron sentido hasta que una despampanante mujer negra cruzó la puerta. Iba vestida con una bata de laboratorio encima de unos vaqueros azules y una blusa naranja estampada. Llevaba el pelo al estilo afro, y los párpados pintados con sombra azul. Parecía que la habían querido estrangular poniéndole una soga alrededor del cuello.

—Hola, guapetona —dijo Deena, poniendo una bandeja encima de una de las mesas. Contenía portaobjetos, con manchas blancas y rojas entre los cristales.

—¿Qué haces aquí?

—Roz me ha hecho un favor —respondió Evelyn.

—¿Por qué sigues hablando con esa vieja judía tan desagradable? —Miró cariñosamente a Amanda—. ¿Quién es esta amiga tan guapa que te acompaña?

Evelyn la cogió del brazo.

—Amanda Wagner. Ahora es mi compañera.

La sonrisa despareció del rostro de Deena.

—¿Es familia de Duke?

Por primera vez en su vida, Amanda quiso mentir sobre su padre. Si hubieran estado a solas, quizá lo hubiera hecho, pero admitió:

—Sí, soy su hija.

—Hm.

Deena le lanzó una mirada de reproche a Evelyn y se dio la vuelta para coger los portaobjetos.

—Ella es de confianza —dijo Evelyn—. Vamos, Dee. ¿Crees que traería a alguien que…?

La mujer se dio la vuelta. Le temblaban los labios de rabia.

—¿Sabes cómo me hice esto? —dijo Deena señalando la horrible cicatriz que tenía en el cuello—. Trabajando en la tintore-

163

ría en Ponce, planchando las togas para personas como tu padre.

Evelyn intervino:

—Eso no es culpa suya. No se puede culpar a nadie por lo que haya hecho su padre.

Deena levantó una mano para hacerla callar.

—Un día mi madre se pilló una mano en una máquina. No había forma de apagarla. El señor Ginthersosn era demasiado tacaño para pagar un electricista. Cogí el cable y se me enroscó en el cuello. Descarga eléctrica. Bum. Se oyó una explosión; uno de los transformadores estalló. El edificio se quedó sin luz durante dos días. Salvé la vida, pero no la de mi madre.

Amanda no sabía qué decir. Había estado en la tintorería muchas veces, pero jamás había pensado en las mujeres negras que trabajaban en la parte de atrás.

—Lo lamento.

—Ella no puede controlar lo que hace su padre —aseguró Evelyn.

Deena se apoyó contra la mesa. Cruzó los brazos.

—¿Recuerdas lo que te dije sobre mi cicatriz, Ev? Te dije que me la taparía el día que no importase. —Miró a Amanda—. Pero me sigue importando.

Evelyn acarició la espalda de Amanda.

—Ella es mi amiga, Deena. Estamos llevando juntas un caso, intentando encontrar a unas mujeres desaparecidas. Kitty Treadwell, otra llamada Mary. Puede que estuviesen conectadas con Lucy Bennett.

—¿Has mirado el archivo de negros muertos? —preguntó dirigiéndose a Amanda—. Así lo llamáis, ¿no es verdad? Hay uno en cada comisaría. ¿Verdad que sí, Wag?

Amanda estaba demasiado avergonzada para mirarla.

—Supongo que sabrás que yo también perdí a mi madre. —Lo que le había sucedido a Amanda Wagner lo sabía todo el cuerpo. Cuando Duke bebía más de la cuenta, contaba la historia con un machismo embriagador. Amanda añadió—: No eres la única que tiene cicatrices.

Deena dio algunos golpecitos en la mesa con los dedos. La cadencia empezó fuerte, pero luego quedó en nada.

—Mírame.

Amanda se esforzó por levantar la mirada. Había sido muy fácil con Roz, pero se debió a que, ante la anciana judía, la había dominado un sentimiento de entereza, no de culpabilidad.

Deena la observó detenidamente. La cólera empezó a desaparecer de sus ojos. Al final, asintió.

—De acuerdo —dijo—. Vale.

Evelyn exhaló lentamente. Tenía una sonrisa forzada en el rostro. Como de costumbre, trataba de calmar las cosas.

—Dee, ¿te he dicho lo que hizo Zeke el otro día?

Deena se giró hacia las bandejas.

—No, dime.

Amanda no escuchó la historia. Miró el depósito. Aún se sentía aturdida por la cerveza, o quizá por los acontecimientos de aquel día. Parecía como si algo en su interior estuviese cambiando. Los últimos días habían cuestionado los veinticinco años de su vida. No era seguro de que fuese algo positivo. Sinceramente, no estaba segura de nada.

—¡Hola!

Se oyó una voz masculina en el interior del depósito.

—Es Pete —dijo Evelyn.

El forense era un hombre rechoncho, con una coleta y una barba que, al parecer, llevaba días sin lavar, al igual que su camiseta de colores y sus gastados vaqueros. Su bata de laboratorio tenía las mangas estrechas. Un cigarrillo le colgaba del labio. Se detuvo al lado de la ventana, mostrando sus dientes amarillentos. Amanda no era ese tipo de persona que creía en las vibraciones, pero, aunque hubiera habido una luna de cristal entre los dos, se habría percatado de la repugnancia que irradiaba su cuerpo.

—Deena, cariño —dijo—. Estás guapísima esta tarde.

Deena se rio, aunque puso los ojos en blanco.

—Cierra el pico, loco.

—Loco por ti, cariño.

—Siempre hacen lo mismo —intervino Evelyn.

—Vaya.

Amanda simuló que veía a diario hombres blancos flirteando con mujeres negras.

—Por favor, Dee —continuó Pete dando golpecitos en la ventana—. ¿Me vas a dejar que te invite a una copa?

—Sí, espérame a las diez y nunca. —Corrió las cortinas—. Os dejo con lo vuestro. —Se dirigió a Amanda—. Cuando vomites, hazlo cerca del desagüe que hay en suelo. Así será más sencillo limpiarlo con la manguera.

—Gracias —respondió Amanda.

Siguió a Evelyn hasta el interior de la sala de autopsias. Tal como era de esperar, hacía frío, pero el olor la cogió desprevenida. Olía a limpio, a Clorox y Pine-Sol de manzana; no era lo que esperaba.

Durante su época de agente de uniforme, había respondido a dos llamadas de personas desaparecidas, pero en ambas ocasiones las encontró cerca de sus casas. Una había sido de un hombre que se había quedado encerrado en el maletero. La otra, de un niño que se había quedado atrapado en una vieja nevera que la familia tenía en el porche. En ambas ocasiones había notado un olor desagradable y llamó pidiendo refuerzos. No sabía lo que había sucedido con aquellos casos, porque estaba en la comisaría rellenando informes cuando sacaron los cuerpos.

—¿Quién es esta mujer tan elegante? —preguntó Pete Hanson mirando a Amanda.

—Es...

—Amanda Wagner —dijo ella misma—. La hija de Duke Wagner.

Pete se detuvo.

—Entonces eres... Duke es todo un personaje, ¿verdad?

Amanda se encogió de hombros. Ya había recibido demasiados comentarios desagradables sobre su padre ese día.

—Pete —intervino Evelyn con su habitual tono alegre, aunque se pasó los dedos por el cabello en señal de incomodidad—. Gracias por dejarnos mirar. Nosotras estuvimos en el apartamento de Lucy el lunes pasado. No la conocíamos, pero ha sido todo un *shock* enterarnos de su suicidio.

—¿Lucy? —preguntó Pete con el ceño fruncido—. ¿De dónde has sacado eso?

—Su nombre aparecía en el informe de Butch —interrumpió Amanda—. Lo vio en su carné.

Pete fue hacia un escritorio grande y desordenado. Había montones de papeles mezclados, pero encontró el apropiado.

El cigarrillo humeaba mientras leía el informe preliminar. El papel era delgado. Amanda reconoció la letra de Butch Bonnie en el reverso, donde había colocado el papel carbón del revés.

—Bonnie no es que sea el más listo de todos, pero al menos no es tan gilipollas como Landry. —Dejó el informe en el escritorio—. En un caso como este, el carné es el último recurso. Yo suelo preferir el historial dental, las huellas dactilares o un familiar que identifique el cadáver. Lo aprendí en Vietnam. No envías

166

a alguien en una bolsa a menos que sepas que la verdadera familia está esperando al otro lado.

Amanda sintió alivio al oír esas palabras. A pesar de sus excentricidades, el hombre parecía hacer bien su trabajo.

—Bueno, dime —dijo Pete quitando la ceniza del cigarrillo—. ¿Qué ha estado haciendo Kenny? No le he visto desde hace mucho tiempo.

—Sus cosas —respondió Evelyn mientras observaba los movimientos de Pete: la forma en que se limpiaba la nariz con un pañuelo de papel, la forma en que movía el cigarrillo al hablar. Mientras tanto, ella se tiraba tan fuerte del pelo que parecía que se lo iba a arrancar—. Hoy está construyendo un cobertizo con Bill. —Se mordió el labio durante unos segundos—. Vamos a hacer una barbacoa después. Deberías venir.

Pete sonrió a Amanda.

—¿Tú también estarás allí?

Se sintió un tanto desolada. Era su destino sentirse atraída por personas como Kenny Mitchell, pero solo tipos como Pete Hanson le pedían una cita.

—Quizá —respondió.

—Fantástico.

Pete se inclinó sobre la bandeja de metal. Había escalpelos, tijeras, una sierra.

Evelyn miró los instrumentos. Estaba pálida.

—Debería llamar a Bill. Nos fuimos sin decirle cuándo volveríamos.

No era del todo cierto. Evelyn había dejado claro que no estaban seguras de a qué hora regresarían. Bill, como de costumbre, se había acomodado a su bella esposa.

—Voy a llamarle —repitió Evelyn. Salió de la sala prácticamente corriendo.

Dejó a Amanda con Pete. Sola.

La estaba mirando, pero ahora lo hacía con amabilidad.

—Es toda una mujer, pero este es uno de los deportes más difíciles.

Amanda tragó saliva.

—¿Quieres que te vaya explicando el proceso?

—Yo... —Tenía la garganta agarrotada—. ¿Por qué tienes que hacer una autopsia si es un suicidio?

Pete pensó en la pregunta antes de cruzar la sala. Había un interruptor en la pared. Lo encendió y las luces parpadearon.

167

—La palabra «autopsia» significa, literalmente, «ver por ti mismo». —Le hizo un gesto—. Acércate, cariño. A pesar de los rumores, no muerdo.

Amanda trató de ocultar su inquietud cuando se acercó. La placa de rayos X mostraba un cráneo. Los agujeros donde se suponía que debían estar los ojos y la nariz estaban completamente vacíos.

—Mira —dijo señalando el cuello. Había trozos de vértebras abiertas, de la misma forma que se abre la pezuña de un gato cuando la presionas—. Este hueso de aquí se llama hioides. Se pronuncia «hio-ides». Tiene la forma de herradura, y cuelga holgado en la línea anterior media, entre el mentón y la tiroides. Aquí —concluyó mostrando su propio cuello.

Amanda asintió, aunque no estaba segura de haber comprendido la razón de su discurso.

—Lo increíble del cuello es que lo puedes mover de arriba abajo o de lado a lado. El cartílago hace que eso sea posible. El hioides en sí ya es fascinante. Es el único hueso sin articulación en todo el cuerpo. Sostiene la lengua. Vibra cuando la mueves. Como te he dicho, está justo en este lugar. —Volvió a señalarse el cuello—. Por eso, si a alguien lo estrangulan con una ligadura, se observan magulladuras alrededor del hioides. Pero aquí —movió los dedos hacia arriba— es donde se encuentran las magulladuras si se cuelga a una persona. Es una señal clásica de ahorcamiento. Estoy seguro de que lo verás más de una vez en tu vida.

—¿Me está diciendo que primero intentó ahorcarse?

—No —respondió señalando la placa de rayos X del cuello—. ¿Ves esa línea más oscura que cruza el hioides?

Amanda asintió.

—Eso indica una fractura, lo que señala que la estrangularon, probablemente con mucha fuerza.

—¿Con mucha fuerza?

—Sí, porque es una mujer joven. El hioides nace como dos piezas y el hueso no se suelda hasta que se alcanzan unos treinta años. Tú misma puedes verlo.

Pensó que quería que le tocase el cuello. Amanda no quería tocarle, pero, aun así, hizo ademán de hacerlo.

Pete sonrió y dijo:

—Supongo que puedes hacerlo con tu propio cuello.

—De acuerdo —respondió, riendo a pesar de la incomodidad. Con suavidad, se llevó los dedos a la garganta. Palpó la zona y notó que algunas cosas se desplazaban de un lado a otro. El ruido retumbó en sus oídos.

—Notarás que hay mucha movilidad en esa área. Por eso debes apretar muy fuerte para fracturar el hioides.

Pete le hizo un gesto para que le siguiera hasta el cadáver. Dejó el cigarrillo en un cenicero encima de la mesa. Sin preámbulos, retiró la sábana, mostrando la cabeza y los hombros de Lucy Bennett.

—¿Ves estos cardenales?

Amanda notó que se le nublaba la vista, pero no a propósito. Parpadeó y se centró solo en el cuello. Tenía unas marcas rojas y moradas alrededor de la garganta que le recordaron a Roz Levy.

—La estrangularon.

—Así es —recalcó Pete—. El agresor le puso las manos alrededor del cuello y la estranguló. ¿Ves las huellas?

Amanda se inclinó para verlas más de cerca. Ahora que se las enseñaba, vio la hilera de cardenales que habían dejado los dedos.

—Las carótidas —explicó Pete—. Arterias. Una a cada lado del cuello. Llevan el oxígeno al cerebro. Son muy importantes. Sin oxígeno, no hay cerebro.

—Sí, lo sé.

Amanda recordó que lo había estudiado en la academia de policía. Tuvieron que observar cómo los hombres hacían llaves de presa en el cuello.

—¿Ves dónde tengo las manos? —preguntó Pete con las manos alrededor del cuello de la mujer. Amanda asintió—. ¿Ves que para presionar las arterias carótidas para estrangularla hay que ejercer mucha fuerza en la parte de delante para fracturar el hioides? —Volvió a asentir—. Eso indica que perdió el conocimiento.

Amanda volvió a mirar la placa de rayos X.

—¿El golpe que se dio por la caída desde el tejado no pudo fracturarlo?

—Cuando le abra el cuello, te darás cuenta de que es muy poco probable.

Amanda no pudo evitar estremecerse.

—No te preocupes. Lo estás haciendo muy bien.

Ella ignoró el cumplido.

—¿Podría vivir con el hi...?

—Hioides.

—Eso. ¿Podría vivir con el hioides roto?

169

—Posiblemente. Una fractura del hioides no tiene por qué ser fatal. Lo vi muchas veces en Vietnam. A los oficiales se les entrenaba para el combate cuerpo a cuerpo, algo de lo que les encantaba presumir. Le das un golpe a un hombre aquí —se golpeó en el cuello— con el codo, o incluso con la mano abierta, y puedes dejarlo sin sentido o romperle el cuello si le golpeas con suficiente fuerza. —Se llevó la mano al mentón como un experto profesor universitario—. Notarás una sensación muy peculiar cuando te pasas los dedos por el cuello, como si cientos de burbujas explotaran debajo de la piel. Eso se debe al aire que sale de la laringe y entra en los planos tisulares. Además del pánico, se produce un tremendo dolor, moratones y una fuerte hemorragia. —Sonrió—. Es una lesión muy desagradable, que te deja incapacitado casi por completo. Te quedas en el suelo, resollando, rezando para que alguien te ayude.

—¿Se puede gritar?

—Dudo que se pueda emitir algo más que un susurro ronco, pero a veces la gente te sorprende. Cada persona es un mundo.

Amanda intentó asimilar toda esa información nueva.

—Pero dices que a Lucy Bennett la asfixiaron. —Recordó la terminología que Pete había empleado al principio—. Que la estrangularon.

Negó con la cabeza y se encogió de hombros al mismo tiempo.

—Tengo que ver los pulmones. El estrangulamiento causa neumonitis por aspiración; es decir, la inhalación del vómito en los pulmones. Los ácidos gástricos merman el tejido, lo que nos da la cronología. Cuanto más dañado está el tejido, más tiempo estuvo viva. ¿La estrangularon hasta quedar inconsciente y luego la arrojaron desde el tejado, o la estrangularon hasta morir y luego la tiraron?

—¿Eso importa? —preguntó Amanda.

En cualquiera de los casos, Lucy había sido asesinada.

—Cuando apreses a su asesino, querrás conocer todos los detalles de su crimen. De esa forma, te asegurarás de que capturas al tipo adecuado y no a un loco que quiere salir en los periódicos.

Amanda no se imaginaba apresando a ningún criminal. De hecho, no estaba segura de por qué Pete respondía a sus preguntas.

—¿Por qué el asesino iba a dar detalles de su crimen? Eso solo serviría para reforzar la acusación en su contra.

—Él no se dará cuenta de que está cayendo en la trampa que

le pongas. Tú eres más lista que él. El asesino es un hombre que no puede controlarse a sí mismo.

Amanda pensó en lo que acababa de decirle, pero no le pareció del todo cierto.

—Fue lo bastante listo como para intentar ocultar el crimen.

—No tanto como crees. Tirarla desde el tejado fue algo arriesgado. Llamó la atención sobre el crimen. Existe la posibilidad de que haya algunos testigos. ¿Por qué no la dejó en el apartamento y esperó a que el olor llamase la atención de algún vecino días o semanas después?

Tenía razón. Amanda recordó los asesinatos de Manson, la forma en que estaban colocados los cuerpos.

—¿Cree que el asesino quería enviar un mensaje?

—Posiblemente. Y podemos deducir también que conocía a la víctima muy bien.

—¿Por qué lo dice?

Pete cogió la parte superior de la sábana con ambas manos.

—No te olvides de respirar.

Retiró la sábana y mostró el cuerpo completo.

Amanda se llevó la mano a la boca. No se le vino nada a la garganta, ni se desmayó, ni se mareó. Al igual que le había sucedido con las fotos de Roz Levy, esperaba que su cuerpo reaccionara violentamente, pero, sin embargo, lo afrontó con una voluntad férrea. Notó correrle por la espalda la misma sensación desconocida que había percibido en Techwood. Su estómago dejó de agitarse. En lugar de desmayarse, su visión se agudizó.

Amanda jamás había visto a una mujer completamente desnuda. Había algo triste en la forma en que le colgaban los pechos a un lado. Tenía el estómago caído, y el vello púbico corto, como si se lo hubiese recortado, pero los pelos de los muslos los llevaba sin afeitar. Tenía sangre y vísceras colgando entre las piernas. Le habían apaleado el cuerpo y tenía moratones en el estómago y las costillas.

—Para golpear a alguien de esta manera tienes que odiarle. Y el odio viene con la familiaridad. Y, si no, que se lo pregunten a mi exmujer, que, en cierta ocasión, intentó estrangularme.

Amanda levantó la cabeza para mirarle. Su sonrisa no sugería nada. Pete no solo era un poco espeluznante, sino también una persona de lo más extraña. Sin embargo, era educado. Amanda no recordaba ninguna conversación con un hombre en la que él no la interrumpiese todo el rato.

171

—Esto se te da muy bien —dijo Pete.

No supo si debía sentirse elogiada por el comentario, pero sin duda no era un tema para hablar durante la cena.

—¿Puede decirme algo sobre el esmalte de uñas?

Pete sacó un guante de látex del bolsillo.

—¿Por qué no me lo dices tú?

Amanda no quería, pero cogió el guante. Intentó meter la mano, pero la rigidez del látex se lo impidió.

—Límpiate la mano primero.

Amanda secó su sudorosa mano en la falda. El guante seguía quedándole muy ajustado, pero en cuanto logró meter los dedos, el resto entró con facilidad.

Cogió con delicadeza la mano de Lucy. Tenía la piel fría, o quizá solo fue su imaginación. En lugar de estar lacio, el cuerpo estaba rígido.

—El *rigor mortis* —explicó Pete—. Los músculos se contraen y bloquean las articulaciones. Su inicio varía en función de la temperatura y de otros factores menores. Puede empezar a los diez minutos y durar hasta setenta y dos horas.

—Entonces se puede saber cuánto tiempo lleva muerta por la rigidez del cuerpo.

—Eso es —confirmó Pete—. Cuando llegó ayer por la tarde, nuestra víctima llevaba muerta aproximadamente entre tres y seis horas.

—Eso es un marco muy amplio.

—La ciencia no es tan precisa como creemos.

Amanda intentó girar el brazo, pero no pudo moverlo.

—No seas tan delicada. Ya no puede sentir ningún dolor.

Amanda oyó el sonido de su garganta al tragar. Tiró del brazo. Se oyó un fuerte chasquido que hizo que se estremeciera.

—Inspira y espira —le aconsejó Pete—. Recuerda, son solo huesos y tejidos.

Amanda volvió a tragar de nuevo. El sonido retumbó en la sala. Miró los dedos de Lucy Bennett.

—Tiene algo debajo de las uñas.

—Buena observación —dijo Pete, que se dirigió al armario que había en la esquina—. Lo enviaremos al laboratorio para que lo analicen.

Amanda deseó tener la lupa de Roz Levy. Lo que tenía debajo de las uñas no era suciedad.

—¿Qué crees que es?

—Si se defendió, probablemente será piel de su agresor. Esperemos que le hiciera algo de sangre. —Pete regresó con un portaobjetos y algo que parecía un palillo de dientes gigante—. Sujétala. —Pasó el palillo de madera debajo de la uña y sacó un trozo grande de piel—. Si hay suficiente sangre en el tejido epitelial, y tienes a un sospechoso, podemos analizar su sangre y ver si son del mismo tipo, tanto si es secretor como si no.

—Necesitaremos algo más que sangre para acusarle.

—Actualmente, el FBI está realizando un trabajo increíble con las enzimas. —Puso el trozo de tejido epitelial en el portaobjetos—. En cuestión de diez años, tendrán muestras de todos los estadounidenses almacenadas en miles de ordenadores diferentes repartidos por todo el país. Lo único que tendremos que hacer es enviar la muestra a cada ordenador... y bingo. En solo unos meses sabremos el nombre y la dirección del asesino.

—Deberías decírselo a Butch y a Rick. —Probablemente, los dos detectives de Homicidios se reirían en su cara—. Este es su caso.

—¿De verdad?

Amanda no se molestó en responder a esa pregunta.

—Supongo que no tengo que decirle los problemas que tendríamos Evelyn y yo si averiguan que hemos estado aquí.

Pete dejó el portaobjetos en el mostrador.

—Sabes, el GBI no cuenta con las suficientes mujeres para cumplir sus cuotas. Van a perder las subvenciones federales si no ocupan las plazas a finales de año.

—Yo trabajo para el Departamento de Policía de Atlanta.

—No tienes por qué hacerlo.

Obviamente, Pete no conocía a Duke Wagner tan bien como la gente con la que había estado ese día. Aparte de Butch y Rick, su padre tendría un soplón si se enteraba que había estado en el depósito, tocando un cadáver, hablando con un *hippie* sobre dejar su trabajo estable y ser una mujer simbólica en el cuerpo de policía del estado.

De perdidos, al río, se dijo. Aún quedaba la razón que las había llevado hasta allí. Amanda le dio la vuelta a la mano de Lucy, y expuso la muñeca a la luz. Allí estaban: las cicatrices blancas que le había visto antes.

—Intentó suicidarse.

—Es posible —corroboró Pete—. Muchas mujeres jóvenes se cortan las venas, normalmente para llamar la atención. Tu víctima está claro que era una adicta. Es fácil verle las marcas. Si quería suicidarse, podría haberlo hecho con la jeringa duplicando su dosis de heroína.

—Veo que la has lavado.

—Sí. Hicimos algunas fotografías y algunas placas de rayos X, luego le cortamos la ropa y la lavamos para prepararla para el procedimiento. Se había orinado encima; un desgraciado subproducto del estrangulamiento. Aunque era una menudencia comparado con el prolapso rectal. Debo recalcar que estaba muy limpia considerando su oficio y su adicción.

—¿A qué te refieres?

—Obviamente, encontramos lo que se esperaba después de una caída como esa. Imagina un globo de agua tirado desde esa altura. Pero, te lo digo por experiencia, los adictos no se lavan mucho. Los aceites naturales obstruyen la piel. Creen que así se retiene la droga más tiempo. No estoy seguro de que haya una base científica para pensar algo así, pero creo que alguien que es capaz de inyectarse limpiador en las venas no se preocupa de esas cosas. Puedes ver que se lo ha recortado. —Señaló el vello púbico—. Es un poco raro, aunque no es la primera vez que lo veo. Muchos hombres se sienten más atraídos por las mujeres con aspecto infantil.

—¿Pederastas?

—No necesariamente.

Amanda asintió, aunque evitó mirar la zona de la que estaba hablando Pete. En su lugar, volvió a examinar las manos de Lucy. El esmalte de uñas era perfecto, aunque estaba un poco levantado. Se lo había aplicado de un modo uniforme. Se tardaba mucho tiempo y se necesitaba mucha paciencia para aplicar una capa tan espesa. Incluso Amanda, que se pulía y se pintaba las uñas todas las noches delante del televisor, era incapaz de realizar un trabajo tan profesional.

—¿Has encontrado algo más? —preguntó Pete.

—Sus uñas.

—¿Son falsas? Recientemente he visto muchas de plástico fuera de California.

—Parece como si...

Negó con la cabeza. No sabía lo que parecían. Tenía las uñas cortadas en línea recta y arregladas las cutículas. El esmalte rojo estaba dentro de los márgenes. Nunca había conocido a una mujer que pudiera permitirse una manicura profesional, y dudaba que una prostituta muerta fuese la primera.

Amanda dio la vuelta a la mesa y miró la otra mano de Lucy. Una vez más, el esmalte era perfecto, como si se lo hubiese aplicado otra persona.

Abrió la boca para decir algo, pero luego se detuvo.

—Di lo que piensas —la animó Pete—. Aquí no hay preguntas estúpidas.

—¿Podrías decirme si era diestra o zurda?

Pete la miró como si fuese su mejor alumna.

—Tendrá más musculatura en el lado dominante.

—¿Por sostener un lápiz?

—Entre otras cosas. ¿Por qué lo preguntas?

—Cuando me pinto las uñas, un lado siempre queda mejor que el otro. Ella tiene los dos lados perfectos.

Pete sonrió.

—Por esa razón, cariño, debería haber más mujeres en mi campo.

Amanda dudaba de que cualquier mujer en su sano juicio se dedicase a ese trabajo, al menos una que quisiera llegar a casarse.

—¿Puede que tuviera una amiga que le pintase las uñas?

—¿Se acicalan las mujeres entre sí? Yo creía que en *Detrás de la puerta verde* se habían tomado algunas libertades cinematográficas.

Amanda ignoró el comentario. Con cuidado, volvió a poner la mano de Lucy en la mesa. Era más fácil centrarse en las partes que en el todo. Se había olvidado de que Lucy Bennett era un ser humano de verdad.

En parte, se debía a que aún no le había visto el rostro. Se esforzó por hacerlo e intentó mantener su entereza inicial, pero también la invadió un sentimiento conjunto que solo se podía denominar curiosidad. Al haberle limpiado la sangre del rostro, tenía un aspecto diferente. Al igual que en la foto de Roz, la piel aún le colgaba a uno de los lados, pero había algo que no encajaba, algo más allá de lo obvio.

—¿Podría...? —No quería parecer morbosa, pero continuó—: ¿Podría verle los dientes?

—La mayoría se los rompió en la caída. ¿Adónde quieres llegar?

—La piel de la cara. ¿Es posible desplazarla para...?

—Por supuesto.

Pete se dirigió a la parte delantera de la mesa. Cogió la carne suelta de la mejilla y de la frente, y tiró de ella para ponerla sobre el cráneo. Lucy se había mordido el labio al caerse. Pete volvió a colocar la piel en su posición. Utilizó los dedos para colocarla alrededor de los ojos y la nariz, como un panadero amasando la masa.

—¿Qué piensas? —preguntó.

Era justo lo que había esperado. Esa mujer no era Lucy Bennett. Las cicatrices de las muñecas no eran el único indicio. Las llagas abiertas de sus pies tenían un dibujo que le resultaba familiar, como una constelación de estrellas, pero, aparte de eso, estaba claro que el rostro pertenecía a Jane Delray.

—Creo que deberíamos llamar a Evelyn.

—Me tienes intrigado.

Amanda salió de la sala por las puertas de vaivén. El laboratorio estaba vacío, así que empujó la otra serie de puertas que conducían a la entrada. Evelyn estaba a unos cuantos metros de la puerta de salida. Hablaba con un hombre que llevaba un traje azul marino. Era alto, más de uno noventa. Su pelo castaño le llegaba hasta el cuello. Llevaba un traje hecho a medida. La chaqueta se curvaba en su espalda, y sus pantalones holgados caían sobre sus zapatos blancos. Estaba encendiendo un cigarrillo cuando Amanda se unió a ellos. Evelyn le lanzó una mirada; sus ojos parecían estar a punto de salirse de sus órbitas.

Hablaba con el hombre del traje azul.

—Señor Bennett —dijo Evelyn con una voz más aguda de lo habitual, a pesar de estar disimulando muy bien su entusiasmo—. Le presento a mi compañera, la señorita Wagner.

El hombre apenas le prestó atención y continuó mirando a Evelyn.

—Como le he dicho, lo único que quiero es ver a mi hermana y marcharme.

—Tenemos que hacerle algunas preguntas —respondió ella, pero Bennett la cortó.

—¿No hay ningún hombre con el que pueda hablar? ¿Alguien al mando?

Amanda pensó en el forense.

—El forense está en la parte de atrás.

Bennett hizo una mueca de desagrado, pero Amanda no estaba segura de si la había esbozado por el forense o por ella. Pero no le importaba. En lo único que podía pensar era en lo arrogante y lo desagradable que era ese hombre.

—El doctor Hanson está preparando el cuerpo. Solo tardará unos minutos.

Evelyn se percató de que mentía.

—No creo que quiera verla en ese estado, señor Bennett.

—Es muy sencillo —replicó—. Como le he dicho, señora Mitchell, mi hermana era una drogadicta y una prostituta. El hecho de que esté aquí es una mera formalidad para que mi madre pueda tener un poco de paz al final de su vida.

—Su madre tiene cáncer —explicó Evelyn.

Amanda dejó que transcurrieran unos segundos por respeto, pero no pudo evitar preguntarle:

—Señor Bennett, ¿puede decirme cuando fue la última vez que vio a su hermana?

Él desvió la mirada.

—¿Cinco o seis años? —Miró su reloj. Fue un movimiento fugaz, tan mecánico como que Evelyn se tirara del pelo—. Les agradecería que no me hicieran perder el tiempo. ¿Debo ver de nuevo al forense?

—Un minuto más. —A Amanda nunca se le había dado bien distinguir a un mentiroso, pero Bennett era como un libro abierto—. ¿Está seguro de que esa fue la última vez que contactó con su hermana?

Bennett cogió un paquete de Parliaments del bolsillo interior de su chaqueta y sacó un cigarrillo. Llevaba un enorme anillo de oro en el dedo medio. Facultad de Derecho UGA, promoción del 74. El bulldog de Georgia estaba grabado en una piedra roja.

—¿Está usted seguro, señor Bennett? A mí me parece que ha contactado con Lucy más recientemente.

Mostró un destello de culpabilidad mientras se ponía el cigarrillo entre los labios.

—Le escribí una carta a la Union Mission. Fue una mera obligación, se lo aseguro.

—¿En Ponce de León?

La Union Mission situada en Ponce de León era el único albergue que permitía la entrada de mujeres.

—Intenté buscar a Lucy cuando falleció nuestro padre. Mi madre pensaba que ella se había unido al movimiento *hippie*, ya sabe, solo por un tiempo. Creía que Lucy querría volver a casa, ir a la universidad, llevar una vida normal. Ella jamás aceptaría que prefería ser una prostituta.

—¿Cuándo murió su padre? —preguntó Evelyn.

Bennett abrió su mechero de oro, pero se tomó su tiempo para encender el cigarrillo. No habló hasta que echó una bocanada de humo.

—Pocas semanas después de graduarme en la Facultad de Derecho.

—¿El año pasado?

—Sí, en julio o agosto. No recuerdo bien. —Le dio una profunda calada al cigarrillo—. Lucy nunca fue una buena chica. Supongo que nos engañó a todos, hasta que se escapó con un motorista a Atlanta. Imagino que habrán oído esa historia muchas veces. —Exhaló el humo por la nariz—. Siempre fue muy terca y obstinada.

—¿Cómo supo que debía enviarle la carta a Union Mission? —preguntó Amanda.

Bennett parecía irritado porque no le dejara cambiar de tema.

—Hice algunas llamadas a cierta gente. Me dijeron que probablemente terminaría allí.

Amanda se preguntó quiénes serían esas personas. Probó.

—¿Se dedica usted a los litigios, señor Bennett?

—No, a la reducción de impuestos. Es mi primer año como asociado en Treadwell-Price. ¿Por qué lo pregunta?

Evelyn estaba en lo cierto. Había convencido a su jefe para que hiciera una llamada telefónica.

—¿Recibió alguna respuesta de su hermana?

—No, pero el hombre que trabajaba allí me aseguró que le había dado la carta. Él se lo puede confirmar.

—¿Recuerda el nombre de ese hombre?

—¿Trask? ¿Trent? —Soltó una bocanada de humo—. No lo sé. No es que fuese muy profesional. Llevaba la ropa sucia, el pelo despeinado y apestaba. Imagino que había estado fumando marihuana.

—¿Lo conoció en persona?

—No se puede confiar en esa gente. —Le dio una calada al cigarrillo—. Pensé que encontraría allí a Lucy. Pero lo único que encontré fue a un puñado de putas y borrachas repugnantes. Sabía que Lucy terminaría en un lugar como ese.

—¿La vio?

—Por supuesto que no. Dudo incluso de que la reconociera.

Amanda asintió, aunque resultaba una afirmación un tanto extraña viniendo del hombre que iba a identificar su cadáver.

—¿Conoce a una joven llamada Kitty Treadwell? —preguntó Evelyn.

Entrecerró los ojos. El cigarrillo desprendía una nube de humo.

—¿Qué saben de Kitty? —No les dio tiempo a responder—. Tengan cuidado con dónde meten las narices. Puede que se las corten.

La puerta principal se abrió de golpe. Rick Landry y Butch Bonnie entraron en el vestíbulo. Ambos fruncieron el ceño al ver a Amanda y a Evelyn.

—Por fin —murmuró Bennett.

Se veía que Landry estaba furioso. Avanzó y dijo:

—¿Qué coño hacéis aquí, zorras?

Amanda estaba al lado de Evelyn. No tardó mucho en ponerse delante de ella y bloquear a Landry.

—Estamos investigando nuestro caso.

Landry no se molestó ni en responder. Se dio la vuelta bruscamente. Su hombro chocó con tanta fuerza contra Amanda que la hizo retroceder.

—¿Hank Bennett?

El tipo asintió.

—¿Están ustedes al mando?

—Sí —dijo Landry. Empujó a Amanda, obligándola a que retrocediese, y colocándose entre ella y Bennett—. Lamento su pérdida, señor.

Bennett hizo un gesto con la mano, como si no le importase.

—Perdí a mi hermana hace mucho tiempo. —Volvió a mirar el reloj—. ¿Podemos terminar con esto? Voy a llegar tarde a cenar.

Landry lo condujo por el vestíbulo. Butch los siguió. Volvió la cara para mirar a Amanda y a Evelyn. Le lanzó un guiño malicioso a la primera. Ella esperó hasta que cruzaron la puerta.

Evelyn expulsó el aire entre los dientes. Se llevó la mano al pecho. Estaba temblando.

—Vamos —dijo Amanda cogiéndola de la mano.

Evelyn estaba paralizada y tuvo que empujarla por el vestíbulo. Abrió la puerta del laboratorio justo en el momento en que los tres hombres entraban en el depósito.

Amanda esperó a que entrasen antes de abrir la puerta. Mantuvo las rodillas dobladas, como si estuviera escondiéndose. Las cortinas del enorme ventanal aún estaban corridas.

Evelyn susurró:

—Amanda...

—Shh —respondió ella. Cuidadosamente, separó los pliegues unos centímetros.

Evelyn se acercó hasta ella para mirar a través de la ventana.

Pete Hanson tenía la espalda apoyada en la pared del extremo, con los brazos cruzados. A Amanda le sorprendió, porque se había mostrado muy amable con ella, pero había algo en él que le hacía pensar que era muy infeliz.

Landry y Butch estaban de espaldas a la ventana. Hank Bennett estaba al otro lado; el cadáver de la chica, entre ellos. Miraba el rostro de la víctima.

Al parecer, Evelyn hacía lo mismo, pues susurró: «Esa es Jane Delray», justo en el mismo momento en que Hank Bennett dijo: «Sí, es mi hermana».

Capítulo once

Lucy Bennett

15 de abril de 1975

$\mathcal{H}$abía otra chica en la habitación de al lado. La anterior había desaparecido. No era una mala chica, pero esta era horrible. No dejaba de llorar, de gemir, de rogar y de suplicar.

Estaba segura de que no se movía. Lucy podía asegurarlo. Ninguna de las dos se movía lo más mínimo. El dolor era demasiado insoportable, demasiado indescriptible. Te dejaba sin respiración y te hacía perder la conciencia.

Al principio, resultaba imposible no intentarlo. La claustrofobia se apoderaba de ti. El miedo irracional a morir asfixiada. Empezaba en las piernas, como los calambres que se sentían durante el mono. Los dedos de los pies se retorcían, los músculos te dolían al contraerse y el dolor se extendía por todo el cuerpo como una fuerte tormenta.

El mes pasado, un tornado había golpeado la mansión del gobernador. Había empezado en Perry Homes, pero eso a nadie le preocupó. La mansión del gobernador era diferente. Era un símbolo cuyo propósito era mostrar a los empresarios y dignatarios que Georgia era el centro del New South.

El tornado, sin embargo, pensaba de forma distinta.

Había arrancado el tejado y había dañado los cimientos. El gobernador Busbee dijo que estaba muy afectado por su destrucción. Lucy lo había escuchado en las noticias, en un boletín especial que pusieron entre las repeticiones de los cuarenta principales. Después de que Linda Ronstadt cantase *When Will I Be Loved*, apareció el gobernador diciendo que la iban a reconstruir. Un fénix saliendo de las cenizas. Esperanzador. Certero.

Cuando empezó a hacer frío de verdad, el hombre dejó que Lucy escuchase la radio. La ponía siempre a un volumen bajo, para que las demás chicas no pudiesen oírla. O quizá lo hacía especialmente por ella. Escuchaba las noticias, las historias de todo ese mundo que continuaba girando. Ella cerraba los ojos y notaba cómo la Tierra se movía bajo sus pies.

A Lucy no le gustaba pensarlo, pero creía que era su favorita. Eso le recordaba a los juegos a los que Jill Henderson y ella solían jugar en primaria. Jill le enseñaba a hacer cosas con las manos como coger una hoja de papel y plegarla formando triángulos. ¿Cómo se llamaba aquello?

Intentó recordar, pero los sollozos de la otra chica se lo impedían. No es que sollozara muy alto, pero sí de forma constante, como un gatito maullando.

Un comecocos. Así se llamaba.

Jill metía la punta de sus dedos en los pliegues. Había palabras escritas en el interior. Le preguntabas quién te gustaba, con quién te ibas a casar. ¿Ibas a ser feliz? ¿Tendrías uno o dos hijos?

Sí. No. Puede. Keith. John. Bobby.

La radio no era lo único que la hacía sentirse especial. El hombre pasaba más tiempo con ella. Era más amable de lo que había sido antes, más que con las demás chicas, ya que podía oírle.

¿Cuántas chicas habían estado allí? ¿Dos o tres? Todas débiles. Todas conocidas.

La chica nueva de la habitación de al lado debería dejar de forcejear. Debería rendirse, y así él se portaría mejor. En caso contrario, acabaría como la otra chica. Y como la anterior. Las cosas no irían a mejor, no cambiarían.

Las cosas habían cambiado para ella. En lugar de la salchicha de Viena y el pan rancio que le había metido por la boca los primeros días, ahora dejaba que comiera por sí misma. Se sentaba en la cama y se comía una hamburguesa de McDonald's con patatas fritas. Él se sentaba en la silla, con el cuchillo en el regazo, observándola mientras masticaba.

¿Era imaginación suya o su cuerpo se estaba curando? Ahora dormía más profundamente. Las primeras semanas —o meses— no hacía otra cosa que dormir, pero solo echaba cabezadas porque se despertaba aterrorizada. Ahora, por el contrario, había ocasiones en que cuando él entraba en la habitación tenía que despertarla.

Lo hacía empujándola con suavidad en el hombro. Luego le acariciaba la mejilla y le pasaba la tibia esponja, cuidando esmeradamente de su cuerpo. La lavaba, rezaba por ella, la hacía sentirse plena.

Pensaba en su vida en las calles, cuando trabajaba para Juice, cuando las chicas intercambiaban historias sobre los tipos malos que se encontraban. Hablaban de aquellos con los que había que tener cuidado, de aquellos a los que nunca se les veía venir, de esos que te ponían un cuchillo en la cara, de los que intentaban introducirte todo el puño en tus partes, de los que llevaban un pañal, de los que querían pintarte las uñas.

Teniendo en cuenta todo eso, ¿de verdad era tan malo aquel hombre?

Capítulo doce

En la actualidad. Martes

*E*l sol de la mañana acababa de salir cuando Will echó atrás el asiento del pasajero del Mini de Faith. Habían encontrado un cuerpo, probablemente la estudiante que había desaparecido de Georgia Tech, y él estaba desperdiciando el tiempo ajustando los tornillos de un coche de payaso para que su cabeza no diese con el techo.

Faith esperó hasta que se abrochó el cinturón de seguridad.

—Tienes un aspecto horrible.

Will la miró. Llevaba su uniforme reglamentario del GBI: pantalones caqui, camisa azul marino y su Glock enfundada a la altura del muslo.

—Gracias.

Faith condujo marcha atrás por la entrada. Las ruedas golpearon contra el bordillo. No dijo nada, lo cual resultaba un tanto extraño. A Faith le gustaba charlar, curiosear. Sin embargo, esa mañana, por alguna razón, no hacía ninguna de las dos cosas. Él debería preocuparse por eso, pero ya tenía demasiados problemas en la cabeza: la inútil noche que había pasado en el sótano; su discusión con Sara; el hecho de que su padre hubiese salido de prisión; lo que le ocultaba Amanda; el cadáver en Techwood; el beso que le había dado a su esposa.

Se llevó los dedos a la boca. Se había limpiado el carmín con una toallita de papel, pero aún podía notar el sabor amargo de los residuos químicos.

—Ha habido un accidente en este lado de North Avenue —dijo Faith—. ¿Te importa si tomo el camino más largo por Ansley?

Will negó con la cabeza.

—¿No has dormido?

—Un poco.

—Echaste de menos a...

Faith se tocó la mejilla. Al ver que Will no respondía, bajó el espejo para que se mirase.

Will miró su reflejo en el espejo. Tenía un trozo pequeño de barba que había quedado sin afeitar esa mañana. Miró sus ojos. Los tenía enrojecidos. Sin duda, más de uno comentaría su mal aspecto.

—Este asesinato en Techwood —empezó Faith—. Donnelly fue el primero en responder.

Will puso el espejo en su sitio. El detective Leo Donnelly había sido compañero de Faith cuando ella trabajó en la Brigada de Homicidios del Departamento de Policía de Atlanta. Era un poco pesado, pero su mayor pecado era su mediocridad.

—¿Has hablado con él?

—No, solo Amanda. —Se detuvo para darle a Will la oportunidad de preguntarle qué había dicho. En su lugar, añadió—: He sabido lo de tu padre.

Will miró por la ventana. Faith había hecho algo más que tomar el camino más largo. Había mejores rutas para evitar North Avenue y llegar a Techwood. Había tomado las carreteras secundarias hasta Monroe Drive. Estaban bordeando Piedmont Park y dirigiéndose hacia Ansley. Eran las seis en punto de la mañana. No había ningún accidente en North Avenue.

—Mamá me lo dijo anoche —dijo Faith—. Me necesitaba para hacer una llamada telefónica.

Will observó las casas y los edificios de apartamentos. Pasaron por la clínica veterinaria donde vacunaban a *Betty*.

—Hay un hombre con el que salí hace tiempo. Creo que lo llegaste a conocer. Sam Lawson. Es periodista del *AJC*.

El *Atlanta Journal Constitution*. Will no quería pensar en las razones que habían impulsado a Evelyn Mitchell a pedirle eso. Dedujo que Amanda estaría haciendo algún movimiento maquiavélico, intentando adelantarse a lo que publicasen los periódicos. Sara leía el *AJC* todas las mañanas. Era la única persona que conocía a la que aún le llevaban a casa los periódicos. ¿Lo averiguaría de esa forma? Will podía imaginar su llamada telefónica, si es que le llamaba, porque puede que no lo hiciera. Puede que lo viese como una oportunidad para dejar lo que había empezado. Era una mujer inteligente.

—Así es cómo Amanda se enteró de que le habían concedido la libertad condicional a tu padre. —Se detuvo, anticipando de nuevo una respuesta—. Sam llamó a su oficina y solicitó una cita.

185

Quería saber qué pensaba sobre su puesta en libertad. —Faith se detuvo en un semáforo rojo—. No va a publicarlo. Le di algunos detalles sobre una banda de motoristas que han sido arrestados por echar carreras a las puertas de una escuela. Aparece en la primera página. Sam no volverá a hablar de ello.

Will miró la franja oscurecida de Ansley Mall. Las tiendas de la planta de arriba aún estaban cerradas. Las luces iluminaban el césped de abajo. Notó una extraña sensación, como si lo estuviesen llevando al hospital para operarlo, para quitarle un trozo de su cuerpo. Tendría que recuperarse de eso, encontrar la forma de aclimatar sus sentidos para no sentir el hueco que le había quedado.

—¿Qué te ha pasado en las manos? —preguntó Faith.

Will intentó doblar los dedos, pero le dolieron nada más flexionarlos. El tobillo le palpitaba con cada latido de su corazón. Todo su cuerpo se resentía de la aventura en el sótano.

Faith tomó la empinada curva que llevaba a Fourteenth Street.

—En cualquier caso, yo investigaré su caso.

Will estaba más que familiarizado con los delitos de su padre.

—Esquivó una bala. El caso Furman contra Georgia fue a principios de los setenta.

—En el 72 —corrigió Will. El Tribunal Supremo había suspendido temporalmente la pena de muerte. Unos años antes o después, y su padre habría sido condenado a muerte por el estado de Georgia. Añadió—: Gary Gilmore fue el primer hombre ejecutado después de Furman.

—Un asesino itinerante, ¿verdad? ¿Fue en Utah? —A Faith le encantaba leer sobre asesinatos en masa. Era una afición desafortunada que a veces resultaba muy útil.

—¿Se le llama itinerante cuando las víctimas son solo dos personas? —preguntó Will.

—Siempre que el tiempo entre una y otra sea muy breve.

—Pensaba que tenían que ser tres.

—Entonces es un asesino en serie.

Faith sacó su iPhone. Envió un mensaje con el pulgar mientras esperaba para tomar una desviación prohibida hacia Peachtree.

Will miró Fourteenth Street. No podía ver el hotel desde ese punto, pero sabía que el Four Seasons estaba dos manzanas más allá. Quizá por eso Faith había tomado esa dirección. Sabía que su padre se alojaba en ese hotel. Will se preguntó si aún estaría en la cama. Había estado en prisión durante más de treinta años. Le resultaría imposible quedarse hasta muy tarde. Puede que ya hubiese pedido que le subieran el desayuno a la habitación. Angie le dijo que iba al gimnasio todas las mañanas. Estaría corriendo en la cinta, viendo algún programa matinal y planeando lo que iba a hacer ese día.

—Como te decía. Dos o más y lo califican de itinerante. —Faith soltó el iPhone en el recipiente para los vasos y se pasó el semáforo—. ¿Podemos hablar ahora de tu padre?

—¿Sabías que Peachtree Street es la divisoria continental de Georgia? —dijo Will señalando el lateral de la carretera—. La lluvia que cae en ese lado de la carretera va al Atlántico; la que cae en el otro, al Golfo. Ya sabes que confundo los lados, pero espero que me entiendas.

—Es fascinante, Will.

—He besado a Angie.

Faith casi se sube a la acera. Dio un volantazo para volver al carril. Guardó silencio antes de refunfuñar:

—Eres un puñetero idiota.

Tenía toda la razón. Así se sentía.

—¿Y ahora qué vas a hacer?

—No lo sé. —Miró de nuevo por la ventana. Se estaban dirigiendo al centro—. Creo que debo decírselo a Sara.

—No lo hagas —replicó Faith—. ¿Estás loco? Te mandará al carajo.

Probablemente sería lo más sensato por su parte. No había forma de que pudiese explicarle a Sara que el viejo cliché era cierto esa vez: el beso no significó nada. Por su parte, solo le sirvió para recordarle que Sara era la única mujer con la que quería estar; puede que la primera mujer con la que había querido estar de verdad. Para Angie, el beso había sido algo así como si un perro levantase la pata para mear en una boca de incendios.

—¿Quieres estar con Angie?

—No —respondió negando con la cabeza.

—¿Hubo algo más?

Will recordó que le había tocado el pecho.

—No... —No pensaba darle detalles a Faith—. No hubo contacto...

—Vale, ya lo cojo. —Torció en North Avenue—. Dios santo, Will.

187

Esperó a que continuase.

—No se lo puedes decir a Sara.

—No puedo ocultarle nada.

Faith se rio tan alto que a él mismo le dolieron los oídos.

—¿Me estás tomando el pelo? ¿Acaso sabe lo de tu padre? Acaso sabe que él...

—No.

Faith no se molestó en ocultar su incredulidad.

—Entonces no le digas la verdad sobre eso.

—Es distinto.

—¿Crees que Angie se lo dirá?

Will negó con la cabeza. El código ético de Angie no era fácil de descifrar, pero sabía que no le diría nada a Sara sobre el beso. Seguro que prefería utilizarlo para torturarle a él.

Faith fue directa al grano.

—Si no va a suceder de nuevo y no significó nada, entonces tendrás que decidir entre vivir con la culpabilidad o sin Sara.

Will no quería hablar más sobre el asunto. Miró de nuevo por la ventanilla. Se habían detenido en un semáforo en rojo. Las luces estaban encendidas en Varsity. Al cabo de pocas horas, los empleados estarían limpiando los contenedores, estampando números en los coches y recibiendo pedidos. La señora Flannigan solía llevar a los niños mayores a Varsity una vez al mes. Era un premio por su buen comportamiento.

—¿Has intentado hablar alguna vez con los detectives que llevaron el caso de tu madre?

—Uno desapareció. Alguien me dijo que se trasladó a Miami. El otro murió de sida a principios de los ochenta.

—¿Alguno de ellos tenía familiares?

—Yo no encontré a ninguno.

Para ser sinceros, no lo había investigado. Era como rascarse una costra. Llegaba un momento en que empezaba a sangrar.

—Con todas las conversaciones que hemos tenido en los dos últimos años, jamás me has hablado de eso. No puedo creerlo.

Will dejó que ella se preguntase por qué.

Faith cruzó la interestatal. Las residencias para los atletas que se habían construido para las Olimpiadas mostraban ahora el logotipo de Georgia Tech. El viejo estadio se estaba remodelando. Las calles estaban recién pavimentadas. Había dibujos hechos con ladrillos en las aceras. Incluso a esas horas de la mañana, había estudiantes practicando *jogging*. Faith torció en el semáforo siguiente. Conocía muy bien esa zona. Su hijo estudiaba en Georgia Tech, su madre había obtenido su doctorado allí y ella había estudiado los cuatro cursos de su carrera en ella, por eso estaba lo suficientemente cualificada para trabajar en el GBI.

Faith sacó un trozo de papel del parasol. Will vio que había escrito una dirección. Redujo la velocidad del coche murmurando: «Centennial Park North... por aquí». Finalmente, giró en una calle lateral, reduciendo al subir una colina. La zona estaba repleta de edificios de apartamentos de lujo y de casas grandes. Los coches aparcados en la calle eran de gama alta: Toyotas, Fords, algún que otro BMW. El césped estaba bien cortado. Los aleros y las ventanas estaban pintados de blanco mate. Había antenas parabólicas en algunos balcones. El complejo estaba diseñado para personas con diferentes ingresos económicos, cosa que significaba que un puñado de gente pobre vivía en las unidades menos deseadas, y que las demás se habían reservado para los ricos. Will pensó que algunos estudiantes de familias acomodadas vivirían allí, en lugar de en las residencias, donde se alojaba el hijo de Faith.

—Zell Miller Center —leyó Faith en una placa—. Clark Howell Community Building. Por aquí.

189

Redujo el coche a la mínima velocidad. Ya no necesitaba ver la dirección. Había dos coches patrulla bloqueando la calle. Una cinta amarilla impedía el paso a los residentes. Muchos estaban en bata o en pijama. Algunos que practicaban *jogging* se habían detenido para ver qué sucedía.

Faith tuvo que recorrer algunas manzanas para encontrar un aparcamiento. Se subió a una acera y tiró del freno de mano. Luego se dirigió a Will y le preguntó:

—¿Te encuentras bien?

Pensaba ignorar la pregunta, pero no le pareció justo.

—Ya veremos —respondió.

Salió del coche antes de que ella pudiera decir nada más.

Las farolas de la calle aún estaban encendidas, suplementando la luz del amanecer. Dos helicópteros de prensa revoloteaban encima de sus cabezas. El zumbido de sus palas producía un sonido blanco. Había muchos periodistas acampados a pie de la calle. Tenían las cámaras apoyadas en sus trípodes. Las presentadoras se retocaban el maquillaje y revisaban sus notas.

Will no esperó a Faith. Retrocedió hasta la escena del crimen, donde vio a Amanda Wagner esperando.

Tenía el brazo en cabestrillo, la única señal de que había pasado la noche en el hospital. Estaba de pie, en la acera, vestida con su falda monocromática de costumbre, su blusa y su chaqueta. Dos corpulentos agentes de patrulla la miraban y asentían mientras ella les daba órdenes. Parecían jugadores de rugby apiñados antes de iniciar una jugada de ataque.

Cuando Faith y Will se acercaron a ella, los agentes se alejaron a toda prisa hacia los transeúntes, probablemente para anotar algunos nombres, tomar algunas fotos y poderlas pasar por la base de datos. Amanda enfocaba sus investigaciones a la vieja usanza. No confiaba en las muestras de sangre o en mechones de pelo para convencer al jurado. Investigaba el caso hasta llegar a una conclusión que ningún ser humano pudiera refutar.

No perdió el tiempo en cortesías.

—No te quiero aquí.

—Entonces, ¿para qué me has llamado?

—Porque sabía que no te mantendrías al margen.

Amanda no esperó una respuesta. Se dio la vuelta y se dirigió al edificio comunitario. Will se puso a su altura con suma facilidad, a pesar de su andar ligero. Faith mantuvo la distancia, algo poco habitual.

—Nos están obstaculizando los trámites burocráticos —dijo Amanda—. Como sabes, esta zona solía ser un suburbio. El estado lo desalojó para los Juegos Olímpicos. El Ayuntamiento se llevó una parte del pastel. La Tech, otra. El Departamento de Parques también. La Autoridad de la Vivienda. El Registro Histórico, lo cual resulta irrisorio porque no ha existido nunca. Tenemos más jurisdicciones que furgonetas de prensa. El Departamento de Policía de Atlanta es el encargado de llevar el caso por el momento, pero son nuestros técnicos y nuestro médico forense los que están recopilando las pruebas.

—Quiero ver la autopsia.

—Pasarán horas antes de que...

—Esperaré.

—¿Crees que es buena idea?

Will pensó que era una idea horrible, pero eso no se lo iba a impedir.

—Tienes que interrogarle.

—¿Por qué crees que debo hacerlo?

El hecho de que su voz sonase tan razonable hizo que Will sintiera ganas de abofetearla.

—Tú has leído el expediente de mi padre.

Ella se detuvo y le miró.

—Sí.

—Entonces, ¿supongo que no creerás que es una coincidencia que él haya salido de prisión y se haya encontrado a una estudiante muerta en Techwood?

—Las coincidencias se dan en todo momento. —Su certeza de costumbre mostraba ciertas flaquezas—. No puedo arrestarle sin una causa probable, Will. ¿Has oído hablar de los procesos reglamentarios? ¿De la Cuarta Enmienda?

—Eso jamás ha sido un obstáculo para ti.

—He descubierto que está dentro del ámbito de los hombres ricos y blancos evitar esos aspectos tan desagradables.

Will se dio cuenta de que lo había arrinconado.

—Aun así…

—Basta —replicó Amanda. Continuó caminando—. Tenemos una identificación probable de Ashleigh Snyder. Han encontrado su bolso en el contenedor. Sus tarjetas de crédito estaban dentro, pero no su carné, ni el dinero.

—Eso me resulta familiar.

—Benditas sean las Leyes Shunshine.

La ley de libertad de información de Georgia era una de las más liberales del país. Los reclusos eran unos verdaderos fans de ella.

—Se aloja en el hotel Four Seasons —dijo Will.

—Ya lo sé. Le perdimos el rastro durante dos horas ayer por la tarde, pero ya me he asegurado de que no vuelva a ocurrir.

—Lleva fuera casi dos meses.

Amanda no respondió de inmediato.

—Nunca he comprendido que dejen en libertad a alguien por buen comportamiento. Si estás en prisión, ¿no debes comportarte bien todo el tiempo?

—Nadie me dijo que había salido.

—Eso es lo que pasa cuando se tiene un expediente de menores cerrado. No te lo pueden notificar a menos que preguntes.

—Se suponía que debía morir allí.

—Lo sé.

Uno de los agentes gritó:

—¿Doctora Wagner?

—Vosotros dos seguid.

Ella esperó hasta que el agente estuvo a su lado.

191

Will continuó caminando. Faith tuvo que apresurar el paso para alcanzarle.

—¿Qué sucede?

Él solo pudo mover la cabeza cuando entraron en el aparcamiento. Una cuesta los llevaba hasta la planta baja. En la parte de atrás, había un grupo de detectives formando un semicírculo alrededor del cuerpo. La mujer estaba delante de una enorme zona para los contenedores. Unas paredes de ladrillo circunvalaban el contenedor. Las enormes puertas metálicas estaban abiertas y el candado colgaba del pestillo, con la anilla rota. Alguien lo había marcado con una etiqueta amarilla para poderlo catalogar como prueba.

Will miró a su alrededor. Se sintió observado. O quizá solo estaba un poco paranoico. Registró detenidamente la zona. El centro comunitario estaba en el lado opuesto del aparcamiento. Había más apartamentos bordeando el perímetro. Las puertas blancas de los garajes parecían dientes que contrastaban con los ladrillos rojos. A lo lejos se veía una zona de juegos, con túneles y columpios de colores. El edificio de Coca-Cola dominaba el horizonte.

192

Si miraba por detrás de la interestatal, veía la fachada color salmón del hotel Four Seasons.

—Otro caso resuelto por el glorioso GBI —dijo Leo Donnelly riendo con el cigarrillo en la boca.

Como de costumbre, el detective de Homicidios vestía un traje color marrón claro que probablemente ya estaría arrugado cuando lo cogió del suelo esa mañana. Su nuevo compañero, un chico llamado Jamal Hodge, saludó a Faith.

Leo le guiñó un ojo.

—Veo que sigues teniendo unos buenos pechos, Mitchell. ¿Aún le estás dando de mamar?

—Vete a la mierda, Leo —respondió Faith, sacando su libreta del bolso—. ¿Cuándo hicieron la llamada?

Él también sacó la suya.

—A las cuatro y treinta y ocho de la madrugada. El conserje vino para hacer su turno, la vio y flipó. Se llama Otay Keehole.

—Utay Keo —corrigió Jamal.

—Vaya con el empollón este —respondió Leo lanzándole una mirada desagradable—. Ooo-Tay es un estudiante de la Tech. Tiene veinticuatro años. Vive con su mamá, de alquiler. Sin antecedentes.

—¿La estaba buscando? —preguntó Faith.

—No es probable —respondió Jamal.

Leo hizo ademán de cerrar su libreta de notas. Le dio una calada a su cigarrillo mientras miraba a Jamal.

—El chico ha estado dos años en Camboya. Se sacó la visa de estudiante. Presentó voluntariamente sus huellas dactilares y su ADN. No tiene antecedentes, ni motivos. Estoy seguro de que se fue de putas en sus buenos tiempos (quién no), pero no tiene ni coche. Cogió aquí el autobús.

—¿Has identificado a la víctima por sus tarjetas de crédito? —preguntó Will.

Jamal levantó las manos, indicando que Leo era quien debía responder.

—Estamos casi seguros de que es Snyder —dijo Leo—. Tiene la cara hecha un Cristo, pero su pelo rubio la delata.

—¿Se lo habéis notificado a la familia?

—Su madre está muerta. Su padre viene de regreso de un viaje de negocios en Salt Lake. Llegará esta tarde.

—Hemos pedido el historial dental —añadió Jamal.

—Bien hecho, gracias —murmuró Faith.

Probablemente, estaba pensando en el largo viaje de regreso de su padre, en el momento en que la viese en el depósito y su vida cambiase para siempre.

Todos se giraron hacia el contenedor. La multitud se había dispersado, por lo que los técnicos forenses podían empezar la ardua tarea de procesar la escena.

Will observó el cuerpo retorcido de la mujer. Su pelo rubio le cubría la cara. Estaba de espaldas, con los brazos abiertos y las muñecas mirando al cielo. Tenía el rostro hecho un desastre, probablemente irreconocible hasta para sus amigas más íntimas. Llevaba las uñas pintadas de rojo brillante. La sangre hacía que tuviera la ropa pegada al cuerpo. Will podía deducir lo que tenía debajo de su ajustada camiseta y de su falda estampada.

—Hay algo que no se ve todos los días: el asesino le ha aporreado el estómago hasta sacarle los intestinos. Eso no se ve ni en YouTube. —Se rio entre dientes—. Al menos hasta que aprenda a manejar la cámara de mi móvil.

—Que Dios se apiade de nosotros —murmuró Jamal. Se dirigió hacia Charlie Reed, el investigador de escenas criminales del GBI.

—Venga, Hodge —dijo Leo a sus espaldas—. Es gracioso.

—Usa el cerebro, Leo —advirtió Faith—. ¿O es que quieres cabrear al nieto del jefe adjunto?

Will miró a Faith. Su voz sonaba algo temblorosa. Jamás le había gustado estar cerca de los cadáveres, pero lograba dominarse. Si se derrumbaba, aunque fuese ligeramente, Leo, o alguien como él, haría que todo el mundo se riera de ella en el recuento de la mañana. En cierta ocasión, Faith le había dicho a Will que trabajar con Leo era como mirar a un monito que no sabía ni entrechocar los platillos.

Will se dio cuenta de que no era el momento oportuno para preguntarle si se encontraba bien. En su lugar, se arrodilló al lado del cuerpo, manteniendo la distancia para no contaminar la zona. Los fotógrafos de la escena criminal no esperaron a que saliera el sol. Sus ordenadores y sus cámaras digitales estaban sobre una mesa plegable. Una de las mujeres encendió el generador de diésel. Las luces de xenón parpadearon. La mano de la víctima contrastó con el asfalto. El esmalte rojo de sus uñas brillaba como si aún estuviese húmedo.

Faith se dirigió a Leo.

194

—¿Qué es ese edificio? ¿Continúa siendo el centro comunitario?

—No lo sé —respondió encogiéndose de hombros—. Creo que lo llamaron así después de aquel tío de la radio.

Will se levantó demasiado rápido y sintió un leve mareo.

—Clark Howell era el editor del *Atlanta Constitution*.

—¿De verdad?

—Hoy en día, está repleto de fascinantes banalidades —señaló Faith—. ¿Tienes alguna pista?

—¿Y a ti qué te importa?

Faith se puso en jarras.

—No seas capullo, Leo. Ya sabes que es un caso estatal. ¿Tienes alguna pista o tengo que preguntárselo a Jamal?

Leo continuó, aunque de mala gana.

—Hice algunas llamadas, lo consulté con la estación central. No hay nadie en nuestros archivos que, a base de golpes, le haya sacado los intestinos a una chica. —Se rio de su propio chiste—. Literalmente.

—¿Tenía la víctima algún enemigo?

—Sobre eso seguro que vosotros sabéis más que yo.

—¿Problemas con drogas?

Leo esnifó y se frotó la nariz.

—Por lo que sé, nada serio.

—¿Coca o metanfetaminas?

—Es una estudiante. ¿A ti qué te parece?

—Metanfetamina —concluyó Faith—. Y abstente de generalizar. Mi hijo va a la Tech y no toma nada más fuerte que Red Bull.

—Seguro.

—Faith —llamó Amanda. Estaba al final del aparcamiento, haciéndoles un gesto.

Faith le lanzó una mirada malévola a Leo mientras se dirigía hacia Amanda.

—No hace falta que me den las gracias, oficiales —les gritó Leo—. Ha sido todo un placer.

Amanda estaba rebuscando en su bolso cuando se aproximaron. Sacó su BlackBerry. La funda aún estaba rota por la caída. Miró los mensajes de correo mientras hablaba.

—Un agente ha encontrado a un corredor que vio una furgoneta sospechosa, pequeña y verde, por la zona después de las cuatro de la madrugada.

—¿Y acaba de llegar? —preguntó Faith mirando la hora—. ¿Ha estado corriendo durante dos horas?

—Esa es una buena pregunta para empezar. Vive allí, en el apartamento 2-6-20. —Amanda señaló el edificio que había al otro lado de la calle—. Asegúrate de que escriba algo. Todas las T están cruzadas y las I llevan punto.

—Yo hablaré con él —dijo Will, haciendo ademán de marcharse, pero Amanda le detuvo.

—Faith, hazlo tú.

La mujer le lanzó una mirada de disculpa antes de dirigirse al edificio de apartamentos.

Amanda levantó el dedo para que Will mantuviera la boca cerrada. Leyó unos cuantos mensajes más antes de meter la Black-Berry en el bolso.

—Sabes de sobra que no puedes trabajar en este caso.

—No sé cómo me lo vas a impedir.

—Todo tiene que hacerse debidamente. No podemos permitir que nos lo desbaraten en el juicio.

—La última vez se sostuvo en el tribunal y, aun así, ha salido.

—Bienvenido al sistema de justicia criminal. Pensaba que ya lo conocías.

Will miró al otro lado de la interestatal. Pronto sería hora

195

punta. Los coches empezaban a quedarse atascados en los catorce carriles. Vio una señal que indicaba el camino a uno de los hospitales Emory. Sara había ido a la Universidad de Emory. El Grady formaba parte de su sistema de enseñanza. En ese momento, se estaría arreglando para ir al trabajo, duchándose, secándose el pelo. Will normalmente les daba un paseo a los perros antes de que ella se marchase. Se preguntó si echaba de menos eso.

—Dame tiempo para hacer las cosas bien —dijo Amanda—. Tenemos que hacerlo como es debido.

Will negó con la cabeza. No le importaban los medios, solo el fin.

—Tenemos que trabajar en su caso desde el principio.

—¿Y qué crees que he estado haciendo? Tengo dos equipos en esto desde que me enteré. Estamos trabajando con un lapsus de más de treinta años en una ciudad que se derriba cada cinco. Su viejo refugio es ahora un edificio de oficinas de doce plantas.

—Lo comprobaré. Faith puede acompañarme.

—Ya lo han examinado de arriba abajo.

—Sí, pero yo no.

Amanda no le estaba mirando. Al igual que Will, observaba la interestatal. Móvil, medios y oportunidad: ese era su mantra.

—Sabes que él tenía esas tres cosas.

Amanda asintió con la cabeza. Si Will no la hubiera estado observando, no se habría percatado. La observó detenidamente. Parecía tan cansada como él. Tenía ojeras y el maquillaje se le había metido en las arrugas de la boca y de los ojos.

—Tengo que decir que me ha encantado lo que has hecho con el sótano.

Will apretó las manos. Los cortes se abrieron en sus dedos.

—¿Encontraste lo que andabas buscando?

Su mandíbula chasqueó cuando abrió la boca para hablar.

—¿Qué hacías allí?

—Eso es una pregunta interesante.

—¿Hace cuánto tiempo que sabes lo de mi padre?

—Trabajas para mí, Will. Mi obligación es saberlo todo de ti.

—¿Por qué te llamó ese periodista?

—Supongo que lo consideraba una buena historia, ya que tú escogiste el camino de la ley y el orden. Surgiste de las cenizas. El símbolo de Atlanta es el fénix. Te viene como anillo al dedo.

Will se giró y se dirigió de nuevo a North Avenue, hacia el puente que había sobre la interestatal. La zancada de Amanda era la mitad de pequeña que la de Will, por lo que tuvo que esforzarse para ponerse a su lado.

—¿Adónde vas? —preguntó.

—A hablar con mi padre.

—¿Para qué?

—Tú has leído el archivo. Ya sabes que tiene un patrón. Mata a una y se queda con otra. Probablemente, ya la habrá cogido.

—¿Debo emitir una orden de búsqueda por una prostituta desaparecida?

Se estaba mofando de él.

—Sabes que está buscando a otra chica.

—Ya te he dicho que lo estamos vigilando. No ha salido de la habitación.

—Excepto ayer por la tarde.

Amanda dejó de intentar alcanzarle.

—No vas a hablar con él.

Will se giró. Amanda jamás alzaba la voz, ni gritaba, ni pateaba, ni maldecía. Lograba asustar a todo el mundo con su reputación. Por primera vez desde hacía quince años, vio lo que realmente era. No era nada. Una anciana con un brazo en cabestrillo y un montón de secretos que se llevaría a la tumba.

—He emitido una orden de arresto contra ti si pones un pie en ese hotel. ¿Me entiendes?

Will la miró con odio.

—Debería haber dejado que te pudrieras en ese sótano.

—Oh, Will —dijo con voz de arrepentimiento—. Tengo la sensación de que, cuando todo esto acabe, ambos vamos a desear que lo hubieras hecho.

197

Capítulo trece

Suzanna Ford

En la actualidad

*E*chaba de menos *Mira quién baila*. Echaba de menos a *Bobbo*, su perrito, que había muerto cuando ella tenía diez años. Añoraba a su abuela, que murió cuando Suzanna tenía once, y a su abuelo, que murió pocos meses después. Echaba de menos a *Adam*, el pez de colores que murió la misma noche que lo trajo de la tienda. Se lo encontró flotando de lado en la pecera. Tenía los ojos tan ausentes que pudo ver su reflejo en ellos.

Suzanna llamó a la tienda para quejarse.

—Tíralo por el váter —dijo el gerente—. Ven mañana y te daremos otro.

Suzanna no se sintió cómoda con aquella idea. No era lo correcto. ¿Acaso *Adam* no significaba nada? ¿Era reemplazable? ¿Podía meter otro pez en la pecera y olvidarse de que había existido? ¿Podía llamarle Adam también? ¿Alimentarlo con su comida? ¿Dejar que nadase por el cofre del tesoro y el castillo de coral rosado de Adam?

Al final tuvo que resignarse. Lo tiró por el váter. Cuando el agua dibujó esos círculos, vio cómo levantaba su aleta. La órbita de cristal de sus ojos se giró hacia ella y vio algo parecido al pánico.

En sueños, Suzanna era el pez. Era *Adam Primero*, ya que la tentación había sido muy grande, y al día siguiente fue a la tienda para que le dieran a *Adam Segundo*.

Ese era su sueño.

Suzanna Primera, impotente, mirando al techo mientras daba vueltas y vueltas hasta desaparecer por el desagüe.

Capítulo catorce

Lunes 14 de julio de 1975

Amanda se apoyó en su Plymouth mientras esperaba a Evelyn en el aparcamiento del edificio Sears. El aire no se movía en aquel subterráneo. El frío que desprendían las paredes de cemento no bastaba para mitigar el sofocante calor. Eran las siete de la mañana y ya podía notar cómo le caía el sudor por la nuca y se le metía por el cuello.

Ni Evelyn ni ella habían asistido a la barbacoa después de salir del depósito el sábado por la tarde. Hank Bennett. La chica sin identificar. Las uñas pintadas de rojo. El hioides fracturado. Había muchas cosas que procesar y ninguna de ellas parecía capaz de entablar una conversación coherente. Hablaron con monosílabos. Amanda por las cosas que había visto con Pete Hanson, y Evelyn —probablemente— por lo incómoda que se había sentido al ver de nuevo a Rick Landry. Las razones eran lo de menos. Evelyn regresó con su marido, y Amanda se marchó a su apartamento vacío.

El domingo trajo una agradable sensación de normalidad. Amanda le preparó el desayuno a su padre. Después fueron a la iglesia. Más tarde preparó la cena. Duke, durante todo el día, estuvo más animado. Incluso hizo algunas bromas sobre el predicador. Se sentía más optimista con respecto a su caso. Había hablado con su abogado una vez más y le había dicho que la reincorporación de Lars Oglethorpe era una buena noticia para todos los hombres que Reginald Eaves había despedido.

Amanda dudaba que lo fuese para ella.

La camioneta de Evelyn giró bruscamente, haciendo chirriar los neumáticos en el asfalto. Aparcó al lado del Plymouth y, por la ventanilla abierta, le preguntó:

—¿Te llamó Kenny ayer?

Amanda sintió una oleada de pánico.

—¿Para qué me iba a llamar?

—Le di tu teléfono.

Amanda estaba tan aturdida que se limitó a mirarla.

—¿Por qué le has dado mi número de teléfono?

—Porque me lo pidió, tonta. ¿Por qué te sorprende tanto? ¿Y por qué te quedas ahí pasmada?

Amanda movió la cabeza mientras entraba en el coche. Los hombres como Kenny Mitchell no pedían su número de teléfono.

—Es muy amable de tu parte que trates de incitarle, pero no pierdas el tiempo con devaneos inútiles.

—Tú puedes... —Evelyn se detuvo, pero solo por unos instantes antes de soltarle—: Tú puedes usar Tampax, ¿verdad que sí?

Amanda se llevó los dedos a los párpados, sin preocuparle si eso le estropearía el maquillaje.

—Si te digo que sí, ¿cambiarás de tema?

A Evelyn no resultaba fácil disuadirla.

—Pete es un médico de verdad. Puede prescribirte lo que quieras sin hacer preguntas, y si le das unos dólares al chico de la Plaza Pharmacy, no dirá nada.

Amanda se abanicó la cara. Dentro del coche, el calor resultaba incluso más sofocante. Intentó no pensar en la llamada que había recibido el día anterior en su apartamento vacío.

—Ya es legal, cariño. No tienes que estar casada para conseguir anticonceptivos.

Esta vez, la risa de Amanda fue de lo más genuina.

—Creo que estás sacando muchas conclusiones.

—Puede, pero es divertido, ¿verdad?

En realidad, resultaba humillante, pero Amanda intentó ocultar tal cosa mirando de nuevo su reloj.

—¿Eso te ha tenido ocupada todo el domingo o has tenido tiempo para pensar en lo que hemos estado haciendo?

Evelyn puso los ojos en blanco.

—¿Estás de broma? Es en lo único que he podido pensar durante la última semana. Esta mañana estaba tan distraída que le he puesto sal al café de Bill, en lugar de azúcar. El pobrecillo se tomó media taza antes de darse cuenta. —Se detuvo para respirar—. ¿Y tú?

—He estado revisando las notas de Butch —dijo sacando su libreta del bolso—. ¿Ves esto de aquí? —Señaló la página para que le resultase más fácil a Evelyn. Las letras «IC» estaban señaladas un par de veces con un círculo.

—Informante confidencial —dijo Evelyn. Pasó las páginas hacia atrás—. ¿Dice algo más? ¿Un nombre?

—No, pero muchos casos de Butch se basan en la información proporcionada por los informantes. —De hecho, sucedía así en la mayoría de ellos. Por lo visto, se le daba muy bien encontrar delincuentes y tipejos dispuestos a soltar lo que sabían con tal de no entrar en prisión—. Nunca menciona sus fuentes.

—Muy astuto por su parte. —Miró las páginas, deteniéndose en un dibujo rudimentario que había hecho del apartamento de Jane Delray—. Se ha saltado el cuarto de baño. ¿Registraría el lugar? —Ella misma respondió a su pregunta—. Por supuesto que no. ¿Para qué iba a hacerlo?

Amanda miró el reloj. No quería llegar tarde al recuento.

—Deberíamos revisar lo que vamos a hacer hoy. Yo puedo llamar a mi amiga en la Autoridad de la Vivienda cuando llegue al trabajo. Puede que averigüemos quién alquiló el apartamento.

Evelyn guardó silencio durante un instante mientras cambiaba de marcha.

—Yo llamaré a Cindy Murray en Five Points y veré si tiene tiempo para comprobar la caja de carnés confiscados y encontrar el de Lucy Bennett. Al menos tendríamos una fotografía de ella.

—No sé si servirá de algo. Pete tiene que firmar la identificación que proporcionó su propio hermano. —Ni Evelyn ni ella tuvieron el valor suficiente para rebatir la identificación de Hank Bennett—. Bennett no la había visto desde hace cinco o seis años. ¿Crees que se dio cuenta de que no era Lucy?

—Creo que lo único que le importaba era no llegar tarde a la cena.

Ambas se quedaron en silencio. Amanda tenía una sensación que iba y venía. Las ideas bailaban y desaparecían. Costaba trabajo poder asimilarlo todo.

Evelyn compartía la misma sensación.

—Bill y yo comenzamos un rompecabezas anoche: los puentes del Pacific Northwest —dijo—. Zeke lo escogió el mes pasado para el Día del Padre. Pensé: «Así es cómo me llevo sintiendo toda la semana. Hay muchas piezas sueltas y, si lograse ponerlas juntas, probablemente vería toda la imagen».

—Entiendo lo que quieres decir. Lo único que hago es hacerme preguntas, pero no encuentro una respuesta satisfactoria a ninguna de ellas.

—Escucha, tengo una idea descabellada.

201

—¿De verdad? No sabes lo que me sorprende.

Evelyn esbozó una mueca sarcástica y se giró para rebuscar en el asiento trasero de la furgoneta.

—¿Qué haces?

Apoyó el cuerpo en el asiento trasero y levantó las piernas. Amanda apartó los pies de su cara. Miró a su alrededor con la esperanza de que nadie las estuviese observando.

—Evelyn, ¿qué narices...?

—Ya lo tengo —dijo regresando a su asiento. Tenía un paquete de papeles de colores—. Las ceras de Zeke están aplastadas en la alfombra. Déjame un bolígrafo. —Abrió la puerta.

Amanda salió del coche y la siguió hasta la parte frontal de la camioneta. Evelyn cogió un trozo de papel de la parte superior del paquete y, con el bolígrafo de Amanda, escribió: «HANK BENNETT» en la página. Luego escribió: «LUCY BENNETT», y después «JANE DELRAY». Luego añadió a «MARY» y «KITTY TREADWELL» al grupo, y posteriormente a «HODGE», «JUICE/DWAYNE MATHISON» y, al final, a «ANDREW TREADWELL».

—¿Qué haces? —preguntó Amanda.

—Piezas de rompecabezas. —Esparció las páginas de colores sobre la capota del coche y añadió—: Vamos a juntarlas.

Amanda se dio cuenta de lo que pretendía. La idea no tenía nada de descabellada.

—Debemos hacerlo cronológicamente. —Movió los nombres mientras hablaba—. Hank Bennett vino a la comisaría, y luego el sargento Hodge nos envió a Techwood. Escribe otro papel con la palabra Tech. —Evelyn hizo lo que le pedía—. Tenemos que subcategorizar estas.

Amanda cogió el bolígrafo y empezó a rellenar los detalles: fechas, horas, lo que les habían dicho. El motor de la camioneta emitió un ruido seco por el calor. La capota de metal le quemaba la piel.

—Voy a hacer un cronograma —sugirió Evelyn.

Amanda le dio el bolígrafo. Señaló las diferentes páginas mientras relataba en voz alta la secuencia.

—Hank Bennett fue a ver al sargento Hodge el lunes pasado. Hodge nos envió a Techwood para tomar declaración de una violación. —Miró a Evelyn—. Hodge no nos dijo después por qué nos había enviado. Obviamente, no hubo violación alguna. ¿Por qué nos enviaría allí?

—Volveré a preguntárselo esta mañana, pero no me dijo nada las últimas cuatro veces.

Amanda sintió la necesidad de decirle:

—Ha sido muy valiente por tu parte.

—¿Para lo que ha servido? —Evelyn hizo caso omiso del cumplido—. Juice, el chulo, no debe estar aquí.

—A menos que fuese él quien mató a Jane.

—No creo que lo hiciera. Probablemente, estaría bajo arresto cuando sucedió. O recibiendo su merecido por haberse resistido al arresto.

—De acuerdo, pongámoslo aquí como una posibilidad remota —dijo Amanda desplazando a Juice a la periferia—. Estamos en el apartamento en Techwood. Jane nos dice que han desaparecido tres chicas: Lucy Bennett, Kitty, que más tarde descubrimos que es Treadwell, y Mary, cuyo apellido desconocemos.

—Así es.

Evelyn anotó la información, escribiendo sus nombres al lado del de Jane Delray.

—Días después, Jane es asesinada.

—Pero se la confunde con Lucy —corrigió Evelyn—. Pondré un asterisco al lado de su nombre, pero lo dejaremos así para verlo más claro.

—Vale. Una persona que se cree que es Lucy Bennett es asesinada.

—Me pregunto si su hermano tiene un seguro de vida a su nombre.

Amanda pensó que, por el hecho de estar casada con un hombre que se dedicaba a los seguros, pensaba en esas cosas.

—¿Hay alguna forma de comprobarlo? ¿Un registro?

—Se lo preguntaré a Bill, pero solo para informarme. Teniendo en cuenta la vida que llevaba Lucy, ¿para qué iba a matarla si probablemente moriría a causa de las drogas? —Evelyn miró el cronograma—. No es un móvil que valga la pena.

—Móvil. —Había algo que no habían tenido en cuenta—. ¿Por qué alguien querría asesinar a Jane?

—¿Estamos asumiendo que el asesino sabía que estaba matando a Jane?

A Amanda le empezaba a doler la cabeza.

—Creo que debemos pensar que fue así, al menos hasta que se demuestre lo contrario.

—De acuerdo. Entonces el móvil es que Jane era un estorbo.

—Sí, pero la última persona a la que molestó, aparte de nosotras, fue a Juice, y si hay algo que sé sobre los chulos es que no matan a sus chicas. Las prefieren tener trabajando. Eso les da más beneficios.

—Llamaré a la prisión para ver cuándo salió Juice, solo para asegurarme —dijo Evelyn, que se dio un golpecito en el mentón con el bolígrafo—. Es posible que el asesino fuese alguien que la vio hablando con nosotras en Techwood. El complejo se revolucionó cuando llegamos. Todo el mundo debía saber que estaba hablando con dos agentes de policía.

Amanda se sintió incómoda al pensar que podía haber sido responsable de su muerte.

—Anótalo como posibilidad.

—Odio pensar que tuvimos algo que ver con eso. Pero, desde luego, no se dedicaba a preparar galletas para la asociación de padres y profesores.

—No —dijo Amanda mostrando su acuerdo, pero Evelyn solo había visto las fotografías—. ¿Alguna vez te has hecho la manicura?

Evelyn se miró las uñas, que solo tenían una capa de esmalte transparente.

—Bill me pagó una sesión la Navidad pasada. La verdad es que no disfruté mucho viendo que una extraña me tocaba las manos.

—Las uñas de Jane eran perfectas. Las tenía limadas y pulidas. Yo no sería capaz de hacer un trabajo así.

—Aquella manicura fue ridículamente cara. No me imagino a Jane con dinero para pagarse algo así.

—No, y si lo tuviera, se lo gastaría en drogas, no en hacerse la manicura. —Amanda recordó algo y añadió—: Pete me comentó algo interesante sobre el agresor. Dijo que estaba furioso, descontrolado.

—¿Cómo lo sabe?

—Por el aspecto que tenía Jane. Le habían dado una paliza. —Amanda trató de recordar todos los detalles, pero le resultaba más fácil hablar de ellos con Evelyn—. Creo que debemos seguir preguntándonos qué clase de persona puede hacer algo así. Y luego cómo lo hizo. Obviamente, utilizó los puños, pero también tenía un martillo. Rompió el cerrojo para acceder al tejado. Eso nos obliga a plantearnos cómo pudo engañarla. No es que fuese una chica muy brillante, pero sabía cuidar de sí misma.

—Quién, cómo y por qué —resumió Evelyn—. Son buenas preguntas. Si Juice no es la respuesta, entonces ¿quién? Puede que fuese alguien que Jane conocía de antes, un cliente que sabía dónde vivía. —Evelyn volvió a dar golpecitos con el bolígrafo—. De momento, esto es lo que sabemos: llamó a la puerta, le hizo la manicura y luego la tiró por el tejado.

—La estranguló antes de tirarla.

—¿Te lo dijo Pete? —preguntó Evelyn—. Eso parece lo más plausible. Jane chilló como un cerdo cuando la pateaste, y apenas fue un golpecito.

—No dijiste lo mismo entonces.

—Estaba asustada —admitió Evelyn—. Lo siento.

—No pasa nada. Quizá podamos preguntar y ver si hay algún chulo que se dedica a estrangular.

—Conozco a una mujer que trabaja de agente encubierta en el centro. Le preguntaremos para ver qué sabe. Pero, aunque haya un tipo al que le gusta estrangular, y algo me dice que hay más de uno, ¿cómo vamos a saber su verdadero nombre? Y si descubrimos cómo se llama, ¿cómo lo vamos a vincular con Jane?

—Pete sacó un trozo de piel de debajo de la uña de Jane. Dijo que se podía comparar con el grupo sanguíneo del sospechoso y ver si es un secretor o no.

—El ochenta por ciento de la población son secretores. Y casi el cuarenta por ciento son cero positivo. Eso no nos servirá de mucho.

—No lo sabía —admitió Amanda. A Evelyn se le daban mucho mejor las estadísticas que a ella—. Revisemos de nuevo el rompecabezas, antes de que lleguemos tarde al trabajo. —Amanda continuó donde lo habían dejado—. Después nos encontramos con el señor del traje azul, alias Hank Bennett, en el depósito. Admitió no haber visto a su hermana desde hacía muchos años, lo que explica que no pudiera identificarla.

—Bueno, supongo que es un tipo demasiado arrogante para admitir que no puede.

Esa también era una posibilidad.

—Aun así me extraña que Lucy Bennett no tuviera antecedentes. Lleva trabajando en las calles al menos un año, puede que más.

—Ni tampoco Kitty Treadwell —dijo Evelyn, avergonzada—. Pedí un informe por radio mientras venía hacia aquí. Comprobaron todas las variaciones posibles. No había ningún dato sobre Kitty Treadwell.

—¿Y de Jane Delray?

—La arrestaron dos veces hace años, pero nada reciente-mente.

—Entonces tendrán sus huellas en los archivos.

—No —respondió Evelyn frunciendo el ceño—. Han lim-piado muchos archivos viejos.

—Muy conveniente. —Amanda actualizó la información de-bajo del nombre de cada chica—. Tenemos que centrarnos en An-drew Treadwell. Es abogado. Amigo del alcalde. ¿Qué más sabe-mos de él?

—Jane nos dio a entender que era tío de Kitty. Dijo clara-mente que Kitty era rica, y que su familia tenía contactos.

—En aquel artículo de periódico, se decía que Andrew Tread-well solo tenía una hija —recalcó Amanda.

—Es uno de los mejores abogados de la ciudad. Y política-mente tiene mucho poder. Si tenía una hija chuleada por un ne-gro, ¿crees que lo diría? En mi opinión, lo más probable es que utilizara su dinero y su influencia para ocultarlo.

—Tienes razón —afirmó Amanda. Miró el diagrama—. ¿No te resulta extraño que Lucy y Kitty trabajen en la calle y que una de ellas tenga un hermano que trabaja para el tío de la otra?

—Quizá se conocieron en un grupo de autoayuda —bromeó Evelyn—: Prostitutas Anónimas.

Amanda puso los ojos en blanco.

—¿Seguimos asumiendo que Andrew Treadwell fue el que en-vió a Hank Bennett para que hablase con Hodge el lunes pasado?

—Yo sí. ¿Y tú?

Amanda también asintió.

—Lo que respalda tu teoría de que Andrew Treadwell no quiere que se le relacione con Kitty. Pero puede que nos equivo-quemos. ¿A quién querría ocultar su relación si no es a sus com-pinches del Ayuntamiento?

—Bennett es un tipo difícil —farfulló Evelyn—. Es uno de los hombres más arrogantes que he conocido. Y eso es mucho te-niendo en cuenta las personas para las que trabajamos.

Amanda intentó recordar las respuestas escuetas de Hank Bennett fuera del depósito. Debería haberlas anotado.

—Bennett dijo que le había enviado una carta a su hermana a la Union Mission. ¿Te acuerdas si mencionó cuándo?

—Sí, cuando su padre falleció, el año pasado, por esta misma época. Lo que me recuerda que Jane dijo que Lucy llevaba desapa-recida cosa de un año.

Amanda anotó esa información debajo del nombre de Lucy.

—Cuando le preguntaste si conocía el nombre de Kitty Tread-well, nos dijo que tuviéramos cuidado sobre dónde metíamos las narices.

—Trask —recordó Evelyn—. Así se llamaba el hombre con el que habló en la Union Mission.

—Dijo Trask o Trent —corrigió Amanda. Recordaba ese nombre porque el apellido de soltera de su madre era Trent.

—Bueno, de momento lo llamaremos como sea —dijo Evelyn.

—Trask —sugirió Amanda.

—Vale. Trask le dijo a Bennett que le había dado la carta a Lucy, lo que significa que debía de conocerla. Si trabaja en la Union Mission, tiene que conocer a todas las chicas. Joder, Amanda —dijo con tono de estar devastada—, ¿por qué no pensamos primero en ir a la Union Mission? Todos los drogadictos van allí cuando necesitan un descanso. Es su Acapulco.

—La Mission está al subir la calle —le recordó Amanda—. Aún podemos hablar con Trask y ver si recuerda algo de Lucy o de Jane.

—Si recuerda algo, puede que nos diga si Lucy está viva y en qué esquina trabaja, y por qué la gente anda diciendo que ha sido asesinada. —Evelyn miró su reloj—. Tengo que presentarme en Model City, pero podemos vernos allí dentro de media hora.

—Eso me dará tiempo de sobra para llamar a la Autoridad para la Vivienda y para pensar qué voy a hacer con Peterson.

—Estoy segura de que a Vanessa no le importará irse con él.

Amanda guardó el bolígrafo en su bolso.

—Tengo la sensación de que se está cociendo algo malo.

—Es posible. Intentaré preguntarle de nuevo a Hodge, pero dudo que me diga algo. —Cogió el puñado de papeles de colores y los agrupó—. Yo también tengo un mal presentimiento sobre todo esto.

—¿Qué quieres decir?

—Creo que, en cualquier caso, Lucy Bennett está muerta.

—Sí, pero puede que sea por las drogas, no por ningún delito.

—¿Te has enterado de las chicas de Texas que desaparecieron en la autopista I-45?

—No. ¿Qué ha pasado?

—Una docena o más —dijo Evelyn—. No saben seguro ni dónde están los cuerpos.

—¿Cómo te enteras de esas cosas?

Sonrió sin ninguna vergüenza.

—En la revista *True Crime*.

Amanda suspiró mientras la observaba subir a la camioneta.

—Te veo en la Mission —dijo.

—De acuerdo. —Evelyn salió despacio del aparcamiento—. Yo no me preocuparía mucho por Vanessa —dijo a través de la ventanilla abierta—. ¿Quién crees que me habló del chico de la plaza Pharmacy?

—¡Mandy! —gritó Vanessa en cuanto entró en la comisaría.

Amanda se abrió camino entre la multitud. La comisaría estaba llena. Faltaban unos minutos para el recuento. Amanda miró en la oficina del sargento, pero estaba vacía.

—¡Date prisa!

Vanessa estaba una vez más sentada en la parte de atrás, dando brincos en la silla. Llevaba puestos unos pantalones, una blusa estampada y la pistola enfundada en la cintura. Llevaba zapatos de hombre. Amanda empezaba a preguntarse si debería preocuparse por el sexo al que pertenecía Vanessa. Al menos llevaba sostén.

—Mira lo que tengo.

Le mostró una tarjeta de crédito como si fuese un lingote de oro. Amanda reconoció el logotipo de los almacenes Franklin Simon. Luego se quedó boquiabierta al ver las letras ribeteadas en oro que decían: VANESSA LIVINGSTON.

—¿Cómo la has…? —Amanda se dejó caer en la silla. Casi tenía miedo de tocar la tarjeta—. ¿Es de verdad?

—Por supuesto —exclamó Vanessa.

Amanda no podía dejar de mirar la tarjeta.

—¿Me estás tomando el pelo? —Miró a su alrededor para ver si alguien las observaba. Nadie parecía interesado—. ¿Cómo la has conseguido?

—Rachel Foster, que trabaja de operadora, me habló de ella. Lo único que tienes que hacer es presentarles seis meses de tus recibos de nómina.

—¿Me tomas el pelo? —Amanda no había podido alquilar su apartamento sin el aval de Duke. Si no fuese porque el Ayuntamiento le proporcionaba un coche, tendría que ir a pie—. ¿Te la dan solo con eso? ¿Así de sencillo?

—Sí.

—No te pidieron que hablases con tu marido, ni con tu padre ni...

—No.

Amanda seguía sin creérselo. Le devolvió la tarjeta. Franklin Simon era de lo mejor, pero estaban destinados a la bancarrota si concedían créditos de forma tan sencilla.

—Perdona, ¿puedes hacerme el favor de patrullar con Peterson hoy?

—Por supuesto.

—¿No me preguntas por qué?

El sonido gutural de alguien vomitando resonó en la sala. Otros hombres le imitaron. Butch Bonnie entró en la comisaría, con los puños en alto, como si fuese Mohamed Alí. Amanda se había olvidado de lo enfermo que se había puesto en la escena del crimen el viernes anterior. Al parecer, al resto de los agentes no les había sucedido eso. Aplaudieron y se rieron. Incluso se oyeron ovaciones por parte de los negros que había en la sala. Butch dio la vuelta en señal de victoria mientras se dirigía hacia Amanda.

Se apoyó en la mesa.

—Hola, muñeca, ¿tienes lo mío?

Amanda buscó el informe en su bolso. Dejó las hojas en la mesa, a su lado.

—¿Qué te pasa? ¿Estás con el periodo?

—Es por lo que tu compañero le hizo a Evelyn Mitchell —replicó Amanda—. Es un salvaje.

Butch se rascó la mejilla. Parecía cansado, llevaba la ropa arrugada e iba sin afeitar. Sus poros desprendían un fuerte olor a alcohol y tabaco.

Amanda le devolvió la mirada.

—¿Quieres algo más?

—Por Dios, Mandy. No seas tan dura. Su mujer ya le da bastante la monserga en su casa. No necesita que otra le esté buscando las vueltas en el trabajo.

Amanda no se amilanó.

—Tus notas tienen un error material.

Butch se puso un cigarrillo en la boca.

—¿De qué hablas?

—Dices que identificaste a Lucy Bennett por un carné que había en su bolso. La lista de pruebas no menciona ningún carné.

—Joder —farfulló. Comparó las notas de su libreta con el informe mecanografiado—. Sí, tienes razón.

—¿Cómo identificaste a la víctima?

Butch bajó el tono de voz.

—Por un confidente.

—¿Quién?

—Eso no es asunto tuyo. Tú limítate a corregir el informe.

—Ya sabes que no se puede cambiar la lista de pruebas. La copian por triplicado.

—Entonces di que alguien la reconoció —dijo devolviéndole el informe—. Había un testigo en la escena. Llámale Jigaboo Jones. O como quieras. Pero que funcione.

—¿Estás seguro? Tú eres el que tienes que firmar en la parte de abajo.

Parecía nervioso, pero dijo:

—Sí, seguro. Tú hazlo.

—Butch. —Amanda le detuvo antes de que se marchase—. Dime una cosa: ¿cómo supo Hank Bennett que su hermana estaba muerta? Normalmente, lo especificas en tus notas, pero esta vez lo has omitido. —Amanda le presionó un poco más—. Lucy no tenía antecedentes, por eso me extraña que Landry y tú encontraseis a un pariente cercano tan rápido.

Butch la miró fijamente, sin parpadear. Ella casi podía ver cómo su cabeza empezaba a maquinar. No sabía si él se estaba haciendo esa pregunta o preguntándose por qué se la hacía ella. Al final, dijo:

—No lo sé.

Ella le observó, tratando de detectar duplicidad.

—Me parece que me estás ocultando algo.

—Joder, Mandy, desde que andas con Evelyn Mitchell no hay quien te aguante. —Se levantó de la mesa—. Devuélveme el informe mañana a primera hora. —Esperó a que ella asintiera y luego se dirigió a la parte delantera de la sala.

—Guau —dijo Vanessa, que había estado inusualmente callada—. ¿Qué pasa entre tú y Butch?

Amanda negó con la cabeza.

—Tengo que hacer una llamada telefónica.

Había dos teléfonos en la parte delantera de la sala, pero Amanda no quiso abrirse paso entre la multitud, ni encontrarse con Rick Landry, que acababa de entrar en la comisaría. El reloj de la pared marcaba las ocho en punto. El sargento Woody aún no había llegado, cosa que no le sorprendió. Tenía fama de echar un trago antes del trabajo, así que decidió utilizar su oficina.

Poca cosa había cambiado desde que Luther Hodge había dejado vacante la oficina. Había muchos papeles esparcidos encima de la mesa. El cenicero estaba a rebosar. Woody ni siquiera se había molestado en conseguir una nueva taza de café.

Amanda se sentó a la mesa y buscó en el bolso su libreta de direcciones. La piel de cuero estaba agrietada. Buscó la C y deslizó el dedo hasta encontrar el número de Pam Canele en la Autoridad para la Vivienda. No es que fuesen amigas íntimas —Pam era italiana—, pero Amanda había ayudado a su sobrina cuando se metió en problemas unos años antes. Amanda esperaba que le devolviese el favor.

Miró la sala de recuento antes de marcar el número de Pam, y luego esperó mientras transferían la llamada.

—Canale —dijo Pam, pero Amanda colgó.

El sargento Luther Hodge se dirigía hacia la oficina. Su oficina.

Amanda se levantó tan rápido que la silla chocó contra la pared.

—Señorita Wagner —dijo Hodge—, ¿ha habido algún ascenso del cual no se me ha informado?

—No —respondió Amanda. Luego añadió—: señor. —Dio la vuelta a la mesa—. Disculpe, señor. Estaba haciendo una llamada. —Se detuvo, tratando de no parecer tan nerviosa, pero estaba anonadada—. ¿Lo han vuelto a trasladar aquí?

—Sí. —Esperó a que ella se apartase de su camino para poder ocupar su asiento—. Supongo que pensará que me quiero quedar con el puesto de su padre.

Amanda estaba a punto de marcharse, pero se quedó paralizada.

—No, señor. Solo estaba haciendo una llamada telefónica. —Recordó lo valiente que había sido Evelyn al plantarle cara—. ¿Por qué nos envió a Techwood la semana pasada?

Hodge estaba a punto de sentarse, pero se quedó a medio camino, con la mano en la corbata.

—Nos dijo que investigásemos una violación, pero no hubo ninguna.

Él se sentó, pausadamente. Le señaló la silla.

—Siéntese, señorita Wagner.

Amanda hizo ademán de cerrar la puerta.

—No, déjela abierta.

Obedeció y se sentó al otro lado de la mesa.

211

—¿Está tratando de intimidarme, señorita Wagner?

—Yo...

—Ya sé que su padre aún tiene muchos amigos en este departamento, pero quiero que sepa que yo no me dejo intimidar. ¿Le queda claro?

—¿Intimidar?

—Señorita Wagner, puede que no sea de aquí, pero puedo asegurarle una cosa, y puede decírsela a su padre: este negro no va a volver a trabajar en los campos.

Amanda notó que la boca se le abría, pero no pudo pronunciar ni una palabra.

—Y ahora váyase.

Amanda se quedó inmóvil.

—¿Tengo que ordenárselo de nuevo?

Amanda se levantó. Se dirigió hacia la puerta abierta. Sus emociones contrapuestas la obligaban a seguir andando, reflexionar sobre el asunto en privado y formular una respuesta más razonable de la que salió de su boca.

—Solo intentaba hacer mi trabajo.

Hodge había empezado a escribir algo en un trozo de papel. Probablemente, una solicitud para transferirla a Perry Homes. Se detuvo, la miró y permaneció a la espera.

Las palabras salieron aturulladas de su boca.

—Yo quiero trabajar. Ser buena... Hacer bien... —Trató de detenerse para poner en orden sus ideas—. La chica que nos dijo que interrogásemos. Se llamaba Jane Delray. No fue violada ni maltratada. No tenía ni el más mínimo arañazo. Estaba perfectamente.

Hodge la observó durante unos instantes. Dejó el bolígrafo. Se recostó sobre la silla y cruzó las manos sobre el estómago.

—Su chulo entró. Le apodan Juice. Echó a Jane del apartamento. Intentó acercarse de forma sugestiva a mí y a Evelyn. Lo arrestamos.

Hodge continuaba mirándola fijamente. Al final, asintió.

—El viernes pasado encontraron a esa mujer muerta en Techwood Homes. Jane Delray. Dijeron que se había suicidado, pero el forense me dijo que la habían estrangulado y que luego la arrojaron desde el tejado.

Hodge seguía mirándola.

—Creo que se confunde.

—No, no me confundo.

212

A pesar de haber pronunciado esas palabras, se cuestionó a sí misma. ¿Estaba segura de que la víctima no era Lucy Bennett? ¿Era posible afirmar que el cadáver que había en el depósito era el de Jane Delray? Hank Bennett estaba seguro de haber identificado a su hermana, pero la cara, las marcas en su cuerpo y las cicatrices en las muñecas lo contradecían.

—La víctima no era Lucy Bennett, sino Jane Delray —concluyó.

Sus palabras flotaron en la enrarecida atmósfera. Amanda evitó utilizar evasivas. Fue la lección más difícil que tuvo que aprender en la academia. Por naturaleza, las mujeres tienden a restarle importancia a las cosas, a pacificar. Habían pasado horas levantando la voz, aprendiendo a dar órdenes en lugar de hacer peticiones.

Hodge levantó el dedo.

—¿Qué piensa hacer ahora?

Amanda dejó salir el aire de sus pulmones.

—Voy a reunirme con Evelyn Mitchell en la Union Mission. Todas las prostitutas terminan allí más tarde o más temprano. Es su México.

Hodge frunció el ceño al oír la analogía. Amanda prosiguió:

—Tiene que haber alguien en la Union Mission que conociera a las chicas.

Hodge continuaba observándola.

—¿Por qué habla en plural?

Amanda se mordió el labio. Echaba de menos la presencia de Evelyn. A ella se le daban mucho mejor esas cosas. Aun así, no estaba dispuesta a rendirse.

—El hombre con el que usted habló el lunes pasado. El abogado con traje azul. Se llama Hank Bennett. Usted pensó que lo enviaba Andrew Treadwell. —Hodge no la contradijo, por eso ella prosiguió—: Creo que vino buscando a su hermana, Lucy Bennett.

—Vaya. Y una semana más tarde la encuentra.

La afirmación de Hodge los dejó en silencio. Amanda intentó analizar qué significaba, pero algo más importante le vino a la cabeza. Rick Landry entró apresuradamente en la oficina. Apestaba a whisky. Tiró el cigarrillo al suelo.

—Dígale a esta puñetera zorra que no meta las narices en mi caso.

Si Hodge se sintió intimidado, no lo mostró en absoluto. Con un tono de voz razonable, preguntó:

—¿Quién es usted?

213

Landry se quedó visiblemente perplejo.

—Rick Landry. De Homicidios. —Miró a Hodge—. ¿Dónde está Hoyt?

—Imagino que el sargento Woody se estará bebiendo su desayuno en la central.

Una vez más, lo cogió desprevenido. En el cuerpo de policía, lo normal era no meterse en los problemas que pudiera tener alguien con la bebida.

—Esto es un caso de homicidio. No tiene nada que ver con ella. Ni con la zorra y bocazas con la que anda.

—¿Homicidio? —Hodge se detuvo más de lo necesario—. Tenía la impresión de que la señorita Bennett se había suicidado. —Rebuscó entre los papeles de su escritorio hasta encontrar el que estaba buscando—. Sí, aquí está su informe preliminar. Suicidio. —Le tendió el papel—. ¿Es esa su firma, oficial?

—Detective. —Landry le quitó el informe de la mano—. Y, como usted dice, preliminar. —Hizo una bola con el papel y se la metió en el bolsillo—. Le daré el informe final después.

—Entonces, ¿el caso sigue abierto? ¿Usted cree que Lucy Bennett fue asesinada?

214

Landry miró a Amanda.

—Necesito más tiempo.

—Tómese todo el tiempo que necesite, detective. —Hodge abrió las manos como si estuviera poniéndole el mundo a los pies. Al ver que no se marchaba, añadió—: ¿Algo más?

Landry le lanzó una mirada fulminante a Amanda antes de marcharse. Cerró de un portazo. Hodge miró la puerta cerrada, y luego a Amanda.

—¿Por qué vino Hank Bennett el lunes pasado? —preguntó Amanda.

—Esa es una buena pregunta.

—¿Por qué quería que fuésemos al apartamento de Kitty?

—Otra buena pregunta.

—Usted no nos dio ningún nombre, solo una dirección.

—Así es —señaló cogiendo el lápiz—. Usted puede saltarse el recuento.

Amanda permaneció sentada, sin comprender.

—Le he dicho que puede saltarse el recuento, señorita Wagner. —Continuó con el papeleo. Al ver que Amanda no se marchaba, levantó la cabeza y añadió—: ¿No decía que tenía que investigar un caso?

Amanda se levantó, ayudándose del brazo de la silla. La puerta estaba atascada. Tuvo que empujar para abrirla. Mantuvo la mirada hacia delante mientras recorría la sala de recuento y salía por la puerta. Su determinación casi se vino abajo cuando sacaba su Plymouth del aparcamiento. Podía ver a los agentes a través del panel de cristal roto. Algunos agentes patrulla la observaron marcharse.

Amanda se dirigió a Highland. Su respiración no se normalizó hasta que llegó a Ponce de León y tomó la dirección hacia la Union Mission. Todavía faltaban diez minutos para que Evelyn se reuniera con ella. Quizá podía utilizar ese tiempo para procesar lo que acababa de suceder. El problema es que no sabía por dónde empezar. Necesitaba tiempo para asimilarlo. Y aún tenía que hacer esa llamada.

La Trust Company que había en la esquina de Ponce y Monroe tenía algunas cabinas fuera del edificio. Amanda entró en el aparcamiento. Metió el coche marcha atrás y se quedó sentada con las manos pegadas al volante. No había nada que tuviera el menor sentido. ¿Por qué Hodge le hablaba en clave? No parecía estar asustado. ¿Intentaba ayudarla o desanimarla?

215

Encontró algunas monedas en la cartera y cogió su libreta de direcciones. Había dos cabinas que no funcionaban. La última aceptó la moneda. Volvió a marcar el número de Pam y escuchó el timbre. Después de sonar veinte veces, cuando ya estaba a punto de colgar, finalmente respondió.

—Canale.

Parecía más agobiada incluso que antes.

—Pam, soy Amanda Wagner.

Transcurrieron unos segundos hasta que Pam pareció reconocerla.

—Mandy. ¿Cómo estás? Joder, no me digas que Mimi se ha metido en algún lío.

Se refería a Mimi Mitideri, la sobrina que casi se escapa con un cadete de la armada.

—No, no es nada de eso. Te llamo para ver si me puedes hacer un favor.

Parecía aliviada, aunque seguro que se pasaba el día escuchando a gente que le pedían favores.

—Dime.

—Me preguntaba si podías buscar un nombre o un apartamento. —Amanda se percató de que no estaba siendo suficientemente clara. No había pensado en la conversación—. Es un apartamento de Techwood Homes; apartamento C. Está en la quinta planta en la hilera de edificios...

—Espera un momento. No hay letra C en Techwood. Solo números.

Amanda controló la tentación de preguntarle dónde podía averiguar esos números.

—¿Puedes mirar entonces un nombre? ¿Una tal Katherine, Kate o Kitty Treadwell?

—No buscamos por nombres. Buscamos por el número de asignación.

Amanda suspiró.

—Temía que dijeras algo así. —Se sintió impotente—. Ni siquiera estoy segura de saber su nombre correcto. Hay, o mejor dicho, había tres chicas viviendo allí. Puede que más.

—Espera un momento —dijo Pam—. ¿Son parientes?

—Lo dudo. Son prostitutas.

—¿Todas en el mismo apartamento? Eso no se permite a menos que sean parientes. E, incluso si lo son, rara vez quieren compartir piso. Mienten todo el tiempo.

Se oyó un ruido al otro extremo de la línea. Pam tapó el micrófono mientras mantenía una conversación con alguien. Cuando volvió a hablar, su voz sonó más clara:

—Háblame del apartamento. ¿Has dicho que estaba en la última planta?

—Sí, en la quinta.

—Son apartamentos de una sola habitación. A una chica sola no se le asignaría un apartamento así a menos que tuviera un hijo.

—No había ningún niño. Solo tres mujeres. Creo que eran tres. Puede que más.

Pam gruñó. Cuando habló, lo hizo susurrando.

—En ocasiones, a mi supervisor se le puede persuadir.

Amanda estuvo a punto de preguntarle qué quería decir, pero luego se dio cuenta.

Pam habló más fríamente.

—Deberían ponerme al cargo. Yo no cambiaría un apartamento en la planta de arriba por una mamada.

Amanda soltó una carcajada consternada, si es que eso era posible.

—Bueno, gracias, Pam. Sé que tienes mucho trabajo.

—Si consigues el número del apartamento, dímelo. Quizá pueda buscarlo. Me llevaría una o dos semanas, pero lo haré por ti.

—Gracias —repitió Amanda.

Colgó el teléfono, pero dejó la mano pegada al auricular. Había estado pensando en otras cosas mientras hablaba con Pam Canale. Era una situación parecida a cuando pierdes las llaves. Cuando dejas de buscarlas, te acuerdas de dónde están.

Pero solo había una forma de asegurarse.

Metió otra moneda en la ranura. Marcó un número que sabía de memoria. Duke Wagner nunca dejaba que el teléfono sonara más de dos veces. Lo cogió casi de inmediato.

—Hola, papá —dijo haciendo un esfuerzo, aunque no supo qué más decir.

Duke pareció alarmarse.

—¿Te encuentras bien? ¿Ha ocurrido algo?

—No, no —respondió, preguntándose por qué le había llamado. Era una completa locura.

—¿Mandy? ¿Qué sucede? ¿Estás en el hospital?

Amanda raras veces había visto a su padre asustado. Y no es que no se preocupase por el trabajo que desempeñaba, especialmente desde que no estaba allí para protegerla.

—¿Mandy? —Oyó que arrastraba una silla por el suelo de la cocina—. Dime qué sucede.

Aunque la invadió una sensación incómoda, se dio cuenta de que, por un momento, había disfrutado asustando a su padre.

—Estoy bien, papá. Solo quería hacerte una pregunta sobre… —No sabía cómo llamarla— política.

Duke parecía más aliviado, aunque algo irritado, cuando respondió:

—¿Y no podías esperar hasta la noche?

—No. —Amanda miró la calle. Los coches tenían encendidas las luces. Los hombres de negocios iban al trabajo. Las mujeres llevaban los niños a la escuela.

—Tuvimos un sargento nuevo la semana pasada. Uno de los muchachos de Reggie.

Duke hizo un comentario mordaz, como si ella no conociera de sobra sus sentimientos.

—Lo trasladaron al día siguiente. Hoyt Woody ocupó su puesto.

—Hoyt es un buen hombre.

—Bueno… —Amanda no terminó la frase. El comentario de

217

Duke le resultó empalagoso y desalentador, pero no tenía sentido hablar de eso—. El caso es que, a los pocos días, Hoyt fue trasladado de nuevo, y ahora, el antiguo sargento, el hombre de Reggie, ha vuelto.

—¿Y qué?

—¿No te resulta extraño?

—No tiene nada de particular. —Amanda oyó que encendía un cigarrillo—. Así funciona el sistema. Buscas a un hombre para hacer un trabajo determinado y luego lo trasladas para que se ocupe de algo distinto.

—No estoy segura de entenderte.

—Es como un lanzador. —A Duke siempre le gustaba usar el béisbol para sus metáforas—. No sabe batear. ¿Me comprendes?

—Sí.

—Por eso lo cambias por un bateador.

—Ya veo —dijo Amanda asintiendo.

Duke pensó que seguía sin comprenderle.

—Algo pasa en tu brigada. El muchacho de Reggie no cumple las órdenes, así que envían a Hoyt para que se encargue del asunto. —Se rio—. Es típico. Envían a un hombre blanco cuando necesitan que las cosas se hagan como es debido.

Amanda alejó el teléfono de su boca para que no la oyese suspirar.

—Gracias, papá. Tengo que volver al trabajo.

Duke no estaba dispuesto a olvidarse del asunto tan fácilmente.

—¿No te estarás metiendo en algo que no debes?

—No, papá. —Intentó cambiar de tema—. No te olvides de meter el pollo en la nevera sobre las diez. Se estropeará si lo dejas fuera todo el día.

—Lo capté cuando me lo dijiste por sexta vez —replicó bruscamente, pero en lugar de colgar, añadió—: Ten cuidado, Mandy.

Amanda raras veces escuchaba ese tono compasivo en su padre. De forma inexplicable, los ojos se le llenaron de lágrimas. Butch Bonnie tenía razón en una cosa: estaba a punto de tener la menstruación.

—Nos vemos esta noche —dijo.

Oyó un ruido seco cuando Duke colgó el teléfono.

Amanda hizo lo mismo. Cuando regresó al coche, sacó un pañuelo del bolso y se limpió la mano. Luego se secó la cara. El sol abrasaba sin piedad; sentía que se estaba derritiendo.

El sonido de una bocina rompió el silencio que reinaba en el coche. El Ford Falcon de Evelyn Mitchell se había detenido en un semáforo ámbar. Un camión de reparto le adelantó. El conductor le hizo un gesto obsceno.

—Dios santo —murmuró Amanda, metiendo la llave en el contacto.

Salió a la carretera y siguió a Evelyn por Ponce de León en dirección a la Union Mission. Evelyn giró lentamente para meterse en el aparcamiento. Amanda hizo lo mismo y salió del coche cuando Evelyn apagó el motor.

—No te matarás conduciendo así de lento —dijo Amanda.

—¿Te refieres a no superar el límite de velocidad? Ese camionero...

—Casi te mata —la interrumpió Amanda—. Este fin de semana te voy a llevar al estadio para darte una clase.

—Oh —respondió Evelyn, agradecida—. Aprovecharemos el día. Podemos comer juntas e ir de compras.

Amanda se quedó sorprendida por su entusiasmo. Cambió de tema.

—Hodge ha regresado a mi comisaría.

—Me extrañó no verle en Model City esta mañana —respondió Evelyn cerrando la puerta del coche—. ¿Por qué lo han trasladado de nuevo?

Amanda dudó sobre si debía contarle que había llamado a su padre. Finalmente, decidió que no.

—Es posible que los jefazos transfirieran a Hoyt Woody para hacer el trabajo sucio.

—¿Por qué iban a mandar a un hombre blanco? ¿No sería más apropiado enviar a uno de los hombres de Reggie y dejar que el asunto quedase en familia?

Era una buena pregunta, pero Evelyn no padecía el daltonismo de Duke. Hoyt Woody haría lo que le ordenasen con tal de congraciarse con los altos cargos. Luther Hodge puede que no fuese tan manipulable.

—Imagino que enviaron a Woody por la misma razón que Hodge envió a dos mujeres para hablar con Jane. Somos prescindibles. Nadie nos presta atención.

—Eso es verdad —respondió Evelyn. Se encogió de hombros en señal de resignación—. Entonces sustituyeron a Hodge durante unos días para que otro hiciera el trabajo sucio, y luego lo devolvieron a su puesto.

219

—Así es. Tu amiga en Five Points dijo que llamó a Seguridad cuando Jane Delray trató de cobrar los vales de Lucy. Seguridad está fuera del recinto de Five Points. La persona que la echó del edificio habrá escrito una nota de incidente. —Las notas de incidentes formaban parte de un sistema mayor que se utilizaba para hacer un seguimiento de los delincuentes sin importancia que aún no merecía la pena que fuesen arrestados—. Las notas se incluyen en un informe diario que llega a los cargos más altos. Alguien debió descubrir que Jane intentaba utilizar el nombre de Lucy.

Evelyn llegó a la misma conclusión que Amanda.

—Nos enviaron a Techwood para amedrentar a Jane.

—Hicimos un buen trabajo, ¿verdad que sí?

Evelyn se llevó la mano a la cabeza.

—Necesito una copa. Todo esto me está dando migrañas.

—Con eso te dolerá aún más.

Amanda le habló de su conversación telefónica con Pam Canale, del punto muerto al que había llegado. Luego le mencionó la conversación tan críptica que había mantenido con el sargento Hodge.

—Qué extraño —dijo Evelyn—. ¿Por qué Hodge no responde a nuestras preguntas?

—Creo que quiere que sigamos llevando el caso, pero no quiere que nadie crea que nos anima.

—Tienes razón. Es posible que Kitty no consiguiera ese apartamento en la planta de arriba haciendo favores sexuales. Puede que su tío o su padre tuvieran algo que ver.

—Si Kitty es la oveja negra de la familia Treadwell, no me cuesta trabajo imaginar a Andrew Treadwell haciendo lo posible para impedir que provocase algún problema. Le buscó un apartamento para ella sola. Consiguió que recibiera una asistencia social. Se aseguró de que tuviera bastante dinero para que no le molestase.

—No hay forma de que podamos hablar con Andrew Treadwell. No nos dejarían pasar de la entrada.

Amanda no se molestó en recalcar lo obvio.

—He hablado con mi amiga encubierta —dijo Evelyn—. Es justo lo que pensaba: sería más fácil encontrar a un hombre al que «no le gusta» estrangular a sus putas.

—Es deprimente.

—Lo sería si fueras una puta. Le dije que preguntase por si alguien conocía a uno que le gustase pintar las uñas.

—Muy inteligente de tu parte.

—Ya veremos si funciona. Le dije que me llamase a casa. Odiaría que alguien se enterase por la radio.

—¿Has averiguado si Juice estaba en prisión cuando asesinaron a Jane?

—Estaba en el Grady haciéndose un turbante por haberse resistido al arresto.

Amanda había oído ese término con anterioridad. Había muchos prisioneros que se despertaban en la sala de urgencias del Grady sin recordar cómo habían llegado hasta allí.

—Eso no es una coartada. Podría haber salido del hospital sin que nadie se diera cuenta.

—Tienes razón —admitió Evelyn.

Amanda parpadeó por la intensa luz del sol.

—No podemos pasarnos el día dándole vueltas al asunto.

—En eso también tienes razón. Acabemos con esto.

Evelyn señaló el feo edificio de una sola planta que tenían enfrente. La Union Mission fue en su época una carnicería.

—Acapulco. ¿De dónde has sacado eso?

—Vi un anuncio en la revista *Life*. Johnny Weissmuller tenía una casa allí. Era maravillosa.

—Tú y tus revistas.

Evelyn sonrió, pero luego se puso seria al mirar al edificio.

—¿Cómo vamos a llevar este asunto? Por lo que se sabe, Lucy Bennett se suicidó.

—Creo que debemos ceñirnos a eso, ¿no te parece?

—No tenemos otra opción.

Amanda estaba acostumbrada a no tener muchas opciones, pero eso no obstaculizaba su forma de hacer las cosas posteriormente. Se dirigió hacia la puerta principal. Oyó música funk en la radio. La fachada de vidrio tenía rejas. Había hileras de camas vacías en la sala delantera, unas veinte a lo largo y cuatro a lo ancho. No se permitía que las chicas estuvieran allí durante el día. Se suponía que debían estar buscando trabajo. La puerta principal estaba abierta y el olor que salía era tan desagradable como todo lo que había olido la semana pasada.

—¿En qué puedo ayudarla? —dijo un hombre en voz alta.

Iba vestido como un *hippie*, con gafas de sol a pesar de estar dentro de un edificio. Le colgaba un bigote rubio y largo, y llevaba puesto un sombrero de fieltro. Era muy alto y desgarbado, y andaba con suma lentitud.

—Se parece a Spike, el hermano de Snoopy —farfulló Evelyn. Amanda no mencionó que había pensado lo mismo. Se dirigió al hombre.

—Estamos buscando al señor Trask.

El hombre negó con la cabeza mientras se aproximaba.

—Aquí no hay ningún Trask, señoritas. Yo soy Trey Callahan.

—Trey —repitieron las dos al mismo tiempo.

Bennett al menos había estado cerca. Cualquiera sabía cómo las llamaría a ellas, si es que las llamaba de alguna forma.

—Díganme —dijo Callahan esbozando una sonrisa lacónica y metiéndose las manos en los bolsillos—. Imagino que alguna de las chicas se ha metido en problemas, y en ese caso no puedo ayudar. Soy neutral, como Suiza. ¿Me comprenden?

—Sí —dijo Evelyn. Al igual que Amanda, tuvo que levantar la cabeza para mirarle. Medía al menos un metro noventa—. Puede que esto le haga cambiar de opinión. Estamos aquí por Lucy Bennett.

Su actitud despreocupada desapareció.

—Así es. Haré lo que sea por ayudar. Que Dios se apiade de su angustiada alma.

—Esperábamos que pudiera decirnos algo de ella —dijo Amanda—. Para tener una idea de quién era y con quién se relacionaba.

—Pasen a mi oficina.

Se apartó para indicarles que debían pasar primero. A pesar de su aspecto de *hippie*, alguien le había enseñado buenos modales.

Amanda siguió a Evelyn hasta la oficina de Callahan. Era una habitación pequeña, pero alegre. Las paredes estaban pintadas de naranja brillante. Había pósteres de bandas de funk colgados por toda la habitación. Amanda se fijó en las cosas que tenía encima de la mesa: una fotografía enmarcada de una joven sosteniendo un cachorro de dóberman, un muelle de juguete oxidado, un grueso montón de hojas sujetas por una goma. Había un olor dulzón en la atmósfera. Amanda miró el cenicero y vio que lo habían vaciado hacía poco.

Callahan apagó la radio que había encima del escritorio. Les hizo un gesto para que se sentaran y esperó a que lo hicieran antes de sentarse él. Fue un gesto diplomático, pensó Amanda, ya que los ponía a todos al mismo nivel.

Evelyn sacó una libreta del bolso. Eso le dio un aire muy profesional.

—Señor Callahan, ¿qué cargo ocupa usted aquí?

—Soy el director, conserje, asesor laboral, párroco. —Extendió las manos señalando la oficina. Amanda se dio cuenta de que era más corpulento de lo que aparentaba a primera vista. Tenía la espalda ancha y ocupaba casi todo el asiento—. No me pagan mucho, pero me permite tener tiempo para trabajar en mi libro. —Puso la mano sobre un montón de papeles mecanografiados—. Estoy escribiendo una versión de *El desayuno de los campeones*, pero la acción se desarrolla en Atlanta.

Amanda sabía que no le convenía que hablase del proyecto. Sus profesores de la universidad podían hablar de ellos durante horas.

—¿Es usted el único que trabaja aquí?

—Mi novia trabaja en el turno de noche. Está terminando su carrera de Enfermería en Georgia Baptist. —Señaló la foto de la mujer y del perro, y esbozó la sonrisa de un vendedor de coches usados—. Les aseguro que aquí todo es legal.

Evelyn tomó nota, aunque no tenía relación alguna.

—¿Puedes hablarnos de Lucy Bennett?

Callahan parecía preocupado.

—Lucy era diferente a la clientela de costumbre. Para empezar, sabía hablar educadamente. Era dura, pero en el fondo tenía buen corazón. —Señaló la sala exterior, las camas vacías—. Muchas de estas chicas proceden de familias conflictivas. Les han hecho daño de alguna forma. Mucho daño. —Se detuvo—. ¿Sabe lo que quiero decir?

—Creo que sí —replicó Evelyn, como si estuviera acostumbrada a hablar con simbolismos todos los días—. ¿Se refiere a que Lucy no era como las demás chicas?

—A Lucy le habían hecho daño. Se notaba nada más verla, como a todas estas chicas. No se acaba en la calle por gusto.

Se echó sobre el respaldo de la silla. Tenía las piernas abiertas. Amanda se quedó fascinada al ver que, con solo cambiar de postura, dejaba de ser un muchacho y se transformaba en un hombre. Al principio pensó que tendría más o menos su edad, pero después de observarle detenidamente pensó que andaría cerca de los treinta.

—¿Tenía Lucy algunas amigas? —preguntó Evelyn.

—Estas chicas en realidad no son amigas —admitió Callahan—. Lucy pasaba el tiempo con su grupo. Su chulo era Dwayne Mathison, alias Juice. Pero no creo que les esté diciendo algo que no sepan.

223

Amanda cogió una pelusa invisible que tenía en la falda. La maquinaria de chismes del gueto era mucho más fluida que la del Departamento de Policía de Atlanta. Dedujo que sabía que Juice las había intentado violar.

—¿Cuándo fue la última vez que vio a Lucy? —preguntó Evelyn.

—Hace más o menos un año.

—Parece recordarla muy bien.

—Tenía debilidad por ella. —Levantó la mano—. Nada que ver con lo que están pensando. De eso nada. Lucy era inteligente. Hablábamos de literatura. Era una lectora empedernida. Soñaba con dejar esa vida algún día e ir a la universidad. Le hablé de mi libro. Incluso leyó algunas páginas. Le interesó. Captó lo que yo pretendía. —Se encogió de hombros y añadió—: Intenté ayudarla, pero no estaba preparada.

—¿Contactó alguna vez con su familia?

Aferró los brazos del sillón.

—¿Por eso están aquí?

Evelyn fingía mejor que Amanda que no sabía nada.

—No sé a qué se refiere.

—Al hermano de Lucy. ¿Os ha enviado para cerrarme la boca?

—No trabajamos para el señor Bennett —afirmó Amanda—. Él nos dijo que vino aquí en busca de su hermana. Solo queremos comprobarlo.

Callahan no respondió de inmediato.

—El año pasado se presentó un tipo dándose aires de importancia. Vestía muy elegante. Arrogante como él solo. —Era fácil saber que se refería a Hank Bennett—. Quería saber si le había dado a Lucy la carta que le había enviado.

—¿Se la dio?

—Por supuesto —dijo aflojando los brazos—. La pobre no podía ni abrirla. Le temblaban tanto las manos que se la metí en el bolso. No sé si la leyó, porque desapareció una o dos semanas después.

—¿Cuándo ocurrió eso?

—Ya le he dicho que hace más o menos un año. En agosto, o quizá julio. Recuerdo que aún hacía mucho calor.

—¿Y no había visto a Hank Bennett desde entonces?

—No, y me alegro. —Se revolvió en la silla—. Ni siquiera me estrechó la mano. Creo que temía perder su excelencia.

—Sé que ha pasado mucho tiempo —dijo Evelyn—, pero ¿recuerda con qué chicas solía ir Lucy?

—Uh… —Se levantó las gafas de sol y se frotó los ojos con los dedos, como si estuviera haciendo un esfuerzo por recordar—. Jane Delray, Mary no sé qué y… —se bajó de nuevo las gafas— Kitty no sé qué. Ella no venía mucho por aquí; la mayoría de las noches se quedaba en Techwood, pero tengo la sensación de que no era una situación permanente. Nunca supe su apellido. Se parecía más a Lucy que el resto de las chicas. También pertenecía a otra clase, ya sabe a qué me refiero. Pero se odiaban mutuamente, y no podían estar en la misma habitación.

Amanda no miró a Evelyn, pero notó que compartía su mismo entusiasmo.

—¿Tenía Kitty un apartamento en Techwood?

—No lo sé. Es posible. Kitty es la típica chica que consigue lo que quiere.

—¿Se conocían de antes Lucy y Kitty?

—No creo. —Reflexionó sobre la pregunta, pero negó con la cabeza—. No eran el tipo de chicas que pudiesen llevarse bien. Se parecían mucho. —Se inclinó hacia delante—. Estudio Sociología, ¿sabe? Los buenos escritores lo hacen. Esa es la base de mi trabajo. Las calles son mi disertación.

Evelyn parecía entender lo que le estaba diciendo.

—¿Tiene alguna teoría?

—Los chulos saben cómo manejar a esas chicas. Les dejan muy claro que solo una puede ser la favorita. Algunas chicas se conforman con ser unas segundonas, porque están acostumbradas a que las humillen. Pero hay otras que se disputan el primer puesto y hacen lo que sea por conseguirlo. Trabajan más duro, más horas. Es la supervivencia de la más fuerte. Quieren ocupar ese puesto en el podio, mientras que los chulos se sientan y se ríen.

La sociología está condenada. Amanda lo había averiguado en la escuela secundaria.

—¿Cuándo vio a Kitty por última vez?

—¿Hace un año? No pasaba mucho tiempo aquí. Fue durante la época en que la iglesia de Juniper abrió el comedor social. Creo que era un ambiente más apropiado para Kitty. Había menos competencia.

—¿Recuerda si dejó de venir antes o después de la desaparición de Lucy? —preguntó Evelyn.

225

—Después. Unas dos semanas después. Como mucho un mes. Puede que en la iglesia la recuerden. Como les he dicho, era un ambiente más propicio para Kitty. Estaba fascinada con la redención. Creo que recibió una educación muy religiosa. A pesar de sus faltas, era muy devota.

A Amanda le costó trabajo imaginar a una prostituta sintiéndose cerca de Dios.

—¿Sabe el nombre de la iglesia?

—Ni idea, pero tiene una cruz negra y grande pintada en la fachada. La dirige un hermano alto, muy pulcro y cultivado.

—Hermano —repitió Evelyn—. ¿Se refiere a un negro?

Callahan se rio entre dientes.

—No, hermana. Me refiero a que es hermano de Cristo. Al fin y al cabo, todos nos liberamos de nuestros problemas al morir.

—Eso es de *Hamlet* —dijo Amanda. Había estudiado a Shakespeare dos trimestres antes.

Callahan se levantó las gafas de sol y le hizo un guiño. Tenía los ojos enrojecidos. Sus pestañas le recordaron los dientes de una planta carnívora.

—Recuerda todos mis pecados en tus oraciones, bella Ofelia.

Amanda se sonrojó.

Afortunadamente, Evelyn intervino:

—¿Sabe el nombre de ese hombre de la iglesia?

—Ni idea. Es un capullo, si me permite decirlo. Le gusta hablar de libros y cosas de ese estilo, pero no creo que haya leído ninguno en su vida. —Callahan se puso las gafas de nuevo—. Pensé que Lucy se despediría de mí antes de marcharse. Como le he dicho, había algo entre nosotros, algo platónico. Puede que le diese vergüenza. Esas chicas no suelen quedarse mucho tiempo. Sus chulos se hartan de ellas cuando no ganan mucho dinero y se la pasan a otro. Otras veces, son ellas mismas las que se van. Algunas regresan a su casa, si se lo permiten sus familias. Las demás terminan en los Gradys.

—Los Gradys —repitió Amanda. Resultaba extraño oír esa palabra en boca de un hombre blanco. Solo los negros llamaban al hospital Grady los Gradys. El nombre procedía de la época en que las salas del hospital estaban segregadas—. ¿Qué nos puede decir de Jane Delray? ¿La conoce?

Callahan soltó una risa inesperada.

—Esa hermana está loca de remate. Te pinchará en menos que canta un gallo.

—¿Por qué dice eso?

—Siempre se estaba peleando con las chicas. Robándoles sus cosas. Tuve que prohibirle que entrara en la Mission, algo que detesto hacer. Es el último recurso. Si no pueden venir aquí, no tienen otro sitio adónde ir.

—¿No pueden ir al comedor social?

—No, si están enganchádas. El hermano no las deja entrar. —Callahan se encogió de hombros—. No es una mala política. Cuando esas chicas están enganchadas, provocan más problemas. Pero yo no puedo cerrarles la puerta y dejarlas en la calle.

—¿No pueden recibir asistencia de la Autoridad para la Vivienda?

—Si tienen antecedentes de prostitución, no. La Autoridad les da de lado. No quieren que las chicas establezcan sus negocios con el dinero público.

Amanda trató de procesar la información. Le alegró saber que Evelyn lo estaba anotando todo.

—¿Recuerda algo más de Lucy?

—Solo que era una buena chica. Ya sé que es difícil de creer, especialmente si se trabaja para la policía. Pero todas empezaron bien, y en algún momento de su vida cometieron un error, y luego otro. Luego su vida se convierte en una serie de errores. Lucy especialmente. Ella no se merecía acabar así. —Aferró de nuevo los brazos del sillón—. No me gusta desearle mal a nadie, pero espero que lo frían por eso.

—¿A quién se refiere? —preguntó Amanda.

—Acaban de decirlo —dijo señalando la radio—. Lo oí antes de que ustedes llegasen. Han arrestado a Juice por matar a Lucy Bennett. Lo ha confesado todo. —El teléfono que había encima del escritorio empezó a sonar—. Disculpen —dijo levantando el auricular.

Amanda no se atrevió a mirar a Evelyn.

Callahan utilizó la mano para tapar el micrófono.

—Lo siento, señoritas. Me llama uno de nuestros donantes. ¿Necesitan algo más de mí?

—No —respondió Evelyn levantándose. Amanda hizo lo mismo—. Gracias por su tiempo.

El sol brillaba con tal intensidad al salir del edificio que a Amanda le escocieron los ojos. Se los tapó con la mano mientras iban hasta el aparcamiento.

—Bueno —dijo Evelyn poniéndose las gafas de sol—, lo han arrestado.

—Sí, y ha confesado.

Ambas se quedaron al lado de sus coches, en silencio. Al final, Amanda preguntó:

—¿Qué piensas de eso?

—Estoy desconcertada —admitió Evelyn—. Es posible que Juice lo haya hecho, pero también sé que es fácil sacarle una confesión, especialmente si lo interrogan Butch y Landry.

Amanda asintió. Al menos una vez a la semana, Butch y Landry se presentaban al recuento con cortes y heridas en los nudillos.

—Tú misma lo has dicho: «Juice podría haber salido del hospital, asesinar a Jane y meterse en la cama de nuevo sin que nadie se percatara». —Amanda se apoyó sobre el coche, pero se apartó cuando el calor le llegó a través de la falda—. Además, Trey Callahan nos ha confirmado que Juice era el chulo de Lucy Bennett y Jane Delray. Él sabría distinguir a las dos. Lo que no entiendo es por qué iba a confesar que había matado a una si fue a la otra.

—Dudo mucho que Rick Landry le permita contar su versión de la historia —añadió—. ¿Un hombre negro mata a una mujer blanca? Eso causaría mucho revuelo.

Tenía razón. El caso llegaría a todos los rincones del Ayuntamiento. Juice estaría en prisión antes de que acabase el año, si es que aguantaba con vida tanto tiempo.

Las dos guardaron silencio de nuevo. Amanda jamás había estado tan sorprendida.

Evelyn, para colmo, lo remató al decir:

—¿Crees que nos dejaran hablar con él?

—¿Con quién?

—Con Juice.

La pregunta era tan descabellada como peligrosa.

—Rick Landry nos colgaría vivas. No te lo he querido decir, pero estaba muy enfadado esta mañana. Se quejó delante de mí y le dijo a Hodge que estábamos interfiriendo en su caso.

—¿Y qué dijo Hodge?

—Nada, la verdad. Ese hombre habla en clave. A todas las preguntas que le hice, me respondió diciendo que era una buena pregunta. Fue agotador.

—Es su forma de decirte que ignores a Rick y sigas adelante. —Evelyn levantó las manos para impedir que protestase—. Piénsalo: si Hodge quisiera que dejases de investigar, te ordenaría que lo hicieras. Te podía haber asignado otro trabajo, como vigilar un cruce o pasarte el día con el papeleo. Sin embargo, te dijo que podías saltarte el recuento y que te reunieses conmigo. —Sonrió agradecida—. Es muy inteligente de su parte. No te dice lo que debes hacer, pero no te pone impedimentos.

—A mí me parece muy molesto, eso es todo. ¿Por qué no te lo dice directamente? ¿Hay algo de malo en ello?

—Ya lo trasladaron a Model City hace cuatro días. Imagino que no quiere que lo manden allí de nuevo.

—Sí, pero mientras tanto soy yo la que se juega el cuello.

Evelyn parecía medir sus palabras.

—Probablemente tiene miedo de ti, Amanda. Muchas personas lo tienen.

Amanda se quedó perpleja.

—¿Por qué?

—Por tu padre.

—Eso es una estupidez. Aunque a mi padre le preocupasen esas cosas, yo no soy una chivata.

—Pero ellos no lo saben —dijo Evelyn con voz afable—. Cariño, es solo cuestión de tiempo que tu padre recupere su puesto. Aún tiene amigos muy poderosos, y seguro que se vengará. ¿Crees que no tienen razón para estar asustados?

Amanda no quiso admitir que tenía razón al hablar así de Duke, aunque se equivocase en lo demás.

—No sé por qué estamos teniendo esta conversación. A Juice lo han arrestado por asesinato. El caso está cerrado. Si creamos problemas, todo el departamento se pondrá en nuestra contra.

—Cierto. —Evelyn miró hacia la calle y vio cómo los coches pasaban a toda prisa—. Somos unas tontas de cuidado. Juice estuvo a punto de violarnos. Jane nos odió nada más vernos. Lucy Bennett era una yonqui y una prostituta a la que ni siquiera su hermano podía soportar. —Señaló la Mission—. Qué más da que el hermano de Snoopy dijera que era una chica educada. —Se quitó las gafas de sol—. Por cierto, ¿qué quiso decir con ese verso de Ofelia?

—Es de *Hamlet*.

—Lo sé —respondió Evelyn, irritada—. No solo leo revistas.

Amanda pensó que era mejor callarse.

Evelyn volvió a ponerse las gafas de sol.

—Ofelia fue un personaje trágico. Tuvo un aborto y se suicidó tirándose de un árbol.

—¿De dónde has sacado que tuvo un aborto?

—Tomó ruda. Es una hierba que utilizaban las mujeres para abortar. Shakespeare la describe recogiendo flores... y ella...
—Evelyn movió la cabeza—. Bueno, qué más da. Lo que importa es: ¿vas a ir a la cárcel o no?

—¿Quién? ¿Yo?

A Amanda le costaba seguir esos cambios de ritmo.

—¿Sola? —preguntó.

—Le dije a Cindy que iría a Five Points para buscar el carné de Lucy.

—Muy conveniente.

—Además, Bubba Keller juega al póquer con tu padre, ¿no es cierto?

Amanda se preguntó si estaba aludiendo al Klan.

—¿Y eso qué tiene que ver?

—Keller es el director de la cárcel.

—¿Y qué?

—Que si vas a la cárcel y le dices que quieres hablar con Juice, no pasará nada. Pero, si yo te acompaño, tu padre se enterará.

Amanda no supo qué responder. Se sintió atrapada, como si Evelyn supiera todas las mentiras que ella le había dicho a Duke la semana pasada.

—No pasa nada —dijo Evelyn—. Todos tenemos que responder ante alguien.

Amanda no creía que ella tuviera que responder ante nadie.

—Veamos si te entiendo —dijo—: ¿quieres que me presente en la cárcel así de campante y diga que quiero hablar con un prisionero que acaba de ser arrestado por asesinato?

Evelyn se encogió de hombros.

—¿Por qué no?

Capítulo quince

Suzanna Ford

En la actualidad

Zanna se despertó sobresaltada. No podía moverse. Ni ver. Le dolía la garganta, y apenas podía tragar. Movió la cabeza de un lado a otro. La tenía sobre una almohada. Estaba tendida. En una cama.

Intentó pedir «socorro», pero no pudo mover los labios. La palabra no salió de su boca. Lo intentó de nuevo.

—Socorro...

Tosió. Tenía la garganta seca. Los ojos le palpitaban. Cada vez que se movía, el dolor le recorría todo el cuerpo. Tenía los ojos vendados, y no sabía dónde se encontraba. Lo único que recordaba era el hombre.

El hombre.

La cama se movió cuando él se levantó. Ya no estaban en la habitación del hotel. El débil zumbido del tráfico yendo de un lado para otro de la ciudad había sido sustituido por dos ruidos. El primero era un zumbido, como el que emitía la máquina que le habían comprado a su abuela por Navidad, que producía un ruido uniforme.

«Calla, pequeña..., no digas nada...»

El otro ruido era más difícil de distinguir. Le resultaba familiar, pero, cada vez que creía distinguirlo, cambiaba. Era un sonido silbante. No como un tren, sino como si el aire pasara por un túnel. Un túnel debajo del agua. Un tubo neumático.

No había ninguna regularidad en ese ruido. Y solo servía para que se sintiera más lejos de su cuerpo, más fuera de lugar. Ni siquiera sabía si aún estaba en Atlanta, o en Georgia, o en Estados Unidos. No tenía la menor idea de cuánto tiempo había estado inconsciente, y había perdido el sentido del tiempo y del espacio. Lo único que sentía es el miedo a lo que pudiera venir.

El hombre empezó a farfullar de nuevo. Oyó abrir un grifo, el chasquido del agua en un recipiente metálico.

Los dientes empezaron a castañetearle. Quería tomar su dosis de metanfetaminas. La necesitaba. Su cuerpo empezaba a sufrir convulsiones y comenzaba a perder el control, a sentir deseos de gritar. Quizá debería hacerlo. Quizá debería gritar tan alto que tuviera que matarla, ya que estaba segura de que eso es lo que iba a hacer con ella. Aunque primero se las haría pasar canutas.

Ted Bundy. John Wayne Gacy. Jeffrey Dahmer. El acosador nocturno. El asesino de Green River.

Zanna había leído todos los libros escritos de Ann Rule, y cuando no tenía un libro, veía alguna película en la televisión o en Internet, o una *Dateline*, o un *20/20* o un *48 horas*. Por eso recordaba todos los detalles morbosos que utilizaban los sádicos que habían secuestrado a una mujer para sus demoniacos placeres.

Y ese hombre era el mismo demonio. De eso no cabía duda. Los padres de Zanna habían dejado de ir a la iglesia cuando ella era una niña, pero había vivido en Roswell lo suficiente para reconocer un versículo, la cadencia de las escrituras. El hombre rezaba sus oraciones y le rogaba a Dios que le perdonara, pero Zanna sabía que el único que le escuchaba era el mismo demonio.

El grifo se cerró. Con solo dar dos pasos, estuvo de nuevo en la cama. Notó su peso al sentarse a su lado. Oyó gotear el agua. El chasquido que emitía al caer en un recipiente.

Suzanna se estremeció cuando aquel paño húmedo y tibio le recorrió la piel.

Capítulo dieciséis

*L*as rodillas de Sara protestaron mientras daba la vuelta al salón, humedeciendo un paño en un recipiente con vinagre y agua caliente, y limpiando los zócalos con fervor.

A algunas mujeres, cuando se sentían disgustadas, les daba por sentarse a ver la televisión; otras preferían irse de compras o atiborrarse de chocolate. A Sara, sin embargo, le daba por limpiar. Culpaba a su madre de ello. La respuesta de Cathy Linton a cualquier dolencia era el trabajo duro.

—Uff.

233

Sara se puso en cuclillas. No estaba acostumbrada a limpiar su apartamento. Estaba sudando, a pesar de la baja temperatura de su termostato. El aire acondicionado no parecía agradecerlo nadie. Sus dos galgos estaban enroscados en el sofá, como si estuvieran en medio de un invierno glacial.

Técnicamente se suponía que debía estar en el trabajo, pero en la sala de urgencias tenían una regla no escrita que decía que, si a alguien le sucedían tres cosas horribles durante su turno, podía marcharse. Ese día, un vagabundo le había dado una patada en la pierna, una madre casi le propina un puñetazo al intentar separarla de su hijo, que estaba tan colgado que se había cagado encima, y uno de los nuevos internos le había vomitado en la mano. Y todo eso antes de la hora de comer.

Si su supervisor no le hubiera dicho que se marchara, ella lo habría hecho por sí misma, seguro. Esa era la principal razón por la que el Grady tenía esa norma.

Terminó la última sección de los rodapiés y se puso en pie. Tenía las rodillas entumecidas de tanto estar agachada. Estiró las corvas antes de dirigirse hacia la cocina con el trapo y el recipiente. Tiró la solución de vinagre por el desagüe, se lavó las manos, cogió un trapo seco y una lata de Pledge para empezar la siguiente fase.

Miró el reloj del microondas. Will seguía sin llamarla. Pensó que estaría sentado en la taza de un váter en el aeropuerto Hartfield-Jackson, esperando que algún viajero de negocios le diera un golpecito en el pie por debajo de la puerta. Eso significaba que tenía tiempo de sobra para llamarla. Puede que le estuviese enviando un mensaje. Tal vez estuviera intentando decirle que lo que había entre ellos se había acabado.

También era posible que todo fuesen imaginaciones suyas, al ver su silencio. A ella nunca se le había dado bien jugar con las relaciones. Prefería ser directa, lo cual era la raíz de sus problemas.

Lo que necesitaba desesperadamente era una segunda opinión. Cathy Linton estaba en su casa, pero Sara tuvo la sensación de que su madre reaccionaría de la misma manera que cuando ella se puso enferma por comerse un paquete entero de Oreos. Con toda seguridad, le recogería el pelo por detrás y le daría algunos golpecitos en la espalda, pero no sin antes decirle: «¿Y qué esperabas que sucediera?».

Eso era justamente lo que ella se preguntaba a todas horas. Lo peor de todo es que se estaba convirtiendo en una de esas personas tan molestas que le daban tantas vueltas a una mala situación que se olvidaban de lo que podían hacer al respecto.

Quitó los objetos de la repisa de la chimenea para limpiar el polvo. Con delicadeza sostuvo la pequeña caja de madera de cerezo que había pertenecido a su abuela. La bisagra se estaba saliendo. Abrió la tapadera con cuidado. Había dos anillos de boda apoyados en un cojín de satén.

Su esposo había sido policía, pero ahí terminaba el parecido entre Jeffrey y Will. O puede que no. Ambos eran divertidos. Y los dos tenían ese carácter moral y fuerte que a ella siempre la había seducido. Ambos tenían un fuerte sentido del deber. Y ambos se habían sentido atraídos por ella.

Sin embargo, había una cosa en la que Jeffrey era completamente distinto a Will. No se anduvo con evasivas en lo que respecta a querer estar con ella. Desde el principio resultó obvio que la iba a hacer suya. En una ocasión la había engañado, pero se esforzó al máximo por recuperarla. Sara no esperaba un gesto tan dramático por parte de Will, pero sí una muestra de compromiso más sólida que presentarse en su cama todas las noches.

Sara se había enamorado de su marido por su hermosa letra. Había visto sus notas escritas en el margen de un libro. El trazo era suave y fluido, inusual para alguien cuyo trabajo exigía llevar un arma y ocasionalmente utilizar los puños. Sara nunca había visto la escritura de Will, salvo su firma, que era apenas un garabato. Le dejaba notas adhesivas con caras sonrientes dibujadas en ellas. En ocasiones, le había enviado un mensaje con eso mismo. Sara sabía que, de vez en cuando, leía algún libro, pero prefería las grabaciones de audio. Y, al igual que con otras muchas cosas, no le gustaba hablar de su dislexia.

¿Podía amar a ese hombre? ¿Podía formar parte de su vida, o al menos de esa vida que le dejaba ver?

No estaba segura.

Cerró la caja y la colocó de nuevo sobre la repisa.

Puede que Will no la quisiera, que solo se estuviera divirtiendo. Aún conservaba su anillo de bodas en el bolsillo delantero de sus pantalones. Sara se alegró cuando le mostró los dedos desnudos, pero no era estúpida. Ni Will tampoco. Eso resultaba desconcertante, ya que guardaba el anillo donde normalmente ella le metía las manos.

Sara no se había percatado de que se estaba enamorando de Jeffrey cuando abrió aquel libro y vio su letra. Fue más tarde cuando se dio cuenta de lo que estaba sucediendo. Había recuerdos de Will que le causaban esa misma sensación: verlo lavar los platos en la cocina de su madre; la forma tan atenta en que la escuchaba cuando ella le hablaba de su familia; su rostro la primera vez que le había hecho el amor.

Sara apoyó la cabeza en la repisa. Si dispusiera de tiempo y un poco de inactividad, podría pensar en si debía amar u odiar a ese hombre. Por eso deseaba que hiciera de tripas corazón y la llamase.

Sonó el teléfono. Sara dio un respingo. El corazón empezó a latirle con fuerza mientras iba hacia el teléfono, lo cual era una completa estupidez. Ella había ido a la Facultad de Medicina, por el amor de Dios. No debía dejarse dominar por tales coincidencias.

—¿Dígame?

—¿Cómo está mi estudiante favorita? —preguntó Pete Hanson. Era uno de los mejores médicos forenses del estado. Sara había asistido a algunos de sus cursos cuando trabajó de forense para el condado de Grant—. Me he enterado de que has hecho novillos.

235

—Un día para recuperar la salud mental —admitió, intentando ocultar su decepción al ver que no era Will quien la llamaba. Luego, al darse cuenta de que Pete nunca la llamaba sin razón alguna, preguntó—: ¿Qué sucede?

—Tengo que decirte algo, cariño, pero es privado y prefiero hacerlo en persona.

Sara miró a su alrededor. El apartamento estaba completamente revuelto. Había cojines por el suelo, alfombras enrolladas, juguetes de los perros tirados por todos lados y suficientes pelos como para hacer un galgo nuevo.

—¿Estás en City Hall East?

—Como de costumbre.

—Ahora voy.

Sara terminó la llamada y tiró el teléfono encima del sofá. Se miró en el espejo. Tenía el pelo empapado de sudor. La piel, llena de manchas. Llevaba unos pantalones vaqueros rasgados a la altura de las rodillas y una camiseta de Lady Rebels que le hubiera sentado muy bien cuando estaba en secundaria. Will trabajaba en el mismo edificio que Pete, pero estaba en el Southside todo el día, por lo que no había posibilidad de encontrarse con él. Cogió las llaves y salió del apartamento. Bajó las escaleras hasta la entrada y no se detuvo hasta que vio el coche.

Había otra nota debajo del parabrisas. Angie Trent había cambiado de estrategia. Además de escribirle «Zorra», como de costumbre, había besado la nota y le había dejado la huella de los labios.

Sara dobló la nota y se subió al coche. Bajó la ventanilla y tiró el papel en la papelera que había al lado de la puerta automática. Sara supuso que Angie aparcaba en la calle y se metía por debajo de la puerta para dejarle esas notas. Hasta hace pocos años había sido policía. Al parecer había sido una de las mejores agentes encubiertas que había tenido la Brigada Antivicio. Como muchos policías de antaño, no se preocupaba por pequeños delitos como allanamientos de morada o amenazas.

Una bocina sonó a su espalda. No se había percatado de que la puerta se había levantado. Hizo un gesto con la mano para disculparse y salió a la calle. Si pensar en Will era un esfuerzo inútil, pensar en su mujer era uno de autoodio. Había una razón por la que Angie pasaba por una prostituta de clase alta. Era una mujer esbelta y con curvas, y tenía esa feromona secreta que hacía que todos los hombres —o mujeres, si era verdad lo que con-

taban— supieran que estaba disponible. Por esa razón, Will utilizaba un condón hasta que recibiera los resultados de su último
análisis de sangre.

Si es que estaban juntos para entonces.

El edificio City Hall East estaba a menos de una milla del
apartamento de Sara. Ubicado en el antiguo centro comercial
Sears en Ponce de León Avenue, el lugar estaba tan despatarrado
como ruinoso. Las ventanas metálicas y los agrietados ladrillos
habían estado inmaculados en su época, pero la ciudad no tenía
bastante dinero para mantener un edificio tan enorme. Era uno
de los edificios más grandes del sur de Estados Unidos, lo que explicaba, en parte, por qué la mitad del complejo estaba vacío.

La oficina de Will estaba en una de las plantas superiores que
habían sido ocupadas por la Oficina de Investigación de Georgia.
El hecho de que jamás la hubiera visto fue una de las muchas cosas que trató de quitarse de la cabeza mientras tomaba la amplia
curva que llevaba hasta el aparcamiento.

A pesar de que no hacía mucho calor, el garaje no estaba tan
frío como era de esperar, considerando que estaba bajo tierra. El
depósito estaba incluso más abajo, pero, al igual que en el aparcamiento, hacía más calor de lo esperado. El aire no debía circular
bien, o quizás el edificio era tan viejo que hacía todo lo posible
para que sus residentes lo dejasen morir.

Sara bajó las desvencijadas escaleras de cemento hasta el sótano. Notó los olores familiares del depósito, los productos cáus-
ticos que se utilizaban para limpiar el suelo y los químicos que se
usaban para desinfectar los cuerpos. Cuando regresó al condado
de Grant, había trabajado a media jornada como forense para poder comprarle a su compañera jubilada la clínica infantil. A veces,
el trabajo en el depósito era tedioso, pero, por lo general, más fascinante que los dolores de barriga y los resfriados que trataba en
la clínica. No obstante, en ese momento tampoco quería pensar
que, a veces, le resultaba muy difícil trabajar en el hospital Grady.

La oficina de Pete Hanson se encontraba al lado del depósito.
Lo vio a través de la puerta abierta, inclinado sobre su escritorio,
que estaba atestado de papeles. Su sistema de archivar no era el
que hubiese escogido Sara, pero en muchas ocasiones le había
visto encontrar sin ninguna dificultad lo que deseaba.

Llamó a la puerta antes de entrar. Su mano se detuvo a medio
camino. Pete había adelgazado hacía poco. Había perdido demasiado peso.

237

—Sara —dijo Pete esbozando una sonrisa y mostrando sus dientes amarillentos.

Pete era un *hippie* viejo que se negaba a cortarse sus largas trenzas, a pesar de que empezaba a escasearle el pelo. Llevaba camisas hawaianas y le gustaba escuchar Grateful Dead mientras realizaba su trabajo. Como suele ocurrir con los forenses, era bastante poco original, y, en tono de broma, en una estantería de su escritorio, guardaba en un bote el corazón de un hombre de dieciocho años que había muerto de un ataque.

Ella fue la primera que habló:

—¿Cómo estás, Pete?

En lugar de decirle que tenía el corazón de un chico de dieciocho años, frunció el ceño.

—Gracias por venir, Sara —dijo señalándole una silla. Obviamente, se había preparado para su visita, ya que los papeles y los gráficos que solían estar sobre la silla los había puesto en el suelo.

Sara se sentó.

—¿Qué sucede?

Pete se giró de nuevo hacia su ordenador y tecleó la barra espaciadora. Una radiografía digital apareció en la pantalla. Una placa de rayos X de la parte frontal del pecho mostraba una masa larga y blanca en el pulmón izquierdo. Sara miró el nombre que aparecía en la parte superior: Peter Wayne Hanson.

—CPCP —dijo—. Cáncer de pulmón de células pequeñas, las más mortales.

Sara sintió como si le hubieran dado un puñetazo en el estómago.

—El nuevo protocolo…

—No sirve para mí —interrumpió cerrando el archivo—. Ya se ha diseminado en mi cerebro y en mi hígado.

Sara estaba acostumbrada a dar malas noticias a sus pacientes a diario, pero rara vez se veía en el lado contrario.

—Lo lamento mucho, Pete.

—Bueno, no es la mejor manera de morir, pero es mejor que escurrirse en la bañera. —Se echó sobre el respaldo de la silla. Ella vio claramente los síntomas de la enfermedad: sus demacradas mejillas, el aspecto cetrino de sus ojos. Pete señaló el bote que había en la estantería y añadió—: Demasiado para mi corazón de dieciocho.

Sara se rio de la broma, a pesar de lo inapropiada que era.

Pete era un gran médico, pero su mejor característica era su generosidad. Era el profesor más paciente y entregado que había tenido. Le encantaba que un estudiante se percatara de un detalle que a él se le había pasado por alto, un rasgo muy inusual entre los médicos.

—Al menos —dijo—, me da una buena excusa para volver a fumar de nuevo. —Simuló darle una calada a un cigarrillo—. Camels sin filtro. Mi segunda esposa los odiaba. Tú conoces a Deena, ¿verdad?

—Solo por su reputación —respondió Sara. La doctora Coolidge dirigía el laboratorio forense del cuartel del GBI—. ¿Tienes algún plan?

—¿Te refieres a una lista de cosas que quiera hacer antes de morir? —Negó con la cabeza—. He visto mundo, al menos las partes que quería ver. Prefiero aprovechar y ser útil el poco tiempo que me queda. Quizá plante algunos árboles en la granja para que mis bisnietos puedan subirse a ellos. Pasar el tiempo con mis amigos. Espero que eso te incluya a ti.

Sara hizo un esfuerzo por no echarse a llorar. Miró las losetas rotas del suelo. Había mucho amianto en el edificio, por eso no le sorprendería que el cáncer de Pete se debiera a algo más que el tabaco. Observó el montón de papeles que había al lado de la silla. Había un sobre color manila encima, cerrado por una cinta roja descolorida. Era una prueba antigua. Las profundas arrugas mantenían el plisado. Las zonas que no estaban amarillentas por el paso del tiempo estaban manchadas de negro.

Pete vio que lo estaba mirando.

—Un caso antiguo.

Sara vio la fecha y observó que era de más de treinta años atrás.

—Un caso muy antiguo.

—Tuvimos suerte de encontrarlo en el Departamento de Pruebas, aunque no estoy seguro de que lo necesitemos después de todo. —Cogió el sobre y lo puso encima del escritorio. Se manchó los dedos de polvo negro—. El Ayuntamiento solía tirar los casos cerrados cada cinco años. Hacíamos cosas muy estúpidas en aquel entonces.

Sara se dio cuenta de que el caso era importante para Pete. Conocía esa sensación. Había víctimas de su época en el condado de Grant que estarían en su recuerdo hasta que muriera.

—¿Cómo van las cosas en el Grady? —preguntó Pete.

—Bueno, ya sabes. —No sabía qué decir. La llamaban «zorra» con tanta frecuencia que giraba la cabeza cada vez que oía esa palabra—. Hay de todo.

—En casi cuarenta años, no he tenido ningún paciente que me responda o se queje de mí —dijo enarcando una ceja—. Ya sabes que necesitarán a alguien que ocupe mi lugar cuando me vaya.

Sara se rio, pero luego se dio cuenta de que no estaba bromeando.

—Es solo una idea. Pero eso me recuerda que necesito pedirte un favor.

—¿Cuál?

—Tengo un caso que acaba de entrar. Es muy importante.

—¿Tiene algo que ver con eso? —preguntó Sara señalando el sobre sucio que había encima del escritorio.

—Sí —admitió—. Yo puedo hacer todo el trabajo, pero necesito saber que, dentro de seis meses o un año, haya una persona que testifique.

—Tienes a mucha gente trabajando para ti.

—Solo cuatro —corrigió—. Pero, por desgracia, ninguno tiene tu experiencia.

—Yo no...

—Tú aún tienes tu licencia. Lo comprobé. —Se inclinó hacia delante—. No soy un hombre astuto en el mal sentido, Sara, ya me conoces. Por eso entenderás que soy muy sincero cuando te digo que es la última voluntad de un moribundo. Necesito que hagas eso por mí. Necesito que vayas al juzgado, que hables directamente con el jurado y que este hombre vuelva al lugar que le corresponde.

Por un momento, Sara se sintió desconcertada. Aquello era lo que menos esperaba. Su apartamento tenía el aspecto de haber sido arrasado por un tornado. Aún tenía que solucionar sus problemas con Will, y llevaba una indumentaria más apropiada para un partido de béisbol que para trabajar. Aun así, supo que no le quedaba más remedio.

—¿Hay ya algún sospechoso?

—Sí —respondió Pete.

Rebuscó entre los papeles y encontró una carpeta amarilla.

Sara miró el informe preliminar. No decía gran cosa. A una tal Jane Doe la habían encontrado muerta en un contenedor en una parte de la ciudad bastante acomodada. La habían matado a golpes. Su cartera no contenía dinero. Las marcas de sus tobillos y de sus muñecas indicaban que la habían atado, posiblemente la habían secuestrado.

Sara miró a Pete. La invadió una horrible sensación.

—¿Es la estudiante que ha desaparecido del Georgia Tech?

—Aún no disponemos de una identificación positiva, pero me temo que sí.

—¿Un caso de pena de muerte?

Pete asintió.

—¿El cuerpo está aquí?

—Lo trajeron hace media hora.

Pete miró hacia la entrada.

—Hola, Mandy.

—Pete. —Amanda Wagner tenía un brazo en cabestrillo. No tenía muy buen aspecto, pero, aun así, mantuvo las formalidades—. Doctora Linton.

—Doctora Wagner —respondió Sara devolviéndole el saludo.

No pudo evitar mirar por encima del hombro de Amanda, buscando a Will.

—¿Ha venido Vanessa? —le preguntó Amanda a Pete.

—A primera hora de la mañana. —Se dirigió a Sara y añadió—: La cuarta señora Hanson.

—Doctora Linton, espero que podamos contar con su experiencia —dijo Amanda.

Sara se sintió un tanto manipulada. Hizo la pregunta más obvia.

—¿Está Will investigando este caso?

—No. El agente Trent no puede investigar este caso. Aunque eso no explica por qué he pasado las tres últimas horas recorriendo todos los pasillos de un edificio de doce plantas hablando con personas que tienen cosas mejores en las que pensar. —Se detuvo para respirar—. Pete, ¿cuándo nos hicimos tan viejos?

—Habla por ti. Yo siempre te he dicho que moriría joven.

Ella se rio, pero se palpaba un tono triste en su forma de hacerlo.

—Aún recuerdo la primera vez que entraste en el depósito.

—Por favor, no lloriquees. Trata de marcharte con dignidad.

Pete sonrió como un gato. Hubo un momento de complicidad entre ellos. Sara se preguntó si Amanda Wagner también había formado parte de las muchas señoras Hansons.

El momento pasó muy rápido. Pete se levantó del escritorio.

Se tambaleó y tuvo que apoyarse en la silla. Sara dio un salto para ayudarle, pero él la detuvo amablemente.

—Aún no he llegado a ese punto, cariño. —Luego se dirigió a Amanda y añadió—: Puedes usar mi oficina. Nosotros vamos a empezar.

Pete hizo un gesto para que Sara fuese delante. Ella abrió las puertas del depósito, pero contuvo su deseo de sujetarlas para que Pete pasara. En aquella sala llena de azulejos, parecía tener aún peor aspecto. La oficina había impedido que se viese lo demacrado de su aspecto. Ahora, bajo las luces de la sala de autopsias, no podía ocultar lo obvio.

—Hace un poco de frío aquí —farfulló Pete cogiendo de la percha su bata de laboratorio.

Fue a la taquilla y sacó una de las suyas para Sara. Tenía el nombre de Pete cosido en el bolsillo. Sara podía haberse envuelto dos veces en ella, al igual que Pete en ese momento.

—Nuestra víctima.

Señaló un cuerpo cubierto en el centro de la sala. La sangre había empapado la sábana, lo que resultaba bastante extraño. La circulación se detenía cuando el corazón se paraba. La sangre se coagulaba. Sara no pudo evitar sentir un entusiasmo culpable. A ella le encantaban los casos difíciles. Trabajar en el Grady y tratar siempre las mismas lesiones y dolencias resultaba un tanto tedioso.

—Ya la hemos fotografiado y le hemos hecho radiografías. Hemos enviado su ropa al laboratorio. ¿Sabías que antes solíamos cortarlas y meterlas en una bolsa? Incluso en los casos de violación. —Se rio—. Dios santo, cuántos errores ha cometido la ciencia desde el principio. La víctima no nos decía nada. Si no encontrábamos semen en la ropa interior del agresor, no podíamos acusarle de violación.

Sara no supo qué responder. No podía imaginar lo horrible que eran entonces las cosas. Por suerte, no tenía que hacerlo.

Pete hizo un moño con su trenza y se puso una gorra de béisbol de los Atlanta Braves. En el depósito se encontraba en su salsa, visiblemente más animado.

—Recuerdo la primera vez que hablé con un odontólogo sobre las marcas de los dientes. Estaba seguro de que eso serviría para resolver crímenes en el futuro. Al igual que las fibras de pelo. O las fibras de moqueta. —Se rio entre dientes—. Si lamento algo sobre mi inminente destino, es que no viviré para ver el día en que tengamos el ADN de todo el mundo en un iPad y lo único que tengamos que hacer es buscar un poco de sangre o un trozo de tejido para localizar al criminal. Eso pondrá fin al crimen tal y como lo conocemos.

Sara no quería hablar sobre el inminente destino de Pete. Se ocupó de su pelo, sujetándolo con una goma y metiéndoselo bajo una gorra de cirujano para no contaminar nada.

—¿Desde cuándo conoces a Amanda?

—Desde el tiempo de los dinosaurios —bromeó él. Luego, con un tono más serio, añadió—: La conocí cuando empezó a trabajar con Evelyn. Eran un par de pistoleras.

A Sara le resultó extraña esa descripción, como si Amanda y Evelyn hubieran andado por Atlanta como dos Calamity Janes.[10]

—¿Cómo era?

—Una mujer interesante —respondió con uno de sus mejores cumplidos. Miró el reflejo de Sara en el espejo mientras ella se lavaba las manos—. Ya sé que a ti tampoco te resultó fácil cuando entraste en la Facultad de Medicina… ¿Cuántas mujeres había? Pocas, ¿no?

—Sí, más o menos. Pero en el último curso éramos más del sesenta por ciento. —No mencionó que las que no interrumpían su actividad para tener hijos se dedicaban casi siempre a la pediatría o la ginecología, lo mismo que cuando ella era una interna—. ¿Cuántas mujeres había en el cuerpo cuando ingresó Amanda?

Pete bizqueó mientras reflexionaba.

—Menos de doscientas, y eran más de mil. —Pete se echó hacia atrás para que Sara pudiese lavarse las manos—. Nadie creía que las mujeres pudiesen desempeñar ese trabajo. Se consideraba cosa de hombres. No paraban de hacer comentarios sobre su incapacidad para protegerse a sí mismas, decían que no tenían bastantes «cojones» para apretar el gatillo. La verdad es que todos temían que fuesen mejores que ellos. No puedo culparlos. —Pete le guiñó—. La última vez que estuvieron al mando, prohibieron el alcohol.

Sara le devolvió una sonrisa.

243

10. Calamity Jane fue una exploradora estadounidense, famosa por haber luchado contra los amerindios.

—Creo que se nos debe perdonar el haber cometido un error en casi cien años.

—Quizá. ¿Sabes?, si escuchas a los de mi generación hoy en día, todos te dirán que éramos *hippies* partidarios del amor libre, pero la verdad es que había más Amanda Wagners que Timothy Learys, especialmente en esta parte del país. —Esbozó una sonrisa fugaz—. Además, eran mucho más liberales. Yo vivía en un glorioso complejo a las afueras de Chattahoochee, en River Bend. ¿Has oído hablar de él?

Sara negó con la cabeza. Estaba disfrutando de los recuerdos de Pete. Obviamente, el cáncer le estaba haciendo ver su vida desde una nueva perspectiva.

—Muchos pilotos de aerolíneas vivían allí. Azafatas, abogados, doctores y enfermeras, y yo. —Sus ojos brillaron al recordarlo—. Tenía un negociete vendiendo penicilina a los refinados hombres y mujeres republicanos que gobiernan actualmente nuestro país.

Sara utilizó el codo para cerrar el grifo.

—Una época muy loca. —Ella alcanzó la pubertad durante la epidemia de sida, cuando el amor libre empezó a pasar factura.

—La verdad es que sí —dijo Pete dándole algunas toallas de papel—. ¿Cuándo fue el caso de Brown contra el Consejo Educativo?

—¿Te refieres al caso de la segregación? —Sara se encogió de hombros. Hacía mucho tiempo que no asistía a clase de Historia—. ¿En el 54 o 55?

—Fue durante esa época en que el estado exigía a los profesores blancos que firmaran un compromiso para renegar de la integración. Perdían su trabajo si se negaban.

Sara jamás había oído hablar de tal compromiso, pero no le sorprendía.

—Duke, el padre de Amanda, estaba fuera cuando circuló el compromiso. —Pete sopló dentro de unos guantes de cirujano empolvados antes de ponérselos—. Miriam, la madre de Amanda, se negó a firmar el compromiso. Su abuelo era un hombre muy poderoso, un alto cargo de la compañía Southern Bell, y la envió a Milledgeville.

Sara notó que la boca se le abría por la sorpresa.

—¿Encerró a su hija en un hospital de salud mental?

—Entonces era más bien un almacén, especialmente para los veteranos y los delincuentes que estaban mal de la cabeza. Y para las mujeres que no obedecían a sus padres. —Pete movió la cabeza—. Eso la dejó hecha polvo. Dejó hecha polvo a mucha gente.

Sara intentó hacer sus cálculos.

—¿Había nacido Amanda?

—Tenía cuatro o cinco años, creo. Duke estaba en Corea, por eso su suegro tenía la tutoría. Creo que nadie le dijo a Duke lo que estaba pasando realmente. Nada más llegar a Georgia, cogió a Amanda y sacó a su esposa de Milledgeville. Jamás volvió a dirigirle la palabra a su suegro. —Pete le dio un par de guantes a Sara—. Todo parecía ir bien, pero, un día, Miriam salió al jardín trasero y se colgó de un árbol.

—Es terrible —dijo Sara poniéndose los guantes quirúrgicos. Por eso Amanda era tan introvertida. Era peor incluso que Will.

—No dejes que eso te conmueva —le advirtió Pete—. Te mintió cuando estábamos en mi oficina. Ella te quería aquí por un motivo.

En lugar de preguntarle sobre aquel motivo, siguió su mirada hasta la puerta. Will estaba allí. Miró a Sara completamente consternado. Jamás le había visto con tan mal aspecto. Tenía los ojos enrojecidos. Estaba ajado y sin afeitar. Se tambaleaba por el cansancio. Su dolor era tal que a Sara se le desgarró el corazón.

245

Su primer impulso fue acercarse a él, pero también estaba Faith, Amanda y Leo Donnelly. Sabía que manifestar sus sentimientos en público solo serviría para empeorar las cosas. Lo vio en su rostro. Se había quedado completamente perplejo al verla allí.

Sara miró a Pete, para que viera que se sentía furiosa. Amanda podía haberle engañado diciendo que no era un caso de Will, pero él era quien le había convencido para ir al depósito. Se quitó los guantes y se dirigió hacia donde estaba Will. Obviamente, no quería que ella lo viese en ese estado. Sara pensó en llevarlo a la oficina de Pete y explicarle lo que había pasado, además de disculparse, pero la expresión de Will la detuvo.

De cerca tenía incluso peor aspecto. Sara tuvo que contenerse para no ponerle las manos en el rostro y dejar que él apoyara la cabeza en su hombro. Su cuerpo emanaba agotamiento. Sus ojos reflejaban tanto dolor que sintió que, de nuevo, se le desgarraba el corazón.

Habló en voz baja.

—Dime qué quieres que haga. Puedo marcharme o quedarme. Lo que sea mejor para ti.

Will respiraba con dificultad. Tenía tal mirada de desesperación que Sara tuvo que contenerse para no echarse a llorar.

—Dime qué hago —rogó ella—. Qué necesitas que haga.

Sus ojos se posaron en la camilla, en la víctima que había sobre la mesa.

—Quédate —farfulló.

Sara soltó un suspiró interrumpido antes de darse la vuelta. Faith no podía mirarla, pero Amanda observó. Sara jamás había comprendido la relación tan voluble que Will mantenía con su jefa, pero, en aquel momento, no le preocupó lo más mínimo. Despreciaba a Amanda Wagner por encima de todo. Obviamente, estaba jugando algún tipo de juego con Will. Y resultaba evidente que él iba perdiendo.

—Empecemos —sugirió Pete.

Sara se colocó al lado de Pete, enfrente de Will y de Faith, con los brazos cruzados. Trató de contener su rabia. Will le había pedido que se quedase. No sabía por qué, pero ella no necesitaba incrementar la tensión que reinaba en la sala. Una mujer había sido asesinada. Eso era lo principal.

—De acuerdo, damas y caballeros. —Pete utilizó el pie para encender el dictáfono y grabar todo el procedimiento. Enumeró la información de costumbre: hora, personas presentes y la supuesta identidad de la víctima—. La identificación aún tiene que confirmarla la familia, aunque también comprobaremos su historial dental, que ya ha sido digitalizado y enviado al laboratorio de Panthersville Road—. Se dirigió a Leo Donnelly—: ¿Viene su padre de camino?

—Un coche patrulla ha ido a recogerlo al aeropuerto. Estará aquí en cualquier momento.

—Muy bien, detective. —Le lanzó una mirada severa y añadió—: Espero que se guarde cualquier comentario desagradable o racista.

Leo levantó las manos.

—Solo estoy aquí para la identificación, así puedo asignar el caso.

—Gracias.

Sin preámbulos, Pete cogió la parte superior de la sábana y la retiró. Faith soltó un grito ahogado y se puso la mano en la boca. Igual de rápido, se giró hacia un lado. Le dio una arcada, pero no parpadeó. Nunca había tenido estómago para esas cosas, pero parecía decidida a contenerse.

CRIMINAL

Inusualmente, Sara compartió su incomodidad. Después de tantos años, pensaba que estaba hecha a todos los horrores de la violencia, pero el cuerpo de la mujer estaba en tal estado que se le revolvieron las tripas. No solo la habían asesinado. La habían mutilado. Tenía moratones en el torso, y diminutos edemas en la piel. Una de las costillas le había atravesado la piel y los intestinos le colgaban entre las piernas.

Sin embargo, eso no era lo peor.

Sara jamás había creído en el demonio. Siempre pensó que era una excusa, una forma de explicar una enfermedad mental o la depravación. Una palabra que servía para ocultar, en lugar de para afrontar la realidad de que los seres humanos son capaces de cometer los actos más deplorables, que somos capaces de actuar siguiendo nuestros impulsos más básicos.

—Sin embargo, «demonio» fue la única palabra que se le vino a la cabeza cuando miró a la víctima. No eran los moratones ni los pinchazos, ni las marcas de mordiscos lo que la dejó perpleja. Eran los cortes que le había hecho en las partes internas de sus piernas y de sus brazos. Era el dibujo de una cruz que le había hecho en las caderas y en el torso, tan perfecto que parecía haber utilizado una regla. El agresor le había rasgado la carne de la misma forma que se rasga un descosido en un traje.

Y además estaba su rostro. Sara aún no entendía qué le había hecho en la cara.

—Los rayos X muestran que le han fracturado el hioides —dijo Pete.

Sara reconoció el moratón peculiar alrededor del cuello de la mujer.

—¿La tiraron de un edificio después de estrangularla?

—No —respondió Pete—. La encontraron fuera de un edificio de una planta. El prolapso intestinal se debe, probablemente, al trauma externo *pre mortem*. Un objeto romo o una mano. ¿Te parecen esas estrías señales de dedos, quizás un puño cerrado?

—Sí.

Sara apretó los labios. Los golpes que le habían propinado a la víctima debieron de ser tremendos. El asesino era obviamente un hombre fuerte, probablemente corpulento, y sin duda lleno de rabia. A pesar de que el mundo había cambiado, seguía habiendo hombres que aún odiaban a las mujeres.

—Doctor Hanson —preguntó Amanda—, ¿puede darnos una estimación de la hora de la muerte?

247

Pete sonrió al escuchar la pregunta.

—Creo que entre las tres y las cinco de la mañana.

Faith intervino:

—El corredor que vio la furgoneta verde salió sobre las cuatro y media. No sabe el modelo ni la marca. —Seguía sin poder mirar a Sara—. Hemos dado una orden de busca, pero probablemente no sirva de nada.

—Las cuatro y media se ajusta a la hora de la muerte —dijo Pete—. Pero, como todos sabéis, la hora de la muerte no es una ciencia exacta.

—Como en los viejos tiempos —dijo enfurruñada Amanda.

—¿Doctora Linton? —la animó Pete, haciendo un gesto para que Sara participase—. ¿Por qué no mira el lado izquierdo mientras yo observo el derecho?

Sara se puso unos guantes nuevos. Will se apartó para dejarla pasar. Estaba demasiado callado, y no respondía a sus miradas inquisitivas. Sara aún sentía la necesidad de hacer algo por él, pero también sabía que, en aquel momento, debía poner su atención en la víctima. Algo le dijo que dedicarse a ella le resultaría de más ayuda a Will. Era su caso, no importaban las mentiras que le había dicho Amanda. No había duda de que existía un vínculo emocional. Sara jamás había visto a nadie tan desolado.

Comprendió que Pete le hubiese pedido que alguien de confianza testificase. El cuerpo de aquella víctima, cada centímetro de él, reclamaba justicia. Quien la hubiera agredido y asesinado no solo quiso hacerle daño, sino destruirla.

Sara notó un sutil cambio en su cerebro mientras se preparaba para la autopsia. Los jurados habían visto suficientes episodios de *CSI* para comprender los principios básicos de una autopsia, pero el trabajo del forense consistía en mostrarles científicamente cada descubrimiento. La cadena de custodia era algo sagrado. Todos los números de diapositivas, las muestras de tejidos, las pruebas se catalogaban en el ordenador. El conjunto se cerraba con una cinta precintada que solo se podía abrir dentro del laboratorio del GBI. Las pruebas y los tejidos se analizaban en busca de ADN. Se esperaba que este coincidiera con un sospechoso, y que lo detuvieran basándose en las pruebas irrefutables.

—¿Empezamos? —le preguntó Pete a Sara.

Había dos bandejas metálicas preparadas con el mismo instrumental: sondas de madera, pinzas, reglas flexibles, frascos y portaobjetos. Pete tenía una lupa, que acercó a su ojo mientras se inclinaba sobre el cuerpo. En lugar de empezar por la cabeza, examinó la mano de la víctima. Al igual que sucedía con las piernas y el torso, la carne del brazo, desde la muñeca hasta el antebrazo, estaba abierta en línea recta. Continuaba formando una U debajo del brazo, y luego bajaba hasta las caderas.

—¿No la has lavado? —preguntó Sara. Parecía que le hubiesen frotado la piel. Y olía levemente a jabón.

—No —respondió Pete.

—Parece limpia —señaló Sara, para que quedase grabado en la cinta—. Le han afeitado el vello púbico. Tampoco tiene vello en las piernas. —Utilizó el pulgar para presionar la piel alrededor de los ojos—. Tiene las cejas depiladas en forma de arco. Y pestañas postizas.

Se concentró en el cuero cabelludo. Las raíces del pelo eran oscuras, mientras que el resto era una mezcla de amarillo y blanco.

—Tiene extensiones rubias. Las lleva muy cerca del cuero cabelludo, por lo que deben de ser nuevas.

Utilizó un peine de dientes delgados para extraer cualquier partícula del pelo. El papel que había colocado debajo de la cabeza de la chica mostraba restos de caspa y asfalto. Sara apartó las muestras para procesarlas más tarde.

Luego examinó el nacimiento del pelo, buscando huellas de agujas u otras marcas. Utilizó un otoscopio para las fosas nasales.

—Hay corrosión nasal. La membrana está desgarrada, aunque no perforada.

—Metanfetaminas —dedujo Pete, lo cual era lo más probable, teniendo en cuenta la edad de la víctima. Alzó la voz, puede que porque el dictáfono estuviese viejo o porque no estaba acostumbrado a utilizarlo—. Un profesional le ha hecho la manicura. Tiene las uñas pintadas de rojo brillante. —Luego se dirigió a Sara—: Doctora Linton, ¿puede comprobar su lado?

Sara cogió la mano de la mujer. El cuerpo estaba en la fase inicial del *rigor mortis*.

—Lo mismo en esta mano. Le han hecho la manicura.

Sara no sabía por qué le prestaba tanta atención a las uñas. En Atlanta había salones para hacerse la manicura por todos lados.

—El color de la pedicura es distinto —señaló Pete.

Sara miró los dedos de los pies de la chica. Las uñas estaban pintadas de negro.

—¿Es normal pintarse las uñas de los pies de diferente color? —preguntó Pete.

249

Ella se encogió de hombros, al igual que Faith y Amanda.

—Bueno —dijo Pete, pero el inicio de la canción *Brick House* le interrumpió.

—Disculpen —se disculpó Leo Donnelly sacando el móvil del bolsillo. Leyó la identificación de la persona que le llamaba—. Es el agente que he enviado al aeropuerto. Probablemente, el padre de Snyder esté fuera. —Respondió a la llamada mientras se dirigía hacia la puerta—: Donnelly.

La sala estaba en silencio, salvo por el zumbido del motor de la nevera. Sara intentó captar la atención de Will, pero él miraba al suelo.

—Maldita sea —exclamó Faith, que no maldecía a Donnelly. Lo dijo mirando el rostro de la víctima—. ¿Qué demonios le ha hecho?

Se oyó un ruido cuando Pete apagó el dictáfono con el pie. Se dirigió a Sara, como si fuese ella la que hubiese hecho la pregunta.

—Le ha cosido la boca y los ojos. —Pete tuvo que utilizar ambas manos para mantener abierto uno de los desgarrados párpados. Los tenía cortados en gruesas tiras, como la cortina de plástico de la nevera de un carnicero—. Se puede ver por dónde el hilo le atravesó la piel.

—¿Cómo lo sabes? —preguntó Sara.

Pete no respondió a su pregunta.

—Las líneas en el torso, en los brazos y las piernas muestran que utilizó un hilo muy grueso para impedir que se moviera. Creo que utilizó una aguja de tapizar, probablemente un hilo encerado o uno de seda gruesa. Seguro que encontramos muchas fibras para analizar.

Pete le pasó la lupa a Sara, que examinó las laceraciones. Al igual que con la boca y los ojos, le habían desgarrado la piel, por lo que la carne le colgaba a intervalos uniformes. Podía ver las marcas rojas por donde había pasado el hilo. Unas cuantas veces. Los círculos eran como los agujeros que se había hecho de pequeña en los lóbulos de las orejas.

—Probablemente, ella misma se separó del colchón o de donde la hubiera cosido cuando empezó a golpearla.

Pete expuso su hipótesis.

—Sí, sería una respuesta descontrolada. Le golpea en el estómago y ella se enrosca como una pelota. Abre la boca y los ojos. Y él la golpea una y otra vez.

Sara negó con la cabeza. Pete estaba sacando unas conclusiones muy precipitadas.

—¿Qué se me está escapando?

Pete se metió las manos en los bolsillos vacíos de su bata, observando silenciosamente a Sara con la misma intensidad que cuando enseñaba un nuevo procedimiento.

—No es la primera víctima de nuestro asesino —dijo Amanda.

Sara seguía sin entender nada. Se dirigió a Pete y le preguntó:

—¿Cómo lo sabes?

Will se aclaró la garganta. Sara casi se había olvidado de que estaba en la sala.

—Porque le hizo lo mismo a mi madre —respondió.

Capítulo diecisiete

Lucy Bennett

15 de junio de 1975

*E*ra el Día del Padre. En la radio no paraban de hablar sobre eso. Richway había organizado un día especial de ventas. Davis Brothers ofrecía un bufé libre. Los *disc jockeys* hablaban de sus regalos favoritos que habían recibido otros años: camisas, corbatas, clubes de golf.

El padre de Lucy era muy fácil de complacer. Siempre le compraban una botella de whisky. Dos semanas después, si quedaba algo, se lo bebían el 4 de julio, mientras contemplaban los fuegos artificiales por encima de Lake Spivey.

El papá de Lucy.

No quería pensar en él. Ni en nadie de su vida anterior.

De repente, Patty Hearst[11] apareció de nuevo en las noticias. Aún quedaba un año para su juicio, pero su abogado decidió filtrar algunos detalles sobre su secuestro. Lucy ya sabía lo que había sucedido con aquella chica loca. Ya había pasado antes, cuando ella trabajaba en la calle. Entonces no tenía a nadie con quien hablar. Salvo Kitty, ninguna de las chicas sabía quién era Hearst. También era probable que Kitty estuviese mintiendo. Se le daba muy bien eso de mentir, de simular que sabía cosas, pues lo utilizaba como excusa para atraerte y luego darte una puñalada trapera. Era una zorra traidora.

Después de Hearts, secuestraron a un periodista del *Atlanta Constitution*. Pidieron un millón de dólares por su rescate. Dije-

11. En 1974, el Ejército Simbiótico de Liberación secuestró a Patty Hearts. Se identificó con el grupo que la secuestró y se dedicó a hacer propaganda y actividades ilegales. Fue sentenciada a prisión en un juicio que se consideró muy injusto. El presidente Bill Clinton la indultó.

ron pertenecer al SLA. Pero lo que realmente eran es un puñado de idiotas, ya que la policía los arrestó. No habían gastado ni un solo céntimo de ese dinero. Un millón de dólares. ¿Qué haría Lucy con toda esa pasta?

El único banco de la ciudad que disponía de la suma para el rescate era el C&S.

Su presidente era Mills Lane. Su fotografía solía verse en los periódicos. Era el mismo tipo que había ayudado al alcalde a construir el estadio. No el alcalde negro, sino el que se oponía a Lester Maddox.

Lucy soltó una carcajada ahogada.

El Pickrick. El restaurante de Maddox estaba en West Peachtree. Las paredes estaban decoradas con hachas. Corría el rumor de que aplastaría la cabeza de cualquier negro que se atreviese a poner los pies allí.

Lucy trató de imaginar a Juice cruzando la puerta, con un hacha atravesada en la cabeza y los sesos desparramados por todos lados.

Washington-Rawson era el suburbio que habían desalojado para construir el Atlanta Stadium. El padre de Lucy le había contado esa historia. Habían ido a ver un partido de béisbol de los Braves. Vieron al jefe Noc-a Homa, con su enorme cara de loco, corriendo con un hacha que tal vez hubiera robado del restaurante de Lester Maddox. El padre de Lucy le dijo que habían construido el estadio para revitalizar la zona. Había casi un millón y medio de personas residiendo en la periferia de la ciudad, la mayoría de ellos viviendo de las subvenciones del gobierno. Si Atlanta no podía echar por la fuerza a los *nigras*, entonces lo mejor era buscar la forma de ganárselos.

Eso es lo que había hecho el SLA con Patty Hearst. Eran una secta. Le lavaron el cerebro. O al menos eso es lo que dijo la doctora en la radio. La psiquiatra era una mujer, por eso Lucy se mostró un tanto escéptica cuando escuchó su opinión, pero afirmó que solo se tardaba dos semanas en lavarle el cerebro a una persona.

Dos semanas.

Lucy había tardado al menos dos meses. Y eso a pesar de que la heroína había desaparecido de su cuerpo, a pesar de haber dejado de desear un buen chute, a pesar de haber aprendido a no moverse, a no respirar profundamente, a no preocuparse por tener llagas en la espalda y en las piernas de tanto estar echada en sus propias heces, en su propia orina.

253

Lucy destilaba odio cada vez que le veía entrar en la habitación. Se estremecía cada vez que la tocaba. Emitía ruidos guturales, pronunciaba palabras apenas sin mover la boca, pero sabía que él las entendía.

Satán.

Demonio.

Te mataré.

Mamón.

Luego, de repente, dejó de venir. Fue solo unos días. Nadie puede vivir sin agua más de dos o tres días, como mucho. Quizás estuvo fuera tres días. Puede que cuando entró, ella se echara a llorar. Puede que cuando le cepilló el pelo, no se estremeciera. Puede que cuando la lavó, se dejara hacer. Y puede que cuando se subió encima de ella, y le hizo lo que había esperado desde el primer día, incluso le correspondiera.

Y luego, cuando lo vio marchar, lloró por él. Lo añoró. Lo echó de menos.

Igual que había hecho con Bobby, su primer amor. Igual que le había ocurrido con Fred, el chico que limpiaba aviones en el aeropuerto. Y luego con Chuck, que gestionaba el complejo de apartamentos. Al igual que otros muchos que la habían violado, apaleado, humillado y que después la habían dejado tirada.

El síndrome de Estocolmo.

Así es como lo había llamado la doctora en la CBS. Walter Cronkite la presentó como una autoridad destacada. Trabajaba con víctimas de las sectas y con personas que habían sido controladas mentalmente. Parecía saber de lo que hablaba, pero quizá no fueran más que cuentos, porque, a veces, lo que decía no tenía mucho sentido.

Al menos no para Lucy.

No para la chica que dormía sobre sus propios excrementos, ni para la que no podía mover sus extremidades, ni para la que no podía abrir la boca a menos que se la descosiese, ni para la que no podía parpadear sin que el agudo filo de la hoja le cortase los diminutos puntos.

La segunda Lucy vio una escapatoria; en cuanto tuviera la más mínima oportunidad, huiría. Huiría en busca de su libertad. Se arrastraría a gatas si hacía falta para llegar a casa. Se reuniría con sus padres. Encontraría a Henry. Irían a la policía. Lograría despegarse del colchón y regresar a casa.

Patty Hearts era una zorra estúpida. Estaba encerrada en un

armario, pero nadie la retenía. Tuvo su oportunidad. Se presentó en el banco con un rifle, gritando tonterías acerca del SLA, cuando podía haber cogido la puerta y pedir ayuda.

Si ella tuviera un rifle, lo usaría para volarle la cabeza a ese tipo. Le machacaría el cráneo con la culata. Le metería el cañón por el culo. Y se reiría cuando viese cómo le saltaban los ojos y la sangre le salía de la boca.

Y luego buscaría a esa doctora que había salido en la radio y le diría que estaba completamente equivocada. Patty Hearst no estuvo indefensa. Podría haber escapado. Podría haber echado a correr en cualquier momento.

Pero puede que la doctora le respondiese que ella tenía algo de lo que carecía Patty Hearts.

Lucy ya había dejado de estar sola. No necesitaba ni a Bobby, ni a Fred, ni a Juice, ni a su padre, ni siquiera a Henry. Ella ya no medía el paso del tiempo por el tibio calor del sol sobre su cara ni por el cambio de temperatura que llegaba con la estación nueva. Ella no medía el paso del tiempo en días, sino en semanas, en meses y por la hinchazón de su barriga.

Podía ocurrir en cualquier momento.

Lucy iba a tener un hijo.

Capítulo dieciocho

Lunes 14 de julio de 1975

*E*l capitán Bubba Keller era uno de los amigos con los que Duke jugaba al póquer, lo que significaba que tal vez llevaba a planchar su bata blanca a la tintorería donde había muerto la madre de Deena Coolidge. Probablemente, su esposa la llevaría, y él no sabría ni quién se la lavaba.

Amanda nunca había dado mucha importancia a la afiliación de su padre al Klan. El Klan aún continuaba controlando el Departamento de Policía de Atlanta cuando ingresaron Duke Wagner y Bubba Keller. Formar parte de la organización era obligatorio, así como prestar servicios en la Orden Fraternal de la Policía. Ninguno de los dos se había negado. Tenían ascendencia alemana. Ambos ingresaron en la armada con la esperanza de que los enviasen al Pacífico y no tuviesen que combatir en Europa. Los dos llevaban el pelo cortado al estilo militar, los pantalones con la raya bien marcada y la corbata impecablemente anudada. Eran hombres que asumían el control de las cosas, que abrían la puerta a las mujeres, que protegían a los inocentes y castigaban a los culpables, que sabían la diferencia entre el bien y el mal.

Es decir, que siempre tenían razón y que sabían que todos los demás estaban equivocados.

A finales de los años sesenta, el jefe de policía Herbert Jenkins había expulsado al Klan del cuerpo, pero la mayoría de los hombres con los que Duke jugaba al póquer aún seguían afiliados. Por lo que Amanda sabía, pertenecer a esa organización consistía exclusivamente en sentarse y quejarse de lo mucho que habían empeorado las cosas. Hablaban de los viejos tiempos, y de lo bien que estaban las cosas antes de que los negros lo arruinasen todo.

Lo que no reconocían es que las cosas que resultaban malas para ellos eran buenas para todo el mundo. Durante los últimos días, Amanda había pensado en varias ocasiones que no había nada peor que cuando la injusticia llamaba a tu propia puerta.

Trató de verlo con perspectiva mientras entraba en la prisión de Atlanta. El capitán Bubba Keller estaba orgulloso de su puesto, a pesar de que el edificio en la Decatur Street estaba en un estado ruinoso, peor que cualquier cosa que pudiera verse en Attica. Los murciélagos colgaban del techo, el tejado tenía goteras, el suelo de cemento estaba desmenuzado. Durante el invierno, a los prisioneros se les permitía dormir en los pasillos por miedo a que muriesen de frío en las celdas. El año anterior habían tenido que llevar a un hombre al Grady porque le había atacado una rata. El animal le arrancó la mayor parte de la nariz antes de que los funcionarios lograran matarla con una escoba.

Lo más sorprendente de la historia no es que hubiera una escoba en la cárcel, sino que el funcionario notase que algo estaba ocurriendo. La seguridad estaba dejada de la mano de Dios. La mayoría de los hombres llegaban borrachos a trabajar. Los intentos de fuga eran una rutina, un problema que se agravaba aún más porque la Secretaría estaba ubicada al lado de las celdas. Amanda había oído contar historias horrorosas a las mecanógrafas, de cómo los violadores y los asesinos pasaban al lado de sus mesas buscando la puerta principal.

—Señora —dijo un agente, que se golpeó el sombrero en señal de saludo cuando la vio subir las escaleras.

El hombre respiró una bocanada de aire fresco mientras se dirigía a la calle. Amanda pensó que ella haría otro tanto cuando saliera de ese lugar. El olor era tan horrible como el de los suburbios.

Sonrió a Larry Pearse, que controlaba la habitación de pertenencias detrás de una puerta enrejada. Él le guiñó un ojo mientras le daba un sorbo a una petaca. Amanda esperó a estar en las escaleras para mirar el reloj. Aún no eran las diez de la mañana. Probablemente, la mitad de la cárcel tenía las luces encendidas.

El runrún de las máquinas de escribir aumentó cuando se acercó a la Secretaría. Ese había sido el trabajo de sus sueños, pero ahora no podía imaginarse sentada todo el día detrás de una mesa. Ni tampoco trabajando para Bubba Keller. Era lascivo y grandilocuente, dos características que no trataba de ocultar delante de ella, a pesar de ser uno de los mejores amigos de Duke.

A menudo se preguntaba qué sucedería si le dijese a su padre que Keller le había tocado el pecho más de una vez, que la había

257

empujado contra la pared y le había susurrado cosas obscenas en el oído. A Amanda le gustaba imaginar que su padre se enfadaría, que rompería su amistad con él, que le pegaría un puñetazo en la nariz. Sin embargo, sabía que tal vez no hiciera nada de todo eso, por lo que era mejor no decir nada.

Como esperaba, oyó la voz de Keller por encima del murmullo de las máquinas de escribir. Su oficina estaba enfrente de la Secretaría, que era grande y abierta. Había unas sesenta mujeres sentadas en hileras de mesas, mecanografiando diligentemente, simulando que no podían oír lo que estaba sucediendo a escasos metros. Holly Scott, la secretaria de Keller, estaba en la entrada de su oficina. Era lo bastante inteligente como para no pasar del umbral. Keller tenía la cara roja de rabia. Levantó los brazos, pero luego bajó una mano y tiró todos los papeles al suelo.

—¡Qué narices has hecho! —gritó Keller. Holly murmuró algo, pero él cogió el teléfono y lo estampó contra la pared. La escayola se desconchó, salpicando una lluvia de polvo blanco—. ¡Limpia este estropicio! —ordenó antes de coger el sombrero y salir de la oficina. Se detuvo al ver a Amanda—: ¿Qué coño haces aquí?

No tuvo que pensar para inventar una mentira.

—Butch Bonnie me dijo que viniera a comprobar...

—No me importa un carajo —interrumpió—. Espero que no estés aquí cuando regrese.

Amanda lo vio marcharse. Era la viva imagen de un elefante en una cacharrería. Empujaba las mesas, tiraba los montones de papeles. Había sesenta mujeres sentadas a sus mesas, mecanografiando e intentando que no se fijara en ellas.

Hubo un suspiro colectivo cuando salió de la sala. Las máquinas de escribir se detuvieron por un momento. Se oyeron algunos gritos procedentes de las celdas.

—Buenas noches, Irene —dijo Holly.

Respondieron con algunas risitas. Las secretarias reanudaron su trabajo. Holly le hizo un gesto a Amanda para que entrase en la oficina de Keller.

—Dios santo —dijo Amanda—, ¿qué ha pasado?

Holly se agachó para recoger una botella rota de Old Grand-Dad.

—Sencillamente, me negué a hacer lo que me pedía.

Amanda se agachó para ayudarla a recoger los papeles esparcidos.

—¿Por qué?

—Estamos intentando mecanografiar el nuevo manual de Reggie para llevarlo a la imprenta —dijo Holly tirando la botella rota en la papelera—. Estamos a tope de trabajo y se nos ha echado el tiempo encima. Keller tiene a los altos cargos presionándole.

—¿Y qué?

—Pues que, aun así, creía que era el momento más adecuado para llamarme a la oficina y pedirme que le enseñe las tetas.

Amanda suspiró. Conocía de sobra esa sensación. Normalmente iba seguida de una risa perturbadora y un sobeteo.

—¿Y?

—Le dije que iba a presentar una queja contra él.

Amanda recogió el teléfono. El plástico estaba rajado, pero aún funcionaba.

—¿Serías capaz de eso?

—Probablemente, no —admitió Holly—. Pero mi marido me dijo que, la próxima vez que lo intentase, cogiese el bolso y me marchase.

—¿Y por qué no lo has hecho?

—Porque ese gilipollas está a punto de palmarla de un ataque al corazón y yo quiero sobrevivirle. —Cogió el resto de los papeles. Sonrió—. Por cierto, ¿qué haces aquí?

—Necesito hablar con un preso.

—¿Blanco o negro?

—Negro.

—Mejor, porque tenemos una epidemia de piojos. —Todo el mundo sabía que los negros no cogían piojos—. Keller va a tener que volver a fumigar con DDT. Es la tercera vez este año. El olor es horrible. —Holly cogió un bolígrafo del escritorio y lo puso sobre una hoja de papel—. Dime el nombre de la chica.

Amanda notó que se le agarrotaba la garganta.

—Es un hombre.

Holly soltó el bolígrafo.

—¿Quieres entrar ahí y hablar con un negro?

—Con Dwayne Mathison.

—Dios santo, Mandy. ¿Estás loca? Ha matado a una mujer blanca. Lo ha confesado.

—Solo necesito unos minutos.

—No. —Holly negó con la cabeza—. Keller me mataría. Y con razón. Jamás he oído una estupidez semejante. ¿Para qué demonios quieres hablar con él?

No era la primera vez que Amanda pensaba que debería haber planeado sus respuestas.

—Es por uno de mis casos.

—¿Qué caso?

Holly se sentó en el escritorio para poner en orden los papeles. Había dos botellas más de whisky sobre el cartapacio, una de ellas casi vacía. El vaso de cristal esmerilado que había entre ellas tenía un círculo permanente, pues Keller no dejaba de rellenarlo durante todo el día. En la madera del escritorio se veía el dibujo de un pene y un par de tetas.

Holly miró a Amanda.

—¿Qué pasa?

Amanda acercó otra silla, como había hecho Trey Callahan esa misma mañana en la Union Mission. Se sentó frente a Holly. Sus rodillas casi se tocaban.

—Han desaparecido algunas chicas.

Holly dejó de ordenar los papeles.

—¿Crees que ese chulo las mató?

Amanda no mintió del todo.

—Es posible.

—Debes decírselo a Butch y Rick. Es su caso. Y sabes que se enterarán de esto. —Se puso una mano en el corazón y levantó la otra, como si estuviera jurando lealtad—. No se enterarán ni por mí ni por las chicas, pero ya sabes que aquí se sabe todo.

—Lo sé.

No había nada más normal en el cuerpo de policía que el chismorreo.

—Mandy —dijo Holly moviendo la cabeza, como si no pudiera entender lo que le había pasado a su amiga—. ¿Por qué quieres meterte en problemas?

Amanda la miró. Holly Scott tenía el cuerpo delgado de una bailarina. Ella misma se alisaba el pelo. Su maquillaje era perfecto. Su piel también. Incluso bajo aquel calor tan sofocante, la podían fotografiar para un anuncio de una revista. Seguro que, a la hora de contratarla, Keller había tenido más en cuenta eso que el hecho de que pudiera tomar dictados casi perfectamente y fuese capaz de mecanografiar ciento diez palabras por minuto.

Amanda se giró y cerró la puerta. Se seguía escuchando a las mecanógrafas, pero eso le daba una sensación de confidencialidad.

—Rick Landry me amenazó. —No le gustó inmiscuir a Evelyn en eso, pero dijo la verdad cuando añadió—: Me llamó zorra delante de mi jefe. Me humilló. Me dijo que debía permanecer al margen de… su caso.

Holly apretó los labios.

—¿Le vas a hacer caso?

—No. Estoy cansada de hacer lo que me piden. Cansada de tenerles miedo y de cumplir sus órdenes, cuando lo hago mejor que ellos.

Lo dijo tranquilamente, pero en sus palabras se palpaba un aire de rebeldía.

Nerviosa, Holly miró por encima del hombro de Amanda. Temía que la oyesen, formar parte de eso, pero, aun así, preguntó:

—¿Has estado alguna vez en las celdas de los hombres?

—No.

—Es horrible. Mucho peor que las de las mujeres.

—Lo imagino.

—Ratas, heces, sangre.

—No exageres.

—Keller se pondrá furioso.

Amanda se encogió de hombros.

—Bueno, tal vez así le dé el ataque al corazón que tanto deseas.

261

Holly la miró fijamente durante un buen rato. Sus ojos brillaban por unas lágrimas que no terminaban de caer. Estaba asustada de verdad. Amanda sabía que tenía un hijo y un marido que desempeñaban dos trabajos para poder vivir en un barrio residencial. Holly iba a la facultad por la noche, ayudaba en la iglesia los domingos y colaboraba voluntariamente en la biblioteca. Y trabajaba allí cinco días a la semana, soportando las insinuaciones y las proposiciones de Keller porque el Ayuntamiento era el único lugar que aplicaba esa ley federal que obligaba a pagar el mismo salario a las mujeres que a los hombres.

Holly continuó mirándola mientras cogía el teléfono del escritorio de Keller. Puso el dedo en el disco. La mano le temblaba ligeramente. No tuvo que mirar para marcar el número. Ella misma se encargaba de hacer las llamadas para Keller. Guardó silencio mientras esperaba a que respondiesen.

—Martha. Soy Holly, de la oficina de Keller. Necesito que traslades un prisionero a la celda de tránsito.

Amanda la observó atentamente mientras Holly transmitía la información relacionada con Dwayne Mathison. Tuvo que buscar entre los papeles que había en el escritorio de Keller para encontrar su acta de detención, la cual tenía su número de inscripción. Sus manos se tranquilizaron al realizar esas tareas tan cotidianas para ella. Tenía las uñas cortas y pintadas con esmalte transparente, como las de Amanda, y la piel casi tan blanca como la de Jane Delray, aunque, por supuesto, sin marcas de ningún tipo. Vio sus venas azuladas en el reverso de su mano.

Amanda se miró sus propias manos, posadas sobre su regazo. Tenía las uñas bien cortadas, aunque, la noche anterior, no se había molestado en pintárselas. Tenía arañazos en uno de los lados de la palma, pero no recordaba cómo se los había hecho. Quizá se hubiera arañado mientras limpiaba. Había una pieza de metal que sobresalía del refrigerador que siempre le hacía daño al limpiarlo.

Holly colgó el teléfono.

—Lo van a trasladar. Será cuestión de diez minutos. —Se detuvo—. Ya sabes que puedo volverles a llamar y anularlo. No hay necesidad de que sigas con esto.

Amanda estaba pensando en otras cosas.

—¿Puedo utilizar el teléfono mientras espero?

—Por supuesto. —Holly refunfuñó mientras descolgaba el auricular—. Estaré fuera. Te aviso cuando esté todo preparado.

Amanda buscó la libreta de direcciones en su bolso. Debería estar asustada. Se iba a enfrentar de nuevo a Juice, pero verse los arañazos en la mano le hizo darse cuenta de que tenía que resolver otros temas más urgentes.

Tenía una tarjeta en el reverso de su libreta de direcciones con los teléfonos que utilizaba más a menudo. Butch omitía constantemente detalles en sus notas. Tenía que llamar al depósito al menos una vez por semana. Solía hablar con la mujer que se encargaba de los archivos, pero esa vez preguntó por Pete Hanson.

Respondieron al tercer tono.

—Coolidge.

Amanda pensó en colgar, pero tuvo una suerte de brote de paranoia, como si Deena Coolidge pudiera verla. La cárcel estaba a pocos pasos del depósito. Amanda miró nerviosamente a su alrededor.

—¿Dígame? —dijo Deena.

—Soy Amanda Wagner.

La mujer aguardó unos instantes.

—Dime.

Amanda miró hacia la Secretaría. Todas las mujeres estaban ocupadas con su trabajo, con la espalda erguida y la cabeza un poco inclinada, mecanografiando las páginas de un manual que probablemente la mitad del cuerpo utilizaría como papel del váter, y la otra, como diana.

—Tengo que hacerle una pregunta al doctor Hanson. ¿Está por ahí?

—Está en el juzgado, testificando sobre un caso. —Deena dejó de mostrarse tan recelosa y añadió—: ¿Puedo ayudarte en algo?

Amanda cerró los ojos. Hubiera sido más fácil con Pete.

—Tenía que preguntarle sobre el trozo de piel que encontraron en las uñas de la víctima. —Amanda se miró el arañazo que tenía en la palma de la mano—. Me preguntaba si...

No pudo continuar. Quizá debería esperar a Pete. Probablemente, estaría en su despacho al día siguiente, y Jane Delray estaría igual de muerta.

—Vamos, jovencita —dijo Deena—. No me hagas perder el tiempo. Suéltalo ya.

—Pete encontró algo en las uñas de la chica el sábado.

—Así es. Tejido epitelial. Debió de arañar a su agresor.

—¿Lo han analizado ya?

—Aún no. ¿Por qué?

Amanda movió la cabeza, deseando mimetizarse con la silla. Probablemente, lo mejor sería andarse sin rodeos.

—Si el agresor era un negro, ¿no sería negra la piel que encontraron en su uña?

—Hm. —Deena guardó silencio durante unos instantes—. Bueno, ya sabes, Pete tiene esa luz especial. Si la enfocas sobre una muestra de piel y tiene un tono anaranjado, entonces es de un negro.

—¿De verdad? —Amanda jamás había oído hablar de eso—. ¿Ha hecho la prueba ya? Porque yo creo que...

Al principio pensó que Deena estaba llorando, pero luego se dio cuenta de que se estaba riendo tanto que empezaba a faltarle el aire.

—Muy gracioso —respondió Amanda—. Voy a colgar.

—No, espera —dijo Deena, que continuaba riéndose, aunque trataba de controlarse—. No cuelgues. —Continuó riéndose. Amanda miró el escritorio de Keller. El cenicero estaba repleto de colillas. Su taza de café, manchada de nicotina—. De acuerdo —añadió, y empezó a reírse de nuevo.

—Bueno, voy a colgar.

—No, espera. —Deena tosió varias veces—. Ya estoy bien.

—Yo solo he hecho una pregunta sincera.

—Lo sé, cariño. —Volvió a toser—. Escucha, ¿has visto ese anuncio de la loción Pura y Sencilla en la que aparecen las diferentes capas de la piel?

Amanda no sabía si estaba bromeando de nuevo.

—Hablo en serio, chica. Escúchame.

—De acuerdo. Sí, he visto el anuncio.

—La piel tiene tres capas, básicamente, ¿verdad?

—Sí.

—Normalmente, si arañas a alguien, le arrancas la epidermis, que es blanca, sea cual sea la raza a la que pertenezcas. Para obtener la capa pigmentada, tienes que arañarle hasta la hipodermis, lo que significa que has de clavarle las uñas lo bastante hondo como para que sangre. Entonces no habría un trozo pequeño de piel en la uña, sino uno de un tamaño considerable.

Amanda observó que utilizaba el mismo tono profesional de Pete en sus explicaciones.

—Entonces, ¿no hay forma de saber si la chica del viernes arañó a un agresor negro o blanco?

Deena se quedó en silencio de nuevo, aunque ya no se reía.

—Estás hablando del chulo ese que arrestaron por matar a la chica blanca, ¿no?

Amanda vio a un funcionario acercarse hasta la mesa de Holly. Era un hombre desgarbado, con un bigote grande y el pelo moreno. Ella le hizo un gesto para indicarle que Juice estaba preparado.

—Amanda —dijo Deena—. Estoy hablando en serio. Más vale que pienses lo que haces.

—Creía que estarías dispuesta a ayudar a uno de tu misma especie.

—Ese asesino cabrón no tiene nada que ver conmigo. —Luego bajó la voz y añadió—: Lo único que me interesa es conservar la cabeza encima de los hombros.

—Bueno, gracias por responder a mi pregunta.

—Espera.

Holly le hizo un gesto de urgencia. Probablemente, temía que Keller regresase. Amanda levantó la mano para indicarle que esperase un instante.

—Dime.

—Ten cuidado. Las personas que ahora te protegen serán las mismas que, luego, cuando sepan lo que estás haciendo, se te echarán encima.

Hubo un prolongado silencio. Ambas reflexionaron sobre eso.

—Gracias —dijo Amanda, que no quiso interpretar la manera tan brusca con la que se despidió Deena.

Colgó el teléfono. El corazón le latía con fuerza. Ella tenía razón. Duke se pondría furioso si supiese lo que estaba haciendo. Al igual que Keller, Butch, Landry y, posiblemente, Hodge. Y también toda la gente del departamento si supiera que estaba ayudando a que un hombre negro saliera de la cárcel. Un hombre negro que ya había confesado haber cometido el asesinato.

Holly se acercó a la puerta.

—Date prisa, Mandy. Phillip te va a acompañar y se quedará contigo. —Bajó la voz—. No dirá nada.

Amanda sintió la necesidad de salir huyendo. Su coraje subía y bajaba como el pistón de un motor.

—Estoy preparada.

Se levantó de la mesa. Esbozó una sonrisa cuando Phillip entró en la oficina. Llevaba puesto el uniforme azul marino de los funcionarios de prisión, un llavero colgando de un lado del cinturón y una porra en el otro.

Era más joven que Amanda, pero le habló como si fuese una niña.

—¿Estás segura de que quieres hacerlo, chica?

A Amanda se le hizo un nudo en la garganta. Deseaba que Evelyn estuviese con ella, apoyándola. Luego se sintió culpable, porque ella se había llevado la peor parte de la cólera, y no solo de Rick Landry, sino de Butch y de quien la hubiese trasladado a la Model City.

Puede queDeena tuviese razón, y la gente fuese más cuidadosa con Amanda porque tenían miedo de Duke. Por eso, pensó, en lugar de tener también miedo de él, debería aprovecharse, al menos mientras pudiese.

—No estoy segura de que nos conozcamos —dijo Amanda dirigiéndose hacia el hombre con la mano extendida—. Soy Amanda Wagner, la hija de Duke.

Phillip miró a Holly, y después a Amanda mientras le estrechaba la mano.

—Sí, conozco a Duke.

—Es amigo de Bubba.

Amanda nunca llamaba a Keller por su nombre, pero el funcionario no tenía por qué saberlo. Cogió el bolso de la silla y em-

265

pezó a buscar un nuevo bolígrafo y una libreta que había traído de casa. Le dio el bolso a Holly.

—¿Te importa guardármelo?

Holly la observó mientras Amanda salía de la oficina. Ella trató de mantener el paso firme al pasar por la Secretaría. El constante traqueteo de las máquinas de escribir parecía ir acorde con el latido errático de su corazón, pero siguió caminando. Entrar en la prisión era parecido a ir a la piscina. O bien te metes y aguantas la primera impresión del agua, o bien te vas metiendo poco a poco mientras la carne se te pone de gallina y te castañetean los dientes.

Amanda entró de sopetón.

Se apoyó en la barandilla al bajar las escaleras. No esperó a que Phillip le abriera la puerta. La empujó con la palma de la mano. Las celdas. Holly estaba en lo cierto cuando dijo que la sección de hombres era mucho peor que la de las mujeres. Había enormes grietas en las paredes. Las palomas arrullaban en las vigas; sus heces cubrían todo el suelo. Pasó por encima de un borracho que estaba apoyado en la pared. Ignoró los silbidos y las miradas. Se mantuvo erguida, con la mirada al frente, hasta que Phillip habló.

—Está a la izquierda.

Amanda se detuvo delante de la puerta. Alguien había utilizado una navaja para grabar INTERROGACIÓN en la gruesa capa de pintura. Había una ventana cuadrada a la altura de los ojos, aunque apenas se podía ver nada de lo sucia que estaba.

Phillip cogió el manojo de llaves y buscó la correcta. Se tambaleó un poco, obviamente porque había bebido. Al final, encontró la llave, la metió en la cerradura y empujó la puerta. Amanda se giró, impidiéndole el paso al interior.

—Entraré sola —dijo.

Él se rio, pero luego vio que hablaba en serio.

—¿Estás loca?

—Te llamaré si te necesito.

—Entonces no tendré bastante tiempo. —Señaló la puerta—. El cerrojo se echa cuando cierras la puerta. Puedo dejarla entornada, así...

—Gracias.

Utilizó una estrategia de Rick Landry: aproximarse a él y obligarle a retroceder sin tocarle. Lo último que vio de Phillip fue su expresión consternada cuando ella cerró la puerta.

El ruido del pestillo retumbó en la habitación. Vio fugazmente el sombrero azul del funcionario, solo el borde, pero nada más.

Luego se dio la vuelta.

Dwayne Mathison estaba sentado a la mesa. Tenía un vendaje ensangrentado alrededor de la cabeza; uno de los ojos, morado; y la nariz, rota. Había echado la silla hacia atrás, por eso casi tocaba la pared. Amanda vio que llevaba la misma ropa que la semana anterior, aunque ahora la tenía manchada de sangre y mugre. Tenía las piernas separadas. Uno de sus brazos colgaba por detrás del respaldo de la silla y sus dedos casi le llegaban al suelo. Vio el tatuaje de Jesucristo que llevaba en el pecho, el lunar de su mejilla, el odio en sus ojos.

—¿Qué coño haces aquí, zorra?

Era una buena pregunta. Amanda jamás había entrevistado a un sospechoso en una sala de interrogatorios. Normalmente, lo hacía en casa del sospechoso, con sus padres en la habitación, y a veces incluso con un abogado presente. Los muchachos siempre se mostraban arrepentidos y asustados al tener que hablar con un agente de policía, pero se sentían más cómodos si era una mujer. Sus padres le prometían que no volvería a suceder, sus madres hacían comentarios lascivos sobre la chica que les había denunciado y, por regla general, al cabo de menos de una hora, el muchacho seguía con su vida normal.

Entonces, ¿qué estaba haciendo allí?

Amanda se llevó la libreta al pecho, pero luego se arrepintió del gesto. Juice podría pensar que se lo estaba tapando. Creería que estaba asustada. Ambas cosas eran ciertas, pero no podía mostrárselo. Bajó los brazos mientras se acercó hasta la mesa. La habitación era muy pequeña, apenas unos metros. Cogió la silla vacía y se sentó. Juice la miraba igual que un animal observa su presa. Amanda acercó la silla, aunque cada músculo de su cuerpo ansiaba salir huyendo.

En cuestión de segundos, él podía darle la vuelta a la mesa y romperle el cuello, o propinarle un puñetazo, o golpearla, o tratar de violarla de nuevo. Amanda siempre había pensado que si algo malo le sucedía, como, por ejemplo, que un hombre entrase en su apartamento por la noche o alguien la atacase en un callejón, no podría gritar. Y no lo había hecho cuando Juice la amenazó. ¿Gritaría ahora si la atacaba? ¿Le oiría Phillip? Y si lo hiciera, ¿encontraría la llave antes de que sucediese lo peor?

267

Amanda no podía producir bastante saliva para tragar. Abrió la libreta.

—Señor Mathison, ¿ha confesado usted el asesinato de Lucy Bennett?

Él no respondió.

Caía agua de un agujero que había en el techo. Las gotas habían terminado por encharcar el suelo. Había una rata muerta en un rincón, con el cuello roto por una trampa. Las esquinas estaban plagadas de telarañas. Olía a sudor y a orina seca.

—Señor Math…

—Mm-mm —respondió Juice pasándose la lengua por el labio superior—. Aún me gustas. —Chasqueó la lengua—. Debería haberte pillado cuando tuve la oportunidad.

De forma incongruente, Amanda notó que una sonrisa se le venía a los labios. Podía oír la voz de Evelyn, la forma en que le imitó cuando estaban en el Varsity.

Empleó un tono sorprendentemente brusco cuando dijo:

—Bueno, perdiste tu oportunidad. —Amanda abrió la libreta y sacó el bolígrafo para poder tomar notas—. ¿Qué le pasó a Jane Delray?

Juice hizo un ruido entre un gruñido y un gemido.

—¿Por qué me preguntas por esa puta?

—Porque quiero saber dónde está.

Levantó la mano por encima de la cabeza y silbó como una bomba tirada por un avión mientras la dejaba caer sobre la mesa.

Amanda miró su mano. Tenía dos dedos unidos por un esparadrapo. No tenía arañazos en las manos ni en los brazos.

—Confesaste haber matado a Lucy Bennett.

—Lo hice para librarme de la silla eléctrica.

—La pena de muerte ya no es legal.

—Me dijeron que la implantarían de nuevo solo para mí.

Dadas las circunstancias, a Amanda no le extrañaba que el Estado lo intentase. Todo el mundo sabía que era cuestión de tiempo que volviera a estar vigente.

—Ambos sabemos que tú no mataste a esa mujer.

—Ojalá lo hubiera hecho.

—¿Por qué no lo hiciste?

—¿Por qué coño estás aquí, perra? ¿Por qué te preocupa lo que le pase a un negro?

—La verdad es que no me preocupa. —Amanda se quedó sorprendida por sus propias palabras—. Me preocupo por las chicas.

—Porque son blancas.

—No. —Una vez más le dijo la verdad—. Porque son chicas, y nadie se preocupa de ellas.

La miró. No se había dado cuenta de que hasta ese momento él había estado evitando su mirada. Amanda le devolvió la mirada, preguntándose si era la primera mujer que tenía el valor de hacer eso. Debía de tener una madre en algún lugar. Una hermana. No podía violar y chulear a todas las mujeres que se le pusieran por delante.

Juice puso la mano en la mesa. Amanda no apartó la mirada, pero él sí.

—Eres como ella —dijo.

—¿Como quién?

—Como Lucy. —Siguió dando golpecitos con los dedos en la mesa—. Era fuerte, muy fuerte. Yo la doblegué, pero ella siempre se rebelaba.

—¿Kitty también era así?

—Kitty. —Bufó—. Esa zorra casi puede conmigo, ¿entiendes lo que digo? Tuve que pegarle y mantenerla a raya. —Señaló a Amanda—. Cuando llevas mucho tiempo trabajando con chicas, sabes que la más fuerte es la más leal. Lo único que tienes que hacer es engatusarla.

—Lo tendré en cuenta si alguna vez decido convertirme en chulo.

Él puso las palmas de las manos en la mesa y se inclinó hacia delante.

—Contigo puedo hacer lo mismo. Dame cinco minutos y verás cómo te pongo ese culito blanco. —Empezó a dar embestidas con sus caderas, haciéndolas chocar contra la mesa—. Te metería la mano en ese jugoso coñito blanco hasta que te hiciera chillar. —Golpeó la mesa con más fuerza, acompañando cada envite con un gemido. Era un sonido gutural que le permitió ver los moratones que tenía en el cuello.

—¿Me estrangularías?

—Seguro que sí, zorra. —Empujó una vez más la mesa—. Te apretaría el cuello hasta que te desmayases.

—¿Te gusta que te estrangulen?

—Y una mierda. —Cruzó los brazos sobre el pecho. Tenía unos enormes bíceps—. Nadie tiene cojones de estrangularme.

Amanda recordó algo que Pete le había dicho en el depósito.

—¿Te measte encima?

—Yo no me meo encima —respondió levantando la barbilla en actitud defensiva—. ¿Quién te ha dicho eso?

Amanda esbozó una sonrisa petulante. Había logrado humillarle sin ni siquiera intentarlo.

—Sí, lo hiciste.

Él miró a la pared.

—El apartamento que hay en Techwood es de Kitty, ¿verdad?

Juice no respondió.

—Puedo pasarme aquí todo el día —dijo ella, y en ese momento se sintió capaz de hacerlo. Bubba Keller la tendría que sacar a rastras de esa habitación. Se quedaría allí sentada mirando a ese chulo repugnante todo el tiempo que quisiera—. El apartamento en Techwood pertenecía a Kitty, ¿no?

Juice pareció darse cuenta de su determinación.

—Era un sitio que las chicas usaban para trabajar por su cuenta. Ella les cobraba un porcentaje. Tuve que pararle los pies.

Amanda no podía imaginar a una mujer cobrándoles una renta a las putas, pero en los últimos días su perspectiva del mundo se había ampliado considerablemente.

—Háblame de Hank Bennett.

—¿Qué te ha dicho?

—Tú háblame de él.

—El muy gilipollas se presentó en mi esquina dándome órdenes. —Tenía el puño apretado cuando golpeó la mesa—. Alguien tenía que pararle los pies.

—¿Cuándo ocurrió eso?

—Y yo qué sé, zorra. No llevo un diario.

Amanda dibujó una raya oblicua en el papel. Si le dieran un dólar por cada vez que un hombre la había llamado «zorra» en los últimos días, podría jubilarse.

—¿Fue a verte antes o después de que Lucy desapareciese?

Sacó la lengua mientras reflexionaba.

—Antes. Sí, fue antes. La muy puta desapareció una semana o dos después. Pensé que él se la había llevado. Lucy hablaba de él todo el tiempo.

Amanda estaba un poco oxidada de no tomar notas, pero no tardó en recuperar sus habilidades.

—Entonces, ¿Hank Bennett fue a verte antes de que desapareciera Lucy? —Otra mentira del abogado—. ¿Qué quería?

—Me dijo lo que debía hacer. El muy capullo debería estar contento de que no le patease su culito blanco.

270

—¿Hacer el qué?

—Que me desentendiera de Kitty. Dijo que me daría dinero si dejaba de darle caballo.

Amanda pensó que no había oído bien.

—¿A Kitty? Querrás decir a Lucy.

—Que no, zorra. Era con Kitty con quien quería hablar. El tío estaba encaprichado con ella.

—¿Por qué se iba a interesar Hank Bennett por Kitty?

Él se encogió de hombros, pero respondió:

—Su papaíto es un abogado muy importante. Repudió a la muy puta cuando se enteró de que trabajaba para mí. —Esbozó una sonrisa morbosa para asegurarse de que Amanda entendía lo que quería decir—. Ella tenía otra hermana en algún sitio. Era la buenecita. Kitty, siempre la mala.

—El padre de Kitty es Andrew Treadwell.

Él asintió.

—Veo que lo vas pillando, zorra. ¿No te lo había dicho ya el alcalde?

Amanda revisó las notas.

—Hank Bennett te ofreció dinero para que dejases de darle heroína a Kitty.

—¿Por qué coño repites todo lo que digo?

—Porque no tiene sentido —admitió Amanda—. Hank Bennett te busca para preguntarte sobre Kitty. ¿No te pregunta sobre su hermana? ¿No te dice que quiere verla? —Juice negó con la cabeza—. ¿No le preocupa Lucy? —El tipo repitió el gesto—. ¿Y una semana después desaparece Lucy?

—Exacto, una semana después desapareció Kitty —dijo chasqueando los dedos.

Amanda recordó las palabras de Jane. «Sencillamente, desaparecieron.»

—Eso es.

—¿Y qué pasó con Mary?

—La muy puta también desapareció —bufó—. Unos tres meses después. Llevaba mucho tiempo sin perder tantas chicas de golpe. Normalmente, otro chulo intenta quitármelas.

—Has perdido tres chicas en pocos meses. —Amanda no estaba preguntando, sino tratando de comprender lo que había pasado—. ¿Alguna vez viste a Lucy con una carta de su hermano?

Asintió bruscamente.

—La llevaba en el bolso.

—¿Sabes leer?

—¿Qué te has creído, zorra, que soy un analfabeto?

Amanda esperó.

—Tonterías como que la echaba de menos, cuando yo sabía que no era así. Que quería reunirse con ella. —Juice tamborileó la mesa con los dedos—. Y una mierda. Si la hubiera querido ver, podría haberse quedado en mi esquina cinco minutos más. Le dije que vendría.

Amanda anotó lo que decía mientras trataba de pensar en la siguiente pregunta.

—¿Había alguien por allí que fuese…? —«Aterrador» no era la palabra adecuada para un hombre como Juice—. ¿Alguien que fuese violento o peligroso? ¿Alguien con quien tus chicas corrieran peligro?

—Zorra, yo cobro extra por eso —dijo sonriendo. Le faltaba uno de los dientes de delante. Tenía las encías en carne viva—. Siempre hay cabrones raros por ahí sueltos. —Se aclaró la garganta—. Disculpe.

Amanda aceptó la disculpa.

—¿Cómo de raros?

—Hay un tipo al que le gusta pegar. —Levantó el puño en el aire. Amanda dedujo que se refería a golpear a las chicas—. Hay otro que lleva una navaja, pero no hace daño. Nunca se la clava a nadie. Al menos la hoja.

—¿Alguien más?

—Hay otro tipo alto que dirige el comedor social.

—He oído hablar de él.

—Es muy amigo del tipo que lleva la Mission.

Al parecer, Trey Callaham también había mentido.

—El tipo siempre venía por la noche, tratando de sermonear a mis chicas.

—¿El hombre del comedor?

Juice asintió.

—¿Le tenían miedo las chicas?

—Joder. Ellas no tienen miedo de nada cuando yo estoy cerca. Ese es mi trabajo, zorra.

Amanda dibujó otra raya oblicua en el papel.

—El hombre de la iglesia venía por la noche a tu esquina y trataba de sermonear a Lucy, Kitty y…

—No. Ellas ya habían desaparecido. Y Mary también. —Se irguió—. Escucha, toda esa mierda de la salvación está bien por el día, pero no me vengas hablando de Jesús cuando hago mi trabajo. ¿Me comprendes?

—Sí. —Amanda se inclinó hacia delante—. Dime quién mató a Jane Delray.

—¿Me vas a sacar de aquí?

Amanda empezaba a darse cuenta de cómo era el juego, pero aún no dominaba ese tira y afloja. Juice se dio cuenta por su expresión.

—Mierda —dijo echándose sobre el respaldo de la silla—. No puedes hacer nada, zorra.

—Si encuentro a alguien del Ayuntamiento que quiera hablar contigo, ¿me dirás quién mató a Jane?

—¿Otro chochete?

—No, un hombre. Alguien con un cargo importante. —Amanda no conocía a nadie en el Ayuntamiento, salvo a unas cuantas secretarias. Aun así, se mantuvo firme y empleó un tono amenazante cuando añadió—: Pero tienes que decirle algo importante. Tienes que darle un nombre que pueda seguir. En caso contrario, el trato que has hecho con Butch y Landry no servirá de nada. Te prometo una cosa: el estado implantará de nuevo la pena de muerte. Cuando tu caso llegue al Tribunal Supremo, serás hombre muerto.

Se oyeron unos golpecitos. Su pierna empezó a moverse arriba y abajo. El tacón de su zapato de charol repiqueteaba en el cemento.

—Ya he hecho un trato. Y he confesado.

—Eso no importa.

—¿Qué quieres decir?

—Que has confesado haber matado a Lucy Bennett, no a Jane Delray. Cuando les diga que han cometido un error... —Se encogió de hombros—. Espero que se acuerden de afeitarte la cabeza antes de ponerte la gorra de metal.

Juice estaba nervioso. Respiraba con dificultad a través de la nariz rota.

—¿Qué quieres decir, zorra?

—¿No has oído hablar del último hombre al que ejecutaron? Su pelo empezó a arder. El interruptor se calentó demasiado y no pudieron desconectarlo. Lo quemaron vivo. Las llamas llegaron al techo. Estuvo gritando durante dos minutos antes de que pudieran encontrar la caja de fusibles y desconectar la luz.

273

Juice tragó saliva. La pierna le temblaba tanto que golpeaba la mesa con la rodilla.

—Dame un nombre, Juice. Dime quién mató a Jane.

Apretaba y aflojaba el puño. La mesa tembló.

—Dame un nombre.

Juice dio un puñetazo encima de la mesa.

—¡No tengo ningún nombre!

Amanda chasqueó el bolígrafo y cerró la libreta. No se había estremecido. Se mantuvo completamente tranquila, a la espera.

—Maldita sea —dijo Juice con los dientes apretados—. Malditas perras. Me tienen pillado por esta mierda.

—¿Quién quería matar a Jane?

—Todo el mundo. Se pasaba el tiempo criticando, y se buscaba muchos enemigos en la calle.

—¿Cualquiera podría haberla matado?

—No sin que ella le cortase el cuello. La muy perra llevaba un cuchillo en el bolso. Todas lo llevan, y saben cómo utilizarlo. No se les puede dar la espalda ni un minuto. Son como serpientes.

—Eso resulta gracioso viniendo de su chulo.

Juice no respondió. Arqueó los hombros y puso las manos sobre su regazo.

—¿Qué dijo la otra perra? ¿Sobre si Kitty conocía al alcalde? ¿Crees que le puede echar un cable a un hermano? ¿Puede sacarme de esta mierda?

—Ya te he dicho que, si me dices la verdad, quizá pueda ayudarte.

Él la miró, de arriba abajo, como si estuviera leyendo un libro.

—Joder —farfulló—. ¿Crees que te escucharán? —Se levantó de la mesa. El cuerpo de Amanda se puso tenso, pero permaneció quieta mientras él se acercaba—. Mira a tu alrededor, zorra —dijo alzando las manos—. Preferirán dejar que un hombre negro dirija este mundo antes que permitírselo a una mujer.

Amanda apareció en la puerta principal de la casa de Evelyn con una botella de vino en la mano. No era de los baratos, pero no sabía si el precio tenía algo que ver con la calidad. Una vez más se sentía fuera de lugar, especialmente cuando Kenny Mitchell abrió la puerta.

El tipo esbozó una amplia sonrisa. Tenía unos dientes perfectos. Su rostro era perfecto. No cambiaría nada de él. Y no es que fuera a tener tal oportunidad.

—Amanda —dijo—. Me alegro de verte.

Se acercó para besarla, pero ella, sin pensarlo, retrocedió.

—Oh —dijo.

Luego avanzó, más como un pato que esconde la cabeza que como una mujer madura. El momento no podía ser más incómodo, pero Kenny se echó a reír, le puso la mano en la cara y la besó en la mejilla. Amanda notó el áspero tacto de su piel, los puntiagudos pelos de su bigote. Su otra mano reposaba ligeramente sobre su brazo. Una oleada de calor le recorrió el cuerpo.

—Vamos, pasa —dijo sosteniendo la puerta. Amanda entró en la casa y enseguida se sintió envuelta por el aire fresco—. Es agradable, ¿verdad? —Kenny cogió la botella de vino. Se movía con mucha soltura, como un atleta en el estadio—. Ev está en la parte de atrás durmiendo al niño. Siento decirte que el olor tan desagradable que hay es porque Bill y yo hemos intentado preparar la cena. ¿Te sirvo una copa de vino? —Miró la botella y silbó débilmente—. Un buen vino. Quizá la guarde para mí solo.

—De acuerdo —respondió Amanda, sin saber qué pregunta estaba respondiendo. Miró al suelo, sorprendida de que sus pies siguieran allí, que no se estuviera derritiendo como una estúpida adolescente—. Como quieras.

Kenny pareció no darse cuenta, o quizás estaba acostumbrado a que las mujeres se comportasen de forma tan estúpida en su presencia. Señaló el pasillo.

—La primera puerta a la derecha.

Amanda notó su mirada mientras se dirigía al pasillo. Por extraño que parezca, pensó en Juice, en las cosas que le había dicho sobre su trasero. Se mordió el labio. ¿Por qué de todas las cosas que le había dicho ese chulo se le había quedado grabada esa en particular? Seguro que Kenny no era así. No era grosero ni ordinario. Ni tampoco Amanda, por eso no se explicaba las imágenes tan obscenas que se le venían a la cabeza mientras llamaba suavemente a la puerta del dormitorio.

—Entra —susurró Evelyn.

Amanda abrió la puerta. Evelyn estaba sentada en una mecedora, con Zeke en los brazos. El niño tenía la cabeza echada hacia atrás, y un brazo colgando a uno de los lados. Tenía el pelo rubio, las mejillas rosas y una nariz chata. No era de extrañar que Evelyn tuviese un hijo tan hermoso, ni que su habitación estu-

275

viese tan bien decorada. Las paredes de color azul claro estaban repletas de ovejitas blancas. La cuna estaba esmaltada de blanco brillante. Las sábanas amarillas hacían juego con la moqueta, que a su vez lo hacía con la lámpara que iluminaba la habitación.

—Estás muy guapa —susurró Evelyn.

—Gracias —dijo pasándose la mano por el pelo. Se lo había lavado cuatro veces para quitarse el hedor de la cárcel, y luego se echó algunas gotas de Charlie en las muñecas y el cuello por otras razones.

—¿Quieres que te ayude en la cocina?

—No. Esta noche se encarga Bill.

Evelyn rezongó al levantarse de la silla. Meció al niño mientras lo llevaba a la cuna. Se desplomó sobre el colchón como una muñeca de trapo. Evelyn tiró de las sábanas y las plegó sobre sus estrechos hombros. Le echó el pelo hacia atrás con los dedos. Se inclinó y le besó en la mejilla antes de hacerle a ella una señal para marcharse.

En lugar de dirigirse hacia la cocina, Evelyn la llevó a la habitación de al lado. Llevaba un traje de crinolina azul que parecía susurrar cuando caminaba. Encendió la luz de arriba y vio que estaban en un despacho. Había dos escritorios en las paredes opuestas, ambos muy ordenados. Amanda dedujo que el de metal negro sería el de Bill Mitchell, pues dudaba que utilizase el escritorio blanco y elegante de estilo rococó con los tiradores de cristal color rosa. La libreta de Evelyn estaba colocada justo en el borde. Había una lista de la compra a su lado. Lo que destacaba por encima de todo es que el rompecabezas estaba desplegado en la pared. Había utilizado chinchetas para sujetar los diferentes papeles kraft de colores.

—Pensé que así sería más fácil —dijo acercando la silla de Bill para que Amanda se sentase. Evelyn tomó asiento frente a su escritorio y abrió el cajón de arriba—. He encontrado esto en Five Points.

Amanda cogió los carnés: Lucy Anne Bennett, Kathryn Elizabeth Treadwell, Mary Louise Eitel, Donna Mary Halston y Mary Abigail Ellis.

Observó las fotos cuidadosamente y apartó las que pertenecían a las dos Marys y se quedó con la de Donna Mary Halston.

—Esta se parece a Kitty y a Lucy.

—Eso es lo que pensé.

—Por lo que se ve él tenía un tipo de chica.

Amanda no había pensado en eso, pero tenía sentido. Todos los hombres tienen un determinado tipo de mujeres que les atraen. ¿Por qué iba a ser diferente el asesino?

—Todas parecen chicas muy normales. Nunca sabría a qué se dedicaban.

Amanda miró las fotografías. Parecían normales. Nada indicaba que fuesen prostitutas, nada mostraba que hubiesen caído hasta los niveles más bajos de la depravación para pagarse una adicción.

Sin embargo, lo más sorprendente era su parecido. Tenían el pelo rubio y los ojos azules. Eran altas y delgadas, con los labios carnosos y exuberantes, y una mirada expresiva. No solo eran guapas, sino hermosas.

—Todas tenían la misma dirección —señaló Amanda—. Techwood Homes. Volveré a llamar a Pam Canale y ver si puede localizar el apartamento por el número. Me parece que pertenecía a Kitty, pero no creo que nos sirva de mucho saberlo. —Se le ocurrió una idea—. Podemos llevar mañana las fotos de carné a Techwood. Como dijiste, el noventa por ciento de los que viven allí son negros. Todo el mundo conocería a tres chicas blancas.

—De acuerdo. Quédate con ellas. —Evelyn cogió la libreta del escritorio, pero no la abrió—. Comprobé todos los archivos de personas desaparecidas. No había nada de Lucy o Jane, pero encontré uno de Mary Halston. Tiene una hermana en Virginia que lleva buscándola más de un año.

—Podemos llamarla —dijo Amanda guardando las fotos en su bolso—. Seguro que hablará con nosotras.

—Tenemos que hacerlo desde aquí. Si ponemos una conferencia desde la comisaría, nos despellejarán.

Su pellejo ya estaba en peligro.

—¿Hay algo más que te haya llamado la atención?

—Comprobé el archivo de negros muertos —dijo mirando la libreta—. Ninguno parece cuadrar con nuestro caso. Pero todas esas chicas desaparecidas…, al menos veinte, y a nadie se le ha ocurrido hacer nada más que meterlas en un archivo.

Movió la cabeza con lentitud. Amanda se sintió avergonzada por haberle hablado de eso. Evelyn prosiguió:

—Están muertas, secuestradas o les han hecho daño, y nadie se preocupa, o al menos eso parece. Deben de tener familias que las están buscando, pero apenas hay expedientes de mujeres negras desaparecidas. Imagino que sus familias saben que eso no importa. Al menos no… —Su voz se apagó mientras abría el cuaderno—. Anoté todos sus nombres. No sé por qué. Pensé que alguien debería saber que han desaparecido.

Amanda miró la larga lista de nombres. Todas muertas. Y todas habían acabado en un archivo que nadie miraba.

Evelyn soltó un prolongado suspiro. Volvió a poner el cuaderno encima de la mesa.

—¿Cómo te fue en la cárcel?

—Fue repugnante. —Amanda buscó en su bolso, aunque apenas necesitaba consultar sus notas—. Juice confesó haber matado a Lucy Bennett, pero solo para evitar la pena de muerte.

—¿No le ha explicado nadie que ya no hay pena de muerte?

—Le dijeron que la impondrían de nuevo por él.

—Entonces supongo que ha sido muy inteligente por su parte.

—Si no te importa pasar el resto de tu vida en prisión. —Amanda abrió el cuaderno—. Me confirmó que Kitty es la hija de Andrew Treadwell.

—Bien —dijo Evelyn con una sonrisa de suficiencia—. Nuestra teoría de la oveja negra era correcta.

—Yo no esperaría una medalla por eso —le aconsejó Amanda—. Aquí viene la mejor parte: Juice me dijo que Hank Bennett fue a verle, más o menos una semana antes de que Lucy desapareciese.

Evelyn soltó un gruñido.

—Joder, ese tío miente más que habla.

Cogió el bolígrafo de su mesa y se levantó para escribir en el rompecabezas que había en la pared. «Vio a su hermana una semana antes de su desaparición», dijo en voz alta mientras ponía esas palabras debajo del nombre de Hank Bennett.

—¿Qué más te dijo Juice?

—Que Hank Bennett le pidió que no le diese más heroína a Kitty.

—¿Querrás decir a Lucy?

—No, a Kitty.

Evelyn se giró.

—¿Y por qué iba a querer Hank Bennett que Juice no le diese más heroína a Kitty?

Amanda imitó al sargento Hodge.

—Esa es una buena pregunta.

Evelyn gruñó mientras miraba el rompecabezas.

—Puede que Andrew Treadwell enviase a Hank Bennett para desintoxicar a Kitty.

—Es posible.

Evelyn no parecía muy convencida.

—De acuerdo, probemos una cosa: Trey Callahan de la Union Mission dijo que Kitty sobresalía por encima de las demás chicas. Obviamente, pertenecía a la clase alta. No sería difícil averiguar quién era su familia. A lo mejor Juice intentó chantajear a Treadwell, y este envió a Hank Bennett para que le hiciera el trabajo sucio. —Consultó sus notas—. Juice me dijo que Bennett le ofreció dinero para que no le diese caballo a Kitty.

Evelyn soltó un prolongado suspiro.

—Entonces, ¿es que Bennett fue a sobornar a Juice por Kitty y se encontró con que su hermana estaba allí?

—Juice me dijo que Bennett no llegó a ver a Lucy, pero ¿quién sabe? Todos mienten.

—Así es. —Evelyn se inclinó y estudió la hoja amarilla donde había dibujado el cronograma—. Tenemos que actualizar esto. Yo me encargo.

—Gracias por quedarte con lo más difícil. —Amanda revisó sus notas mientras Evelyn esperaba—. Veamos. La carta para Lucy Bennett llegó a la Union Mission. Tanto Trey Callahan como Juice lo han confirmado.

Evelyn cogió una nueva hoja azul, la pegó en la pared y escribió LA CARTA en el centro.

—¿Juice sabe lo que decía la carta?

—Sí. Que quería ver a su hermana, que la echaba de menos. Juice pensó que se trataba de una sarta de estupideces.

—Vaya, por una vez estoy de acuerdo con ese chulo.

Amanda continuó:

—Hank Bennett se presentó en la Mission pocos días después y habló con Trey Callahan. Luego, al poco, va a ver a Juice en su esquina, pero, en su lugar, ve a Kitty. Le dice a Juice que deje de pasarle caballo a Kitty, pero no pregunta por su hermana. —Entrecerró los ojos para leer sus notas—. Juice me comentó que le dijo a Bennett que esperase unos minutos porque Lucy estaba a punto de llegar, pero él no la esperó.

—Quizá ver a Kitty hizo que buscar a Lucy pasara a un segundo plano.

—Eso parece —señaló Amanda—. Dos semanas después, Lucy desaparece. Y una semana después, también Kitty. Y, poste-

279

riormente, Mary. —Amanda levantó la vista del cuaderno—. Tres chicas en cuestión de pocos meses. Pero ¿por qué?

—Dímelo y así puedo dejar de escribir.

Evelyn sacudió la mano antes de terminar la actualización. Al final, se echó hacia atrás y miró el cronograma. Ambas lo hicieron. El rompecabezas se estaba haciendo más grande por los retazos de información que no parecían tener conexión alguna.

—Me da la impresión de que se nos escapa algo.

—Veamos —dijo Amanda levantándose. A veces, moverse la ayudaba a reflexionar—. Mirémoslo de esta forma: Bennett intentaba ponerse en contacto con su hermana. Su padre había fallecido. Su madre quería ver a su hija para decirle lo ocurrido. Hank sale en busca de Lucy, pero encuentra a Kitty Treadwell.

—Vale.

—Bennett dijo que le envió la carta a Lucy en agosto. Lo recuerda porque acababa de graduarse en la Facultad de Derecho y su padre acababa de fallecer. Luego nos dijo que era su primer año como asociado en Treadwell-Price.

—*Vaaaya* —soltó Evelyn alargando la palabra. Cogió el bolígrafo y escribió las fechas aproximadas—. ¿Vio Bennett a Kitty trabajando de prostituta en la calle y se valió de ello para obtener un trabajo en Treadwell-Price? —Sonrió—. Es uno de los mejores bufetes. Y un trabajo así te soluciona la vida. Puedo imaginar fácilmente a esa comadreja tratando de aprovecharse de la tragedia de su hermana.

—Por supuesto.

Evelyn se echó sobre el respaldo de la silla.

—Pero ¿qué tiene que ver eso con Jane Delray? ¿Y por qué ha mentido Bennett sobre su identificación? ¿Qué gana con la muerte de Lucy? ¡Sí! —Agitó el bolígrafo en el aire—. Un seguro. Lo estaba viendo desde una perspectiva equivocada. Obviamente, no hay una póliza a nombre de Lucy. El propio Bennett nos lo dijo; su padre muere, su madre también, por lo que los inmuebles y cualquier póliza pasan a nombre de los hijos. —Se irguió en la silla—. Quizá Bennett quería ver a Lucy para que renunciase a los inmuebles. Vi algo parecido con uno de los clientes de Bill el año pasado. El anciano estaba loco de remate. Sus hijos consiguieron que renunciase a todos sus inmuebles.

—A mí, desde luego, Hank Bennett me parece todo un oportunista.

—Además, ¿cuál sería la otra alternativa? —preguntó Evelyn—. ¿Que Bennett mató a Jane Delray? Lo vimos hace dos días, y sus manos estaban completamente limpias. No tenía los cortes ni los moratones típicos de haber atacado a alguien.

Amanda recordó el trozo de piel que encontraron en las uñas de Jane Delray.

—Ella arañó a su atacante. Tendría alguna marca en el reverso de sus manos, en el cuello o en la cara.

—A no ser que le arañase en el brazo o en el pecho. Llevaba un traje de tres piezas. ¿Quién sabe lo que hay debajo? —Evelyn resopló—. No me imagino a Hank Bennett estrangulando a una prostituta y tirándola luego del tejado de una casa en Techwood Homes.

Amanda, sin embargo, no sabía de lo que era capaz ese hombre.

—A mí ese hombre me da mala espina.

—Y a mí también.

Ambas miraron a la pared. Amanda dejó que sus ojos deambularan por los diferentes nombres.

—Juice me dijo que Kitty alquilaba su apartamento a otras chicas.

—Imagino que heredó el espíritu empresarial de su padre.

—El próximo paso y el más lógico sería interrogar a Andrew Treadwell y a Hank Bennett.

—O agitar las manos y salir volando.

—Tenemos que hablar otra vez con Trey Callahan en la Union Mission. Juice me dijo que es amigo del que dirige el comedor social.

Evelyn se quedó boquiabierta por la sorpresa.

—¿Es mi impresión o todo el mundo nos está mintiendo?

—También engañaron a los hombres. Nadie te dice la verdad si llevas una placa.

—Bueno, entonces debemos decirle a Betty Friedan[12] que por fin hemos logrado cierta igualdad.

Amanda sonrió.

—También deberíamos hablar con el hombre del comedor social.

12. Feminista estadounidense durante la década de los sesenta y setenta.

—Aún no sabemos quién es el confidente de Butch. Alguien de Techwood identificó a Jane Delray como Lucy Bennett.

Evelyn cogió un papel en blanco del cajón de su escritorio.

—De acuerdo. Lo primero que debemos hacer mañana es ir a la Union Mission, luego al comedor social y después a Techwood para enseñar las fotografías de las chicas. ¿Crees que podemos incluir una foto de Hank Bennett? —Dio golpecitos con el bolígrafo en la mesa—. Conozco a una chica en la oficina de permisos de conducir. Seguro que allí podremos conseguir una foto suya.

Amanda miró a su amiga. Mostraba esa mezcla de excitación y determinación que ella misma había sentido durante toda la semana. Trabajar en ese caso les hacía olvidarse del peligro que corrían.

—Hoy dos personas han tratado de disuadirme.

—¿Landry?

—Bueno, con él son tres. Me refería a Holly Scott y a Deena Coolidge. Ambos me dijeron que era una locura hacer esto.

Evelyn se mordió el labio. No necesitó añadir que pensaba que ambos tenían razón.

—¿Vamos a seguir con esto? —preguntó Amanda.

Evelyn le devolvió la mirada, en lugar de responderle. Ambas sabían que debían poner fin a sus investigaciones, y lo que se jugaban: no solo sus trabajos, sino sus vidas y su futuro. Si las expulsaban del cuerpo de policía, nadie las volvería a contratar. Serían unas parias.

—¡Chicas! —gritó Bill Mitchell—. La cena está lista.

Evelyn se levantó. Apretó la mano de Amanda.

—Simula que está deliciosa, sea lo que sea.

Amanda no sabía si se refería a la cena de Bill o al embrollo en que se estaban metiendo. En cualquier caso, solo pudo sentir admiración por ella mientras la seguía por el pasillo. Evelyn era, o bien la persona más optimista que había conocido, o bien la más delirante.

—Señoritas —dijo Kenny, que estaba de pie, al lado del tocadiscos, con un LP en la mano—. ¿Qué os apetece escuchar?

Evelyn sonrió a Amanda mientras se dirigían a la cocina y dejó que ella respondiera a la pregunta.

Kenny sugirió:

—¿Skynyrd? ¿Allman Brothers? ¿Clapton?

Amanda pensó que era mejor quitarse ese dilema de encima diciendo:

—Lamento decir que yo soy más de Sinatra.

—¿Sabes que fui a verlo el año pasado al Madison Square Garden? —Kenny sonrió al ver su expresión de sorpresa—. Fui hasta Nueva York solo para verle. Me senté en la tercera fila. Subió al cuadrilátero como un campeón y cantó a pleno pulmón durante horas. —Rebuscó entre los discos y añadió—: Aquí está. Se lo dejé a Bill hace seis meses, aunque dudo que lo haya escuchado. —Le mostró a Amanda la funda del disco: *The Main Event. Live.*

—La cena se está enfriando —dijo Bill.

Amanda esperó hasta que Kenny puso el disco. Los primeros compases sonaron suavemente por los altavoces. Kenny alargó el brazo y la escoltó hasta el comedor. Evelyn estaba sentada en el regazo de su marido. Él le dio unas palmaditas en el trasero y ella le besó antes de levantarse.

—Amanda, el vino está delicioso —dijo dando un buen sorbo a la copa—. No hacía falta que trajeras nada.

—Me alegro de que te guste. Tuve la impresión de que el hombre de la tienda me estaba engañando.

—Estoy seguro de que eres una excelente sumiller —dijo Kenny acercándole una silla.

Amanda se sentó y dejó que el bolso se deslizara hasta el suelo. Kenny le pasó la mano por el hombro antes de sentarse enfrente de su hermano.

Amanda se llevó la copa a la boca y exhaló.

—¿Qué estáis tramando? —preguntó Bill—. ¿Debo preocuparme porque vayáis a empapelar la casa con cartulinas de colores?

—Puede —respondió Evelyn enarcando una ceja y dando otro sorbo a la copa de vino—. Estamos llevando un caso que probablemente hará que nos despidan.

—Entonces tendré más tiempo para estar con mi chica —exclamó Bill. Apenas parecía preocupado mientras ponía un trozo de asado con aspecto de estar seco en el plato de Evelyn—. ¿Os habéis estado quejando o causando problemas? —Cogió otro trozo de asado para Amanda—. ¿O ambas cosas?

—Probablemente, vamos a sacar a un negro de la cárcel —dijo Evelyn.

Kenny se rio.

—Vaya. Veo que hacéis amigos por todas partes.

—No lo digo en broma —respondió Evelyn terminándose la copa de vino—. Ese tipo se llama Juice.

283

—¿Cómo el jugador de fútbol americano? —Bill llenó el vaso de Amanda y luego el de Evelyn—. Corrió mil setecientas yardas en el 68.

—Mil setecientas nueve —corrigió Kenny—. Corrió ciento setenta y una contra el Ohio State en la Rose Bowl.

—Por el fútbol americano —dijo Bill levantando la copa.

—Eso, eso —añadió Kenny haciendo otro tanto. Todos brindaron. Amanda notó una ola de calor recorrerle el cuerpo. No se había percatado de lo tensa que estaba hasta que el vino empezó a relajarla.

—Bueno, el Juice que no es jugador de rugby se ha enamorado de Amanda —dijo Evelyn guiñando un ojo desde el otro lado de la mesa— Dice que es una mujer muy guapa.

—Vaya, un tipo astuto —dijo Kenny haciéndole un gesto a Amanda.

Ella le dio un buen sorbo al vino para ocultar su vergüenza.

—Es un chulo —añadió Evelyn—. Le conocimos la semana pasada en Techwood Homes.

Amanda notó cómo le palpitaba el corazón, pero Evelyn continuó hablando.

—Sus prostitutas son todas mujeres blancas.

—Mis favoritas —añadió Bill, volviendo a llenar el vaso de Amanda.

No se había dado cuenta de que ya se había tomado la primera copa. Amanda miró la comida que tenía en el plato. Obviamente, las verduras eran congeladas y la carne estaba demasiado hecha, incluso quemada un poco por los bordes.

—Jane, la prostituta —prosiguió Evelyn poniendo los ojos en blanco—, no era lo que se puede decir una persona ordenada. Al entrar, ¿qué es lo que dijiste, Amanda? Ah, sí: «Buscaré ediciones pasadas de *Good Housekeeping*».

Los hombres se echaron a reír. Evelyn prosiguió contando su historia.

—Era una completa pesadilla.

Amanda le dio un sorbo al vino y mantuvo la copa pegada a su pecho mientras Evelyn hablaba del apartamento en Techwood y de aquella respondona prostituta. Todos se rieron cuando imitó el acento sureño de Jane Delray. Había algo en su forma de contar lo sucedido que lo hacía parecer gracioso en lugar de aterrador. Parecía estar describiendo el argumento de una comedia de televisión en la que dos chicas valientes meten las narices donde no deben, pero terminan saliendo del embrollo con humor e ingenio.

—Venga, déjalo ya —dijo Amanda.

Todos se echaron a reír, aunque la sonrisa de Evelyn no era del todo sincera. Se tiró del pelo hacia atrás.

Bill alargó el brazo y le apartó la mano cariñosamente.

—Te vas a quedar calva.

—¿Te dolió tener que cortarte el pelo? —preguntó Amanda.

Evelyn se encogió de hombros. Obviamente, sí, pero respondió:

—Después de tener a Zeke, no tenía tiempo para ocuparme del pelo.

El vino había hecho que Amanda se desinhibiera.

—¿Te importó? —le preguntó a Bill.

Cogió la mano de Evelyn y respondió:

—Cualquier cosa que contente a mi chica.

—Lloré durante una hora —prosiguió Evelyn riéndose, aunque obviamente no le había hecho ninguna gracia.

—Yo creo que fueron seis —la corrigió Bill—. Pero me gusta.

—Te queda muy bien —añadió Kenny—. Aunque también te sienta bien el pelo largo.

Amanda acarició la parte de atrás de su cabello. El suyo era mucho peor que el de Evelyn.

—¿Por qué no te lo sueltas? —preguntó Kenny.

Amanda se quedó sorprendida y avergonzada. También estaba a punto de estar completamente ebria, razón por la que accedió.

Se quitó las horquillas. Cinco, seis, siete, ocho en total, además de la laca que le dejó los dedos pegajosos al soltarse el pelo. Su melena cayó hasta la mitad de la espalda. Se cortaba las puntas una vez al año, y solo se lo soltaba en invierno o por la noche, cuando estaba sola.

Evelyn suspiró.

—Estás guapísima.

Amanda se terminó el vino. Se sentía mareada. Al menos debería comer un poco de carne para que absorbiera el alcohol, pero no quería oír el sonido de la masticación. La habitación estaba en silencio, salvo por la música de Sinatra cantando *Autumn in New York*.

Bill cogió la botella y les llenó la copa a todos. Amanda pensó en tapar la suya con la mano, pero no pudo moverse.

El teléfono sonó en la cocina. Evelyn se sobresaltó.

—Dios santo, ¿quién puede llamar a estas horas?

Amanda no podía quedarse en la habitación sola y la siguió hasta la cocina.

—Residencia de los Mitchell.

Amanda se echó el pelo hacia atrás y se hizo un moño en la coronilla. Volvió a ponerse las horquillas. Se movía con torpeza. Había bebido demasiado vino y había acaparado demasiada atención.

—¿Dónde? —preguntó Evelyn. Tiró del cable del teléfono para coger un papel y un lápiz de uno de los cajones—. Repita —dijo mientras anotaba—. ¿Cuándo ha sucedido? —Hizo algunos ruidos para meterle prisa a la persona que hablaba. Finalmente, dijo—: Vamos para allá.

—¿Adónde vamos? —preguntó Amanda, con la mano apoyada en la encimera. El vino se le había subido a la cabeza—. ¿Quién era?

—Deena Coolidge. —Evelyn dobló el papel por la mitad—. Acaban de encontrar otro cadáver.

Amanda notó que recuperaba la concentración.

—¿Quién?

—Aún no lo saben, pero es rubia, delgada y guapa.

—Vaya, eso me resulta familiar.

—La han encontrado en Techwood Homes. —Evelyn abrió la puerta del comedor—. Lo siento, muchachos, pero tenemos que irnos.

Bill sonrió.

—Lo que pasa es que no quieres lavar los platos.

—Los lavaré por la mañana.

Intercambiaron una mirada. Amanda se percató de que Bill Mitchell no era tan ingenuo como ella había pensado. Al igual que Amanda, no se dejaba engañar por las historias graciosas de su mujer. Levantó la copa como si fuese a brindar y dijo:

—Te estaré esperando, amor mío.

Evelyn cogió el bolso de Amanda antes de dejar que la puerta se cerrase.

—Estoy borracha como una cuba —murmuró—. Espero que no acabemos dándonos un tortazo con el coche.

—Yo conduciré —dijo Amanda siguiéndola fuera de la cocina.

En lugar de dirigirse al coche, Evelyn entró en el cobertizo. Los hombres habían terminado, solo quedaba pintarlo. Pasó la mano por el borde superior de la puerta y cogió la llave. Tiró de la cadena para encender la luz. Había una caja fuerte en el suelo. Intentó la combinación tres veces antes de poder abrirla.

—Creo que nos hemos bebido la botella entera entre las dos.

—¿Por qué te ha llamado Deena?

—Le dije que lo hiciera si algo sucedía.

Evelyn sacó el revólver. Comprobó si tenía munición en el tambor y luego lo volvió a poner en su sitio. Sacó el cargador rápido y cerró la caja de seguridad.

—Vámonos.

—¿Crees que vamos a necesitar eso?

Evelyn guardó el revólver en su bolso.

—No pienso ir a ningún sitio sin él —dijo agarrándose a la estantería para levantarse. Cerró los ojos mientras se orientaba—. Probablemente, nos arrestarán por conducir bajo la influencia del alcohol.

—Bueno, eso no nos hará destacar.

Evelyn apagó la luz y cerró la puerta. Amanda respiró profundamente mientras se dirigía al coche, intentando despejar la cabeza.

—Ya sabes que esto implica que Juice no lo hizo.

—¿Hemos creído alguna vez que lo hiciera?

—No, pero ahora los demás también lo sabrán.

Amanda se subió al coche. Echó el bolso al asiento trasero mientras esperaba a que Evelyn entrase. El trayecto hasta Techwood no era muy largo, especialmente a las ocho de la noche. No había tráfico en la carretera. Las únicas personas que se quedaban en Atlanta después de anochecer eran los que no tenían nada que hacer allí. Eso resultaba muy positivo, dado el estado de embriaguez de Amanda. Si atropellaba a un peatón accidentalmente, no le importaría a nadie.

Los semáforos estaban en color ámbar mientras subieron por Piedmont Road. Amanda tomó la curva que las llevaba a Fourteenth Street, y luego redujo al ver la luz parpadeante antes de torcer a la izquierda en Peachtree. Giró de nuevo a la derecha en North, siguiendo el mismo recorrido de la semana pasada: pasar el Varsity, cruzar la interestatal, torcer a la izquierda en Techwood Drive e ir directamente a los suburbios.

Había varios coches patrulla bloqueando el camino. Amanda aparcó detrás de un Plymouth Fury que le resultó conocido. Miró en el interior del coche al pasar. Había paquetes de cigarrillos

287

arrugados, media botella de Johnnie Walker y latas aplastadas de cerveza. Siguió a Evelyn hasta el edificio. Una vez más, Rick Landry estaba de pie en el centro del patio. Tenía las manos en las caderas. Esbozó una mueca de rabia al ver a Amanda y a Evelyn.

—¿Qué tengo que hacer? ¿Pegaros una patada en el coño?

Parecía dispuesto a hacerlo, pero Deena Coolidge le detuvo.

—¿Estáis listas?

Landry la miró.

—A ti nadie te ha dado vela en este entierro, negrita.

Ella sacó pecho.

—Más vale que apartes tu jodido culo antes de que te ponga a trabajar para Reggie.

Landry trató de mirarla con desprecio, pero Deena, que era mucho más baja que él, se mantuvo firme. Finalmente, Landry retrocedió, pero antes de marcharse dijo:

—Putas de mierda.

—Imagino que os preguntaréis qué hacen aquí Butch y Landry, cuando trabajan en el turno de día. Yo me he preguntado lo mismo.

Amanda miró a Evelyn, que asintió. Era extraño.

288

—Pete está en la parte de atrás con el cuerpo —dijo Deena—, pero antes hay alguien que quiere hablar con vosotras.

Ninguna de las dos dijo nada mientras seguían a Deena hasta el interior del edificio. El vestíbulo estaba repleto de mujeres y niños vestidos con sus pijamas y sus batas. Tenían una expresión de miedo y cautela en el rostro. Probablemente, estaban preparándose para pasar la noche cuando habían aparecido los coches de policía. Todos habían dejado la puerta principal de sus casas abierta. Las luces de los coches patrulla iluminaban los apartamentos. Amanda era más que consciente de que Evelyn y ella eran las únicas blancas en el interior del edificio.

Solamente la puerta de un apartamento estaba cerrada. Deena llamó. Esperaron a que quitasen la cadena y le dieran la vuelta al cerrojo. La anciana que abrió la puerta llevaba una falda y una chaqueta negras. La blusa blanca estaba almidonada. Vestía un elegante sombrero negro con un velo corto que le caía hasta las cejas.

—¿Qué hace vestida para ir a la iglesia, señorita Lula? —preguntó Deena—. Ya le he dicho que estas chicas solo quieren hablar. No la van a llevar a prisión.

La anciana miró al suelo. Su presencia la intimidaba, eso era evidente. Incluso cuando retrocedió para que pudiesen entrar, lo hizo a regañadientes. Amanda se sintió muy avergonzada al pasar a su apartamento.

—¿Por qué no nos prepara una taza de té, cariño? —sugirió Deena.

La señorita Lula asintió mientras fue hacia la otra habitación. Deena les señaló el sofá, que era de color amarillo claro y estaba inmaculado. De hecho, el salón estaba sumamente ordenado. La única silla que había delante del pequeño televisor tenía una falda y un tapete. Encima de la mesa había una serie de revistas ordenadas. La alfombra del suelo estaba muy limpia. Había fotografías de Martin Luther King, Jr y de Jack Kennedy colgadas en la pared, una frente a otra. No se veían telarañas por ningún lado. Ni siquiera el hedor del edificio había podido colarse allí.

Aun así, ni Amanda ni Evelyn se sentaron. Eran muy conscientes de dónde estaban. Por muy limpio que pareciese el apartamento de aquella mujer, estaba rodeado de mugre. No se puede pasar una manta limpia por un charco de barro y esperar que no se manche.

Oyeron cómo el agua de la tetera hervía.

Deena habló con firmeza.

—Más vale que tengáis vuestro culito blanco sobre el sofá cuando regrese.

Deena se sentó en la silla que había al lado del televisor. Evelyn, de mala gana, tomó asiento en el sofá. Amanda hizo lo mismo, con el bolso pegado al regazo. Ambas estaban sentadas en el borde, pero no por miedo a contaminarse, sino porque estaban de servicio. Después de tantos años de llevar cargando todas esas cosas en el cinturón, les resultaba imposible recostarse en un sofá.

—¿Quién llamó? —preguntó Amanda.

Deena señaló la cocina.

—La señorita Lula. Vive aquí desde que reformaron el lugar. La trasladaron desde Buttermilk.

—¿Por qué cree que la vamos a arrestar?

—Porque sois blancas y lleváis una placa.

—Eso no ha impresionado a nadie hasta ahora —farfulló Evelyn.

La señorita Lula regresó. Se había quitado el sombrero y mostraba una mata de pelo blanco. Las tazas chinas y los platillos que había sobre la bandeja tintinearon mientras los llevaba hasta el salón. Instintivamente, Amanda se levantó para ayudarla. La ban-

289

deja pesaba y la colocó sobre la mesilla de café. Deena cedió su lugar a la anciana. Bien pensado. Deena se alisó la parte trasera de sus pantalones, probablemente para comprobar si se le había pegado algún insecto. Una cucaracha andaba por la pared que había a su espalda. Se estremeció.

—¿Quieren algunas pastas? —ofreció la señorita Lula con una voz inesperadamente refinada. Habló con cierto acento inglés, como el de Lena Horne.[13]

—Gracias —respondió Evelyn—, pero acabamos de cenar. —Alargó la mano para asir la tetera y añadió—: ¿Puedo servirme?

La señorita Lula asintió. Amanda observó cómo Evelyn servía cuatro tazas de té. Se sentía de lo más extraña. Jamás había estado en casa de una persona negra como invitada. Normalmente, procuraba entrar y salir lo antes posible. Se sentía como si estuviera en uno de esos *sketches* de Carol Burnett más dedicados a las crónicas sociales que al humor.

—La señorita Lula fue profesora en la escuela para negros de Benson —comentó Deena.

—Mi madre también fue profesora de una escuela primaria —añadió Amanda.

—Yo también —respondió la señorita Lula. Cogió la taza y el platillo que le ofreció Evelyn. Tenía las manos viejas, los nudillos inflamados, con un ligero color ceniza. Juntó los labios y sopló para enfriar el té.

Evelyn sirvió a Deena y luego a Amanda.

—Gracias —dijo Amanda, notando el calor a través de la porcelana. No obstante, se bebió el té hirviendo, esperando que la cafeína la ayudase a eliminar los efectos del vino.

Miró las fotos de Kennedy y Martin Luther King mientras observaba de nuevo el ordenado apartamento que la señorita Lula consideraba su hogar.

Cuando Amanda trabajaba como agente patrulla, muchos hombres se entretenían aterrorizando a esos ancianos. Se colocaban detrás de ellos en sus coches patrulla y hacían petardear el coche. A los ancianos se les caían las bolsas de la compra, levantaban los brazos sobresaltados y muchos de ellos incluso se tiraban al suelo, ya que las detonaciones del tubo de escape sonaban como el tiro de una escopeta.

---

13. Legendaria actriz y cantante afro-estadounidense.

Deena esperó hasta que todas tomaron un poco de té.

—Señorita Lula, ¿puede contarles a estas mujeres lo que me ha dicho?

La mujer bajó la mirada de nuevo. Obviamente, estaba asustada.

—Oí un alboroto en la parte de atrás.

Amanda se dio cuenta de que el apartamento daba a la parte trasera del complejo. Era la misma zona donde habían encontrado a Jane Delray tres días antes.

—Miré por la ventana y vi a una chica tendida. Estaba muerta. —Movió la cabeza—. Fue algo horrible. No importa los pecados que haya cometido, nadie merece morir así.

—¿Había alguien más en la parte de atrás? —preguntó Evelyn.

—No que yo sepa.

—¿Cómo era el ruido que oyó, el que le hizo mirar por la ventana?

—¿Quizá fue la puerta trasera al abrirse de golpe?

No parecía segura, pero asintió como si fuese la única explicación posible.

291

—¿Ha visto a algún extraño merodeando por los alrededores? —preguntó Amanda.

—Como de costumbre. La mayoría de esas chicas reciben visitas nocturnas y entran por la puerta de atrás.

Era lógico. Probablemente, los hombres que las visitaban no querían que nadie los viese.

—¿Reconoció a la chica? —preguntó Amanda.

—Vive en la planta de arriba. No sé su nombre. Pero, desde el principio, dije que no deberían haberles permitido vivir aquí.

—Porque son prostitutas, no porque sean blancas —añadió Deena.

—Ejercían su oficio en el apartamento —dijo la señorita Lula—, y eso va contra la ley de Vivienda.

Evelyn dejó la taza de té sobre la mesa.

—¿Vio a alguno de sus clientes?

—Alguna que otra vez. Como ya le he dicho, la mayoría de ellos utilizaban la puerta de atrás. Especialmente, los blancos.

—¿Veían a hombres blancos y negros?

—Con frecuencia a uno después del otro.

Todas guardaron silencio mientras reflexionaban sobre lo que acababa de decir.

—¿Cuántas mujeres vivían en ese apartamento? —preguntó Evelyn.

—Al principio, la más joven. Dijo que se llamaba Kitty. Parecía una chica agradable. Les daba caramelos a los niños, algo que le permitimos hasta que supimos a qué se dedicaba.

—¿Y después? —preguntó Amanda.

—Después se trasladó otra mujer. Eso fue hace un año y medio, aproximadamente. La segunda chica también era blanca, y se parecía mucho a Kitty. Nunca supe su nombre. Sus visitantes no eran tan discretos.

—¿Era Kitty la mujer que vio por la ventana esta noche?

—No, era una tercera. No he visto a Kitty desde hace tiempo. Ni tampoco a la segunda. Estas chicas van y vienen. —Se detuvo y luego añadió—: Que el Señor las ayude. Han escogido un camino muy difícil.

Amanda recordó los carnés que tenía en el bolso. Los sacó.

—¿Reconoce a algunas de estas chicas?

La anciana cogió los carnés. Tenía sus gafas bien plegadas a un lado de la mesa, apoyadas sobre una Biblia muy usada. Todas la observaron mientras se las colocaba. La señorita Lula examinó detenidamente los carnés, prestándole a cada chica la misma atención.

—Esta es Kitty —dijo dándole el carné de Kathryn Treadwell—, aunque imagino que ustedes la conocerán por su nombre.

—Nos han dicho que le alquilaba el apartamento a otras chicas —dijo Amanda.

—Sí, es posible.

—¿Habló alguna vez con ella?

—En una ocasión. Parecía tener un concepto muy alto de sí misma. Al parecer, su padre tenía mucha influencia política.

—¿Eso le dijo ella? —preguntó Evelyn—. ¿Le dijo Kitty quién era su padre?

—No con esas palabras, pero me dejó muy claro que no pertenecía a este lugar. ¿Acaso alguno de nosotros pertenece a este lugar?

Amanda no pudo responder a esa pregunta.

—¿Conoce a alguna de las otras chicas?

La mujer examinó los carnés de nuevo. Cogió el de Jane Delray.

—Los hombres que visitaban a esta eran muy diferentes. Ella no era tan selectiva como... —Levantó la foto de Mary Halston—. Esta tenía muchos clientes asiduos; no los llamaría caballeros. Es la chica que hay atrás. —Leyó el nombre—. Donna Mary Halston. Bonito nombre, teniendo en cuenta lo que hacía.

Amanda notó que Evelyn se quedaba sin habla. Ambas pensaban hacerle la misma pregunta.

—¿Ha dicho usted que Mary tenía clientes asiduos?

—Así es.

—¿Vio alguna vez a un hombre blanco de casi uno noventa, con el pelo rubio, patillas largas y un traje hecho a medida, probablemente de color azul?

La señorita Lula miró a Deena. Cuando le devolvió los carnés a Amanda, su rostro carecía de expresión.

—Tendré que pensar sobre eso. Mañana se lo digo.

Amanda frunció el ceño. O el efecto del vino se le estaba pasando, o el té funcionaba. El apartamento de la señorita Lula estaba al final del pasillo. Había al menos diez pasos desde las escaleras, y más desde la puerta de atrás. A menos que la anciana se pasase el día sentada detrás del edificio, no había forma de que se diera cuenta de las entradas y salidas de las chicas o de sus visitantes.

Amanda abrió la boca para hablar, pero Deena la interrumpió.

—Señorita Lula —dijo—, le agradecemos el tiempo que nos ha dedicado. Tiene mi número. Llámeme para hablarme de ese asunto. —Dejó el platillo sobre la bandeja. Al ver que ni Evelyn ni Amanda se movían, cogió sus tazas y las colocó al lado de la suya—. Es hora de que nos vayamos —dijo tajante. Solo le faltó dar una palmada para hacer que se movieran.

Amanda se adelantó la primera, con el bolso pegado al pecho. Pensó en darse la vuelta para despedirse, pero Deena la empujó hacia la puerta.

El vestíbulo estaba vacío, pero, aun así, Amanda habló en voz baja.

—¿Cómo es posible que...?

—Espera hasta mañana —dijo Deena—. Averiguará si tu hombre misterioso estuvo aquí o no.

—Pero ¿cómo puede...?

—Es la reina de las abejas —dijo Deena mientras las conducía por el vestíbulo. No se detuvo hasta llegar a la puerta de salida. Estaban en el mismo lugar donde Rick Landry había amenazado a Evelyn—. Lo que os ha dicho la señorita Lula no es lo que vio, sino lo que oyó.

293

—Pero ella no...

—Regla número uno del gueto: busca a la mujer más vieja y que lleve más tiempo. Ella es la dueña del lugar.

—Vale —dijo Evelyn—. Me gustaría saber por qué tenía una escopeta debajo del sofá.

—¿Cómo dices? —preguntó Amanda.

—Y además estaba cargada —señaló Deena abriendo la puerta.

La escena del crimen estaba acordonada con cinta amarilla. No había luces en la parte de atrás, o al menos que funcionasen. Las bombillas de las farolas estaban rotas, probablemente a pedradas. Había seis agentes patrulla ocupándose del problema. Estaban de pie, rodeando el cuerpo, con sus linternas sobre el hombro para iluminar la zona.

Los terrenos que había detrás del edificio eran tan yermos como los de la parte delantera. La arcilla roja de Georgia estaba compactada por el constante pisar de los pies descalzos. No había ninguna flor, ni hierba, tan solo un árbol con sus caídas ramas colgando. Justo debajo se encontraba el cuerpo. Pete Hanson impedía su visión con su amplia constitución. A su lado había un joven de la misma altura y complexión. Al igual que él, llevaba una bata blanca de laboratorio. Le dio un golpe a Pete en el hombro y le hizo un gesto para indicarle la presencia de las mujeres.

Pete se levantó y esbozó una sonrisa.

—Detectives. Me alegro de que estén aquí, aunque lo digo con reservas, dadas las circunstancias. —Señaló al joven y añadió—: Este es mi alumno, el doctor Ned Taylor.

Taylor las saludó de forma adusta. A pesar de la escasa luz, Amanda percibió el tono verdoso de su piel. Parecía como si estuviese enfermo. Evelyn tenía un aspecto parecido.

—Pete, ¿por qué no le describes a Amanda lo que ha pasado? —dijo Deena.

Amanda supuso que debía sentirse orgullosa de su falta de escrúpulos, pero empezaba a pensar que debía guardarlo como uno más de sus secretos.

—Yo iré a ver el apartamento —dijo Evelyn—. Puede que a Butch y a Landry se les haya pasado algo por alto.

—De eso no me cabe la menor duda —replicó Deena refunfuñando.

—Por aquí, cariño —dijo Pete poniendo su mano debajo del codo de Amanda para dirigirla hacia el cadáver.

Los seis oficiales que sostenían las linternas parecían sorprendidos de que Amanda estuviese allí, aunque ninguno de ellos preguntó nada, quizá por deferencia a Pete.

—¿Te importaría? —dijo Pete, que se apoyó sobre una rodilla y ayudó a que Amanda hiciera lo mismo.

Ella se bajó la falda para no mancharse las rodillas. Probablemente, le saldrían ampollas en los talones; no iba vestida de forma adecuada para eso.

—Dime qué ves —dijo Pete.

La víctima estaba bocabajo. El pelo rubio le caía por los hombros y la espalda. Llevaba una minifalda negra y una camiseta roja. Su mano descansaba sobre el suelo, a escasos centímetros de su cara. Sus uñas estaban pintadas de rojo brillante.

—Igual que la otra víctima. Le han hecho la manicura.

—Así es. —Pete echó el pelo rubio de la chica hacia atrás—. Cardenales en el cuello, aunque no puedo decir que le hayan fracturado el hioides.

—¿No la estrangularon?

—Creo que hay algo más. —Levantó la camiseta roja. La chica tenía una línea de marcas en el costado, parecidas a un descosido—. Tiene esas laceraciones por todo el cuerpo.

Amanda vio el patrón duplicado en la pierna de la chica. Lo había confundido con una carrera en las medias. Igualmente, la parte externa de sus brazos mostraba las mismas marcas. Era como un patrón de McCall, en el cual alguien había intentado desgarrar la costura uniendo la parte delantera a la trasera del cuerpo.

—¿Qué o quién pudo hacer algo así? —preguntó Amanda.

—Dos buenas preguntas. Por desgracia, no sé cómo responderte a ninguna de ellas.

Más que preguntarle, parecía hablar en voz alta.

—Le dijiste a Deena que nos llamase y nos hiciera venir.

—Sí. La manicura de sus uñas es muy similar. El lugar también. Pensé que había algo más, pero después de un examen más minucioso... —Empezó a levantarle la minifalda, pero luego cambió de idea—. Tengo que advertírtelo, incluso yo me he sorprendido. No he visto nunca una cosa así.

Amanda movió la cabeza.

—¿A qué te refieres?

Levantó la falda. Había una aguja de hacer punto entre las piernas de la chica.

Amanda no necesitó los consejos de nadie en esa ocasión. De

295

forma automática, empezó a respirar profundamente, llenándose los pulmones y soltando el aire poco a poco.

Pete movió la cabeza.

—No hay motivo en el mundo para hacerle a una chica una cosa como esta.

—No hay sangre —observó Amanda.

Pete se apoyó en los talones.

—No.

—Imagino que lo normal es encontrar sangre, ¿no? ¿De la aguja?

—Sí.

Pete le abrió las piernas. Uno de los agentes retrocedió ligeramente y casi tropieza con la rama rota de un árbol. Se oyeron un par de risas nerviosas, pero el hombre logró mantener el equilibrio. Enfocó la linterna a las piernas de la víctima.

Tenía los muslos blancos y pálidos. Sin sangre.

—¿Se han encontrado huellas en la aguja? —preguntó Amanda.

A pesar de las circunstancias, Pete le sonrió.

—No. Estaba completamente limpia.

—Ella no se lo hizo.

—No lo creo. La han lavado y alguien la trajo hasta aquí.

—Al mismo lugar donde encontramos a la otra víctima.

—No exactamente, pero muy cerca. —Señaló un lugar a unos cuantos metros—. A Lucy Bennett la encontramos allí.

Amanda miró el edificio. El apartamento de la señorita Lula estaba en el extremo más lejano. Desde su ventana no podía ver el árbol ni el lugar donde habían encontrado a Jane Delray. Deena tenía razón. Había otra persona o personas que lo habían visto, pero tenían miedo de hablar.

—Ned —dijo Pete—. Cógela por los pies. Yo la sujetaré por los hombros.

El joven doctor obedeció. Con cuidado, le dieron la vuelta al cuerpo.

Amanda miró el rostro de la chica. Estaba destrozada por completo. Habían hecho jirones con sus párpados. La boca estaba rota en pedazos. Aun así, se la podía reconocer. Amanda abrió su bolso y encontró su carné. Después se lo dio a Pete.

—Donna Mary Halston —leyó—. ¿Vive aquí? —Miró la parte superior del edificio—. Deduzco que en la planta de arriba. Igual que Lucy Bennett.

Amanda buscó entre los carnés hasta encontrar el de Lucy Bennett. Se lo dio a Pete y esperó.

—Hmm —dijo observando la foto. Era consciente de que estaba rodeado de seis agentes cuando le dijo a Amanda—: No conozco a esta chica.

Amanda le pasó el carné de Jane Delray.

Una vez más, examinó la foto. Soltó un profundo suspiro que sonó como un gruñido.

—A esta sí la reconozco.

Le devolvió los dos carnés a Amanda y preguntó:

—¿Y ahora qué?

Ella movió la cabeza. Se sintió bien al ver que Pete corroboraba sus identidades, pero eso no cambiaría las cosas.

La puerta trasera se abrió. Evelyn negó con la cabeza.

—No hay nada en su apartamento. Aún está hecho un desastre, pero no creo que nadie...

Se detuvo. Amanda se percató de que había visto la aguja de hacer punto. Evelyn se llevó la mano a la boca. En lugar de alejarse, miró hacia el árbol y luego volvió a mirar a la chica.

—¿Qué te pasa? —preguntó Amanda.

Algo no encajaba. Se levantó y se acercó a Evelyn. Era lo mismo que con aquel rompecabezas de su casa. A veces, lo único que se necesitaba era un cambio de perspectiva.

La rama del árbol estaba rota. La chica yacía en el suelo. La habían hecho abortar.

—Dios santo —dijo Amanda—. Ofelia.

297

Capítulo diecinueve

Suzanna Ford

En la actualidad

*L*a oscuridad. El frío. El ruido.

El aire entrando y saliendo, como un coche que cruza un túnel. No podía soportar más. Le dolía el cuerpo. Tenía la boca seca, y el estómago tan vacío que los ácidos le estaban haciendo un agujero en las tripas.

Metadona.

Por eso estaba allí. Por eso había caído tan bajo y había llegado hasta ese extremo. Ella misma se había tirado a las alcantarillas. No había otro culpable para verse en aquel lugar.

«Querido Jesús. Si me sacas de aquí, te veneraré todos los días. Exaltaré tu nombre», rezó.

La claustrofobia. La completa oscuridad. Lo desconocido. El temor a morir ahogada.

Recordó aquella época en que aún eran una familia, cuando su padre los llevó a todos a Gales. Había una mina, de hace más de mil años. Para entrar en los túneles tuvieron que ponerse unos cascos. Tenían una altura muy pequeña, pues, en aquel entonces, la gente no era tan alta. Y eran estrechos, porque la mayoría de los trabajadores eran niños.

Suzanna había avanzado unos siete metros cuando empezó a ponerse nerviosa. Podía ver la luz del sol en la apertura, pero casi se orinó encima mientras regresaba corriendo hasta la entrada.

Así se sentía ahora. Atrapada. Impotente.

«Te alabaré. Difundiré tu mensaje. Me inclinaré humildemente ante ti.»

No podía mover los brazos. Ni los pies. Ni abrir los ojos ni la boca.

«Ni mis labios, ni mi nariz, ni mis pulmones volverán a tocar la metadona. Por favor, Dios, ayúdame.»

El temblor empezó lentamente, extendiéndose por todo el cuerpo y tensando sus músculos. Cerró los dedos y su mano quedó hecha un puño. Apretó los hombros, los dientes, el culo. Los hilos le tiraban. El dolor era insoportable, como si una aguja caliente le tocase los nervios. El corazón estaba a punto de explotarle. Podía zafarse de sus ataduras.

Lo intentó con todas sus fuerzas, pero el dolor podía más que ella.

No podía desgarrarse la piel ni romper el hilo.

Lo único que podía hacer es quedarse tendida.

Y rezar pidiendo la salvación.

«Querido Jesús…»

Capítulo veinte

En la actualidad. Martes

Will se despertó sobresaltado. El cuello le crujió cuando lo movió de un lado a otro. Estaba en su casa, sentado en el sofá. *Betty* estaba a su lado, echada de espaldas, con las piernas levantadas y el hocico señalando la puerta principal. Miró a su alrededor, buscando a Faith. Le había llevado a casa desde el depósito. Fue a traerle un vaso de agua y, juzgando por el reloj de la televisión, habían transcurrido casi dos horas.

Aguzó el oído para ver si se oía algo en la casa. Estaba en silencio. Faith se había marchado. No sabía cómo debía sentirse. ¿Aliviado? ¿Debía preguntarse dónde había ido? No había un manual de instrucciones que pudiera seguir.

Intentó cerrar los ojos y dormirse de nuevo. Quería despertarse dentro de un año, cuando todo hubiese acabado.

Sin embargo, no podía mantener los ojos cerrados. Cada vez que lo intentaba, terminaba mirando al techo. ¿Así se había sentido su madre? De acuerdo con el informe de la autopsia, no siempre había tenido los ojos cosidos. A veces se los habían abierto. El forense señaló que el padre de Will tuvo que estar a su lado durante esos periodos, y que utilizó un cuentagotas para impedir que se le secaran.

El doctor Edward Taylor. Así se llamaba el médico forense. Había muerto en un accidente de tráfico hacía quince años. Fue el primer investigador al que Will había tratado de localizar, el primer punto muerto y la primera vez que se había sentido aliviado de que no hubiese nadie que pudiera explicarle exactamente lo que le había sucedido a su madre.

—Hola —dijo Faith saliendo de la habitación de invitados.

Will vio que las luces aún estaban encendidas. Allí estaban sus libros, sus CD, las revistas de coches que había coleccionado durante años, los álbumes con fotos de su vida anterior. Faith no habría tardado ni diez segundos en darse cuenta de los objetos que estaban fuera de lugar. Llevaba los libros en la mano. *La nueva hegemonía feminista. Modelos aplicados de estadística. Teoría y aplicación. Una reivindicación de los derechos de la mujer.*

—Si quieres, puedes irte a casa —dijo Will.

—No pienso dejarte solo.

Puso los libros de texto de su madre encima de la mesa mientras se sentaba en el sillón. Su archivo también estaba en la mesa, donde él lo había dejado esa mañana. Probablemente, Faith lo había hojeado mientras él dormía. Debería sentirse enfadado porque ella hubiera estado husmeando en sus cosas, pero no tenía fuerzas para nada. Se sentía desprovisto de toda emoción. Todo lo contrario que le había ocurrido cuando vio a Sara en el depósito. Su primer impulso fue tirarse a sus pies y echarse a llorar. Contárselo todo y pedirle que le entendiera.

Pero luego… nada.

Fue como si le hubiesen quitado el tapón a un fregadero. Todos sus sentimientos se habían ido por el desagüe.

El resto pasaba por su cabeza como un tráiler que revelaba todos los detalles del argumento: la chica apaleada, las uñas pintadas, la piel desgarrada, el suspiro entrecortado de Sara cuando Will le dijo a ella, y a todos, que su padre era el culpable.

Sara era una mujer verbal, directa, que no solía guardarse su opinión. Sin embargo, esa vez, no dijo nada. Después de casi dos semanas de estar viviendo con esa mirada inquisitiva, no quiso hacerle ninguna pregunta ni saber nada. Todo estaba allí, delante de sus ojos. Amanda tenía razón sobre la autopsia. Will no debería haber estado presente. Había sido como ver a su madre mientras la examinaban, la procesaban y la catalogaban.

Y Angie tenía razón con respecto a Sara. Todo aquello era demasiado para ella.

¿Por qué había pensado por unos instantes que Angie estaba equivocada? ¿Por qué había pensado que Sara era diferente?

Will había estado en el depósito, congelado en el tiempo y en el espacio. Mirando a Sara, esperando que dijera algo, que gritase, chillase o tirase algo. Probablemente, se habría quedado allí, pero Amanda le ordenó a Faith que lo llevase a casa. Faith tuvo que cogerle del brazo y arrastrarle físicamente para sacarlo de la sala.

301

Miró a Sara. Estaba pálida, movía la cabeza y parecía a punto de desvanecerse.

Era el fin.

—¿Will? —preguntó Faith.

Él levantó la mirada.

—¿Cómo entraste en el GBI?

Sopesó la pregunta, intentando descifrar por qué le preguntaba eso.

—Me contrataron.

—¿Cómo?

—Amanda vino a mi facultad.

Faith asintió, pero él se dio cuenta de que buscaba una respuesta que él no podía dar.

—¿No solicitaste el puesto?

Will se frotó los ojos. Aún tenía restos blancos en las comisuras de haber estado demoliendo el sótano.

Faith continuó presionando.

—Y el historial de antecedentes. Y la documentación.

Ella conocía su dislexia, pero también sabía que era capaz de trabajar tan duro como cualquiera.

—Casi todo fueron entrevistas orales. Me dejaron que el resto me lo llevase a casa. Igual que tú, ¿no?

Faith levantó la barbilla. Finalmente, respondió:

—Sí.

Will puso la mano sobre el pecho de Betty. Podía notar el latido de su corazón. Ella suspiró y sacó la lengua.

—¿Por qué ese periodista del *Atlanta Journal* llamó a Amanda?

Faith se encogió de hombros.

—No te preocupes de eso. Ya te dije que he paralizado esa historia.

Will había estado demasiado ciego. Amanda le había proporcionado la información esa mañana, pero estaba tan cansado que fue incapaz de procesarla.

—Mi historial está cerrado. No hay manera de que un periodista u otra persona pueda descubrir quién es mi padre. Al menos de forma legal. —Observó a Faith—. Además, si alguien lo hiciera, ¿por qué iba a llamar a Amanda? ¿Por qué no llamarme a mí directamente? Mi teléfono sale en la guía. Igual que mi dirección.

Faith se mordió el labio inferior. Ella podía decírselo. Sabía algo, pero no pensaba compartirlo.

Will se acercó.

—Quiero que vayas al hotel. Está en libertad condicional. Por ley, no tiene derecho a la intimidad.

A Faith no le hacía falta preguntarle a qué hotel se refería.

—¿Para qué?

Will apretó los puños. Los cortes se le volvieron a abrir.

—Quiero que pongas su habitación patas arriba, que le interrogues y que le presiones hasta que no pueda más.

Faith le miró durante unos segundos.

—Ya sabes que no puedo hacer eso.

—¿Por qué?

—Porque tenemos que construir un caso, no que nos denuncien por acoso.

—No me importa el caso. Quiero que se sienta tan mal que salga del hotel con tal de huir de ti.

—¿Y después qué?

Sabía lo que sucedería después. Will se le echaría encima como un perro rabioso.

—No voy a hacer tal cosa —dijo Faith.

—Puedo estudiar el diseño del hotel, ir a los juzgados o encontrar la forma de...

—Vaya. Un buen modo de encontrar documentación.

A Will no le importaba nada de eso.

—¿Cuántos hombres hay en el hotel?

—Cinco veces más de los que hay fuera de tu casa en este momento.

Will fue a la ventana de delante. Abrió la persiana. Había un coche de la policía de Atlanta bloqueando la entrada, y otro camuflado en la calle. Golpeó la persiana. *Betty* empezó a ladrar y saltó del sofá.

Luego fue a la parte de atrás de la casa. Abrió la puerta de la cocina. Había un hombre sentado en el cenador que había construido el verano pasado. Vestía el uniforme del GBI. Llevaba la Glock en la cintura. Tenía los pies apoyados en la barandilla. Le saludó mientras Will cerraba de un portazo.

—No me puede hacer esto —dijo—. No me puede retener en mi casa como si fuese un delincuente.

—¿Por qué no me habías hablado nunca de él? —preguntó Faith.

Will iba de un lado a otro de la habitación. Parecía rebosar adrenalina.

—¿Para que puedas añadir otra muesca a tu colección de asesinos en serie?

—¿De verdad crees que puedo convertir tu vida en un juego?

—¿Dónde está mi pistola? —Las llaves y el teléfono reposaban sobre su escritorio, pero su Glock había desaparecido—. ¿Has cogido mi pistola?

Faith no respondió, pero él se percató de que ella tampoco llevaba su pistolera. Había guardado su arma en el coche. No confiaba en él, y creía que podía quitársela.

Se le pasaron muchas cosas por la cabeza: pegarle un puñetazo a la pared, soltar una patada sobre el escritorio, romper las ventanillas del coche de Faith, darle una paliza al capullo que estaba sentado en su cenador, pero, al final, lo único que pudo hacer es quedarse allí, sin hacer nada. Era lo mismo que le había pasado en el depósito. Estaba demasiado cansado, demasiado abrumado, demasiado afectado.

—Vete, Faith. No necesito que cuides de mí. Quiero que te vayas.

—De eso nada.

—Vete a tu casa. Vete con tu estúpido hijo y no te metas en mis asuntos.

—Si crees que portándote como un cretino me vas a echar, entonces es que no me conoces. —Se echó sobre el respaldo del sillón, con los brazos cruzados—. Sara encontró semen en el pelo de la chica.

Will esperó a que continuase.

—Hay suficiente para un perfil de ADN. Una vez que esté en el sistema, lo podremos cotejar con el suyo.

—Eso tardará semanas.

—Cuatro días. La doctora Coolidge les ha dicho que se diesen prisa.

—Entonces arréstale. Puedes retenerlo durante veinticuatro horas.

—Pagaría la fianza y desaparecería antes de que podamos cogerlo de nuevo. —Hablaba con ese tono molesto de alguien que trata de ser razonable—. El Departamento de Policía de Atlanta ha puesto cinco hombres en el hotel y, probablemente, Amanda habrá puesto otros diez más. No podrá hacer nada sin que lo sepamos.

—Quiero estar presente cuando lo arrestes.

—Ya sabes que Amanda no lo permitirá.

—Cuando lo interrogues. —Will no pudo contenerse y empezó a suplicarle—. Por favor, deja que lo vea, tengo que hacerlo. Quiero mirarle a los ojos, ver su cara y que se dé cuenta de que logré escapar, que no ganó.

Faith se llevó la mano al pecho.

—Te lo juro por Dios, Will. Te lo juro por la vida de mis hijos que haré lo posible para que así sea.

—Eso no es suficiente. —Will no solo quería ver la cara de su padre. Quería abofetearle, patearle la boca, arrancarle los huevos, coserle la boca, los ojos y la nariz, y pegarle hasta que se ahogase en su propio vómito—. Eso no es suficiente.

—Lo sé —dijo Faith—. Nunca lo será, pero así son las cosas.

Llamaron a la puerta. ¿Quién podía ser? Amanda, Angie, algún policía diciéndole que su padre había vuelto a asesinar. Cualquiera menos la persona que vio cuando Faith abrió.

—¿Va todo bien? —le preguntó Sara a Faith.

Esta asintió y cogió su bolso antes de ir hacia la puerta.

—Te llamaré en cuanto sepa algo. Te lo prometo —dijo.

Sara cerró la puerta. Llevaba el pelo suelto; le caía en suaves rizos sobre los hombros. Vestía un traje negro ceñido al cuerpo. Él la había visto ponerse elegante en alguna ocasión, pero no tanto. Llevaba unos zapatos de tacón muy alto, con un estampado negro de leopardo. Le daban tal efecto a sus pantorrillas que notó una ligera excitación.

305

—Hola —dijo.

Will tragó saliva. Todavía notaba el sabor de la escayola.

Sara dio la vuelta al sofá y se sentó. Se quitó los zapatos y dobló las piernas debajo de ella.

—Acércate.

Will se sentó en el sofá. Betty estaba entre ellos. Dio un salto y sus uñas chasquearon mientras se dirigía a la cocina.

Sara le cogió la mano. No había duda de que había visto los cortes y las ampollas que tenía, pero no dijo nada. Will no podía mirarla. Era tan bella que resultaba casi dolorosa. En su lugar, miró la mesilla de café, la carpeta de su madre, sus libros.

—Imagino que Amanda te lo ha contado todo —dijo.

—No, no lo ha hecho.

A Will no le sorprendió, porque sabía que Amanda disfrutaba torturándole. Señaló las cosas de su madre.

—Si quieres… —Se detuvo, intentando que su voz no se quebrara—. Ahí está todo. Léelo.

Sara miró la carpeta.

—No quiero leerla.

Will movió la cabeza. Se sentía desconcertado.

—Ya me lo contarás todo cuando estés preparado.

—Sería más sencillo si…

Ella alargó los brazos para tocarle la cara. Le acarició las mejillas con los dedos. Se acercó. Notó el calor de su cuerpo cuando lo abrazó. Will le puso la mano en la pierna, y notó la firmeza de los músculos de su muslo. Volvió a percibir una erección. La besó. Sara le puso las manos en la cara cuando le devolvió el beso. Se sentó a horcajadas sobre él. Su pelo le acarició el rostro y notó su aliento en el cuello.

Por desgracia, hasta ahí llegaban sus sentimientos.

—¿Quieres que me…?

—No —respondió quitándosela de encima—. Lo siento. Estoy…

Ella le puso los dedos en los labios.

—¿Sabes lo que realmente quiero? —Se quitó de encima de él, pero permaneció a su lado—. Quiero ver una película en que los robots se peguen entre sí. O donde vuelen las cosas. Aunque prefiero que los robots se peguen entre sí. —Cogió el mando a distancia y encendió el televisor. Buscó el canal Speed—. Mira, esto es incluso mejor.

Will no recordaba ningún momento en su vida en que se hubiera sentido tan triste. Si Faith no le hubiese quitado la Glock, se pegaría un tiro en la cabeza.

—Sara, no…

—Shh. —Le cogió del brazo y se lo pasó por encima de los hombros. Apoyó la cabeza en su pecho, y la mano en su pierna.

Betty regresó. Saltó sobre el regazo de Will y se acomodó.

Miró la televisión. Hablaban del Ferrari Enzo. Un italiano utilizaba un torno para ahuecar una pieza de aluminio. Will no era capaz de prestar atención. Se le caían los párpados. Soltó un lento suspiro.

Finalmente, cerró los ojos.

Cuando se despertó, vio que no estaba solo. Sara estaba echada en el sofá junto a él. Tenía el cuerpo acurrucado junto al suyo. Su pelo le acariciaba la cara. La habitación estaba a oscuras, salvo por la luz que desprendía el televisor, a la que le habían quitado el sonido. En la pantalla se veía una carrera de camiones. El reloj marcaba las doce y doce minutos.

Había pasado otro día. Otra noche. Una página más en el calendario de su padre.

Will no podía quitarse ciertas ideas de la cabeza. Se preguntó si Faith aún tendría su pistola, si el coche patrulla seguía bloqueando la entrada, si el capullo ese continuaba sentado en su cenador.

Tenía una Sig Sauer en una caja, guardada en su armario. Su rifle Colt AR-15 estaba desarmado, a su lado. Tenía munición para los dos en una caja de plástico. Montó mentalmente el rifle: la recámara, el pistón, el seguro del gatillo, las balas Winchester 55.

No. Con la Sig sería mejor. Le dispararía a bocajarro. Pondría el silenciador en la cabeza y el dedo en el gatillo. Luego observaría el miedo en los ojos de su padre; después, la mirada vacía y vidriosa de un hombre muerto.

Sara se movió. Echó la mano hacia atrás y le acarició la mejilla. Sus uñas le arañaron ligeramente. Soltó un suspiró contenido.

Sin razón alguna, la furia de Will empezó a desaparecer. Era lo mismo que le había sucedido en el depósito, pero, en lugar de sentirse vacío, se sintió pleno. La calma se apoderó de él. La presión que tenía en el pecho empezó a disiparse.

Sara se apoyó en él. Con la mano, lo atrajo a su lado. El cuerpo de Will se mostró más receptivo. Le puso su boca en el cuello; a ella se le erizó el pelo. Podía sentir su carne ardiendo bajo su lengua.

Ella giró la cabeza para mirarle y esbozó una sonrisa somnolienta.

—Hola.

—Hola.

—Esperaba que fueses tú.

Él la besó en la boca. Ella se dio la vuelta para mirarle de frente. Aún sonreía. Notaba la curva de sus labios en su boca. Tenía el pelo enredado debajo de ella. Él se movió y sintió un dolor agudo en la pierna. No era un tirón muscular, sino el anillo de Angie. Aún lo llevaba en el bolsillo.

Sara malinterpretó su reacción y pensó que otra vez se sentía desganado.

—Vamos a jugar a algo —dijo.

Will no quería jugar a nada. Lo que deseaba es quitarse a Angie de la cabeza, pero no podía decírselo.

Ella levantó la mano.

—Me llamo Sara.

—Lo sé.

—No —respondió ella aún con la mano levantada—. Me llamo Sara Linton.

Reaccionó como un imbécil, pues le estrechó la mano.

—Y yo Will Trent.

—¿En qué trabajas, Will Trent?

—Soy un... —Se le ocurrió una idea—. Soy camionero.

Ella miró el televisor y se rio.

—Vaya, veo que eres muy creativo.

—¿Y tú?

—Soy *stripper*. —Volvió a reírse, como si estuviera sorprendida de sí misma—. Pero solo lo hago para pagarme la universidad.

Si no hubiera tenido aquel estúpido anillo de boda en el bolsillo, la hubiera invitado a que metiese la mano y cogiese algo de dinero para que bailase para él. En su lugar, se limitó a decir:

—Eso es muy encomiable. —Se movió hacia su lado para liberar la mano—. ¿Qué estás estudiando?

—Umm... —Sonrió abiertamente—. Para ser mecánica de camiones.

Will le pasó el dedo entre los pechos. Su traje era muy escotado y estaba diseñado para poderse abrir con facilidad. Will se percató de que se lo había puesto para él. Al igual que se había soltado el pelo y se había puesto unos zapatos de tacón alto tan estrechos que probablemente le romperían los dedos.

Y también por él había estado presente en la autopsia. Y también estaba allí por él en ese momento.

—Bueno, en realidad, no soy camionero.

—No. —Retuvo el aliento mientras deslizaba los dedos por su desnudo estómago—. Entonces, ¿qué eres?

—Soy un exconvicto.

—Vaya, eso me gusta. ¿Ladrón de joyas o de bancos?

—No. Un ladrón de poca monta. Destrucción de la propiedad privada. Cuatro años de libertad condicional.

Sara dejó de reírse. Se dio cuenta de que ya no estaba jugando.

Will respiró profundamente e inspiró poco a poco. Se lo estaba diciendo ahora, y ya no había forma de dar marcha atrás.

—Me arrestaron por robar comida. —Tuvo que aclararse la voz para poder seguir hablando—. Sucedió cuando tenía dieciocho años.

Ella puso la mano encima de la suya.

—Había salido del sistema. —La señora Flannigan había muerto el verano que él cumplió los dieciocho. El tipo nuevo que dirigía el orfanato le dio cien dólares y un mapa de un albergue para personas sin techo—. Acabé en la misión del centro. Algunos chicos no estaban mal, pero otros eran mayores y... —No terminó la frase. Sara comprendía por qué un adolescente no podía sentirse seguro allí—. Viví en las calles... —Una vez más su voz se apagó—. Me pasaba por la ferretería que había en Highland, porque los contratistas buscaban trabajadores allí por la mañana.

Sara utilizó el pulgar para acariciarle el dorso de la mano.

—¿Así aprendiste a reparar cosas?

—Sí. —Jamás había pensado en eso, pero era cierto—. Ganaba un buen dinero, pero no sabía cómo gastarlo. Debería haber ahorrado para un apartamento, o para un coche, o para algo, pero me lo gastaba en caramelos, en un walkman y en cintas. —Nunca antes había tenido dinero, ya que entonces no existían las subvenciones—. Dormía en Peachtree, donde solía estar la biblioteca. Un grupo de tíos mayores me rodearon. Me golpearon, me rompieron la nariz y algunos dedos. Me lo quitaron todo. Y creo que tuve suerte, porque no me hicieron nada más.

Sara le apretó la mano.

—No podía trabajar. Llevaba la ropa sucia y no tenía un lugar donde bañarme. Intenté pedir limosna, pero la gente se asustaba de mí. Me tomaban por un yonqui, aunque no lo era. Jamás tomé drogas.

Ella asintió.

—Tenía tanta hambre que el estómago me dolía todo el tiempo. Me mareaba de no comer. Estaba enfermo. Me daba miedo dormirme y que volviesen a pegarme de nuevo. Entré en la tienda que estaba abierta toda la noche, la que solía estar en Ponce de León, en la plaza Drugs, justo al lado del cine. —Sara asintió—. Entré directamente y empecé a coger comida de los estantes. Golosinas, bizcochitos, cualquier cosa que estuviera envuelta. Rompía el envoltorio con los dientes y me los metía en la boca. —Tragó saliva, aunque le costó trabajo—. Llamaron a la policía.

—¿Te arrestaron?

—Lo intentaron. —Sintió una oleada de vergüenza—. Empecé a levantar los puños, a golpear todo lo que se me ponía por delante. Me detuvieron, claro.

Sara se echó el pelo hacia atrás con los dedos.

—Me pusieron las esposas y me llevaron a la cárcel. Luego... —Movió la cabeza—. Se presentó mi asistente social. No la había visto desde hacía seis o siete meses. Dijo que me había estado buscando.

—¿Por qué?

—Porque la señora Flannigan me había dejado algo de dinero. —Will aún recordaba su sorpresa cuando se enteró—. Solo podía utilizarlo para ir a la universidad. Por eso... —Se encogió de hombros—. Fui a la primera facultad que me aceptó. Viví en la residencia, comía en la cafetería y trabajaba a media jornada en los alrededores. Luego me contrató el GBI.

Sara guardaba silencio, probablemente trataba de asimilarlo todo.

—¿Cómo lo conseguiste teniendo antecedentes?

—La jueza dijo que eliminaría mis antecedentes si me graduaba. —Por suerte, ella no había especificado nada sobre sus notas—. Y eso hice. Y ella también cumplió.

Una vez más, Sara guardó silencio.

—Sé que no estuvo bien —dijo Will, que se rio—, pero, dadas las circunstancias, no es lo peor que hoy has sabido de mí.

—Tuviste suerte de que te arrestaran.

—Sí.

—Y yo tuve la suerte de que ingresaras en el GBI, porque, de no ser así, no te habría conocido.

—Lo siento mucho, Sara. Siento haberte causado tantos problemas. Yo no... —Notó que las palabras se le embrollaban—. No quiero que tengas miedo de mí. No quiero que pienses que puedo parecerme a él.

—Por supuesto que no —respondió cogiéndole la mano—. ¿Acaso no sabes que siento admiración por ti?

Will la miró.

—Por todo lo que has pasado, por todo lo que has soportado, y por el hombre en que te has convertido. —Puso una mano en su pecho—. Escogiste ser una buena persona y ayudar a los demás. Hubiera sido muy fácil descarriarte, pero siempre escogiste hacer lo correcto.

—No siempre.

—Pero sí con frecuencia. Con la suficiente frecuencia como para que, cuando te miro, vea lo bueno que eres, lo mucho que te quiero y te necesito en mi vida.

Los ojos de Sara tenían un tono verde claro por el resplandor del televisor. Will no podía creer que aún siguiera allí, a su lado, que quisiera continuar con él. Angie se había equivocado. Sara no tenía maldad ni acumulaba rencor alguno.

Si realmente fuese un hombre bueno, le contaría lo sucedido con Angie. Se lo confesaría y aceptaría las consecuencias. Sin embargo, optó por besarla. La besó en los párpados, en la nariz y en la boca. Sus lenguas se rozaron. Will se puso encima de ella. Ella lo estrechó con su pierna y le besó intensamente. Él noto que la culpabilidad se desvanecía con facilidad, con suma facilidad. En lo único que pensaba era en su deseo, en su necesidad de penetrarla. Estaba casi frenético cuando empezó a desnudarla.

Sara le ayudó, pero él terminó rasgándole el traje. Llevaba un sostén negro de encaje que se quitaba fácilmente. Le besó los pechos, utilizó su lengua y sus dientes hasta que la oyó soltar un profundo gemido. Le pasó la lengua por todo su cuerpo, mordiendo y besando su suave piel. Sara jadeaba cuando él le quitó las bragas y le separó las piernas. Su cuerpo sabía a miel y a ensalada de zanahorias. Ella frotaba el muslo contra su cara, le clavaba las uñas en el pelo. Lo empujó hacia atrás y empezó a besarle de nuevo, a chuparle la lengua y a hacerle cosas con la boca que le hicieron temblar. Will la penetró. Ella volvió a emitir un gemido y le agarró la espalda. Tuvo que controlarse para no ir tan rápido, pero ella lo abrazaba con más fuerza con cada empellón.

Sus labios le acariciaron la oreja.

—Amor mío —dijo ella—. Amor mío.

311

Capítulo veintiuno

Lucy Bennett

15 de julio de 1975

Al amanecer empezaron las contracciones. Le había descosido los ojos, pero no la boca. Lucy notó el hilo tirarle de los labios mientras gemía de dolor.

Tenía los brazos y las piernas abiertas, con el cuerpo colocado justo en el centro del colchón. Ya se había desgarrado el hombro derecho. Solo unos centímetros, pero con eso bastaba. Poder moverse había mitigado el dolor al principio, pero ahora le corría la sangre por el brazo y el pecho, formando un pequeño charco debajo del omóplato.

Se avecinaba otra contracción. Se acercaba lenta, muy lentamente, pero luego estallaba y ella notaba cómo se desgarraban sus labios al gritar de agonía.

—Calla —dijo alguien.

Era la chica de la habitación de al lado.

Había hablado.

El suelo crujió bajo sus pies cuando fue hacia la puerta cerrada.

—Cállate —repitió.

La otra chica se había rendido. Se había convertido en una persona dócil y sumisa. Hablaba con el hombre, rezaba con él, gritaba, golpeaba y gruñía con él. Con una voz infantil, le sugería que hiciera cosas que Lucy ni siquiera hubiera imaginado.

Por eso, incluso a veces la soltaba.

Como ahora.

Estaba hablando, andando, moviéndose de un lado a otro.

Podía escapar si se le antojaba. Podía huir y pedir ayuda. Ir a la policía, con su familia, donde quisiera.

Pero no lo hacía. Era otra Patty Hearst.

La sustituta de Lucy.

312

Capítulo veintidós

15 de julio de 1975

Amanda se sentó en el reservado que había en la parte de atrás del Majestic Diner en Ponce de León. Se contuvo para no bostezar. Después de marcharse la noche anterior de Techwood, se sentía demasiado inquieta como para poder dormir. Ni siquiera Mary Wollstonecraft fue capaz de adormecerla. Dio vueltas y más vueltas en la cama, pero no podía apartar algunas imágenes del rompecabezas que habían hecho con los papeles de colores. Añadió mentalmente nuevos detalles: Hank Bennett era un mentiroso; y Trey Callahan, otro.

Y Ofelia. ¿Qué hacer con Ofelia?

La camarera volvió a llenarle la taza. Miró el reloj. Evelyn debería haber llegado hacía quince minutos. Resultaba un tanto inquietante, pues no solía retrasarse. Había utilizado la cabina que había en la parte de atrás para llamar al Model City, pero nadie respondió al teléfono. Su recuento había terminado media hora antes. Le habían asignado como compañera a Vanessa, cosa que les venía muy bien a las dos, ya que había decidido dedicar el día a ir de compras. La nueva tarjeta de crédito le quemaba los bolsillos.

La puerta se abrió. Evelyn entró a toda prisa.

—Lo siento —dijo—. Pero he recibido una llamada muy extraña de Hodge.

—¿De mi Hodge?

Evelyn le hizo un gesto a la camarera para que se acercara a tomar nota.

—Me ordenó que me presentara en la Zona Uno.

—¿Alguien te ha visto?

—No. La comisaría estaba vacía. Solo estábamos yo, Hodge y su puerta abierta. —Se echó sobre el respaldo del asiento. Estaba muy nerviosa—. Me pidió que le contase lo que hemos hecho.

Amanda notó que el pánico empezaba a invadirla.

—No pasa nada. No estaba molesto. Al menos eso creo, pues nunca se sabe con ese hombre. Tenías razón sobre su hermetismo. Es desquiciante.

—¿Te dijo algo?

—Nada. No me hizo preguntas ni comentarios. Se limitó a asentir, y luego me dijo que continuase haciendo mi trabajo.

—Lo mismo que me dijo a mí ayer. Que hiciera mi trabajo. ¿Crees que estaba comparando nuestras historias?

—Es posible.

—¿No te has guardado nada?

—No he mencionado a Deena ni a la señorita Lula. No quiero meterlas en problemas.

—¿Le has hablado de Ofelia?

—No. Le dije que íbamos a volver a ver a Trey Callahan, pero no le dije el porqué. No creo que Luther Hodge sea un devoto de William Shakespeare.

—Yo tampoco entiendo mucho lo que pasa, Evelyn. Puede que estemos sacando conclusiones precipitadas. Trey Callahan citó una frase de *Hamlet*. Y, al ver la víctima anoche, quizás hayamos puesto algo de nuestra cosecha. Me parece demasiada coincidencia.

—¿Existen las coincidencias en una investigación policial?

Amanda no supo qué responder.

—¿Crees que Hodge nos meterá en problemas?

—¿Quién sabe? —Levantó las manos—. Debemos ir otra vez a la Mission. Repasar las cosas con Hodge me ha hecho pensar en algo.

Amanda se levantó del asiento. Dejó el dinero del café y una propina generosa.

—¿En qué?

—En todo. —Evelyn esperó hasta que salieron para seguir hablando—. En la situación de Hank Bennett. Creo que tienes razón. Es un aprovechado y utilizó la información que tenía acerca de Kitty Treadwell para conseguir un trabajo con su padre.

Se subieron al coche de Amanda.

—¿Cómo descubriría Bennett que había una relación? —preguntó.

—Su nombre estaba en la puerta del apartamento —le recordó Evelyn—. Además, Kitty hablaba mucho de su padre. Hasta la señorita Lula sabía que su padre tenía contactos. Y Juice también. Incluso mencionó a otra hermana, que era la favorita. Todo el mundo lo sabía.

—Pero no los altos cargos —dedujo Amanda—. Andrew Treadwell se graduó en Georgia. Recuerdo que lo leí en el periódico.

Evelyn sonrió.

—Hank Bennett llevaba un anillo de la UGA.

—Georgia Bulldogs, clase de 1974. —Una vez más, Amanda se dirigió hacia Ponce de León Avenue—. Puede que se conocieran en un baile o en un evento social. Todos esos estudiantes son amigos íntimos. —Ella los había entrevistado para su unidad de delitos sexuales. Eran todos unos mentirosos.

—¿Qué sucede allí? —dijo Evelyn señalando la Union Mission.

Un coche patrulla del Departamento de Policía de Atlanta bloqueaba la entrada.

—Ni idea.

Amanda se subió a la acera y se bajó del auto. Reconoció al agente que salía del edificio, aunque no sabía su nombre. Él, sin duda, las conocía a las dos. Aligeró el paso cuando se dirigió hacia su coche.

—Disculpe…

Amanda intentó detenerle, pero era demasiado tarde. El hombre se subió y se marchó a toda velocidad, haciendo derrapar las ruedas.

—Otro igual —dijo Evelyn.

No parecía demasiado intimidada mientras caminaba hasta la entrada. En lugar de encontrarse con Trey Callahan, vieron a un hombre regordete con un alzacuellos de sacerdote. La ventana de delante estaba rota; había un ladrillo entre los cristales.

—¿Desean algo? —preguntó.

Evelyn fue la que habló.

—Estamos con el Departamento de Policía de Atlanta. Buscamos a Trey Callahan.

El hombre parecía confuso.

—Yo también.

Amanda dedujo que algo se les escapaba.

—¿No está aquí?

—¿Quién cree que causó este estropicio? —preguntó el tipo señalando la ventana rota—. Se suponía que abriría el albergue anoche, pero no apareció y una de las chicas le tiró un ladrillo a la ventana. —Se apoyó en el cepillo—. Lo siento. Nunca he tratado con la policía. ¿Son ustedes secretarias? El agente que acaba de marcharse dijo que necesitaría una declaración por escrito.

Amanda reprimió un gruñido. El agente le había dado largas.

—No somos secretarias. Somos agentes secretos.

—Detectives —interrumpió Evelyn, muy segura de sí misma—. Y no mecanografiamos declaraciones. ¿Cómo se llama, señor?

—Soy el padre Bailey. Trabajo en el comedor social que hay al bajar la calle.

No encajaba con la descripción que le habían dado. Apenas era unos centímetros más alto que Amanda.

—¿Usted es el único que trabaja en el comedor?

—No, mi compañero prepara la comida. Yo ayudo con la limpieza, pero mi obligación principal es proporcionar apoyo espiritual. —Miró el reloj que había en la pared—. De hecho, ya llego tarde, así que si no les importa.

—Si trabaja en el comedor, ¿qué hace aquí? —preguntó Evelyn.

—Había quedado con Trey esta mañana. Nos reunimos una vez al mes para coordinarnos, para hablar de las chicas, de las que pueden tener problemas y de las que debemos vigilar.

—¿Y entró y vio la ventana rota?

—Y a un montón de chicas durmiendo, cuando deben dejar el edificio por la mañana. —Señaló la habitación trasera—. Han robado en la oficina de Trey. Probablemente, habrá sido alguna de las chicas.

—¿Alguna vio algo?

—Lo que voy a decir suena un poco duro, pero ninguna de ellas ayuda a nadie a no ser que obtenga algún beneficio.

—¿Y la novia de Callahan? —preguntó Amanda—. Está estudiando Enfermería en Georgia Baptist.

El hombre se la quedó mirando unos instantes.

—Sí, la he llamado. Eileen Sapperson. Me dijeron que tampoco se presentó al turno de noche.

—¿Tiene su número?

—No tiene teléfono en casa.

—Le importa si nosotras... —Amanda señaló la oficina de Callahan.

El sacerdote se encogió de hombros. Continuó barriendo mientras aquellas dos agentes iban a la habitación trasera.

Era obvio que habían puesto la oficina patas arriba, pero Amanda no estaba segura de si el que lo había hecho era una yonqui buscando dinero o un hombre tratando de salir de la ciudad a toda prisa. En el escritorio de Callahan no había ninguno de sus objetos personales. Ni la foto de su novia y su perro, ni el muelle de juguete, ni los pósteres de música funk, ni la radio. En el cenicero vio los restos de unos cuantos porros que se habían fumado hasta el último centímetro. Los cajones estaban abiertos. Y lo más importante, el montón de papeles había desaparecido.

Evelyn también se percató.

—¿Dónde está su manuscrito?

—No creo que a una puta le sirva para nada, salvo para limpiarse el trasero.

—Callahan se ha marchado a toda prisa. Y su novia se habrá ido con él.

—La misma noche en que encuentran muerta a Mary Halston en Techwood.

—¿Coincidencia?

Amanda no sabía qué decir.

—Vamos a hablar con el hombre del comedor.

—Al menos podremos preguntarle el nombre del párroco.

Regresaron a la sala principal, pero el sacerdote se había marchado.

—¿Hola? —gritó Evelyn, aunque podía ver toda la sala.

Amanda la siguió al exterior. La acera estaba vacía, y no había nadie en el aparcamiento. Miraron incluso detrás del edificio.

—Bueno, al menos no nos ha mentido.

—Que sepamos —dijo Amanda mientras se dirigía al Plymouth. El interior del coche ya estaba ardiendo. Encendió el contacto—. Estoy harta de estar en este coche.

—¿Nunca has visto el coche de Colombo?

—Prefiero el de Ironside.

—Me gustaría ver cómo reaccionarían en Techwood Homes si vieran a un paralítico bajarse de una camioneta del pan.

Amanda salió a la calle.

—Pepper Anderson aparece como por arte de magia cada vez que se la necesita.

—Una semana es enfermera de hospital, la siguiente participa en una carrera de lanchas, la otra se convierte en una bailarina y

317

la siguiente es una azafata que flirtea con un piloto guapo y apuesto. Por cierto...

—Cállate.

Evelyn se rio mientras apoyaba el brazo en la puerta. Ambas guardaron silencio mientras Amanda avanzaba unas cuantas manzanas hasta Juniper Street.

—¿Izquierda o derecha? —preguntó.

—Escoge una.

Amanda giró a la izquierda. Redujo la marcha mientras miraba cada edificio de la izquierda. Evelyn observaba los de la derecha.

Habían llegado casi a Pine Street cuando Evelyn dijo:

—Creo que es ese.

El edificio estaba abandonado y no tenía nada que indicase que fuese una iglesia, salvo la cruz clavada que vieron en su pequeña entrada. Estaba pintada de negro. Alguien había dibujado unas uñas donde se suponía que Jesús tenía las manos y los pies. Había puntos de color rojo para mostrar su sufrimiento.

—Vaya ruina.

Evelyn tenía razón. La fachada de ladrillo estaba desmoronada y había enormes grietas en el cemento. La entrada, construida con bloques de hormigón, estaba cubierta de grafiti. Dos de las cuatro ventanas de la planta de abajo estaban entablilladas, pero las de arriba parecían intactas.

Ambas se bajaron del coche y se encaminaron hacia el edificio. Amanda notó una brisa al pasar un coche. Era un coche patrulla de la Policía de Atlanta. La luz azul se encendió para saludarlas, pero el conductor no se detuvo.

La puerta principal del comedor social estaba abierta. Nada más cruzar el umbral de la puerta, Amanda notó un olor intenso a hierbas y a especias. Había mesas de picnic por toda la sala. Todo estaba preparado: los platos, los cuencos, las servilletas y las cucharas.

—No hay objetos afilados —señaló Evelyn.

—Muy inteligente por su parte. —Amanda levantó la voz—. ¿Hay alguien?

—Un momento —respondió una voz áspera.

Oyeron el ruido de los platos, y luego unas fuertes pisadas cruzando la sala. El hombre salió de la cocina. Amanda se sintió sobrecogida. Había aprendido en la academia que una puerta normal mide uno noventa de altura y setenta y cinco centímetros de anchura. El hombre ocupaba toda la puerta. Sus espaldas eran tan anchas como el espacio entre las jambas. Su cabeza rozaba el travesaño superior.

Sonrió. Tenía torcido un diente de abajo. Los labios, llenos. Los ojos, almendrados.

—¿En qué puedo ayudarles, agentes?

Por un instante, las dos se quedaron paralizadas. Amanda buscó en su bolso y sacó la placa. Se la enseñó al hombre, aunque él ya sabía que eran policías. Sin embargo, ella quería pronunciar esas palabras.

—Soy la detective Wagner. Ella es la detective Mitchell.

—Por favor —dijo el hombre señalando una mesa—. Siéntense.

El hombre esperó educadamente a que lo hicieran, y luego ocupó el banco de enfrente. Amanda, una vez más, no pudo evitar hacer comparaciones. Aquel tipo era tan ancho como ellas dos juntas. Tan solo el tamaño de sus manos, que tenía entrelazadas sobre la mesa, daba miedo. No le costaría mucho envolverles las manos con ellas.

Evelyn sacó la libreta.

—¿Cómo se llama, señor?

—James Ulster.

—¿Conoce a Trey Callahan?

Soltó un suspiro. Su voz era tan roca que parecía un gruñido.

—¿Es sobre el dinero que robó?

—¿Le ha robado dinero? —preguntó Amanda, aunque resultaba evidente que lo había hecho.

—El padre Bailey se ocupa más de las relaciones públicas que yo —explicó Ulster—. Uno de los donantes observó en la junta que faltaban algunos fondos. Le pedimos a Trey que se presentara esta mañana a primera hora, pero, por lo que se ve, tenía otros planes.

Amanda recordó la llamada que había recibido Callahan el día anterior, cuando ellas estaban en su oficina. Dijo que un donante estaba al teléfono.

—¿Están seguros de que fue Trey quien se llevó el dinero?

—Sí.

Ulster puso las manos a ambos lados del banco. Tenía la espalda encorvada, probablemente un gesto habitual en él. Un hombre así de grande estaría acostumbrado a ver que la gente se intimidaba ante su presencia. No obstante, teniendo en cuenta

319

que dirigía un comedor social para los más necesitados de Atlanta, su tamaño era más bien una ventaja.

—¿Tiene alguna idea de dónde puede haber ido Callahan? —preguntó Amanda.

Ulster negó con la cabeza.

—Creo que tiene una novia.

Tenían que ir después a Georgia Baptist, aunque Amanda estaba convencida de que no serviría de mucho.

—¿Es usted amigo del señor Callahan?

—¿Él le ha dicho eso?

Amanda mintió.

—Sí. ¿No es cierto?

—Hablábamos de teología y de otras muchas cosas.

—¿De Shakespeare?

Lo dijo al azar, pero funcionó.

—A veces —admitió Ulster—. Muchos autores del siglo XVII escribían en una lengua codificada. En esa época, los subversivos no estaban muy bien vistos.

—¿Como en *Hamlet*? —preguntó Evelyn.

—No es el mejor ejemplo, pero sí.

—¿Y Ofelia?

Ulster respondió con un tono tajante.

—Ella era una mentirosa y una prostituta.

Amanda notó que Evelyn se ponía rígida.

—Parece usted muy seguro de eso —dijo.

—Lo siento, pero me aburre ese tema. Trey estaba obsesionado con esa historia. No se podía mantener una conversación con él sin que te soltara una cita oscura.

Parecía decir la verdad.

—¿Sabe por qué?

—Bueno, todo el mundo sabía que estaba especialmente interesado en las mujeres perdidas, en la redención y la salvación. Estoy seguro de que les dio una de sus charlas sobre cómo se podían salvar esas chicas. Era bastante rígido al respecto, y se lo tomaba personalmente si ellas fracasaban. —Ulster movió la cabeza—. Y, por supuesto, fracasaban. Lo hacen siempre, porque forma parte de su naturaleza.

—¿Lo vio alguna vez comportarse de forma inapropiada con las chicas? —preguntó Evelyn.

—Yo no iba con mucha frecuencia a la Mission. Mi trabajo está aquí, pero no me extrañaría que se hubiera aprovechado.

320

Robó dinero de una organización caritativa. ¿Por qué no iba a explotar a las prostitutas?

—¿Lo vio alguna vez enfadado?

—No con mis propios ojos, pero me han dicho que tiene un carácter muy fuerte. Algunas chicas comentaron que a veces se ponía violento.

Amanda miró la libreta de Evelyn. No estaba anotando nada de lo que decía Ulster. Puede que pensara lo mismo que Amanda. Trey Callahan probablemente se pasaba el día colgado, y resultaba difícil imaginar que se dejase llevar por la cólera. Y, por supuesto, tampoco lo habían tomado por un ladrón.

—Trey Callahan estaba escribiendo un libro —dijo Evelyn.

—Sí —respondió Ulster alargando la consonante—. Su obra. Pero no era muy buena.

—¿La ha leído?

—Unas cuantas páginas. A Callahan se le daba mejor el trabajo que desempeñaba que el que deseaba. —Esbozó una sonrisa—. Muchas personas encontrarían la paz si aceptasen los planes que Dios les ha encomendado.

Amanda tuvo la impresión de que les estaba lanzando una indirecta.

Evelyn debió de pensar lo mismo, pues empleó un tono cortante cuando le preguntó:

—¿Qué trabajo realizan ustedes aquí exactamente?

—Está claro: dar de comer a la gente. Servimos el desayuno a las seis de la mañana. La hora de comer empieza al mediodía, aunque verá que las mesas comienzan a llenarse mucho antes.

—¿Esas son las únicas comidas?

—No, también damos de cenar. Se empieza a las cinco y termina a las siete.

—¿Y luego toda la gente se marcha?

—La mayoría. Hay gente que se queda a pasar la noche. Hay veinte camas en la planta de arriba. Y una ducha, aunque no siempre hay agua caliente. Y solo aceptamos mujeres, por supuesto. —Hizo ademán de levantarse—. ¿Quieren que se lo muestre?

—No hace falta —respondió Amanda, que no quería quedarse atrapada en la planta de arriba con ese hombre—. ¿Usted se queda aquí por la noche?

—No. La parroquia del padre Bailey está al bajar la calle. Viene todas las noches a eso de las once para encerrarlas; luego las deja salir, a las seis de la mañana.

—¿Cuánto tiempo lleva trabajando aquí? —preguntó Amanda.

—En otoño hará dos años —respondió tras pensárselo un momento.

—¿A qué se dedicaba antes?

—Era capataz en la línea de ferrocarril.

Evelyn señaló el edificio.

—Disculpe que se lo diga, pero no creo que aquí reciba el mismo sueldo.

—No, por supuesto, y lo poco que cobro intento devolverlo.

—¿No recibe ningún salario por trabajar trece horas al día en este sitio? —preguntó Evelyn.

—Como le he dicho, me quedo con lo que necesito. Pero son dieciséis horas al día, siete días a la semana. —Se encogió de hombros—. ¿Para qué necesito riquezas terrenales si mi recompensa está en el Cielo?

Evelyn se agitó en el banco. Parecía tan incómoda como Amanda.

—¿Alguna vez conoció a una prostituta llamada Kitty Treadwell?

—No. —Se las quedó mirando sin comprender—. No que yo recuerde, pero por aquí vienen muchas prostitutas.

Amanda abrió el bolso y buscó el carné. Le mostró la fotografía de Kitty.

Ulster alargó la mano para cogerlo, pero tuvo mucho cuidado de no tocarle la mano. Estudió la fotografía y luego leyó el nombre y la dirección. Movía los labios, como si estuviera pronunciando las palabras. Finalmente, dijo:

—Tiene mucho mejor aspecto en esta foto. Supongo que se la tomaron antes de que cayera en la maldita droga.

—Entonces, ¿conoció a Kitty? —preguntó Evelyn.

—Sí.

—¿Cuándo la vio por última vez?

—Hace un mes. Puede que algo más.

Aquello no tenía sentido. Amanda sacó el carné de Lucy Bennett y luego el de Mary Halston.

—¿Conoce a estas chicas?

Se inclinó sobre la mesa y examinó las fotografías una a una. Se tomó su tiempo. Una vez más, sus labios se movieron mientras leía sus nombres. Amanda oía su respiración, el modo uniforme de inhalar y exhalar. Podía verle la coronilla. Su pelo castaño claro estaba cubierto de caspa.

—Sí —dijo levantando la cabeza—. Esta chica estuvo aquí algunas veces, aunque prefería la Mission. Puedo imaginarlo porque se traía algo con Trey. —Señalaba a Mary Halston, la víctima de asesinato de la noche anterior. Luego señaló a Lucy—. Sobre esta chica no estoy muy seguro. Se parecen mucho, y las dos son drogadictas. Es el azote de nuestra generación.

—¿Reconoce a Lucy Bennett y a Mary Halston como las chicas que venían al comedor social? —le preguntó Evelyn para asegurarse.

—Creo que sí.

Tomó nota.

—¿Y Mary como la favorita de Trey Callahan?

—Así es.

—¿Cuándo fue la última vez que vio a Lucy o Mary?

—Hace unas semanas. Quizás haga un mes. —Una vez más, examinó las fotografías—. Las dos tienen un aspecto mucho más saludable en estas fotos. —Levantó la cabeza. Miró a Evelyn y luego a Amanda—. Ustedes son agentes de policía, y estarán más acostumbradas a ver los estragos que causan las drogas. Pobres chicas. —Movió la cabeza con tristeza—. Las drogas son un veneno, y no sé por qué el Señor las ha puesto en nuestro camino, pero hay cierto tipo de personas que sucumben a esa tentación. Tiemblan ante las drogas cuando deberían hacerlo ante el Señor.

Su voz retumbaba en aquella sala abierta. Amanda lo podía imaginar hablando desde un púlpito. O en las calles.

—Hay un proxeneta al que apodan Juice.

—Sí, conozco a ese pecador.

—Dice que usted sermonea a las chicas cuando están trabajando. ¿Es cierto?

—Yo hago el trabajo que el Señor me ha encomendado, no me importa lo peligroso que sea.

Amanda no podía imaginar que sintiera mucho miedo. A ninguna persona en su sano juicio le gustaría encontrarse con un hombre tan grande como James Ulster en un callejón oscuro.

—¿Ha estado alguna vez en Techwood Homes?

—Muchas veces. Les llevo sopa a los enfermos. Voy a Techwood Homes los lunes y viernes. Y a Grady Homes, los martes y jueves. Hay otro comedor que reparte en Perry Homes, Washington Heights…

—Gracias —interrumpió Evelyn—, pero solo nos interesa Techwood.

323

—Me han dicho que han ocurrido cosas horribles allí. —Juntó las manos—. Se te encoge el alma al ver cómo viven esas personas. Pero supongo que todos nos liberamos de nuestros problemas al morir.

Amanda notó que el corazón le daba un vuelco.

—Trey Callahan utilizó esa misma frase. Es de Shakespeare.

—¿De verdad? Quizá se me haya pegado su manera de hablar. Como les he dicho, estaba obsesionado con ese tema.

—¿Recuerda a una prostituta llamada Jane Delray?

—No. ¿Está en peligro?

—¿Y a Hank Bennett? ¿Le conoce? —Evelyn esperó, pero Ulster negó con la cabeza—. Tiene el pelo de su mismo color. Un metro ochenta de altura. Muy elegantemente vestido.

—No, hermana, lo siento.

La radio que tenía Evelyn en el bolso emitió un ruido. Se oyó una llamada amortiguada, seguida de varios clics. Metió la mano en el bolso para bajar el volumen, pero se detuvo al oír su nombre.

—¿Mitchell?

Amanda reconoció la voz de Butch Bonnie.

—Disculpe —dijo Evelyn, sacando la radio—. Mitchell, diez-cuatro.

—Veinte-cinco. Dígame dónde se encuentra. Ahora —ordenó Butch.

Se oyeron más clics en la radio; una respuesta colectiva de mofa. Butch les estaba diciendo a ambas que se reunieran con él fuera.

Evelyn se dirigió a Ulster.

—Gracias por hablar con nosotras. Espero que no le moleste si le llamamos para hacerle algunas preguntas más.

—Por supuesto que no. ¿Quieren que les dé mi número de teléfono?

El bolígrafo de Evelyn casi desaparece en la mano izquierda de Ulster. Lo aferró con su puño; no lo colocó entre el pulgar y el índice mientras escribía los siete dígitos. Encima de ellos, anotó su nombre. Tenía la escritura de un niño. Al escribir la última letra, rasgó el papel.

—Gracias —dijo Evelyn.

Parecía bastante reacia a coger de nuevo el bolígrafo. Le puso el capuchón y cerró la libreta. Ulster se levantó después de ellas. Les tendió la mano a las dos. Todos las tenían sudadas por el calor, pero la piel de Ulster estaba especialmente pegajosa. Él estrechó sus manos con delicadeza, pero solo sirvió para que Amanda recordase que podría romperle todos los huesos si se le antojaba.

Evelyn respiraba superficialmente cuando se dirigieron hacia la puerta.

—Dios santo —suspiró.

Por muy aliviadas que se sintieran al dejar a Ulster, al ver a Butch Bonnie sintieron deseos de volver a entrar. Estaba lívido.

—¿Qué coño hacéis aquí?

Cogió a Evelyn por el brazo y la arrastró por la escalera.

—No se te ocurra… —soltó Amanda.

—¡Tu cierra el pico! —La empujó contra la pared. Levantó el puño, pero no la golpeó—. ¿Cuántas veces tengo que decíroslo? —Retrocedió. Sus pies rasparon en la acera. —Maldita sea.

Amanda se llevó la mano sobre el pecho. Notó que el corazón le latía con fuerza. Vio que Evelyn se había caído y corrió a ayudarla.

—No —dijo Evelyn levantándose por sí misma.

Le golpeó a Butch en el pecho con ambas manos.

—¿Qué coño…? —exclamó él tambaleándose hacia atrás.

Evelyn volvió a golpearle, una y otra vez, hasta que lo tuvo arrinconado contra la pared.

—Si vuelves a tocarme, te pegó un tiro en la cabeza. ¿Me has oído?

Butch se quedó estupefacto.

—¿Qué narices te pasa?

Evelyn andaba de un lado para otro. Parecía un animal enjaulado.

—Estoy harta de ti, capullo.

—¿De mí? —Butch sacó sus cigarrillos—. ¿Y vosotras qué? ¿Cuántas veces hay que deciros que no os metáis en este asunto? —Metió el dedo en el paquete—. He intentado ser amable, advertiros de la mejor forma. Pero luego me entero de que estáis buscando a mi confidente y causando problemas. Así que se han acabado las amabilidades. ¿Qué se supone que debo hacer?

—¿Quién es tu confidente?

—Eso no es asunto vuestro.

Evelyn le tiró los cigarrillos de un manotazo. Estaba tan fuera de sí que le costaba hablar.

—Tú sabes que la mujer muerta es Jane Delray.

Apartó la mirada.

325

—Yo no sé nada de nada.

—¿Quién te ordenó que dijeras que era Lucy Bennett?

—A mí nadie me dice lo que tengo que hacer.

Evelyn no estaba dispuesta a rendirse.

—Juice no mató a Lucy Bennett.

—Más te valdría tener cuidado con proteger a un negro que está en la cárcel. —La miró con condescendencia mientras recogía el paquete de Marlboro—. Dios santo, Eve, ¿por qué no dejas de acosarme como si fueras un toro? —Miró a Amanda en busca de ayuda—. Vamos, Wag. Trata de que esta Annie Oakley recupere el sentido.

Amanda tenía un sabor amargo en la garganta. Soltó lo más horrible que se le pasó por la cabeza en ese momento.

—Que te jodan, mamón.

Butch soltó una sonora carcajada.

—¿Cómo dices? ¿Que me jodan? —Rebuscó en su bolsillo para coger el mechero—. ¿Sabes a quién van a joder? —Encendió el cigarrillo—. A ti —dijo señalando a Amanda—, por ir a la cárcel ayer, y a ti —señaló a Evelyn—, por meterla en todo esto.

—¿Por meterme en qué? —preguntó Amanda—. Ella no es mi madre.

Butch soltó una bocanada de humo.

—Mañana os trasladarán a las dos. Espero que tengáis vuestros guantes blancos porque os veo de agentes de tráfico, regulando la circulación.

—Y yo espero que a ti te pongan un pleito por discriminación sexual —replicó Evelyn—. A ti y a Landry.

Soltó el humo por la nariz.

—Estúpidas zorras, habéis tratado de joderme todo el tiempo, pero ¿sabéis una cosa? Conmigo no se acaba tan fácilmente. Espero que lo paséis bien dirigiendo el tráfico.

Hizo un gesto de despedida mientras se marchaba.

Evelyn se quedó observándole, mientras apretaba y aflojaba los puños. Por un instante, Amanda pensó que saldría detrás de él y saltaría sobre su espalda, pero no sabía lo que ocurriría si se dejaba llevar. Sus uñas no eran muy largas, pero sí fuertes. Trataría de arrancarle los ojos. Y, si no podía, le mordería cualquier cosa que le cupiera en la boca.

—Estoy harta de esto —dijo Evelyn empezando a deambular de un lado para otro—. Estoy harta de aguantar la mierda de esta gente, de que me mientan. —Le dio una patada al neumático del Plymouth—. Estoy harta de no tener un coche, de que la gente crea que soy una especie de secretaria. —Agarró el bolso—. ¿Por qué no le he pegado un tiro? Dios, cómo me gustaría pegárselo.

—Podemos pegárselo ahora. —Amanda nunca había estado tan dispuesta en su vida a hacer algo—. Vamos a buscarle y se lo pegamos ahora mismo.

Evelyn se colgó el bolso en el hombro y se cruzó de brazos.

—No pienso ir a la cárcel por ese… —Se detuvo—. ¿Cómo lo llamaste? ¿Mamón? —Soltó una risa de sorpresa—. No sabía ni que conocieras esa palabra.

Amanda se dio cuenta de que ella también tenía los puños cerrados. Estiró los dedos uno a uno.

—Supongo que una aprende esas cosas cuando se junta con putas y chulos.

—Agentes de tráfico —dijo Evelyn, enfadada—. Es verano. Tendremos que soportar a todos esos niños estúpidos que no estudiaron durante el resto del curso.

Amanda abrió la puerta del coche.

—Vamos a Georgia Baptist para ver si podemos encontrar a la novia de Trey Callahan.

—¿Estás de broma? Ya has visto lo que ha dicho Butch.

—Eso será mañana. Ahora preocupémonos de hoy.

Evelyn dio la vuelta al coche.

—¿Y después qué, Scarlett O'Hara?

—Luego iremos a Techwood para ver si la señorita Lula ha encontrado a alguien que recordase haber visto a Hank Bennett. —Amanda giró la llave del contacto—. Y luego le preguntaremos si alguna vez ha visto a un gigante repartiendo sopa a los enfermos.

Evelyn puso el bolso sobre su regazo.

—Ulster admitió que venía con frecuencia a Techwood Homes. Los lunes y los viernes. Los mismos días en que encontraron a nuestras víctimas.

—Nos mintió. —Amanda salió a la calle—. Cómo iba a leer la obra de Trey Callahan si apenas podía leer los nombres de los carnés.

—¿Tú también te diste cuenta? —preguntó Evelyn—. No parecía analfabeto.

—Puede que no sepa leer bien.

327

—Butch dijo que estábamos tratando con su confidente. ¿Quién crees que es? ¿Ulster? ¿El padre Bailey? Me pregunto dónde se metió esa comadreja. Cerrando a las chicas por la noche. Es una fábrica de costura.

—Ulster parecía muy dispuesto a poner a Trey Callahan en el centro de la diana. La frase de Ofelia. Sus comentarios sobre su carácter.

—Veo que también te diste cuenta. —Evelyn apoyó el codo en la puerta—. Sé que por aquí todos somos cristianos, pero no me gusta la forma en que lo usa Ulster. Se cree mejor que nadie. ¿Te has fijado?

Amanda solo sabía una cosa.

—Creo que James Ulster es el tipo más aterrador que he conocido en mi vida. Hay algo siniestro en él.

—Exacto —dijo Evelyn—. ¿Viste lo grandes que eran sus manos?

Amanda sintió que un escalofrío le recorría la espalda.

—Un alto cargo está trabajando en nuestra contra —dijo Evelyn.

—Lo sé —masculló Amanda.

—Butch tiene contactos, pero no los suficientes como para hacer que nos trasladen. Tiene que ser alguien que supiera que ayer estuviste hablando con Juice en la cárcel. Y que sabía que hoy íbamos a hablar con Ulster. Y con el padre Bailey y Trey Callahan. Puede que yo removiera algún asunto mientras comprobaba los expedientes de negros desaparecidos. —Se mordió el labio—. Hemos hecho algo que ha cabreado a alguien lo bastante para quitarnos de la calle y ponernos a dirigir el tráfico.

—Lo sé —repitió Amanda.

Esperó a que Evelyn continuase, pero probablemente había llegado a la misma conclusión que ella. Duke Wagner no había recuperado su cargo de forma oficial, pero ya estaba tirando de los hilos.

Amanda miró su reloj. Eran las ocho y cuarto de la noche. Al oscurecer no disminuía el calor del verano. Todo lo contrario, le daba a la humedad una razón para levantarse y hacerlo aún más sofocante. Amanda sintió como si su sudor estuviese sudando. Los mosquitos revoloteaban por su cabeza mientras permanecía al lado de la cabina que había en la esquina de Juniper y Pine.

Dejó la puerta abierta para que la luz no se encendiera. La moneda parecía escurrirse entre sus dedos. La metió en la ranura y, lentamente, marcó el número de su padre.

Había salido de la casa de Duke hacía quince minutos. Le había preparado la cena. Había escuchado a medias cómo le repetía las noticas del día y le hablaba de los últimos pormenores sobre su caso. Era cuestión de tiempo que recuperase su puesto, y que ella tuviera que hacer lo que él le pidiese. Amanda se había limitado a asentir mientras le observaba comer, y había lavado los platos. Sintió una inmensa tristeza. Cada vez que abría la boca para decir algo, la cerraba para no echarse a llorar.

Duke respondió al primer timbre. Tenía la voz ronca, probablemente de haber fumado muchos cigarrillos después de cenar.

—¿Dígame?

—Soy yo, papá.

—¿Estás en casa?

—No.

Duke esperó, y luego preguntó.

—¿Se te ha averiado el coche?

—No, señor.

Oyó cómo chirriaba su mecedora.

—¿Qué sucede? Sé que te pasa algo. Has estado enfurruñada toda la noche.

Amanda vio su reflejo en el cromo de la cabina. Tenía veinticinco años. Había tocado un cadáver el pasado fin de semana. Había despreciado a un proxeneta el día anterior. La última noche había ayudado a examinar el cadáver de una chica. Se había enfrentado a Butch Bonnie en la calle. Debería poder tener una conversación sincera con su padre.

—¿Por qué has hecho que me trasladen a un servicio de tráfico?

—¿Cómo dices? —Parecía sorprendido—. Yo no te he trasladado. ¿Quién demonios lo ha hecho? —Oyó el ruido de papeles y el clic de un bolígrafo—. Dame el nombre de ese gilipollas. Ya le diré yo a quién debe trasladar.

—¿No has sido tú?

—¿Por qué iba a trasladarte cuando voy a estar con mi antigua brigada dentro de menos de un mes?

Tenía razón. Además, si Duke estaba descontento con alguien, normalmente se lo decía a la cara.

—Mañana estaré haciendo un servicio de tráfico. —Había

telefoneado para verificar si era cierto—. Junto con Evelyn Mitchell.

—¿Mitchell? —preguntó cambiando de tono—. ¿Qué haces tú con esa zorra? Te dije que te apartases de ella.

—Lo sé, pero estamos trabajando juntas en un caso.

Duke gruñó.

—¿Qué tipo de caso?

—Han asesinado a dos chicas. Chicas blancas. Vivían en Techwood Homes.

—¿Prostitutas?

—Sí.

Duke guardó silencio. Estaba pensando.

—¿Tiene algo que ver con ese negro que ha asesinado a esa chica blanca?

—Sí, señor.

Oyó el chasquido de su mechero, y luego cómo soltaba el humo.

—¿Por eso fuiste a la cárcel ayer por la mañana?

Se le hizo un nudo en la garganta. Vio que su vida desaparecía antes sus ojos: su apartamento, su trabajo, su libertad.

—Me he enterado de que pusiste a raya a ese negro. Que estuviste sola con él en una habitación.

Amanda no respondió. Oír a Duke decir esas palabras hizo que se diera cuenta de lo loca y estúpida que había sido. Tenía suerte de haber salido sana y salva de una situación como esa.

—¿Tuviste miedo? —preguntó Duke.

Sabía que se daría cuenta si le mentía.

—Estaba aterrorizada.

—Pero no se lo dejaste ver.

—No, señor.

Oyó que le daba una larga calada al cigarrillo.

—¿Piensas quedarte hasta muy tarde esta noche?

—Yo... —Amanda no sabía qué decir. Miró hacia la calle. Una luna casi llena dominaba el cielo. La cruz negra de madera proyectaba una sombra en la acera, justo delante del comedor social—. Tenemos a un posible sospechoso.

—¿Tenéis?

Amanda no respondió.

—¿Hay pruebas?

—Nada —admitió. Buscó una mejor explicación, pero solo se le ocurrió una—: Es solo intuición femenina.

—No lo llames así —ordenó Duke—. Llámalo presentimiento. Es algo que se siente en las entrañas, no entre las piernas.

—De acuerdo. —Fue lo único que se le ocurrió responder.

Duke tosió varias veces.

—Estáis investigando el caso de Rick Landry, ¿verdad?

—Sí, señor.

—Ese idiota no sería capaz ni de encontrar su propio culo. —Su risa se transformó en una tos seca—. Si te quedas hasta muy tarde, vete luego a dormir. Yo me prepararé el desayuno.

El teléfono emitió un ruido seco. Amanda se quedó mirando el auricular, como si el micrófono pudiera explicarle lo que acababa de suceder. No levantó la cabeza hasta que un par de luces llamaron su atención.

La camioneta de Evelyn olía a caramelo y vino barato. Sonrió mientras Amanda ocupaba el asiento del pasajero.

—¿Te encuentras bien?

—Desconcertada.

Le contó a Evelyn la conversación telefónica que había mantenido con su padre.

—Bueno —respondió Evelyn con tono circunspecto—, ¿crees que está diciendo la verdad?

—Sí.

Duke podía ser muchas cosas, pero no era un mentiroso.

—Entonces debe de estar diciéndola.

Amanda sabía que Evelyn jamás confiaría en Duke. Y lo entendía. En su opinión, estaba cortado por el mismo patrón que Rick Landry y Butch Bonnie. Y puede que fuese cierto, pero era su padre.

Evelyn miró en dirección al comedor social.

—¿Aún está Ulster dentro?

—Está limpiando. —Amanda había pasado por allí antes y había visto a James Ulster levantando una enorme sopera de la mesa. Estaba de espaldas a ella, pero, aun así, aligeró el paso—. Hay una furgoneta verde detrás del edificio. He pedido que identificasen la matrícula y está registrada a nombre de la iglesia. Había algunos objetos religiosos en el asiento delantero y una Biblia en el salpicadero. Tiene cacharros de madera en la parte de atrás y un montón de cuerdas. Imagino que las utiliza para que no se derrame la sopa.

—Llevándole sopa a los necesitados. A mí me parece un asesino en serie.

331

—¿Cómo no? Tú solo piensas en eso.

Evelyn no estaba para bromas.

—Mientras conducía hacia aquí, una parte de mí tenía la sensación de que estaba yendo a mi propio funeral. —Cruzó los brazos a la altura de la cintura—. Nuestro último día de trabajo, o al menos de nuestro verdadero trabajo, del que queremos hacer. No creo que pueda ponerme mi uniforme de guardia de tráfico nunca más. Pensé que eso era cosa del pasado.

Amanda no quería hablar de eso.

—¿Has llamado a Georgia Baptist?

—La novia de Callahan se llama Eileen Sapperson. No se presentó al trabajo esta mañana. No saben su número de teléfono ni su dirección. Otra desaparición mágica de Doug Henning.

—Otro punto muerto —recalcó Amanda.

La señorita Lula tampoco había encontrado a ninguna persona que recordase haber visto a alguien con la descripción de Hank Bennett. Además, aunque muchos conocían al descomunal señor Ulster, jamás le habían visto causar el más mínimo problema. Era difícil tener enemigos si les llevas un plato de comida caliente.

—James Ulster va a Techwood los lunes y los viernes, justo los días en que se encontraron a las víctimas —dijo Evelyn.

—Va tantas veces que nadie lo nota —añadió Amanda—. Al menos conocía a Kitty, y conocía a Mary Halston lo bastante bien como para decir que Trey estaba encaprichado con ella. Probablemente, también conocía a Lucy Bennett.

—Es el único que dice haberlas visto con vida hace poco. Jane Delray, Hank Bennett, Trey Callahan y Juice afirmaron que habían desaparecido el año pasado.

—Puede que Ulster sea el confidente de Butch. Podría haber dicho que Lucy Bennett estaba muerta para que su hermano dejase de buscarla.

—¿Crees que la estaba buscando de verdad? Dejó de hacerlo cuando encontró a Kitty. Y nada de eso explica por qué Hodge nos envió allí. Ni quién nos ha trasladado, si no ha sido tu padre.

Amanda no podía soportar la idea de repasarlo todo de nuevo. No importaba las veces que hablasen de eso, nunca resolverían aquel rompecabezas. Evelyn tenía a su familia, y ella tenía que hacer sus trabajos de la facultad. Además, jamás les habían asignado ese caso. Por lo demás, no tendrían más autoridad que pegarles gritos a unos cuantos adolescentes en edad escolar.

—Me pregunto —dijo Evelyn— qué pasaría si presento una denuncia por discriminación sexual. —Puso las manos sobre el volante—. ¿Qué harían? La ley está de mi lado. Butch tiene razón. No vale la pena amenazar si no vamos a seguir adelante. Es una pérdida de tiempo.

—Nunca te ascenderán. Te trasladarán al aeropuerto, lo que es más humillante que hacer un servicio de tráfico. Pero yo testificaré en tu favor. Vi lo que te hicieron Rick y Butch, y no tienen derecho a hacer tal cosa.

—Mandy, qué buena amiga eres. —Alargó el brazo y le cogió la mano—. Haces que este estúpido trabajo sea más llevadero.

Amanda miró sus manos. Las de Evelyn eran mucho más elegantes que las suyas.

—Nunca antes me habías llamado Mandy.

—En realidad, no te pareces a alguien que se llame Mandy.

No se sentía así, en efecto. ¿Iría una Mandy a prisión para poner nervioso a un proxeneta? ¿Se enfrentaría una Mandy a los más chulos y los llamaría de todo?

—¿Sabes una cosa? Cuando Hodge nos envió por primera vez a ese sitio, te temía.

Amanda no tuvo que preguntarle los motivos. Si había aprendido algo esa semana, es que el nombre de Wagner no jugaba a su favor.

—Pero eres fantástica. Si hay algo bueno que he sacado de todo esto, es nuestra amistad.

Amanda llevaba toda la noche evitando llorar, así que se limitó a asentir.

Evelyn le apretó la mano.

—Yo no tengo muchas amigas. Amigas de verdad.

—Cuesta trabajo creerlo.

—Solía tenerlas. —Se pasó los dedos por el pelo—. Bill y yo íbamos a muchas fiestas los fines de semana. Dos o tres. A veces incluso cuatro. —Soltó un prolongado suspiro—. Todo el mundo pensó que era muy divertido que ingresase en el cuerpo, pero, cuando vieron que no estaba dispuesta a darme por vencida, nos dejaron de hablar. No quería dedicarme a intercambiar recetas ni a organizar ventas de tartas. No podían entender que quisiera realizar el trabajo de un hombre. Deberías oír hablar a mi suegra sobre el tema. —Se rio con arrepentimiento—. Este trabajo te cambia. Cambia tu forma de pensar, el modo de ver el mundo. No me importa lo que digan. Nosotras somos policías, y vivimos y sentimos este trabajo tan intensamente como ellos.

—No creo que veas a Butch y a Landry en la calle a estas horas.

—No, probablemente estarán en su casa con su familia.

Amanda lo puso en duda.

—Yo más bien diría con sus queridas.

—Mira, ahí está.

Vieron a Ulster cerrando la puerta principal del edificio. La oscuridad no le favorecía. Era un hombre enorme. Amanda no podía imaginar a nadie resistiéndose a semejante fuerza.

Miró hacia la calle. Amanda y Evelyn se agacharon, pero él no pareció ver la camioneta roja. Si lo hizo, no le prestó demasiada atención. Hasta cierto punto, el coche, con los juguetes del niño en el asiento trasero y las ceras aplastadas en la alfombrilla, era el escondite perfecto.

Amanda contuvo el aliento mientras esperaba que volviera a aparecer. Parecieron horas, pero solo transcurrieron unos minutos cuando Evelyn dijo:

—Aquí viene.

La furgoneta verde giró en Juniper. Siguieron agachadas mientras pasaba por su lado. Evelyn giró la llave de contacto. El motor petardeó, y luego arrancó. Le dio a la manecilla para asegurarse de que las luces frontales estaban apagadas, luego sacó el morro a la calle y, lentamente, se colocó en el carril contrario.

—Vas mejorando —dijo Amanda.

—Gracias —masculló Evelyn.

En la calle Juniper no había farolas, pero bastaba con la luz de la luna; cuando no podía ver, lograba descifrar el camino.

Ulster giró a la izquierda en Piedmont Avenue, y luego se dirigió hacia Bedford Pine. El hedor de Buttermilk Bottom invadió el coche, pero, aun así, dejaron las ventanillas abiertas.

—¿Adónde va? —preguntó Evelyn.

Amanda negó con la cabeza. No tenía la menor idea.

La furgoneta frenó en el último minuto y giró bruscamente en Ralph McGill.

—Corta por Courtland —dijo Amanda.

Evelyn tuvo que dar marcha atrás para girar.

—¿Crees que nos ha visto?

—No lo sé. —Aún llevaban las luces apagadas; el interior del coche estaba a oscuras—. Puede que solo esté tomando precauciones.

—¿Por qué iba a tomarlas? —preguntó Evelyn conteniendo la respiración. La furgoneta verde estaba delante de ellas—. Ahí está.

Siguieron al vehículo por Courtland. Era una carretera completamente recta, por lo que Evelyn se mantuvo a unos cien metros. Cuando la furgoneta torció en Pine, las luces del Crawford Long Hospital iluminaron el interior. Vieron el inconfundible cuerpo de Ulster. Evelyn redujo la velocidad, mirando hacia la calle antes de girar para seguirle. Las luces de la autopista dificultaban el seguimiento. Ulster giró en Spring Street.

—Evelyn —dijo Amanda.

—Ya lo he visto.

Lo siguieron por North Avenue, dejaron atrás el Varsity y pasaron por encima de la autopista. Se dirigía a Techwood.

—Coge mi radio —dijo Evelyn.

Amanda encontró el bolso de Evelyn en el asiento trasero. Notó el frío metal del revólver. Se lo dio a Evelyn, quien condujo con una mano mientras se colocaba el arma debajo de la pierna.

Amanda encendió la radio.

—¿Central?

No hubo respuesta.

—Central, es la unidad dieciséis. ¿Me oyen?

La radio hizo clic.

—Unidad veintitrés a unidad dieciséis —dijo una voz de hombre—. ¿Necesitáis ayuda?

Amanda sostenía la radio en la mano. Había llamado a comisaría, no a un cateto que estaba de patrulla.

—¿Me oye, dieciséis? —preguntó el hombre—. ¿Cuál es su localización?

Amanda habló con los dientes apretados.

—Techwood Homes.

—Repita, por favor.

Amanda separó las sílabas.

—Tech. Wood. Homes.

—De acuerdo. Perry Homes.

—Dios santo —exclamó Evelyn—. Cree que es una broma.

Amanda aferró la radio con todas sus fuerzas, deseando estampársela en la cabeza a aquel hombre. Puso el dedo en el botón, pero no lo pulsó.

—Amanda —masculló Evelyn en tono de advertencia.

335

La furgoneta verde no redujo para girar en Techwood Drive, sino que siguió recto, adentrándose en el interior del gueto.

—Esto no me gusta —dijo Evelyn—. No hay razón para que venga hasta aquí.

Amanda no se molestó en mostrar su acuerdo. Estaban en una parte de la ciudad en la que nadie, ya fuese blanco, negro, policía o delincuente, se atrevía a entrar de noche.

La furgoneta volvió a girar. Evelyn redujo la velocidad y tomó la curva, asegurándose de que no las viese. Vieron brillar un poco las luces traseras de la furgoneta. Ulster sabía adónde iba. Se movía lenta y estudiadamente.

Amanda lo intentó de nuevo con la radio.

—Central, la unidad dieciséis dirigiéndose al norte por Cherry.

El hombre de la unidad veintitrés respondió:

—¿Qué dices, dieciséis? ¿Que quieres que te desvirgue?

Se oyeron más clics; la radio tenía interferencias.

La operadora cortó el parloteo.

—Diez-treinta-cuatro, todas las unidades. Dieciséis, repita su diez-veinte.

—Es Rachel Foster —dijo Evelyn. Las mujeres de la central eran las únicas que podían poner fin a las estupideces. Evelyn cogió la radio—. Dieciséis dirigiéndose al norte por Cherry. Posible treinta-cuatro en una furgoneta Dodge color verde. Matrícula de Georgia... —Miró a la furgoneta y añadió—: Charlie, Victor, William, ocho, ocho, ocho.

—¿Verificado diez-veinte, unidad dieciséis? —dijo Rachel.

Amanda cogió la radio para que Evelyn pudiese conducir con ambas manos.

—Verificado Cherry Street, operadora. Dirigiéndonos al norte.

—¿Me estáis tomando el pelo? —dijo Rachel con tono seco. Conocía las calles mejor que la mayoría de los policías que estaban de patrulla— ¿Dieciséis?

En el interior del coche se hizo el silencio. Ambas miraron la furgoneta verde que se adentraba en el gueto. ¿Acaso Ulster pretendía tenderles una trampa?

—¿Dieciséis? —repitió Rachel.

—Verificada dirección norte por Cherry.

Durante unos segundos, solo se oyó el ruido de la estática.

—Dadme cinco minutos —dijo Rachel—. Mantened vuestra localización. Repito, mantened vuestra localización.

Amanda puso la radio sobre su regazo. Evelyn continuó conduciendo.

—¿Por qué dijiste que la furgoneta posiblemente era robada? —preguntó.

—Porque lo que menos necesitamos es que el vaquero ese que está en la unidad veintitrés venga aquí con las luces y las sirenas encendidas.

—Quizá fuese lo más conveniente.

Amanda jamás había estado en esa parte de la ciudad, y dudaba que ninguna mujer blanca lo hubiese hecho. No había placas con el nombre de las calles, ni luces en el interior de las casas que alumbrasen ambos lados de la calle. Hasta la luna parecía brillar con menos intensidad en esa zona.

La furgoneta volvió a girar a la izquierda. El aire era de lo más denso. Amanda tuvo que respirar por la boca. En la calle había una hilera de coches hechos una chatarra. Si Evelyn seguía a Ulster, no habría forma de evitar que viera la camioneta. Al final, no lo necesitaron. Las luces de freno centellearon cuando se detuvo delante de una casa de madera. Al igual que en las demás, no se veía ninguna luz dentro. La electricidad era un lujo en esa parte de la ciudad.

—¿Están abandonadas? —preguntó Evelyn refiriéndose a las casas.

Algunas parecían entablilladas, y otras en tan mal estado que el techo se había caído.

—No lo sé.

Permanecieron sentadas en el coche. Ninguna de las dos sabía qué hacer. No podían echar la puerta abajo y entrar con las armas en la mano.

—Rachel debería habernos llamado por radio —dijo Amanda.

Evelyn continuaba con las manos en el volante. Ambas miraban la casa de Ulster. Una luz se encendió en una de las habitaciones de atrás, dibujando una línea blanca en la parte delantera de la furgoneta verde que estaba en la entrada.

—¿Pensarías que soy una cobarde si te digo que deberíamos llamar a la unidad veintitrés? —susurró Evelyn.

Amanda se había estado preguntando cómo hacerle esa misma pregunta.

—Él tipo le podría decir a Ulster que la furgoneta era robada.

—Y pedirle si podía mirar en el interior de la casa.

Y recibir un tiro en la cara. O en el pecho. O un puñetazo. O una puñalada. O recibir una paliza.

337

—Hazlo —dijo Evelyn.

Amanda presionó el botón de la radio.

—¿Veintitrés? —Solo se oía la estática. Incluso los clics habían desaparecido—. ¿Operadora?

—Joder —maldijo Evelyn—. Probablemente estemos en una bolsa. —Había puntos sin cobertura por toda la ciudad. Evelyn metió la marcha atrás—. Funcionaba en la última manzana. Vamos a...

Un gritó rompió el silencio. Fue un grito salvaje, terrorífico. El cuerpo de Amanda se estremeció y empezó a recorrerla un sudor frío. Todos los músculos se tensaron. El sonido despertó el primitivo instinto de salir huyendo.

—Dios santo —exclamó Evelyn—. ¿Ha sido un animal?

Amanda aún podía oír el grito retumbándole en los oídos. Jamás había oído algo tan aterrador en su vida.

De pronto, la radio empezó a funcionar.

—¿Dieciséis? Aquí la unidad veintitrés. ¿Reconsideran mi oferta?

—Gracias a Dios —susurró Evelyn. Presionó el botón, pero no tuvo tiempo de hablar.

El segundo grito atravesó el corazón de Amanda como un cuchillo. No era un animal. Era el grito desesperado de una mujer pidiendo ayuda.

—¿Qué demonios ha sido eso? —dijo una voz por la radio.

El bolso de Amanda estaba en el suelo. Lo agarró y sacó el revólver. Luego cogió la manecilla de la puerta.

El pie de Evelyn soltó el freno.

—¿Qué haces? —preguntó.

—Para el coche. —Se estaba moviendo hacia atrás—. Páralo.

—Amanda, no puedes...

La mujer gritó de nuevo.

Amanda abrió la puerta. Se cayó al salir del coche y se golpeó la rodilla contra el asfalto. La media se le rasgó. Pero no había tiempo que perder.

—Llama a la unidad veintitrés. Llama a quien te dé la gana.

Evelyn le gritó que esperase, pero ella se quitó los zapatos y echó a correr.

La mujer volvió a gritar. Estaba en la casa. En la casa de Ulster.

Amanda aferró el revólver con fuerza mientras bajaba a toda prisa por la calle. Agitaba los brazos. Su visión se estrechaba. Se agazapó al girar en la entrada de la casa. La media se le había bajado hasta el talón. Se detuvo. La puerta principal estaba cerrada. La única luz procedía de la parte trasera.

Trató de recuperar el aliento, abriendo la boca y respirando profundamente. Pasó al lado de la furgoneta. Se puso en cuclillas para que nadie pudiera verla. La casa bloqueaba la luz de la luna y lo cubría todo de sombras. Apuntó con el revólver hacia delante, con el dedo en el gatillo, no en el lado, como le habían enseñado: pensaba dispararle a cualquiera que se interpusiera en su camino.

Se volvió a oír otro grito. No era tan fuerte, pero sí más desesperado, más aterrador.

Amanda se irguió al aproximarse a la ventana. La luz atravesaba unas cortinas negras y gruesas. Podía oír los gemidos de la mujer cada vez que respiraba. Parecía maullar. Con suma cautela miró entre las cortinas. Vio un lavabo viejo, un fregadero y una cama. La mujer estaba allí, sentada. Su pelo rubio con vetas rojas. Estaba escuálida, salvo por su henchido vientre. La piel de los brazos y los hombros estaba cubierta de sangre. Tenía los labios y los párpados desgarrados de haberlos intentado abrir. La sangre le goteaba por cada centímetro de su cuerpo: la cara, el cuello, el pecho.

La chica gritó de nuevo, pero no antes de que Amanda oyese algo a su espalda.

Un zapato arrastrándose por el cemento.

Amanda empezó a girarse, pero una enorme mano la aferró por detrás.

339

Capítulo veintitrés

Lucy Bennett

15 de julio de 1975

*T*enía los hombros libres, pero eso no le importaba.

Tenía los brazos libres, pero eso no le importaba.

La cintura, los muslos... libres por primera vez desde hacía más de un año.

Pero no le importaba.

No podía importarle.

Lo único que le importaba era el bebé que había engendrado su cuerpo. Aquel pequeño y hermoso niño, con diez dedos en las manos y otros tantos en los pies. Con aquel perfecto pelo rubio y aquella boca tan pequeña y perfecta.

Lucy le pasó los dedos por los labios. Ella era la primera mujer que le tocaba. La primera mujer que le abría su corazón y sentía la absoluta felicidad que emanaba esa criatura.

Le limpió la baba de la nariz y de la boca. Puso delicadamente su mano sobre su pecho y notó el latido de su corazón. Aleteaba, aleteaba, como una mariposa. Era tan hermoso, tan pequeño. ¿Cómo podía haber engendrado algo tan perfecto? ¿Cómo podía haber salido algo tan dulce de un cuerpo tan maltratado?

—Te estás muriendo.

Lucy notó que se le agudizaban los sentidos.

Patty Hearst.

La segunda chica. La otra mujer de la habitación de al lado.

Estaba de pie, en la entrada, temerosa de entrar. Iba vestida. Él se lo permitía, la dejaba caminar, le dejaba hacer lo que quisiera, menos entrar en la habitación de Lucy. Incluso en aquel momento en que las dos estaban solas, sus pies no pasaban del umbral.

—Te estás muriendo —repitió la mujer.

Ambas oyeron ruidos fuera de la ventana. Gritos. Tiros. Él vencería. Siempre vencía.

El bebé susurró, con los pies levantados.

Lucy miró al niño. A su perfecto bebé. Su redención, su salvación, lo único bueno que había hecho.

Trató de concentrarse en su hermosa cara, en la luz que fluía entre sus cuerpos.

Nada importaba en este mundo. Ni el dolor, ni el olor, ni los resuellos que salían de su boca.

Ni el aire que se colaba por el enorme cuchillo que sobresalía de su pecho.

Capítulo veinticuatro

En la actualidad. Miércoles

Sara se despertó con el olor del aliento caliente de *Betty*. La perrita estaba enroscada sobre el sofá, con el cuerpo torcido y el hocico a escasos centímetros de su cara. Sara le dio la vuelta como hace un panadero con la masa del pan. Su collar tintineó, y ella bostezó.

Vio la ropa de Will en el suelo, pero él no estaba en la habitación. Sara se llevó la mano a la cara. Tocó sus labios donde él los había acariciado. Se tocó el cuello. Tenía la boca dolorida de tanto besarse. Y notó un hormigueo en la piel al pensar en él.

No había duda de que estaba enamorada. Quizá se enamoró de él cuando lo vio lavar los platos en la cocina de su madre. O aquel día en el que se sentía inconsolable en el trabajo hasta que él le acarició dulcemente la mano. O la noche pasada, cuando él la miró con tanto ardor que ella sintió como si todo lo que hubiese en su interior se estuviese abriendo para entregárselo a él.

No importaba cuándo había sucedido, el hecho era más importante que el momento. Sara estaba profundamente enamorada de Will Trent. No había forma de dar marcha atrás ni de negarlo. Su corazón había tomado las decisiones mientras su cerebro inventaba excusas. Lo supo nada más verle la noche anterior. Haría cualquier cosa con tal de tenerle a su lado. Aceptar sus secretos, soportar sus silencios, aguantar a su horrible esposa.

Con un poco de ayuda, a su padre lo condenarían a muerte.

Pete Hanson estaría muerto cuando se celebrase el juicio. La llamarían a ella para testificar. Sería un caso de pena capital. Había secuestrado y asesinado a la chica: cumplía con los requisitos legales de Georgia para pedir la pena de muerte.

El padre de Will había limpiado con cuidado a Ashleigh

Snyder, pero había estado encarcelado durante las tres últimas décadas. La televisión y la sabiduría que se adquiere en la prisión probablemente le habrían puesto al día de los progresos forenses que se habían alcanzado fuera de su celda, pero resultaba poco probable que hubiese oído hablar de las extensiones del pelo, cosa que resultaba irónica considerando su predilección por la aguja y el hilo de coser.

Hacer extensiones llevaba horas. Una hilera o «trama» se trenzaba en un semicírculo alrededor de la nuca. Luego se utilizaba una aguja e hilo para coser los retazos de pelo nuevo, más largo y espeso. Se añadían más tramas, una a una, dependiendo del tiempo y del dinero que la mujer estaba dispuesta a gastar. No era algo barato. El pelo natural crecía. La extensión tenía que sujetarse cada dos semanas, dándole más puntos cada vez. Con un lavado normal, no se conseguían limpiar todos los recovecos entre el pelo nuevo y el viejo.

En esos recovecos es donde había encontrado restos de semen; pequeñas gotas secas que habían quedado atrapadas entre las delgadas tiras del hilo. Tendría que explicarle al jurado cómo había hecho su descubrimiento, explicarle la técnica que se emplea en las extensiones y por qué las proteínas de los fluidos seminales brillan bajo la luz ultravioleta.

Lo más probable es que el jurado lo condenase a la pena de muerte mediante una inyección letal.

Sara soltó un prolongado suspiro. Miró el reloj. Eran las seis y media de la mañana. Se suponía que debía estar en el trabajo a las siete. Encontró una camisa de Will y se la puso. Se la abrochó mientras entraba en la cocina.

Él estaba delante de la hornilla, haciendo creps. Le sonrió:

—¿Tienes hambre?

—Mucha.

Le besó en la nuca. Tenía la piel tibia. Tuvo que contenerse para no abrazarle y declararle su amor. La vida de Will era demasiado complicada en ese momento sin que ella le presionase. Decirle a alguien que le querías equivalía a pedirle que te dijera lo mismo.

—Lo siento, pero no tengo café —dijo él.

Sara se sentó a la mesa. Will no tomaba café. Bebía chocolate caliente por las mañanas; como eso no le proporcionaba suficiente azúcar, le añadía galletas.

—Lo tomaré después.

—Puedo prepararte unos huevos, si quieres.

—No, gracias.

Sara se frotó la cara. Su cerebro aún no se había despertado, pero se dio cuenta de que algo sucedía. Will ya estaba vestido para irse al trabajo, con un traje azul marino y una corbata. Su chaqueta colgaba en el respaldo de la silla de la cocina. Estaba bien peinado, recién afeitado. Parecía feliz, lo cual no era de extrañar, pero esa mañana estaba demasiado contento, demasiado animado. No podía estarse quieto. Zapateaba mientras preparaba los creps; cuando los puso en una bandeja, sus dedos empezaron a tamborilear en la encimera.

Sara reconocía esa actitud. Era la típica de alguien que había tomado una decisión. La presión había desaparecido, la decisión estaba tomada. Todo estaba premeditado. Solo faltaba llevarla a cabo.

—*Madame* —dijo poniendo el plato delante de Sara.

Fue entonces cuando lo olió: aceite y cordita. En sus manos, en la mesa.

—Gracias.

Sara se levantó de la silla. Se lavó las manos en el fregadero. El olor era más intenso ahora que se había despertado y podía pensar. Will lo había limpiado todo, pero no lo bastante bien. Se secó las manos con una toalla de papel. Cuando abrió el armario donde estaba el cubo de basura, vio los parches de limpieza que había ensuciado.

Sara cerró el armario. Había crecido rodeada de armas. Conocía de sobra el olor del aceite que se empleaba para limpiarlas. Sabía que guardaba un arma de repuesto en la caja fuerte, y conocía la mirada de un hombre que había tomado una decisión.

Se dio la vuelta.

Will estaba sentado a la mesa, con el tenedor en la mano. Su plato estaba cubierto de sirope. Habló con la boca llena de creps.

—He sacado tu bolsa de gimnasia del coche. —Utilizó el tenedor para señalar la bolsa que había en el suelo—. Siento haberte roto el vestido.

Sara se apoyó en el fregadero.

—¿Hoy tienes que trabajar en el aeropuerto?

Asintió.

—¿Te importa si me llevo tu coche? El mío está estropeado.

—Por supuesto.

La policía buscaría el coche de Will en los alrededores del

hotel, pero el BMW de Sara pasaría desapercibido en esa parte de la ciudad.

—Gracias —dijo metiéndose otro bocado de crep en la boca.

—Vamos a tomarnos el día libre —dijo Sara.

Will dejó de masticar. Sus miradas se cruzaron.

—Quiero que nos vayamos juntos. Mi primo tiene una casa en el Golfo donde podemos quedarnos. Vámonos, salgamos de la ciudad.

Tragó.

—Eso no suena mal.

—Podemos llevarnos a los perros. Por las mañanas, podríamos correr por la playa. —Le rodeó con sus brazos por la cintura—. Y luego podemos meternos en la cama. Y comer juntos. Y después volver a la cama.

Esbozó una sonrisa forzada.

—Eso suena realmente bien.

—Entonces vámonos. Ahora mismo.

—De acuerdo. Te dejo en casa y luego voy a hacer unos encargos.

Sara dejó de disimular.

—No voy a dejar que lo hagas.

Will se echó sobre el respaldo. Su energía nerviosa desapareció al instante. Ella observó cómo le salía lentamente de su cuerpo; entonces, solo quedaban el pesar y la tristeza que le habían destrozado el corazón el día anterior.

—Will...

Él se aclaró la garganta y empezó a toser. Tragó mientras trataba de contener las lágrimas.

—Solo era una estudiante.

Sara se mordió el labio.

—Iba a sus clases y una noche él la vio, la apresó y acabó con ella. —Soltó el tenedor—. Ya has visto lo que le ha hecho. Vistes a la chica ayer. Les hizo lo mismo a las dos.

Sonó el móvil de Will. Lo sacó de su bolsillo.

—¿Lo habéis arrestado? —La devastación bastó para adivinar la respuesta que le dieron—. ¿Dónde? —Escuchó durante unos segundos y luego colgó—. Faith está esperando en la entrada.

—¿Qué ha pasado?

Aunque pronunció aquellas palabras, supo que eran inútiles. Habían encontrado otro cuerpo, habían acabado con otra vida. El padre de Will había vuelto a asesinar.

345

Will se levantó y cogió la chaqueta de la silla. No quiso mirar a Sara, porque sabía que podía leerle el pensamiento: debería haber acabado con eso. Debería haber cogido la pistola y haberse presentado en el hotel nada más enterarse de que su padre estaba en libertad.

—Amanda quiere que vengas.

Sara no quería ser una carga. Amanda ya la había metido en eso en una ocasión.

—¿Y tú? ¿Quieres que vaya?

—Amanda quiere.

—A mí no me importa Amanda. Yo solo quiero ayudarte a ti.

Will se quedó en la entrada. Parecía estar a punto de decir algo profundo, pero se limitó a coger su bolsa de gimnasia.

—Date prisa. Te espero fuera.

Capítulo veinticinco

15 de julio de 1975

James Ulster cogió por la nuca a Amanda, que se sintió como un gatito al que apresaran por el cogote. Sus brazos cayeron a los lados y sus pies quedaron en el aire.

Luego recordó que tenía un arma en la mano.

La giró hacia el costado y apretó el gatillo. Una, dos, tres veces. El cuerpo de Ulster se retorció al recibir los impactos, pero la aferró con más fuerza. Ella apretó el gatillo de nuevo. El fogonazo de los disparos le quemó el costado. Ulster le arrebató el arma, pero al cogerla soltó un quejido. El cañón estaba lo bastante caliente como para quemarle. El arma cayó al suelo.

Amanda se puso de rodillas y buscó a tientas la pistola. Ulster la levantó, tirando de su brazo. Oyó el chasquido de un hueso y vio que sus pies se levantaban de nuevo del suelo. Su espalda chocó contra la pared de la casa y notó que perdía el aliento. Le pateó y le arañó mientras él le apretaba el cuello. Le clavó las uñas en la piel y vio cómo su rostro se contraía de rabia. Amanda empezó a sentirse mareada. No le llegaba suficiente aire a los pulmones.

—¡Suéltala! —gritó Evelyn. Tenía la linterna debajo de su revólver—. ¡Ya!

Ulster no le prestó atención y apretó aún más el cuello de Amanda.

Evelyn apretó el gatillo. Ulster aflojó el cuello de Amanda. Evelyn le disparó de nuevo. La bala le dio en la pierna. Soltó a Amanda. El brazo le sangraba, el costado también, pero, aun así, no se dio por vencido.

—No te muevas —ordenó Evelyn.

Ulster no le hizo caso y empezó a caminar directamente hacia ella. Evelyn apretó el gatillo, pero la bala se perdió. El tipo le

arrancó la pistola de la mano y levantó el puño. Ella retrocedió,
pero no con la suficiente rapidez. Los nudillos le rozaron el mentón y cayó en el camino de entrada.

—¡No! —gritó Amanda.

Saltó sobre su espalda y le arañó los ojos. En lugar de dar
vueltas, Ulster cayó de rodillas y se echó sobre su espalda. El peso
de su cuerpo aplastó a Amanda. Expulsó todo el aire que tenía en
el pecho. No obstante, le pasó el brazo alrededor del cuello y le
hizo una presa ayudándose del otro. Era lo que se llama una llave
de estrangulamiento. Lo había visto antes. Parecía sencillo si el
contrincante no ponía resistencia, pero se enfrentaba a ciento
veinte kilos de músculos. Ulster separó los brazos de Amanda con
la misma facilidad que un niño desata un lazo. Cayó de espaldas y
se golpeó en la cabeza.

Pateó y gritó, pero sus embates eran completamente inútiles.
La inmovilizó con suma facilidad en el suelo, le puso los brazos en
los costados y echó todo su cuerpo encima, aplastándole la raba-
dilla contra el suelo. La sangre empapaba la parte delantera de la
camisa de Ulster y le goteaba de la boca.

—Debes arrepentirte, hermana —dijo presionando más
fuerte. Se estaba quedando sin aire—. Arrepentirte de tus pecados.

—De acuerdo —susurró Amanda—. De acuerdo.

—Padre nuestro.

Ella luchó por coger algo de aire.

—Padre nuestro —repitió él apretando aún más.

Las costillas se le clavaron en el estómago. Algo en su interior
se desgarraba. Ya no podía luchar más. Lo único que podía hacer
era mirar sus ojos fríos y desalmados.

—Padre nuestro —dijo por tercera vez.

Era el comienzo de una oración.

—Padre —farfulló Amanda.

—Que estás en los Cielos.

—Que estás...

No tenía bastante aire.

—Que estás en los Cielos.

—Que... —Trató de librarse de él, pero pesaba como una
montaña—. Por favor —dijo jadeando—. Por favor.

Ulster se levantó lo justo para que pudiese respirar.

—Que estás...

—Que..., que estás...

Amanda notó que sus brazos se movían a su aire. Ulster la detuvo al principio, echándose encima, pero luego se dio cuenta. Con sumo cuidado, retrocedió apenas un centímetro. Amanda extrajo su brazo y notó que la carne le arañaba la entrepierna. Sacó el otro brazo y luego unió ambas manos. Entrelazó los dedos, con todas sus fuerzas, dejando los pulgares por fuera.

Ulster la miró intensamente. Esbozaba una sonrisa. Se balanceó un poco, rozando su pelvis con la de ella. Amanda pensaba que estaba a punto de romperle las caderas. Se echó más encima aún. Quería mirarla, disfrutar viendo el dolor en su rostro.

—Padre nuestro —susurró Amanda.

—Así es —susurró el tipo, como si le estuviese enseñando a un niño—. Que estás en los Cielos.

—Que estás en los Cielos.

Amanda se detuvo para tomar aliento.

—Santificado sea…

Las palabras le salieron a toda velocidad.

—Santificado sea tu nombre.

—Venga a nosotros tu reino. —Se inclinó sobre ella y la miró fijamente a la cara—. ¿Venga a nosotros tu reino?

—Venga…

Amanda no terminó la oración.

En su lugar, con todas las fuerzas que pudo reunir, le golpeó con las manos en el cuello. Sus nudillos chocaron contra el cartílago y el hueso. Su garganta se hundió. Algo crujió. Sonó como si se rompiera un palillo.

El hioides. Tal como le había enseñado Pete.

Ulster cayó encima de ella como un martillo pilón. Amanda trató de quitárselo de encima. Él gruñó, pero no pudo moverlo; pesaba demasiado. Tuvo que arrastrarse por debajo de él. El peso de su cuerpo la estaba asfixiando. Con todas sus fuerzas, intentó no desmayarse, no vomitar, no rendirse.

Trató de aferrarse a algo con las manos. Se impulsó con los pies. Se desplazaba lentamente, con meticulosidad. Tenía el corazón en la garganta. La bilis en la garganta. Al final, con un impulso, logró liberarse.

Evelyn seguía inconsciente. Su revólver yacía en su mano abierta. La linterna había rodado hacia uno de los lados.

Amanda cogió el arma, pero Ulster la agarró por el tobillo y tiró de ella. Ella le pateó con todas sus fuerzas. Notó que su nariz se rompía bajo su talón. Él la soltó. A duras penas, logró ponerse de rodillas, pero él la volvió a agarrar. La rodeó con sus brazos por la cintura. Amanda le golpeó en la cabeza, tratando de darle en la nariz. Ulster se tambaleó. Eso le dio el tiempo para girarse, apuntar y clavarle el codo en la carne blanda de su cuello.

El crujido sonó como el estallido de una escopeta.

Ulster se llevó las manos al cuello. El aire penetró en su boca emitiendo un pitido. Amanda le golpeó con el codo por segunda vez. Otro crujido. Le propinó un tercer golpe y Ulster cayó de costado. Se puso de espaldas, intentando respirar algo de aire. Amanda trató de levantarse de nuevo. Le dolían los brazos, la cabeza le estallaba, le dolía el pecho, el cuello, todo su cuerpo.

Logró levantarse y se agarró a la furgoneta para no caerse.

Ulster emitió un gorjeo. La sangre le brotaba de la boca y de la nariz.

Amanda puso su pie descalzo en el cuello de Ulster. La sensación era tal como la había descrito Pete: burbujas estallando bajo el arco de su pie. Echó todo su peso sobre el pie, mientras miraba cómo los ojos de Ulster se abrían de terror y se preguntaba si ella había hecho ese mismo gesto cuando él le estaba arrebatando la vida.

—Manda —murmuró Evelyn.

Estaba sentada, con el labio partido y la mano en la cara. Tenía la mandíbula tan inflamada que el bulto sobresalía entre sus dedos.

—¡Aquí!

Un agente patrulla corrió alrededor de la furgoneta. Se detuvo al ver la escena.

—Dios santo —exclamó. Tenía el arma desenfundada, pero la sujetaba sin fuerzas delante de él—. ¿Qué coño habéis hecho?

—Amanda. —La voz de Evelyn sonaba forzada, como si le doliese hablar—. La chica.

Capítulo veintiséis

En la actualidad. Miércoles

Las furgonetas de los periódicos y los periodistas corrían como hormigas por el aparcamiento exterior del hotel Four Seasons. No era solamente un hotel. Los abogados más caros y los corredores de divisas llenaban las oficinas de las plantas superiores. Las plantas dedicadas a la residencia estaban atestadas de personas famosas. Cantantes de rap, estrellas de la televisión, buscadores de fama.

Habían colocado cinta amarilla alrededor de la fuente de mármol que estaba delante de Fourteenth Street. Alguien observó que el intermitente de Faith estaba encendido. Los periodistas avanzaron hacia ellos. Will podía oír las preguntas que le hacían a través de la ventanilla cerrada: «¿Qué ha sucedido? ¿Por qué están aquí? ¿Nos pueden decir quién es la víctima?».

Pronto sabrían toda la historia. Una mujer asesinada en un hotel de lujo. Un asesino en libertad condicional que anda suelto. Ese crimen recorrería todos los rincones de la ciudad, desde la oficina del alcalde hasta la Convención y la Oficina de Turismo.

Will había visto antes cómo esas historias se salían de madre. Cualquier detalle morboso se discutiría y se analizaría. Sería la hora de los rumores que pronto se darían por ciertos. Se harían las preguntas obvias: «¿A quién había asesinado? ¿Por qué lo habían puesto en libertad?». Se invocarían las leyes que obligan a mantener informado al público. Se fotocopiarían los archivos y se enviarían, y Sam Lawson, el ex de Faith, que trabajaba en el periódico, aparecería en la CNN antes de que se hiciese de noche.

—Joder —masculló Faith abriéndose camino hasta la barricada policial.

El coche tembló mientras los periodistas buscaban una posición. Le enseñó su placa al agente que estaba de servicio.

—El BMW también —dijo Faith señalando el coche de Sara, que iba detrás.

El agente lo anotó en su portapapeles, y luego se abrió camino por entre la multitud para abrirles paso.

Un periodista golpeó en la ventanilla de Faith. Ella le respondió llamándole «capullo» mientras avanzaba con el coche. No había hablado mucho durante el trayecto. Will no sabía si era porque no sabía qué decir o porque Amanda estaba con su juego habitual de ocultar los detalles.

Otro cuerpo. El mismo *modus operandi*. Su padre, en paradero desconocido. La nueva víctima era una prostituta. Will estaba seguro. Era el patrón de su padre. Primero, una estudiante; luego, una chica de la calle. No se deshacía de una hasta que no tuviera otra que ocupase su lugar.

Will se giró buscando a Sara. El BMW los siguió dentro de la barricada. Su Sig Sauer aún estaba debajo de su asiento delantero. En esa ocasión, ella no lo iba a detener. Amanda podía ponerle cincuenta agentes; estaba decidido a coger la pistola, encontrar a su padre y meterle un tiro en la cabeza.

Justo como debería haber hecho la noche anterior. Y esa mañana. Y hacía una semana.

Había perdido muchas oportunidades. Su padre había vivido en ese hotel durante dos meses, y había logrado salir y entrar sin que nadie se diera cuenta. Había conseguido secuestrar a dos chicas. Había logrado tirar a una en Techwood y asesinar a la otra en la habitación del hotel. Y todo mientras se suponía que la policía, la seguridad del hotel y los agentes secretos no le quitaban ojo de encima.

Si ese cabrón podía darles el esquinazo, él haría lo mismo. Al fin y al cabo, era su hijo.

Faith tiró del freno de mano cuando aparcó detrás del coche secreto de Amanda. Will salió del automóvil. El BMW de Sara se detuvo delante de dos coches patrulla. Había tantos policías en la escena del crimen como periodistas. Tuvo que apartar a dos agentes para abrirle la puerta a Sara. Las cámaras destellaron cuando salió de su vehículo. Se cruzó de brazos por timidez. Llevaba puestos sus pantalones de yoga y la camisa de Will. Un atuendo poco profesional. Will aprovechó la oportunidad para intentar coger el arma que tenía debajo del asiento, pero no estaba.

Cuando levantó la vista, Sara lo estaba mirando fijamente.

—Doctora Linton —dijo Amanda—. Le agradezco que haya venido.

Sara cerró la puerta del coche. Lo hizo con el llavero, que se guardó en el bolsillo de su camisa.

—¿Viene Pete de camino?

—No. Está testificando en el juzgado. —Amanda les hizo un gesto a todos para que la siguieran al interior—. Le agradezco que haya venido sin que la hayamos avisado antes. Nos corresponde a nosotros sacar el cuerpo lo antes posible.

Un agente abrió la puerta lateral. Se oyó un resoplido al cambiar la presión del aire. Will jamás había estado en el interior del hotel. El vestíbulo era de lo más lujoso; cada zona tenía un mármol de diferente color. Unas enormes escaleras dominaban el centro de la estancia, dividiéndose en dos al llegar a la segunda planta. Los peldaños estaban enmoquetados; la barandilla, reluciente. La lámpara de araña que había en el techo era tan inmensa que parecía que hubiese explotado una fábrica de cristal.

El lugar resultaría impresionante de no ser porque había agentes de policía de todo tipo. La división secreta, agentes uniformados, agentes especiales del GBI, incluso un par de mujeres de la Brigada Antivicio con sus placas de oro contrastando con su pobre indumentaria.

Amanda se dirigió a Faith:

—Seguridad está revisando las imágenes de las cámaras de las últimas veinticuatro horas. Necesito que lo aceleres todo lo posible.

Faith asintió y fue a recepción.

—¿Han identificado a la víctima? —preguntó Sara.

—Sí. —Amanda se acercó a Jamal Hodge—. Detective, ¿le importaría sacar a todo el personal que no sea imprescindible que esté aquí.

—Sí, señora.

Se dirigió a la multitud y levantó los brazos para reclamar atención. Will dejó de mirar al detective y se centró en Amanda. Se estaba ajustando el cabestrillo mientras daba órdenes a los guardias de seguridad del hotel.

—¿Qué sucede? —preguntó Sara.

Will no respondió. Miró el vestíbulo, tratando de encontrar a algún agente veterano de la policía de Atlanta. No estaba ni Leo Donnelly ni Mike Geary, el capitán de esa zona.

«Amanda se encarga de la investigación de este caso», pensó

Will. No tenía ningún sentido. Según el Departamento de Policía de Atlanta, una prostituta muerta no tenía nada que ver con una estudiante secuestrada.

—¿Qué ha sucedido? —le preguntó a Amanda.

Ella le señaló al guardia de seguridad. Llevaba un traje caro color oscuro, pero la radio que llevaba en la mano le delataba.

—Te presento a Bob McGuire, jefe de seguridad del hotel. Él fue quien llamó a la policía.

Will le estrechó la mano. McGuire era demasiado joven para ser un policía jubilado, pero parecía bastante sereno, teniendo en cuenta lo que tenía entre manos. Los condujo hasta el ascensor.

—Recibí la llamada de la cocina esta mañana. La chica del servicio de habitaciones dijo que nadie respondía a sus llamadas.

—Al parecer, llevaba un horario muy regular —explicó Amanda.

Las puertas del ascensor se abrieron. Will se apartó para dejar pasar a Sara y a Amanda.

—Estaba alojado en el hotel desde hace dos meses —dijo McGuire. Pasó una tarjeta por el panel y luego presionó el botón de la novena planta—. Podemos hacer un seguimiento de sus entradas y salidas de la habitación a través del *software* que hay en la cerradura. Su horario ha sido prácticamente el mismo desde que está aquí. Servicio de habitación a las seis de la mañana, luego gimnasio, después de nuevo a su habitación, donde pedía que le sirviesen la comida a las doce. —Se metió las manos en los bolsillos—. Una o dos veces a la semana, utilizba el restaurante para cenar o comer en la barra. La mayoría de las noches pedía su cena a las seis en punto. Y después no sabemos nada más de él hasta las seis del día siguiente.

—Sigue el horario de la prisión —apuntó Amanda.

Will miró a su alrededor. Había una cámara de seguridad en una esquina.

—¿Cuánto tiempo llevan vigilándole?

—¿Oficialmente? —preguntó McGuire—. Solo unos días. —Se dirigió a Amanda—: Sus hombres han estado haciendo la mayor parte del trabajo, pero los míos los han ayudado.

—¿Y no oficialmente? —preguntó Will.

—Desde que vino. Es un hombre muy extraño. Físicamente, muy desagradable. Nunca ha hecho nada malo, pero hace que la gente se sienta incómoda. Y la suite presidencial cuesta cuatro mil dólares la noche. Solemos intentar saber quiénes son nuestros mejores clientes. Investigué un poco sobre él y supe que había que vigilarle.

—¿Alguien ha hablado con él? ¿Se ha relacionado con alguien? —preguntó Amanda.

—Como le he dicho, era muy desagradable. Los empleados del hotel le evitaban siempre que podían. Y nunca dejamos que las chicas de la limpieza y el servicio de habitaciones subieran solas.

—¿Qué me dice de otros huéspedes?

—Nadie ha mencionado nada.

—¿Cómo pagaba la habitación? —preguntó Will.

Había estado en prisión y no podía disponer de una tarjeta de crédito.

—Su banco se encargaba de todo —explicó McGuire—. Tenemos un depósito de cien mil dólares por la habitación.

Se oyó una campana y se abrieron las puertas.

Will se echó a un lado y luego los siguió a todos fuera del ascensor. Sara le miró durante unos segundos. Él le hizo un gesto para que pasara delante.

—Hay otras cinco suites en su planta —dijo McGuire—. La presidencial está en la esquina. Tiene unos seiscientos metros cuadrados.

Había tres agentes uniformados de la policía de Atlanta al final del pasillo. Estaban a unos veinte metros. La señal de salida brillaba sobre sus cabezas. La suite estaba justo enfrente de las escaleras.

McGuire los guio por el pasillo.

—Tres suites estaban ocupadas por artistas. Hay un concierto en la ciudad. Los hemos trasladado a nuestro otro hotel. Puedo darles su información, pero…

—No quiero perder el tiempo hablando con abogados —dijo Amanda.

Will notó un dolor en la mandíbula que se propagó hasta su cuello. Tenía los dientes apretados y la espalda tensa. Podía escuchar su propia respiración por encima de la música de fondo. La gruesa moqueta se hundía bajo sus pies. Las paredes estaban pintadas de un color marrón que hacía que el pasillo se pareciese a un túnel. Había lámparas de araña colgando a intervalos, y un carrito del servicio de habitaciones al lado de una puerta cerrada. La habitación no tenía número en la puerta. Cada suite equivalía probablemente a tres o cuatro habitaciones. En las películas, solían tener *jacuzzis* y cuartos de baño tan grandes como la casa de Will.

355

Pero ella no estaría en la bañera, ni en el cuarto de baño, sino en el colchón, clavada como un insecto de un proyecto de ciencias.

Otra víctima, otra mujer cuya vida había acabado a manos de un hombre que tenía su mismo ADN.

Nunca había estado en la suite de un hotel, ni había corrido por la playa, ni tampoco había viajado en avión. Nunca había regresado a casa con las notas de la escuela, ni había visto sonreír a su madre. El cenicero de barro que había hecho en la guardería fue uno más de los dieciséis que recibió la señora Flannigan el Día de la Madre. Todos los regalos que había debajo del árbol de Navidad decían «para una niña» o «para un niño». La noche en que se graduó después de terminar la escuela secundaria, miró entre todas aquellas familias alegres, pero solo vio extraños.

Amanda se detuvo a unos cuantos metros de los agentes uniformados.

—Doctora Linton, ¿le importaría quedarse en el pasillo durante unos instantes?

Sara asintió, pero Will preguntó:

—¿Por qué?

Amanda le miró. Tenía peor aspecto que el día anterior: unas profundas ojeras y el lápiz de labios corrido.

—De acuerdo.

Por una vez, Amanda no discutió y siguió andando por el pasillo.

Los agentes parecían aburridos. Tenían los pulgares cruzados sobre sus pesados cinturones. Estaban de pie, con las piernas separadas, para evitar que el peso de sus equipos les quebrara las espaldas.

—Mimi —dijo Amanda dirigiéndose a una agente—, ¿cómo está tu tía Pam?

—Odiando la jubilación. —Señaló la habitación y añadió—: Nadie ha entrado ni ha salido.

Amanda esperó a que McGuire abriese la puerta con la tarjeta. Se encendió una luz verde. Se oyó un sonido seco. Abrió la puerta y Amanda y Sara entraron, seguidas de Will.

—Estaré en el pasillo si me necesitan —dijo McGuire. Había un pestillo metálico en la jamba de la puerta. Lo giró para evitar que la puerta se cerrase.

—De acuerdo —dijo Amanda.

Se quedaron en el vestíbulo, mirando el interior de una habitación que era más grande que toda la casa de Will. Las cortinas estaban abiertas y entraba la luz del sol. La ventana de la esquina ofrecía una vista panorámica de Midtown, el edificio Equitable, Georgia Power y el Westin Peachtree Plaza.

Y, a lo lejos, el Techwood.

Había dos sofás y cuatro sillones colocados alrededor de un televisor de pantalla plana de cincuenta y dos pulgadas. Un reproductor de DVD. Videograbadora. Un reproductor de CD. Una cocina larga y estrecha. Un minibar. Un comedor para diez personas. Un enorme escritorio con una silla ergonómica. Un aseo con un teléfono en la pared. El papel higiénico estaba plegado formando una rosa. El grifo era un cisne dorado con la boca abierta para dejar caer el agua en cuanto girasen sus alas.

—Por aquí —dijo Amanda.

La puerta del dormitorio estaba semicerrada; utilizó el pie para abrirla del todo.

Will respiró por la boca. Esperaba notar el olor familiar y metálico de la sangre, encontrar una chica delgada y rubia con la mirada ausente y las uñas perfectamente cuidadas. Pero no. A quien vio fue a su padre.

Las rodillas le temblaron. Sara intentó sujetarlo, pero no tenía bastante fuerza y se desplomó contra la puerta. Reinaba un completo silencio en la habitación. Amanda movía la boca. Sara intentaba decirle algo, pero sus oídos no funcionaban. Ni tampoco sus pulmones. Se le nubló la vista y todo adquirió un tono rojizo, como si estuviera viendo el mundo a través de un velo de sangre.

La moqueta era roja, las cortinas, la luz que entraba por las ventanas... Todo estaba teñido de rojo.

Salvo su padre.

Estaba en la cama, tendido, con las manos juntas sobre el pecho.

Había muerto mientras dormía.

Will gritó de rabia. Le propinó una patada tan fuerte a la puerta que el pomo se incrustó en la pared. Cogió la lámpara de pie y la arrojó al otro lado de la habitación. Alguien trató de detenerle. Era McGuire. Will le dio un puñetazo en la cara y luego se desplomó en el suelo cuando una porra le golpeó en la parte de atrás de las rodillas. Dos policías estaban encima de él. Tres. Le apretaron la cara contra la moqueta; una mano fuerte se la sujetó mientras le torcían el brazo y le ponían las esposas.

—¡Ni se le ocurra! —gritó Sara—. ¡Basta!

357

Sus palabras fueron como un bofetón. Will notó que recuperaba el sentido. Se dio cuenta de lo que estaba haciendo. Había perdido el control totalmente.

Y Sara lo había visto todo.

—Agentes —dijo Amanda con un tono de advertencia—, suéltenlo inmediatamente.

Will dejó de forcejear. Notó que ya no lo sujetaban. La agente de policía se inclinó a su lado para que le viese la cara. Era Mimi.

—¿Nos vamos a portar bien? —preguntó.

Will asintió.

Metió la llave en las esposas y le soltó los brazos. Poco a poco se apartaron de él. Will no se levantó de inmediato. Miró la moqueta y puso las palmas en el suelo para ayudarse. Se sentó en cuclillas. Estaba resollando. La sangre le palpitaba en los oídos.

—Gilipollas —dijo Bob McGuire tapándose la nariz con la mano. La sangre le corría por entre los dedos.

—Señor McGuire —dijo Amanda—, espero que nos perdone.

El hombre prefería patearle la boca a Will.

—Vamos, le pondré algo de hielo —le ofreció Mimi.

Cogió a McGuire del codo y lo acompañó fuera de la habitación. Los otros dos policías los siguieron.

—Bueno —dijo Amanda soltando un largo suspiro—, ¿puede calcular la hora de la muerte, doctora Linton?

Sara no se movió. Miraba a Will. No estaba enfadada ni furiosa. Su cuerpo temblaba ligeramente. Él vio que deseaba ayudarle por encima de todo.

Will puso las manos en el suelo y se levantó. Luego se arregló la chaqueta.

—La última vez que le vieron eran las siete de la tarde —dijo Amanda—. Llamó al servicio de habitaciones para que se llevasen la bandeja. Colgó la tarjeta del desayuno en la puerta.

Servicio de habitación. Suite de lujo. Murió pacíficamente mientras dormía.

—¿Doctora Linton? —dijo Amanda—. La hora de la muerte nos resultaría de mucha ayuda...

Sara negó con la cabeza antes incluso de que terminara la frase.

—No tengo el instrumental adecuado. No puedo mover el cuerpo hasta que lo fotografíen. Ni siquiera tengo guantes.

Amanda abrió su bolso.

—El termostato estaba en diecisiete cuando llegó la primera

unidad—. Le dio a Sara un par de guantes quirúrgicos—. Seguro que puede decirnos algo.

Ella volvió a mirar a Will, que comprendió que le estaba pidiendo permiso. Asintió. Ella cogió los guantes. Su rostro cambió al acercarse a la cama. Will se había dado cuenta de eso muchas veces. Sara sabía hacer su trabajo, comportarse profesionalmente.

Will había visto bastantes exámenes preliminares. Sabía qué estaría pensando Sara. Anotó la posición del cuerpo: estaba tendido bocabajo sobre el colchón. La sábana y la manta estaban dobladas a los pies de la cama; la víctima llevaba una camiseta de manga corta color blanco y unos calzoncillos largos del mismo color.

A su lado, sobre la mesa, había un kit de manicura de terciopelo negro.

Los instrumentos estaban ordenados cuidadosamente: cortaúñas, unas tijeras pequeñas, un pulidor de uñas, tres tipos de limas, una lima de cartón, unos alicates para uñas y un frasco de cristal que contenía los recortes blancos y en forma de media luna de las uñas de su padre.

Will jamás había visto a su padre en persona. En la foto de la ficha policial, aparecía con algunos rasgos hinchados y moratones. Unos meses después de su arresto, el fotógrafo de una revista había logrado sacar una imagen borrosa de él saliendo de los juzgados con los grilletes puestos. Esas eran las dos únicas fotos que había visto. No había información de sus antecedentes en su carpeta. Nadie sabía de dónde era. No parecía tener amigos, ni padres, ni vecinos que dijeran que siempre les había parecido un tipo de lo más normal.

En aquel entonces, el *AJC* eran dos periódicos: el *Atlanta Journal* y el *Atlanta Constitution*. Ambos describieron los procedimientos judiciales, pero no se celebró ningún juicio porque su padre se declaró culpable de secuestro, tortura, violación y asesinato. Como el Tribunal Supremo había sentenciado que la pena de muerte no era legal, el único incentivo que pudo ofrecerle el fiscal por no llevar su caso a juicio fue la cadena perpetua con posibilidad de libertad condicional. No obstante, todo el mundo esperaba que tal posibilidad nunca se diera.

Por eso, dadas las circunstancias, Will pensó que su padre había sido un hombre afortunado. Afortunado al haber esquivado la pena capital. Afortunado porque, finalmente, la junta de libertad condicional lo había liberado. Afortunado por morir como quería.

359

Y afortunado por haber asesinado una vez más.

Sara empezó el examen por su rostro. Ahí es donde empezaba siempre el *rigor*. Comprobó la flacidez de la mandíbula, presionó los párpados cerrados y la boca. Luego examinó los dedos y flexionó las muñecas. Sus uñas brillaron bajo la luz del sol. Se las había cortado con rapidez. La cutícula del pulgar le había sangrado antes de morir.

—Creo, y digo solamente creo, que murió en las últimas seis horas —apuntó Sara.

Amanda no estaba dispuesta a darle ninguna tregua.

—¿Puede decirme la causa de la muerte?

—No. Puede haber sido un ataque al corazón. O cianuro. No lo sabré hasta que no lo tenga en la mesa.

—Ya veo. ¿Puede decirme algo más?

Sara estaba visiblemente molesta por la pregunta, pero, aun así, respondió:

—Tendrá unos sesenta y tantos años, bien alimentado y en forma. Su tono muscular es notable, a pesar del *rigor*. Tiene la dentadura postiza, obviamente de la calidad del sistema penitenciario. Parece tener una cicatriz en el pecho. Se le puede ver una especie de V bajo la camiseta. Parece una operación quirúrgica.

—Tuvo un ataque al corazón hace unos años —dijo Amanda con el ceño fruncido—. Por desgracia, lograron salvarle.

—Eso explica la cicatriz de traqueotomía que tiene en el cuello. —Señaló la pulsera metálica que llevaba en la muñeca—. Es diabético. No voy a moverle la ropa hasta que lo fotografíen, pero estoy segura de que encontraremos marcas de inyecciones en el abdomen y las piernas. —Se quitó los guantes—. ¿Algo más?

Faith apareció en la puerta.

—He encontrado algo.

Llevaba un disco de ordenador en la mano. No miró a Will, lo que le hizo deducir que conocía quién era la víctima. Al parecer sabía mentir mejor de lo que él se imaginaba. O puede que no. En cualquier caso, supo por qué había estado tan callada durante todo el trayecto hasta el hotel.

—Podemos verlo en la otra habitación —dijo Amanda.

Los tres formaron un semicírculo mientras Faith cargaba el reproductor de DVD. Amanda estaba entre Will y Sara. Sacó el BlackBerry de su bolso. Will creyó al principio que estaba leyendo sus *e-mails*, pero era fácil mirar por encima de ella. La pantalla estaba agrietada y parecía una telaraña, pero reconoció el sitio de las noticias.

Amanda leyó el titular.

—Convicto puesto en libertad recientemente muere en una habitación del hotel Midtown.

—Esperaban a alguien famoso —dijo Faith cogiendo el mando a distancia—. Idiotas.

—La historia aún no ha acabado. —Amanda seguía avanzando en el texto—. Al parecer, un empleado del hotel los avisó de que había mucha policía por aquí en los últimos días. —Se dirigió a Will—: Esa es la razón por la que intentamos hacer amigos.

—Bueno, vamos a ver el vídeo —dijo Faith, que apuntó con el mando al reproductor. La cámara de seguridad mostraba el ascensor del hotel vacío. Will reconoció las losetas dibujadas del suelo. Faith hizo avanzar la filmación—. Lo siento, no está programada.

Las luces del panel del ascensor se iluminaron, indicando que se dirigía al vestíbulo de entrada. Faith ralentizó la imagen cuando se abrieron las puertas. Una mujer entró en el ascensor. Era una chica delgada, alta, con el pelo rubio y largo; vestía un sombrero blanco de ala ancha. Mantuvo la cabeza gacha mientras entraba en el ascensor. El ala del sombrero le tapaba casi toda la cara; solo vieron su barbilla antes de que se diera la vuelta.

361

—Una prostituta —dijo Faith—. La seguridad del hotel no sabe cómo se llama, pero la han visto antes. Reconocen el sombrero.

Will comprobó la hora que marcaba el vídeo: 22.14.12. A esa hora él estaba durmiendo en el sofá, con Sara.

—Tiene una tarjeta llave —dijo Amanda justo en el momento en que la mujer pasaba la tarjeta por el lector, tal como había hecho Bob McGuire.

Presionó el botón de la planta diecinueve. Las puertas se cerraron. La mujer se colocó mirando al frente: la cámara de seguridad enfocaba la parte superior del sombrero. El reverso de las puertas era de madera sólida, sin espejos.

—¿Se puede ver su cara en las cámaras del vestíbulo? —preguntó Amanda.

—No —respondió Faith—. Es una profesional: sabe dónde están las cámaras. —La mujer salió del ascensor. Las puertas se cerraron y el ascensor se quedó nuevamente vacío—. Estuvo arriba durante media hora antes de bajar. Lo comprobé con el agente de

Antivicio del Departamento de la Policía de Atlanta. Me dijo que ese es el tiempo que suelen emplear.

—Tiene suerte de haber salido viva —dijo Amanda.

Faith avanzó el vídeo de nuevo y redujo la velocidad cuando las puertas del ascensor se abrieron. La mujer entró como antes, con la cabeza agachada y el sombrero ocultándole el rostro. No necesitaba la tarjeta llave para llegar al vestíbulo. Presionó el botón. Una vez más se puso de frente, pero, en esta ocasión, levantó las manos para ajustarse el sombrero.

—Antes no llevaba las uñas pintadas —señaló Will.

—Exacto —dijo Faith—. Lo comprobé cuatro veces antes de subir.

Will miró las manos de la mujer. Las uñas estaban pintadas de rojo, sin duda con Max Factor Ultra Lucent.

—No hay pintura de uñas al lado de su cama. Solo instrumentos de manicura —dijo.

—Puede que la trajera ella misma —sugirió Faith.

—No es muy probable —interrumpió Amanda—. A él le gusta controlar las cosas.

Sara se ofreció.

—Miraré en la otra habitación.

Amanda se dirigió a Faith.

—Seguridad dice que la chica ha estado aquí antes. Quiero que revises cada segundo de vídeo que tengan. Su cara tiene que aparecer en alguna cámara.

Faith salió de la habitación.

Amanda sacó un guante de látex del bolso. No se lo puso, pero lo utilizó como barrera entre sus dedos mientras abría los cajones del escritorio. Lápices, papeles, pero ninguna pintura de uñas Max Factor con su distintivo capuchón blanco.

—Para hacer eso no hacen falta dos personas —dijo Amanda.

Will se fue a la cocina. Había dos tarjetas llave en la encimera. Una era completamente negra, la otra tenía la imagen de una cinta de correr, es probable que fuera para el gimnasio. Había un montón de billetes arrugados. Will no tocó el dinero, pero calculó que había unos quinientos dólares, todo en billetes de veinte.

—¿Has encontrado algo? —preguntó Amanda.

Will fue detrás del minibar. Varillas para cóctel, servilletas, una coctelera. Una Biblia con un sobre entre las páginas. El libro era antiguo. La portada de piel estaba tan gastada por las esquinas que se veía el cartón que había debajo.

—Necesito tu guante —le dijo a Amanda.

—¿Cómo dices?

No se lo dio. En su lugar, se limpió la palma en la falda y se lo puso ella. Abrió la Biblia.

El sobre se quedó pegado a la página. Estaba claro que llevaba allí desde hace un tiempo. El papel era viejo. La tinta había borrado el logotipo redondo que había en la esquina. Con el tiempo, la dirección mecanografiada se había descolorido.

Amanda empezó a cerrar la Biblia, pero Will la detuvo.

Se inclinó, tratando de descifrar la dirección. Will había visto el nombre de su padre las suficientes veces como para reconocer las palabras: «Prisión de Atlanta». Él había utilizado una o ambas en todos los informes que había escrito. El matasellos estaba descolorido, pero la fecha se veía con claridad: 15 de agosto de 1975.

—La enviaron un mes antes de que yo naciera —dijo.

—Eso parece.

—Es de un bufete de abogados.

Vio la balanza de la justicia.

—Herman Centrello —añadió Amanda.

El abogado de su padre. Aquel hombre era un asesino a sueldo. También era la razón de que ellos estuviesen allí, ya que fue la amenaza de la actuación judicial de Centrello la que convenció al fiscal de Atlanta para ofrecerle un trato de condena perpetua con posibilidad de condicional.

—Ábrela —dijo Will.

En quince años, Will solo había visto a Amanda perder la compostura en una ocasión. E incluso en esos episodios era más una fisura que otra cosa. Durante un segundo, mostró algo parecido al miedo, pero esa emoción desapareció tan rápido como vino.

El sobre estaba pegado al lomo. Tuvo que darle la vuelta como si fuese una hoja. El pegamento de la tapa se había secado hacía mucho tiempo. Se ayudó del pulgar y del dedo índice para abrir el sobre. Will miró el interior.

No había carta alguna dentro, ni ninguna nota, solo la tinta descolorida que habían dejado algunas palabras.

—Al parecer solo sirve de marcapáginas —dijo Amanda.

—Entonces, ¿por qué lo conservó todos estos años?

—No ha habido suerte —dijo Sara—. No he encontrado pintura de uñas ni en el dormitorio ni en el cuarto de baño. Pero sí su kit de diabético. Las jeringas están en una caja de plástico. Tene-

363

mos que esperar a que el laboratorio las abra, pero, por lo que veo, aquí no hay nada extraño.

—Gracias, doctora Linton. —Amanda cerró la Biblia y sacó de nuevo su BlackBerry—. ¿Will?

Él no supo qué hacer, salvo continuar buscando en el bar. Utilizó la punta del zapato para abrir los armarios. Más vasos, dos cubiteras. El minibar estaba abierto. Will utilizó la punta del zapato de nuevo. La nevera estaba llena de frascos de insulina, pero nada más. Dejó que la puerta se cerrase.

Había al menos dos docenas de botellas de licor en las estanterías de detrás del bar. El espejo reflejó la imagen de Will. No quiso mirarse, porque, bajo ningún concepto, quería compararse con su padre. En su lugar, examinó las etiquetas de colores, la forma de las botellas, los líquidos ámbar y dorados.

Fue entonces cuando se percató de que uno de los botes estaba ligeramente movido. Había algo debajo que hacía que se inclinase hacia un lado.

—Coge esta botella —le dijo a Amanda.

Por una vez, ella no preguntó por qué y cogió la botella de la estantería.

364

—Hay una llave.

—¿Es del minibar? —preguntó Sara.

Will miró la cerradura de la nevera.

—No. Es demasiado grande.

Con cuidado, Amanda cogió la llave por el borde. La cabeza era escalonada en lugar de redondeada o angulada. Había un número grabado en el metal.

—Es de una cerradura de la fábrica Schlage —dijo Will.

Amanda parecía confusa.

—No tengo ni idea de qué es eso.

—Es de una puerta de seguridad.

Will se dirigió al vestíbulo. Los policías se habían marchado, pero McGuire aún seguía allí, con una bolsa de hielo en la nariz.

—Siento lo de antes —dijo.

McGuire hizo un gesto seco, como diciendo que no aceptaba sus disculpas.

—¿Qué habitación del hotel se abre con una llave de metal? —preguntó Will.

El jefe de seguridad se tomó su tiempo para quitarse la bolsa de hielo y sorber la sangre.

—Las tarjetas llave...

Amanda le interrumpió mostrándole la llave.

—Es de una cerradura Schlage. De seguridad. ¿Qué puerta del hotel se abre con esta llave?

McGuire no era estúpido. Se repuso de inmediato.

—Las únicas cerraduras así están en el subsótano.

—¿Qué hay allí? —preguntó Amanda.

—Los generadores, la mecánica, los huecos del ascensor.

Amanda fue hacia el ascensor.

—Llame a su equipo de seguridad —le dijo a McGuire—. Y dígales que se reúnan con nosotros allí.

El tipo aceleró el paso para ponerse a su altura.

—Los ascensores principales se paran en el vestíbulo. Tiene que ir a la segunda planta en el ascensor de servicio, y luego utilizar las escaleras de emergencia que hay detrás del spa.

Amanda presionó el botón.

—¿Qué más hay en esa planta?

—Salas de tratamiento, una sala de manicura, la piscina. —Las puertas se abrieron. McGuire dejó que Amanda saliera primero—. Las escaleras al subsótano están detrás del spa.

365

Capítulo veintisiete

15 de julio de 1975

—Amanda —repitió Evelyn.

Amanda miró a Ulster. Aún le tenía pisado el cuello con el pie. Si presionaba un poco más, podía romperle la tráquea.

—Amanda —dijo Evelyn—. La chica.

La chica.

Ella retrocedió. Se dirigió al agente patrulla y le dijo:

—Arréstele.

El hombre sacó sus esposas. Llamó a la comisaría a través del micrófono que tenía en el hombro. Parecía tan asustado como ella lo había estado diez minutos antes.

Pero ahora ya no estaba aterrorizada. Había recuperado su determinación, su rabia, su cólera. Fue hacia la casa.

—Espera —dijo Evelyn poniéndole la mano en el brazo. Tenía la mejilla hinchada. Obviamente, le dolía al hablar, pero susurró—: Puede haber alguien más.

No se refería a otra chica, sino a otro asesino.

Amanda cogió su pistola del suelo. La empuñadura de madera estaba rajada. Abrió el tambor. Le quedaba una bala. Miró a Evelyn, que comprobó su revólver y levantó cuatro dedos. Cinco balas entre las dos. Eso era todo lo que tenían. Y todo lo que necesitaban.

La puerta principal estaba abierta. Amanda metió la mano y encendió las luces. Una sola bombilla colgaba de un viejo casquillo. Era una casa de una sola planta, con una puerta principal alineada con la de detrás. Había dos sillas en la habitación de delante. En una de ellas, vio una Biblia abierta. También había un recipiente de plata con agua en el suelo, lo que le recordó los servicios religiosos del este. Las mujeres llevaban recipientes con agua y les lavaban los pies a los hombres. Ella había lavado los pies de Duke cada año desde que cumplió los diez años.

El ruido lejano de una sirena rompió el silencio. No era una sola sirena, sino dos, tres, más de las que pudo contar.

Evelyn se puso al lado de Amanda cuando entraron en el vestíbulo. La cocina estaba justo delante. Había dos puertas a la derecha y otra a la izquierda, todas cerradas.

Evelyn señaló la primera puerta. Aferró el revólver e hizo un gesto para decirle que estaba preparada.

De pie, cada una a un lado de la puerta cerrada. Amanda cogió el pomo y la abrió de golpe. Con suma rapidez entró y le dio al interruptor de la luz. Una lámpara de pie se encendió. Había una cama metálica en el centro de la habitación. El colchón estaba sucio. De él sobresalían hilos, hilos rotos. También había un lavabo, un fregadero, una silla y una mesita de noche.

Encima de la mesita había un cortaúñas, un bajapieles, un pulidor de uñas y tres tipos de limas metálicas. Una lima de esmeril, unos alicates para uñas y un frasco de pintura roja para las uñas marca Max Factor, con su puntiagudo tapón blanco. Un frasco de cristal contenía los recortes en forma de media luna de las uñas de las mujeres.

Jane Delray.

Mary Halston.

Kitty Treadwell

Lucy Bennett.

Habitaciones sucias. Paredes desconchadas. Bombillas desnudas en el techo. Excrementos de animales en el suelo. El hedor de la sangre y el horror.

Las había retenido en esa casa.

Evelyn emitió un suave siseo para llamar su atención. Señaló la puerta siguiente. Amanda vio que el agente entraba por la puerta principal, pero no le esperó; no necesitaban su ayuda.

Se colocó a un lado de la puerta y giró el pomo. La luz estaba encendida. Había lo mismo que en la otra habitación: un lavabo, un fregadero, un kit de manicura, pintura roja y otro frasco de cristal con los recortes de las uñas.

Vio a la chica desplomada contra el cabecero de la cama. La sangre le caía hasta el abdomen y la espuma le salía por la boca. Su mano agarraba un enorme cuchillo que tenía clavado en el pecho.

—¡No! —Amanda corrió hacia ella y se puso de rodillas al lado de la cama. Le cogió la mano a la chica—. No te lo saques.

Evelyn le gritó al agente.

—¡Pida una ambulancia! ¡Aún está viva!

La garganta de la chica emitió un sonido absorbente. El aire penetraba alrededor de la mano de Amanda. La hoja estaba inclinada hacia la izquierda, dañando el pulmón y posiblemente el corazón. Era un cuchillo enorme, de los que usan los cazadores para despellejar a sus presas.

—Ha... —susurró la chica. Su cuerpo temblaba. Tenía hilos desgarrados colgándole de los agujeros que le había hecho en los labios—. Ha...

—Tranquila —dijo Amanda tratando de calmarla e intentando mantener el cuchillo recto mientras le quitaba los dedos de él.

—¿Está teniendo un ataque? —preguntó Evelyn.

—No lo sé.

La mano de la chica cayó a un lado, con los dedos contraídos contra el cochón. Tenía un aliento rancio, casi amargo. Los músculos de Amanda ardían mientras agarraba la empuñadura del cuchillo e intentaba desesperadamente que se mantuviera en su lugar. Sin embargo, por mucho que lo intentaba, la sangre no dejaba de brotar de la herida.

—Todo va a ir bien —murmuró—. Aguanta un poco más.

La chica intentó parpadear. Tenía trozos de párpado pegados a la ceja. Extendió el brazo, con los dedos flexionados, como si quisiera señalar hacia la puerta abierta.

—Tranquilízate —dijo Amanda, que notó que le caían las lágrimas por el rostro—. Te vamos a sacar de aquí. Ya no te hará más daño.

Ella emitió un ruido, algo entre un resuello y una palabra.

—Te sacaremos de aquí.

Una vez más, emitió el mismo ruido.

—¿Qué sucede? —preguntó Amanda.

—Aa... —La chica respiró—. Mah...

Amanda negó con la cabeza. No entendía nada.

Evelyn se puso a su lado.

—¿Qué sucede, cariño?

—Aa... —repitió—. Aa... Mah...

—¿Amante? —preguntó Amanda—. ¿Amor?

Asintió con su cabeza varias veces.

—Él...

Su respiración se detuvo. Su cuerpo se relajó a medida que perdía la vida. Amanda no la pudo sostener por más tiempo. Con sumo cuidado la dejó caer en la cama. Su mirada se ausentó. Amanda nunca había visto morir a una persona. La habitación se congeló. Una brisa le recorrió la columna. Fue como si una sombra se ciñera sobre ellas y luego, de repente, desapareciera.

Evelyn se sentó sobre sus rodillas.

—Lucy Bennett —dijo en voz baja.

—Lucy Bennett —repitió Amanda.

Miraron a aquella desvalida chica. Su rostro, su torso, sus piernas y sus brazos. Los horrores del último año estaban grabados en su cuerpo.

—¿Cómo podía quererle? —preguntó Amanda—. ¿Cómo podía...?

Evelyn se limpió las lágrimas con el dorso de la mano.

—No lo sé.

Amanda miró los ojos de la chica. La había visto hacía unos instantes. Las imágenes pasaban por su cabeza como las escenas de una película de terror. La chica en la cama, su mano en el pecho, sosteniendo un cuchillo. Se dio cuenta en ese momento.

El ruido de las sirenas se intensificó.

—La casa está despejada —dijo el agente detrás de ellas—. Qué... —Vio el cuerpo de la chica, se llevó la mano a la boca y salió corriendo de la habitación, dando arcadas.

—Al menos estuvimos con ella —dijo Evelyn.

Se oyeron algunos coches derrapar en la calle. Las luces azules centellearon.

—Quizá le dimos algo de... No sé. ¿Consuelo?

—Llegamos muy tarde para salvarla —dijo Amanda.

—La encontramos —añadió Evelyn—. Al menos la encontramos. Y, durante sus últimos minutos de vida, fue libre.

—Eso no basta.

—No —dijo Evelyn.

Las sirenas dejaron de sonar a medida que llegaban los coches patrulla. Oyeron a alguien hablar en el exterior; voces secas dando órdenes, el alboroto de costumbre cuando los hombres tomaban el mando.

Y algo más.

Evelyn también lo oyó.

—¿Qué es ese ruido? —preguntó Amanda.

Capítulo veintiocho

Suzanna Ford

En la actualidad

Supo qué era ese ruido. Los ascensores subiendo y bajando. Oyó el viento silbar como un tren —arriba y abajo, abajo y arriba— mientras la doctora cortaba los hilos con unas tijeras de oficina.

—Se pondrá bien —dijo la mujer.

Ella estaba al mando. Había sido la primera en llegar al lado de Suzanna, y la única que no se había asustado de lo que vio. Los demás se quedaron atrás. Se podían escuchar sus respiraciones como el vapor que desprende un hierro. Luego la doctora le dijo a uno de ellos que llamara a una ambulancia; a otro, que trajera una botella de agua; a otro, que buscase una manta; y a otro, que trajese unas tijeras. Todos obedecieron con tanta diligencia que Suzanna sintió su presencia mucho después de que dejara de oír sus pasos en el suelo.

—Estás a salvo —dijo la doctora.

Puso la mano en la cabeza de Suzanna. Era una mujer guapa. Sus ojos verdes fueron lo primero que vio. Le miraron por debajo de la hoja de las tijeras mientras le cortaba los puntos con sumo cuidado. Ella le había tapado los ojos con la mano, para que la luz no la cegase. Tenía un tacto tan delicado que apenas notó el metal rozarle la piel cuando le separaba los labios.

—Mírame. Te vas a poner bien —dijo la mujer. Hablaba con tono firme, pues estaba convencida de que la creería.

Entonces vio al hombre. Enorme. Merodeando. Parecía distinto, más joven, pero era el mismo, el mismo monstruo.

Suzanna empezó a gritar. Abrió la boca. La garganta le dolía, los pulmones le estallaban. Gritó con todas sus fuerzas. El ruido parecía no cesar. Continuó haciéndolo incluso después de que el hombre se hubo marchado. Gritó por encima de la voz tranquilizadora de la doctora, incluso cuando llegaron los sanitarios; no dejó de hacerlo hasta que Sara le clavó una aguja y la droga le corrió por todo el cuerpo.

Un alivio inmediato.

Su cerebro se sosegó. Su corazón se ralentizó. De nuevo podía respirar, saborear, ver. Sintió cada parte de su cuerpo: sus manos, sus dedos, los dedos de sus pies, todo empezó a hormiguearle por la prisa.

Liberación. Salvación. Olvido.

Zanna estaba enamorada de nuevo.

Capítulo veintinueve

En la actualidad. Miércoles

Se oía cantar a Sinatra suavemente a través de los altavoces del Lexus de Amanda, pero Will solo podía oír los gritos de Suzanna Ford. Se había sentido tan aliviado al encontrar viva a la chica que tuvo ganas de echarse a llorar mientras Sara la liberaba. Su padre le había hecho daño. Había intentado acabar con ella, pero él lo había impedido. Él había ganado. Por fin lo había derrotado.

Sin embargo, cuando Suzanna le había visto, había pensado que James Ulster había resucitado.

Se llevó la mano a la cabeza mientras miraba pasar los coches. Estaban en Peachtree Road, atascados en una congestión de tráfico cerca de uno de los muchos centros comerciales.

Amanda bajó el volumen de la radio. La voz de Sinatra sonó aún más suave. Volvió a poner la mano en el volante, mientras la otra descansaba en el cabestrillo que llevaba atado alrededor del hombro y de la cintura.

—Creo que va a hacer frío este fin de semana —dijo.

Tenía la voz ronca, probablemente por no haber dejado de hablar por su BlackBerry durante los últimos veinte minutos. Lo había hecho con la seguridad del hotel, con el Departamento de Policía de Atlanta, con sus agentes del GBI. Nadie se quedaría sin saber que sus viajes matinales al gimnasio habían sido una simple excusa para tener acceso a las escaleras que conducían al subsótano. ¿Cuántas veces había bajado hasta allí para hacerle daño? ¿Cuántas oportunidades de detenerle se habían perdido?

La chica llevaba secuestrada al menos una semana. Estaba deshidratada, hambrienta, mutilada y sabe Dios qué más.

—Aunque no se puede confiar de verdad en el hombre del tiempo —dijo Amanda—. Nunca se ha podido.

Will seguía sin responder.

El coche aceleró cuando pasaron el condominio de Amanda. El complejo Regal Park era bonito, pero no se podía comparar con los de alrededor. Estaban en la zona residencial de Buckhead. Habersham Road, Andrews Drive, Peachtree Battle; las residencias de esas calles valían dos millones y su precio ascendía a medida que te dirigías más al norte. En la zona estaban las propiedades más caras de la ciudad. Su código postal estaba entre los diez más ricos del país.

—Puede que llueva un poco.

Will miró por los espejos laterales cuando se acercaron al centro de Buckhead. Un coche patrulla de la policía de Atlanta los seguía. Amanda no le había dicho por qué, y a Will no le apetecía preguntarle. Respiraba con dificultad y tenía las manos sudorosas. No sabía por qué, pero en lo más profundo de su ser estaba seguro de que algo malo estaba a punto de ocurrir.

Amanda redujo la velocidad. Se oyeron las bocinas cuando giró ilegalmente en West Paces Ferry Road. Abrió los labios, pero solo para respirar.

Will esperó que dijera algo más del tiempo, pero siguió con la boca cerrada y la mirada fija en la carretera.

Él volvió a mirar por la ventana. El miedo le hacía sentirse mareado. Ya le había cogido por sorpresa en una ocasión ese día. Había sido muy cruel por su parte; casi le mata del susto. ¿Qué más tenía planeado?

Amanda señaló una casa de estilo de los sesenta con columnas Tara falsas. Era la mansión del gobernador.

—Un tornado pasó por aquí unos meses antes de que nacieras. Se llevó el tejado y arrasó Perry Homes.

Will no pensaba morder el cebo.

—¿Qué harán con su cuerpo?

Amanda no preguntó a quién se refería.

—Nadie lo reclamará. Lo enterrarán en una fosa común.

—Él tiene dinero.

—¿Tú lo quieres?

—No.

No quería nada de su padre. Prefería vivir de nuevo en las calles antes que coger un centavo de su dinero.

Amanda redujo la velocidad para girar de nuevo. Finalmente, Will se decidió a preguntarle:

—¿Adónde vamos?

Amanda encendió los intermitentes para girar.

373

—¿No lo sabes?

Will miró la placa de la calle. La X del centro le hizo darse cuenta. Tuxedo Road. Estaban en la parte más rica de la parte más rica. Con dos millones de dólares solo se podrían pagar los impuestos municipales de la propiedad.

—¿No? —preguntó Amanda.

Will negó con la cabeza.

Amanda giró. Condujeron unos cuantos metros antes de que añadiera:

—Tu expediente de menores está sellado.

—Lo sé.

—No llevas el nombre de tu padre.

—Ni el de mi madre. —Se aflojó el nudo de la corbata porque apenas podía respirar—. El periodista ese del *AJC,* el exnovio de Faith, te llamó...

—Sí, porque yo trabajé en el caso original. —Amanda le miró—. Yo fui la que metió en la cárcel a tu padre la primera vez.

—No, no fuiste tú. Fueron Butch Bonnie y...

—Rick Landry. —Frenó para tomar una curva cerrada—. Eran los detectives de Homicidios. Yo estaba en lo que eufemísticamente se llamaba los Delitos de Vagina. Si entraba en una vagina o salía de una, ese era mi caso. —Volvió a mirarle, pero solo para disfrutar de su reacción—. Evelyn y yo hicimos todo el trabajo, pero Butch y Landry se llevaron todos los méritos. No te sorprendas tanto, era algo muy normal. Me atrevería a decir que sigue ocurriendo.

Aunque lo hubiera deseado, Will no pudo responder. Era demasiado para asimilarlo de una vez. Demasiada información. En su lugar, se quedó mirando las mansiones que se veían al pasar. Castillos, mausoleos. Finalmente dijo:

—¿Por qué no me lo contaste?

—Porque no importa. Fue otro caso más. He trabajado en muchos casos durante estos años. No sé si te has dado cuenta, pero llevo haciendo este trabajo desde hace mucho tiempo.

Will se desabotonó el cuello.

—Deberías habérmelo dicho.

Por una vez fue honesta.

—Probablemente, debería haberte dicho muchas cosas.

Redujo la velocidad de nuevo. Encendió el intermitente y entró en un largo camino de entrada. Vio una casa estilo Tudor tan grande como la mitad de un campo de fútbol, cuya puerta principal daba a un césped el doble de grande que el ancho de la casa. La hierba estaba cortada formando cuadros. Las azaleas y las hostas caían formando anillos alrededor de los altos robles.

—¿Quién vive aquí? —preguntó Will.

Amanda ignoró la pregunta mientras se acercaba hasta una cancela cerrada. Las volutas estaban pintadas de un negro brillante que hacía juego con el muro de ladrillo y hierro forjado que rodeaba la propiedad. Amanda presionó el botón del interfono que había en el panel de seguridad.

Transcurrió un minuto antes de que respondiera la voz de una mujer.

—¿Sí?

—Soy Amanda Wagner.

Se oyó la estática a través del interfono, y luego un largo zumbido. La cancela empezó a abrirse.

—Está al fondo —murmuró Amanda mientras conducía por el sinuoso camino.

—¿Quién vive aquí? —repitió Will.

—¿No reconoces el lugar?

Will negó con la cabeza. No obstante, aquella casa le resultaba familiar. La suave colina de hierba; rodando por ella, manchas de hierba en sus pantalones.

El camino formaba un suave arco delante de la casa. Amanda entró en la rotonda. Había una fuente enorme en el centro. El agua caía en una urna de cemento. Amanda aparcó el Lexus paralelo a las pesadas puertas de madera. Eran enormes, de unos tres metros, pero hacían juego con el tamaño del edificio.

Will miró por encima del hombro. El coche patrulla de la policía se había detenido a unos treinta metros, al final de la entrada. Salía humo del tubo de escape.

Amanda se ajustó el cabestrillo.

—Abróchate el cuello y ponte bien la corbata.

Esperó hasta que lo hizo y luego salieron del coche.

Los zapatos de Will crujieron en la gravilla. El agua de la fuente salpicaba. Miró el jardín delantero. ¿Había rodado por esa colina? Solo podía recordar algunas cosas sueltas, pero ninguna le hizo sentirse feliz.

—Vamos.

Amanda cogió el bolso por el asa mientras se dirigía a la escalera de delante. La puerta se abrió antes de que tocasen el timbre.

Una anciana estaba bajo el umbral de la puerta. Era la típica mujer que vivía en Buckhead; sumamente delgada, como todas las mujeres saludables, con un rostro que, sin duda, le habían estirado por detrás de cráneo. Llevaba una espesa capa de maquillaje y tenía el pelo tieso de tanta laca. Vestía una falda roja con medias y tacones altos. Su blusa de seda blanca tenía botones pequeños en las muñecas. Una rebeca roja le cubría los estrechos hombros.

No perdió el tiempo con formalidades.

—Te está esperando en su despacho.

El vestíbulo era casi tan grande como el del hotel Four Seasons. También tenía unas escaleras anchas, que se dividían en dos al llegar a la segunda planta. Las vigas de madera oscura formaban arcos en el techo de escayola. La lámpara de araña era de hierro forjado. Los muebles, de aspecto macizo. Las alfombras orientales mostraban una combinación de colores azul marino y burdeos.

—Por aquí —dijo la mujer, que los condujo por un pasillo largo que recorría todo el ancho de la casa.

Sus pasos resonaban en las losetas de pizarra. Will no pudo contenerse y miró hacia el interior de cada habitación a medida que pasaba por ellas. Una bombilla parecía estar encendiéndose en su cabeza. El comedor con su enorme mesa de caoba; la cubertería china que colgaba de las paredes del salón; la sala de juegos con la mesa de billar que jamás le habían dejado tocar.

Finalmente, se detuvieron delante de una puerta cerrada. La mujer giró el pomo al mismo tiempo que llamaban.

—Ya están aquí.

—¿Están?

Henry Bennett se levantó de su escritorio. Estaba impecablemente vestido con un traje azul hecho a medida. Abrió la boca, pero luego la cerró. Sacudió la cabeza, como si quisiera aclarar la vista.

Will estuvo a punto de hacer lo mismo. No había visto a su tío desde hacía más de treinta años. Henry acababa de terminar la carrera de Derecho cuando asesinaron a Lucy. Trató de mantener contacto con el único hijo de su hermana, pero la ley no permitía que un hombre soltero adoptase a un niño. Henry perdió el interés cuando Will cumplió los seis años, y a esa edad ya nadie quiso adoptarlo. Ni siquiera Henry. Desde entonces, no había vuelto a ver a su tío.

Hasta ese momento.

Y no tenía la menor idea de lo que debía decir.

Y Henry tampoco lo sabía.

—¿A qué…? —Se le veía muy enfadado. Esbozó una mueca de disgusto cuando le preguntó a Amanda—. ¿A qué estás jugando?

Una vez más, Will notó un sudor frío. Agachó la cabeza, deseando desaparecer. Si Amanda creía que lo iban a recibir con los brazos abiertos, estaba completamente equivocada.

—¿Wilbur? —preguntó Henry recordando.

Amanda interfirió:

—Hank, tengo que hacerte unas preguntas.

—Mi nombre es Henry —la corrigió él. Estaba claro que no le gustaban las sorpresas, tan poco como a Amanda. Ni siquiera la miraba.

Will se aclaró la voz y se dirigió a su tío.

—Lamento que nos hayamos presentado de esta manera.

Henry lo miró fijamente. Will tuvo una sensación de *déjà vu*. Incluso después de tantos años, su tío tenía unos rasgos muy parecidos a los de su hermana muerta. La misma boca, los mismos pómulos pronunciados. También compartía los mismos secretos; todas aquellas historias sobre su infancia, sus padres y su vida.

Él, sin embargo, solo tenía una delgada carpeta que decía que Lucy Bennett había sido asesinada brutalmente.

—Bueno —dijo la mujer—. Esto es un poco incómodo. —Extendió la mano hacia Will—. Soy Elizabeth Bennett. Como Austen, pero algo más mayor. —Su sonrisa estaba tan estudiada como la broma—. Supongo que soy tu tía.

Will se limitó a darle la mano, pues no sabía qué otra cosa podía hacer. La mujer se la estrechó con más firmeza de lo que esperaba.

—Will Trent.

Ella enarcó una ceja, como si el nombre le sorprendiera.

—¿Cuánto tiempo lleva casada? —preguntó Amanda.

—¿Con Henry? —Se rio—. Demasiado tiempo. —Se giró para decirle a su marido—: No seas grosero, cariño. Estas personas son nuestros invitados.

Hubo una mirada de complicidad entre ellos, ese tipo de intercambio privado y silencioso que se crea entre las parejas que llevan muchos años casados.

—Tienes razón. —Henry señaló las dos sillas que había delante de su escritorio—. Siéntate, muchacho. ¿Les apetece una copa? Yo necesito una.

—No, gracias —dijo Amanda.

En lugar de sentarse delante del escritorio, lo hizo en el sofá. Como de costumbre, se sentó en el borde, sin echarse hacia atrás. La piel estaba gastada y crujió bajo su escaso peso.

—¿Y tú, Wilbur? —preguntó. Estaba delante de un carrito con muchas botellas.

—No, gracias.

Will se sentó en el sofá, al lado de Amanda. Era tan bajo que podía colocar fácilmente los codos sobre sus rodillas. Su pierna temblaba. Estaba nervioso, como si hubiese hecho algo malo.

Henry puso un cubito de hielo en un vaso. Cogió una botella de whisky y desenroscó el tapón.

Elizabeth se sentó en el sillón de piel que hacía juego con el sofá. Al igual que Amanda, se sentó sobre el borde, con la espalda erguida. Abrió una caja de plata que había en la mesilla y sacó un cigarrillo y un mechero. Will llevaba mucho tiempo sin estar al lado de un fumador. La casa era lo bastante grande para absorber el humo, pero el olor intenso del tabaco le llegó a las fosas nasales cuando ella encendió el cigarrillo.

378

—Bueno —dijo Henry acercando una silla del escritorio—, imagino que habéis venido por un motivo. ¿Dinero? Tengo que advertiros que todo mi dinero está inmovilizado, porque el mercado ha estado muy volátil.

Will hubiera preferido que le clavasen un cuchillo en la ingle.

—No, yo no quiero tu dinero.

—James Ulster está muerto —dijo Amanda.

Henry frunció la boca y se quedó completamente inmóvil.

—Me enteré de que había salido.

—Hace dos meses —confirmó Amanda.

Henry se echó sobre el respaldo de la silla. Cruzó las piernas. El vaso descansaba ligeramente sobre la palma de su mano. Se alisó el brazo del traje y dijo:

—Wilbur, sé que, a pesar de las cosas horribles que hizo, era tu padre. ¿Lo has asumido bien?

—Sí, señor. —Will tuvo que aflojarse de nuevo la corbata. El ambiente era tan tenso que tuvo ganas de marcharse enseguida, especialmente cuando la habitación quedó en silencio, porque nadie sabía qué decir.

Elizabeth le dio una profunda calada al cigarrillo. Esbozaba una sonrisa divertida, como si estuviese disfrutando de esa situación tan incómoda.

—Como he dicho, tu padre era un hombre muy malo, y creo que todos nos sentimos aliviados de que haya muerto.

Will asintió.

—Sí, señor.

Elizabeth le dio unos golpes al cigarrillo en el cenicero.

—¿Y cómo te va la vida, jovencito? ¿Estás casado? ¿Tienes hijos?

Will notó un hormigueo en el brazo y se preguntó si estaba sufriendo un ataque al corazón.

—Me va bien.

—¿Y a ti, Hank? —preguntó Amanda—. Vi que te hiciste socio. Tres años después de salir de la Facultad de Derecho ya ascendiste a lo más alto de la empresa. No hay duda de que el viejo Treadwell se ocupó bien de ti.

Henry se terminó la copa y puso el vaso en la mesa.

—Ya estoy jubilado.

Amanda se dirigió a Elizabeth:

—Debe de ser maravilloso tenerlo en casa.

Ella sostenía el cigarrillo entre los labios.

—Disfruto de cada momento.

Hubo otro intercambio silencioso, pero esta vez entre Amanda y Elizabeth Bennett.

379

Will se desabrochó el cuello. Amanda le dio un codazo para que se estuviera quieto. Elizabeth le dio otra calada al cigarrillo. Se oía el clic de algún reloj. El agua de la fuente de la entrada seguía emitiendo ese sonido rítmico.

—Dime —dijo Henry tamborileando con los dedos sobre su rodilla—. Wilbur. —Dejó de tamborilear—. ¿Qué más se te ofrece? Estaba a punto de marcharme al club.

—¿Cuántos años tendría Lucy ahora? —preguntó Amanda.

Henry continuó mirándose la mano.

—¿Cincuenta y tres?

—Cincuenta y seis —corrigió Will.

Henry estiró la pierna, se metió la mano en el bolsillo de sus pantalones y sacó un cortaúñas.

—El otro día estuve pensando en tu madre, Wilbur. —Giró el mango—. Supongo que la puesta en libertad de Ulster la trajo a mi memoria.

Will notó una presión en el pecho.

—Lucy tenía una amiga. No era una chica guapa, pero sí muy recatada. —Henry alineó el cortaúñas con la uña del pulgar y presionó las dos palancas al mismo tiempo—. Creo que Lucy no era un buen ejemplo para ella, pero eso carece de importancia. —Colocó el trozo de uña cortada en la mesa, al lado del cenicero. Luego continuó con el siguiente dedo—. Un verano que estaba en casa, las oí reírse en la habitación de Lucy mientras escuchaban música. Fui a ver por qué armaban tanto jaleo y las sorprendí bailando delante del espejo y cantando con el cepillo del pelo. —Puso la segunda uña al lado de la primera—. ¿No es ridículo?

Will observó cómo se cortaba la uña del dedo medio. Dio un respingo porque apuró demasiado, pero, aun así, logró cortar todo el trozo en una sola pieza. Puso la uña en forma de media luna al lado de las otras. Cuando levantó la cabeza, se sorprendió al ver que le estaban observando.

—Supongo que no es una anécdota muy interesante, pero imagino que querrás saber muchas cosas de tu madre.

—¿Te acuerdas de Evelyn Mitchell? —preguntó Amanda.

Gruñó al oír el nombre.

—Vagamente.

—Evelyn estaba decidida a hacer un seguimiento del dinero de Ulster —le dijo a Will—. Eso fue antes del apogeo de la cocaína en Miami, cuando el Gobierno empezó a exigir a los bancos que los informasen de los grandes depósitos.

Henry se guardó el cortaúñas en el bolsillo.

—¿Y eso a qué viene?

Amanda cogió su bolso del suelo. Era una bolsa tan grande que parecía llevar el mundo en el hombro.

—Ulster vivía en un suburbio, pero tuvo bastante dinero para contratar al mejor abogado defensor del Southeast. Eso hizo que nos hiciéramos algunas preguntas, al menos a nosotras.

Henry habló con un tono arrogante.

—No sé qué tiene que ver eso conmigo.

—Ulster tenía una cuenta de ahorro en el banco C&S. Nosotras conocíamos a una mujer allí. Nos dijo que tenía menos de veinte dólares, por lo que no utilizó ese dinero para pagar al abogado.

—Tenía una propiedad —dijo Henry.

—Sí, una casa en Techwood que vendió en 1995 por cuatro millones de dólares. —Abrió el bolso—. Fue el último que se resistió a negociar. Estoy segura de que el Ayuntamiento se puso muy contento cuando terminó por aceptar.

Henry parecía molesto.

—Mucha gente hizo dinero con los Juegos Olímpicos.

—Sin duda, Ulster lo hizo.

Amanda sacó un guante de látex del bolso. Como de costumbre, se secó la palma de la mano en la falda. Al llevar el cabestrillo, le resultaba más difícil introducir los dedos, pero al final lo logró. Luego volvió a meter la mano en el bolso y sacó la Biblia de su padre.

Hank se echó a reír cuando puso el libro en la mesilla.

—¿Vamos a rezar por el alma de Ulster?

Amanda abrió la Biblia.

—Cometiste un error, Hank.

Él examinó el sobre. Se encogió de hombros.

—¿Cuál?

—Está dirigido a James Ulster, en la prisión de Atlanta. —Señaló el nombre—. Y este logotipo dice Treadwell-Price. Tu bufete.

A Will ya no le sorprendían las mentiras de Amanda. No hacía ni una hora que le había dicho que la carta era del abogado defensor de su padre.

—¿Y qué? —dijo Henry encogiéndose una vez más de hombros—. No hay nada dentro.

—¿De verdad? —preguntó Amanda.

—No, no hay nada. —Parecía muy seguro de sí mismo—. Obviamente, le escribí una carta cantándole las cuarenta. Había asesinado a mi hermana. No puedes demostrar nada.

—Puedo demostrar lo cerdo asqueroso que eres.

Él la miró fríamente.

—Por qué dices...

—Le diste este sobre a tu chica para que lo mecanografiase.

Miró a su esposa, pero ella tenía la mirada fija en Amanda. Estaba sonriendo, pero su expresión no era nada cálida.

—¿Ves tu nombre mecanografiado encima del logotipo de Treadwell-Price? —Le dio la vuelta a la Biblia para que pudiese verlo—. Eso es lo que se hace cuando envías una carta de negocios. Te lo enseñan en la escuela de secretariado.

—Mi secretaria falleció hace unos años.

—Lamento saberlo. —Le dio la vuelta a la Biblia—. Lo curioso sobre esas viejas máquinas de escribir, algo que supongo que no sabías, es que los rodillos eran muy pesados. Si no se tenía cuidado, uno se podía pillar los dedos entre ellos.

Henry puso derechos los recortes de las uñas que había sobre la mesa. Utilizó la punta de los dedos para darles la vuelta.

381

—Una vez más, me pregunto adónde quiere llegar.

—Bueno, el caso es que había que alinear el sobre muy bien para que la dirección no saliera torcida. A veces había que mover el sobre de un lado a otro entre los rodillos para ponerlo derecho. Es como una vieja imprenta en la que tienes que girar el tornillo para imprimir la tinta en la hoja de papel. ¿Aún sigues utilizando una pluma estilográfica?

Henry se quedó helado. Finalmente, parecía comprender.

—La tinta no estaba seca cuando pusiste el cheque dentro. —Amanda abrió el papel con cuidado—. Por eso, cuando tu secretaria presionó el sobre entre los dos rodillos pesados, la tinta del cheque se transfirió al interior del sobre. De este sobre. —Sonrió—. Tu nombre, tu firma, el dinero que pagaste a Herman Centrello, el abogado defensor del hombre que asesinó a tu hermana.

Henry sacó el cortaúñas de nuevo.

—No creo que eso sea una pista decisiva.

—Él la guardó todos estos años —dijo Amanda—. Pero es que Ulster era así, ¿verdad?

—¿Cómo voy a saber yo...?

—A él no le interesaba el dinero. Era solo un medio para conseguir sus fines. Vivía para controlar a la gente. Apuesto a que, cada vez que abría esta Biblia, en lo único que pensaba era en lo fácil que sería darle la vuelta a todo, con una simple palabra a la persona adecuada, con una llamada al abogado oportuno.

—No tienes pruebas de eso.

—Pasaste la lengua por el sobre para cerrar la carta, ¿verdad que sí, Hank? No creo que dejases que lo hiciera tu secretaria, porque se preguntaría por qué estabas enviando un cheque tan cuantioso a otro bufete de abogados para que se ocupasen de enviar lejos al hombre que asesinó a tu propia hermana. —Sonrió—. Imagino que fue un enorme esfuerzo para ti pasarle la lengua a tu propio sobre. ¿Cuántas veces has tenido que hacerlo durante estos años?

Henry pareció primero asustado, y luego, enfadado.

—No tienes mi ADN para compararlo.

—¿Eso crees? —Amanda se inclinó hacia delante—. ¿Te han arañado alguna vez, Hank? ¿Te arañó Jane en el brazo o en el pecho mientras la estrangulabas?

Se levantó tan rápido que la silla cayó hacia atrás.

—Quiero que te vayas inmediatamente. Wilbur, lamento que te hayas visto involucrado en esta... —buscó la palabra adecuada— locura.

Will se desabrochó el cuello. Hacía un calor insoportable en esa habitación.

Amanda se quitó el guante.

—Hiciste un trato con Ulster, ¿verdad que sí, Hank? Él consiguió lo que quería, y tú también.

—Voy a llamar a la policía. —Fue a su escritorio y puso la mano en el teléfono—. Por respeto a Wilbur, te voy a dar una última oportunidad para que te marches.

—De acuerdo.

Amanda se tomó su tiempo para levantarse. Se arregló el cabestrillo y se colgó el bolso del hombro, pero no fue directamente hacia la puerta. Primero se detuvo al lado de la silla vacía de Henry y cogió los recortes de las uñas de la mesa.

—¿Qué estás haciendo? —preguntó Henry.

—Siempre tuve curiosidad por Jane. No la mataron como a las demás chicas. No tenía marcas en el cuerpo. La estrangularon y la golpearon. Intentaste que pareciese un suicidio, pero eres demasiado estúpido como para saber que nosotros podemos descubrir la diferencia.

383

Henry no dijo nada. Miraba las uñas que tenía Amanda en la mano.

—Jane le estaba contando a todo el mundo lo de las chicas desaparecidas. Por eso utilizaste el nombre de Treadwell para mover algunos hilos en la comisaría. Pensaste que Jane tendría miedo de la policía.

—No sé de lo que estás hablando.

—Nunca has entendido a las mujeres, ¿verdad que no, Hank? Lo único que conseguiste fue cabrear a Jane y hacer que hablase aún más.

Amanda abrió la mano y las uñas cayeron sobre la alfombra.

Henry casi salta por encima del escritorio. Se contuvo en el último minuto y le dijo a su esposa:

—Recoge eso inmediatamente.

Elizabeth parecía estar pensándoselo.

—Creo que no, Henry. Al menos hoy no.

—Ya hablaremos de eso después. —Empezó a marcar con enfado los números en el teléfono—. Voy a llamar a la policía.

—Están fuera —dijo Amanda—. El sobre es suficiente para

arrestarte. Conozco a una chica en el laboratorio que se muere de ganas por poner sus manos en tu ADN.

—Te he dicho que te vayas.

Henry colgó el auricular y luego lo levantó de nuevo. En lugar de marcar tres números, marcó diez. Estaba llamando a su abogado.

—Tú no te pareces en nada a él, ¿lo sabes? —dijo Elizabeth.

No le estaba hablando a Amanda ni a Henry, sino a Will.

—Se ve que eres una buena persona —dijo—. James daba miedo. No tenía que hablar, ni moverse ni respirar. Su presencia era suficiente para ver su maldad.

Will observó la fea mueca de su boca.

—Decía que quería salvarlas, pero ninguna de ellas lo logró. —Elizabeth le dio una profunda calada al cigarrillo—. A Lucy le dio al menos una oportunidad: la oportunidad de hacer algo bueno, de traer algo puro a este mundo.

—¿Qué está diciendo? —preguntó Will.

—Las chicas no importan. Nunca importan. —El carmín de los labios se le había corrido al interior de las profundas arrugas que tenía alrededor de la boca—. Pero tú eres un chico apuesto. Te salvaste de James, de su brutalidad y de su locura. Tú fuiste nuestra salvación. Espero que hayas ganado.

Will observó cómo pasaba el cigarrillo por el cenicero. Tenía las uñas largas, pintadas de un rojo intenso que hacía juego con su falda y su jersey.

—Trabajaban juntos, ¿verdad? —dijo Amanda.

—No como tú crees —respondió Elizabeth—. Estoy segura de que Hank se divirtió un poco, pero estoy convencida de que te has dado cuenta de que no le gusta ensuciarse las manos.

—Cállate —ordenó Henry.

Ella le ignoró y se dirigió a Will:

—Él no te quería, pero tampoco quería que nadie se quedase contigo. —Se detuvo—. Lo siento mucho. De verdad que lo siento.

—Te estoy avisando, Elizabeth —la amenazó Henry. El sudor le corría por las mejillas.

Ella continuó ignorando a su marido y miró a Will con lo que solo se podía describir como una sonrisa siniestra.

—Te sacaba del orfanato y te traía aquí por un día, dos como mucho. Yo te oía jugar en la planta de abajo, aunque no te dejaban tocar nada. A veces te oía reír. Te encantaba rodar por esa colina.

384

Lo hacías durante horas. Arriba y abajo, riendo todo el tiempo. Empecé a encariñarme contigo, y entonces Henry se te llevó de nuevo y yo me quedé sola.

—Yo no... —Will tuvo que detenerse para respirar—. No me acuerdo de usted.

Ella tenía el cigarrillo en la boca. El filtro estaba manchado de carmín.

—No puedes. Solo te vi una vez. —Soltó una suave carcajada—. Las demás veces estaba atada.

La débil voz de una mujer sonó a través del auricular del teléfono que tenía Henry en la mano. Lo sostuvo alejado de su oído, mientras miraba a su esposa.

—Yo podía haber sido fácilmente tu madre. Podía haber... —dijo Elizabeth.

—Cállate, Kitty —le ordenó Amanda.

Ella soltó una bocanada de humo. Las volutas formaron una espiral cerca de su escaso pelo rubio.

—¿Acaso estoy hablando contigo, zorra?

Capítulo treinta

Miércoles 15 de julio de 1975

Definitivamente se oía un ruido. Un golpe. Una serie de golpes. Amanda no estaba segura. La casa estaba llena de hombres yendo de un lado a otro con sus pesadas botas y gritando por las habitaciones. Bajaron las escaleras del ático. Alguien estaba inspeccionando el interior. Vieron el haz de una linterna a través de las tablas del suelo de madera.

Amanda se quedó en el pasillo.

—¡Silencio! —gritó—. Que todo el mundo se calle.

Los hombres la miraron sin saber qué hacer.

Amanda volvió a oír el ruido. Procedía de la cocina.

Evelyn se abrió paso entre la multitud, intentando llegar hasta la parte trasera de la casa.

—¡Cuidado! —la alertó alguien.

Amanda la siguió hasta la cocina. Los armarios eran de metal. La encimera laminada de color blanco tenía un dibujo dorado en forma de remolinos. Los electrodomésticos eran de los años treinta. La luz de techo era una simple bombilla, al igual que en el resto de las habitaciones.

—¿Lo oyes? —dijo Evelyn con la mandíbula tensa. El bulto había adquirido un color rojo oscuro y le cubría la mitad de la cara.

Amanda cerró los ojos y escuchó. No se oía ningún golpe, nada. Finalmente, negó con la cabeza y Evelyn soltó un prolongado suspiro.

Los hombres habían perdido la paciencia. Empezaron a hablar en voz baja, pero fueron incrementando el tono a medida que llegaban más colegas a la escena. La puerta principal estaba abierta de par en par. Amanda podía ver la calle. Llegó una ambulancia. El médico saltó de la parte de atrás y fue hacia la casa. Un agente patrulla le detuvo y le señaló la entrada.

James Ulster aún estaba vivo. Amanda lo oía gemir a través de la ventana abierta.

—El interior del ático está despejado —dijo una voz—. Que alguien me ayude a salir de aquí.

—Tú lo has oído, ¿verdad? —preguntó Evelyn.

—Sí —respondió Amanda apoyándose en la encimera.

Ambas se quedaron inmóviles, atentas. Y entonces lo oyeron de nuevo. Era como si estuviesen arrugando papeles; luego, un golpeteo. Venía de debajo del fregadero.

Evelyn aún tenía la pistola. La sostuvo delante de ella. Amanda puso la mano en el asa y, en silencio, empezó a contar: «Una... dos... y tres...». Abrió la puerta.

Nadie salió. Ni se disparó ninguna bala.

Evelyn negó con la cabeza.

—Nada.

Amanda miró dentro del armario. Se parecía mucho al suyo. En un lado estaban los típicos utensilios de limpieza: lejía, trapos, limpiamuebles. En el otro, un gran cubo de basura. Estaba metido a presión debajo del fregadero, pues era demasiado grande.

Amanda estuvo a punto de cerrar la puerta, pero el cubo se movió.

—Dios santo —susurró. Se puso la mano en el pecho—. Seguramente será una rata.

Ambas miraron al pasillo. Por lo menos había treinta hombres en la casa.

—Las ratas me horrorizan —dijo Evelyn.

A Amanda tampoco es que le gustasen mucho, pero no pensaba ensombrecer todo lo que habían conseguido aquella noche pidiéndole ayuda a un hombre.

El cubo de basura volvió a moverse. Oyó un ruido parecido a una tos.

—Dios mío —dijo Evelyn dejando el arma en la encimera. Se arrodilló y trató de sacar el cubo de basura—. ¡Ayúdame!

Amanda cogió el borde superior del cubo de plástico y tiró con todas sus fuerzas hasta que lo sacó. Vio dos ojos mirándola fijamente.

Eran de color azul y tenían forma almendrada. Sus párpados eran tan finos como el papel de seda.

El bebé parpadeó. Su labio superior dibujó un triángulo perfecto cuando sonrió a Amanda. Ella sintió una enorme ternura, como si se estuviese creando un lazo invisible entre ellos dos.

Miró sus diminutas manos, los nudillos pequeños y regordetes de los dedos de sus pies.

—Dios mío —susurró Evelyn. Metió los dedos entre el cubo de basura y el armario para intentar doblar el plástico—. Dios mío.

Amanda tocó al bebé. Le puso la mano en la cara. Tenía las mejillas tibias. El niño giró la cabeza para apoyarse en la palma de su mano y le acarició las suyas. Levantó los pies y los dobló como si estuviese apretando una pelota invisible. Era realmente pequeño. Demasiado perfecto y demasiado hermoso.

—Ya lo tengo —dijo Evelyn dando un último tirón y sacando por fin el cubo. Cogió al niño y lo estrechó contra su pecho—. Pequeñín —murmuró poniéndole los labios en la cabeza—. Pobre pequeñín.

En ese momento, Amanda tuvo un ataque de celos. Los ojos se le llenaron de tantas lágrimas que nublaron su visión hasta cegarla.

Luego apareció la rabia.

De todos las cosas horrorosas que había visto la semana anterior, esa era la peor. ¿Cómo había sucedido? ¿Quién había tirado a ese niño a la basura?

—¿Amanda?

Era Deena Coolidge. La cicatriz alrededor de su cuello tenía un tono azulado. Llevaba una bata blanca de laboratorio.

—¿Ev? ¿Qué sucede? ¿Os encontráis bien?

Los pies descalzos de Amanda golpearon contra el suelo cuando salió a toda prisa de la cocina. Al llegar a la puerta principal, ya iba corriendo. Estaban subiendo a Ulster a la ambulancia. Ella corrió hasta la calle y apartó a los sanitarios.

Estaba atado con correas a la camilla y le habían esposado las manos a las barras de metal. Le habían cortado la ropa. Tenía un vendaje manchado de sangre en el costado, y otro en la pierna. La mano también la llevaba envuelta con una gasa y tenía el cuello tan rojo como la mejilla de Evelyn.

—Tenemos que hacerle una traqueotomía. No respira bien —dijo uno de los sanitarios.

—Lo hemos encontrado —le dijo Amanda a Ulster—. Y te hemos derrotado. «Yo» te he vencido.

Los labios húmedos de Ulster esbozaron una sonrisa de satisfacción. Apenas podía respirar, pero seguía riéndose de ella.

—Amanda Wagner, Evelyn Mitchell, Deena Coolidge, Cindy

Murray, Pam Canale y Holly Scott. Recuerda todos esos nombres. Recuerda los nombres de las mujeres que te derrotaron.

Ulster resolló por la boca, pero se estaba retorciendo de risa, no de miedo. Ya había visto antes esa mirada, en su padre, en Butch, en Landry y en Bubba Keller. Se estaba divirtiendo. Se estaba riendo de ella.

«De acuerdo, muñeca. Y ahora lárgate.»

Amanda estaba encima sobre la camilla; podía haberse echado encima de Ulster, como él un rato antes.

—No lo verás nunca.

Ulster parpadeó cuando ella le escupió a los ojos.

—Jamás lo verás. Y te juro por Dios que nunca sabrá lo que hiciste.

La sonrisa de Ulster no desapareció. Respiró profundamente. Con voz ahogada, dijo:

—Ya lo veremos.

Capítulo treinta y uno

23 de julio de 1975. Una semana después

*A*manda sonrió al entrar en el aparcamiento de la Zona 1 de la comisaría. Un mes antes, se habría echado a reír si alguien le hubiese dicho que se alegraría de volver. Una semana como agente de tráfico le sirvió para aprender una lección muy dura.

Ocupó uno de los aparcamientos más alejados. El motor traqueteó cuando apagó el contacto. Miró el reloj. Evelyn se estaba retrasando. Amanda debía entrar en la sala de reuniones y esperarla, pero lo imaginaba como un regreso triunfante. Cinco días bajo un calor sofocante, vestida con un uniforme de lana y vigilando cómo los niños más perezosos cruzaban las calles, no podían borrar el hecho de que ellas habían cazado a un asesino.

Amanda abrió el bolso. Sacó el último informe que iba a mecanografiarle a Butch Bonnie. Y no lo había hecho por amabilidad, sino para asegurarse de que estaba bien.

Wilbur Trent. Amanda le había puesto ese nombre al bebé porque nadie más quiso hacerlo. Hank Bennett no quería mancillar el nombre de su familia. O quizá no quería complicarse con los enredos legales de que Lucy tuviese un heredero. Evelyn tenía razón sobre las pólizas de seguros. Con la muerte de sus padres y el asesinato de su hermana, él era el único beneficiario de sus propiedades. Había dejado que el Ayuntamiento enterrase a su hermana en una fosa común mientras él pasaba de ser un miembro del tribunal de testamentarías a millonario.

Por eso, fue Amanda la primera que le compró a Wilbur una manta y una camiseta muy pequeña. Dejarlo en el hogar de acogida fue lo más difícil que había hecho en su vida. Más incluso que enfrentarse a James Ulster. Más que encontrar a su madre colgando de un árbol.

Estaba decidida a cumplir con la promesa que le había hecho a

Ulster. El niño jamás sabría que su padre era un verdadero monstruo, ni que su madre era una yonqui y una prostituta.

Amanda jamás había escrito nada inventado, por eso estaba
nerviosa por los detalles que había incluido en el informe de
Butch y las mentiras tan descaradas que había dicho sobre la vida
de Lucy Bennett antes de ser secuestrada.

El niño nunca lo sabría, pues algo bueno tendría que salir de
toda aquella podredumbre.

—¿Cómo te va?

Evelyn estaba fuera del coche. Llevaba unos pantalones marrones y una camisa naranja con botones por delante. El moratón
que tenía en la mandíbula había empezado a ponerse de color
amarillo, pero aún le cubría gran parte de la cara.

—¿Por qué vas vestida de hombre? —preguntó Amanda.

—Si vamos a ir de un lado a otro de la ciudad, no pienso romper otro par de bonitos pantis.

—Yo no tengo pensado ir a ningún lado —dijo Amanda metiendo el informe en el bolso.

Lo cerró rápidamente, porque no quería que Evelyn viese la
solicitud que había enviado para un puesto en la Oficina de Investigación de Georgia. Su padre había recuperado su puesto.
El capitán Wilbur Wagner estaría dirigiendo la Zona 1 a finales
de mes.

Evelyn frunció el ceño cordialmente cuando Amanda salió del
coche.

—¿Has ido otra vez al orfanato esta mañana?

Amanda no respondió.

—Tengo que lavarme las manos —dijo.

Evelyn la siguió a la parte de atrás del Plaza Theater.

Amanda soltó un prolongado suspiro.

—He dicho eso para que me dejases en paz.

Evelyn sostuvo la puerta de salida, lo que hizo que se oyesen los gruñidos pornográficos de *Vixen Volleyball*. Los dos
hombres que estaban en la entrada se quedaron muy sorprendidos al verlas.

—Vuestras esposas os envían recuerdos —dijo Evelyn camino del cuarto de baño.

Amanda sacudió la cabeza mientras la seguía.

—Uno de estos días conseguirás que nos peguen un tiro.

Evelyn reanudó la conversación anterior.

—Cariño, no puedes ir a verle todos los días. Los bebés nece-

391

sitan tener un lazo con las personas. No creo que quieras que se encariñe contigo.

Amanda abrió el grifo. Miró sus manos mientras se las lavaba. Eso era justo lo que deseaba con Wilbur, pero no se atrevía a decirlo. Era desesperanzador. Tenía veinticinco años y estaba soltera. No había forma de que el Estado le permitiese adoptarlo. Y probablemente hacían bien.

—¿Te dio Pete esa muestra de piel? —preguntó Evelyn.

Se echó agua fría en la cara. Tenía el sobre con la prueba en el bolso.

—Sigo sin saber para qué sirve —dijo. Luego añadió—: Pete tiene razón sobre la ciencia. Ahora no pueden utilizarlo, pero es posible que algún día... No querrás que se pierda en un almacén. Lo tirarán dentro de cinco años.

Amanda cerró el grifo.

—Si hubiera pena de muerte, nada de eso importaría.

—Amén. —Evelyn sacó la polvera del bolso—. ¿Dónde vas a guardar el sobre?

—No tengo ni idea. —No podía ir al banco y solicitar una caja fuerte sin la firma de Duke—. ¿Qué te parece en la caja donde guardas la pistola?

—Debe estar con el bebé. Dile a Edna que lo esconda en algún sitio. —Sonrió—. Pero asegúrate de que no lo guarda en la despensa.

Amanda se rio. Edna Flannigan no tenía muy buena reputación en los servicios sociales, pero era una buena mujer que cuidaba a los niños. Se había encaprichado con Wilbur. A Amanda no se le había pasado por alto. Era un niño muy fácil de querer.

—¿Puedo coger uno de tus libros de texto?

Evelyn dejó de empolvarse la nariz.

—¿Para qué?

—Edna me dijo que podíamos dejarle algunas cosas al bebé para cuando crezca. Pensé que podíamos...

Evelyn conocía la historia de Lucy Bennett, y de lo buena estudiante que había sido. Ella había ayudado a elaborarla, proporcionando algunos detalles internos sobre Georgia Tech para que las mentiras resultasen más plausibles.

—Si te doy uno de mis libros de estadística, ¿me prometes que dejarás de estar tan deprimida?

—Yo no estoy deprimida.

Evelyn cerró la polvera.

—Tenemos que hablar de nuestro próximo caso.

—¿Cuál?

—El DNF. Podemos investigar esos asesinatos.

—¿Te has olvidado de ese tal Landry que consiguió ponernos de guardias de tráfico? —Duke lo había averiguado con un par de llamadas telefónicas. Landry estaba tomándose unas copas con el comandante que había firmado el traslado. No solo fue una conspiración, sino un gesto propio de un cerdo machista que no podía soportar que dos mujeres se inmiscuyeran en su trabajo—. Lo único que nos falta es ponernos otra vez en su punto de mira.

—A mí no me asusta ese fanfarrón —dijo arreglándose el pelo en el espejo—. Salvamos una vida, Amanda.

—Y perdimos tres, puede que cuatro. —Nadie sabía dónde estaba Kitty Treadwell. Probablemente, enterrada en un vertedero de la ciudad. Algo que al parecer no le preocupaba a su padre. Andrew Treadwell se negó a responder a sus llamadas, y tampoco admitió tener una segunda hija—. Y ninguna de las dos hemos salido ilesas.

—Pero ahora conocemos a más personas. Tenemos fuentes. Disponemos de una red. Podemos llevar casos igual que hacen los hombres, puede que incluso mejor.

Amanda se limitó a mirarla. Los sonidos lascivos de la película pornográfica aumentaban la estupidez de su afirmación.

—¿Hay algo a lo que no le puedas sacar el lado positivo?

—Hitler. El hambre en el mundo. Los pelirrojos; no confío en ellos.

Evelyn retocó de nuevo su maquillaje. Amanda hizo lo mismo, nada complacida con lo que veía. Evelyn no era la única que tenía moratones. Ella lucía un círculo morado, gentileza de las manos de Ulster. Las costillas le dolían nada más tocarlas. Y se le estaba empezando a formar una costra en los cortes de las manos y los pies.

Evelyn la miró a los ojos.

Heridas de guerra.

Ambas sonreían cuando salieron del cuarto de baño.

—¿Te he hablado de ese tal Green Beret de Carolina del Norte que mató a toda su familia? —preguntó Evelyn.

—Sí —respondió Amanda levantando las manos para que lo dejase—. Dos veces. Preferiría hablar del caso que escuchar los detalles, así que gracias.

El vestíbulo estaba vacío. Evelyn se detuvo y puso los brazos en jarras.

—Aún sigo dándole vueltas a las pólizas de seguros.

Se refería a Hank Bennett. No podía quitárselo de la cabeza.

—Bennett fue a la Mission buscando a Lucy. De lo que deduzco que terminó en el comedor social y conoció a James Ulster.

—Puede que se conociesen, pero de eso a decir que trabajaban juntos... —Amanda negó con la cabeza—. ¿Para qué? ¿Por qué motivo?

—Bennett quitó de en medio a su hermana para que no pudiese heredar el dinero de sus padres, y se quedó con Kitty Treadwell para sí mismo, además de con su dinero, porque ya sabes que debía de tener algo.

—¿Crees que Hank Bennett está ocultando a Kitty en algún sitio? —No era del todo una pregunta, pues ella misma había estado pensando justo eso toda la semana—. ¿Con qué fin?

—Para hacerle chantaje a Andrew Treadwell. —Evelyn sonrió—. Presta atención a lo que te digo: Hank Bennett dirigirá el bufete algún día.

Amanda suspiró. Se preguntó si debía culpar a las revistas que leía Evelyn por esas teorías conspirativas.

—Kitty Treadwell está enterrada en algún sitio. Ulster las secuestró para matarlas, no para rehabilitarlas.

—Alguien puso el bebé en el cubo de basura.

Amanda no supo qué responder. Algunas partes del cuerpo de Lucy aún estaban cosidas al colchón cuando la encontraron. Pete Hanson no les pudo dar una hora precisa entre el nacimiento de Wilbur y la muerte de Lucy. Solo pudo deducir que, en algún momento, se liberó de sus ataduras y ocultó al niño.

¿Y luego Ulster volvió a coserla?

—Creo que hay algo que no encaja —dijo Evelyn.

Amanda no quiso echar más leña al fuego, pero ella tenía el mismo presentimiento.

—¿Quién más pudo ayudarla? —preguntó—. A Trey Callahan lo cogieron en Biloxi con su novia. —Dijo que solo había robado el dinero de la Mission para publicar su libro—. No había duda de que Ulster trataba de incriminarle en todo ese asunto de Ofelia. ¿No crees que si hubiera un segundo asesino, Ulster lo habría incriminado?

—Veamos una cosa: ¿de dónde procede el dinero?

Herman Centrello. Evelyn estaba decidida a averiguar cómo James Ulster podía pagar al mejor abogado del Southeast.

Amanda negó con la cabeza.

—¿Y eso qué importa? Ningún abogado del mundo puede conseguir que salga libre. Lo cogieron con las manos en la masa. Sus huellas están en el cuchillo.

—Se librará del asesinato de las otras chicas. No tenemos nada que lo vincule con Jane o con Mary. No hemos encontrado el cuerpo de Kitty, si es que está muerta. Puede que, algún día, Ulster salga en libertad condicional. Por eso debes guardar esa muestra. Tal vez algún día la ciencia nos sirva para acusarle.

—Entonces tendrá más de sesenta años. Estará demasiado viejo para andar, y menos para hacerle daño a nadie.

Evelyn abrió la puerta de salida.

—Y nosotras seremos unas abuelitas jubiladas que viviremos con nuestros maridos en Florida, y que nos preguntaremos por qué nuestros hijos nunca nos llaman.

Amanda quiso retener esa imagen para pensar en ella cuando se fuese a la cama y solo viese la mirada condescendiente de Ulster. Se había reído de ella. Se estaba guardando algo, algo que debía de darle poder sobre todos los demás.

—¿Te ha llamado Kenny? —preguntó Evelyn.

Amanda dejó que su sonrojo respondiera por ella. Se colgó el bolso del hombro mientras iban a la comisaría. Había una conmoción en la puerta principal. Los policías discutían con un borracho. Le habían atado las manos con una presilla por haberse resistido a la autoridad, pero las agitaba exageradamente mientras le sujetaban por el cuello.

—Y queríamos volver a esto —dijo Amanda.

Evelyn miró su reloj.

—Joder, llegamos tarde para el recuento.

Demasiado para su regreso triunfal. Luther Hodge las pondría a hacer trabajos de oficina toda la semana. Amanda odiaba esa tarea, pero al menos tendría a Evelyn para compadecerse. Quizá podrían echar un vistazo a los casos sobre las chicas negras que habían desaparecido. No había nada de malo en elaborar otro rompecabezas de papeles.

—¡Guau! —dijo el borracho que aún forcejeaba cuando ellas llegaron a la entrada de la comisaría.

Uno de los agentes le dio una bofetada en la oreja. La cabeza del hombre giró como una manivela.

395

La sala de reuniones apestaba a tabaco y presentaba su aspecto deslucido de costumbre: las hileras de mesas estaban torcidas, los blancos sentados a un lado y los negros al otro. Los hombres, en la parte de delante; las mujeres, en la de atrás. Hodge estaba en el podio. Todo el mundo estaba sentado para el recuento.

Sin embargo, por algún motivo, empezaron a levantarse.

Al principio fueron algunos de los detectives blancos, pero luego, lentamente, empezaron a ponerse en pie los negros. Recorrieron la sala formando un semicírculo, terminando con Vanessa Livingston, quien, como de costumbre, estaba sentada en la última fila. Les levantó los pulgares a las dos y esbozó una sonrisa de orgullo.

Evelyn se quedó perpleja durante unos instantes, pero mantuvo la cabeza erguida mientras entraba en la sala. Amanda intentó hacer lo mismo. Los hombres se apartaron para dejarlas pasar. Nadie dijo nada. No silbaron, ni les dijeron nada inoportuno. Algunos asintieron. Rick Landry fue el único que permaneció sentado, pero, a su lado, estaba Butch Bonnie, de pie, mostrando su respeto casi a regañadientes.

396

La situación se echó a perder cuando tiraron al borracho dentro de la sala de reuniones. Él se levantó del suelo, gritando: «Os voy a denunciar, pandilla de mamones».

El ambiente se puso de lo más tenso. El borracho se quedó paralizado al ver que estaba en una sala llena de policías. Miró a Amanda y luego a Evelyn:

—Disculpen mi lenguaje, señoritas.

—Capullo —dijo Butch sacándose el palillo de dientes de la boca—. No son señoritas. Son policías.

La sala suspiró como un solo hombre. Se hicieron algunos chistes. Sacaron al borracho y Hodge dio algunos golpes en el podio para pedir silencio.

Amanda reprimió la sonrisa que se le vino a la boca mientras iba a la parte de atrás de la sala. Sabía que Evelyn estaba detrás de ella, pensando lo mismo.

Por fin las habían aceptado.

Capítulo treinta y dos

En la actualidad. Miércoles

Will se sentó en el banco de madera que había en la cima de la pequeña colina y apoyó los codos en las rodillas. Miró hacia la calle cuando el coche patrulla salió de la entrada. Su padre era un asesino. Su tío también. Y él llevaba los genes de ambos.

Oyó unos pasos por la gravilla. Amanda le puso la mano en el hombro, pero solo para ayudarse a sentarse.

Ambos miraron la calle vacía. Los segundos se convirtieron en minutos. Will oía un ruido blanco en sus oídos, un zumbido que no le dejaba pensar.

Amanda soltó un profundo suspiro.

—Evelyn nunca me perdonará esto. Ella siempre pensó que había alguien más.

—¿Testificará contra él?

—¿Quién? ¿Kitty? —Amanda encogió el hombro que tenía bueno—. Lo dudo. Si hubiera querido hablar, podría haberlo hecho hace años. Supongo que Henry todavía la controla. —Soltó una carcajada compungida—. Has llegado muy lejos, muchacho.

Will no podía fingir que estaba satisfecho ni lanzar comentarios irónicos, como hacía Amanda.

—Dime qué sucedió. La verdad.

Amanda miró el jardín delantero, ese enorme espacio verde que estaba mejor cuidado que la mayoría de los parques públicos. Necesitaba tiempo para aclararse las ideas. La honestidad no era, precisamente, su punto fuerte. Will se dio cuenta de que estaba haciendo un esfuerzo.

—Ya sabes que había dos víctimas. Tu madre y Jane Delray.

—Sí. —Will lo había visto en el historial de su padre. No había pruebas suficientes para vincular a James Ulster con el asesinato de Jane Delray, pero se deducía que él había sido el culpable—. Era su patrón. Cogía a dos y decidía cuál quedarse.

—Había otras dos chicas. Mary Halston y Kitty Treadwell.

Will juntó las manos.

—Tu madre y Mary Halston sufrieron los mismos daños. A ambas «las cosieron», y a las dos se les encontraron señales de agujas. Pero Jane fue diferente. A ella no la secuestraron; su asesinato fue algo impulsivo. La estrangularon y luego la tiraron desde el tejado para que pareciese un suicidio.

—¿Fue Henry?

—No estaba segura hasta que vi el cheque. Lo que dije fue la verdad. A Evelyn le extrañaba que Ulster tuviera un abogado tan caro y, francamente, a mí también. A él nunca le interesaron las cosas materiales, solo le gustaba ejercer el control. Creo que el hecho de que Hank le enviase ese cheque a la cárcel le concedió cierto control.

—No creo que a Henry le preocupe ese cheque. Sabes que eso no es suficiente.

—El ADN de Henry se comparará con la prueba del caso de Jane Delray. Llamé a la chica que está a cargo de las pruebas del archivo nada más enterarme de que tu padre andaba suelto. Es un milagro que la cadena de custodia siga intacta y que nunca hayamos tenido que usarla.

—¿Qué prueba es esa?

—Es la que dije ahí dentro. Jane arañó a su agresor. Seguro que concuerda con el ADN de Henry que se puede encontrar en el sobre.

—¿Estás segura de eso?

—¿Acaso tú no lo estás?

Will había visto la cara de su tío. No había duda.

—¿Qué pasa con Kitty?

—Solo puedo hacer algunas conjeturas. Ulster la quitó de la heroína. Hank la utilizó para sacarle dinero a Treadwell. —Señaló con la cabeza la casa—. Como puedes ver, no fue un mal plan.

Will miró la casa. «Mansión» no sería la palabra más adecuada. Puede que «museo» o «prisión».

—¿Hay algo más que quieras saber?

Tenía un sinfín de preguntas.

—¿Por qué me lo pones tan difícil?

—Porque también lo es para mí, Will.

Él no había pensado en eso. A pesar de todas sus bravuconadas, sabía que Amanda se sentía muy vinculada. Fue su primer caso, su primer homicidio. Intentaba actuar como si nada, pero que ambos estuvieran sentados allí confirmaba justo lo contrario.

—Hank siempre odió a las mujeres —dijo finalmente—. Imagino que odiaba a Lucy por su independencia, por su espíritu libre, por su capacidad para elegir. Ella iba a la escuela. Vivía en Atlanta. Hank era de los que pensaba que las mujeres debían estar en su lugar. Por aquel entonces, muchos hombres pensaban igual. No todos, pero... —Volvió a encoger el hombro—. Lo único que debes saber es que tu madre era una buena persona. Era inteligente, independiente y te quería.

Un camión grúa pasó por la calle. Will oyó el zumbido de las ruedas en la carretera. Se preguntó cómo sería eso de vivir en una mansión y ver el resto del mundo pasar a tu lado.

—Todas las personas a las que interrogué en la escuela la apreciaban —dijo Amanda.

Will movió la cabeza. Ya había oído bastante.

—Era divertida y amable. Muy popular. Todos los profesores se quedaron destrozados cuando se enteraron de lo sucedido. Ella prometía mucho.

Will tenía un nudo en la garganta.

—Yo estuve con ella cuando falleció. —Amanda se detuvo de nuevo—. Sus últimas palabras fueron para ti. Dijo que te quería. No quiso marcharse hasta que no se aseguró de que la habíamos oído, hasta que nos hizo entender que te quería con cada aliento de su cuerpo.

Will se llevó los dedos a los ojos. No pensaba llorar delante de ella. Si lo hacía, no habría forma de volver atrás.

—Te ocultó en el cubo de basura para salvarte de tu padre. —Se detuvo—. Evelyn estaba allí. Las dos te encontramos. No creo que haya estado tan llena de ira en toda mi vida.

Will volvió a tragar. Tuvo que aclararse la voz para hablar.

—Edna Flannigan. Tú la conocías.

—Muchos casos me condujeron al orfanato —dijo Amanda ajustándose la tira del cabestrillo—. Nadie me dijo que había muerto. Cuando lo supe... —Miró a Will a los ojos—. Sinceramente, su sustituto recibió el merecido castigo por sus actos.

Will no pudo evitar disfrutar con la idea de que Amanda había aniquilado al hombre que lo había echado a la calle.

—¿Qué había en el sótano? ¿Qué estabas buscando?

399

Amanda volvió a mirar el césped mientras soltaba un largo suspiro.

—Me pregunto si alguna vez lo sabremos.

Will recordó los arañazos en la tolva de carbón. Pensó que los había hecho algún animal, pero ahora sabía que probablemente era una de las viejas amigas de Amanda.

—Alguien estuvo allí mientras estábamos en el hospital.

—¿De verdad?

Amanda fingió estar sorprendida.

Will intentó darle a entender que no era un completo idiota. Era imposible que un portaobjetos hubiera estado en el archivo de pruebas durante treinta y siete años.

—Pruebas de archivo.

—¿Pruebas de archivo? —Amanda tenía una irritante sonrisa en los labios. Will sabía que estaba disimulando antes incluso de que abriera la boca.

—Nunca he oído hablar de eso.

—Cindy Murray —continuó. La asistente social de Will, la mujer que le había ayudado a salir de las calles y entrar en la universidad.

—¿Murray? —repitió Amanda, para finalmente negar con la cabeza—. No me suena.

—El capitán Scott, de la prisión…

Ella rio entre dientes.

—Recuérdame que te cuente historias de la antigua prisión. Era horrible antes de que Holly la limpiase.

—Rachel Foster. —Amanda aún llamaba a la jueza federal para que firmase todas sus órdenes judiciales—. Sé que eres amiga suya.

—Rachel y yo empezamos juntas. Ella trabajaba como operadora en el turno de noche, así podía ir a la Facultad de Derecho durante el día.

—Ella eliminó mis antecedentes cuando me gradué en la universidad.

—Rachel es una muy buena mujer.

Will no pudo contenerse. Tenía que encontrar al menos una fisura.

—Nunca te he visto hacer un viaje para contratar a alguien para el GBI. Ni uno en quince años. Solo el que hiciste para contratarme a mí.

Se ajustó el cabestrillo.

—Bueno, la verdad es que nadie disfruta en esos viajes. Tienes que hablar con cincuenta personas, y la mitad de ellos son analfabetos. —Le sonrió—. No es que eso tenga nada de malo.

—¿Lo heredé de él? —No pudo mirarla. Amanda conocía su dislexia—. ¿Mi problema?

—No —respondió ella con toda seguridad—. Ya viste su Biblia. La leía a todas horas.

—Esa chica, Suzanna Ford, vio…

—Vio a un hombre alto, eso es todo. Tú no te pareces en nada a él. Conocí a James Ulster. Hablé con él, le miré a los ojos. Tú no tienes ni una pizca de él en tu sangre. Tú vienes de Lucy. Todo lo que eres los has heredado de tu madre. Créeme. De no ser así, no perdería mi tiempo.

Will estrechó sus manos. El césped se hundía bajo sus pies. Su madre tendría ahora cincuenta y seis años. Probablemente, sería profesora. Sus libros de texto se leerían en las clases, se subrayarían las palabras y estarían plagados de asteriscos en los márgenes. Podía haber sido ingeniera, matemática o una erudita feminista.

Había pasado muchas horas con Angie hablando de lo que hubiera sido. ¿Qué habría sucedido si Lucy hubiera vivido? ¿Qué habría pasado si la madre de Angie no hubiera tomado esas sobredosis? ¿Qué habría sido de ellos si no se hubieran criado en aquel orfanato? ¿Qué habría pasado si no se hubieran conocido nunca?

401

Sin embargo, su madre había muerto. Al igual que la de Angie, aunque esta había tardado mucho más. Ambos se habían criado en aquel orfanato, y habían conectado durante casi tres décadas. Su rabia era como un imán entre ellos. Un imán que a veces los atraía; otras, los separaba.

Will había observado el daño que causaba el resentimiento. Lo había visto en el cuerpo consumido de Kitty Treadwell, en la forma tan arrogante en que su tío Henry ladeaba el mentón y, algunas veces, cuando ella creía que nadie la miraba, en los ojos de Amanda.

Él no podía vivir de esa forma. No podía permitir que sus primeros dieciocho años de vida arruinasen los siguientes sesenta.

Se metió la mano en el bolsillo. Notó el frío de su anillo de boda. Se lo dio a Amanda.

—Quiero que guardes esto.

—Bueno —dijo simulando estar un poco avergonzada mientras lo cogía—. Me parece un poco precipitado. Nuestra diferencia de edad es…

Will intentó recuperarlo, pero ella le cogió de la mano.

Amanda Wagner no era una mujer cariñosa. Raras veces tocaba a Will con delicadeza. Le pegaba un puñetazo en el brazo o le daba una palmada en la espalda. En una ocasión, incluso tiró de la placa de seguridad de una pistola de clavos y fingió sorprenderse cuando el clavo pasó entre su pulgar y su dedo índice.

Ahora, sin embargo, le cogió de la mano. Sus dedos eran pequeños, y la muñeca, extremadamente delgada. Llevaba las uñas esmaltadas y tenía manchas de edad en el dorso de la mano. Apoyó su hombro sobre el de Will y él le devolvió el gesto. Ella le estrechó durante unos segundos y luego se soltó.

—Eres un buen chico, Wilbur —dijo.

Will no quiso responder por temor a que la voz no le jugase una mala pasada. Normalmente, habría bromeado y habría fingido que se echaba a llorar como una niña, pero la frase en sí ya era una contradicción para la mujer que estaba sentada a su lado.

—Debemos irnos antes de que Kitty nos eche de un manguerazo.

402

Se guardó el anillo en el bolso mientras se levantaba del banco. En lugar de colgárselo del hombro, lo cogió con una mano.

—¿Quieres que te lo lleve? —se ofreció Will.

—Por lo que más quieras, no soy una inválida —dijo poniéndose el bolso en el hombro para demostrarlo—. Y abróchate el cuello de la camisa, que no te has criado en un establo. Y no creas que no hablaremos de tu pelo.

Él se abrochó el cuello mientras iban hacia el coche.

Kitty Treadwell estaba en la puerta principal, observándolos atentamente. Tenía un cigarrillo en la boca; el humo se le metía en los ojos.

—Yo pagué los impuestos de propiedad —dijo.

Amanda estaba a punto de abrir la puerta del coche, pero se detuvo.

—De la casa en Techwood. —Kitty bajó las escaleras y se detuvo a escasos metros del coche—. Yo pagué los impuestos porque merecía la pena. Eso jodió mucho a Henry, cuando James la vendió.

—Y a mí también —admitió Amanda—. Cuatro millones de dólares es un buen beneficio.

—A Henry solo le interesa el dinero. —Kitty se quitó el cigarrillo de la boca—. Pensé que serían para Wilbur.

—Él no lo quiere —replicó Amanda.

—Ya lo veo. —Kitty sonrió a Will, que se estremeció—. Te has convertido en una persona mucho mejor que todos nosotros. ¿Cómo demonios lo has conseguido?

Él no le respondió. Ni siquiera podía mirarla.

—¿Hank conoció a Ulster en el comedor social? —preguntó Amanda.

Kitty se giró de mala gana hacia ella.

—Él estaba buscando a Lucy. Quería asegurarse de que no reclamaría la propiedad de sus padres. Fue una unión perfecta. —Se puso el cigarrillo en la boca—. Hicieron un gran negocio. Hank le dio a Lucy, sin condiciones. Ulster, a cambio de eso, me quitó de la droga, aunque no recomiendo sus métodos. —Sonrió como si todo aquello fuese una broma—. Supongo que James pensó que Lucy era un buen negocio. Un ángel caído sin padres ni familia que pudieran causar problemas. —Echó una bocanada de humo—. Además, Mary ya no le servía de nada.

—¿Por qué la mató?

—¿A Mary? —Kitty se encogió de hombros—. No la podía doblegar. Estar embarazada te cambia. Al menos eso parece desde fuera. Encomiable, pero mira dónde la llevó.

—¿Y a Jane Delray?

—Se peleaban constantemente por Jane. Henry quiso quitarla de en medio. Ella no estaba dispuesta a cerrar la boca, y le hablaba a todo el mundo de Lucy, de Mary y de mí. Imagino que fui muy afortunada al no terminar de la misma manera. Yo siempre estaba alardeando de mi padre. —Soltó una carcajada—. Como si a alguien del gueto le importase una mierda quién fuese mi padre.

—¿Se pelearon por eso? —repitió Amanda.

—A James no le importaba un carajo con quién hablase esa zorra. Se le subió a la cabeza, ya que, al fin y al cabo, estaba haciendo la obra del Señor. No era un asesino a sueldo. Dios le protegería.

Amanda estableció una conexión obvia.

—Te retuvieron en la casa con Lucy.

—Sí, estuve allí todo el tiempo. —Se detuvo. Pareció esperar otra pregunta de Amanda—. Todo el tiempo.

Amanda no dijo nada.

Kitty echó la ceniza en el camino de entrada.

403

—Al final me reconcilié con mi padre. —Soltó una amarga carcajada—. Más dinero para el cofre de Henry. ¿Cómo dice ese proverbio? ¿Dios no cierra una puerta sin apuntillar primero las ventanas?

—Si testificas, podría... —dijo Amanda.

—Tú no puedes hacer nada. Ambas lo sabemos.

—Puedes dejarle. Puedes dejarle ahora mismo.

—¿Y por qué iba a hacerlo? —Parecía perpleja—. Es mi marido y le quiero.

Su tono convincente resultaba tan espantoso como todo lo demás. Will ya lo había oído antes ese mismo día. Ella parecía esperar una respuesta.

—¿Cómo puedes quererle después de lo que hizo? —preguntó Amanda.

Kitty soltó una larga bocanada de humo.

—Ya sabes lo que pasa con los hombres. —Tiró el cigarrillo al jardín—. A veces, una mujer se enamora de un asesino.

Capítulo treinta y tres

En la actualidad. Una semana después

*L*os galgos de Sara estaban realmente malcriados. Will había empezado a darles queso, algo que Sara descubrió de mala manera. Al parecer lo hacía de forma continuada, y los perros estaban obsesionados. En cuanto le veían por la calle, empezaban a tirar de la correa como si fuesen huskies corriendo por el Klondike. Cuando llegó a la entrada de su casa, sentía que le habían descoyuntado los brazos.

Cogió las correas con una mano mientras se metía la otra en el bolsillo para sacar la llave de la casa de Will. Afortunadamente, su Porsche apareció detrás de ella. Él la saludó al detenerse. Los perros empezaron a saltar.

—Míralos —dijo Will en tono cariñoso y acariciándolos—. Qué cariñosos son.

—Son una pesadilla —dijo Sara—. No les des más queso.

Will se reía cuando se levantó.

—Los perros necesitan queso. No pueden encontrarlo en el bosque.

Sara abrió la boca para contradecirle, pero él le dio un beso tan largo y tan bien dado que se olvidó de todo.

Él la miró sonriendo.

—¿Te ha respondido tu primo?

—Sí. Podemos disponer de la casa de la playa toda la semana.

Él sonrió de oreja a oreja. Cogió las correas de los perros, que se comportaron mucho mejor mientras él los llevaba por el camino de entrada. Sara pensó en cómo había mejorado su aspecto. Había recuperado su anterior trabajo, dormía plácidamente toda la noche y no se mostraba tan hermético.

Esperó hasta que Sara cerró la puerta principal para soltar a los perros. Se dirigieron a la cocina, pero Will no los siguió.

—Henry comparecerá ante el juez la semana que viene.

—Podemos dejar el viaje a la playa si...

—No.

Sara observó cómo vaciaba sus bolsillos y ponía las llaves y el dinero en el escritorio.

—¿Cómo va el caso?

—Henry se está defendiendo, pero no puede hacer nada contra el ADN. —Se quitó la funda de la pistola del cinturón—. ¿Y a ti? ¿Cómo te ha ido el día?

—Tengo que decirte algo.

Will se puso tenso. Sara no podía culparle, porque había recibido muchas malas noticias en los últimos días.

—El examen de Toxicología de tu padre ha llegado.

Él puso derecha la pluma que tenía encima del escritorio.

—¿Qué han encontrado?

—Tenía Demerol en la sangre, aunque no mucho.

Él la miró atentamente.

—¿Pastillas?

—No, medicinal, inyectable.

—¿Qué cantidad?

—Era un hombre grande, por eso resulta difícil estar seguro. Creo que suficiente para que se relajase, pero no para acabar con él. Encontraron el frasco en la nevera que había debajo del minibar. Había una jeringa en un pequeño recipiente con residuos. Han encontrado sus huellas en las dos cosas.

Will se frotó la mejilla con los dedos.

—Él nunca consumió drogas. Estaba en contra de ellas.

—Ya sabes lo mal que se pasa en prisión. Muchas personas cambian de opinión sobre las drogas cuando están dentro.

—¿De dónde sacó Demerol líquido?

Sara trató de buscar una explicación.

—La prostituta que le visitó la noche anterior pudo habérselo llevado. ¿La ha encontrado la policía?

—No —respondió Will—. Ni tampoco el esmalte de uñas.

Sara sabía que Will odiaba los cabos sueltos.

—Quizá lo robó. La mayoría de esas chicas son adictas. No practican el sexo con veinte o treinta hombres al día porque les resulte divertido.

—¿Cuál ha sido la causa de la muerte? —Parecía no atreverse a pronunciar la palabra—. ¿Sobredosis?

—No tenía bien el corazón. Ya sabes que esas cosas no son

siempre concluyentes. El forense dictaminó causa natural, pero podía haber tomado otros medicamentos o haber inhalado o tragado algo que le produjese una mala reacción. Es imposible comprobarlo todo.

—¿Ha llevado Pete el caso?

—No, está de baja. Fue uno de sus ayudantes. Un chico inteligente. Confío en él.

Will seguía tocándose la mandíbula.

—¿Sufrió?

—No lo sé. Ojalá pudiera decírtelo.

Betty ladró. Empezó a dar saltos a los pies de Will.

—Voy a darles de comer.

Fue a la cocina. Sara le siguió. En lugar de coger los recipientes y sacar las latas de comida del armario, Will se quedó en medio de la habitación.

Había un sobre acolchado en la mesa de la cocina. En el centro tenía estampada la marca de un beso con carmín rojo. Sara se dio cuenta de que era cosa de Angie Trent. Ella había encontrado una nota con la misma marca de beso en su coche todas las mañanas de esa semana. Dudaba que le hubiese escrito la palabra «zorra» en el interior, pero, aun así, le preguntó a Will.

—¿Qué quiere?

—Ni idea. —Will parecía enfadado, luego a la defensiva, como si pudiera controlar su vida—. He cambiado las cerraduras. No sé cómo ha podido entrar.

Sara no se molestó en responder. Angie era expolicía. Sabía cómo abrir una cerradura. Al trabajar en la Brigada Antivicio, había aprendido a cruzar la línea con impunidad.

—Voy a tirarlo.

Sara trató de calmarlo.

—No pasa nada.

—Sí, sí pasa.

Will cogió el sobre. No estaba cerrado. La solapa se abrió.

Sara retrocedió, aunque lo que cayó en la mesa no era nada peligroso. Al menos ya no.

La prostituta del Four Seasons había sido la última persona en ver vivo al padre de Will. Ella conocía a las chicas de la calle, cómo se vestían y dónde recogían a sus proxenetas. Y lo más importante: sabía que, ajustándose el sombrero delante de la cámara del ascensor, atraería la atención de sus uñas recién pintadas.

Y, por si eso no era bastante, como un gato que deja un animal muerto en la puerta de su dueño, Angie Trent había cogido un recuerdo de la escena del crimen para que Will supiera lo que había hecho por él.

Un frasco de cristal. Con el tapón blanco y puntiagudo.

Rojo intenso.

Era el bote de esmalte de uñas Max Factor que había desaparecido.

Reconocimientos

*B*en Hecht dijo: «Intentar saber lo que pasa en el mundo leyendo los periódicos es como intentar conocer la hora mirando la manecilla de los segundos de un reloj». Teniendo eso en cuenta, leí detenidamente muchas de las ediciones de los años setenta del *Atlanta Journal* y del *Atlanta Constitution*, cuyos archivos ofrecen una visión fascinante de la vida cotidiana de los ciudadanos de Atlanta. El *Atlanta Daily World* presentaba en ocasiones una visión más profunda y compensada de los mismos acontecimientos. El *Atlanta Magazine* fue de gran ayuda a la hora de establecer un contexto histórico, incluida esa sección dedicada a lo «mejor de», así como un perfil muy divertido del desinhibido complejo de apartamentos Riverbend. Los artículos del *Cosmopolitan Magazine* me proporcionaron muchas ideas sobre los peinados, las celebridades y la forma de conseguir satisfacción sexual en aquella época, muy diferentes a los de hoy en día. Revistas como *Newsweek, Time Magazine, Ladies Home Journal* y el catálogo de *Sears* también fueron de gran ayuda en lo que respecta a la ropa y la decoración utilizada en aquellos años. La página web *AtlantaTimeMachine.com* muestra innumerables fotos de antes y después de los principales lugares de la ciudad. Hay un increíble número de anuncios televisivos de los años setenta en YouTube que me quitaron muchas horas de mi vida que nunca recuperaré. Mi único consuelo es que las personas que los colgaron emplearon más tiempo en cargarlos que yo en verlos.

Contraté a Daniel Starer de Reseach for Writers para que me ayudase a recopilar el material que necesitaba para este libro. Pensé que había sido un truco muy inteligente por mi parte hasta que recibí los volúmenes de estudio y me di cuenta de que debía leerlos todos. (En mi página web se enumera la lista completa.)

409

Dan también localizó a un hombre llamado Robert Barnes, que realizó un documental sobre el cuerpo de policía de Atlanta en 1975. Robert, un ciudadano nativo de Atlanta, tuvo la amabilidad de enviarme una copia del documental, donde se ven muchos edificios de Atlanta y un buen número de planos tomados desde un helicóptero de Techwood Homes y del centro de la ciudad. También compartió muchos de sus recuerdos de Atlanta, por lo que le estoy sumamente agradecida.

He pasado muchas horas en línea o en persona en el Centro Histórico de Atlanta, la biblioteca Auburn Avenue Research, la biblioteca de Georgia Tech, la biblioteca de la Universidad Pullman del Estado de Georgia y la Biblioteca del Congreso. (¿Te has dado cuenta de que todos esos sitios incluyen la palabra «biblioteca» en sus nombres? Puede que, después de todo, las bibliotecas sean necesarias.)

Decir que he descubierto cosas de gran valor en el Centro Histórico de Atlanta sería quedarme corta. Fue allí donde oí por primera vez hablar de *Patrullaje de Patricia W. Remmington: el trabajo y la introducción de los agentes de policía femeninos* (University Press of America, 1981). Esta disertación se basa en el trabajo de campo de un año de duración realizado por Remmington sobre el cuerpo de policía de Atlanta en 1975. Ella acompañó a muchos agentes en sus rondas, observó los interrogatorios e incluso le proporcionaron un revólver. Gracias a su trabajo, pude seleccionar las rotaciones de la plantilla, obtener datos estadísticos, conocer detalles de la estructura organizativa y socioeconómica del cuerpo de policía de Atlanta. Puesto que su estudio estaba centrado en las agentes, había transcripciones de entrevistas realizadas con algunos oficiales masculinos y femeninos sobre el trabajo que desempeñaban las mujeres en el cuerpo. Muchos de los diez códigos y del argot que he empleado («coleguita», «chochete» y «crac»), así como algunas de las bromas que empleaban los agentes, las he sacado de sus observaciones.

Aunque he utilizado su tesis como punto de partida, he hablado también con otras agentes de policía que empezaron a trabajar en los años setenta. Marla Simms del GBI es una de las narradoras más entretenidas que he conocido. También quiero expresar mi agradecimiento a las oficiales de policía Dona Robertson, Barbara Lynch y Vickye Prattes por venir a Atlanta para hablar conmigo. SL, EC y BB también me han proporcionado muchos datos sobre cómo funcionan las cosas hoy en día (o no) en los diversos cuerpos de Georgia. Y, aunque los hombres no quedan muy bien en este libro, también quiero dar las gracias, como siempre, al director Vernon Keenan y a John Bankhead del GBI. En realidad, deseo agradecer a todos los agentes que cuidan de nosotros, porque realizan un trabajo muy encomiable.

Debo mencionar a Reginald Eaves, que aparece en muchas ocasiones en esta historia. Eaves ha sido una figura muy controvertida en la política de Atlanta. En 1978, un escándalo sobre unas pruebas de admisión le obligó a dimitir del cuerpo policial. En 1980, lo eligieron para formar parte de la junta de comisionados del condado de Fulton. En 1984, lo investigaron por extorsión y, finalmente, lo encarcelaron en 1988. Sin embargo, nadie puede negar que, bajo el mandato del comisionado Eaves, la tasa de criminalidad descendió notablemente en Atlanta. Elevó el nivel de formación de los nuevos agentes, desarrolló un método formal de ascenso e hizo que todos los agentes asistieran a clases de «intervención de crisis» para que aprendiesen una mejor forma de gestionar los casos de violencia doméstica. Centró la mayoría de los recursos en los delitos cometidos entre negros y esgrimió que «no importaba lo pobre que una persona fuese. Nunca había una excusa para golpear a una mujer en la cabeza o robarle el bolso». En mi opinión, eso lo convierte en un gran político.

Aunque muchos consideran aún que la década de los setenta fue una época de amor y libertad, las mujeres de ese tiempo tuvieron que afrontar una ardua batalla. Abrir una cuenta bancaria, conseguir un préstamo para comprar un coche o una casa —incluso firmar el alquiler de una vivienda— estaban fuera del alcance de muchas mujeres estadounidenses, a no ser que sus maridos o sus padres las avalasen. (No te pases de lista, Nueva York, hasta 1974 no se abolió la discriminación de género.) Hasta 1972, las mujeres solteras no pudieron comprar legalmente píldoras anticonceptivas, aunque muchas tuvieron muchos problemas para encontrar un médico que se las prescribiese o una farmacia que se las proporcionase. La Ley de Discriminación de Género de 1975 tuvo como finalidad reforzar la Ley de Igualdad Salarial de 1963; las mujeres solo ganaban un treinta y ocho por ciento menos de salario que los hombres. El Departamento de Policía de Atlanta, como todos los cuerpos de policía, tuvo que cumplir con la ley. Por eso, poder patrullar fue uno de los pocos trabajos que les otorgó a las mujeres un poder económico y social.

Así fue, en cierta medida, el aspecto progresivo del trabajo po-

411

licial por parte de las mujeres. La mayoría de los hombres —y muchas mujeres— pensaban que las mujeres no debían desempeñar el trabajo de un agente. Las historias que se describen sobre las personas que se reían cuando una agente aparecía en la escena de un crimen son ciertas. Las mujeres estaban condenadas al fracaso, y se las castigaba cuando no lo hacían. Había muchas áreas prohibidas para ellas en los cuerpos de seguridad. Con eso no quiero decir que los hombres fuesen el único problema. En un artículo de 1974 del *Atlanta Constitution* se describen las llamadas que recibían en la comisaría —todas procedentes de mujeres— diciendo que habían visto a una mujer robando un coche patrulla. No podían comprender que la «ladrona» era, en realidad, una agente de policía que hacia la ronda en un coche de policía. (Otra cita, esta procedente de H. L. Mencken: «Misógino: un hombre que odia tanto a las mujeres como ellas se odian entre sí».)

Agradezco a Valery Jackson que me haya dado una visión de la forma de pensar del alcalde Maynard Jackson durante su primera candidatura. Las afirmaciones que hizo en nombre de las mujeres y de las minorías son muy comunes entre los políticos de hoy en día, aunque muy pocos de ellos las aplican tal como él lo hizo. Creo que hablo en nombre de muchos ciudadanos de Atlanta cuando digo que su legado perdura en muchos aspectos positivos.

Vernon Jordan fue de gran ayuda al darle contexto a esta historia. Le agradezco sus perspicaces sugerencias, ya que me dieron la clave para desentrañar la forma de narrar. Aunque digas que no me proporcionaste muchos detalles, lo hiciste. Además, estoy segura de no ser la única persona a la que le has causado ese efecto.

Linda Fairstein no es una de mis autoras favoritas, pero es una mujer que sirvió en primera línea en la primera Unidad de Delitos Sexuales de Nueva York. Su innovador trabajo fue posible gracias a las mismas becas LEAA que beneficiaron a muchas mujeres para poder dedicarse a ser policía. Linda, te agradezco los esfuerzos por transmitir una imagen positiva de todas las mujeres del país.

Debo mostrar un especial agradecimiento a Jeanene English por mostrarme cómo se hacen las extensiones de pelo. A Kate White, por recordarme constantemente los grandes logros que pueden conseguir las mujeres cuando se apoyan entre sí. Y a Mónica Pearson (cuyo nombre de soltera es Kaufman) por una de las tardes más agradables que he pasado en mi vida. A Emily Saliers por contarme cosas sobre tu Atlanta. Y, aunque nunca tuve el honor de conocer a Tyne Daily o Sharon Gless, cualquier mujer de mi edad sabe que esta historia tiene una deuda de gratitud muy especial con ambas.

Como siempre, el doctor David Harper me ayudó a que Sara y Pete pareciesen saber lo que estaban haciendo. También creo que debo decir algo acerca del hospital Grady, el hospital público más grande del país. Este gigantesco edificio en forma de H es un testamento a lo mejor y lo peor de nosotros. El trabajo de Sara en la sala de urgencias no es nada comparado con el trabajo que se desempeña en el verdadero Grady, principalmente porque se necesitarían miles de páginas para hacer justicia al despliegue de humanidad que se muestra en sus pasillos todos los días. Me quito el sombrero ante los doctores y enfermeras del Grady por afrontar los problemas, en lugar de esquivarlos.

Henrik Enemark, mi traductor danés, me envió algunas fotos geniales sobre su viaje de fin de curso a Atlanta. Ineke Lentin, mi traductora al holandés, fue también de mucha ayuda. Marty, conservador del museo Pram, respondió a una pregunta muy extraña de forma rápida y sin pestañear. Kitty Stockett le prestó su nombre a una prostituta (puede que eso le otorgue a su trabajo la atención que merece). Pam Canale fue la gran ganadora de la subasta para «que aparezca tu nombre en el próximo libro de Karin Slaughter», cuya finalidad es beneficiar al sistema de Bibliotecas Públicas del Condado de Dekalb. Diane Palmer me dio una idea genial. A Debbie T le agradezco su continua ayuda a la hora de reproducir el mundo de Will. Beth Tindall del Cincinnati Media lleva mucho tiempo siendo el administrador de mi sitio web y uno de mis mejores amigos. Victoria Sanders, Angela Cheng Caplan y Diane Golden son el mejor equipo con el que se puede contar. Mi agradecimiento también a Kate Elton, mi buena amiga y mi editora, por facilitarme el trabajo. A Jennifer Hershey, Libby McGuire, Cindy Murray y Gina Centrello les agradezco que hayan traído el beicon a casa y lo hayan frito en una sartén.

Mi padre me regaló toda una noche contándome anécdotas de la parte más vulnerable de Atlanta durante la década de los setenta. Me habló de Mills Lane y del caso de secuestro (así como de Mike Thevis, que seguro que aparecerá en otras historias, aunque no me decido a preguntarle a mi padre sobre su conexión con el hombre que cambió el rostro de la pornografía estadounidense). También le doy las gracias a mi hermana, Jatha Slaughter, por ha-

413

blarme tan sinceramente sobre su vida. Y a D. A., como siempre, por ser el amor de mi vida.

La historia es algo peligroso, especialmente en manos de una novata. Al realizar las investigaciones pertinentes para esta novela, comprendí que no todo el mundo ve el pasado de la misma forma. Para Atlanta, hay una perspectiva blanca y una perspectiva negra, así como las (en ocasiones opuestas) perspectivas de los hombres y las mujeres dentro de esas categorías. Extrapolar eso a la diversidad cultural de nuestra población actual te hará entender por qué, como escritora, escogí establecerme en un solo punto de vista.

Además, soy novelista, no historiadora, y no me considero una experta en la Atlanta de los años setenta ni en la actual. Me he tomado ciertas libertades con algunos detalles. (No hay edificios de cinco plantas en Techwood Homes. Monica Kaufman, como Spike, el hermano de Snoopy, no apareció en Atlanta hasta agosto de 1975. Y probablemente te arrestarían si pasas mucho tiempo delante del Fours Seasons buscando esa fuente de mármol.) Mi principal intención a la hora de escribir este libro fue contar una buena historia. Desde el principio, supe que había varias trampas inherentes a ser una mujer sureña que escribía sobre los problemas raciales y de género. Por eso quiero que, por favor, se sepa que trabajé mucho para asegurarme de que todos —sin importar la raza, la religión, el credo o la nacionalidad— fuesen igualmente vilipendiados.

KARIN SLAUGHTER
Atlanta, Georgia
www.karinslaughter.com

ESTE LIBRO UTILIZA EL TIPO ALDUS, QUE TOMA SU NOMBRE
DEL VANGUARDISTA IMPRESOR DEL RENACIMIENTO
ITALIANO ALDUS MANUTIUS. HERMANN ZAPF
DISEÑÓ EL TIPO ALDUS PARA LA IMPRENTA
STEMPEL EN 1954, COMO UNA RÉPLICA
MÁS LIGERA Y ELEGANTE DEL
POPULAR TIPO
PALATINO

* * *

* *

*

CRIMINAL
SE ACABÓ DE IMPRIMIR
UN DÍA DE PRIMAVERA DE 2015,
EN LOS TALLERES GRÁFICOS DE LIBERDÚPLEX, S.L.U.
CRTA. BV-2249, KM 7,4, POL. IND. TORRENTFONDO
SANT LLORENÇ D'HORTONS (BARCELONA)

* * *

* *

*